Laura und Aische trennen siebenhundert Jahre – und doch haben sie viel gemeinsam. Beide sind von einem Mann verlassen worden, und beide machen sich auf, den Verschollenen zu suchen. Laura, eine Burgherrin aus dem dreizehnten Jahrhundert, bricht als Spielmann verkleidet in das Land der Muselmanen auf, wo ihr Mann Konrad als Pilger verschwand. In unserer Gegenwart reist Aische, die fünfzehnjährige Tochter einer Trinkerin, auf demselben Weg wie Laura siebenhundert Jahre zuvor in die Türkei. Dort will sie nach ihrem Vater suchen, einem ehemaligen Gastarbeiter, der in seine Heimat zurückkehrte, ohne je wieder von sich hören zu lassen.

Von den Reisen der beiden Frauen erzählt Katja Behrens in abenteuerlichen Bilderbögen: Sowohl die alleinreisende Frau im Mittelalter als auch das alleinreisende Mädchen in unserer Gegenwart gehen beträchtliche Risiken ein und haben erhebliche Widerstände zu überwinden. Gekonnt verbindet die Autorin soziale Probleme unserer Zeit mit dem historischen Panorama des späten Mittelalters. Sie breitet farbenprächtige Szenerien der Vergangenheit aus und verknüpft sie mit politisch spannungsreichen Situationen aus unserer Gegenwart. Ihr Roman ist zu einem sinnlich fesselnden und zugleich zeitkritischen, einem mittelalterlich balladesken und zugleich hoch aktuellen Buch geworden.

*Katja Behrens,* 1942 in Berlin geboren, arbeitete als Übersetzerin und Lektorin. Heute lebt sie als freie Schriftstellerin bei Darmstadt. Ihr erster Prosaband ›Die weiße Frau‹, den sie 1978 veröffentlichte, sicherte ihr sofort große Aufmerksamkeit bei Lesern und Kritikern. Im Fischer Taschenbuch Verlag sind von Katja Behrens lieferbar: ›Die dreizehnte Fee‹ (Bd. 12185), ›Salomo und die anderen‹ (Bd. 12374), ›Im Wasser tanzen‹ (Bd. 11137), ›Die weiße Frau‹ (Bd. 11977) und der von ihr herausgegebene Band ›Abschiedsbriefe‹ (Bd. 12849).

Katja Behrens

# *Die Vagantin*

*Roman*

Fischer Taschenbuch Verlag

Veröffentlicht im Fischer Taschenbuch Verlag GmbH,
Frankfurt am Main, August 1999

Lizenzausgabe mit Genehmigung
des S. Fischer Verlags GmbH, Frankfurt am Main

Druck und Bindung: Clausen & Bosse, Leck
Printed in Germany
ISBN 3-596-14421-3

Der vernünftige Mensch paßt sich der Welt an;
der unvernünftige besteht auf dem Versuch,
die Welt sich anzupassen.
Deshalb hängt aller Fortschritt
vom unvernünftigen Menschen ab.
*George Bernard Shaw*

# I

## ›Im Wald des langen Wartens‹

Keine Spur mehr von den Menschen und Tieren, die den Hof einst bevölkerten. Stille – nichts mehr von Lachen und Rufen, Fluchen, Hundebellen, Hühnergackern, Gänsekreischen, Pferdegetrappel und dem gleichmäßigen Hämmern aus der Schmiede, nur der Wind, der die Zweige der Eichen und Buchen wiegt und Sand aufwirbelt aus den Schutthaufen, um die große plump behauene Kugel fegt, die einst mit einer aus weiter Ferne herbeigeschafften Steinschleuder abgeschossen wurde, hinweg über die irgendwann auf der Suche nach Schätzen ausgegrabenen Räume, die an Keller denken lassen und doch, unvorstellbar, einmal zu ebener Erde lagen, hinunter in die Ebene, in der das ausgewucherte Dorf liegt mit Reihenhäuschen, Wohntürmen und kümmerlichen Resten von Wald.

In der an den äußersten Rand des Nordhanges gebauten Schutzhütte saß ein Kind, ein schlampig gekleidetes Mädchen mit einer Puppe im Arm und trotzigem Gesicht. Schwarze Haare, schwarze Augen und dieser Trotz, der schon kein vorübergehender mehr war, sondern ein dauernder, einer von zu vielen alltäglichen Enttäuschungen, immer wieder vergeblichem Warten und nicht eingelösten Versprechungen, an die das Kind geglaubt hat, wie nur ein Kind glauben kann.

Wenn die Mutter schlägt, muß sie ihre Gründe haben, das Kind macht sich Erklärungen zurecht, meine Schuld, hab was falsch gemacht, was hab ich falsch gemacht, und die Mutter sagt, das hast du jetzt davon, und manchmal folgt ein Anfall von Reue, dann sagt die Mutter: besser dich. Aische will sich ja bessern, aber irgendwie geht es nicht, wie Hiob weiß sie nicht, warum sie geschlagen wird, ich hab doch nichts getan, was hab ich denn getan, die Mutter sagt, das weißt du genau, und irgendwas hat sie immer getan oder nicht getan, an diesem Morgen zum Beispiel hat sie sich nicht gewaschen, aber das weiß die Mutter nicht, und irgendwie weiß sie es doch, auch noch frech werden, du wirst schon sehn, was du davon hast.

Unten im Ort, auf einer der Bänke beim Springbrunnen, saß Aisches Mutter mit ihrem Freund und soff. Wie jeden Tag, im Sommer und im Winter, saß das Paar vom frühen Morgen an auf immer derselben Bank und besoff sich. Mann und Frau nebeneinander, er unbeweglich, bärtig und schon ziemlich kahl, sie geduckt gegen den Wind, der das helle Haar fliegen ließ. An seiner Seite der Bank lehnte ein altmodisches Damenfahrrad. Sie schlug die Kapuze ihres Anoraks über den Kopf, machte sich klein und kniff die Augen zusammen, die groß und von unvergeßlichem Blau waren. Vielleicht war es noch nicht lange her, daß sie eine schöne junge Frau war, jetzt war ihr Gesicht aufgedunsen und von Pickeln in verschiedenen Stadien übersät.

Oben in der Schutzhütte saß Aische, preßte die Puppe an sich und horchte auf den Wind.

Kannst du nicht hören?! sagte die Mutter in ihrem Innern.

Doch, Aische konnte hören. Sie hörte das Heulen eines einsamen Wolfes, das klagende Muhen von Kühen zur Dämmerstunde, das Stöhnen einer kranken Frau, Glockenläuten, ein Esel schrie, jemand lachte, Pferde schnaubten, wieherten, trappelten, ein Pfau kreischte, jemand fluchte, ein Kätzchen maunzte, ihm war kalt, es wollte ins Warme, Glocken läuteten, eine Kranke stöhnte, Zwielicht kam auf, in der Ferne bellte ein Hund, ein anderer antwortete, ein dritter kam hinzu, aus dem Zwielicht wuchsen die Burgmauern, das Tor, der Rundturm, die Mauern hatten Zinnen und Wehrgänge, und die Kapelle hatte ein Schindeldach, in der Schmiede erklang ein Hammerschlag und noch einer, ein regelmäßiges Hämmern wurde daraus, der Schmied war bei der Arbeit, das Feuer glühte, die Burg stand wie vor siebenhundert Jahren, kein Wald mehr, keine Eichen und Buchen, nur die Burg und die Weinberge und unten das Dorf.

Auf dem Rasenstückchen zwischen Springbrunnen und Weg lag das Paar. Von Aisches Mutter war nicht viel zu sehen, nur die Waden, die sich um die Beine ihres Freundes geschlungen hatten; ihre Füße steckten in Socken, die Schuhe lagen einer rechts, einer links von dem Paar im Gras. Er ruhte mit dem vollen Gewicht auf ihr, die Arme um ihren Nacken geschlungen, den Kopf über ihr Gesicht gebeugt. Die Glatze machte, daß er irgendwie nackt aussah, obwohl er vollständig angezogen war. Radfahrer fuhren vorbei, Leute, die Tüten schleppend vom Einkaufen kamen, keiner schaute hin, jeder tat, als wäre nichts, und auch von der Straßenbahnhaltestelle aus glotzten sie nur verstohlen.

Aische war eingenickt. Im Traum stand sie vor einem Tunnelloch. Sie hat ihren Vater da hineingehen sehen, einen Augenblick lang hat sie nicht aufgepaßt, da muß es geschehen sein. Als sie begreift, ist es schon zu spät. Das Loch hat ihn geschluckt. Sie läßt die Puppe fallen und rennt ihm nach. Auf der anderen Seite des Tunnels liegt ein fremdes Land. Irgendwo dort ist der Vater. Aische muß ihn suchen, aber weiß nicht, wo, und kann nicht fragen.

Der Papierkorb neben dem Paar, das wieder auf seiner Bank saß, war voller leerer Flaschen. Aisches Mutter war so betrunken, daß sie kaum noch die Hand mit der Zigarette zum Mund führen konnte.

Sie zog an der Zigarette und schimpfte auf ihren Freund ein. Er tat, als höre er nicht. Sie kroch aus sich heraus, mit ruckhaften Bewegungen. Er wurde immer unbeweglicher, sie immer lauter. Er saß wie ein Stein. Sie schimpfte, ohne sich um die Leute an der Straßenbahnhaltestelle zu kümmern, die sich, bis auf einen Jungen, der mit wehenden Haaren auf dem Zaun saß, in das Wartehäuschen zurückgezogen hatten. Die meisten wußten, daß die Frau auf der Bank die Tochter des Kirchendieners war, der gnomenhaft und schwarz gekleidet durch den Ort ging und gerne stehenblieb, um ein Schwätzchen zu halten, auf hochdeutsch und betont gebildet. Auch er soff, aber unauffälliger, man sah es nur an den Augen, die ebenso blau waren wie die seiner Tochter, und an den nicht ganz sicheren Bewegungen.

Von ihrer Bank aus hatte die Tochter den Kirchturm im Blick.

Aische schreckte hoch und starrte auf die Burgruine. Die Burgfrau kam ihr in den Sinn, die sich einst auf den weiten Weg ins Morgenland gemacht hatte, um ihren Mann aus der Gefangenschaft zu befreien. Sie stand auf und verließ die Schutzhütte.

Die Puppe im Arm, ging sie langsam ins Dorf hinunter und stellte sich vor, wie das wäre, wenn auch sie sich auf den Weg machen würde.

Der Mann war aufgestanden und schob langsam das Fahrrad über den Platz. Die Frau folgte ihm in einigem Abstand, schwankend und hemmungslos hinter ihm herschimpfend.

Aische stand auf dem heruntergeklappten Toilettendeckel und schaute aus der Dachluke. Manchmal brannte sie Streichhölzer ab, die sie ihrer Großmutter gestohlen hatte. Sie schaute der Flamme zu, bis die ihre Finger berührte. Es kam darauf an, das Streichholz am äußersten Ende zu halten, damit es lange brannte. Wenn sie die Hitze an den Fingern spürte, nahm sie mit der anderen Hand behutsam den abgebrannten Teil des Streichholzes und schaute zu, bis der Rest verbrannt war und die Flamme verlosch. Das Verlöschen beobachtete sie mit besonderer Teilnahme. Für die Zeitspanne, in der das Streichholz brannte, war sie getröstet. Nicht immer hatte sie Streichhölzer.

Daß jemand an sie dachte, konnte Aische sich nicht vorstellen – böse, ja, das schon, daß man wütend auf sie war und nichts von ihr wissen wollte, aber nicht, daß jemand, während sie allein war, einverstanden mit ihrem Dasein, freundlich an sie dachte, nicht die Mutter, nicht die Großmutter – und erst recht nicht der Vater. Die Erinnerung an ihn war flüchtig wie die vom Wind getriebenen Wolkenfetzen, die Aische auf dem Toilettendeckel stehend beobachtete.

Auf dem Nachhauseweg hatte sie plötzlich wieder diese Scham überkommen, zwischen Schuhgeschäft und Frisör, die Scham dazusein. Am liebsten wäre sie unsichtbar gewesen. Mit gesenktem Kopf war sie nach Hause geschlichen, vorbei an den schönen Villen, in denen die glücklichen Menschen wohnten, kein Durcheinander in den Schränken, keine leeren Flaschen, keine stinkenden Aschenbecher, keine Mutter mit einem Blick, der gleichzeitig stier und verschwimmend war, und niemand, der Bankert sagte oder Türkenbankert, und nicht irgendsoein Willi, der im Gefängnis gesessen hatte, sondern ein richtiger Vater. Ein Flugzeug durchquerte den Himmel, zog ein graues Wölkchenband hinter sich her.

Einmal hatte Fatma sie mit zu sich nach Hause genommen. Vor der Tür war eine Matte, auf der stand *Don't worry, be happy.* In der Wohnung war laute Musik, es roch nach Essen, der Fernseher lief, und Fatmas Vater sagte: Hallo, mein Schatz. Alles war sehr aufgeräumt und sauber. Fatmas Geschwister saßen im Raum verteilt und starrten zum Fernseher hin, Fatmas Mutter brachte ihr ein Börek, und später fragte sie, warum sie kein Kopftuch trage. Aische zuckte die Achseln und wollte weg, mit denen nichts zu tun haben, die Mutter sagte, gibs keine türkische Mädche ohne Kopftuch, und Aische sagte nicht, daß sie das Kopftuch ätzend fand, stopfte das Börek in sich hinein und ging nach Hause, mit diesem *Hallo mein Schatz* im Ohr und der Erinnerung an den Vater, die plötzlich wieder da war, und mit ihr die Sehnsucht.

*Hallo mein Schatz,* Aische hätte alles getan, um das noch einmal zu hören, noch einmal *mein Schatz* und dazu ein Lächeln und ein Blick aus schwarzen Augen, ein Blick, der sie umfing, als wären es seine Arme, alles würde Aische dafür tun, bloß kein Kopftuch tragen.

Auf dem Toilettendeckel stehend, über das Kreuz und Quer der Dächer schauend, den bewaldeten Bergrücken im Blick und die kahlen Stellen, die die großen Stürme hinterlassen hatten, probierte Aische im Geiste ein Kopftuch an, mit einem Knick, wie die Türkinnen es tragen, tief in die Stirn. Der Knick ist dazu da, daß es nicht rutscht, und tief in der Stirn muß es sitzen, hatte Fatma gesagt. Aische riß sich das eingebildete Kopftuch herunter, niemals.

*Hallo mein Schatz* war wie ein Zauberwort gewesen, das den Vater heraufbeschworen hatte. Aische sah ihn vor sich, mit seinen schwarzen Augen und der Haut voller Hubbel und Kraterchen, und die Scham war weg. Statt dessen einfach Begeisterung wie damals bei dem Mann in der Straßenbahn, der trug eine Schiffermütze, die war schwarz oder marineblau.

Aische saß schräg hinter ihm, so daß sie nur einen Teil seines Gesichts sehen konnte, aber das, was sie sah, genügte: ihr Herz schlug diesem Mann entgegen, obwohl sie wußte, daß er ein Fremder war. Ein- oder zweimal hatte sie genau hingesehen, da war es bloß irgendsoein Deutscher, aber wenn sie aus den Augenwinkeln schaute, war es ihr Vater, mit einem Pflaster im Nacken, unter dem, das wußte Aische, ein Furunkel blühte. Sie liebte diesen Mann, und hätte er gewinkt und gesagt, komm, hier steigen wir aus, sie wäre aufgestanden und mit ihm gegangen. Und einmal im Intercity, auf dem Weg zur Toilette, sah Aische den Koch, der im Fenster des Küchenwagens lehnte, auf dem Kopf eine hohe weiße Mütze. Er lächelte ihr zu und sagte etwas, und ihr ging das Herz auf, und sie vergaß die Mutter und den Willi, die im Speisewagen saßen und soffen, ihre glasigen Augen bekamen und noch einen Wein bestellten und noch einen. Aische schämte sich vor dem Kellner und wußte nicht, wohin sie sehen sollte, konnte nicht mal aus dem Fenster gucken oder wenigstens so tun als ob, Willi hatte den einen Fensterplatz genommen, und natürlich mußte die Mutter ihm gegenübersitzen, und dann machte die Mutter eine ihrer weit ausholenden Bewegungen, die alles wegfegten, was im Wege war, und Aische hatte den Wein auf dem Rock.

Aische stieg vom Toilettendeckel herunter. Im Haus Stille und dicke Luft. Das Bild des Vaters verflüchtigte sich. Aische konnte plötzlich nicht mehr richtig atmen, das Zimmer war so leer, die Couch und die Sessel und der Teppich voller Brandlöcher. Einmal war Er da, wenn er von der Arbeit kam, sagte er, hallo, mein Schatz, und jetzt war er weg, hatte sich in Luft aufgelöst, einfach so. Aische hätte gern ein Foto von ihm gehabt, spürte, wie er sich auch in ihrer Erinnerung auflöste, wollte das nicht, wollte ihn behalten, halten sollte er sie, nicht abstürzen lassen, festhalten, unter Aische das Nichts, nur seine Hand, an die Aische sich mit aller Kraft klammerte und die ihr doch entglitt, aber wenn er wiederkommen würde, und das würde er bestimmt, dann würde er sie bei der Hand nehmen, und sie würden zusammen weggehen aus dem Totenreich, dem Grabeshaus, wo die Großmutter ihre Sachen erzählte von dem Gut in Schlesien, immer dasselbe, wie schön es damals war, und der Großvater zusammengesunken am Küchentisch, und die Mutter mit ihrem verpickelten Gesicht, stinkend und stöhnend in der Küche herumstampfend, Kopf vorgestreckt, breitbeinig, nach Geld suchend, fluchend – wenn sie diesen Seemannsgang hatte, mußte man ihr aus den Füßen, unbedingt, am besten unsichtbar sein, nicht atmen, und auch nicht lachen, wenn sie furzte, und nicht trösten, wenn sie, ein Häufchen Elend, über dem Tisch hing, reglos, den Kopf in den Armen. Aische hatte die Erfahrung gemacht, daß sie auffuhr und wild wurde, wenn man sie anfaßte.

Am besten war es noch, wenn niemand da war, alleine war es Aische am wohlsten, dann konnte sie machen, was sie wollte, Streichhölzer abbrennen, ohne daß jemand an die Klotür bummerte, zuschauen, wie es zuckte und züngelte und leckte, so lange lebte, wie es Nahrung hatte, und dann starb. Sobald eines erloschen war, zündete Aische das nächste an und schaute in die Flamme, die nicht irgendsoein totes Ding war wie Wand Tapete Kommode. Die Lippen fest zusammengepreßt, schaute Aische befriedigt zu, wie die Flamme sich an dem Holz entlangfraß – das Feuerchen könnte ein Lagerfeuer sein und ringsum schattenhafte Gestalten, die sich hin und her bewegen, Holz suchen, kleinmachen, nachlegen. Über dem Feuer hängt ein Kochtopf, der schwarz ist von Ruß und schon ziemlich verbeult. Aische hört das Knacken von Zweigen und halblaute Stimmen; was sie sagen, kann sie nicht verstehen, aber sie hört jetzt, daß Grillen zirpen und in der Ferne ein Wolf schaurig heult.

Es müssen Pferde in der Nähe sein, der Wind trägt ihren Duft herüber und hin und wieder ein leises Schnauben. Die am Feuer haben sich niedergelassen. Langsam wird es still. Gedämpftes Lachen. Flüstern. Rülpsen. Einer nach dem andern hüllt sich in seinen Mantel und legt sich hin. Husten und Stöhnen und die ersten Schnarcher. Das Feuer ist niedergebrannt, aber der Mond ist hinter den Wolken hervorgekommen, hell scheint er über der Burg, die sich traumverloren gegen den Himmel abzeichnet.

In einer gläsernen Ampel brannte ein Licht, das von einem großen Spiegel zurückgeworfen wurde. Das Gesicht der Burgfrau war abgemagert von der langen Krankheit und bleich, man hatte sie mehrmals zur Ader gelassen. Ein Betpult warf unruhige Schatten, niemand hatte die Sanduhr umgedreht, bei der Truhe hockte die Katze mit runden Angstaugen.

Matt ruhte Lauras Kopf auf den Kissen, unter halb geöffneten Lidern starrten die Augen zum Kruzifix hin.

Bekreuzigen konnte sie sich schon, als sie noch wortlos war, das Beten gehört zu ihrem Leben, aber jetzt ist das Kruzifix nur noch ein Ding, das ihr irgendwie bekannt vorkommt, alles ist ferngerückt, sie hört Glockenläuten und die vertrauten Geräusche von draußen, es geht sie nichts mehr an. Sie hat sich die Seele aus dem Leib gekotzt, und jetzt spürt sie, wie das Leben entweicht, es schwindet so unaufhaltsam wie das Tageslicht zur Abendstunde.

Die Mutter beugte sich über sie, um ihr das Gesicht abzuwischen. Sie beugte sich über sie, aber sie achtete darauf, daß sie ihr nicht zu nahe kam. Stell dich nicht so an, hat sie gesagt oder vielleicht auch nicht gesagt, die Kranke kann schon nicht mehr unterscheiden, was ist und was nicht, was jetzt war, gerade eben, und was einst, alles geht ihr durcheinander, nur die Schmerzen spürt sie noch, aber weiß schon nicht mehr, wo, alles tut weh, es gibt nichts mehr, was nicht weh tut.

Der Herr der Burg Tannenberg hatte sich in die Kapelle geflüchtet, lag, die Arme waagrecht vom Leib gestreckt, vor dem Altar und betete, schlug mit der Stirn auf den Boden und fragte Gott, was er getan habe, daß Er ihn so strafe, flehte um ein Zeichen, bat die Heilige Jungfrau zu vermitteln, ihm zu sagen, was er tun könne, um die drohende Stille von seinem Haus abzuwenden. Die eigene Hilflosigkeit machte ihn rasend. Etwas tun wollte er. Pater Konstantin hatte Demut angeraten, Demut aber war nicht seine Aufgabe. Kämpfen ja, das hatte er gelernt, er war der Erbe, dazu berufen, mit dem Schwert umzugehn. Die Stirn schmerzte und die Faust, mit der er den Knecht Hans geprügelt hatte. Besinnungslos vor Wut, hatte er auf ihn eingedroschen, und Margarethes Kreischen *Jesus Maria und Josef* hatte ihn nur noch wütender gemacht, Heilige Mutter Gottes, Ihr bringt ihn um! Plötzlich war die Wut weg gewesen. Er hatte Lenes vorwurfsvollen Blick gesehen und sich geschämt. Ohne seine Wut war er wie nackt. Halb erfroren lag er auf dem harten Steinfußboden, die Backe brannte von der Kälte. Niemals mehr würde er eine Frau so lieben wie seine Laura. Sie waren miteinander verwachsen wie zwei Bäume, deren Wurzeln untrennbar verbunden sind. Er hatte lange gebraucht, bis er ihr zum ersten Mal in die Augen sehen, und noch viel länger, bis er ihr Liebesworte sagen konnte, hatte das Reden nicht gelernt, nicht diese Art von Reden. Seine Befehle konnte er geben, zum Herrschen war er erzogen worden, aber wenn er zu einem andern Menschen reden sollte, einfach so, fiel ihm das schwer. Er hob den Kopf und schaute zu dem Gekreuzigten hoch, der seinerseits gequält zu seinem Vater im Himmel aufblickte. Endlich wußte er, was er zu tun hatte, und schon verstand er nicht mehr, wieso er nicht früher darauf gekommen war: eine Pilgerfahrt für Lauras Leben. Feierlich gelobte er, sich auf Pilgerfahrt zu begeben, falls sie gesund würde.

Laura war eingeschlafen, wußte nichts davon, daß es angefangen hatte zu schneien, der Hof sich mit Schnee bedeckte und die Esel lautlos vom Wasserholen heimkehrten. Die Hunde schwiegen. Kein Vogelzwitschern. Der Schnee dämpfte Wolfsgeheul und menschliche Stimmen. Laura schlief. Schnee lag auf Zinnen und Dächern. Wer nicht draußen sein mußte, blieb drinnen. Die Kranke wachte auf, trank, schlief wieder ein, ohne etwas von der seltsamen Stille draußen bemerkt zu haben. Sie verschlief das Tropfen des schmelzenden Schnees, wußte nichts von den dreckigen kleinen Häufchen, die sich da, wo die Sonne nicht hinkam, noch eine Zeitlang auf dem Hof hielten, verschlief das Aufblühen von Winterlingen und Weidenkätzchen, aber stöhnte nicht mehr und behielt den Brei bei sich. Einmal, als sie aufwachte, saß Konrad an ihrem Bett und lächelte sie an mit dem blauen Silberblick, den sie so liebte. Er legte seine Hand über ihre und sagte etwas, das sie nicht hören konnte, weil ihr eingefallen war, wie sie aussehen mußte, gräßlich. Ihr Lächeln erstarb. Sorgenvoll forschte sie in seinem Gesicht. Er erschrak und nahm an, sie wisse um sein Gelöbnis, wollte sagen, es war für dich, aber brachte es nicht über die Lippen. Sie schlief wieder ein, nicht mehr so fest und tief, zwischen Schlaf und Wachen jetzt Hirschröhren, Eselwiehern und Katerschreie.

Das Fenster der Kemenate stand offen. Laura richtete sich im Bett auf. Draußen sang eine Amsel. Pferdehufe klapperten über das Pflaster des Hofes. Ein breiter Sonnenstrahl fiel auf den Bettpfosten. Schon wieder so gesund, daß sie sich ein wenig langweilte, beobachtete Laura die Stäubchen, die in dem Sonnenstrahl tanzten. Die Katze sprang zu ihr aufs Bett. Laura streichelte sie.

Das Haar glänzte wieder, die Mutter war nach Hause gefahren, im Garten gab es viel zu tun. Laura war heiter. Die Rückkehr in ihren Alltag tat ihr gut. Sie wußte nichts von dem Gelöbnis ihres Mannes, der den Rachen des Meeres weniger fürchtete als die Tränen seiner Frau und es von Tag zu Tag hinausschob, mit ihr zu reden. Er war viel unterwegs, häufiger auf der Jagd als früher, sie sah ihn kaum, nachts riß er sie manchmal in seine Arme und quetschte sie an sich, als wolle er nie mehr loslassen. Sie duldete es und verstand nichts, erst recht nicht die Feindseligkeit, die zuweilen zwischen ihnen aufkam wie eine Spinne, stumm und schwarz auf der frischgekalkten Wand.

Der Mond schien ins Zimmer, ein bleicher, hämisch blickender Vollmond. Einmal hatte Frau Luna keinen Grund, bitter die Mundwinkel zu verziehen, blaß vor Neid beim Anblick des sich liebenden Paares. Schadenfroh schaute sie auf das Bett herab. Laura war das Herz schwer. Sie hatte Konrad nicht kommen gehört, nicht gemerkt, wie er sich zu ihr legte, war davon aufgewacht, daß er sich an sie preßte, über ihren Schenkel strich, ihre Hüfte packte und mit einem Stoß in sie eindrang.

Als sie ganz wach war, war es schon vorbei und er eingeschlafen.

Jetzt fand sie keinen Schlaf mehr, drückte sich an ihn und suchte seinen müden Krieger wieder aufzurichten. Er grunzte abwehrend und drehte sich weg.

Gekränkt kehrte sie ihm ebenfalls den Rücken, horchte auf seinen Atem und hoffte, er werde merken, daß er sie beleidigt hatte, sich umdrehen, sie in die Arme nehmen und sie mit verhaltener Leidenschaft lieben. Er begann zu schnarchen. Sie rüttelte ihn. Er lag da wie ein Klotz, stank nach Wein und sägte.

Laura war plötzlich nicht mehr sicher, ob Frau Luna wirklich schadenfroh schaute oder nicht vielleicht doch mitleidsvoll. Am liebsten wäre sie aufgestanden und in den Wald gerannt. Sie sprang aus dem Bett, kniete und betete. Das Beten beruhigte. Sie kehrte ins Bett zurück, döste ein und schreckte hoch. Ihr war eingefallen, daß ein unter dem Blick von Frau Luna empfangenes Kind ein Albino wird, ein Menschenschreck. Mit dem Bild dieses Kindes vor Augen fiel sie in einen unruhigen Schlaf, leichenblaß stand es da, abgesondert von allen anderen, zu ewiger Einsamkeit verdammt.

Am Morgen zeigte sie sich schnippisch, und als Konrad tat, als merke er nichts, wurde sie giftig. Offene Feindseligkeiten drohten auszubrechen und wurden nur dadurch abgewendet, daß Konrad für ein paar Tage auf die Jagd ging.

Gereizt blieb Laura zurück. Alles brachte sie auf, das morgendliche Zwitschern der Vögel, das um diese Jahreszeit besonders laut war, die Schreie der Esel, das herzzerreißende Stöhnen und dann der Schrei, durchdringend und langgezogen, als wolle er nie wieder aufhören, und der Hahn, der blöde von sich eingenommene Gockel, der ununterbrochen krähte. Sie war drauf und dran, ihm den Hals umzudrehen, als er still wurde. Laura atmete tief. Während der Messe fing er wieder an, und nach der Messe, beim Frühstück, meinte sie, Pater Konstantins mörderischen Geruch nicht ertragen zu können. Der Pater sah ihr vorgerecktes Kinn und erkundigte sich mit betonter Sanftmut nach ihrer Mutter, ob sie gut heimgekommen sei und wie sie ihren Haushalt vorgefunden habe. Laura murmelte, sie habe noch nichts gehört, hielt die Luft an und fragte sich, wie es kam, daß der Pater diesen unmenschlichen Geruch ausströmte. Der Pater ergriff ihre Hand und schaute väterlich. Seine Augen waren wäßrig-blau. Laura mied seinen Blick. Von seinen Händen ging eine unangenehme Wärme aus, etwas Feuchtes, Fauliges, das zu dem Geruch paßte, den Laura, die wohl oder übel wieder angefangen hatte zu atmen, plötzlich zu erkennen meinte: Pater Konstantin stank nach Schwefel.

Mit Gottes Hilfe, sagte er, ist alles gutgegangen.

Seine Hände übten einen leichten Druck auf Lauras Hand aus, die wegwollte, bloß weg, und sich, noch ehe Laura sie ihm unauffällig entziehen konnte, losriß, nach einem Stück Brot griff und es in den Mund stopfte.

Meine Tochter.

Laura lächelte entschuldigend, tat, als sei ihr etwas eingefallen, sprang auf und flüchtete in die Küche, und da steht Liesel und schwatzt mit dem schönen Fritzi und dreht und wendet sich dabei und lacht und lächelt, nicht wiederzuerkennen, das Luder das Weibsstück, irgendwo ist eine Grenze, und die ist jetzt erreicht, was zuviel ist, ist zuviel, und Laura geht auf ihre Magd zu mit dieser Wut im Bauch, mit der sie lange schwanger gegangen ist, jetzt muß sie raus.

Strahlend tat Liesel einen Schritt auf Laura zu.

Oh meine Mutter!

Gebannt stand Laura da und wußte nichts zu sagen, und

böse schauen konnte sie auch nicht mehr und erst recht nicht sagen, was sie sagen wollte: Hör auf, mich Mutter zu nennen. Ich bin nicht deine Mutter.

Unverschämt war Liesel geworden und war doch so verschämt gekommen, in Begleitung einer ihrer Söhne, der, selber erst vierzehnjährig, für sie sprach, während sie sich scheu umsah, bescheiden nickte und *ja* und *nein* hauchte mit niedergeschlagenen Augen, die Schüchternheit in Person, die, nachdem Laura sie aufgenommen hatte, ihre Hand ergriff und einen dankbaren Kuß darauf drückte. Dann krempelte sie die Ärmel hoch, raffte den Rock und packte zu.

Der Mann tot und sieben Kinder zu ernähren. Laura gab ihr einen Laib Brot mit. Liesel küßte ihr die Hand.

Vergelts Gott.

Laura wurde von Nächstenliebe ergriffen. Milde Gaben für Liesel, alle möglichen guten Werke. Ein Besuch in Liesels Hütte. Alles arm, aber ordentlich und sauber. Die Kinder drückten sich scheu herum. Liesel holte ihr Hochzeitskleid aus der Truhe, zeigte das Kleid, legte es an, verwandelte sich in das Mädchen, das sie einmal war, spielte die Hochzeit vor und wie sie dann in der Kammer saß und den Bräutigam erwartete, stand da in ihrem Hochzeitskleid und biß sich auf die Fingernägel, Angst, und wedelte mit der Hand, wie jemand, der sich verbrannt hat, ich wußte nichts, gar nichts. Das Kleinste war krank, mit grindigem Mund lag es da und fieberte.

Laura schickte die Hildegunde.

Vergelts Gott, sagte Liesel. Ihr seid wie eine Mutter zu mir.

Immer darauf bedacht, Laura etwas abzunehmen. Das ist zu schwer für Euch, das trage ich. Zusammen fütterten sie die Hühner, die Gänse und die Pfauen, zusammen arbeiteten sie im Garten. Und Liesel immer fröhlich, immer willig, laßt nur, laßt nur, dafür bin ich da. Die anderen Mägde schlappten lustlos in ihren Holzschuhen umher, ließen die Unterkiefer hängen oder warfen die Zöpfe auf den Rücken, zum Zeichen, daß sie auch ihren Stolz hatten. Liesel trug Pantinen wie sie, aber sie schlappte nicht. Laura beschloß, ihr Lesen und Schreiben beizubringen, malte die Buchstaben mit einem Stöckchen in den Waldboden – wenn sie sich vorbeugte, der Duft der Pilze im Korb und dann zurückgelehnt zusehen, wie Liesel mit herausgestreckter Zunge die Buchstaben nachzeichnete. Auf dem Rückweg Lachen über eine Stinkmorchel, die weiß schimmernd aus Liesels kleiner Hand ragte, ein Blickwechsel, einmal Grinsen, Riechen und puuuuh, nicht mehr Herrin und Magd, zwei Frauen, die sich, vorübergehend verschworen, die Wut der Unterjochten herauslachten, laut und dreckig im dunkelnden Wald.

Die Scheu war von heute auf morgen verloren, der Übergang vom Händeküssen zum Schulterklopfen verlief unmerklich. Liesel zeigte einfach immer weniger Ergebenheit und reckte sich immer häufiger, um Laura auf die Schulter zu klopfen. Sie war mehr als einen Kopf kleiner als Laura, aber ihr Schulterklopfen war kräftig. Dann wieder das Kindchen, das Freudensprünge macht, mit klappernden Pantinen, Mutter oh Mutter, den geschenkten Schleier in der Faust.

Laura ließ es geschehen, daß Liesel sie Mutter nannte. Zwei Ungeborene, die sich gar nicht erst zum Leben entschlossen hatten, und vier Geborene. Jedesmal hatte sie gehofft, dieses würde sie jetzt aufwachsen sehen, und keines war so weit gekommen, daß es *Mutter* sagen konnte, und dann kam Liesel, die ihr hingebungsvoll die Haare kämmte, oh meine Mutter, wie schön Euer Haar ist!, und erzählte, was die Gretel gesagt hat und die Gundel getan, aber nicht verraten, daß ich es gesagt habe, und Laura erklärte, daß sie das nie tun würde, und glaubte, eine Verbündete gefunden zu haben, eine Vertraute. Ein lebhaftes Töchterchen, das sich, ohne daß Laura es merkte, das Schelten angewöhnte. Mutter, was habt Ihr gemacht? Ihr habt ja wieder alles durcheinandergebracht.

Seht nur, seht, was Ihr gemacht habt! Oh Mutter!

Liesel, die einen Schmollmund zog, und Laura die, als wäre

sie das Kind, nicht wußte, wohin schauen, zwar dachte, daß es ihrer Magd nicht anstand, sie zu tadeln, aber nichts sagte, auch den Befehlston überhörte, den Liesel immer häufiger annahm.

Morgen besorgt Ihr uns einen neuen Korb! Dieser ist wirklich gar zu alt!

Laura beschloß, den Korb noch eine Weile zu benutzen, und als Liesel sie das nächste Mal ausschimpfte, zeigte sie ihr Befremden. Liesel steckte sofort zurück, sie lachten zusammen, und Liesel sagte, oh meine Mutter, meine Mutter. Und bewunderte Lauras Zopfspangen. Schön, so wunderfein. Sehnsüchtiger Blick. Ihr habt ja so viele. Das Gesicht zu einem Greinen verzogen. Und ich?

Diese Spangen schenkte ihr Laura nicht, aber andere, die sie leid war, etwas leid, aber schon mußte sie um ihr liebstes Unterkleid fürchten. Halb ausgezogen stand sie vor Liesel, die einen Schritt zurücktrat, in die Hände klatschte. Wie schön, wie fein dies Linnen! Oh meine Mutter! Und ich? Und ich?

Heftig kämmte sie Lauras Haar, tat, als höre sie die halb unterdrückten Wehlaute nicht, und beklagte das Schicksal ihrer Kinder, ach, die armen Waisen, was soll aus ihnen werden? Einen Augenblick hielt sie Laura den Handspiegel hin, dann schaute sie selber hinein, griff nach dem Kamm, Ihr habt zwei Kämme, Mutter, zwei, kämmte sich, sozusagen versuchsweise, mit dem kleineren und sah Laura auffordernd an.

Laura wandte sich ab.

Liesel legte den Kamm hin und steckte ihre Finger unbefangen plaudernd in Lauras Schmuckkästchen, wühlte darin herum, ließ eine Kette durch die Hand gleiten, probierte einen Ring an, hielt Laura die Hand hin: Wie steht der mir?

Konrad schenkte ihr ein Mieder. Liesel legte den Kopf schief, wie schön, wie fein. Laura lächelte. Liesel verzog das Gesicht zu ihrem Säuglingsgreinen. Laura hörte auf zu lächeln. Liesel setzte die Jammermiene ab, schritt langsam um Laura herum, wiegte bedenklich den Kopf, hob die Augenbrauen, machte tttttt und erklärte, diese neuartigen Mieder seien nicht günstig für Laura.

Ihr seid eine große Frau, kräftig gebaut. Ihre Hände zeichneten elefantöse Formen in der Luft nach. Wirklich sehr –

Laura schickte sie nach wilden Erdbeeren, obwohl sie genau wußte, daß Liesel sich allein im Wald fürchtete.

Lange bevor das Klappern der Hufe auf dem Burghof ertönte, wieherten die zurückgebliebenen Pferde den Heimkehrenden entgegen. Die Hunde fingen an zu bellen, Unruhe entstand. Laura, die gerade die erste frische Minze dieses Jahres gepflückt hatte, horchte. Mit der Minze in der Hand eilte sie über den Hof ans Tor, um Konrad zu begrüßen. Die Mißstimmung war vergessen, sie empfand nichts als Freude über die Rückkehr ihres Mannes. Erst als sie vor ihm stand, überkam sie Befangenheit.

Das Pferd Odin senkte den Kopf, seine Nüstern bliesen über die Minze, begehrlich schob sich die Oberlippe vor. Laura streichelte die Stelle über dem Maul, da, wo es am weichsten ist, und schaute zu Konrad auf, der absaß und erzählte, sie seien von einer Wildsau angegriffen worden.

Nachmittags hatte es geregnet, von den Ulmen tropfte es, sie standen im Matsch. Der Knappe Burkhardt führte Odin weg. Die schaukelnden Hintern der zum Stall schreitenden Pferde. Konrads Gesicht war verschlossen, er murmelte etwas von Wildschäden und daß er aus den nassen Sachen rauswolle, und schon lag Laura etwas Giftiges auf der Zunge. Vorwurfsvoll stand sie da und suchte seinen Blick. Er bereute, daß er sich auf den Heimweg gemacht hatte, und mied ihren Blick. Schweifschlagend verschwanden die Pferde im Stall. Zum Tor herein kam der Ziegenbock, er rannte mit wehendem Bart vor dem Gockel davon, der ihn nicht zum ersten Mal vor sich herjagte. Der Gockel flog nicht, er lief mit erstaunlicher Geschwindigkeit, die langen dünnen Beine machten Riesenschritte. Laura und Konrad sahen sich an. Der große zottelige

Bock hatte den Schwanz eingeklemmt, vor Angst verlor er ein paar Köddel, der Gockel ging zu tänzerischen Sprüngen über. Mann und Frau platzten gleichzeitig heraus.

Mit vom Lachen tränenfeuchten Gesichtern stapften sie durch den Matsch Hand in Hand ins Wohnhaus.

Die Wolken hatten sich verzogen, es war wieder wärmer geworden. Unter den Ulmen im Hof die von der Abendsonne beschienene Tafel. Vogelzwitschern und jene gewisse Schläfrigkeit nach dem Essen, die die Glieder wohlig schwer und den Geist träge macht. Nur die Hunde nagten unermüdlich weiter an ihren Knochen.

Vom unteren Ende der Tafel her drang Liesels schrille Stimme an Lauras Ohr. Sie war zu weit weg, als daß Laura hätte hören können, was sie sagte, es war ihr auch vollkommen gleichgültig: wie im Halbschlaf saß sie mit schweren Lidern, wußte, daß sie sich noch am Morgen heftig geärgert hatte über diese Frau, aber verstand es nicht mehr, verstand nicht, wie man sich überhaupt über irgend etwas ärgern konnte. Der Hahn krähte. Laura lächelte in sich hinein, genoß die Wärme, die von Konrads Schenkel ausging, und gab sich dem Glück hin, neben ihm zu sitzen, das Spiel seiner Muskeln zu spüren, wenn er sich bewegte, und seine Stimme zu hören. Eben redete er mit seinem Freund Heribert von Wiesen, der ihn auf die Jagd begleitet und ihn gerettet hatte beim Angriff der Wildsau.

Schon leicht verschwommen blickend, hefteten sich die wäßrig-blauen Augen von Pater Konstantin auf sein Beichtkind.

Nun, seid Ihr froh, daß Euer Mann wieder da ist?

Laura, die in den Anblick von Konrads Bauch versunken gewesen war, hob den Kopf und atmete Schwefel- und Bocksgestank. Unwillkürlich ging ihr Blick zu den Füßen des Paters hinunter, die aber unter der Kutte verborgen waren. Erschrokken über die eigenen Gedanken, versuchte sie, den Pater anzulächeln.

Aber aber, meine Tochter.

Anzüglich drohte er mit dem Finger.

Schuldbewußt griff sie nach dem Krug, um ihm nachzuschenken. Der Pater dankte gemessen und hob zu einer Rede an, den Becher ungeleert in der Hand, Lauras Erröten auf seine Weise deutend, sprach von der Unterordnung des Weibes, der gottgewollten, und vom Paradiese, wo nichts war zwischen Adam und Gott, außer – und der Pater führte nun doch den Becher an die Lippen –, außer einer Frau, und die ruhte nicht, bis es ihr gelungen war, ihren Mann aus dem Garten Eden zu vertreiben und Christus zum Kreuzestod zu verdammen.

Der Pater war ernst geworden, sehr ernst. Seine blaßblauen Augen suchten Lauras Blick, um sich da hineinzubohren, aber sein Beichtkind hielt züchtig die Lider gesenkt, so daß er ihr nur ins Gewissen reden konnte, in sie dringen im Brustton der Überzeugung, immer tiefer die Stimme, abgehackter die Worte, während Laura, den Kopf demütig geneigt, damit beschäftigt, dem Heben und Senken von Konrads Bauch zuzuschauen, hin und wieder nickte, auch scheu die Augen aufschlug zu dem Pater und doch nichts mitbekam von dem, was er sagte, alle Sinne darauf gerichtet, den Rhythmus ihres Atems mit dem ihres Mannes zu vereinigen, nicht mehr zu denken, sich fallenzulassen, mit dem ruhig seinem Freund zuhörenden Konrad zusammen zu atmen. Sie war drauf und dran, die Existenz des Paters zu vergessen, als ihr plötzlich eine Schwade seines Gestanks in die Nase drang. Der Pater schnaufte. Angewidert ging Lauras Blick über die Tafel, die Schalen, die Essensreste, Becher, Löffel, Messer, zu Margarethe. Irgendwie hatte sie das vorwurfsvolle Starren der runden Augen gespürt, es richtete wieder mal niemand das Wort an die Alte, die erstaunlich jung aussah, kaum Falten, die glatte Haut eines Säuglings, und war doch schon betagt, als sie Konrads Amme wurde und ihn aufzog, wie meinen eigenen Sohn, sagte sie gern und oft und leitete alle möglichen Rechte daraus ab, nicht genug, daß sie die Küche unter ihrer Fuchtel hatte.

Wieder mal beleidigt, hockte sie da wie eine fette Kröte, der ausladende Hintern brauchte Raum, die Anklage ging Laura zu, quer über die Tafel, stumm aber nachdrücklich. Nicht immer war Laura so gefeit wie heute. Sie tat, als hätte sie nichts bemerkt, wandte dem Pater ein aufmerksames Gesicht zu und sann dem unsichtbaren Faden nach, der Konrad und sie verband, legte im Geiste die Hand auf seinen Arm, gab sich der Vorstellung hin, wie er sich anfühlte. Sie bemerkte, daß Fritzi der Schöne sich zu Margarethe setzte und Margarethe sich belebte, das vorwurfsvolle Starren wich Liebe heischendem Glubschen.

Von einem Schluckauf geplagt, brach der Pater seine Rede ab. In der Stille war das Knacken und Krachen der Knochen zu hören, die die Hunde mit wildem Eifer benagten, eine Amsel sang ihr Abendlied, der Gockel krähte. Konrad wandte sich Laura zu, sah sie an mit dem leichten Silberblick, den er immer dann bekam, wenn ihn etwas bewegte. Laura lächelte, hob die Augenbrauen, deutete mit einer winzigen Kopfbewegung zu dem Pater hin, der Silberblick verstärkte sich, und Konrad legte den Arm um seine Frau und zog sie an sich.

Mit den langsamen, ruhigen Bewegungen eines Menschen, der viel Zeit hat und mit sich und der Welt in Frieden ist, schnitt Laura einen Strauß Rosen im Rosengarten. Sie trug die Blumen wie ein Kind im Arm, Konrads Leib war ihr noch nah, sie spürte das Nachschwingen, wußte ihn in sicherer Nähe, hörte das Sommersummen und eine Lerche hoch oben im wolkenlos blauen Himmel, ging umher, als wäre die Welt gut, ein kleines Lächeln im Gesicht, so wohl war ihr lange nicht gewesen. Sie hob den Arm mit den Rosen zum Gesicht und atmete den Duft ein, alles war gut so, wie es war.

Hinter der Hecke, die das Rosengärtchen vom Gemüsegarten trennte, wurden zwei Frauenstimmen laut. Laura, die Hand mit dem Messer an einem Rosenstengel, hielt in der Bewegung inne und horchte, erkannte Liesels Stimme, die, schriller noch als sonst, auf etwas bestand.

... doch! wenn ich es dir sage!

Und Margarethes ebenfalls erhobene Stimme: Nein nein, ich wills nicht glauben! Das hätt er mir gesagt! *Mir* hätt er das gesagt, wo *ich* ihn großgezogen hab *wie meinen eigenen Sohn!*

Liesels gekränktes Kreischen: Du kannst *alle* fragen! *Alle* wissen es!

Und wieder Margarethe, die schon, bevor sie halb taub wurde, nicht zu überhören war, so gellend laut, daß Laura sich die Ohren zugehalten hätte, hätte sie nur die Hände frei gehabt. Margarethes Stimme ausgeliefert, stand sie da, halb gebückt, das Messer in der Hand. Als wären mit einem Schlag alle Geräusche verstummt, hört sie nichts mehr vom Summen des Sommers. Sie läßt die Hand mit dem Messer sinken und richtet sich langsam auf. Steht eine Weile da, schaut blöde vor sich hin. Hat nichts verstanden, nur daß Konrad sie verlassen wird. Warum, das ist ihr gleichgültig. Er geht weg, läßt sie allein, für lange Zeit oder für immer. Ihr ist, als wäre es schon geschehen, als wäre er schon jetzt fort. Der Gockel kräht, und Laura hört es nicht. Es ist ein unerträgliches Schweigen in ihr. Auf dem Feld hört sie die Lerche nicht, in der Kapelle nicht den Pater Konstantin. Sie geht zur Messe, sie betet neben Konrads leerem Platz. Taub ist sie nicht. Sie hört, was es zu tun gibt und woran es fehlt. Sie leitet ihren Haushalt tüchtiger als früher und ohne jede Anteilnahme. Nichts geht sie etwas an. Niemand dringt bis zu ihr durch. Im Traum Konrads Gesicht, als sie zu ihm stürzte, sag, daß es nicht wahr ist.

Erleichtert, daß er es ihr nicht zu sagen brauchte, redete er ihr gut zu. Sie hörte es nicht. Er verhärtete sich und schwieg. Sie hörte auch das nicht.

Die letzte Liebesnacht ließ sie über sich ergehen, als hätte ihre Seele den Körper verlassen.

Nachdem er fort war, saß sie auf dem Bett und zerkratzte sich das Gesicht. Man gab ihr das Fleisch einer Amsel zu essen. Das sollte die Melancholie vertreiben.

Sie kotzte es aus und schleppte sich, eingehüllt in dieses Schweigen, durch die Burg, mit der stummen Klage, die einem Gespenst bei Tage ziemt. Keine Träne, der Kopf hing nicht, und der Nacken nur zum Gebet gebeugt. Aus der Kapelle in die Küche. Von der Küche ins Backhaus. Ins Waschhaus. Auf die Weide. In den Wingert. In den Gemüsegarten. Das Rosengärtchen betrat sie nicht mehr. Butter und Käse machen. Einkochen. Beerensammeln. Einkochen. Das Räuchern überwachen. Schinken und Würste. Am Markttag in den Ort. Den Mägden beim Wäschewaschen auf die Finger sehen. Kampf gegen Flöhe, Läuse, Wanzen. Irgendwann nahm Margarethe mit ihrem Krötenarsch Konrads Platz in der Kapelle ein, gegrüßt seisdu Maria voll der Gnaden, gebenedeit bisdu unter den Weibern. Es wollte nicht regnen.

Laura holte die Fidel hervor, die sie seit ihrer Krankheit nicht mehr angerührt hatte. Mit der Fidel im Arm fühlte sie sich nicht mehr ganz so verlassen. Die Ohren gingen ihr auf. Sie hörte die Grillen zirpen, den Hahn krähen und leider auch den Pater, der sich genötigt sah, der ihm übermütig erscheinenden Burgfrau den Kopf zurechtzusetzen. Es war in der Johannisnacht. Das Johannisfeuer brannte, sie saßen unter den Ulmen, und Laura fragte sich zum ersten Mal, wo Konrad gerade war und was er tat und ob er an sie dachte. Trauer überkam sie. Und etwas wie Reue. Und sie hörte, was der Pater sagte. Es müsse jede Frau schon allein bei dem Gedanken, eine Frau zu sein, von Scham überwältigt werden. Vorsichtshalber senkte sie den Kopf, starrte auf die Hand des Paters, die ihren Arm gepackt hatte. Diese Hand würde sie auch abgehackt noch erkennen: Fingernägel wie eitergelbe Schaufeln.

Obwohl er sich den Bauch vollgeschlagen hatte und eigentlich müde sein mußte, widmete sich Pater Konstantin der Aufgabe, in das Gewissen seines Beichtkindes zu reden, das spürte, wie seine Nackenmuskeln sich versteiften.

Das schwache Geschlecht *darf* sich dem Mann nicht in den Weg stellen – es *muß* ihm dienen. *Das* ist seine Bestimmung: dem Mann zu dienen und von ihm beherrscht zu werden.

Die Schultern schmerzten, die Muskeln fühlten sich an wie zu straff gespannte Seile.

Pater Konstantin nahm die Hand von Lauras Arm und fügte, in ferne Fernen blickend, hinzu: nicht nur beherrscht, sondern auch gemieden.

Kaum eine Stunde, in der Laura nicht an Konrad dachte. Vergeblich versuchten die Augen das Dunkel zu durchdringen. Jeden Tag die Hoffnung auf Nachricht. Jeden Abend die Hoffnung auf morgen. Nie war sie so mit Konrad beschäftigt wie in diesen Tagen, da sein Fehlen sie so ruhelos machte, daß sie es bei keiner Arbeit aushielt. Immer mußte sie aufspringen und etwas anderes tun. Keiner der nach Norden ziehenden Kaufleute hatte die Pilger getroffen.

Sichelndengeln. Hitzeflirren. Glockenläuten. Gesänge und Gebete und immer noch kein Regen. Grillenzirpen in dürren Wiesen. Raubvogelschreie. Die Felder verbrannt, die Erde hart und aufgerissen, die Heere der Sonnenblumen geschlagen. Selbst das Unkraut ließ schlaff die Blätter hängen, nur die Brennesseln standen unverwüstlich.

Da kann man nichts machen, sagte Günther.

Blaue Augen in einem von der Sonne dunkelbraun gebrannten Gesicht, das, seitdem Laura es kannte, von tiefen Furchen durchzogen war. Den Günther hatte Konrad ihr dagelassen, wenigstens das. Einer, der mit den Kriegsknechten umgehen konnte, die Bauern kannte, die Leibeigenen und das Gesinde, das Vieh und den Boden. Laura hatte seine Frau gepflegt und behutsam mit ihm gesprochen, als sie gestorben war. Er hatte geweint und sich an ihrem Arm festgehalten. Laura wußte, daß sie sich auf ihn verlassen konnte, auch wenn er ihr niemals zuhörte oder so tat, als hörte er nicht zu, einfach schwieg, bis sie zu Ende gesprochen hatte und dann seins weiterredete, als hätte sie nichts gesagt. Aber sein Blick machte, daß sie wieder einen Körper hatte. Er wahrte den Abstand, er trat ihr nicht zu nahe, er sagte nichts, was nicht jeder hätte hören können, aber er sah sie an, wie niemand sie mehr ansah, seitdem Konrad fort war: er gab ihr den Körper zurück.

Und wenn es jetzt regnen würde, hätten wir nichts mehr davon. Schlachten sollten wir.

Laura nickte. Sie hatte Angst vor dem Winter.

Schlachten sollten wir, wiederholte er, paar Schafe auf jeden Fall.

In seinen Augen das Verlangen, das auf Laura übersprang. Er sprach von der Mauer am Wingert, die ausgebessert werden mußte, und daß er entweder Hans hinschicken würde oder Fritz den Starken.

Nach der Weinlese nahm Laura sich die Freiheit, ohne Begleitung auszureiten. Pater Konstantin mahnte, sie schwieg, beugte zwar den Nacken, aber er bemerkte, daß es der Biegung an Demut mangelte, sprach eindringlich von Ursula, der Frau des Heribert, die sich, ebenfalls zurückgeblieben, großäugig, mager und verschlossen, den Tröstungen der Religion hingab und nicht einmal im Traum auf den Gedanken gekommen wäre, verstockt durch den Wald zu reiten. Laura brauchte das, die Wärme des Pferdeleibes, das Getragenwerden, auch wenn jedes Ästeknacken sie aufhorchen ließ. Angestrengt spähte sie in das Gewirr von Stämmen, Büschen, Zweigen, toten und lebendigen, sah ein Tier, ein geducktes, unheimlich reglos lag es da und lauerte, oder war es doch ein Ast, ein knorriger, morscher alter Ast, oder hatte es sich eben bewegt?

Laura atmete erst auf, wenn sie zu Hause war, zog aber am nächsten Tag wieder los, konnte nicht anders, von Unruhe getrieben, unweibliche Unruhe, sagte der Pater, und Laura wußte, daß er recht hatte, es war unziemlich, und sie schämte sich, aber konnte nicht anders, fürchtete die Strafe, wußte, daß sie gestraft werden würde, nur nicht, wie, wußte nicht, wo sie sich lassen sollte, flüchtete sich ans Betpult, kniete mit dieser Unruhe im Leib, schenk mir Ruhe, ich bitte dich demütig, plötzlich einen Geruch in der Nase, einen abscheulichen Gestank. Ihr wurde übel. Laura überlegte, was sie gegessen hatte, ob die Pilze nicht gut waren, vergiftet, von Margarethe vielleicht, bestimmt von Margarethe. Das Starren machte sie ganz krank. Krank vor ohnmächtigem Haß betete Laura, daß Er den Haß von ihr nehme, öffnete die Augen und *sah*.

Auf der Truhe stand ein Rosenstrauß.

Wer hat die Rosen da hingestellt?

Sie merkte nicht, wie sie aufsprang, es schrie aus ihr heraus, sie konnte nicht mehr an sich halten, überzeugt, daß es die Liesel gewesen war und daß sie es mit Absicht getan hatte.

Nehmt sie weg! Sie riechen nach Tod und Verwesung, sie stinken, nehmt sie weg!

Es kamen Tränen der Wut, die Kehle schmerzte vom Schreien.

Laura verfügte Liesels Entlassung. Liesel war schon nach Hause gegangen. Ich will sie nicht mehr sehen.

Nichts hätte Laura davon überzeugen können, daß Liesel nicht wußte, was sie ihr angetan hatte, damals im Rosengärtchen. Und dann, vor ein paar Tagen erst, Liesels muntere Verkündung.

Lene ist gesegneten Leibes.

Laura hatte sich nichts anmerken lassen und gleichgültig gesagt, sie wisse Bescheid, obwohl sie nichts wußte oder wissen wollte von dem Bauch, in dem Konrads Kind wuchs, und ihn erst, seitdem es ausgesprochen war, nicht mehr übersehen konnte, und, überall den Bauch vor Augen, mit malmenden

Backenknochen umherlief, überall auf den Bauch stieß, in der Kapelle, in der Küche, an der Zisterne, wieder und wieder daran erinnert, wie Konrad ihr nachgesehen hatte, der blöden Magd Helene, die eine Schönheit war, mit langen, dicken Zöpfen und braunen Sprengseln in den hexengrünen Augen, am Erntedankfest war es gewesen, da hatte Laura gesehen, wie er ihr nachschaute, so sehnsüchtig mit seinem Silberblick, Helene hatte etwas gebracht, einen Krug Wein oder etwas anderes, und war wieder gegangen, und Laura war von einer großen Müdigkeit befallen worden.

Wenn es ein Junge wird, sagte Pater Konstantin, soll er in den geistlichen Stand eintreten, um Gott zu dienen.

Laura nickte erleichtert.

Sie saßen miteinander vor dem Kamin, schauten in die Flammen und sprachen leise.

Sollte es dem Herrn gefallen, daß es bloß ein Mädchen wird, dann kommt es in ein Kloster.

Das Licht der Ampel flackerte in der Dunkelheit des Spiegels. Die Truhe stand sehr still, fast feindselig, und auch das Kruzifix hatte etwas merkwürdig Schweigendes. Das Betpult warf unruhige Schatten. Draußen schneite es. In der winterlichen Stille heulten die Wölfe.

Es war kalt in der Burg und kalt in dem großen Bett, in dem so viel freier Platz war. Laura hatte sich die Decke aus Schaffell bis ans Kinn hochgezogen und sah zu, wie der Sand im Stundenglas verrann.

Laura stand auf und drehte das Glas um, legte sich wieder hin, sah zu, wie der Sand verrann.

Laura stand auf und drehte das Glas wieder um, schnappte sich die Katze, die zusammengerollt zu ihren Füßen lag, riß sie an sich und preßte die Backe an ihr Fell.

Die Katze kämpfte sich frei und sprang davon.

Das Kind war geboren. Laura hatte ihre Pflicht getan und sich um die Wöchnerin gekümmert. Es war ein Junge. Der Pater hatte ihn auf den Namen Peter getauft.

Das Schaffell um sich gewickelt, saß Laura aufrecht im Bett und wiegte den Oberkörper hin und her.

Endlose Abende am Webstuhl, das Hin und Her des Schiffchens, Schweigen im Raum, selten ein Lachen, viel Husten und Schniefen. Den Schnupfen haben sie alle. Hin und her mit dem Schiffchen, die Hände in ständiger Bewegung, hin und her, der Kopf findet Ruhe und das Herz auch, im Gleichmaß von Hin und Her und Her und Hin, der Atem kommt und geht, das Herz schlägt, das Schiffchen eilt. Die Tage gehen ineinander über, eine Endlosschleife von gestern heute morgen, immer dieselben Gesichter, dieselben Stimmen, dasselbe Geschwätz. Trüber Himmel. Kälte und Dunkel. Regen und Stürme. Umgestürzte Bäume, in die Luft ragende Wurzeln, noch mit Erde und Gestein verbunden. Matsch und Pfützen im Hof. Die Kleidung klamm, das Essen eintönig. Kein Heu mehr, das Stroh angefault. Nacheinander verreckten zwei Pferde und eine Kuh, die Esel litten stur, mit hängenden Köpfen und zuckenden Ohren. Pater Konstantin stürzte und brach ein Bein, mußte gepflegt werden. Ein Tuch fertig, ein neues begonnen, hin und her und her und hin, dazu Margarethes schallende Stimme, ein Klagelied singend, die Gicht, das Alter, seht, wie steif meine Finger sind, ich kann sie kaum noch bewegen, das Alter, die Gicht, bald kann ich sie gar nicht mehr bewegen, hin und her und her und hin. Und trotzdem die ersten Weidenkätzchen, dann die Winterlinge und die ersten Veilchen beim Kloster am Südhang des Heiligenberges. Die ersten Katerschreie, Schlüsselblumen, das erste Grün im Gemüsegarten, wilder Lauch und blühende Kirschbäume, und eines Tages dann geschäftiges Zwitschern in den Ställen, pfeilschnelles Ein- und Ausfliegen und das Rot der aufgesperrten Schnäbel im Weißgrau der an die Wände geklebten Nester.

Unruhe überall, das Kollern der Auerhähne, das Brüllen der Rinder, die in der Luft trommelnden Vorderhufe des Hengstes und hinter der Stalltür das zuckende rote Fleisch. Und Günther, schon wieder braungebrannt, Ekel und Geilheit um den schmalen Mund, an der Stalltür lehnend.

Die blitzt den lieben langen Tag. Bei der ist es ganz schlimm. Bei manchen merkt man es nicht, aber bei der.

Der Hengst klopfte mit den Hufen gegen die Stalltür.

Hör auf!

Einen Augenblick war Ruhe. Der Hengst flehmte.

Bei andern merkt man nichts, aber bei der. Da spritzt der Saft nur so raus.

Die Stute senkte den Kopf, blies über das alte Stroh. Das verständnislose Pferdegesicht schmerzte Laura so, daß sie hätte weinen mögen, aber sie hatte das Weinen verlernt. Es steckte ihr irgendwo im Hals und wollte nicht mehr heraus, auch wenn sie alleine war, konnte sie nicht mehr weinen, wußte, es würde Erleichterung bringen, aber die Augen brannten nur, es kamen keine Tränen.

Ja da kann man nichts machen, sagte Günther.

Der zweite trockene Sommer. Schwitzend in der harten Erde wühlen. Morgens und abends Wasser schleppen. Es reichte nicht einmal für den Gemüsegarten. Die Quelle gab nicht genug her. Die Pflanzen ließen die Blätter hängen. Wind kam auf, brachte Wolken, ein paar Minuten lang Schatten, dann wieder Sonne und Rauschen, angenehme Kühle, der Schweiß trocknete, es wehte heftiger, die vorzeitig gewelkten Blätter wirbelten auf, der Wind beugte die Johannisbeersträucher, die schon abgeerntet waren, und schüttelte grüne Pflaumen von den Bäumen. Es war eine Unruhe in der Luft, ein Warten. Die Tiere schwiegen, kein Vogelzwitschern, unnatürliche Stille. Ein lautlos taumelnder Zitronenfalter war das letzte, was Laura sah, ihr wurde schwarz vor Augen, kraftlos sackte sie in sich zusammen, konnte nicht einmal mehr beten, mußte mit sich geschehen lassen wie eine Pflanze, keine Laura mehr, ohne Beine zum Gehen, Weggehen, in den trockenen Boden gebannt, verwünscht und wußte nicht, von wem und warum, mußte Furchtbares getan haben, wenn ihr so Furchtbares angetan wurde, eine Pflanze, die allmählich eingeht, jemand mußte ihr sehr übelwollen, als Stein wäre sie besser dran gewesen, eine lebendige Pflanze, die Wasser braucht, das nicht kommt, ein bißchen Morgentau, nicht genug, der Boden rissig und hart, hat nichts zu geben, Blätter und Stengel welken, niemand sieht es, keiner kümmert sich, es gibt so viele Pflanzen auf der Welt. In den Wurzeln ist noch eine Zeitlang Leben, jetzt Wasser, und sie würden wieder austreiben, die Angst, daß auch die Wurzeln eintrocknen und es sein wird, als wäre diese Pflanze nie gewesen.

Peter war drei Jahre alt und spielte mit den Kindern des Schmieds am Wassergraben. Er sah seinem Vater sehr ähnlich, die gleichen blauen Augen, das leichte Schielen, wenn ihn etwas bewegte, und der stämmige Körper. Auf einem Stecken reitend, einen anderen als Schwert schwingend, brachte er seinen augenblicklichen Feind Dietmar hart in Bedrängnis, als ein Wagen auf dem Burghof auftauchte, gezogen und geschoben von drei Männern, einem Zwerg und einer Frau in leuchtend bunten Röcken. Dem Wagen folgte ein Mann mit einem Bären, der dunkel und massig dahintrottete.

Peter und Dietmar ließen die Stöcke fallen und rannten den Spielleuten entgegen.

Angeregtes Durcheinanderreden, Neugier, offene Münder, blödes Starren, Gelächter, Farbe, Musik. Fremde Welt, mitten auf dem Burghof. Der Zwerg Hugo, triefäugig und sommersprossig, machte den Ansager. Hochverehrte Frau Gräfin. Tiefe Verbeugung. Laura sah ihm in die Augen, fand sie seltsam leer. Hochverehrtes Publikum. Die Stimme, warm und wohltönend, paßte nicht zu dem Körper. Zwischenruf von

Günther. Ob alles an ihm so klein sei, oder. Langgezogenes Krähen des Gockels. Gelächter der Erwachsenen, fragende Blicke der Kinder. Der Zwerg mit ungerührter Miene: Man heißt mich Hugo den Anständigen, aber – Hugo der Anständige hebt den Zeigefinger – auch den mit dem Knüppel. Das Fäustchen geballt, den Unterarm kraftvoll dem hochverehrten Publikum entgegengereckt. Brüllendes Gelächter. Radschlagen. Saltos. Jonglieren. Laura vergißt die vom Abbitteleisten schmerzenden Knie. Kunststücke. Zaubertricks. Klatschen, Johlen. Tamburinschlagen. Hochverehrtes Publikum. Der Bärenführer hebt den Stock. Widerwillig fügsam richtet der Bär sich auf. Der Zwerg flüchtet, wieselflink auf den kurzen Beinen, flitzt unter Margarethes Rock. Die Köchin kreischt, schlägt sich auf den Mund. Stille. Die Tatzen wie zur Umarmung erhoben, verharrt der Bär einen Augenblick, die Zuschauer halten den Atem an, in das rhythmische Schlagen des Tamburins mischt sich ein seltsamer Laut, etwas wie Klage oder Protest, und der Bär setzt sich in Bewegung. Klein und verletzlich steht der Bärenführer hochaufgerichtet vor dem stumpfsinnig tanzenden Koloß. Ein Wind fährt in die Blätter der Ulmen, trägt den Bärengeruch heran. Aus den Ställen das Gekläff der weggesperrten Hunde. Ein letzter Tamburinwirbel, der Bärenführer läßt den Stock sinken, Hugo der Anständige kommt unter Margarethes Rock hervor, kündigt in den langsam verebbenden Beifall hinein die Sänger an, zwei Brüder, zwei Fidler, Wilfried und Anselm von Hausen auf der Höh, zweimal das gleiche braungebrannte Gesicht, der gleiche schlanke Körper, einmal im etwas dunkleren, einmal im helleren Mantel aus feinem Tuch, Geschenke eines hohen Herrn, eines Bischofs oder Fürsten vielleicht. Während die Zwillinge wie mit einer Bewegung nach ihren am Nackenband hängenden Fideln greifen, nähert sich Hugo der Anständige Lauras Ohr. Ohne die Sänger aus den Augen zu lassen, neigt Laura sich dem Zwerg zu. Ein mißbilligendes Wispern: entsprungene Geistliche. Laura richtet sich wieder auf.

Sie spielen ein fröhliches Lied. Und es tanzt die Frau in den leuchtenden Röcken, lachend, geschmeidig, kirschäugig, von schwarzem Haar umweht: Kathi. Laura sieht aller Männer Blicke auf diese Frau gerichtet und wollte sein wie sie, so sinnlich und so begehrt. Selbst der Pater starrt. Johlen und Pfeifen. Fideln, Tamburin und Flöte, der Hahn kräht, die Hunde bellen, und Kathi tanzt. Margarethe winkt dem Bärenführer, rückt ein Stückchen, klopft auf den leeren Platz, der Bärenführer setzt sich zu ihr, legt den Arm um sie, glücklich glubscht Margarethe. Laura greift nach dem Becher, trinkt. Der Zwerg macht einen Handstand, geht auf den Händen, vor und zurück, bis er das Gleichgewicht gefunden hat, und dann tanzt er auf den Händen, und die Fideln fideln, die Flöte flötet, die Trommeln trommeln, und auf dem Burghof wird getanzt, wie lange nicht mehr, und Laura geht aus sich heraus, wie lange nicht mehr, alles vergessen, was war, und keine Sorge, was sein wird, tanzt aus sich heraus, nach der langen Gefangenschaft im Verlies ihrer Schwermut, aus Dunkel und Kälte ausgelassen unter freiem Himmel, erfüllt von der Freude zu leben, Füße zu haben, die springen, wohin sie will, alles gehört ihr, die Arme, die Beine, und alles ist eins, mit der Musik und mit den anderen Tänzern, sogar mit Margarethe, die ihren Mordsarsch schwingt, erstaunlich beweglich und lachenden Auges, einmal ganz ohne Vorwurf. Pause. Außer Atem läßt Laura sich auf ihren Platz fallen, keucht und lacht und trinkt und hört nur mit halbem Ohr, wie der Pater beklagt, daß die Frauen beim Tanzen die Hinterkeulen wie Hirschkühe grob und unanständig bewegen, kommt langsam zu Atem, den Blick auf die Zwillinge, die den Bogen haben sinken lassen und trinken, jemand hat ihnen einen Becher gereicht. Auch die andern haben sich niedergelassen, schwer atmend, die Köpfe den Musikanten zugewandt. Zeit für ein trauriges Lied. Wilfried fidelt, und Anselm singt. Er singt von dem Ritter, der auf Pilgerfahrt ging, ein Gelübde zu erfüllen, das er in höchster Not gegeben, und schmachtet bei Emir Osman dem Heiden (Gott strafe ihn), schon über ein Jahr als geringster der Sklaven (Gott erbarme sich seiner). Und jetzt fidelt Anselm, und Wilfried singt. Er singt von des Ritters Frau, die wartet und wartet und sich verzehrt, der Pfaffe hat sie schon ganz kleingekriegt, ach, die Arme schrumpelt ein, der Saft ist raus, die Haare falln ihr aus, so sieht der Pfaff es gern. Soll sich dem Herrn Jesus schenken und nicht mehr dran denken, wie schön ihr Rittersmann geschielt hat. Margarethes Kreischen, heilige Mutter Gottes, das ist unser Herr, unser Herr ist das, heilige Jungfrau Maria. Wildes Geheul. Dafür hab ich ihn großgezogen wie mein eigen Fleisch und Blut!

Es dauerte eine Weile, bis Laura hörte, was sie gehört hatte. Dann aber war kein Halten mehr, das Warten zu Ende, der Entschluß gefaßt.

Die Spielleute durften in der Burg übernachten, Laura ließ Matten für sie auslegen im Palas, nahm Kathi beiseite, flüsterte mit ihr in der Kemenate, schlich sich dann noch einmal über den Hof in die Küche, stand wie eine Diebin mit angehaltenem Atem vor der eigenen Speisekammer, nahm Käse, Brot, Nüsse, Speck und kehrte in die Kemenate zurück, wo Kathi sie mit den Männersachen erwartete, die Wilfried nicht ohne Bedenken herausgerückt hatte.

Vor dem großen Spiegel, beim Flackern der Ampel schnitt Kathi Lauras Zöpfe ab. Das Betpult warf unruhige Schatten, bei der Truhe hockte die Katze, das Fenster stand offen, im Stundenglas verrann der Sand. Von draußen das Pfeifen der Nachtvögel, Füchse bellten, und in der Ferne heulte ein Wolf. Die Zöpfe packte Kathi in den Beutel zu Käse, Brot, Nüssen, Speck, Laura sollte sie in ein fließendes Gewässer werfen, auf keinen Fall durften sie in fremde Hände fallen.

Es war in der blauen Stunde, als Laura aus der eigenen Burg floh, vorbei an dem Bären, der dunkel und massig auf einem Häufchen Stroh hockte und sich wiegte. Die Kette klirrte leise, und irgendwo in der Nähe schnarchte der Bärenführer.

# II

## ›Etwas Besseres als den Tod finden wir allemal‹

Einträchtig saß das Paar beisammen auf seiner Bank, zwischen sich eine angebrochene Flasche Rotwein. Das altmodische Damenfahrrad lag auf dem Rasen, an einer japanischen Zierpflaume lehnte ein Herrenfahrrad. Mann und Frau waren noch nicht betrunken. Er las Zeitung, sie blinzelte in die Morgensonne.

Geh in dich, sagte die Großmutter.

Was hab ich denn getan?

Das weißt du ganz genau.

Aische wußte es wirklich nicht, jedenfalls nicht genau, hatte bloß so eine Ahnung, wollte aber nicht in sich, da drinnen war es dunkel, und einsam war es auch.

Das hast du dir selber zuzuschreiben, sagte die Großmutter, und ihre Stimme war eingeschnappt und der Mund ein böser Strich, das hättest du dir vorher überlegen müssen. Schämst du dich denn gar nicht?

Was hab ich denn getan?

Das weißt du ganz genau.

Weiß ich nicht, sagte Aische, hatte aber das Gefühl, daß das nicht wahr war, irgendwie gelogen, etwas stimmte nicht, sie wußte nur nicht genau, was.

Schämen solltest du dich, sagte die Großmutter, in Grund und Boden, und Aische sagte, schäm du dich doch, und merkte, wie ihre Unterlippe zu zittern begann.

Auch noch frech werden!

Die Großmutter richtete sich entrüstet auf, fing an, aus sich herauszuwachsen, so daß sie unendlich lang und dürr wurde. Du wirst schon sehn, was du davon hast.

Aische biß sich auf die Unterlippe, die immer stärker zitterte, und zog den Kopf ein. Plötzlich fiel sie wie Alice im Wunderland durch das Kaninchenloch in sich hinein.

Drinnen war es dunkel, und draußen schien die Sonne. Aische wäre gerne gleich wieder raus, aber über ihr war die Großmutter und rief ihr nach, du schamloses Gör du, das wirst du noch bereuen.

Werd ich nicht, schrie Aische von unten.

Das werden wir ja sehn, schrie die Großmutter von oben, und dann herrschte Schweigen.

In vollkommener Stille hockte Aische im Dunkeln und horchte. Nichts. Kein Laut. Aische hielt den Atem an, um besser hören zu können, hörte aber nur ihr eigenes Herzklopfen und erstarrte wie ein Tier in seinem Bau, das weiß, es kann dem Stiefel nur entgehen, wenn es nicht vorhanden ist. Atmen macht Lärm, aber ein wenig mußte Aische doch atmen, nur ein kleines bißchen und so geräuschlos wie möglich, die Lungen hatten sowieso kaum Platz, sich zu weiten, Enge herrschte, drangvolle Enge, überall Wände, Aische wollte raus, brauchte Luft, mußte raus, wußte immer noch nicht genau, was sie getan hatte, aber bereute, konnte die Tränen nicht mehr zurückhalten, sie stürzten ihr aus den Augen, nie wieder wollte sie tun, was auch immer sie getan hatte, heulte Rotz und Wasser, bekam erst recht keine Luft mehr, die Nase war verstopft, und Aische hatte kein Taschentuch.

Aische putzte sich die Nase mit den Fingern, dachte, euch werd ichs zeigen, bin ich ein Hund, der sich in seine Hütte schicken läßt? Ich geh zu meinem Vater. Und plötzlich stand sie im Freien, weit und breit keine Großmutter, der Himmel hoch und blau.

Im Laub raschelte es. Eine Amsel hüpfte, äugte und pickte an etwas herum. Aische sah, daß es eine heruntergefallene Himbeere war. Erst jetzt bemerkte sie, daß der Strauch voller reifer Beeren war, stand auf, pflückte eine, die köstlich schmeckte, und noch eine und noch eine, erst langsam und jede einzeln in den Mund steckend, dann immer gieriger, ganze Hände voll in den Mund schiebend, der Saft triefte, es war wunderbar, der Mensch nur noch Auge, Hand, Mund und Beine, die von selber gingen, immer weiter, von einem Strauch zum nächsten, weg von der Schutzhütte und den Trümmern der Burg, den Hang hinunter durch den Wald bis zum Blütenweg, von dem aus man weit in die Ebene blicken konnte. Aische schaute nicht wie sonst, hatte Augen einzig und allein, um die Sträucher nach den dicksten Beeren abzusuchen und den Weg nach Sträuchern, und fand sich erst im Stettbacher Tal wieder, wo der Wald aufhörte, Straße und Häuser, Gärten, Zäune und keine Himbeeren. Aische wischte sich den Mund, stand eine Weile unschlüssig herum und überquerte dann die Straße, um auf den Heiligenberg hinaufzugehen, wo es, das hatte sie dunkel in Erinnerung, noch mehr Himbeersträucher gab. Ihr war schon schlecht, aber sie konnte nicht aufhören.

An den Sträuchern auf dem Heiligenberg war nicht viel dran, jemand war vor ihr dagewesen.

Aische stieg hinab ins Balkhäuser Tal und auf der anderen Seite wieder den Berg hinauf. Wie der hieß, das wußte sie schon nicht mehr.

Himbeeren gab es dort keine. Sie ging trotzdem weiter. Es tat gut zu gehen, in Bewegung zu sein, unterwegs, egal wohin. Der Himmel zog sich zu, es wurde abendlich still. Ein Pirol schnarrte. Aische blieb stehen. Das Schnarren hörte auf. Sie ging weiter. Das Schnarren fing wieder an. Aische begriff, daß es Gefahr verkündete, Fremdes im Wald. Sie blieb wieder stehen, sah um sich und merkte, daß sie nicht mehr wußte, wo sie war. Zwischen den Stämmen dunkelte es schon.

Aus dem Wald führte der Weg über eine noch helle Hochebene. Wiesen und Äcker. Die Wiesen waren schon gemäht, das Korn schwankte, leicht bewegt von einem kaum spürbaren Wind. Im Westen hatte der Himmel sich gelbflammend verfärbt. Still und dunkel saßen zwei Krähen auf einem Telegrafenmast. Das Gelb wurde zu Rot. Aische drehte sich um wie jemand, der spürt, daß er beobachtet wird, und sah in das freundliche Gesicht eines orangefarbenen Vollmondes, der über den Hügeln in ihrem Rücken aufgegangen war.

Wolken zogen auf. Das Rot verblaßte. Dunkelheit senkte sich jetzt auch über die Hochebene.

Der Weg führte in ein schon ganz finsteres Fichtenwäldchen und war nicht mehr zu erkennen. Ein Käuzchen schrie. Aische stolperte und wäre einen kurzen Augenblick lang gerne zu Hause gewesen und in ihrem Bett. Das von Pusteln übersäte Gesicht der Mutter und ihr Seemannsgang, die vom Körper abgewinkelten Arme: willst du was? Die himmelfarbenen Augen stierten Aische an, sie kam auf sie zu, sah furchtbar wütend aus, Aische dachte, sie würde gleich schlagen, duckte sich, kroch zwischen den Baumstämmen hindurch in das Wäldchen hinein, Zweige kratzten, Nadeln stachen, sie spürte es kaum, die Augen gewöhnten sich an die Dunkelheit, über ihr geheimnisvoll winkende Zweige, der Wind hatte zugenommen, rauschte laut, am Boden war es still, weich und duftend. Aische nahm den einen Arm als Kopfkissen, mit dem andern umfaßte sie die angewinkelten Beine, so konnte ihr keiner was. Über ihr rauschte der Wind, und in der Küche stand die Mutter und drehte sich eine Zigarette, mit unsicheren Fingern, langsam wie eine Blinde, breitbeinig stand sie da, als könnte sie so das Gleichgewicht besser halten auf ihrem schwankenden Boden. Sollten sie suchen. Tief befriedigt stellte Aische sich ihre Angst vor. Das hatten sie jetzt davon. Geh in dich – von wegen. Aische wollte sie nie nie wiedersehen.

Aufwachen in Angst. Fahles Mondlicht zwischen den Bäumen. Wind, er fährt in die Zweige und legt sich, weht und hört auf. Aische horcht, der Atem hält an. Rascheln. Knacken. Mäuschen? Maus? Ratte? Reh vielleicht. Wolf nicht, Bär nicht. Vielleicht Wildschwein. Gibt es. Riecht nach Maggi. Kein Maggi-Geruch – kein Wildschwein.

Aische kriecht ein Stückchen von ihrem Lager weg, um zu pinkeln. Der Wind rauscht, legt sich und rauscht wieder. Von wegen geh in dich. Schadenfroh kuschelt Aische sich zusammen und nimmt den Wind und das ferne Brummen eines Flugzeugs mit in den Schlaf.

Durst. Hunger. Felder. Straße. Morgenkühle. Pappiger Mund, Fichtennadeln im Haar. Und immer noch der Wind, der nicht aufhören wollte. Aber keine Schule. Aische Kosinski? Fehlt. Wunderbar. Nie mehr Schule. Nie nie mehr. Schrebergärten. Ein Wasserschlauch, ein Wasserhahn. Mit einem Blick sehn, wo Halt für die Hände, die Füße, und über den Zaun. Den Schlauch an die Lippen halten, das Wasser einfach in den Mund laufen lassen, dann zwischen Erdbeerbeeten hocken und die Pflanzen nach den letzten Beeren absuchen, nicht mehr viel dran, das meiste schon abgeerntet. Aber Kirschen. Fette schwarze Herzkirschen. Pflücken, beißen, Kerne ausspucken und den Weg im Auge behalten, ob jemand kommt. Die andern beim Mathe-Unterricht. Das Glück, nie nie mehr Mathematik lernen zu müssen. Stimmen. Einen Kern ausspucken und lauschen. Frauenstimmen. Sich nach einem Versteck umsehen, da tauchen ihre Schatten schon auf dem Weg auf, ein langer, ein kurzer.

Sobald die sich quälend langsam entfernenden Rücken der beiden Spaziergängerinnen verschwunden waren, kletterte Aische über den Zaun zurück und ging auf den Ort zu, mit dem Bauch voll Wasser und Kirschen und dem Schreck, der als Schwäche in den Gliedern geblieben war, als Unwohlgefühl, das nicht weichen wollte, so sehr Aische sich auch dagegen sträubte, je näher sie dem Ort kam, um so stärker wurde das Unbehagen, das sich beim Anblick der ersten Häuser zu der Frage verdichtete, ob *sie* zur Polizei gehen würden.

Bungalows mit großen Gärten.

Ein Mann im Schlafanzug, einen Gartenschlauch in der Hand, Rosen wässernd. Die Haare schütter und grau, der bullige Rücken leicht gekrümmt – etwas in der Gestalt, an der Art, wie er dastand in seinen Pantoffeln, die Beine gespreizt wie jemand, der zum Kampf bereit ist, oder war es die Wölbung des Rückens und der vorgestreckte Hals, der aus dem Körper herauskam wie aus einem Panzer, etwas machte Aische solche Angst, daß sie dachte, alles wäre aus, wenn er sich umdrehte und sie sah. Ihr Gang wurde vorsichtig, die Füße berührten den Boden so behutsam wie möglich, nur keinen Lärm machen. Mit gesenktem Kopf schlich Aische vorbei, ohne noch einmal hinzusehen.

Plötzlich war es schwer, einen Fuß vor den anderen zu setzen, es kostete Kraft, den Fuß vom Boden zu lösen und zu heben, das Bein war schwer, es war alles so schwer, die Fahndung schon angelaufen und Aische ohne Ausweis. Wie sollte sie beweisen, wer sie war, ohne Ausweis? Sie würde in den Taschen ihres Anoraks kramen – auch wenn sie wußte, daß dort nichts zu finden war, würde sie überall suchen. Der Anorak hatte viele Taschen, die Polizei würde ungeduldig werden. Egal. Solange nicht heraus war, daß sie keinen Ausweis hatte, war sie jemand und nicht niemand.

Aber ich bin wirklich.

Da kann jeder kommen.

Aische Kosinski.

Du kannst uns viel erzählen.

Ich bin, Sie müssen mir glauben.

Ich muß gar nichts.

Aber.

Kein Aber.

Immer weiter mit der Polizei diskutierend, schleppte Aische sich den Berg hinunter. Frolleinchen, wo kämen wir hin. Die Häuser mehrten sich, es wurde laut, und in der Luft hing der Gestank von Abgasen.

Ein Radfahrer strampelte den Berg hoch, tief gebeugt über das Lenkrad. Aische sah kein Gesicht, bloß den Helm in Leuchtfarben und die hautengen, glänzend schwarzen Radfahrerhosen. Er schnaufte. Aische fand, daß er ein Idiot war. Aber der Idiot besaß einen Ausweis. Vielleicht in der schwarzen Gürteltasche, die er um die Hüften trug, und wenn nicht, brauchte er die Polizei bloß mit zu sich nach Hause zu nehmen, hier bitte, mein Ausweis, und er steht mit Siegermiene da, während die Polizei mit Amtsmiene liest, den Ausweis zuklappt und zurückreicht, Amtsstimme sagt, alles in Ordnung, zwei Finger tippen an die Mütze.

Ein Haus neben dem andern. Keine Gärten mehr. Keine Möglichkeit, sich zu verstecken, kein Ort zum Verkriechen. Jeder kann Aische anhalten, festhalten, mit ihr machen, was er will. Ohne Ausweis ist sie niemand. Mit Niemand kann man alles machen. Ein Niemand hat kein Recht, und eine Niemandin …

Aische fällt ein, daß sie ungekämmt ist. Einen Kamm braucht sie. Wie siehst du denn aus? *Ich* an deiner Stelle würde nicht so rumlaufen. *Du* kannst dir das nicht leisten. Sie würde sich einen Kamm besorgen. Mach dir nichts draus. Es kann nicht jeder schön sein. Und eine Decke braucht sie, es war kalt in der Nacht, besser noch einen Schlafsack, aber in dem Kaff gibts bestimmt keine Schlafsäcke. Und einen Rucksack. Und Kleinigkeiten wie Zahnbürste und Zahnpasta. Und was zu essen. Und was zu trinken. Alles kein Problem. In dieser Hinsicht ist Aische voller Selbstvertrauen. Alles, was sie braucht, kann sie sich besorgen, nur keinen Ausweis. Vielleicht doch, wer weiß, vielleicht findet sich einer, irgendwie, ein Wunder und plötzlich hat Aische einen Ausweis, einen richtigen Ausweis mit allen Stempeln, die drauf sein müssen, jeder, der hier herumläuft, hat so einen Ausweis mit Foto, Namen, Geburtsort und allem, warum soll Aische keinen haben, gefälscht oder nicht, egal, Hauptsache Ausweis.

Ahhh, Aische Kosinski.

Die Polizei schaut prüfend. Das Herz klopft. Aische versucht, ein gleichgültiges Gesicht zu machen.

Kommen Sie bitte mit.

Wieso?

Kommen Sie mit.

Der Ton ist leicht gereizt. Trotzdem weigert sich Aische mitzugehen und behauptet, nicht die Gesuchte zu sein.

Sie können mir viel erzählen.

Wirklich, ich bin nicht.

Das wird sich herausstellen.

Aber.

Kein Aber.

Ein Gasthaus mit Butzenscheiben und Schnörkelschrift über der Tür. Wilder Wein bis unters Dach. Noch nicht geöffnet. Weiße Tische und weiße Plastikstühle, alle angekettet bis auf einen, den hätte man leicht mitnehmen können, günstige Gelegenheit, es schaut gerade keiner, aber was soll sie mit einem Stuhl, sie ist ja nicht mehr seßhaft.

Standhaft leugnet Aische.

Junge Frau, wo kämen wir hin.

Sie müssen mir glauben.

Ich muß gar nichts.

Der Edeka-Laden hatte schon geöffnet. Eine verschlafen aussehende Frau trug eine Steige mit Champignons heraus. Aische schleppte immer schwerer an sich, als wäre sie ein langsam aber unaufhaltsam sinkendes Boot. Sie mußte sich irgendwo hinsetzen, konnte einfach nicht mehr weiter, dachte schon daran, sich auf irgendeine Treppenstufe fallen zu lassen, als sie eine Bank entdeckte.

Sie steuerte auf die Bank zu und setzte sich, lieber noch hätte sie sich gelegt, schwer angeschlagen mit diesem Leck im

Rumpf, durch das unaufhörlich die Brühe hereinströmte. Einen Augenblick nicht aufgepaßt, und schon war es passiert, der Untergang drohte. Da erschien, breitbeinig balancierend, der Kapitän auf dem schrägen Deck, rümpfte die Nase über den wohlbekannten Geruch, der dem mit Bier- und Weinflaschen vollgestopften Abfallkorb entströmte, und ergriff das Ruder, sei es, um es festzuhalten, sei es, um sich daran festzuhalten, man weiß es nicht, sicher ist nur, daß er alle Mann an die Pumpen rief.

Auf dem Rücken einen schönen schweinsledernen Rucksack, der sehr teuer gewesen wäre, wenn sie ihn gekauft hätte, helles weiches Leder, ein bißchen empfindlich vielleicht, aber wunderschön, wanderte Aische aus dem Ort heraus, gut gelaunt und versehen mit allem, was sie brauchte. Sogar ein Buch hatte sie dabei. Mit einem Buch würde sie nicht so allein sein. Lesen war immer schon ihr Ausweg gewesen, wenn sie nicht rauskonnte, wenn es regnete, auf dem Klo war Sicherheit, Frieden herrschte auf dem Klo, und Aische konnte lesen, Bücher waren Freunde, mit einem Buch war sie nicht allein.

Der Himmel hatte sich bedeckt. Es sah aus, als ob es regnen wollte. Aische wich von der Straße und ihrer Richtung ab, ihre Richtung war Süden, soviel wußte sie: Istanbul liegt im Süden.

Die letzten Häuser und die ersten Tropfen wie kleine Nadelstiche. An Regen hatte Aische nicht gedacht. Kein Schirm. Kein Regenmantel. Die Natur schweigend. Kein Vogelzwitschern. Glockenblumen am Wegrand, und der Himmel ein gleichmäßiges Dunkel. Grillenschnarren, und ab und zu ein Wind. Aische sah sich um, ob sie sich irgendwo unterstellen konnte. Nichts. Weinberge, Wiesen, Brombeerhecken und in der Ferne der Wald. Es hörte wieder auf. Leises, zögerliches Vogelzwitschern. Es war, als warte die Natur auf etwas. Der Himmel trübe. Aische ging schneller. Der wunderbar weiche Rucksack sollte nicht naß werden. Es konnte jeden Augenblick wieder anfangen. Sie erreichte den Wald, als die ersten

Tropfen fielen, diesmal dicke Tropfen, die ihr in das vom schnellen Steigen erhitzte Gesicht schlugen. Aische fing an zu laufen. Bis zur Schloßruine war es nicht mehr weit.

Draußen der Regenschleier und dahinter, schon fast nicht mehr zu sehen, die Mauer des Wehrgangs und drinnen, wo eben noch niemand gewesen war, ein Jemand. Jemand, mit dem zusammen Aische auf das Regenrauschen horchte. Er hieß Peter Rose, und er hatte ein Mondgesicht.

Die Jacke über dem Kopf, war er durch den Regen gerannt gekommen, mit großen Sprüngen über die Pfützen. Er hatte sie erst bemerkt, als er in dem Gemäuer war und die Jacke vom Kopf nahm.

Zusammen schauten sie dem Regen zu, es war wie im Theater. Sie saßen im Trockenen und schauten zu, und wenn Aische eben noch gehofft hatte, daß es bald aufhören würde, so fürchtete sie jetzt, daß es schon aufhören würde. Alles war gut so, wie es war. Von ihr aus konnte es ewig weiterregnen.

Er war Buchhalter und wollte nicht mehr Buchhalter sein. Er wollte das Abitur nachmachen und studieren. Geschichte und Literatur.

Und du?

Ein bißchen wandern. Kein Wort davon, daß sie weggelaufen war, und nichts von Mutter und Willi und der Bank und nichts von halt den Mund, was hab ich dir gesagt, du sollst das Maul halten, verdammt noch mal.

Er war schon vierundzwanzig, sie machte sich zwei Jahre älter. Einen Vater hatte er nicht mehr, aber eine Mutter.

Sie ist eine einfache Frau, sagte er, und Aische wußte, daß sie niemals schwankend in der Küche stand und den Tabak verkrümelte.

Das Pladdern ließ nach. Zwischen den feinen Regenstrichen tauchte der Wald hinter der Mauer auf.

Aische packte Brot und Käse aus. Peter Rose hatte ein Taschenmesser. Sie sah zu, wie er es aufklappte und Brot und Käse auf der Holzbank, die jemand wie für sie in dem Gewölbe abgestellt hatte, mit bedächtigen Bewegungen schnitt.

Sie aßen und lächelten sich an. Aische war stolz, daß sie etwas zu geben hatte, und schlang und stopfte nicht wie sonst, sondern kaute schön langsam. Besorgt horchte sie auf das Tröpfeln, das immer weniger wurde.

Warst du schon mal hier?

Aische schüttelte den Kopf.

Sie verließen das Gewölbe, gingen an der Mauer entlang, durch das Tor in den Schloßhof. Bollwerk, Zinnen, Wehrgänge, Türme und die Schloßkulisse. Leere Fensterhöhlen, einige einfache viereckige Löcher, andere mit steinernen Rahmen und Kreuzen, die an Kirche erinnerten. Meterdicke Mauern, Efeu und Stille. Unüberdacht ragten die Mauern in den grauen Himmel, nichts mehr zwischen Regen und Sonne, Schnee und Wind und dem, was einmal ein Schloß war.

Das größte an der Bergstraße, sagte Peter Rose und sprach von den Grafen von Katzenelnbogen, die es als Burg erbaut und bewohnt hatten. Auf dem Wehrgang tauchte eine schemenhafte Gestalt auf, erst eine, dann eine zweite und dritte, der Hof bevölkerte sich, ein Gewimmel von Menschen aus vielen Jahrhunderten, Pferde, Wagen, Hunde, Kutschen, alles bewegte sich durcheinander, ein Dienstmädchen eilte durch einen Grafen, der eine Kutsche durchquerte, deren Räder eine Katze überrollten, die gleichmütig eine Pfote vor die andere setzte. Alles auf einmal und in einem einzigen Augenblick, im nächsten standen Schloß, Bollwerk und Türme wieder in Schweigen versunken. Aische und Peter reckten die Hälse, um auf den Grund des Verlieses zu sehen. Zwischen Schutt und verrosteten Büchsen schimmerte hell der Rest einer Plastikflasche.

Er wird etwas Stroh gehabt haben, sagte Peter Rose und

nahm Aisches Hand. Das Mitgefühl mit dem armen Gefangenen, der in dem feuchten, kalten Dunkel da unten gelegen hatte, verflüchtigte sich. Jetzt war jetzt, der Mann groß, die Hand warm und Aische wie verzaubert. Es war ihr Schloß, über dessen Hof sie schlenderten, ihre Zisterne, über deren Rand sie sich beugten.

Er ließ ihre Hand los und zeigte auf einen üppigen Farn, der aus dem Gestein der Einfassung herauswuchs.

Warum kein Wasser in der Zisterne sei, fragte Aische. Wenn es doch geregnet hat.

Er gab eine lange Erklärung, von der Aische kein Wort verstand, die sie aber nicht anzweifelte, auch wenn sie das dumpfe Gefühl hatte, daß er es auch nicht wußte. Sie wartete darauf, daß er wieder ihre Hand nahm, alles andere war ihr egal.

Im Palas zählten sie die Stockwerke. Es waren vier. Da, wo jetzt Luft war, hatten die Grafen von Katzenelnbogen einmal Boden unter den Füßen und eine Decke über dem Kopf. Einer stand klein aber hochaufgerichtet vor einem großen Bediensteten, der sich vergeblich klein zu machen suchte, und schlug sich ungeduldig mit den Handschuhen in die Hand. Nun? Einmal hatte Aische Theater gespielt, durfte nur einen Satz sagen, aber den immer wieder, traurig, fröhlich, untertänig. Es war ein voller Erfolg, die Zuschauer bogen sich vor Lachen, und Aische vergaß ihn nicht mehr, ihren großen Satz: Herr Graf, die Pferde sind gesattelt. Den Grafen hätte sie nicht so gut geben können wie den Stallburschen, der den Salon des Grafen von Katzenelnbogen nur aus Erzählungen von Dienstmädchen kannte und wußte, daß er hier nichts zu suchen hatte mit seinem Stallgeruch und den Armen, die blöde baumelten, eingeschüchtert von dem kleinen Mann, der das Sagen hatte, hundert Stockschläge und ab ins Verlies, bei Wasser und Brot, aber ich hab doch nichts getan, was hab ich denn getan? Auch noch frech werden, und jetzt war er tot, das hatte er davon, der Herr Graf, und Aische lebte und war stolz darauf, *sie* hatte überlebt, Peter Rose nahm ihre Hand, und Aische war sicher, in diesem Augenblick war sie vollkommen sicher, daß *ihr* nicht passieren konnte, was dem Grafen passiert war: Sie würde immer überleben.

Hand in Hand sprangen sie über die kleinen Pfützen und umrundeten die großen, ohne sich loszulassen, strebten auseinander, machten die Arme lang, trafen wieder zusammen, stiegen eine brüchige Treppe hoch, blieben auf halber Höhe stehen und schauten schweigend durch einen Rundbogen, in dem sich, in der Mauer jenseits des Hofs, ein Spitzbogen abzeichnete, durch den der Blick in blaue Ferne und eine Andeutung von Landschaft ging. Ein paar Schritte weiter der Geheimgang, der sich eng und dunkel in die Tiefe wand, spitz ragten die Steine aus dem Gewölbe. Peter und Aische wandten sich im gleichen Augenblick ab, stiegen höher, zum Wehrgang hinauf, wo ein Baum wuchs.

Eine Pinie, sagte Peter Rose.

Über den Boden liefen armdicke Wurzeln wie aus dem Leib der Erde hervortretende Holzadern, von anderer Farbe als der Stamm, der gesund und grün war – es war die Farbe ausgebleichter Menschenknochen, die lange in der Sonne gelegen haben. Dazwischen stand das Wasser.

Nach Norden zu bewaldete Hügel und dahinter wieder Hügel, hinter denen sich eine weitere Reihe von Hügeln abzeichnete. Alles lag in tiefer Ruhe. Keine Häuser, keine Straßen, viel Wald, ein paar Wiesen und ein paar vereinzelte Bäume und ein paar Inseln von Tannendunkel. Im Osten lag eine andere Burg, grau im Grün der sie umgebenden Wälder. Der Himmel verdüsterte sich. Sie staksten an den Pfützen entlang über den Wehrgang zum Turm. Die Tür war verschlossen. Im Westen sah man den Regen schon über der Ebene. Es geht gleich wieder los.

Hand in Hand eilten Peter und Aische zurück über den Wehrgang, die Treppe hinunter, durch den Palas und über den Hof, als die ersten Tropfen fielen.

Das Gewölbe nahm sie auf, es war wie nach Hause kommen. Auf der Bank lag das Käsepapier, Peters Taschenmesser neben Aisches schweinsledernem Rucksack. Aische und Peter ließen sich auf die Bank fallen, sahen dem Regen zu und redeten miteinander wie alte Vertraute. So nebenbei erwähnte er eine Dagmar. Aische hörte sofort, daß es nicht irgendeine Dagmar war, sondern seine. Sie war in England, wenigstens das. England war weit, aber Aische war augenblicklich überzeugt davon, daß Dagmar schöner war als sie. Er war gebunden. Ihre Hand hatte er nur so genommen, weil Dagmar es nicht sehen konnte, und wenn sie es hätte sehen können, hätte er sofort losgelassen. Kein Ankommen gegen Dagmar. Plötzlich war ihr kalt. Sie holte die Decke aus dem Rucksack. Dabei fiel die Bürste in den Dreck. Er hob sie auf, wischte sie ab, betrachtete sie.

Hab ich von meiner Großmutter.

Aische wickelte sich in die Decke und erzählte von dem Gut in Schlesien.

Ist dir kalt?

Aische nickte, ohne ihn anzusehen, und verkroch sich noch tiefer in die Decke.

Er legte den Arm um sie. Sie ließ den Kopf auf seine Schulter sinken. Seine Lederjacke kühl an ihrer Wange und sein Gesicht so nah, daß sie es nicht mehr sehen konnte. Die Arme um seinen Hals wie eine Ertrinkende, hing sie verrenkt halb in der Luft, halb auf der Bank. Die Decke glitt an ihr herab. Die Nase war im Weg, ihre oder seine. Aische schloß die Augen. Draußen tropfte es, es tröpfelte und rauschte leise, und ein Eichelhäher kreischte mißtönend. Die beiden Zungen waren Tiere, die miteinander spielten. Sie lebten in Höhlen, in denen es feucht und dunkel war, jedes für sich und immer allein, und jetzt hatten sie sich gefunden und tollten miteinander herum, zwei ausgelassene Zungentiere. Seins hatte den Anfang gemacht, sich vorsichtig genähert, als sei es zufällig da und eigentlich ganz gleichgültig, dann war es plötzlich tief in ihre

Höhle vorgedrungen und hatte ihres darin herumgetrieben, bis sie es hinausjagte, vorbei an den kalten glatten Felsen im Eingang, in seine Höhle verfolgte, wo sie einen Augenblick in Zweisamkeit verharrten, feuchtes Geschlängel und aus dem Nichts etwas Gestaltloses, kein Gesicht und schon gar nicht Maikens, auch nicht ihre Stimme im Klassenzimmer, nur die Worte, du stinkst aus dem Maul, und aus war es mit der Unbefangenheit. Maiken war zurückgeprallt, wie weggerissen von Aisches Gestank, der furchtbar sein mußte, so angewidert das Gesicht, das Aische jetzt doch sah und, nachdem es einmal da war, nicht mehr wegtun konnte. Sie hatte nicht gewußt, daß sie stank, nichts gemerkt und ahnungslos geredet, hätte sonst den Mund nicht so weit aufgerissen, hätte die Lippen bloß einen Spaltbreit geöffnet und zwischen den Zähnen durchgenuschelt oder unauffällig die Hand vor den Mund gehalten. Draußen geschlafen und nicht gewaschen und nicht mal die Zähne geputzt. Aische fühlte sich wie ein unansehnlicher grauer Kiesel, der nur im Wasser schön gewesen war.

Aische? fragte Peter Rose.

Wortlos schmiegte sie sich an ihn und vergrub dabei schnell die Nase in der Achsel, um zu schnüffeln, konnte aber nichts feststellen. Da war bloß die Feuchtigkeit, alles klamm von dem vielen Regen.

Und warum heißt du Aische?

Weil mein Vater Türke war.

War?

Ist in die Türkei zurück.

Aische sagte nicht, hat meine Mutter sitzenlassen, mit mir. Er fragte nicht weiter, sondern drückte sie an sich, legte auch den andern Arm um sie und hielt sie fest. Das Schweigen war wie ein Schiff, auf dem sie beide dahinsegelten. Arm in Arm in einen Mantel gehüllt, standen sie im Bug, hielten die Gesichter in den Wind und schauten auf das Wasser. Weit weg, wo Himmel und Meer ineinander übergingen, war England und die Hoffnung, daß es untergehen würde, irgendwie verschwinden, im Meer versinken, ohne jemals wieder aufzutauchen. Seine Hand legte sich auf ihre Brust. Aische nahm sie und schob sie weg, zufrieden mit sich wie jemand, der seine Ehre verteidigt, ob er will oder nicht, Anstand gezeigt hat. Er zog an der Decke.

Da hängt ja noch das Preisschild dran.

Peter Rose hielt das Preisschild der Decke in der Hand.

Die war aber teuer.

Aische hatte sie einfach unter den Arm genommen und war damit rausgegangen, langsam die Straße hinunter, die Ohren im Rücken, langsam um die Ecke, und dann war sie gerannt, bis sie einen sicheren Ort gefunden hatte, an dem sie die Decke in den Rucksack stopfen konnte.

Aische spürte, wie sie langsam aber unaufhaltsam rot wurde.

Peter sah sie an und rückte von ihr ab.

Sag mal.

Was?

Du wirst ja rot.

Gar nicht wahr. Warum soll ich rot werden?

Du bist knallrot. Sag mal, woher hast du –

Was denn?

Woher hast du die Decke?

Mißtrauisches Mondgesicht. Strenge Falte zwischen den Augenbrauen.

Von meiner Großmutter.

Und warum ist das Preisschild noch dran? Und warum bist du rot geworden?

Ich bin nicht rot.

Du bist rot.

Bin ich nicht.

Sieh dich doch im Spiegel an.

Einen Spiegel hatte Aische noch nicht. In Heidelberg würde sie sich einen Spiegel besorgen. Und ein Taschenmesser.

Das hätte ich nicht von dir gedacht.

Aische verlor den Boden unter den Füßen und sackte ab, beim Einatmen noch oben, beim Ausatmen schon auf dem dunklen Grund des Meeres, wo kein Leben war und Schweigen herrschte.

Aus unerreichbarer Ferne blickte Peter Rose mißbilligend auf sie herab.

Aische wußte, daß England nie *so was* machen würde, lieb und weich und bestimmt blond, kein Ankommen gegen England.

Arschloch! sagte Aische und fing an, ihre Decke in den Rucksack zu stopfen.

Er legte seine Hand auf ihren Arm. Sie schüttelte die Hand ab, band heftig den Rucksack zu.

Du kannst mich mal am Arsch lecken.

Wuterfüllt schmiß Aische sich den Rucksack über die Schulter und sagte im Gehen, den Kopf nur halb zurückgewandt: Spießer ... blöder Spießer.

Sie patschte voll in eine Pfütze, während die Tränen in ihr hochstiegen, und sie hoffte, daß er ihr nachkommen würde.

Vor dem Burgtor blieb sie stehen, rückte den Rucksack zurecht, öffnete und schloß den Anorak, klopfte ihre Taschen ab, als suche sie etwas, aber es kam kein Schritt: da war nur das häßliche Kreischen des Eichelhähers. Umkehren? So tun, als hätte sie etwas vergessen? Mit suchendem Blick auf die Bank zu, wo er saß, wie sie ihn verlassen hatte, die Arme vor der Brust verschränkt, ferngerückt in seiner schwarzen Lederjacke, fremder, als wenn sie ihn nie kennengelernt hätte? Die Wut riß sie vorwärts, auf den Weg, nach Süden, die Fäuste um die Riemen des Rucksacks geballt, mit zusammengebissenen Zähnen, voll Schadenfreude bei dem Gedanken daran, daß *alles* geklaut war, wenn er das erst gewußt hätte, dieser Kartoffelbovist, braucht man bloß anzutippen, und schon verpufft, was drin ist, ein grünliches Staubwölkchen, und zurück bleibt ein unansehnliches, schrumpeliges Ding.

Auf einer schwarzen Ebene ohne Anfang und ohne Ende setzt Aische einen Fuß vor den anderen. Ihr ist kalt. Das Wutfeuer wärmt nicht mehr, ist in sich zusammengefallen, war bloß ein Strohfeuer. Aische geht, ohne vom Fleck zu kommen, die Beine werden immer schwerer, ein Messer hat alle Fäden durchtrennt, Aische ist abgeschnitten und tritt auf der Stelle, allein mit einem Satz im Kopf, *Mienz und Maunz die Katzen hoben warnend ihre Tatzen,* der Satz hält sie, wenn sie ihn zu Ende gedacht hat, fängt sie wieder von vorne an. *Mienz und Maunz die Katzen,* solange sie diesen Satz hat, geht es, ein Fuß vor den anderen und *Mienz und Maunz,* Aische fängt an zu weinen, läßt sich fallen, ein Marder schreit wie eine Katze, es könnte auch ein Baby sein, sie weint und hat eine verstopfte Nase. Als Häufchen Elend hockt sie unter einem Baum, aus irgendeiner Ferne das Läuten der Abendglocken und Zwielicht, niemand da, kein Mensch weit und breit, kein Arm, in den sie sich flüchten kann außer dem eigenen, nichts mehr hören, nichts mehr sehen, den Kopf im eigenen Arm vergraben, verlassen und verloren, es hat alles keinen Sinn, die Abendglocken verklungen, in dieser Stille würde jeder Schrei verhallen, immer so bleiben, nie mehr aufstehen, aufhören zu sein, jetzt sofort, den Kopf heben und in ein Auge sehen, es war dieses Gefühl, beobachtet zu werden, das sie aufschauen ließ, ein Auge, das weder freundlich noch unfreundlich blickt, mit unpersönlicher Milde im zunehmenden Zwielicht, nicht eines, viele, der ganze Wald ist voller Augen, und alle haben sie diese zärtliche Gleichgültigkeit, so schauen nur sehr alte Augen, ohne Neugier: Sie haben schon genug gesehen, immer am gleichen Ort, aber das schon sehr lange. Im Sonnenaufgang und Untergang haben sie das Vergehen der Zeit gesehen, im Verblassen der von nächtlichem Regen feuchtglänzenden Blätter, im Schwinden schräger Sonnenstrahlen zwischen winterlich kahlen Stämmen, im Flüggewerden junger Vögel und im Zerfallen nicht mehr benutzter Nester, viel Unbill ertragen, Frost, Schneelast und unerträgliche Dürre, aber immer noch da, die

Füße, bemoost und zerschrundet, fest in der Erde, die Stämme ungebeugt, gerade nach oben wachsend, hin und wieder leise ächzend und manchmal ein Knarren, als öffne sich eine Tür, vor Zeiten aus dem Holz ihrer Vorfahren gemacht und lange schon verbrannt, nur das Knarren erinnert noch daran, daß da einmal ein Haus war mit einer Tür, durch die man in das Halbdunkel eines Raumes treten konnte, in dem ein Gott wohnte, der viele Namen hatte. Laura nannte ihn einfach *Herr* und erflehte seinen Beistand. In Wilfrieds Mantel gehüllt, war sie in einen unruhigen Schlaf verfallen, aus dem sie, vielleicht weil sie mitbekommen hatte, daß das Wolfsgeheul sich langsam näherte, angstvoll erwacht war. Angestrengt spähte sie in das blaue Dunkel. Vom Fuß der alten Buche stiegen morgendliche Dunstschwaden auf. In Lauras Rücken bewegte sich etwas. Sie fuhr herum, konnte aber nichts sehen. Der Schlaf hatte sie anfällig gemacht, der Angst Tür und Tor geöffnet, und jetzt flüchtete sie sich zu dem einen und einzigen, wohl wissend, daß Vergebung nur findet, wer aufrichtig bereut, betete verzweifelt gegen das Wolfsgeheul und Pater Konstantins von Empörung durchdrungene Stimme an, verzweifelt, aber verstockt: bereuen konnte sie nicht.

Der Morgen graute. Laura hob den Kopf und blickte unter halb geschlossenen Lidern hervor auf ein Astloch im Stamm einer Buche. Das Astloch sah aus wie ein Auge, das Laura anschaute und sich dann langsam schloß, als wolle es sie nicht mehr sehen.

# III

## ›Knüppel aus dem Sack‹

Der Weg führte auf der Höhe entlang und war schmal und staubig. Sichelndengeln und morgendliches Glockenläuten. Laura hatte den Schutz des Waldes verlassen, um ihren ersten Tag als Mann zu leben, ohne zu wissen, was da alles zu bedenken war. Nie hatte sie sich auch nur einen Gedanken darüber gemacht, wie *sie* in der Welt stehen, sitzen, gehen. Sie waren die anderen, das Andere, gemeinsam nur, daß sie geboren wurden und sterben mußten, wie Sonne und Mond auf- und untergehen, manchmal zusammen am Himmel, mal näher, mal ferner, aber immer jeder auf seiner Bahn und in seiner Welt, einer des andern Gegenspieler, Widersacher. Verstehen konnte man *sie* nicht, unvorstellbar, unbegreiflich, wie es in ihnen aussah, was in ihnen vorging, und plötzlich hing ihr Leben davon ab, daß sie sich in einen von ihnen verwandelte, sich aus ihrer Haut herausbegab, um sich in die andere hineinzuversetzen. Es war nicht genug, den Mantel des Spielmanns zu tragen.

Die Glocken waren verklungen, ein Dorf kam in Sicht, das vertraute Geräusch des Sichelndengelns wurde bedrohlich, Laura hörte es mit dem Brustkorb, als würde das Messer für sie geschliffen. Wenn sie sich verriet, würde sie Konrad nie wiedersehen. Um ihn wiederzusehen und zu befreien, wollte sie leben, alles auf sich nehmen, sogar das Schweigen.

Stummsein, sich nicht mehr mitteilen, alles bei sich behalten – Laura wußte nicht, wie sie das ertragen sollte, aber sie glaubte, daß sie keine andere Wahl hatte.

In ihrem Rücken wurde der malmende Gang eines Bauernkarrens laut. Laura wandte den Kopf halb nach hinten, wie es die Verfolgten tun oder die sich verfolgt glauben und es sich nicht mehr leisten können, sich offen umzudrehen. Neben dem von einem Ochsen gezogenen Karren ging ein hagerer, hochgewachsener Bauer. Laura sah es aus dem Augenwinkel und wurde von Panik ergriffen. Sie hielt nach einem Versteck Ausschau, aber es war schon zu spät, keine Zeit mehr, davonzulaufen. Ein Schritt an den Wegrand. Stehenbleiben. Grüßen. Der Bauer nickte knapp. Ein Blick auf die Fidel im Futteral, ein Schlag auf den knochigen Ochsenhintern, und er war vorbei.

Aufatmen. Plötzlich so viel Platz in der Brust wie für ein ganzes Theater, als hätte die Welt sich geweitet, unendlich viel Platz, unendlich viele Möglichkeiten, als hätten sich tausend Türen auf einmal geöffnet.

Heiße Speckkuchen! Ihr Herren, versucht meine heißen Speckkuchen!

Laura ging staunend umher. Es war Markttag in Heidelberg. Gedränge von Menschen, zwischen denen Hunde, Schweine und Hühner umherliefen. Am Rande der Menge bewegten sich Reiter. Glockengeläute und Gesänge aus der Kirche. Auf einem Holztisch bot eine dicke Frau mit einer großen Warze auf der Wange Hühner an, die, je zwei an den Füßen zusammengebunden, mit den Flügeln schlugen und die Köpfe reckten.

Heiße Fladen! Ihr Herren, so trage ich Fladen feil!

Im Dreck neben dem Tisch abgeschlagene Köpfe und Eingeweide. Fliegen krabbelten darauf herum. Fliegen überall. Fliegen in den Augen des Esels, der von seinem fluchenden Besitzer beladen wurde. Fliegen auf dem lila schimmernden Fleischstück, nach dem die Hand des Metzgers griff. Der Metzger in weißer Schürze und roter Weste legte das Fleisch auf die Waage. Die Fliegen schwirrten hoch.

Zähne ausbrechen! Heran heran, welcher da hat einen bösen Zahn?

Laura blieb bei der Schmiede stehen. Ein Mann stand halb gebückt und hielt den Hinterhuf eines großen Braunen auf. Der Schmied paßte das heiße Eisen an. Rauchschwaden. Geruch nach verbranntem Horn. Der Mann, der den Huf aufhielt, wandte den Kopf ab. Von der Stirn des Schmieds fielen dicke Schweißtropfen.

Gleichmäßiger Trommelschlag, den Marktlärm übertönend.

Laura horchte in die Richtung, aus der er kam, sah sich um. Blaue Augen, rote Haare. Er nickte ihr zu wie ein Spielmann dem andern. Laura holte die Fidel aus dem Futteral, drängte sich durch die Menge, fing noch im Gehen an zu spielen.

Als sie bei ihm ankam, hatten sie sich schon aufeinander abgestimmt, zwei junge Männer, die, ohne sich anzuschauen, ihre Musik zusammenklingen ließen.

Nicht weit von ihnen, am Pranger, eine junge Frau. Das Eisen um den Hals, mit trotzigem Gesicht, erhöht, damit ein jeder sie sehen konnte. Sie schaute zu Laura hin. Ihr Gesicht wurde weich. Ein Spuckestrahl traf sie auf die Wange. Sie zuckte so weit zurück, wie die Halskrause es ihr erlaubte. Ein alter Mönch eilte gesenkten Hauptes vorbei, seine Kutte schleifte im Dreck. Laura ließ den Bogen sinken. Ein paar Trommelschläge lang war die Erinnerung an Pater Konstantin unerträglich lebendig. Ihr war, als spürte sie den Rotz auf ihrer eigenen Wange. Sie sah den Kerl, breitbeinig vor dem Pranger, hörte seine höhnende Stimme, die Worte verstand sie nicht, merkte auch nicht, daß das Trommeln aufhörte, wollte nur hin, sich einmischen, ohne zu denken, das nicht hinnehmen, stürzte vor. Jemand hielt sie zurück. Es war der Spielmann. Er sagte nichts, sah sie nur an und schüttelte den Kopf.

Der Kopf der jungen Frau sank auf die Brust, ihr Körper erschlaffte. Zu ihren Füßen pickten Hühner nach Körnern.

# IV

## ›Gegen Trauer offeriert man buntgemischten Vogelsang‹

Wortloses aus der Stadt Eilen, fast war es ein Flüchten. Als sie das Stadttor hinter sich gelassen hatten und außer Hörweite der Wächter waren, schnaubte der rothaarige Trommler erleichtert.

Hat dich der Teufel geritten oder was?

Laura schob das Kinn vor.

In ihrer Nähe wusch eine Gruppe von Frauen Wäsche am Fluß.

Die mit dem Apfelarsch tät mir gefallen.

Laura war dem ans andere Ufer übersetzenden Kahn mit den Blicken gefolgt, im Heck die dunkle Gestalt eines Mönches, den in der Abendsonne leuchtenden Hügeln zugewandt. Gleichgültig schaute sie zu den Wäscherinnen hinüber und sah mit Männeraugen: das Mädchen stand vornübergebeugt, die Arme im Wasser, den Hintern prall und rund in die Luft gereckt.

Wie heißt du?

Laura fuhr zu dem Trommler herum und öffnete und schloß den Mund.

Ich heiße Thomas und du?

Er sah sie an und wartete, seine Stirn kräuselte sich. Laura öffnete und schloß den Mund, schnappte nach Luft, seufzte, griff nach einem Stöckchen, fegte ein Stück Erde mit der Hand und schrieb *Konrad* darauf.

Thomas sah ihr zu, der Mund offen, der Blick leer, er konnte nicht lesen.

Bist du stumm? Haben sie dir die Zunge herausgeschnitten?

Laura schüttelte den Kopf.

Thomas schwieg und beobachtete, wie der Kahn am anderen Ufer anlegte und der Mönch die Kutte raffte.

Hast du die Sprache verloren?

Laura nickte.

So, spielen kann er, aber reden nit.

Laura sah trübsinnig zum anderen Ufer hinüber, wo zwei oder drei Reisende darauf warteten, übergesetzt zu werden.

Bist du schon lange unterwegs?

Laura zuckte die Achseln.

Thomas betrachtete ihre Hände.

Lesen und schreiben kannst du, und deine Hände sind zart. Weggelaufen? Ein Mönchlein? Die Stimme wurde spöttisch. Ein entlaufenes Mönchlein.

Heftig schüttelte Laura den Kopf.

Keine Angst, ich verrate dich nicht. Bin selber weggelaufen. Aber das ist lange her.

Nicht weit von ihnen zog ein Fischerboot vorbei. Der Wind trug die Stimmen der Fischer herüber, die sich damit abmühten, das Schleppnetz einzuholen.

Ich werde dich Reden-kann-er-nit nennen. Bist noch nicht lange unterwegs, stimmts? Und kommst aus keiner Bauernhütte. Und warst mal was Besseres.

Das Feuer war heruntergebrannt.

Ich bin müde, murmelte Thomas und rollte sich, in seinen Mantel gewickelt, zusammen.

Laura legte sich auf den Rücken und schaute in den Himmel, aus dem schon die Farbe wich.

Wolken zogen dahin.

Alles war anders, nichts, wie es einmal war. Gefahr drohte, wo Sicherheit gewesen war. Sicherheit war, wo Gefahr gedroht hatte. Die Augen fielen zu. Ein Leben lang Angst vor Räubern. Gab es etwas Schlimmeres, als unter die Räuber zu fallen? Zuoberst gekehrt das Untere, über ihr ein See, unter ihr die Himmelslandschaft, stille Wasser, die Wolken Inseln aus Schnee, weiß wie die Federn der Gans, die sie gestohlen hatten. Laura flog über die dämmernde Lichtung hinweg und sah sich, wie sie am Boden hockte, die halbgerupfte Gans zwischen den Knien, in einer Wolke von Federn und ganz ohne schlechtes Gewissen. Es regnete. Laura und Thomas trotteten dahin, müde, mit gesenkten Köpfen.

Wir müssen uns irgendwo unterstellen.

Laura hob kurz den Kopf und schaute trübsinnig in die grauverhangene Landschaft.

Hast dir das nicht so gedacht, was?

Endlich ein Baum. Laura und Thomas mit triefenden Haaren, frierend und erschöpft, notdürftig geschützt, an seinen Stamm gelehnt.

Das hört so bald nicht auf.

Laura wünschte sich nach Hause und hätte in diesem Augenblick sogar Pater Konstantins Bocksgestank freudig ertragen.

Fernes Hundebellen. Vielleicht ein Bauernhof, vielleicht eine Scheune. Die Scheunentür ging auf. Laura fuhr hoch, ohne zu begreifen, wo sie war und warum der Mann in der Tür brüllte.

Hinaus! Geschwind!

Im Halbdunkel der Scheune der Leibhaftige, der mit einer Mistgabel über sie kam.

Euch werd ich Beine machen.

Thomas und Laura rafften ihre Sachen zusammen und stürzten, dem blind dreinschlagenden Bauern ausweichend, hinaus.

Pack! Gesindel!

Auf der Dorfstraße tanzten die Bauern. Vier oder fünf Paare, die hopsten und sprangen. Die andern saßen, an langen Tischen, auf klobigen Hockern, Männer und Frauen getrennt. An einem der Männertische hörte ein kleiner rotbackiger Bauer einem Hageren zu und nickte freundlich wie ein Kind. Der Hagere hatte ein zerfurchtes Gesicht und bekräftigte seine Rede mit einem gewaltigen Spuckestrahl. Einer mit einem wüsten, breitflächigen Gesicht fickte sich großspurig mit dem Zeigefinger in die Faust. Ein schon ziemlich betrunkener Jungbauer trank, rülpste, gab den Krug weiter und zeigte dem Wüstgesichtigen einen steifen Unterarm, grölte etwas von seinem Schwengel, erhob sich, nahm dem Rotbackigen den Krug aus der Hand, schwankte auf Laura zu, baute sich groß und ungeschlacht vor ihr auf.

Was glotzt du, Schönling?

Laura sah an ihm vorbei, spielte weiter. Der Jungbauer hielt ihr den Krug hin.

Trink!

Laura sah weiter an ihm vorbei, kam aber aus dem Takt.

Los! Trink, Schönling!

Der Jungbauer stieß ihr den Krug ins Gesicht.

Machs Maul auf.

Laura preßte die Lippen zusammen, konnte nicht anders, hatte Angst, hätte sich aber aus irgendeinem ihr selber nicht bekannten Grunde ums Verrecken nicht zum Trinken zwingen lassen können.

Thomas mischte sich ein.

Laß ihn.

Er solls Maul aufmachen.

Er ist stumm.

Der Jungbauer trat einen Schritt zurück und kniff die Augen zusammen, um Laura besser mustern zu können.

Mit dem stimmt was nit.

Ich sag dir, der kann nit reden.

Der Jungbauer schüttelte den Kopf. Laura stand da, die Augen geradeaus auf die Brust des Kerls geheftet, die Hände schützend über der Fidel.

Der hat Angst.

Er trat dicht an Laura heran.

Ich riech deine Angst. Warum hast du Angst? Schönling, es stimmt was nit mit dir.

Plötzlich war der Pfarrer da und packte den Burschen grob am Arm, zerrte ihn weg.

Soll dir der Schwanz abfaulen, Schönling.

Laura, mit dem sicheren Gefühl, daß ihr nichts mehr geschehen konnte, machte übertrieben erschrockene Augen und griff sich schützend zwischen die Beine, wußte sie doch, daß sie nichts hatte, was ihr abfaulen konnte, und das machte sie übermütig.

Der Mond war aufgegangen. Die Bäume warfen nächtliche Schatten. Fuchsbellen, Käuzchenschreie, Igelschmatzen. Mit lautlosem Schwingenschlag ließ sich ein großer dunkler Vogel auf einem Zweig nieder. Die Nacht war sternenklar. In der Ferne heulte ein Wolf, ein anderer antwortete. Laura stand auf, um zu pinkeln. Sie ging ein paar Schritte vom Lager weg und wollte sich gerade hinhocken, als sie die dunklen Umrisse einer massigen Gestalt sah. Kühlfraß stand reglos, mit vor der Brust verschränkten Armen. Sie machte kehrt. Den Rücken Kühlfraß zugewandt, stellte sie sich so breitbeinig hin wie möglich, schaute in den Sternenhimmel und pißte zum ersten Mal in ihrem Leben im Stehen. Es war ein ganz anderes Gefühl als in der Hocke, da konnte sie zwar den Waldboden riechen und sehen, was wuchs und was kroch, Ameisen oder Käfer, aber von den Sternen sah sie nichts.

Am letzten Tag hatte Thomas ihr die Augen verbunden.

Damit du nichts verraten kannst, Reden-kann-er-nit, aber könntest sie hinführen.

Von Thomas geführt, stolperte sie blind durch den Wald, keuchte Anhöhen hinauf, von seiner Hand gezogen, Gesicht und Hände zerkratzt, immer in Angst zu stürzen, obwohl er sie fest bei der Hand hielt und sie sich an Konrad erinnert fühlte und zum ersten Mal seit jenem Morgen im Rosengarten fast glücklich war. Es mischten sich Glück und Unglück, Einsamkeit und Zweisamkeit. Ein paarmal war sie nahe daran, Thomas ins Vertrauen zu ziehen.

Tief befriedigt legte sie sich wieder hin und wickelte sich in Wilfrieds Mantel, der kaum noch nach ihm roch und schon fast ihr eigener geworden war. Im Stehen pinkeln war schön. Alles war anders, nichts mehr, wie es war. Laura schaute in den Sternenhimmel und dankte Gott, daß Er ihr kleine Brüste gemacht hatte.

Kühlfraß hatte etwas gemerkt. Er wußte selber nicht, was er gemerkt hatte, aber er hatte etwas gemerkt, vom ersten Augenblick an.

Kein Kochemer. Gefällt mir nicht, das Acherponim. Zu glatt, zu fein. Sollten wir abmecken.

Kühlfraß, mit dem sechsten Sinn eines bösartigen Hundes, an einen Baumstamm gelehnt. Höhnisches Lippenschürzen, Arme vor der Brust verschränkt. Er hatte nicht gewollt, daß sie blieb, und er fletschte die Zähne in seinem Totenschädel, wann immer sie sich nahe kamen. Laura ging ihm aus dem Weg.

Ein Kreis von Gesichtern. Mißtrauisch schauten sie. Noch ohne Namen, nur groß und klein und dick und dünn, zwei Frauen waren dabei, Laura betrachtete sie wie ihresgleichen, wollte sich schon an sie wenden, das Befremden im Blick hielt sie noch rechtzeitig zurück, sie waren wie eine einzige vielgesichtige, vielarmige Person.

Er kann lesen und schreiben, sagte Thomas.

Die Schwarze Joseffa lächelte ihr zu und schaute auf die Fidel. Laura wollte ihr das nie vergessen, dieses erste Lächeln und die Aufforderung: Spiel uns was.

Laura spielte für die Räuber, um ihr Leben, das wußte sie. Sie würden sie nicht einfach so wieder gehen lassen. Während sie die Fidel aus dem Futteral holte, war sie bei den Räubergeschichten in der Spinnstube, alles voller Blut und Margarethes schrille Schreie zwischen Entsetzen und Lust. An klaren Tagen konnte man vom Bergfried aus den Galgenhügel sehen, den Galgen selber nicht, dazu war es zu weit, aber das schwarze Geflatter an manchen Tagen, wenn es dort etwas zu holen gab, das sah man wohl. Nichts, wie es einmal war. Sobald sie den Bogen angesetzt hatte, war die Angst weg. Sie spielte, hatte endlich wieder eine Stimme, konnte reden, alles erzählen, ohne sich zu verraten, wie das ist mit der Liebe und dem Silberblick und dann Amselfleisch essen gegen die Schwermut. Laura war angekommen.

Reden-kann-er-nit ist zu lang, entschied Lämmerschlag. Nennen wir ihn Lau-Loschen, das ist kürzer.

Ein Achlan mehr, seufzte Wolfsgaumen.

Laura war angekommen und aufgenommen. Sie gehörte dazu und nicht dazu, war nicht wirklich eine von ihnen. Es war etwas in sie gefahren, etwas oder jemand, von dem sie selber nicht wußte, was es war. Die Füße taten ihr weh, die Schultern, alles tat weh. Sie hatte Hunger, und die Kleidung war klamm. Aber das war es nicht. Etwas war mit ihr geschehen. Sie war nicht mehr sie selber. Es konnte nicht anders sein: der Feind war in sie gefahren. Sie war besessen. Alles war anders, nichts mehr, wie es war: Oben war unten und unten oben, außen war innen und innen außen. Alles ungewiß, der zerwühlte Waldboden, die aufgerissene, bloßgelegte Erde außen oder innen. Wie eine Rotte von Wildsäuen stapften sie einer hinter dem andern durch den Wald, Lämmerschlag und Gotelind an der Spitze, Kühlfraß und Höllensack, der liebenswürdige, nie fluchende, nie die Stimme hebende, immer hilfsbereite große Blonde, Wolfswind, Wolfsdarm und Wolfsgaumen, dem die rechte Hand fehlte, die Schwarze Joseffa und Thomas, der nicht Thomas war. Knickebold nannten sie ihn, und Laura hatte sich angewöhnt, ihn ebenfalls so zu nennen, denn wenn auch die Worte nicht aus ihr hinausdurften, so waren sie doch in ihr. Längst kannte sie alle beim Namen. Überklug und Fritzenbär, Ranze und Rotzwein. Wildsau, Schlingdengau und Krautscheißer. Selten alle beisammen, oft zu zweit oder dritt unterwegs. Ranze und Rotzwein als Bettler, der eine uff dem Burckhard, der andere als Brasler. Der uff dem Burckhard hatte es leicht, brauchte bloß einen Handschuh anzuziehen, den Arm in eine Schlinge zu stecken, und schon konnte er behaupten, er hätte das Antoniusfeuer. Der Brasler mußte mehr Aufwand treiben, und regnen durfte es auch nicht. Und jedesmal, wenn Ranze ihm Hände und Füße in Teig einschlug, murrte Wolfsgaumen, der erst vor ein paar Tagen bei einer Chassene mit Wolfsdarm und Wolfswind einhändig so viele Bratwürste roh in sich hineingestopft hatte, daß ihm der Bauch angeschwollen war, gequollen, aufgegangen wie Kuchenteig. Halb tot war er gewesen, als Wolfsdarm und Wolfswind ihn zurückbrachten. Die ganze Nacht hatte er gestöhnt, gerülpst und gefurzt. Noch Tage danach war er kleinlaut und käseweiß umhergeschlichen, und jetzt schaute er schon wieder tumb begehrlich auf den Teig und sah offenen Mundes zu, wie Ranze mit Höllensacks Messer in den Teig schnitt, die Einschnitte mit Hasenblut füllte und Stückchen von Darmsaiten darüberstreute, gerade so, als ob Würmer und Maden in offenen Wunden herumkröchen. Das Blut stank. Laura wußte plötzlich, welcher Teufel es war, der sich in ihr breitgemacht hatte. Unbemerkt war er in sie gefahren, heimlich still und leise hatte er sich eingenistet, der schlimmste aller Teufel, einen schlimmeren gab es nicht: der Hochmutsteufel hatte seine Wohnung ausgerechnet in ihr genommen und sich häuslich eingerichtet, als wolle er nie mehr gehen, so daß sie nichts anderes denken konnte, als daß dieser da mit seinen nach Hasenblut stinkenden Händen weit unter ihr stand.

Die Stummheit war wie eine Tarnkappe. Es war, als gäbe es keine Laura, als wäre sie nicht vorhanden. Sie konnte sich nur mit der Fidel bemerkbar machen. Oder mit dem, was *sie* Acherponim nannten. Einmal war ihr mitten in einer Stille ein

Furz entfahren. Kühlfraß, mit verschränkten Armen an einen Stamm gelehnt. Teuflisches Totenschädelgrinsen.

Ah, Lau-Loschen sagt auch mal was.

Lämmerschlag lachte auf seine lautlose Art, das Gesicht dem Himmel entgegengereckt, der Mund weit offen, die Augen geschlossen.

Alles herhören! Lau-Loschen hat gesprochen.

Knickebold der Verräter, falsch wie alle Rothaarigen, lachte, daß ihm die Tränen über die Backen liefen, mit gesenktem Kopf, das Gesicht so jämmerlich verzogen, als würde er in Wahrheit weinen.

Die Schwarze Joseffa stieß ihn in die Rippen.

Geh Lasosel.

Voll von Wut, Haß und Trotz ließ Laura einen zweiten Furz fahren. Jetzt lachten alle, auch die Schwarze Joseffa. Kühlfraß machte sein Spitzmäulchen und lachte mit den Schultern. Die Schwarze Joseffa hatte den Mund weit aufgerissen und lachte donnernd aus sich heraus, es war wie ein Ausbruch, ein Ausfall aus einer Festung. Das Feuer flammte lustig auf, und Laura stimmte ein, fing an mitzulachen, erst lautlos wie Lämmerschlag, aber dann gestattete sie sich doch ein kleines Glucksen. Einen köstlichen Augenblick lang fühlte sie sich frei und unbeschwert, als gehörte sie dazu, sei wirklich eine von ihnen. Und dann war auch dieser Augenblick vorbei, und Laura hatte wieder das Gefühl zu ersticken an all den nicht gesprochenen Worten und dachte, sie könnte es keinen Augenblick länger aushalten, und dann war auch dieser Augenblick vorbei und der nächste, und sie lebte immer noch und hatte Hunger und war vom Regen durchnäßt. Die Füße taten ihr weh, die Schultern, sie war müde und wollte schlafen und konnte nicht schlafen. Gotelind stöhnte, Lämmerschlag keuchte, und der Mantel, unter dem sie lagen, wogte, als wäre das Meer darunter. Und auf der anderen Seite stöhnte Wildsau, der Zahnschmerzen hatte, immer lauter, dringlicher, herzzerreißender, sein Wehgeschrei übertönte die Liebeslaute.

Das Mantelmeer kam zur Ruhe, offenbar hatte der Sturm sich gelegt, so oder so. Wildsau stand, sich die Backe haltend, auf, rannte mit dem Kopf gegen einen Baum und legte sich wieder hin. Stille. Laura hätte schlafen können. Aber jetzt spürte sie ein Ziehen im Leib, ein Brennen in den Eingeweiden, das nicht vom Hunger kam. Es kam von dem Gedanken an Konrad und daß er so weit weg war und sie ihn vielleicht nie finden und nie wiedersehen würde, und niemand, der ihr Amselfleisch brachte, und kein Betpult, an das sie sich retten konnte. Zum Beten war es zu spät, ihr Nachtgebet hatte sie schon gesprochen, und sie wagte es nicht, sich noch einmal an den Herrn zu wenden, der gewiß böse auf sie war wegen der Gesellschaft, in der sie sich befand. So war sie allein mit dem Bären in sich, der sie von innen her auffraß, an ihrem Fleisch fetzte, daß sie dachte, sie könnte es keinen Augenblick länger aushalten, und dann war auch dieser Augenblick vorbei, und sie lief wieder in einer langen Reihe abgerissener Gestalten, nach Süden, wenigstens das, es war ihre Richtung. Wilfrieds Mantel hatte Löcher und Risse bekommen und seinen Geruch völlig verloren. Jetzt roch er nach Rauch, Erde und nach Laura.

Die Stimmung war schlecht. Sie mußten von Beeren, Wurzeln, Kräutern und Karnickeln leben. Von Brennesseln und Melde. Von Fischen, die Krautscheißer mit der bloßen Hand fing. Von Flußkrebsen und gestohlenen Gänsen. Genug war es nie. Immer Hunger. Und immer, mal näher, mal ferner, das Heulen der Wölfe. Einmal ein Kitz, das klagend am Weg lag. Lämmerschlag stach es ab. Die Schwarze Joseffa suchte Lauras Blick. Zum Nachtisch Himbeeren. An diesem Abend wurden alle satt. Laura spielte, und die Schwarze Joseffa sang ihr Lieblingslied:

Gegen Trauer offeriert man
buntgemischten Vogelsang
Diesen schönen Klang
werde ich, was mich betrifft,
kaufen: soll die Wunden heilen.

Sie war auf der Landstraße geboren, kannte viele Lieder, aber dieses wollte sie immer singen. Am Feuer auch fremde Gesichter, ein Harzsieder mit seinem Sohn, Pottaschbrenner und Schindelmacher und einmal ein Köhler, der, rauchgeschwärzt im Widerschein der Flammen, vom Feuervogel erzählte, wie er unvollkommen aus der Asche gestiegen war und seither sein Leben in der Luft verbringen mußte. Er hatte nämlich keine Füße. Und darum konnte er nie ausruhen. Und wenn er noch so müde war, er mußte immer weiter fliegen. Erschöpft waren sie alle. Lauras Schweigen ging unter in allgemeiner Schweigsamkeit. Laut wurden sie nur noch, wenn irgendwo ein Bär auftauchte und durch Händeklatschen und Gebrüll vertrieben werden mußte. Streit flammte auf. Ranze und Rotzwein schlugen aufeinander ein. Alles ging schief. Sie stiegen über eine Hofmauer, die mit Getöse in sich zusammenstürzte. Sie trafen auf einen Mann, der einen Ochsen führte. Sie verlangten sein Geld. Er sagte, er habe nichts. Sie prügelten ihn mit ihren Knüppeln und ihrer ganzen aufgestauten Wut. Er brach zusammen. Lämmerschlag durchsuchte ihn. Er hatte wirklich nichts. Sie halfen ihm hoch, stützten ihn, blieben bei ihm, bis er wieder zu Kräften gekommen war.

Am Abend murrte Kühlfraß, mit verschränkten Armen an einen Baumstamm gelehnt. Den Kaffer hätten wir abmecken sollen.

Sie brachen in das einsame Haus einer Witwe ein. Die Witwe hatte nichts. Ein Stück Speck, ein Hafen Milch. Einer riß dem andern den Krug von den Lippen. Laura sah die Adamsäpfel hüpfen. Wolfsgaumen schlürfte drei Eier, ehe jemand ihn hindern konnte. Alles mit einer Hand: ein Ritz mit dem Fingernagel und schlupp. Die Witwe kam nach Hause.

Abmecken, sagte Kühlfraß.

Menschenkenner und welterfahren, fingen Ranze und Rotzwein an zu bellen, rauh und heiser wie Hunde aus dem Reich der Toten. Die anderen stimmten ein, auch Laura. Es war das einzige Mal, daß sie sich ganz vergaß, aber es fiel nicht weiter auf in dem allgemeinen Höllengebell. Die Witwe flüchtete. Hell schien der Mond, der alte Feind der Diebe, auf die Witwe, die zum Dorf hinunterlief, als wäre der Geschwänzte hinter ihr her.

Es war nicht nur allgemeine Menschenkenntnis, die Ranze oder war es Rotzwein auf das Bellen gebracht hatte. Es war die eigene Angst vor Hunden, die Angst der Diebe und Landstreicher, der Fahrenden und Bettler, Bader und Kundschafter. Alle, die unterwegs waren, hatten eine gewaltige Angst vor Hunden. Nur den Hockauf fürchteten sie noch mehr, den Aufhocker, der einsamen Wanderern von hinten auf die Schultern springt, und da sitzt er und macht sich schwer und schwerer und immer noch schwerer, bis das arme Menschlein unter ihm zusammenbricht. Da gibt es keine Rettung. Vor Hunden kann man davonlaufen. Oder stehenbleiben und Wurzeln schlagen. Joseffas Erstarren, als sie den Hirten trafen mit seiner Herde und seinen Hunden. Laura hatte schützend den Arm um sie gelegt. Unmerklich und scheinbar ohne ihr Zutun mit ihrer Rolle zusammengewachsen, betrachtete sie es als ihre Pflicht, der schwachen Joseffa Halt zu bieten, und wußte doch nicht, wie ihr geschah, als die schwermütigen schwarzen Augen ihr immer häufiger begegneten, pißte wakker im Stehen und begriff doch nicht, was sie war und wer in den Augen der anderen Frau, die sie einladend anstrahlten: tritt ein, komm herein, ich bin dein. Es half nichts, wenn sie schnell wegsah. Beim nächsten Mal war es dasselbe. Lämmerschlag merkte es und lachte sein lautloses Lachen. Kühlfraß merkte es und machte, mit vor der Brust verschränkten Armen an irgendeinen Baumstamm gelehnt, ein höhnisches Spitzmaul. Knickebold merkte es und fing an zu sticheln, der hilfsbereite, trockene Trommler, der nie ein Gefühl zeigte und nicht aus der Ruhe zu bringen war, bekam den gelben Blick und wurde boshaft. So sind die Rothaarigen, dachte Laura und merkte nichts. Immer darauf bedacht, keinen Fehler zu machen und ihre Zunge im Zaum zu halten, kam ihr nicht ein einziges Mal in den Sinn, daß es für Joseffa keine Laura gab. Gedankenlos pißte sie im Stehen, als hätte sie ihr Leben lang nichts anderes getan, Kopf im Nacken, Sternengeblinke im Blick und im Herzen eine kleine Schadenfreude bei dem Gedanken an Pater Konstantin. Und doch war ihr, allen ketzerischen Regungen zum Trotz, nicht anders, als wären die Zöpfe noch dran, als müßte jeder wissen, was keiner wissen durfte. Es war ein Tohuwabohu wie vor der Schöpfung, und weil es in ihrem Innern immerfort redete, dachte sie, die anderen müßten etwas davon hören, auf jeden Fall Joseffa, die ihrem Schweigen so andächtig, so hingebungsvoll lauschte, und wußte nicht, wie ihr geschah, wenn Joseffa neben ihr auftauchte und plötzlich etwas in der Luft war, was vorher nicht gewesen war, eine Befangenheit, etwas wie ein unsichtbarer Kokon, in den sie mit eingesponnen war, ob sie wollte oder nicht, und der von Mal zu Mal schwerer zu zerreißen war. Ein zähes, klebriges Zeug, abgesondert von einem Heer kleiner schwarzer Spinnen, die zielstrebig, geschäftig und nimmermüde hin und her eilten. Knickebold bekam den Grind im Gesicht. Lämmerschlag lachte sein lautloses Lachen. Laura fühlte sich unbehaglich, merkte etwas, wollte es aber nicht wahrhaben, brauchte die Freundin, die Verbündete gegen das grobe Mannsvolk.

Der Klingenfetzer ist ein Kuttenhengst, sagte Ranze.

Der Gewer will nicht auf die Gewerine, sagte Rotzwein.

Die Schwarze Joseffa fauchte sie an. Fliegenfanger, Flohsenhähne. Futze kapore, Fotzenlecker.

Wildsau hielt sich die Backe und stöhnte.

Er konnte nur noch Luftsuppe essen, obwohl es Vogelfleisch satt gab, seitdem Höllensack und Schlingdengau einem Knecht, der einsam pfeifend des Weges gekommen war, eine mit Vogelleim prall gefüllte Schweinsblase abgenommen hatten.

Wenn ich nit bald zu einem Fladerfetzer komm –

Gotelind machte ihm Umschläge aus Kuhscheiße und Kamille. Er betete laut zur Heiligen Jungfrau, liebe süße Muttergottes, hilf mir armen Sünder, deinem Knecht, liebliche Jungfrau Maria, um deines Sohnes willen. Inbrünstig flehte er Marien um Verständnis dafür an, daß sie das Geld für den Bader, den Fladerfetzer, mit Kalmas schlecken, du weißt doch, süße liebe Muttergottes, Opferstöcke leermachen, beschaffen wollten, wo sie nun einmal den Vogelleim hatten.

Gotelind war schwanger. Ihr Bauch rundete sich schon, und sie war immer ein wenig leidend. Blaß, durchsichtig, großäugig. Verwehtes Lächeln.

Laura merkte den heimlichen Dünkel und bekam eine Wut auf die Liebste des Hauptmanns Lämmerschlag, die, nebenbei und ohne weitere Betonung, aber gern und immer wieder davon sprach, daß sie nicht aus irgendeiner Kafferkitte komme, sondern das Licht erblickt habe in einem Haus aus Stein.

Fürnehm war es dort zugegangen, es gab Glas in den Fenstern und nicht etwa Rinderhäute, und Knechte und Mägde gab es auch. Gotelind hatte eine Amme gehabt.

Ja, so war das, sagte sie mit schleppender Stimme. Dunkle Andeutungen über den Vater, der unterm Stand geheiratet hatte, und die arme gute Mutter, schön und klug, wie eine Königstochter, hatte viel auszustehen gehabt von der Verwandtschaft und schaute nun schon lange als Engel auf Gotelind herab.

Überklug, der scheue, in sich gekehrte, der die Engel reden hörte, hob den Kopf. Seine leeren Augen starrten ins Feuer.

Es gibt Leute, sagte er langsam auf seine bedächtige Art, der ihr Schutzengel hat immerfort zu tun, und es gibt andere, der ihr Schutzengel tut sich zu Tode langweilen. Und wißt ihr was? Überklug hob den Zeigefinger, wie er es gerne tat. Die wo sich langweilen, beneiden die wo umherhetzen. So ist das.

Wolfsgaumen stierte mit offenem Mund zum Waldrand. Laura folgte seiner Blickrichtung. Da war etwas Rotes hinter einem Baumstamm, eine schweigende, unbewegliche Gestalt, unheimlich wie nicht von dieser Welt. Nur ein Geist konnte so lange so reglos stehen oder ein Mensch, der sich nicht zeigen will, verstecken muß, nach einer Untat oder auch davor.

Laura begriff, daß es an der Zeit war, mit dem Lächeln aufzuhören. Aber es war schon zu spät. Augen voller Liebe, die ihr überallhin folgten. Sie begann, Joseffas Blick zu meiden. Joseffa schmachtete tapfer weiter. Nur ihre Haut schlug aus. Sie bekam Pickel. Und immer, wenn Laura am wenigsten daran dachte, leuchtete hinter irgendeinem Baum etwas von Knickebolds rotem Haarschopf auf. Laura tat das einzige, was sie tun konnte. Sie tat, als merke sie nichts, sah aber Joseffa nicht einmal mehr an und hoffte darauf, daß es vorbeigeht, verlischt wie ein Feuer, das nicht genährt wird. Nachdem Joseffas Zorn verraucht war, hüllte sie sich in eine schwarze Wolke und ließ sich nicht mehr blicken, stieß nur ab und zu einen grünen Gifthauch aus, immer in Lauras Richtung, und verbrachte die Nächte in Knickebolds Armen, stöhnend wie eine Besessene. Wieder wußte Laura nicht, wie ihr geschah. Auf der einen Seite das wogende Mantelmeer, auf der andern Knickebolds Hintern, fahl im nächtlichen Dunkel, als wäre der Mond vom Himmel gefallen. Wildsau jammerte nach einem Bader, der ihm den bösen Zahn ausbreche, und Knickebold fragte: Ist das angenehm? Gell, das ist angenehm. Nur dies, aber dies immer wieder. Mit leicht gepreßter Stimme in immer der gleichen Tonlage: Ist das angenehm? Gell, das ist angenehm. Wieder und wieder und wieder, bis Laura nicht mehr wußte, wo sie sich lassen sollte, und beschloß, Wildsau, Höllensack und Schlingdengau nach Heilbronn zu begleiten.

Die Kirche in der Abendsonne, die langen Schatten der Bettler und das Glockengeläut, ohrenbetäubend auf dem kleinen Platz. Menschen in Lumpen und mit allen möglichen Gebrechen. Ein blinder Alter, der, den Kopf im Nacken, auf den Nachhall der Glocken lauschte. Eine magere Frau mit feinen Gesichtszügen und einem Kind im Arm. Ein Krüppel, die Beinstümpfe auf ein Brettchen geschnallt. Nackt auf den Kirchenstufen ein Kleiderbettler.

Laura sah, wie ein sehr großer Mönch einen Augenblick bei Wildsau stehenblieb, der, sich die Backe haltend, unglücklich auf den Stufen des Rathauses hockte.

Sieh an, dem Kühlfraß sein Bruder, sagte Schlingdengau zu Höllensack. Er geht in der Mumschen.

Über den Platz schwangen die Glockentöne. Schlingdengau steckte das Seifenstückchen in den Mund, das sie einem Juden abgenommen hatten, der sonst nichts besaß, bloß ein Stück Seife und ein paar Münzen. Lämmerschlag hatte ihm die Münzen zurückgegeben und gesagt, trapp dich fort. Die Seife hatte er eingesackt. Schlingdengau hatte gerade so viel davon bekommen, daß er ordentlich Schaum machen konnte. Während in der Kirche der Segen erteilt wurde, stach er sich mit einem Halm in die Nasenlöcher.

Der falsche Mönch eilte über den Platz, scheinbar ohne Schlingdengau und Höllensack zu beachten, er warf nur schnell einen neugierigen Blick auf Laura, mischte sich unter die ersten Menschen, die aus der Kirche kamen, und bat, den großen Körper in demütiger aber würdevoller Haltung, bescheiden um Almosen. Schlingdengau stieß einen Schrei aus, einen gräßlichen, unmenschlichen Schrei, der das Glockenläuten übertönte, und stürzte, mitten in der aus der Kirche strömenden Menge, mit zum Himmel verdrehten Augen zu Boden. Seife, Speichel und Nasenblut machten einen eindrucksvollen Schaum. Die Glocken verklangen. Die Menschen drängten sich um den sich in wilden Zuckungen am Boden Windenden. Bedauernde Ausrufe. Aus dem verzerrten

Mund quoll reichlich blutiger Schaum. Niemand, der einfach weiterging. Selbst die anderen Bettler wurden von Mitleid und Schaulust ergriffen. Das war der Augenblick für Höllensacks Auftritt.

Ihr Leut, ihr Leut! Da darf man nit einfach zusehen, da muß man was geben!

Er riß sich den Hut vom Kopf, ein guter Mensch, der ein Herz hat für seinen Nächsten und ein gottgefälliges Werk tut. Lämmerschlag hatte ihm seinen Rock geliehen, damit er nach was aussah.

Gebt was, ihr Leut! Für den armen Fallsüchtigen!

Höllensack, der immer freundliche, immer umgängliche, hob die liebenswürdige Stimme nur so weit, daß sie die nachschwingenden Glocken übertönte.

Um unserer keuschen Jungfrau willen! Sie wird es euch lohnen!

Unaufhörlich quoll der blutige Schaum aus dem Mund des jetzt reglos am Boden Liegenden. Die Augen waren so verdreht, daß man nur noch das Weiße sah. Es war ein schrecklicher Anblick. Die Leute gaben reichlich.

Laura stelle den Fuß auf das seidenbestickte Armentäschchen einer aufgeregten Dame, die ihren Mann oder ihre Magd verloren und nicht gemerkt hatte, daß ihr das Täschchen entglitten war.

# V

## ›Die Welt ist allenthalben Ungenaden vol‹

Trübnis und Regen. Ein Pfau schleifte das Türkis seiner Schleppe durch den Dreck. Enten schnäbelten in Pfützen, Hühner pickten, ein einsames Schwein rüsselte im Schlamm. Drinnen Halbdämmer. Rinderhäute in den Fensterlöchern. Tische und Bänke. Gefüllte Weinkrüge. Dampfende Suppenschüsseln. Brot und Käse. Schmalz. Eier. Gurken. Bratwürste. Die Magd stellte sie ausgerechnet vor Wolfsgaumen ab, der gequält das Gesicht verzog und mit dem Kopf ruckte, als käme es ihm hoch. Lämmerschlag schloß die Augen und lachte, den Kopf im Nacken, sein lautloses Lachen. Kühlfraß setzte ein satanisches Grinsen auf.

Unser Wolfsgaumen ist eschkochem. Mag keine Bratwürste nit mehr.

Kühlfraß, der immer wußte, wo jemand seinen wunden Punkt hatte, und es liebte, den Finger genau an der Stelle hineinzubohren, verschränkte die Arme vor der Brust und schaute gelassen zu, wie der andere hochging.

Du sauicht Schwein. Wolfsgaumen fuchtelte mit dem Armstumpf. Hundsföttischer Nichtsling!

Bruder Plattfuß, der große falsche Mönch, dem sie in Heilbronn das Geschäft verdorben hatten, ließ schwer die Hand auf Wolfsgaumens Schulter fallen. Deus creatus creatures extremus verfressibus, mach dir nix draus, seid auch creatures suos.

Er sagte es mit der Stimme des Wolfs, der Kreide gefressen hat, und Wolfsgaumen schüttelte hilflos die Faust der ihm verbliebenen Linken.

Du und dein Bruder, ihr seid einer wie der annere: Lumpenärsche.

Massig, mit breitem Brustkasten und dröhnender Stimme schritt der Wirt ein, Hinkmar, genannt Balbos Hinkmar.

Heimt euch! Ich will kein Ballbure nit.

Die Stube voller Kinder. Alle mit den gleichen runden dunklen Augen. Sie schauten ernst und aufmerksam. Zöpfe und Rotznasen. Der Jüngste war ein Bub, die Mädchen schleppten ihn hierhin und dorthin. Eine einäugige schwarze Katze strich scheu und eilig an der Wand entlang. In einer Ecke eine Alte mit wirrem weißem Haar, vornübergebeugt, in sich zusammengesunken, wie versteinert. In einer andern Ecke der unglückliche Wildsau, teilnahmslos, trübe Schweinsäuglein, bis zur Unkenntlichkeit verquollenes Gesicht. Draußen krähte ununterbrochen ein Hahn.

Den Tarnegaul mecken wir ab, sagte Kühlfraß.

Hier wird keiner abgemeckt, sagte Balbos Hinkmar. Schon gar nicht mein Gockel.

Ich drück ihm den Hals zu.

So du meinen Gockel hinmachst, soll dich die Lustgurkenfresserin holen.

Der Herbst kommt, sagte Krautscheißer.

Die Blätter fallen ab, sagte Fritzenbär.

Lustgurken*schleckerin*, sagte Ranze, tät ich mir gefallen lassen. Aber Fresserin ...

Fresserin ist furchtbar, sagte Rotzwein.

Das Grauen lähmte die Zungen. Nur der Hahn krähte unverdrossen weiter. In das Schweigen hinein fragte der kleine Junge: Wassen das, Lussgurkenfresserin?

Mit leerem Blick und todtrauriger Stimme hob Überklug zu sprechen an, langsam und bedächtig, wie es seine Art war, er habe gehört, es gäbe neuerdings so Wunderdinger, geschliffene Beryllen, so einer böse Augen hat und kann nichts mehr sehen, tut er einfach zwei von den Beryllen davor, und alleweil sieht er wieder.

Bappeler, sagte Wolfsdarm.

Hulkenbold, sagte Wolfswind.

Isaak, der schon im Morgenland war und das seidenbestickte Almosentäschchen gekauft hatte, kraulte sich den langen schwarzen Bart und erklärte mit der Würde des Weitgereisten: Emmes isses.

Der kleine Junge gab keine Ruhe. Wassen das, Lussgurkenfresserin?

Josefa grollte aus ihrer schwarzen Wolke heraus, ne ahle Zott is das, wo Lustschwengel in Gurkenfässern einmacht. So einer vor ihr steht, schnappt sie zu, und ab isser. Tripp tripp tripp trägt sie ihn davon in ihre Höhle, da spuckt sie ihn in das Faß mit den Lustwurzen, wo sie alleweil eingeweckt hat, einen schönen Vorrat hat sie da, und so sie ein Gelüst überkommt, braucht sie nur hineinzulangen und einen zu verspeisen. Josefa riß die schwarzen Augen auf und fletschte die braunen Zähne. Deinen tät sie auch nehmen, am liebsten mitsamt den Klöten.

Der kleine Junge fing an zu weinen.

Bapplerin, sagte Wolfsdarm.

Hulkentrine, sagte Wolfswind.

Isaak kraulte sich den Bart und sagte: Gefärbte Wort. Brauchst nich mit die Oign pischen, Kleiner. Alles Schmus.

Gotelind nahm den Bub auf den Schoß und wischte ihm die Tränen mit dem Handrücken ab.

Überklug seufzte.

Die Welt ist allenthalben Ungenaden vol.

Der Hahn krähte noch immer.

Vorwurfsvolle Blicke trafen Josefa. Die rettete sich mit einem beherzten Sprung aus ihrer schwarzen Wolke, mitten hinein in die Gaststube, Augen zu, tief Luft geholt und

Groß war ihre Lust
mit dem schönen Ritter.
Er warf sie auf das Kreuz,
schob sogleich in ihre weißen Händchen
etwas, das man Pümmelpömmel nennt.

Als sie diesen Pümmelpömmel
in die Hand genommen hatte,
schob sie ihn an ihren Schoß,
und er stieß ihn durch den Pelz.
»Rühr dich tüchtig mit dem Hünterhöntern,
daß der Pümmelpömmel nicht erschlafft!
Ei der Daus, wer kommt denn da?!«

Die gedrungene Gestalt des Baders in der Tür. Die Magd nahm ihm den regennassen Umhang ab. Balbos Hinkmar begrüßte ihn mit Lachen und Schulterklopfen. Lämmerschlag stand auf. Joseffa setzte sich. Der Hahn krähte.

Laura bekam den Jammer nach Haus. Der Hof, die Ulmen. Der Gockel, wie er den Bock verfolgte, mit Riesenschritten, kaum daß die Füße den Boden berührten. Der Gemüsegarten, der Stall. Es war wie ein Überfall. Die Kapelle, die Küche und Margarethes Pfannkuchengesicht. Die Spinnstube und der Blick ins Tal, plötzlich alles auf einmal da, die Katze, die Sanduhr, das Betpult, da und nicht da. Laura hatte es vor Augen und konnte es doch nicht berühren. Einmal noch die Fingerspitze auf die drei Falten zwischen Konrads Brauen legen. Liebster, es wächst ein Baum aus deiner Nasenwurzel. Er lächelte, bekam den Silberblick, und Laura schmolz dahin, während der Bader Wildsau verarztete. Laura hörte das Gebrüll und wußte, daß es Wildsau war, aber es ging sie nichts an. Mit dem Herzen war sie bei dem, der einmal zu Hause gewesen war, wo sie ihren Platz hatte, gehabt hatte, vielleicht nie mehr haben würde. Zurück konnte sie nicht, konnte nicht einfach umkehren, um all das, was sie in sich trug, zu sehen, zu hören und mit den Händen zu berühren. Ihr war, als gäbe es die Burg nicht mehr, alles weg, wie nie gewesen.

Die einäugige schwarze Katze kam aus der Küche, setzte sich zu der Alten, den Schwanz manierlich um den Leib geringelt, und fing an, sich zu putzen. Als hätte sie eine unsichtbare Hand geohrfeigt, kam Laura zu sich und der Frage, was sie hier machte, in der düsteren Wirtsstube auf der Bank neben der Magd, die blond war, vollbusig und verblühend nach Lilienart mit klaffendem Kelch und bloßgelegtem Stempel. Plötzliche Stille. Die versteinerte Alte hob den Kopf. Laura sah, daß sie blind war. Sie wollte nach Hause. Sie wollte wieder reden und kein Mann mehr sein.

Die Magd lächelte ihr zu. Sie lächelte zurück. Doch nicht ganz allein in dieser bedrohlichen Welt. Ein freundliches Wesen. Der Bader setzte sich an den Tisch und griff nach dem Krug.

Freut euch, ihr Kochemers. Der fotzichte Zwicker hat das unsichtbare Feuer!

Der Fulterknecht?

Der hundsföttische Henker? Das Antoniusfeuer?

Das Antoniusfeuer.

Heilige Mutter Gottes. Andächtig verdrehte die Magd die Augen zur Decke.

Joseffa spuckte aus.

Futze kapore.

Kochemers, er geht zum Teufel.

Die Magd legte Laura die Hand auf den Arm. Er sieht aus wie ein gewöhnlicher Mensch, zwei Ohren, zwei Augen, eine Nase, ein Mund, außen alles da, fehlt bloß ebbes innen.

Hot keine Neschumme nit.

So er fort is, erklärte Überklug. Kommt ein anderer.

Niemand achtete auf ihn.

Ranze sagte: Auge um Auge.

Rotzwein sagte: Zahn um Zahn.

Der Hundsfott heult geradeso, wie er die Unsern hat heulen machen.

Bruder Plattfuß bekam leuchtende Augen. Volemos hörere alles von Anfang an.

Die Hände und die Arme sind ihm bleich worden, begann der Bader. Und runzelig und schrumpelig, wie wenn er ein Weib wär, das Wäsche gewaschen hat. Kommt er angelaufen. Ich tu nix mehr drin fühlen, Bader. Ich tu nix mehr ... Es werd doch net ... Hab ich ihm ins fotzichte Ponim gesehn und gesagt, es is in Gottes Hand. Betet, Henker, betet.

Es regte sich die Alte in ihrer Ecke. Die Katze sprang auf ihren Schoß. Laura sah die im Halbdämmer weiß schimmernden Hände, die sich auf dem schwarzen Fell niederließen, sanft darüber hinwegfuhren. Laut sagte die Alte in die Stille hinein.

Gott segne Euch, mein Sohn.

Er hat der Baba ihre Tochter gemetzelt, flüsterte die Magd.

Kann nit mehr henken der Henker, sagte Lämmerschlag nüchtern.

Und der Vogt? fragte Balbos Hinkmar.

Der Vogt, sagte der Bader, kann auch nix machen. Was soll er machen, wenn sein Fulterknecht mit den Zähnen knirscht und ein Geschrei macht, Tag und Nacht. Die Arme nicht mehr bleich, eine Farbe wie von Maulbeern. Und wie das gesarcht hat, puh.

Die Hände der Alten strichen immer aufgeregter über den Rücken der Katze.

Wie von den Toten auferstanden, kam Wildsau an den Tisch gewankt. Er hielt sich die Backe und nuschelte ergriffen: Das Antoniusfeuer.

Es löst das Fleisch von den Knochen und verzehrt es. In die Knochen dringt ein eisiger Frost, daß sie durch nichts zu erwärmen sind.

Der Bader kratzte die Reste der Suppe zusammen.

Wie ich fort bin, war er noch, aber wie. Abgefault waren ihm die Arme und die Beine. Geblieben war ihm der Rumpf und oben der Kopf dran und unten ein schwarzer, furchtbar sarchender Lustwurz.

Gelobt sei der Herr in der Höhe.

Womöglich brennt er jetzt schon in der Hölle.

Kühlfraß löste die vor der Brust verschränkten Arme.

Kochemers, das ist ein gutes Omen.

# VI

## ›Die Welt ist schön von aussen, weiss, grün und rot Von innen aber schwarz und finster wie der Tod‹

Nach dem Regen stritten die Amseln. Laura, von Ungeziefer zerbissen, kratzte sich, konnte nicht aufhören, es juckte sie überall, und je mehr sie sich kratzte, desto schlimmer juckte es. Auf den Handrücken verliefen kleine rote Straßen, die die Wanzen hinterlassen hatten. Ständig irgendwo etwas wie ein feiner Nadelstich, der Kopf juckte, alles juckte, es machte sie rasend, es war nicht auszuhalten.

Von den Bäumen tröpfelte es.

Joseffa saß still, mit geschlossenen Augen, die Lider weiß in dem aschegeschwärzten Gesicht. Es war, als wäre die Zeit stehengeblieben. Laura wußte nicht, wie lange sie schon warteten. Keine Sonne, immer nur dieser trübe Himmel. Sie hockten unter einem Felsvorsprung, auf halber Höhe der Klinge. Unter ihnen schlängelte sich der Weg, auf dem die hochmögende Dame kommen sollte. Als Pilgerin verkleidet, zu Fuß und nur von einem Pater begleitet, hatte der Bader versichert, in Erfüllung eines Gelübdes, das ihren im Morgenland verschollenen Mann betraf. Ihr Ziel war das Kloster Maulbronn, und sie kam nicht mit leeren Händen.

Joseffa hatte noch kein Wort gesprochen, seitdem Lämmerschlag sie zusammen losgeschickt hatte. Laura wußte, daß das Jucken vom Kratzen noch schlimmer wurde, aber sie kratzte sich wie besessen. Solange sie kratzte, verschaffte ihr das Linderung, die Hände waren schon rot und wundgekratzt, aber sie konnte nicht aufhören. Sobald sie aufhörte, wurde es unerträglich. Joseffa öffnete die Augen, schaute auf Lauras Hände. Laura wußte nicht, war es Mitgefühl in ihrem Blick, war es Verachtung, die Verachtung der Fahrenden für die Empfindlichkeit der Seßhaften. Was Verachtung war, wie es sich anfühlt, verachtet zu werden, hatte Laura erst erfahren, als der Bauer mit der Mistgabel über sie gekommen war und sie ihre Sachen zusammenraffen und fliehen mußten. Ein Bauer, der es, bevor sie ihre eigenen Kleider abgelegt und sich auf den Weg gemacht hatte, nicht einmal gewagt hätte, ihr in die Augen zu sehen, der den Rücken gekrümmt und mit demütiger Stimme gesprochen hätte. Pack und Gesindel hatte er sie genannt, obwohl sie doch dieselbe war wie vorher, aus denselben Augen in die Welt hinausschaute, auf denselben Füßen ging. Auch wenn sie Konrad finden und auf die Burg Tannenberg zurückkehren würde, würde sie nie mehr vergessen, wie es ist, verachtet zu werden, ungeschützt zu sein durch Stand und Besitz, keinen festen Platz zu haben, nicht als Teil des Ganzen gesehen zu werden. Auswurf: das, was abgestoßen werden muß. Verworfen, von Gott und den Menschen. Rechtlos und ausgestoßen. Die Worte kannte sie schon immer, aber was sie bedeuteten, das begriff sie erst jetzt. Sie begriff es so gut, daß sie die hochmögende Dame, die sie erwarteten, nicht mehr als ihresgleichen betrachtete, obwohl sie das wahrscheinlich war. Ohne es zu merken, hatte Laura eine unsichtbare Grenze überquert und trieb sich jetzt im Niemandsland herum, denn zu den andern gehörte sie auch nicht – selbst wenn sie mit ihnen zusammen gehenkt würde, wäre sie immer noch keine von ihnen; jedenfalls würden sie sie nicht als eine der Ihren betrachten, wenn sie wüßten, woher sie kam und wer sie war.

Laura kroch unter dem Felsvorsprung hervor und hielt den Handrücken in das feuchte Gras. Die Amseln schimpften. Jukken und Brennen ließen nach. Der Bach unten war angeschwollen vom vielen Regen, braun, schlammig und brodelnd. Alles grau und verhangen. Es fing wieder an zu nieseln. Laura zog sich unter den Felsen zurück. Die Amseln schimpften. Der Bach plätscherte wütend. Der Weg blieb leer. Der Hunger plagte und der Gedanke an Wildsau, dem der Bader nicht mehr hatte helfen können. An seinem Grab hatte Bruder Plattfuß ein Gebet gesprochen wie ein richtiger Mönch.

Das Jucken fing wieder an. Laura kratzte sich. Josefa hielt ihre Hand fest, beugte sich vor und leckte über den Handrükken. Laura riß die Hand weg.

Josefa saß mit hängenden Schultern und schaute in die Ferne, die Lippen fest zusammengepreßt, das aschegeschwärzte Gesicht eine reglose Maske, nur das Kinn zitterte. Einen Augenblick lang vergaß Laura sich selbst, ihre eigene Not und Bedrängnis, wollte Josefa trösten, nahm sie in die Arme, hätte ihr gern alles gesagt, bin kein Mann, kann dir nicht geben, was du willst, hab es nicht. Josefa weinte stumm. Sie weinte so, wie Lämmerschlag lachte, ohne einen Laut von sich zu geben. Laura hielt ihren bebenden Körper und fühlte sich schuldig.

Josefa richtete sich auf und rückte von Laura ab.

Es ist schlimmer wie Zahnweh, sagte sie mit abgewandtem Gesicht. Schlimmer wie das schlimmste Zahnweh. Wenn du Zahnweh hast, darfst du ein Geschrei machen. Kommen sie angelaufen, halten sich die Backe, als wenns ihr Zahn wär, oi, die Arme hat Zahnweh. Machen wir Umschläge mit Kamille und Kuhscheiße. Aber wenn du krank bist von Liebe, heißt es: das pumpeltöricht Weib. Liebesweh Futze kapore. Hungricht Haarmaul hat nix zu acheln. Und du kommst dir vor wie eine Sondersieche.

Josefa wandte Laura das schwarze Gesicht zu, in dem die Tränen helle Flecken hinterlassen hatten. Du kannst lesen und schreiben, Lau-Loschen. Sag mir, warum heißt es, daß einer seine Liebe *gesteht*? Als wäre Liebe etwas Schändliches, eine Missetat, ein Greuel, etwas, wofür man sich schämen muß. Ein

Kochemer gesteht niemals nicht. Wenn du leben willst, mußt du leugnen lernen. Dichthalten. Wenn du gestehst, ist alles aus. Für uns gibt es keine Gnade nicht. Einmal hab ich vermammt, war noch klein. Haben sie mich Mores gelernt, bin ich eschkochem geworden.

Joseffa schwieg, hielt sich ein Nasenloch zu und blies den Rotz aus dem andern heraus. Futze kapore.

Die Amseln vollführten ein Höllenspektakel. Laura rieb den juckenden Handrücken auf der Erde.

Bist wirklich kein Kochemer. Es kennt ja deine Haut nicht mal die Pischpeschen.

Laura schabte den Handrücken immer wilder. Es brannte, es juckte, es war nicht auszuhalten.

Geschieht dir recht, Lumpenarsch, kaltsinniger. Ist die Strafe dafür, daß du dem Balbos Hinkmar seine Magd hast Augen gemacht. Glaubst, ich hab es nicht gesehn? Augen haste ihr gemacht, der fotzichten Mutze. Ich hätt sie ihr auskratzen mögen, es hat mich gejuckt, wie es dich jetzt juckt, ihr die Gurgel abzudrucken, der dämischen Dotsch mit ihrem Getue. Hach, wie Ihr spielt, es rührt mir das Herze. Mich hast du nicht gesehn, du Hundsfott, hast nix wissen wollen von mir, hast nicht hingehört, wenn ich dir was verzählt hab. Hast in der Gegend rumgeguckt. Was ich dir verzählt hab, haste schon wieder vergessen, während ich noch dabei war. *Ich* hab nix vergessen von dir. Wenn ich bei dir bin, will ich bei niemand anders sein. Und du? Wenn wir beisammen sind, bist du nicht bei mir. Ich horch auf dich, und da kommt nix. Du sauichtes Scheikezle, weißt du nicht, wie furchtbar es ist, ohne Antwort zu bleiben? Bin deinem Rücken zugewandt. Ich ruf und ruf, und es kommt nix. Es ist wie nimmer ankommen. Gehn und gehn und nicht ankommen. Was hab – Futze kapore.

Joseffa starrte auf den Weg. Laura saß mit gesenktem Kopf und fragte sich, was sie falsch gemacht hatte, sehnte sich nach Hause und leckte sich den brennenden Handrücken. Irgend etwas mußte sie falsch gemacht haben, sie wußte nur nicht, was. Die Spucke kühlte. Laura hob den Kopf und sah die Pilgerin und den Pater unten auf dem Weg. Sie standen da und schauten um sich. Vielleicht hatten sie Joseffas Stimme gehört. Die Amseln stritten. Die beiden unten auf dem Weg verharrten reglos lauschend. Joseffa und Laura hielten den Atem an und wandten den Blick ab, um die Aufmerksamkeit nicht auf sich zu ziehen.

# VII

## ›So weiss wie Schnee, so rot wie Blut‹

Der Kreis der aschegeschwärzten Gesichter gegenüber dem einen weißen. Beleidigt schaute die beleibte Matrone im Pilgermantel von einem zum andern und drohte mit mädchenhafter Stimme schreckliche Strafen an, so man ihr auch nur ein Haar krümme. Dabei hob sie die schon etwas welke Hand, um mit dem sommersprossigen Handrücken eine in die Stirn fallende fahlblonde Locke nach oben zu tupfen.

Laura hatte sie jahrelang nicht gesehen, aber diese Geste kannte sie, so unnachahmlich hochmütig tupfte sich nur eine das Haar zurecht. Und noch bevor die kleine weiße Hand wieder herabsank, war Laura in dem blumenbestreuten Saal mit dem grünen Kachelofen und dem Wandteppich, auf dem das Werden und Vergehen einer Rose dargestellt war, huldvoll begrüßt von der Hausherrin, die sie immerfort redend zu einem Platz am Fenster geleitete, hinter dem dicke weiße Schneeflocken vorbeitrieben. Es war, als hätte ein Flügel des Todesengels, weich wie Flaum und schwarz wie Ebenholz, Laura sanft gestreift. Der Schreck fuhr ihr in die Füße, die laufen wollten, immer nur fort, bis an den Rand der Weltscheibe und darüber hinaus. Laura hatte sie rückhaltlos bewundert, Renata von Katzenelnbogen, die Liebenswürdige, die so innig auf der Harfe spielen konnte, so belesen war, so gewandt Lateinisch sprach, ihres Lebens und ihres Leibes so sicher wie ihres Gottes, ungetrübt von jedwedem Zweifel, ihr Beichtvater sah es gerne, und die Frauen lobten ihre geschmackvollen Webereien, den vollkommenen Zusammenklang der Farben. Es gab eine Zeit, da war Laura in ihrer Kemenate ein und aus gegangen, als töchterliche Freundin und bereitwilliges Spieglein, Spieglein an der Wand. Schön war sie, und was sie tat, war gut gewesen, und wenn sie den Leibeigenen umbringen ließ, weil er den Sohn des Bischofs ein Mönchskind genannt hatte, gab es gewiß Gründe dafür, Gründe, die Laura nicht verstand, nach denen sie auch nicht zu fragen wagte, die jedoch, davon war sie überzeugt, erhaben waren über jeden Zweifel. So viel Zeit am Betpult, Ave Maria und Vaterunser, die mädchenhafte Stimme und der schwere, alternde Leib, so viel Zeit in der Kapelle, auf rheumageplagten Knien in brünstigem Gebet. Sie kennt sich aus in Gottes Welt, mit Seinem Segen und Seinen Strafen, hoch aufgerichtet steht sie da und droht mit dem heißen Blutstrom, in dem die Furien schwimmen, da hinein werdet ihr – sie scheint sich nicht zu fürchten, und Laura, die steht wie gelähmt und in die alte Bewunderung verfallen will, begreift plötzlich, daß es nicht Mut ist, sondern Hochmut, daß Renata von Katzenelnbogen mit ihrem Gesicht so weiß wie Schnee und den Augen schwarz von Haß die Einbildung hegt, unantastbar zu sein, unberührbar für diese tief unter ihr stehenden Kreaturen mit den aschegeschwärzten Gesichtern, namenlos allesamt, zerlumpt und halbverhungert, Pack und Gesindel. Laura läßt einen donnernden Furz, mangels anderer Möglichkeiten, es ist nicht viel, aber besser als nichts, furzen und mit den Ihren lachen, da ist nur eine, die nicht lacht, und mit der will Laura nichts mehr zu tun haben, weiß, zu wem sie gehört, sieht, wie weit sie schon fort ist von dem, was einmal zu Hause war, ihre Welt, weiter weg als bloß die paar Tagesreisen von der Bergstraße nach Heilbronn. Plötzlich gehört es nicht mehr zum natürlichen Lauf der Welt, daß einer im Burgverlies verreckt, bloß weil er zuwenig Weizen geliefert hat. Dieser war noch nicht tot, als der Schnee sich rot färbte vom Blut eines andern, den Renata von Katzenelnbogen aufhängen ließ, weil er in einem ihrer Bäche Forellen gefangen hatte. Kein Erbarmen für denjenigen, der ihre Rechte verletzte. Gnadenlos ahndete sie jeden Verstoß. In der kurzen Zeitspanne zwischen Hellsicht und Angst fragte Laura sich, wie sie es gemacht hatte, nicht zu *sehen,* geschah es doch vor ihren Augen, daß die Kinder jenes Bauern verhungerten, und hatten kein Gesetz übertreten und keine Strafe verdient, abgesehen davon, daß Renata sowieso keinen Fisch aß, wegen der Gräten, von denen ihr irgendwann einmal eine im Halse steckengeblieben war. Nicht zu sehen und nicht zu hören, war doch jeden Tag viele Male an dem Verlies vorbeigekommen, in dem der Bauer, der zuwenig Weizen geliefert hatte, wütete, flehte und betete, auf dem Weg zur Kapelle, zur Küche, zum Backhaus, zu den Ställen, auf dem Weg zur Jagd, immer mußte sie an seiner nur allmählich schwächer werdenden Stimme vorbei, und Laura fragte sich, wie sie es gemacht hatte, ungerührt zu bleiben, wo sie doch so rührend Harfe spielte. Es war das erste Mal, daß Laura sich solche Fragen stellte. Sie wußte, daß sie irgendwie unziemlich waren, und sie wußte auch, was Pater Konstantin dazu sagen würde und daß sie alleine diese Fragen nicht aufrechterhalten konnte, sie waren wie Sternschnuppen, die ihr durch den Kopf schossen und verloschen. Für einen Augenblick hatten sie ihr Inneres erhellt, sie hatte sich stark und frei gefühlt, und jetzt war wieder Dunkel, ein dunkleres Dunkel als vorher, in dem die Angst kam und sich im Nacken einnistete. Laura spürte, wie es sich dort zusammenzog und zu schmerzen begann, die Schultern fühlten sich an wie zu straff gespannte Seile, und doch fehlte es dem unter der unsichtbaren Knute gebeugten Nacken wieder mal an Demut, und das, obwohl Laura wußte, daß sie es war, die, anstatt auf ihrem Platz zu sein, da, wo Gott sie hingestellt hatte, mit Dieben, Räubern und Mördern gemeinsame Sache machte, und nicht die arme Matrone im Pilgergewand, die, von Ranze und Rotzwein um den Beistand ihres Paters gebracht, anklagend den Finger hob und mit irdischem und höllischem Feuer drohte, so man sie nicht augenblicklich ihres Weges ins Kloster Maulbronn ziehen lasse, wo sie ein frommes Werk zu tun gedenke. Beraubt ihr mich, beraubt ihr Gott. Der Handrücken stupste die in die Stirn fallende Locke nach oben. Wind kam auf, ein Blätterregen ging nieder. Lämmerschlag sah die Schwarze Joseffa an und machte eine Kopfbewegung in Richtung der Dame. Joseffa ging durch das raschelnde Laub auf die Dame zu, die zurücktrat und selber den Gürtel mit dem Beutel löste, den sie Joseffa mit weit ausgestrecktem Arm und haßerfüllten Augen reichte.

Gott wird euch strafen.

Sei stille, knurrte Kühlfraß, sonst stechen wir dich tot.

Die Dame reckte das Kinn in die Luft und erklärte, ihr Leben liege in Gottes Hand.

Lämmerschlag bestimmte, daß Kühlfraß, Höllensack, Joseffa und Lau-Loschen mit der Klafte in der Großen Höhle bleiben und sie am Abend des siebten Tages nach Anbruch der Dunkelheit freilassen und ins Winterlager kommen sollten.

Auseinandermachen tun wir da.

Kühlfraß murrte. Daß sie erst auseinandermachen konnten, nachdem die Steine an den Chaim gebracht waren, sah er noch irgendwie ein, aber –

Den Klingfetzer, den wolln wir nit.

Einen Augenblick lang hatte Laura die Hoffnung, daß Lämmerschlag nachgeben und sie mitnehmen würde. Der Wind war stärker geworden, ein Sturm kündigte sich an, die Tannenzweige waren in heftiger Bewegung, und der Mantel der Matrone blähte sich.

Keine Zeit nit für Ballbure. Er bleibt bei euch.

Vergebens schüttelte Laura den Kopf. Lämmerschlag tat, als sähe er es nicht, und schickte Laura, als sie beim Aufbruch dennoch mitging, ruhig aber bestimmt zurück.

Die Angst macht, daß Laura immer wieder hochschreckt, obwohl sie als erste auf Wache gewesen ist und schlafen könnte.

Der Wald rauscht, der Sturm will sich nicht legen. Am Abend hat Höllensack den nackten Hintern in den Wind gereckt, das beste Mittel gegen Sturm, zeig ihm den blanken Braunen, und er kuscht. Einen Augenblick war Ruhe, dann neues Brausen, wild schwankende Baumkronen, wie toll winkende Tannenzweige. Höllensack murmelte etwas wie ›sonst würcke es immer‹. Wieder und wieder steht Laura auf, weil sie glaubt, pinkeln zu müssen, erst vorbei an Joseffa, die die zweite Wache hat, dann an Höllensack und schließlich an Kühlfraß, durch raschelndes Laub unter einem sternenlosen Himmel. Käuzchenschreie. Wolfsheulen. Alles, was ihr schon so vertraut war, daß sie es nicht mehr wahrgenommen hat, ist plötzlich wieder unheimlich und bedrohlich, obwohl Laura sich wohl hundertmal sagt, daß Renata von Katzenelnbogen das aschegeschwärzte Gesicht eines Spielmanns nicht mit den Ihren in Verbindung bringen wird.

Am Morgen sind kaum mehr Blätter an den Bäumen. Laura schlägt die Lider auf und starrt in die haßerfüllten Augen Renatas, die regungslos auf dem Lager aus Farnkraut liegt, das Joseffa ihr am Abend zuvor bereitet hat, ein schönes, weiches Lager, für sich selber hätte sie sich nicht soviel Mühe gemacht. Als es fertig war, kam Joseffa mit roten Backen wie ein eifriges Kind aus der dunkelnden Höhle. Wenns beliebt … Ohne sie eines Blickes zu würdigen erklärte die Dame, sie sei es nicht gewohnt, wie eine Strauchdiebin zu schlafen, ließ sich am Ende dann doch auf dem Lager nieder, zunächst hoheitsvoll auf die Knie, um ihr Nachtgebet zu sprechen, die Hände anklagend zur Höhlendecke erhoben.

Die Morgensonne zeichnet Flecken auf den Boden. Der Sturm hat sich gelegt. Draußen Joseffas und Höllensacks gedämpfte Stimmen. Was sie sagen, ist nicht zu verstehen, ist auch nicht wichtig, wichtig ist nur, daß Laura nicht allein ist mit dem bösen Blick. Es ist wie ein Gegenzauber. Die Stimmen der Ihren können sie zwar nicht retten, aber sie mildern die Wirkung des Giftes ab, auch wenn es immer noch stark genug ist, sie in der Schwermut versinken zu lassen, die sich als zähe Masse über sie wälzt und ihr den Raum nimmt, sich zu bewegen, und die Luft zum Atmen.

Kühlfraß, mit vor der Brust verschränkten Armen an der efeubewachsenen Felswand neben dem Höhleneingang lehnend, weiß schon wieder alles. Totenschädelgrinsen. Die Klafte ist eine Zaubersche.

Wieder einmal ist nichts, wie es scheint. Die in ihrer Gewalt ist, hat Gewalt über sie. Wie groß ihre Macht ist, kann Laura daran ermessen, daß Kühlfraß die Lider senkt, als sie aus der Höhle kommt. Ohne irgend jemanden anzusehen, schreitet sie ins Gebüsch. Mit einer knappen Kopfbewegung schickt Kühlfraß die Schwarze Joseffa nach.

Es ist, als wären sie alle aus der Zeit gefallen. Draußen wirbelt der Sturm die Blätter auf, drinnen ist es klamm, kühl und halbdunkel. Der Sonnenschein war nur von kurzer Dauer. Schon als Joseffa und die Dame aus dem Gebüsch zurückkamen, hatte es sich wieder zugezogen. Beleidigt thront die Dame auf ihrem Lager aus Farnkraut, im Eingang lehnt Kühlfraß und nimmt Licht weg, die Arme vor der Brust verschränkt, die Beine weit von sich gestreckt. Die Luft ist schlecht, die Enge unerträglich, und Joseffa hat etwas merkwürdig Unterwürfiges, wenn sie zu der Dame hinüberschaut, mit hängenden Schultern kam sie aus dem Gebüsch zurück, seitdem sitzt sie da und redet nicht, nur einmal noch *Futze kapore*, ein strafender Blick der Dame, und Laura wollte ihren Augen nicht trauen: Joseffa schlug sich mit der Hand auf den Mund und duckte sich.

Draußen ist es gleichbleibend grau, mal mehr mal weniger windig, mal mehr mal weniger tröpfelnd. Schlimmer noch als der Hunger und das Frösteln ist dieses Gefühl, daß die Zeit stehengeblieben ist, nur hier drinnen, draußen geht das Leben weiter, nur in der Höhle ist es erstarrt, als müßten sie fortan immer so sitzen, nicht bloß sieben Tage lang, sondern für alle

Ewigkeit immer so sitzen beim Rauschen der Bäume und Heulen der Wölfe.

In der Nacht spürt Laura ein Beben des Bodens, es stört sie, es weckt sie, sie richtet sich auf, lauscht, es ist wirklich, war kein Traum, eine leichte regelmäßige Erschütterung: Joseffa liegt da und zittert. Laura legt ihr die Hand auf den Leib, einen Atemzug lang hört sie auf, dann geht es wieder los. Am Morgen ist es so grau wie am Abend, nichts hat sich geändert, es wird nur immer enger. Draußen rauscht der Wind, drinnen sucht die Gefangene haßerfüllt den Blick ihrer Bewacher, von denen ein jeder sich auf seine Weise hütet, ihr ins Auge zu sehen. Hin und wieder redet sie mit ihrem Gott, in immer der gleichen selbstgewissen Tonlage mit mädchenhafter Stimme die grausamsten Strafen fordernd.

Joseffa ist schwach, mit schleppendem Gang verläßt sie die Höhle, um sich draußen zu erbrechen, sie würgt und hustet und kommt, sich den Mund wischend, zurück, trinkt etwas Wasser und läßt sich auf ihren Platz fallen. Der Kopf sinkt ihr auf die Brust, und Laura sieht das schwarze Haar, das stumpf und glanzlos geworden ist wie bei einem kranken Tier. In der dritten Nacht erlassen sie ihr die Wache. Der Sturm hat sich gelegt, der Himmel ist eine Zeitlang sternenklar. Der Hunger und der Vollmond halten sie in der Schwebe zwischen Schlaf und Wachen. Laura preßt ihre Fidel an sich und kommt nicht mehr los von der Vorstellung, eine rote Spinne habe sich in ihrem Gehirn eingenistet. Der immer umgängliche Höllensack wird gereizt und böse, geht nicht mehr Wasser holen, bringt keine Wurzeln mehr, herrscht Joseffa an, das Zittern macht ihn verrückt, er kann es nicht ertragen, sie hört einen Augenblick auf und fängt dann wieder an.

Am Morgen des sechsten Tages ist sie tot. Kühlfraß und Laura buddeln ein Grab. Es ist das erste Mal, daß sie etwas zusammen tun. Sie graben mit Händen und Stöcken in der feuchten Erde, und Kühlfraß murmelt ohne Hohn und ohne Spitzmaul: Die Klafte hat uns was angehext.

Als sie zurückkommen, hat Höllensack ein Glimmen in den blauen Augen, und die Dame hält sich über das unchristliche Begräbnis auf, Laura weint, und die Dame lacht ein kleines glucksendes Lachen, hinter Tränenschleiern sieht Laura, wie sich Höllensacks Gesicht in eine Fratze der Wut verwandelt, sie sieht den Handrücken der Dame, der die in die Stirn fallende Locke nach oben stupst, und Höllensacks großen Leib, der sich auf sie stürzt, sie unter sich begräbt, ihr mit fletschenden Zähnen die Kehle zudrückt, tierische Laute erfüllen die Höhle, während er über ihr kniet und sie würgt, bis ihr Körper erschlafft. Laura greift nach ihrer Fidel. Vorwurfsvoll sagt Kühlfraß: Du hast sie abgemeckt.

Laura stürzt aus der Höhle und läuft durch das raschelnde Laub.

## VIII

## Wo es langgeht

Stille Dorfstraße. Nichts zu hören als ein unaufhörlich krähender Hahn irgendwo weiter weg und das Schurren der Besen. Kein Verkehrslärm, keine Menschenstimmen. Geredet wird nicht, es ist früher Nachmittag, und es wird gekehrt, so weiß Aische, daß Samstag ist. Die schnurgerade Straße entlang stehen sie und kehren, die Männer in Arbeitsjacken, die Frauen beschürzt, alle mit den gleichen Besen, den gleichen grimmig entschlossenen Bewegungen. Ellbogen stoßen vor und zurück, vor und zurück, starke breite Bürsten treiben unsichtbaren Dreck vor sich her, die Borsten sind rostfarben, und die über die Besenstiele gebeugten Gesichter haben etwas verbissen Hingebungsvolles, eine finstere Versunkenheit in eine nicht geliebte aber unumgängliche Tätigkeit.

Die Daumen in den Riemen des wunderbar weichen Rucksacks, hinkt Aische an den kleinen Dreckhäufchen am Straßenrand vorbei, sie hat Blasen an den Füßen und wütenden Hunger. Der Edeka-Laden ist schon geschlossen. Die Besen schurren, der Hahn kräht, eine Frau fegt die zusammengekehrten Häufchen sorgsam auf eine Schippe, an der Hauswand lehnt der große Besen, und aus den Fenstern ergießen sich rote Geranienkaskaden. Es kann nicht mehr weit sein. Aische ist so hungrig, daß sie nicht mehr darüber nachzudenken vermag, wie sie an etwas zu essen kommen könnte. So hungrig, daß der Anblick des Flusses sie nicht freut, so hungrig, daß Verkehrslärm und Abgasgestank sie nicht wie sonst nerven, daß sie die Müdigkeit nicht spürt und nicht die schmerzenden Füße und nicht einmal daran denkt, wo sie heute nacht schlafen soll. Der Hunger treibt sie vorwärts, er ist stärker als sie, er macht sie schwach, macht, daß sie aus ihrer Haut herauswill, daß die Wände sich auflösen, kein Außen kein Innen mehr, hinlegen und schlafen, einfach in einen Vorgarten zwischen die Gartenzwerge legen und schlafen wollen und trotzdem einen Fuß vor den andern setzen, eiernd und hinkend, einen die schmerzhafte Berührung mit dem Boden fürchtenden Fuß vor den andern, während es sie reißt und zerrt, als sei sie dabei, sich selber aufzufressen, weil es sonst nichts gibt, vorbei an den letzten Häusern des Dorfes, die häßlich, gleichförmig und abweisend sind mit ihren Panoramafenstern, hinter denen krummnasige Hexen zwischen Farnen, Kakteen und Philodendren neckisch auf kleinen Besen reiten. In den Vorgärten sind die Rosen aufmarschiert, stehen ordentlich in Reih und Glied, brave Soldaten, tun ihre Pflicht und blühn.

Niemals, um keinen Preis hätte Aische an einem der Gartentore geklingelt, ein Stück Brot zu erbitten. Bettlern hatte die Oma nichts gegeben, hatte nicht einmal die Tür aufgemacht, hatte selber kaum das Haus verlassen, einkaufen gegangen war der Großvater in jenem anderen Leben, das unendlich weit weg ist, wie auf einem anderen Planeten, einem, der in ewigem Schatten liegt. Frieren muß man da, und es wächst kaum was unter dem bleiernen Himmel, aber es war doch ein Wohin. Aische hört die helle, ein wenig durchdringende Stimme von Sonja Karlowna Blumöhr, unter den Landstreichern Deutschlands bekannt als La Sokratessa: Man muß immer haben, wohin zu gehen. Sie war der erste Mensch, der Aische verstand.

Du mußt lauter reden, sagte Ätz-Usche mit ihrem Starren und ihrem Stirnrunzeln. Die Sokratessa hört schlecht. Babuschka, du hast dein Hörgerät wieder nicht eingeschaltet.

Batterie ist alle.

Pflichtschuldig fummelte die altersfleckige Hand an dem fleischfarbenen Ding im Ohr herum.

Schon wieder?

So etwas hatte es auf Aisches Planeten nicht gegeben. Sonja Karlowna Blumöhr war wie die Erde oder ein schön gewachsener Baum.

Täubchen. Galuba. Galubuschka. Komm her. Hast Augen von hungrigem Schwan. Komm essen. Lebjöduschka maja, iß mit uns.

Die knotigen Hände wickelten leicht angegangene Wurstreste aus und säbelten, den Laib fest an die Brust gedrückt, eine dicke Scheibe Brot ab. Der Anblick des Brots und der Hände half Aische über Fuzzis kränkende Bemerkung hinweg … wie dem Latscha sein Bückling auf Landgang. So laut, daß sie es hören mußte, während sie zum Wasser hinkte; sie setzte den Rucksack ab, zog Schuhe und Strümpfe aus und hielt die brennenden Füße in den Neckar, der dunkel, schmutzig und wahrscheinlich furchtbar vergiftet war.

Iß, Duschinka.

La Sokratessa mümmelte das weiche Brot und warf den Schwänen die Rinden zu. Die vorschießenden Hälse, das helle Greisinnenlachen und die plumpen roten Watschelfüße – in Aisches Erinnerung gehörten sie zu Brot und Wurst, die noch nie so gut geschmeckt hatten, so unsagbar köstlich wie an jenem ersten Abend am Neckar-Ufer, gegenüber die Lichter von Heidelberg und das angestrahlte Schloß.

Die Abgerissenen hatte sie schon von der Alten Brücke aus gesehen, wie sie unten am Fluß lagerten, von Tüten und Taschen umgeben, grau unter den buntgekleideten Spaziergängern, den am Wasser Sitzenden und Lesenden, den Paaren, die Hand in Hand auf dem Treidelpfad dahinschlenderten, den bei ihren auch nicht mehr jungen Töchtern eingehakten lieben alten Mütterchen, denen sowohl das mehr oder weniger verhohlene Widerstreben der sich ihrem Schritt anpassenden Töchter entging als auch die Insel der Grauen, die nicht bloß für die gebrechlichen alten Damen nicht vorhanden war – alle taten, als wäre sie nicht da, es gab sie für niemanden außer für sich selbst, sogar die überall herumscharwenzelnden Hunde mieden sie, vielleicht wegen des Biergestanks, und Aische hatte auch nicht hingesehen, als sie dem Wasser zustrebte. Wie dem Latscha sein Bückling auf Landgang! Fuzzi der Arsch. Voll wie immer.

Man muß Kompromisse machen, sagte La Sokratessa. Das R rollte so schön, und Aische hätte gern Kompromisse gemacht, wußte aber nicht, wie das geht, konnte nichts dafür, daß sie es abartig fand, wie der das Zigarettenpapier beleckte, wenn er sich eine drehte, und wie er, ohne hinzusehen, in die immer dicht neben ihm stehende Tasche griff. Fuzzis schwarze Plastiktasche, randvoll mit Bierdosen. Der Reißverschluß ging nicht mehr zu, aber er schleppte sie mit sich herum wie eine Schatztruhe. Aische wußte nicht, was sie mehr haßte, das Plopp beim Dosenöffnen oder die auf und ab hüpfenden Adamsäpfel.

Prostata.

Hoch die Tassen.

An jenem ersten Abend griff Fuzzi in seine Tasche und hielt Aische stumm stierend eine Dose hin.

Aische schüttelte den Kopf.

Fuzzi verdammt. Ist noch Kind. La Sokratessa langte nach ihrem Stock, stemmte sich hoch und ging zu ihrem Einkaufswagen, der den ganzen Sommer über, vollgepackt mit allem, was sie brauchte, chromblitzend an der Mauer stand.

Gib deinen Fuß, Lebjöduschka maja.

Aische streckte das Bein aus, die Alte nahm den Fuß auf ihren Schoß und verpflasterte die Blasen.

Aische hielt ganz still. Nie hatte jemand ihre Wunden so versorgt, kopfschüttelnd, Mitfühlendes murmelnd, das Bein tätschelnd. Eine Brille mit winzigen runden Gläsern auf der Nase, beugte sich die Alte dicht über den Fuß.

Duschinka, sag mir, wie heißt du?

Am Ufer glitten die Schwäne auf und ab, die Fähre strebte der Anlegestelle zu, ihre Bugwelle brachte die Leiber der Schwäne ins Schaukeln.

Aische, mein Mädchen. Wenn du wieder einmal Hunger hast, suchst du dir Schule, fragst, wo ist hier Schule, gehst zu Schule, und da findest du Brot. Deutsche Kinder werfen weg so viel Brot, Schwänchen. Hunger mußt du nicht leiden in Deutschland, gehst einfach zu Schule.

Aische war satt. Die Vorstellung, aus Papierkörben zu essen, gefiel ihr nicht. Angebissene Brote mochte sie nicht. Der Gedanke daran machte ihr Bauchschmerzen, ihr wurde schlecht.

Ist doch nix dabei, sagte Onkel Dicki. Was ist denn da dabei?

Onkel Dicki mit seiner Rollmütze, den ganzen Sommer über trug er die, nie sah Aische ihn ohne diese schmuddelige, eierschalenfarbene Rollmütze. Und nie ohne ein Piece. Saufen ist Scheiße, Aischeputtel, merk dir das. Kiffen, das bringts. Onkel Dicki mit seinem Zigeunergesicht und seinen Geschichten, wahre Geschichten, die das Leben schrieb, darauf legte er wert. Ihr braucht es nicht zu glauben, ihr Ärsche, aber jedes Wort ist wahr, ihr Dumpfbacken, was schmeiß ich hier meine Perlen vor die Penner.

Arsch, sagte Fuzzi, und die drei Musketiere rülpsten. Sie kamen aus Linsengericht, Erdengesäß und Altenhaßlau und rülpsten, wenn sie ihre Verachtung kundtun wollten. Den Kiffer verachteten sie, schon weil er nicht soff, aber sie wußten auch: Onkel Dicki hat ein Messer. Das bißchen, was wir essen, können wir auch flüssig zu uns nehmen. Polnischer Wodka, vierzig Umdrehungen. Kojak, blaue Augen, Glatze, Lederjacke und eine Stimme wie der Wolf, wenn er Kreide gefressen hat, leise und gefährlich sanftmütig. Kuba, grobes Gesicht, riesiges Maul. Ich hab noch keinen Tag in meinem Leben gearbeitet, das soll mir mal einer nachmachen. Und Cannonball Maass, Schrank mit Säuglingsgesicht, altes glattes Babyface, verkrachter Lektor, Redakteur, Reiseleiter, Marktforscher, Goldschmuggler. Immer kurz davor, das große Geld zu machen, solange Aische ihn kannte, leider ganz abgebrannt. Haste ma ne Maak für mich, Schätzchen? Kriegste morgen zurück, wenn ich die Stütze geholt hab.

Sie rülpsten im Terzett. Onkel Dicki winkte ab, holte das Messer aus der Tasche und machte sich die Nägel sauber.

Babuschka, hast du dein Hörgerät eingeschaltet? Ich erzähl euch, was ich heute morgen gelesen hab. Also hört zu. Und er erzählte die Geschichte von dem Landstreicher und König Peter Johannes Kraska, gegen den die Verkehrsbetriebe der Stadt Zürich und die Sihltal-Zürich-Uetliberg-Bahn Strafklage eingereicht hatten.

Als Geschädigte, sagte Onkel Dicki, der mal Jura studiert hatte und die Ausdrücke kannte.

König Pjotr Kraska hatte ein Weltreich gegründet, ein zen- und azentrisches, eine Reichsverfassung erlassen und bekanntgegeben, daß es für ihn und alle seine Untertanen den Begriff Schwarzfahren nicht mehr gäbe. Fortan hieße es Grünfahren und sei natürlich straffrei, weil die Benutzung öffentlicher Verkehrsmittel eine der besten Sofortmaßnahmen gegen das Waldsterben sei. Für 563 Schweizer Franken und 60 Rappen kaufte er keine Fahrkarten mehr. In den Augen seines Anklägers hatte er *somit fortgesetzt eine Leistung, die, wie er wußte, nur gegen Entgelt gemacht wird, ohne zu zahlen erschlichen.* Sein Verteidiger dagegen legte, wenn auch vergeblich, dar, daß Hoheit durch das Schwarz- bzw. Grünfahren eine Amtspflicht erfüllt habe. Woraufhin sein Richter feststellte, *daß nach der Ratio legis die erwähnten Amtspflichten einer Rechtsgrundlage bedürfen. Als eine solche Rechtsgrundlage können aus Gründen der Rechtsstaatlichkeit private Gebote und Verbote nicht gelten. Sintemalen Schwarzfahrten von vornherein nicht als Notstandshandlungen zur Rettung des Waldes geeignet sind.*

La Sokratessa kniff die Augen zusammen. Einen Moment lang glaubte Aische, sie würde gleich anfangen zu weinen, aber da hatte sie die Augen schon wieder aufgerissen, weit auf, und lachte über das ganze runde, runzlige Gesicht.

Ein Frachtschiff tuckerte vorbei, Wäsche flatterte im Wind. Heftig schaukelten die Leiber der Schwäne, gleich darauf schwappte das Wasser auf den Treidelpfad. La Sokratessa nahm Aisches Hand.

Komm, Duschinka, erzähl mir von dir.

Noch nie hatte jemand einfach so Aisches Hand genommen. Die Hand der Alten fühlte sich klein und zerbrechlich und ein bißchen kühl an. Aische war befangen, wußte nicht, was sie sagen sollte. Diese Befangenheit in Gegenwart der Alten blieb, sie war auch am Ende des Sommers noch da, als Aisches wunderbar weicher Rucksack schon viele Flecken bekommen hatte.

Duschka maja, sag mir, weißt du, wo ich bin her?

Aus Rußland?

Nicht Rußland. Aus Ukraine komme ich. Duschinka, milaja Lebjöduschka, weißt du, wo das ist?

Aische schüttelte den Kopf.

Erklär du ihr, Lilofeechen.

Ätz-Usche erklärte mit ihrer schleppenden Stimme, das sei da, wo die Sonnenblumen blühen. Nicht wie bei uns, bloß ein paar, sondern riesige Felder.

Aische sah sie vor sich, die Sonnenblumenfelder, aus denen die Alte gekommen war mit ihrem runden Gesicht und den vielen Runzeln und den feinen gelblichen Haaren, die sie zu einem Knoten im Nacken trug.

Die Sokratessa lebte schon achtunddreißig Jahre auf der Landstraße. Von ihr lernte Aische, was man wissen muß: wo man Wäsche waschen und wo man Platte machen kann, welche Metzger Wurstreste geben, wo man zum Essen eingeladen wird, in Norddeutschland von Pastoren, in Süddeutschland von Klosterschwestern, und vor allem, wie man der Polizei aus dem Wege geht, wenn man keine Papiere hat.

Noch nie hatte Aische so viele Leute kennengelernt. Und alle gehörten sie irgendwie zusammen. Und immer war was los. So etwas hatte es nicht gegeben in der immerwährenden Gegenwart, aus der sie kam. Einige waren den ganzen Sommer über da, andere verschwanden nach ein paar Stunden oder Tagen. Von manchen ist gar nichts geblieben, von anderen wenigstens ein wenn auch gesichtsloser Name oder eine gegrölte Lebensweisheit: *Futt ist Trumpf!* Oder eine Geste. Vergessen, wie er hieß, in Erinnerung nur die zerschlagene Nase und daß er Kranführer gewesen war und seine Frau ihn rausgeschmissen hatte, weil er sie schlug, wenn er breit war, sie und die Kinder, und das alles ist wahrscheinlich deshalb noch da, weil es einmal einen Augenblick gab, in dem er ihre Hand ergriff und einen herzhaften Kuß darauf drückte. Kein Kuß von dem, den sie vergessen wollte und nicht konnte, der immer da war, irgendwie, bei ihr, in ihr, den sie mit sich herumschleppte, ob sie wollte oder nicht, wie einen nach innen fallenden Schatten. Kein einziger Kuß, weder auf die Hand noch auf den Mund. Ihr Leben wollte Aische dafür geben, einmal seine Lippen auf den ihren zu spüren, ganz schwach wurde ihr bei dem Gedanken daran, daß er sie küssen könnte, der Schöne Willi aus Bochum. Ein Abend lang mit ihm zusammen den Blick auf die blinkenden Lichter der Stadt, die Lichter waren Botschaften, warm leuchtete das Gelb der Fenstervierecke, kalt zeigten punktierte Linien, wo es langgeht. In der angestrahlten Burg fand ein Ball statt, und der Schöne Willi sprach davon, daß es besser sei, früh zu verrecken, als ein Leben lang den Arsch zusammenzukneifen, dieweil der Pfeffer drin brenne. Die Schwäne weiß im dunklen Wasser dümpelnd, die Hälse gebogen auf dem Leib ruhend, Schnäbel im Gefieder. Bochum war plötzlich ein ganz besonderer Ort, der Aische brennend interessierte, nicht mehr irgendsoein Kaff im Kohlenpott. Es war so etwas wie der Planet B 612, und Aische hätte gerne mehr darüber gehört, aber Frankenstein quatschte und quatschte, es war ihm offensichtlich egal, ob jemand zuhörte oder nicht, er mußte reden. Ein Gesicht wie in Bewegung geratene Felsmassen, alles schief, so wie es gerade liegengeblieben war, nach der letzten Eiszeit. Zackiger Nasenfelsen, strähnige Haare, die ihm ins Gesicht fielen und die er ab und zu mit mädchenhafter Gebärde zurückstrich. Totengräber war er gewesen, Krematoriumswärter und Krankenpfleger. Als Krankenpfleger hatte er echt Pappe gemacht, alles paletti, bis sie ihn dabei erwischten, wie er sich das für die Kranken bestimmte Morphium selber spritzte.

Der Schöne Willi aus Bochum arbeitete gelassen an einem neuen Joint, und Frankenstein erzählte, wie er ein Nilpferd nach Ägypten gebracht hatte und, in Alexandria auf einer Mauer sitzend, total bekifft dem Ruf des Muezzins lauschte. Er erzählte mit den großen Händen fuchtelnd, verschüttete sein Bier und stellte fest, daß er plötzlich zwei Zigaretten brennen hatte, eine in der Rechten und eine in der Linken. Saß also bekifft auf der Mauer, drehte sich um, und da lagen dreihundert Männer vor ihm im Staub, vor ihm, Gerhard Frommholz aus Deutschland, der ein Nilpferd nach Alexandria gebracht hatte. Die Rücken gebogen, die Stirnen auf der Erde, so lagen sie vor ihm im Staub, denn er saß gen Mekka, und der Muezzin hatte zum Gebet gerufen. Und dann kam die Geschichte, wie die Keller-Existenz Kojak sich an einer Portion Wackelpeter berauscht hatte. Zu der Zeit hatte Onkel Dicki echt Pappe gemacht mit einem seiner diskreten Deals und hatte ein Zimmer mit Kochgelegenheit und allem, und Kojak hatte Geburtstag, das kann man doch nicht so vorbeigehen lassen. Liebevoll buken Frankenstein und Onkel Dicki einen Haschischkuchen. Aber als sie losgingen, um Kojak in seinem Keller zu besuchen, hatten sie den Haschischkuchen schon aufgegessen, und zwar restlos. Es war noch etwas Wackelpeter da. Den brachten sie Kojak kichernd mit. Kojak fragt, wassen mit euch. Sie sagen, ham Haschischpudding gegessen, ham dir auch was von mitgebracht. Gerührt ißt Kojak den Wackelpeter. Onkel Dicki und Frankenstein ziehen wieder ab. Paar Tage später trifft Frankenstein den Kojak auf der Straße. Sagt Kojak, der Pudding neulich, auf den bin ich abgefahren. Und erzählt mit seiner Wolf-der-Kreide-gefressen-hat-Stimme, wie es ihm im Rausch ergangen ist und was er alles gesehen hat. Lacht Frankenstein, war doch gar nix drin im Pudding. Wird Kojak sauer, ich glaub, es hackt, klar war da was drin. Und seine Stimme wird noch leiser als sonst und gefährlich sanft: Mit mir nich, Freundchen, nich mit mir.

Der Schöne Willi war weg. Aische saß traurig herum. Erst wollte sie es nicht glauben, hoffte, er kommt zurück, schaute immer wieder zur Treppe, stellte sich vor, wie sie ihm entgegenlaufen würde, aber was dann? Sie hatten sich ja noch nicht einmal geküßt. Aische beschloß, so zu tun, als hätte sie ihn nicht gesehen, sonst bildete er sich noch sonstwas ein – also überrascht aufschauen, erst, wenn er neben ihr war. Die Sonne stand schon über dem Schloß, und er war immer noch nicht da. Aische gab die Hoffnung nicht auf. Erst als der Himmel über der neuen Brücke sich rot färbte, dämmerte ihr, daß er nicht mehr kommen würde.

Onkel Dicki setzte sich neben sie und hielt ihr einen brennenden Joint hin. Sie starrte weiter auf das dunkle Wasser und schüttelte den Kopf. Dann nahm sie den Joint doch, und Onkel Dicki fragte, ob sie wissen wolle, was er heute morgen gelesen habe. Sie nickte, obwohl sie gar nichts mehr wissen wollte außer, warum der Schöne Willi aus Bochum sie nicht gewollt hatte, und das wußte sie ja, letzten Endes: So eine wie sie wollte eben keiner.

Schon mal von Palmerston North gehört? Ich auch nicht. Ziemlich großer Ort in Neuseeland. Da gibt es eine Buchhandlung für christliche Literatur, und in die kommt ein Gangster mit einem Buschmesser in der Hand, packt die junge Verkäuferin. Faith Jeet hieß sie, Aischeputtel, sie war bestimmt hübsch, aber nicht so hübsch wie du. Er hält ihr also das Messer unter die Nase oder an die Kehle, das stand nicht dabei, und droht, sie kaltzumachen, wenn sie um Hilfe ruft, und nimmt das Geld aus der Ladenkasse. Hättest du um Hilfe gerufen? Du bestimmt nicht, verstocktes Stück. Sie fängt an zu beten und sagt: Ich habe keine Angst. Wenn Sie mich umbringen, komme ich in den Himmel. Die hatten Sprung inner Schüssel, oder? Sie sieht ihm direkt in die Augen und sagt: Jesus liebt dich. Ich nehme an, er war überrascht, das zu hören. Und was macht er? Er gibt das Geld aus der Ladenkasse zurück, entschuldigt sich und geht.

Im schwindenden Tageslicht legte La Sokratessa ihre Patience. Jeden Abend zum Abschluß des Tages legte die Alte ihre Patience. Egal, wer da war, was los war, und selbst, wenn sie sich prügelten, Sonja Karlowna Blumöhr legte ihre Patience. Es war ihre Art, sich gute Nacht zu sagen. Sogar bei Wind versuchte sie, die Karten auszulegen, und wenn sie ihr wegflogen und sie aufgeben mußte, bekam sie eine Stinklaune. Die Sonnenblume ließ den Kopf hängen, und ihr Gesicht war schwarz und verdorrt. Oder sie fiel mit bedrohlich rollendem R über irgend jemanden her.

Sag mir, Lilofeechen, warum machst du Mörrrderrrgrrrube aus deinem Herzen? Dein Herz, Täubchen, ist wie Grube, hokken Mörder mausestill, Axt zwischen Beinen, oder, wenn sind moderne Mörder, Maschinengewehr in Anschlag.

Auf die Patience-Karten fielen die ersten Blätter. Die Menschen an der Reling des kleinen weißen Ausflugsdampfers standen frierend in Schals und Jacken. Die Nächte wurden feucht. La Sokratessa verkündete, es sei Zeit für sie, zu den Nonnen zu gehen.

Weißt du, Duschinka, das ist, wie wenn du einen Tag gearbeitet hast, und am Abend sagst du: So, jetzt kann ich schlafen gehen. Ich bin sechsundachtzig Jahre alt. Ich habe ein Leben gehabt. Mir ist egal, wann ich sterbe, heute oder morgen. Jeder Tag ist ein Geschenk, und ich habe alles, was ich brauche. Die Nonnen sind gut zu mir. Beten viel, macht nichts. Ich habe wohin zu gehen. Man muß immer haben, wohin zu gehen. Duschinka, weißt du, ich habe nachgedacht. Gibt große russische Dichterin. Kommt auch aus Ukraine. Beide haben wir gesehen den Zaren und Krieg und wieder Krieg und Bürgerkrieg und

*Säuberungen. Téschyl – úshass. Gréla – wjhga … Munter machte mich der Schrecken. Wärmte mich – das Schneegestöber.* Siebzehn Monate lang haben wir vor Gefängnis in Schlange gestanden. Sind gekommen nachts, haben ganzen Tag gestanden. Dann war da Fensterchen und Mann dahinter. Du gibst ihm fünfzig Rubel und sagst Namen. Er guckt in Liste, und wenn er das Geld nimmt, weißt du, dein Mann lebt noch. Anna Achmatowa, merk dir den Namen. Sie ist geblieben, und ich bin gegangen. Sie ist gestorben, und ich lebe noch. Und was habe ich gelernt? Was habe ich gelernt in sechsundachtzig Jahren? Es gibt keine Gerechtigkeit. Lebjöduschka maja, es gibt keine Gerechtigkeit.

Fluchend trugen die drei Musketiere den noch immer chromblitzenden Einkaufswagen der Sokratessa die Treppe hoch.

Scheiße, is der schwer. Babuschka, wassen da drin?

# IX

## Was Sache ist

Ungewohnte Stille. Kein Verkehr, ein Geschäft neben dem andern und die Schritte vieler Menschen auf dem Pflaster. Der Hunger machte, daß Aische nicht genau wußte, ob ihre Füße nun den Boden berührten oder nicht. Es war ein unangenehmes Schweben. Ihr Körper hatte so eine merkwürdige Leichtigkeit, als könnte sie jeden Augenblick umfallen oder abheben, als wäre sie nicht ganz wirklich, so wie die Menschen um sie herum ihr nicht ganz wirklich erschienen. Die Stadt immer noch voller Touristen, nicht mehr ganz so viele wie im Sommer, weniger Japaner, aber jede Menge Amerikaner. Ein altes Ehepaar kam auf sie zu, die Frau mit Lilahaar und Pinkhosen, die Farben schrien, sie kreischten mißtönend wie der Eichelhäher im Wald oder wie ihr Magen, der seit dem Aufwachen ununterbrochen brüllte und brannte. Jetzt heulte er wie eine Hexe auf dem Scheiterhaufen.

Aische hielt die Luft an und biß die Zähne zusammen, sie hörte die Schritte auf dem Pflaster und sah die Leute hinter der Panoramascheibe. Sie saßen an kleinen Tischen, sie hatten Teller und Tassen vor sich, sie aßen und tranken. Es war ein großes Café – Kellnerinnen rannten mit Kuchentellern. Ein Stück Käsekuchen, zum Greifen nah jenseits der Scheibe, brachte Onkel Dickis Geschichte von dem Rentner, der vor einer geschlossenen Bäckerei gestanden und so eine Lust auf Kuchen bekommen hatte, so einen Heißhunger, daß er die

Scheibe eingeschlagen und sich ein Stück Kuchen genommen hatte. So wie Aisches Magen sich krümmte und wand, konnte es nichts anderes als Käsekuchen gewesen sein, und sie biß zusammen mit dem Rentner in den Kuchen, er schmeckte wunderbar, und der Magen gab Ruhe, aber dann hatten irgendwelche Nachbarn, die das Klirren der Scheiben gehört hatten, irgendwelche Wegseher, die sich sonst um nichts kümmern, die Bullen gerufen, und die waren so schnell dagewesen, daß sie den Mann noch mit dem Kuchen in der Hand erwischten und ihn verhafteten, was Aische noch irgendwie einsehen konnte, aber sie nahmen ihm auch den Kuchen weg, und das konnte Aische nicht einsehen. Das fand sie gemein, hundsgemein.

Plötzlich flammte Wut in ihr auf, Sauwut, Heidenwut, unchristliche Wut, hätte die Oma gesagt, hat man nicht zu haben, wußte Aische, aber hatte sie und hätte auch gern die Scheibe eingeschlagen, hinter der das ganze vollgefressene Pack saß, hätte gern, aber tat es nicht, weil sie doch nichts davon gehabt hätte, um so größer war die Wut, eingeschlossene Flammen, die gegen die Magenwände schlugen. Die hatten doch nicht mal Hunger, die da drinnen, im Gegenteil, sie fraßen stöhnend, *ich trau mich gar nicht mehr auf die Waage, meine Hosen gehn schon nicht mehr zu, es ist furchtbar.* Die Flammen tobten in ihrem Bauch, während sie, nur durch die Scheibe getrennt, an einer scheinbar endlosen Reihe von Kaffeehaustischen vorbeiging und endlich das einzige tat, was sie tun konnte: sie sah weg. Aber auf der Straße waren sie auch, die einen wie die andern, alle gleich, das gleiche vollgefressene Pack. Aische war sicher, daß sie die einzige war, die Hunger hatte, richtigen Hunger, alle andern satt, und wenn nicht, dann hungerten sie zum Vergnügen, bloß so, *ich mach Brigitte-Diät, hab schon zwei Kilo abgenommen.*

Und jetzt fiel Aische noch etwas ein, etwas, das sie im Vorübergehn gedankenlos gesehen hatte, nichts Besonderes, etwas ganz Alltägliches, aber es schürte ihre Wut: In der Apotheke war ein ganzes Schaufenster der Schlankheit gewidmet. ABNEHMEN LEICHT GEMACHT! Alle möglichen Schächtelchen auf kleinen Podesten und ein Dickmach- und ein Dünnmachspiegel, über dem einen stand *Vorher*, über dem andern *Nachher*. Genau das war es. Nachher würde sie Rache nehmen, nicht jetzt, später, jetzt konnte sie nichts, mußte sehen, wie sie an was zu essen kam, hatte keine Lust, in Papierkörben nach Schulbroten zu wühlen, mußte sich was einfallen lassen, aber eines Tages, eines Tages würde sie Rache nehmen, sie würde sich rächen an diesem vollgefressenen Scheißpack, hatten ja alle keine Ahnung, wußten nicht, was Sache ist. Alle hatten sie ein Zuhause, eine Wohnung, ein Zimmer, und wenn es noch so eine miese stinkende Bude war, sie hatten Schutz vor dem Regen, naß wurden sie nicht, wußten nicht, was es heißt, kein Dach überm Kopf zu haben, und wollten es nicht wissen. Wollen ihre Ruhe haben, sagen, wer naß wird, ist selber schuld, sagen, sie frieren, weil sie faul sind, wollen nicht arbeiten, wir müssen auch arbeiten. Scheißpack. Scheißdreckpißkackpack. Können nichts wie wegsehen, hinsehen tun sie bloß, wenn sie Angst um ihr Geschäft kriegen. Hier war es. Edelklamottengeschäft, kann man von außen reinsehen und eben von drinnen raus. Fuzzi war dabei und Cannonball Maass und noch irgend jemand. Es pißte, und sie hatten sich untergestellt, so eine Art Kolonnade, viel Platz, niemand gestört, bloß untergestellt, und drinnen so eine alte Schnuddel im Schneiderkostüm, Aische streicht durch die Kolonnade, wie um in die Schaufenster zu gucken, und sieht aus den Augenwinkeln, ja, sie ist da, so eine Dürre, die verkörperte Mißbilligung. Sie glotzte und glotzte, kniff die Lippen zusammen und schüttelte den Kopf, bis Cannonball ihr den gestreckten Mittelfinger reinschob, kurz und knapp. Reißt sie die Augen auf und wendet sich ab. Kommt so ein Arschloch raus, so ein Blödmann im Anzug, so ein geschniegelter Drecksack, mit Schlips und ohne Gesicht. Das hier ist kein öffentlicher Platz, muß Sie bitten, hier wegzugehen. Und Fuzzi oder wer zieht den Rotz hoch und spuckt aus, dem Arsch vor die gewichsten Schuhe, und auf der Straße pladdert es, und der Verkäufer geht wieder rein und sagt was von Polizei. Das wirkt, besonders bei Aische, weil sie keine Papiere hat. Fuzzi will dem Kerl an den Schlips, aber Cannonball sagt, mach kein Scheiß, und so ziehen sie ab, wie räudige Hunde in den Regen, und einer sagt, Bombe draufschmeißen, oder wir scheißen denen vor die Tür, nachts kommen wir und scheißen denen vor die Tür, Aische findet das nicht genug, besser eine Bombe.

Und jetzt ist ihr, als hätte *sie* diese Bombe im Bauch, Hungerbombe. Da kommt ihr einer entgegen, der frißt eine Wurst. Und wie der ißt, ganz langsam, als hätte er nicht mal Hunger. Im Vorübergehen riecht Aische die Wurst, ihr wird schlecht, sie muß stehenbleiben und sich an die Wand lehnen. Magenkrampf. Mist. Scheißdreckkackpißmist. Eines Tages wird sie es ihnen heimzahlen. Rache ist Blutwurst. Am meisten bringen sie die alten Damen auf, die verkniffenen Fratzen und die grauenhafte Ordnung der Frisuren, es kotzt sie an, das Feingemachte, alles herausgeputzt, die Menschen und die Häuser, aber in den Fluß kann man nicht mal die Füße reinhängen, der Ausschlag nach dem ersten Abend hat ihr gelangt, seitdem nie mehr, Waschen im Schwimmbad, nachts übern Zaun, erst gestern, trotzdem ein Dreck für die Hängebacken-Muttis. Böse Blicke im Vorübergehen. Kackpißmistscheißdreckkuh.

Aische hat das Gefühl, alles wäre besser zu ertragen, wenn es ringsum nicht so sauber wäre. War vielleicht doch nicht so eine schlechte Idee gewesen, ihnen vor den Laden zu scheißen, damit kann man sie treffen. Wahrscheinlich sogar mehr als mit einer Bombe. Blut mögen sie. Aische hat sie rennen sehen, in der Gier nach Blut. Es war das einzige Mal, daß sie es gewagt hatte, schwarzzufahren, ohne Ausweis, ohne alles. Auf dem Klo. Sie wollte nach Hause, ihren Ausweis holen, Leben ohne Papiere beenden. Und dann war der Zug plötzlich auf freier Strecke stehengeblieben. Daß es kein gewöhnlicher Halt war, merkte sie am Fehlen von Geräuschen. Sie saß auf dem stinkenden Klo und horchte auf die Stille. Keine Lautsprecheransagen, kein Türenknallen, keine Stimmen draußen auf dem Bahnsteig. Erst dachte sie, man warte auf einen entgegenkommenden Zug. Aber es kam kein Zug, die Stille war beklemmend. Aische stieg auf die Klobrille, um aus dem Fenster zu sehen. Aus allen Fenstern reckten sie die Hälse. Jemand sagte: Da hat sich einer vor den Zug geworfen. Ein Rettungswagen und ein Polizeiwagen kamen an. Sanitäter mit Köfferchen und ein Polizist eilten die Gleise entlang. Auf einer Wiese neben der Lok landete ein Rettungshubschrauber. Arzt und Assistent stiegen aus und rannten los, auch mit Köfferchen. Aus dem nächsten Fenster schaute eine Frau angeregt aufgeregt. Rotumrandete Brille, scheppernde Stimme. Augenglitzern. Unverhohlene Lust. Radfahrer kamen eilig strampelnd aus dem nächsten Ort, weiß der Teufel, wie sie davon gehört hatten. Ein Auto hielt mit quietschenden Bremsen, der Fahrer reckte den Hals. Kinder kamen angelaufen, der zielstrebige Schritt eines kleinen Jungen. Ein Schaffner sprang über die Gleise und telefonierte von einem Kasten aus. Eine sachliche Stimme sagte, der Zug sei in zwei Minuten abfahrbereit, die Polizei habe die Strecke freigegeben. Der Zug fuhr an. Einen Augenblick sah Aische den weißgekleideten Sanitäter und den Piloten im orangefarbenen Overall in der Kurve stehen. Der Zug fuhr schneller, und Aische hörte, wie draußen jemand, vielleicht ein Schaffner, sagte: Es war eine Frau.

Aische verzichtete auf Ausweis und Papiere und stieg an der nächsten Station aus, mehr noch als von dem Tod der Frau erschreckt von der Blutgier der Meute. Und jetzt gingen sie einkaufen oder die Schwarzwälder Kirschtorte essen, die mit schnörkeliger Kreideschrift auf einer schwarzen Tafel angepriesen wurde. Immer noch schwach und verbiestert an der Wand lehnend, starrte Aische auf die Tafel: das war es, was die Hängebacken-Muttis anzog, die mißbilligend Blickenden mit ihren Henkelhandtaschen und Gesundheitstretern, aber wenn es irgendwo Blut gab, würden sie ihre Schwarzwälder Kirschtorte stehenlassen und losrennen. Kackpißscheißdreckpack. Der Hunger war Aische vergangen. Ihr war bloß noch schlecht. Alles kotzte sie an. Wenn wenigstens irgendwo ein vergammeltes Haus wäre, eine bröckelnde Fassade, ein altes, angerostetes Ladenschild, etwas mit Runzeln wie Sokratessas Gesicht, so daß man sehen konnte, da hat was gelebt. Müde setzte Aische sich in Bewegung, zurück in Richtung Heiliggeistkirche.

Bei McDonald's spürte sie den Hunger wieder.

An der Heiliggeistkirche Touristen und Gedränge. Hottentottenarsch mit Brieftasche, die fast herausfiel. Aische brauchte nur hinzulangen, und dann einen großen Schokoladen-Milch-Shake und einen Hamburger Royal mit Käse und dann noch einen Milch-Shake und dann – der Arsch gehörte einem Ami, Aische wußte, daß die Amis alle reich waren, ein Geschenk für die Babuschka bei den Nonnen, ein Riesenstück Shit und Heinrich Heine für Onkel Dicki. Aische sah sich verstohlen um. Niemand beachtete sie, aber vielleicht doch, brauchte nur hinzulangen, aber konnte nicht, trotz Milch-Shake und Hamburger, sie wagte es nicht.

Der Moment war verpaßt, die Wut verraucht, von der schönen Wut war nichts mehr übrig, ein armseliges Häufchen Asche.

Zutiefst geknickt machte Aische sich auf den Weg zu den Papierkörben. Mitten auf der Ingrimstraße kam ihr Schnucke Saufleber entgegen. Wippender Gang. Kanariengelbes Hemd, schwarzes Lederjäckchen über den Schultern. Nieten-Jeans. Fettiger Kranz von aschblondem Haar. Große Begrüßung.

Er kam aus Wiesbaden und hatte die Taschen voller Geld. Legte väterlich den Arm um Aische. Ich lade dich zum Essen ein. Er hatte die halbe Nacht gespielt und gewonnen. Jetzt kloppen wir die Kohle auf den Kopp!

Er wußte wohin. Er kannte sich aus. Aische aß Dinge, die sie noch nie gegessen hatte. Artischockenböden. Sauce Béarnaise. Schnucke sagte ihr, daß sie schön sei, sie müsse sich nur schminken. Er sah verlebt aus, bißchen wie eine alte Vettel, aber er wußte viel. Wahrscheinlich gab es nichts, was Schnucke nicht wußte. Er hatte studiert, und er wußte, wie man dem Kellner winkt. Und daß man Wein zu so einem Essen trinkt und wie ein guter Wein zu sein hat. Furztrocken, sagte er weltmännisch, und Aische hatte nicht den Mut zu sagen, daß sie keinen Wein wollte. Sie hatte das Gefühl, daß es irgendwie unpassend war, sich zum Essen einladen zu lassen und den Wein abzulehnen. Der Wein schmeckte sauer, sie verzog keine Miene. Iß, damit du groß und stark wirst, sagte Schnucke. Er nannte sie Kleine. Zum Nachtisch bestellte Aische einen großen Eisbecher. Schnucke hatte Jura studiert, und in Freiburg hatte er eine Kneipe gehabt, mit noch zwei anderen Studenten. Er deutete an, daß sie selber ihre besten Gäste gewesen waren. Mit den Schulden sitzengeblieben war er. Mußte abtauchen. Das Studium stecken, sagte er. Sozi-Kohle war nicht. Auf Stütze gehn ist sowieso nicht mein Ding. Er hatte angefangen zu spielen. Zuerst in Baden-Baden. Er kam aus Bremen und sagte S-pielbank. Als der Eisbecher leer war, wurde Aische schlecht. Sie wollte sich nicht blamieren und ließ sich nichts anmerken. Aber dann mußte sie doch auf die Toilette. Sie erbrach sich und ging zurück, als ob nichts gewesen wäre. Alles klar, Baby? Alles klar. Er bestellte noch eine Flasche Wein und fragte nach ihr. Er schenkte ihr ein und hob das Glas. Sie goß den Wein hinunter und vertraute ihm an, daß sie keinen Ausweis hatte. Er sah vor sich hin und zupfte an seinen Augenbrauen. Wir kaufen dir einen Ausweis, Kleine. Aische war glücklich, einen Beschützer gefunden zu haben.

Als sie wieder auf der Straße waren, legte er den Arm um sie. Unter einer Laterne küßte er sie. Von da an nannte er sie Süße. Er schrieb an einem Roman und wollte ihr daraus vorlesen. Sein Zimmer war klein, und sie mußten auf dem Bett sitzen. Er hatte viele Bücher. Hinter einem Vorhang war eine Kochecke. Den Wein fand er gleich, aber den Korkenzieher mußte er suchen. Er beugte sich über den Tisch. Das Haar fiel ihm ins Gesicht. Aische sah eine große, knochige männliche Hexe. Er gab die Suche nach dem Korkenzieher auf und drückte den Korken ein. Der Wein spritzte ihm ins Gesicht. Aische wollte gehen. Süße, es regnet. Aische hatte das Prasseln auch gehört. Über das Dachfensterchen rannen die Tropfen. Bleib noch ein bißchen. Ich tu dir nichts. Du brauchst keine Angst zu haben. Aische wußte, unten am Fluß würde nur Fuzzi sein und vielleicht die drei Musketiere. Keine Sokratessa mehr, und Onkel Dicki in der Bibliothek. Sein Mund schmeckte nach Wein und Tabak. Er zog das kanariengelbe Hemd aus. Seine Hände strichen über ihren Körper, glitten unter den Pulli. Er sagte ihr, daß sie schöne Brüste habe. Eine Handvoll, Süße, genau richtig. Seine Zunge fuhr in ihrem Mund herum. Er schnaufte. Sie schnaufte und wand sich, wußte nicht genau, ob von ihm weg oder ihm entgegen. Er zupfte an dem Reißverschluß ihrer Jeans. Sie zog seine Hand weg, wollte jetzt doch lieber gehen. Der Regen trommelte auf die Dachluke. Er hatte sie zum Essen eingeladen und versprochen, ihr einen Ausweis zu besorgen. Seine Hände zerrten an ihrer Hose. Sie genierte sich, so nackt dazuliegen. Seine Beine schoben sich über ihre Hüften. Er war schwer. Eine Weile vergrub er den Kopf an ihrer Schulter, dann richtete er sich auf und schaute nach unten. Aische sah die Haarsträhnen und den nackten Schädel und begriff, daß er zuschaute, wie der Kolben rein- und rausging. Sie wand sich. In den Mustern des Vorhangs ein Mann mit einem Hut und einer Hakennase oder eine germanische Hexe. Aische sah ihren nackten Fuß, der in die Luft ragte wie ein seltsames fremdartiges Ding. Er bewegte sich auf und ab wie eine Maschine. Rein und raus ging der Kolben. Mit der Klasse hatten sie eine Fabrik besichtigt, da war auch so ein Kolben rein- und rausgegangen. Aische fing an zu weinen. Er hob den Kopf. Der Kolben bewegte sich schneller. Sein Blick ging über sie hinweg. Aische sah seinen offenen Mund, die Zähne standen weit auseinander. Seine Augen verdrehten sich und brachen. Er erschlaffte, rollte von ihr herunter, murmelte etwas von *Süße* und *gut* und schlief ein. Im Schlaf glich er mehr denn je einer alten Frau.

Aische zog sich an und schlich das fremde Treppenhaus hinunter. Sie hatte Angst, daß ihr jemand begegnet. Unten im Flur stand ein Kinderwagen. An der Wand lehnten Fahrräder.

Immerhin hatte es aufgehört zu regnen. Aische überquerte die Brücke wie jemand, der aus einer anderen Welt nach Hause kommt. Unten am Fluß war nur Fuzzi. Neben sich die schwarze Tasche, die schon halb leer war. Fuzzi begrüßte sie freudig. Endlich ein vernünftiger Mensch, sagte er. Jetzt passe mal acht. Kommt einer mit nem halben gebratenen Hähnchen zum Tierarzt und fragt: Herr Dockder, kann man da noch was mache?

# X

## Im Wunderland

Die Sonne schien, Wolken waren unterwegs, die Stoppeln eines abgeernteten Kornfeldes lagen im Licht, und in der Ferne schimmerten bläulich die sanften Schwingungen irgendwelcher Berge. Ein grünes Auto fuhr zwischen den Feldern und verschwand. Fernes Traktorgeräusch und Flugzeuge, im Himmel brummelnd wie ein sich verziehendes Gewitter, das, schon sehr weit weg, noch einmal grollt. Gezwitscher von Vögeln, die sich zum Flug nach Süden sammeln, das Kreisen eines Raubvogels in den großen leeren Augenhöhlen trauriger kleiner Wolkenfetzen und das Rascheln von Blättern im Wind. Müde Gräser, das Weiß der Schafgarbe schon in Grau übergehend, blaue Wegwarte und gelbe, etwas übelriechende Blumen. Aische lag am Wegrand, ganz still, ohne sich zu rühren. Eine Ameise kroch über ihr Bein, es konnte auch eine Fliege sein, aber das Bein war so weit weg, daß Aische nicht das Bedürfnis hatte, das Insekt zu verscheuchen.

Es wurde langsam Abend. Aische fror. Irgendwo weit weg läuteten Glocken. Aische fror immer mehr. Es war eine Kälte, die von innen kam, sie saß in den Knochen, und draußen sangen die Vögel, es klang unheimlich und bedrohlich. Aische rollte sich auf die Seite. Große braune Erdschollen, nach denen sie nur die Hand auszustrecken brauchte. Die Hand kam zum Mund, und Aische leckte an der Erde. Sie schmeckte nach nichts.

Erde fressen, sagte jemand verächtlich. Aische wußte, daß

es keine Stimme von draußen war. Sie hörte sie nicht mit dem Ohr. Sie war in ihrem Kopf, nirgendwo sonst, aber es war nicht ihre eigene Stimme, sie war körperlos und ohne Klang, nur ein Satz, eine Meinung, nicht ihre, etwas Fremdes, jemand anderes, der wußte, was richtig und was falsch ist, und zwar immer und ganz genau, da war nichts zu machen, da gab es nichts zu deuteln, und Aische wäre auch gar nicht auf den Gedanken gekommen, daran zu rütteln, weil feststand: Erde fressen, das macht man nicht, das gehört sich nicht, basta. Schuldbewußt leckte Aische noch einmal an der Erde, jetzt erst recht. Sie schmeckte wirklich nach nichts.

Aische hatte Bauchschmerzen. Mit Bauchschmerzen war sie losgegangen. Nie mehr würde sie Artischockenböden essen. Sie war losgegangen, ohne sich von irgend jemandem zu verabschieden. Sie hatte ihren wunderbar weichen und schon etwas fleckigen Rucksack hinter dem Brückenpfeiler hervorgeholt und war gegangen, zuerst am Fluß entlang. Das Gehen tat gut, sie war nicht müde, oder sie merkte die Müdigkeit nicht. Sie ging schnell, die Tage waren jetzt schon merklich kürzer. Die Stadt zog sich endlos, es war ihr egal. Sie ging einfach. Das Gehen tat gut, so dachte sie nicht an Schnucke Saufleber, nur die Bauchschmerzen. Es war, als hätte sie einen Kanaldekkel auf dem Bauch, der drückte ihr den Atem ab. Sie hatte keine Angst, daß sie ein Kind bekommen würde, oder vielleicht doch. Sie überquerte die andere Brücke, die zweite, die sie immer von Ferne gesehen hatte, von ihrem Platz aus, wo sie einmal mit dem Schönen Willi aus Bochum gesessen hatte. Mit dem wollte sie auch nichts mehr zu tun haben, mit niemandem.

Keine Erinnerung daran, wie sie aus Heidelberg gekommen war. Die erste Nacht in einer Schutzhütte. Es war gut gewesen, wieder im Wald zu sein und wieder allein, allein war es besser. Es war schon dunkel geworden, als sie die Schutzhütte erreichte. Den Rucksack auf die Bank, den Schlafsack rausgezerrt, in den

Schlafsack gekrochen, zugemacht und geschlafen. Mitten in der Nacht aufgewacht. Angst. Horchen. Das leise Rauschen der Bäume. Die Bäume waren ihre Freunde, sie würden auf sie aufpassen. Sie war wieder eingeschlafen, und am Morgen war sie weitergegangen, den ganzen Tag, keine Erinnerung mehr daran, nur daß sie gegangen war. Keine Erinnerung an die Dörfer, durch die sie gekommen war. Die Namen schon wieder vergessen. Onkel Dicki hatte ihr *Alice im Wunderland* geschenkt, jetzt hatte sie schon zwei Bücher, das Kindchen hatte sich in ein Schwein verwandelt, und die Königin sagte *Herunter mit dem Kopf.* Sie hatte in einer Gärtnerei gearbeitet, unzählige Asternsträuße in knisternde Plastikhüllen gezwängt und mattgrüne Kunststoffeimer mit kleinen kraftstrotzenden Nelkenknospen gefüllt, sinnlose, endlose Stunden allein im Gewächshaus, aber sie hatte Geld verdient. Sie war sparsam gewesen, hatte in Schutzhütten und Gartenhäuschen geschlafen und kam trotzdem ohne einen Pfennig in Heilbronn an.

Bei Karstadt gab es einen Süßigkeitenstand neben der Rolltreppe, genau wie in Heidelberg. Aische brauchte nur den Arm auszustrecken, und schon hatte sie eine Packung After eight in der Hand und machte den ersten Schritt auf die Rolltreppe. Noch im Hochfahren riß sie die Packung auf und stopfte sich das erste köstliche Schokoladenstückchen in den Mund. Den Rest aß sie, zwischen Hosen- und Rockständern schlendernd, bei den Wintermänteln ließ sie die leere Packung fallen.

Mit pappigem Mund verließ Aische das Kaufhaus durch einen Seitenausgang. Jetzt hatte sie Durst. Brauchte unbedingt was zu trinken. Hielt Ausschau nach einem Laden. Fand keinen. Streunte durch die Stadt. Endlich ein Geschäft. Die Kassiererin kehrte ihr den Rücken zu. Aische hört die Fieptöne der Kasse, nimmt eine Flasche aus einem der Sprudelkästen am Eingang und wendet sich zum Gehen. Die Kassiererin ruft *Frolleinchen,* Aische will davonlaufen, wird aber festgehalten.

Lange Schlange an der Kasse. Alle Blicke auf sie gerichtet. Ihr wird flau im Magen. Sie sieht den leeren Drehstuhl und den Spiegel neben der Kasse. Sie spürt, wie sie rot wird. Und dann war Rothraut dagewesen. Knabenhaft und sommersprossig, mit kurzgeschnittenem rötlichem Haar. Das Portemonnaie in der Hand, stand sie an der Kasse. Holte Aische aus der Falle, einfach so. Log, lächelte und zahlte. Nahm sie mit und fragte erst im Auto nach ihrem Namen. Aische konnte kaum sprechen. Schamerfüllt saß sie auf dem Beifahrersitz, klammerte sich an den Türgriff, wußte nicht, wohin sie blicken sollte. Rothraut lächelte ihr aufmunternd zu.

Das Haus der Kellers war anders als alles, was Aische bisher gesehen hatte.

In der Küche gab es einen roten Tisch mit roten Stühlen und rote Regale mit Stapeln von blauen Tellern und blauen Tassen. Blaue Becher hingen an kleinen Haken. Rote Griffe an den Schränken und blaue Vorhänge und alles aufgeräumt und sauber.

Du hast Durst, nicht wahr?

Rothraut lächelte herzlich. Aische nickte stumm. Die Scham hatte ihr die Sprache genommen. Sie kippte ein Glas Saft hinunter und half beim Auspacken und Verstauen der Einkäufe. Der Kühlschrank war so voll, daß es kaum noch Platz für die neuen Sachen gab.

Nicht wahr, du hast auch Hunger?

Beim Essen war Aische verlegen, darauf bedacht, alles richtig zu machen.

Nach dem Essen drückte Rothraut ihr ein Handtuch in die Hand. Sie zog Gummihandschuhe an und spülte, erst mit Spülmittel, dann ohne. Aische trocknete sorgfältig ab, besonders die Gläser, an denen rieb sie so lange herum, bis sie glänzten, und die Teller stellte sie behutsam und möglichst leise aufeinander.

Im Wohnzimmer gab es eine braune Couchlandschaft mit gelben Kissen, Bücherschränke und weiche Teppiche, eine Stereo-Anlage und einen Kamin. Am tiefsten beeindruckt war Aische von den Vorhängen, die bis auf den Boden reichten. Die Terrasse war schon leergeräumt. Im Abendlicht trudelten einzelne braune Blätter.

Rothraut machte Feuer. Sie schauten in die Flammen, und Rothraut fragte so mitfühlend, sie war so freundlich, daß Aische die Sprache wiederfand und erzählte, was sie bisher niemandem erzählt hatte. Teilnehmend hörte Rothraut zu. Aische war nahe daran zu weinen. Rothraut fragte, wie alt sie sei.

Meine Tochter wäre jetzt genauso alt.

Rothraut stand auf und ging auf Strümpfen zum Kamin, um Holz nachzulegen. Aische sah ihren kummervollen Rücken und war erstaunt, daß reiche Leute auch traurig sein können. Eine Zeitlang stand Rothraut, die Hände in den Hosentaschen, vor der Terrassentür und schaute hinaus. Dann seufzte sie und wandte sich Aische zu.

Nicht wahr, du schläfst heute nacht hier?

Die Tochter hieß Aimée. Aische konnte in ihrem Zimmer schlafen. Rothraut hatte auch einen Mann, der hieß Jens und war auf Dienstreise. Er hatte mit Politik zu tun und war viel unterwegs.

Rothraut hatte ihr ein Nachthemd von Aimée gegeben. Das Bett war kuschelig warm und frisch bezogen. Aische war beschämt gewesen, daß sie der Frau soviel Mühe machte, und hatte sich immer wieder bedankt. Rothraut hatte ihr Handtücher gegeben, die nicht storr waren wie zu Hause, sondern weich und duftend. Aische hatte danke gesagt, vielen Dank, und jetzt lag sie, so sauber wie lange nicht mehr, in dem Bett der fremden Tochter und fragte sich, wie man sterben konnte, wenn man so eine Mutter hatte und so ein Zimmer. Mit Schreibtisch und Stereo-Anlage und Büchern, mit einem schön bemalten alten Bauernschrank und dickem weichem Teppichboden. Vielleicht war sie überfahren worden. Aisches Blick kehrte immer wieder zu den drei kleinen Fotos zurück. Sie steckten in einem dreigeteilten Silberrahmen, der auf dem Schreibtisch stand.

Am Morgen schenkte ihr Rothraut Hosen und Pullover von Aimée.

Sie passen dir bestimmt. Ihr seid gleich groß.

Aische dachte, daß Aimée vielleicht doch noch lebte und nur abgehauen war. Sie wollte die Sachen nicht nehmen, aber Rothraut bestand darauf. Aische nahm sie und sagte danke, vielen Dank. Irgendwie war es ihr dann aber doch nicht ganz geheuer, in den Sachen vor Rothraut zu erscheinen.

Rothraut stellte den Staubsauger ab und schaute prüfend. Paßt wie angegossen, sagte sie, nicht wahr. Und stellte den Staubsauger wieder an.

Das Haus lag am Stadtrand. Es war so ruhig, daß man den Kühlschrank surren hörte. Rothraut hatte ihr Bücher gegeben. Aische las in Aimées Zimmer. Es war schön, in einem Zimmer zu lesen und nicht auf dem Klo, obwohl es eigentlich egal war, weil sie beim Lesen sowieso alles vergaß und nichts wollte als weiterlesen. Sie ging in die Geschichten ein wie ein Zauberer eine Mauer durchquert, es war ihre Art, stillschweigend zu verschwinden, ohne eine Spur zu hinterlassen, abzutauchen in eine Welt, in der sie immer willkommen war und sicher, vor allem das, es war ihr Fluchtweg, den sie ganz für sich allein entdeckt hatte. Manchmal klingelte das Telefon, und manchmal kamen Leute. Das Telefon und die Leute gingen Aische nichts an. Rothraut machte etwas, das *Ausländerarbeit* hieß. An Rothrauts Stimme merkte Aische, ob sie mit einer Behörde telefonierte oder mit einem Schützling. Mit ihren Schützlingen sprach sie sehr bestimmt. Abends rief ihre Mutter an. Rothraut bekam dann eine etwas leidende Stimme, und hinterher hatte sie Kopfschmerzen. Sie sagte Mutsch zu ihrer Mutter und tat viel für sie. Sie tat überhaupt viel, hatte viel um die Ohren, das Haus hatte viele Zimmer, es war alles ein bißchen zuviel. Aische bemühte sich, ihr abzunehmen, was ihr möglich war, und lauerte auf den Augenblick, in dem sie sich verziehen konnte, um zu lesen. Den Staubsauger hörte sie mit schlechtem Gewissen. Rothraut hielt auf Sauberkeit und Ordnung. Kein Durcheinander in der Küche, keine überquellenden Aschenbecher, keine leeren Flaschen. Nichts erinnerte an zu Hause, auch nicht die Art, wie Rothraut dastand, die Hände in den Hosentaschen. Rothraut schwankte nicht, sie trank nicht, und sie rauchte nicht. Sie hatte keine blauen Augen, sondern grüne, und keine Schwären im Gesicht, war nur manchmal sehr blaß. Man mußte Rücksicht auf sie nehmen. Aische machte sich nützlich, wo sie konnte. Half beim Essenkochen, schnitt Zwiebeln, lachte unter Zwiebeltränen, übernahm den Abwasch, trug den Müll hinaus, öffnete den Deckel der Tonne, und da liegen ihre Jeans, mit ihrem Pullover verknäult, ein zweites Ich, entleibt zwischen ordentlich zugebundenen, milchig-weißen Plastiktüten. Aische ließ den Deckel fallen und sagte kein Wort von dem, was sie gesehen hatte. Rothraut schenkte ihr einen Parka von Aimée und Schuhe und schleppte sie zum Frisör. Nebeneinander saßen sie in unförmige Plastikumhänge gehüllt und lächelten sich im Spiegel zu wie zwei Verschworene. Als ihr die Haare gewaschen wurden, schloß Aische die Augen und fragte sich, wie das klingen würde: Aische Keller. Vielleicht ein anderer Vorname. Aische dachte an Amy, fand dann aber, daß das zu amerikanisch war. Amerikanisch war besser als türkisch, aber deutsch wäre womöglich am besten. Befremdet sah Aische ihr Haar auf dem Boden herumliegen, das naß noch schwärzer wirkte. Als der Frisör ihr den Umhang abnahm und die Haarreste aus dem Nacken pinselte, wußte sie nicht, was sie von der Aische im Spiegel halten sollte, sagte im Auto aber artig danke und fragte zaghaft nach Aimée.

Sie hat sich umgebracht, sagte Rothraut so leise, daß Aische erst dachte, sie habe sich verhört. Aische sah aus dem Fenster und bereute, daß sie gefragt hatte. Sie entschuldigte sich. Rothraut schaute auf die Straße und murmelte etwas, die Reifen quietschten, Aische wurde nach vorne geschleudert. Rothraut sagte *Sorry*. Den Rest der Fahrt sagte sie kein Wort. Zu Hause faßte sie sich an den Kopf und schloß die Augen. Eilfertig fragte Aische, ob sie ihr eine Kopfschmerztablette holen sollte, hätte so gerne wiedergutgemacht, was sie angerichtet hatte, aber Rothraut winkte ab, laß mal, das hilft ja doch nicht. Sie gab sich einen Ruck und fing an, den Tisch zu decken. Plötzlich angewidertes Zurückfahren, von Ekel verzogene Lippen. Im ersten Augenblick dachte Aische, es sei vielleicht eine Spinne in der Tasse, die Rothraut ihr anklagend entgegenstreckte. Guck mal, wie du abgewaschen hast. Die ist ja noch ganz dreckig.

Schuldbewußt griff Aische nach der Tasse, um sie gründlich abzuwaschen. Sie entschuldigte sich, und Rothraut sagte, das kann ja mal vorkommen. Wir wollen nicht mehr davon reden, nicht wahr.

Am Abend sah Aische die drei Aimées in den Silberrahmen mit neuen Augen an. Sie empfand Scheu und Neugier wie auf dem Friedhof. Sie stand aus dem Bett auf, um die Fotos aus der Nähe zu betrachten, und wunderte sich, daß man ihnen nichts ansah, man mußte doch irgend etwas *sehen*. Eine Selbstmörderin. Aische tappte ins Bett zurück und konnte nicht schlafen, weil sie daran dachte, wie Aimée eingeschlafen war, nachdem sie die Tabletten genommen hatte. Das Zimmer war ihr irgendwie unheimlich, sogar der schön bemalte Bauernschrank hatte etwas Abweisendes, Strenges, und die Uhr tickte feindselig, und jetzt verstand sie, warum Rothraut soviel seufzte, tief Atem holte, leise stöhnte. Und warum sie manchmal so ein grämliches Gesicht machte, wenn sie an der Spüle herumscheuerte.

Im Keller war es kühl. Halbdunkel und Spinnweben. Der Vorratsraum sehr ordentlich, Stapel von Spaghetti, Tomatenmarkdosen, Gläser mit Marmelade. Aische war allein im Haus und auf der Suche nach Schokolade. Sie wurde fündig, riß das Papier auf, schlenderte mampfend durch den Keller. Waschmaschinenraum, alles aufgeräumt. Bügelraum, auch sehr ordentlich und sauber. Jens' Arbeitszimmer. *Er ist ja doch meistens weg, und er macht soviel Dreck, da hab ich ihn nach unten verbannt.* Papiere, Karteikästen, ein Computer. Aktenordner. Halbdunkel. Der Raum hatte zwar ein Fenster, aber das ging auf eine Mauer hinaus, und die Mauer war direkt vor dem Fenster. An der Tür hing ein verschnörkelter alter Bilderrahmen, in dem ein kurzes Schwert so befestigt war, daß die Spitze nach unten zeigte. Unter einem einzelnen Auge griff ein roter Gummihandschuh nach der Schneide des Schwertes.

Aische hatte es plötzlich sehr eilig, wieder nach oben zu kommen, versteckte das Schokoladenpapier im Mülleimer und verzog sich in ihr Zimmer, um zu lesen.

An Aisches Geburtstag gab es Schlesisches Himmelreich. Rothraut hatte nicht ohne Mühe das Rezept aufgetrieben. Es schmeckte anders als das Schlesische Himmelreich der Großmutter und nicht gut, aber Aische tat so, als schmeckte es wunderbar und sagte danke, vielen Dank. Rothraut umarmte sie und wünschte ihr Glück. Sie schenkte ihr Aimées Walkman. Aische freute sich. Rothraut verzog das Gesicht und fing an zu weinen.

… daß sie mir *das* angetan hat. Ich hätte alles für sie getan, und sie.

Bestürzt nahm Aische sie in die Arme. Sie beruhigte sich und erzählte, daß Aimée schon immer so war, die Geburt war schrecklich gewesen, ganz schrecklich, das Biest wollte einfach nicht rauskommen, und dann wollte sie nicht essen. Manchmal hatte Rothraut fünf verschiedene Breie gekocht, aber das Kind hatte den Kopf abgewendet oder das Essen wieder ausgespuckt.

Sie hatte doch alles. Als Kind hätte ich so gerne Ballettunterricht gehabt. Sie hat ihn bekommen. Nicht wahr, ich bin doch kein Putzteufel?

Aische beeilte sich, Rothraut zu versichern, sie sei kein Putzteufel.

Aimée hatte sie einen Putzteufel genannt, weil sie den Vogel nicht mochte. Der Vogel war ein Geschenk von Jens gewesen. Rothraut rümpfte die Nase. Sie mochte Vögel, aber draußen in der Natur. Im Käfig machen sie soviel Dreck. Im Umkreis von zwei Metern stand man schon nach drei Tagen knietief im Dreck. Gottseidank war der Vogel bald gestorben, und Aimée hatte Reitunterricht bekommen. Rothrauts Mutter hatte ein Klavier für Aimée gekauft.

Sie hatte doch alles …

Rothraut schenkte ihr einen von Aimées Mänteln.

Danke, sagte Aische, vielen Dank, obwohl sie den Mantel nicht mochte, und probierte ihn an, weil sie dachte, daß das von ihr erwartet wurde, aber Rothraut verzog das Gesicht und fing wieder an zu weinen. Betroffen holte Aische eine Pakkung Tempotücher und ging fort, um einen Herbststrauß für Rothraut zu pflücken.

Als sie zurückkam, hatte Rothraut Kopfschmerzen. Schuldbewußt reichte Aische ihr ein Glas Wasser und ein Aspirin. Rothraut steckte die Tablette tief in die Kehle und kippte mit angewidertem Gesicht das Wasser hinterher. Dann ging sie, um sich hinzulegen.

Sobald Aische allein in der Küche war, zog sie lautlos die Schublade mit den Süßigkeiten auf, griff nach einer Tüte mit Gummibärchen und fraß so schnell sie konnte, in der Angst, Rothraut könnte zurückkommen und sie beim Kauen erwischen. Die leere Tüte versteckte sie ganz unten im Müll, wobei sie sich die Hände mit Kaffeesatz beschmierte. Sie eilte zur Spüle, um den Kaffeesatz abzuwaschen, der Panik nahe bei dem Gedanken, Rothraut könnte kommen und fragen, wie der Kaffeesatz an ihre Hände gekommen sei, und kaum hatte sie saubere Hände und wollte aufatmen, als sie sah, daß die eben noch makellos glänzende Spüle verräterisch gesprenkelt war. Ihr Mund pappte, und sie hatte Durst – beides zusammen weckte eine unangenehme Erinnerung.

# XI

## ›Ist Ihre Seele aus Leder oder aus steifer Leinwand?‹

Ein Lächeln in die Luft, bis nachher, und weg war sie, eine andere Rothraut, ferngerückt, geschminkt und mit klappernden Absätzen. Aische winkte ihr nach und lächelte, bis der Wagen um die Ecke bog, dann schloß sie langsam die Tür und stieg mit hängenden Schultern die Treppe hinauf, schon jetzt irgendwie überflüssig, legte sich aufs Bett, starrte im Zimmer herum, zuviel auf der Welt, konnte nicht lesen, nicht schlafen, Unruhe in den Füßen, sie wollten weg, aber wohin, mitten im Winter. Es war so still, daß Aische ihren eigenen Atem hörte und ab und zu ein Gluckern im Bauch, ein Grummeln und Grollen wie aus den Tiefen einer Falle – wenn sie wenigstens ihre eigenen Sachen gehabt hätte, unerträglich der Gedanke, in Aimées Kleidern vor Rothrauts Mann hinzutreten.

Er reichte ihr die Hand und lächelte auf sie herab, groß, schlank und gnadenlos förmlich. Anzug, Schlips, kurzer Haarschnitt. Schöne braune Augen hatte er und sagte Sie zu ihr und Fräulein Kosinski, und Aische wußte bis zuletzt nicht, ob es ihm recht war, daß sie da war oder nicht, wollte nicht wahrhaben, daß es ihm schnurzpiepegal war, einfach vollkommen gleichgültig, versuchte immer wieder, ihn aus sich herauszulocken, einmal sollte er herauskommen aus seinem makellosen Gehäuse, *ist Ihre Seele aus Leder oder aus steifer Leinwand?* Nichts zu machen. Aische wurde übersehen, sie war nicht vorhanden. Daß sie da war, merkte sie nur noch daran, daß sie wegwollte. Rothraut mit heruntergezogenen Mundwinkeln, ihr Mann sich mit den schönen langen Fingern durchs Haar streichend, es tut mir wirklich leid, ich bedaure das außerordentlich, ich muß um dein Verständnis bitten, ohne die Stimme zu heben oder zu senken, es ist in dieser Sache nicht alles so gelaufen, wie es hätte laufen sollen und wie ich es mir wünsche, und Aische dabei und nicht dabei, voll Mitleid für die arme Rothraut, so klein und hilflos und in sich zusammengesunken, das blasse Gesicht verzogen, und er, ich nehme doch an, daß deine Mutter kommt, und sie die Nase rümpfend, mit einem Ausdruck des Abscheus, als belästige man sie mit einer halbverwesten Maus, und er, sich durchs Haar fahrend, ich bitte dich, die Umstände zu bedenken, und sie, mit unendlicher Bitternis, dann hocke ich also Weihnachten alleine mit meiner Mutter da, und er, abschließend: Ich gelobe Besserung. Das Geheul einer tobenden Menge von Fußballfans erfüllte den von einer plötzlich hinter den Wolken hervorgekommenen Wintersonne lichtdurchfluteten Raum, und Rothrauts Mann starrte, die Fernbedienung in der Hand, leicht vorgebeugt auf den in der Helligkeit schwach flimmernden Bildschirm, auf dem männliche Gestalten in kurzen Hosen einander in die Arme fielen. Rothraut verließ das Zimmer.

Aische eilte ihr nach in die Küche, dachte, sie würde gebraucht, wollte trösten, aber Rothraut wollte nicht gestört werden, schnappte sich stumm heulend einen Lappen und fing an, am Herd herumzuwischen.

Aische war überflüssig. Ob sie stritten oder nicht stritten, Aische war nicht vorhanden. Wenn er sich beim Frühstück vorneigte, um seine große feingliedrige Hand auf ihre sommersprossige kleine zu legen, wenn sie *Liebster* hauchte und Augen machte und girrte und gurrte und hell auflachte und süß flötete, so unendlich süß, streunte Aische, sich selber überlassen, ziellos herum, bis sie auf eine Wiese stieß, wo sie sich ins Gras legte und das Ohr an ein Kaninchenloch hielt, um das gedämpfte Wüten der unterirdischen Königin zu hören, aber ihr als dumpfes Gemurmel emporsteigendes *Herunter mit dem Kopf* machte Aische noch einsamer, so daß die Königin befahl, den Kopf doch lieber wieder anzunähen, und zwar richtig herum, ihr Trottel. Nur einmal, als Rothraut aufgeräumt zum besten gab, wie sie Aische gerettet hatte, sie hat mir ja so leid getan, ich hab gleich gesehn, daß das eine arme Sau ist, nicht wahr, und ihr Mann gleichgültig *So?* sagte und Aische mit einem gleichgültigen Blick streifte, schrie die Königin, *er wird nicht wieder angenäht, er bleibt ab, kapiert?* und ihr Gebrüll erschütterte den Boden. Aische hob den Kopf, und schon war nichts mehr zu hören. Es fiel ihr nicht ein, irgend etwas zu sagen, was hätte sie auch sagen sollen, gar nicht wahr, ich bin keine arme Sau, schon im vorhinein schrillte die Oma, was fällt dir ein, du unverschämtes Gör du?! Und außerdem stimmte es ja, sie war eine arme Sau, also schwieg sie, obwohl sie sich, seitdem Jens da war, sicherer fühlte, auch wenn sie es selber nicht recht merkte, sie wagte sich weiter vor, als wenn sie mit Rothraut allein gewesen wäre, riskierte schon mal eine Lippe, wurde sogar frech und zeigte Schadenfreude, als der Staubsauger kaputtging. Es war, als hätte sie mit dem Mann einen stummen Verbündeten, einen, der sie durch sein bloßes Dasein schützte – er kommt aus einer anderen Welt, einem Jenseits, fern und unerreichbar wie der Mond, wenn er nachts ins Zimmer scheint, sein Licht wärmt nicht, es ist kalt, aber es ist da, und wenn er noch so gleichgültig ist, es ist Jemand und nicht Niemand. Solange er da ist, ist Aische überflüssig, aber nicht allein, der Hausherrin nicht so ausgeliefert, hat jemanden zwischen sich und ihr.

Kaum war er weg, jaulte der Staubsauger auf, und Aische stürzte ab ins Kaninchenloch, haltlos in die Tiefe, vorbei an den vergitterten Fenstern der Besserungsanstalt, wer nicht hören will, muß fühlen, durch die wie Fangarme wabernden Finger des roten Gummihandschuhs, im freien Fall in die Höhlentiefe, wo die Luft abgestanden und stockig war und Aische kaum atmen konnte, das hast du jetzt davon. Es kam gerade so viel Luft durch den Schacht, daß Aische nicht erstickte, und dieses bißchen Luft war auch noch schlecht, es roch so bedrohlich, daß Aische am liebsten nicht geatmet hätte und nichts mehr wollte als weg weg weg, aber es gab kein Wohin.

Den Wischlappen in der Hand, zog die Königin trauernd durch ihr Reich und fragte vorwurfsvoll:

Wieso Schlaftabletten? Wie kommst du auf Schlaftabletten? Sie ist in die Stadt gefahren und hat sich vom Hochhaus gestürzt.

Aische konnte nicht glauben, daß alles anders war, als sie es sich gedacht hatte, daß nicht wahr war, wovon sie fest überzeugt gewesen war, keine Tabletten, kein Einschlafen, wenn das mit den Tabletten nicht stimmte, was stimmte dann? Das Ziehen der Tiefe, der Sturz, der Aufprall, das viele Blut und die gierig herbeirennenden Leute.

Mit namenlosem Grauen zog Aische sich am Morgen an. Aimées Unterwäsche, ihre Jeans – erst ein Bein, dann das andere, die Beine wollten nicht da rein, sie machten sich schwer, sie wollten lieber keine Beine mehr sein als in diese Hosen hinein, aber sie hatten keine Wahl, sie mußten, wie die Arme, die in den Pullover hineinmußten, der zwar nach Aische roch, aber dennoch nicht wirklich ihr eigener war.

Aische nahm sich vor, nicht zu den Fotos auf dem Schreibtisch hinzusehen, und tat es dann doch. Sie hatte schöne Haare und eine kecke Nase. Es war nichts zu sehen. Aische verstand das nicht und schleppte sich durch das atemberaubende Wunderland. Am liebsten wäre sie aus ihrer Haut herausgesprungen. Wieder und wieder stand sie mit Aimée auf dem Dach, mit Aimée, in Aimée, zögerte, verspürte den Sog, zögerte und sprang. Der freie Fall. Das Aufschlagen. Sie war nicht gleich tot, rang nach Luft, bekam keine Luft mehr, und niemand, mit dem sie darüber reden konnte.

Es mußten Weihnachtsplätzchen gebacken werden. Vanillekipferl, Zimtsterne, Dominosteine und Makronen. Makronen mochte Mutsch besonders gern. Christbaumständer aus dem Keller. Kugeln, Kerzenhalter und Lametta. Gans bestellen. Geschenke und Geschenkpapier. Durch die Stadt hetzen. Rolltreppen rauf, Rolltreppen runter. Immer hinter Rothraut her und immer mehr Tüten. Zuletzt der Weihnachtsbaum. Blautanne, groß und schön gewachsen. Zu Hause nie was anderes als ein mickriges, krummes Ding. Rothraut zum Parkhaus, den Wagen holen. Aische mit dem Baum und den Tüten, wartend am Rande der Fußgängerzone. Plötzlich keine Hetze mehr. Die vielen Schritte auf dem Pflaster. Flüchtige Erinnerung an Heidelberg. Wie in einem andern Leben, wie nie gewesen. Über die Straße gespannte Weihnachtssterne. In allen Schaufenstern das Rot der Weihnachtsmänner. Vor C&A eine Gruppe von Musikanten. Geruch nach Lebkuchen und Bratwurst. Die Musikanten spielten *O Tannenbaum*. Schrecklich falsch. Grauenhaft rührend. Niemand hörte hin. Alle waren in großer Eile. Ein Mann mit einem Esel schüttelte eine Sammelbüchse. Der Esel hielt den Kopf gesenkt. Der Mann trug eine Rollmütze wie Onkel Dicki und trat von einem Bein auf das andere. Der Esel stand reglos. Handgeschriebenes Pappschild: *Für die hungernden Tiere des Circus Bernulli.* Rhythmisches Rappeln der Büchse. Die Musikanten gingen zu *O du fröhliche* über. Der Esel zuckte mit den Ohren, hob den Kopf und setzte zu einem Iah an. Das geöffnete Maul, die entblößten Zähne, das scheinbar unter Qualen geröchelte I, das sich höher und höher schraubte und die *gnadenbringende Weihnachtszeit* übertönte. Eine dünne ältere Frau fragte mit mädchenhafter Stimme: Was hat er denn? Das Röcheln wurde immer drängender und ging endlich in ein erlösendes Ahhhhhhhhhhhh über. Die ältere Frau neben Aische sagte *Ach so* und ging weiter.

Aische merkte nicht, daß sie atmen konnte. Erst auf der Heimfahrt im Wagen neben der grämlich dreinblickenden

Rothraut, als sie wieder keine Luft bekam, dachte sie plötzlich, ich glaub, es hackt, und beschloß, die Flatter zu machen, Weihnachten hin, Winter her, die Fliege, den Abflug. Plötzliche Lebenslust. Kein bohrendes Fragen mehr, was wohl Aimées letzter Gedanke war. Statt dessen praktische Überlegungen: was dalassen, was mitnehmen. Natürlich den dank Rothraut wieder fleckenlosen, wunderbar weichen Rucksack, die Silberbürste, die Decke, den Schlafsack, ihre zwei Bücher. Nichts von Aimée, außer den Klamotten, die sie trug, und die wollte sie draußen so schnell wie möglich loswerden. Aber Essen und Trinken. Aische schlich in den Keller, streifte den in seinem Schnörkelrahmen nach der Schwertschneide greifenden Gummihandschuh mit einem gleichgültigen Blick, er ging sie schon nichts mehr an. Schokolade, tafelweise. Kekse. Cola. Verzicht auf Gummibärchen, machen bloß Durst. An Aimées Schreibtisch der Abschiedsbrief mit der Bitte um Verzeihung und Dank für alles. Während Aische schrieb, entdeckte sie ihr Herz für Rothraut wieder: ließ nicht mit sich spaßen, wenn es ums Putzen ging, aber sonst, war doch eigentlich ganz nett, tat soviel für andere, wirklich großzügig. Aische schrieb, sie hoffe, eines Tages würden sie sich wiedersehen, und schaute auf. Am Fenster trieben dicke Schneeflocken vorbei. Und jetzt hörte sie auch das Heulen des Windes. Es war fast ein Sturm.

Den Brief verbrannte Aische in der Toilettenschüssel. Sie brauchte viel 00, um die Brandflecken zu entfernen. Leise trug sie Schokolade, Kekse und Cola in den Keller zurück.

Am Morgen war die Welt schwarzweiß und der Boden gefroren. Absturz noch im Bett, harter Aufprall am Frühstückstisch, wo eine mürrische Königin Aische wissen ließ, daß sie in Ungnade gefallen war. Diesmal brauchte Aische sich nicht zu fragen, was sie gemacht hatte. Sie wußte es und war sicher, *sie* wußte es auch. *Sie* öffnete den Mund, und Aische verwandelte sich in ein Schwein, ein Hündchen, ein Schweinehündchen, das sich duckte, und, den Bauch fast auf dem Boden, langsam, ganz langsam ein Pfötchen vorschob und so leise wie möglich aufsetzte, dann das andere Pfötchen hob, ebenso langsam und vorsichtig, geräuschlos, Kopf eingezogen, liebes Stimmchen, lieblieb.

Nachdem den ganzen Tag über strenger Frost im Hause geherrscht hatte, schlug das Klima gegen Abend um. Rothraut machte Feuer im Kamin und gab sich Mühe, nett zu sein. Komm doch näher, du sitzt so weit weg.

Ein Schweigen tat sich auf, Aische beeilte sich, etwas zu erzählen, dies und das mit Kinderstimme lieblieb, stopfte das gefährliche Loch mit harmlosen Worten und spürte, daß sie einen Pickel bekam. Die Haut spannte, eine häßliche Rötung und Schwellung, gut Wetter machen, sich diensteifrig zeigen, Krümel wegwischen, die leeren Flaschen raustragen, mit dem Staubsauger nach oben eilen. Der Pickel schmerzte, ein harter Bollen, ein Mordsding, das unter der Haut verharrte, und erst, als die Kerzen endlich brannten, giftgelb erblühte.

Der Baum reichte bis unter die Decke. Aische hatte ihn schmücken dürfen, nach Anweisungen der Königinmutter, die, kaum daß sie, flottgekleidet und mit schicker Brille, angekommen war, wie selbstverständlich die Regentschaft übernommen und die Gans zubereitet hatte. Es war alles sehr feierlich. Unterm Baum wurden Geschenke überreicht. Aische lächelte tapfer, die Gans lag ihr im Magen. Rothraut hatte Kopfschmerzen, und Mutsch nutzte einen Augenblick, in dem sie nicht im Zimmer war, um Aische mitzuteilen, sie mache sich Sorgen um ihre Tochter und sei froh, daß sie nicht alleine sei.

Du bleibst doch?

Aische nickte stumm.

Rothraut kam zurück, und Mutsch fragte Aische, ob sie ein Hobby habe. Lesen, sagte Aische, und Mutsch sagte, sie lese auch gerne, besonders Landserromane. Im Fernsehen lief ein

Film, den Mutsch unbedingt anschauen wollte: Ich hab schon als junges Ding für Sissy geschwärmt. Aische wußte nicht, wer das war. Rothraut erklärte ausdruckslos, das sei eine österreichische Kaiserin gewesen.

Nachts wachte Aische auf und konnte vor Wut und Angst nicht wieder einschlafen.

Als Mutsch weg war, hatte Rothraut keine Kopfschmerzen mehr, war aber leidend. Aische bemühte sich, sie aufzuheitern. Rothraut zeigte sich erst ungnädig, dann frostig. Aische bemühte sich, gut Wetter zu machen. Umsonst – irgend etwas war immer falsch. Der Baum nadelte. Aisches Gesicht trieb neue giftiggelbe Blüten. Feindseligkeit lag in der Luft.

An der Oberfläche ging alles seinen Gang. Der Baum wurde entfernt. Ständer, Kugeln und Kerzen verschwanden im Keller. Die Feindseligkeit verdichtete sich, wurde immer bedrohlicher, da und nicht da, alltägliche Worte wurden gewechselt, es ist nichts, und es ist doch etwas, in den Sand geschrieben und gleich wieder verwischt. Aische kann nicht mehr lesen, liegt auf dem Bett und starrt an die Decke, die Angst hat sie überwuchert, mörderische Angst, sie kann sich nicht mehr rühren, denkt, daß sie dankbar sein sollte und nicht um ihr Leben fürchten, so ein Quatsch, irgend etwas hat sie falsch gemacht, aber was, so ein Quatsch, Angst zu haben vor der, die sie gerettet hat, als ob die sie vernichten wollte, hat doch selber Angst. Getröstet und schadenfroh bedenkt Aische, wie die Königin vor der Königinmutter gezittert hat.

# XII

## ›Mohte ich verslâfen des Winters zît‹

Noch im Dunkeln hatte sich Laura auf den Weg zur Fähre gemacht. Vor ihr rumpelte ein Pferdefuhrwerk dahin. Laura ging schnell. Ihr war kalt. Wilfrieds Mantel wärmte nicht mehr, hing in schmutzigen Fetzen an ihr herab. Von dem einst leuchtenden Rot war nichts geblieben.

Laura holte das Fuhrwerk ein. Neben ihr drehte sich laut knarrend ein schemenhaftes Rad. Auf dem Kutschbock hockte eine vermummte Gestalt. Der Mond verschwand hinter Wolken. Der Weg war nur mehr zu ahnen. Laura ließ das Pferdefuhrwerk hinter sich und dachte daran, sich endlich von den Resten des Mantels zu trennen – es war besser, ohne Mantel am Stadttor zu stehen als in Lumpen. Und doch zögerte sie. Vielleicht, weil der Mantel ein Teil von ihr geworden war, etwas wie eine zweite Haut, die alles mitgemacht hatte, den ganzen langen Weg.

Als der Morgen zu dämmern begann, erreichte sie den Fluß. Auf der Fähre brannte ein schwaches Licht. In seinen Mantel verkrochen, hockte der Fährmann im Bug wie ein plumper schwarzer Vogel. Schweigend bedeutete er ihr, sie möge sich neben ihn setzen.

Nach und nach erschienen Männer und Frauen und betraten das leicht schwankende Boot. Zuletzt kam das Fuhrwerk an. Die Pferde wurden ausgespannt. Sie scheuten, als der Fuhrmann sie auf die Fähre führen wollte. Der Fuhrmann schlug zu. Die Hufe dröhnten auf den Holzbohlen. Die Fähre legte ab.

Im Halbdunkel die Umrisse der Pferde. Laura hörte ihr angstvolles Schnauben und stellte sich dicht neben sie, klopfte einen warmen Hals, strich über angespannte Muskeln. Die Fähre glitt den Fluß hinab.

Es wurde langsam hell. Pferde, Fuhrwerk und Menschen nahmen Gestalt an. Bald erinnerte nur noch ein leichter Nebel an die vergangene Nacht.

Ohne ihren Mantel fühlte Laura sich einsam und verlassen. Obwohl sie ihn selber in den Fluß geworfen hatte, bevor die Fähre am anderen Ufer anlegte, konnte sie das Gefühl nicht loswerden, beraubt worden zu sein. Es war, als wäre ihr mit den Resten des Mantels auch die Hoffnung verlorengegangen, die Hoffnung, einmal irgendwann irgendwo anzukommen, einmal wieder in den Armen ihres Mannes zu liegen.

Die Sonne schien durch die Zweige, die jetzt schon fast kahl waren. Nur die Blätter der Eichen waren welk, braun und unansehnlich in ihrem Geäst zurückgeblieben. Über ein Gewirr von umgestürzten Baumstämmen steigend, fragte Laura sich bei jedem Schritt, was sie hier tat, warum sie nicht daheim und wie sie in diesen düster schweigenden Wald gekommen war. Der Jammer nach Haus riß an ihr, die Heimsucht, aber daheim war die Magd Lene mit ihrem Sohn, der Konrad so abscheulich ähnlich sah, das riß auch an ihr, es machte, daß sie überhaupt nicht mehr nach Hause wollte. Im Geiste betend, folgte Laura einem Wildwechsel, der in ein Tannenwäldchen führte. Nürnberg konnte nicht mehr weit sein. Laura glaubte fernes Glockenläuten zu hören und blieb stehen, um zu lauschen. Irgendwo blökte ein Schaf. Erst eines, dann ein anderes, ein helles Mäh, ein dunkles Bäh, ein Augenblick der Stille und dann ein schüchternes Stimmchen, eindeutig weiblich, eine zaghafte Frage, beantwortet mit einem langgezogenen, sonoren, abschließenden Bähähähääää.

Zwischen den Stämmen schimmerte es grün. Laura ging weiter, das Blöken wurde lauter. Ein hin und herschaukelnder Männeroberkörper kam in Sicht. Im ersten Augenblick dachte Laura, sie habe einen Juden vor sich, der betete, im nächsten sah sie das geduldig blickende Schaf, den in den Nacken geworfenen Kopf des Hirten und wollte kehrtmachen, aber es war schon nicht mehr nötig. Er ächzte wie ein fallender Baum. Gleichzeitig stürzten sich seine Hunde bellend auf Laura. Er ließ das Schaf los und pfiff die Hunde zurück, während er sich ohne Eile bedeckte. Das Schaf senkte den Kopf, rupfte Gras, sah kauend zu Laura auf, hielt mitten im Kauen inne, schaute neugierig, kaute endlich weiter und entfernte sich gemächlich Gras rupfend.

Der Schäfer griff nach seinem Hirtenstab und entschuldigte sich.

Ich hab Euch nicht kommen sehn.

Seine Stimme war rauh und warm, und seine Gelassenheit machte Laura zweifeln, ob sie gesehen hatte, was sie gesehen hatte.

Rundes Gesicht, sonnverbrannt. Gedrungene Gestalt. Er fragte, ob sie den Weg verloren habe. Laura zuckte die Achseln und sah an ihm vorbei. Die Hunde knurrten.

Der Schäfer beruhigte sie.

Habt Ihr die Sprache verloren, Spielmann?

Laura öffnete den Mund wie jemand, der reden will und nicht kann und hob die Schultern, um sie seufzend wieder fallen zu lassen.

Der Schäfer zog ungläubig die Brauen hoch.

Meiner Seel, ein Musikant allein und mit versperrtem Maul –

Laura zwang sich, ihn anzusehen. Augen, blauer als blau in dem braunen Gesicht. Schnell senkte Laura die Lider. Das waren Augen, die blind machen konnten, wenn man zu lange hineinsah.

Der Schäfer stützte sich auf seinen Stab und schaute ins Weite. Die Schafe blökten. Laura hörte hin wie jemand, der einem Gespräch in fremder Sprache zu folgen sucht und aus dem Klang errät, worum es geht. Ihre Mundwinkel hoben sich. Die Spannung fiel von ihr ab. Ihr wurde klar, daß der Schäfer sich von Mann zu Mann an sie wandte.

Fidelt mir was auf Eurer Fidel, sagte er. Ich hab lang keine Fidel gehört.

Laura holte das Instrument aus der storren Lederhülle und stimmte es mit klammen Fingern. Die Schafe hörten auf zu blöken und setzten sich eins nach dem andern in Bewegung, um näherzukommen und neugierig zu schauen.

Laura spielte ein Lied von Herrn Neidhart. Der Schäfer schloß die Augen und hörte so hingebungsvoll zu, daß Laura allen Hader vergaß und froh war, jemanden zu haben, für den sie spielen konnte.

Seitdem sie zum Musikanten geworden war, wußte sie, daß Gesichter beim Zuhören mehr preisgeben als beim Reden. Manchmal, wenn es ihr gelang, den Bogen nicht zu führen, sondern von allein über die Saiten streichen zu lassen, sah sie die Seelen ihrer Zuhörer hervortreten wie Tiere aus dem Dunkel des Waldes. Sie bekam Wildsäue zu Gesicht und alles mögliche Gelichter, und fast immer war es etwas anderes, als sie erwartet hatte. In einem scheinbar friedlichen Dorf waren Dämonen zum Vorschein gekommen mit Fratzen, die so schrecklich waren, daß sie ihre Angst kaum bändigen konnte. Und jetzt, da sie auf das Erscheinen eines Werwolfs gefaßt war, hatte sie ein Gesicht vor sich, das wie eine Landschaft in abendlichem Frieden war, Roggenfelder, über die ein sanfter Wind hinstrich, ein Dorf am Horizont und auf dem Weg von der Arbeit heimkehrende Bauern. Sie schloß die Augen und spielte so selbstvergessen, wie er zuhörte.

Als sie den Bogen sinken ließ, sagte er, sie könne ja doch reden. Stumm bist du gar nicht, hast deine Stimme, manch einer möchte dich drum beneiden ... bald schwermütig, bald übermütig, bald unflätig, bald zart wie Roßmaul. Da kommt Er aus dem Wald und fidelt, daß es einem am Herzen reißt.

Der Schäfer schwieg und schaute in die Ferne, wo die Wiesen in Sumpf übergingen und Raben über einem einzelnen Baum kreisten.

Laura spürte, wie ihr warm wurde, zum ersten Mal an diesem mantellosen Tag. Das Herz ging ihr auf, und sie war drauf und dran, sich diesem fremden Menschen zu entdecken, der sie besser zu verstehen und mehr von ihr zu wissen schien als der, mit dem sie gelebt hatte, der gegangen war und sie stillschweigend hatte sitzen lassen, der sie nicht erwartete, wenn er überhaupt noch lebte, und vielleicht nicht einmal mehr an sie dachte. Womöglich hatte er sie schon vergessen und teilte das Lager mit irgendeiner morgenländischen Schönen, und selbst wenn es so war, daß er noch in Ketten schmachtete und sich nach ihr verzehrte, so würde er, das wußte Laura sehr wohl, es ganz und gar mißbilligen, daß sie nicht sitzen geblieben war, sondern sich auf den Weg zu ihm gemacht hatte. Es war nun einmal so, daß eine Frau den Mann am heimischen Herd zu erwarten hatte, auch das wußte Laura wohl, und darum zügelte sie dann doch ihre Zunge vor dem Schäfer, der sagte, er heiße Gosbrecht und hüte die Schafe der Büßenden Schwestern. Auf dem Tannenberg gab es auch einen Gosbrecht, und das war ein triefäugiger Tropf. So einem vertraut man sein Leben nicht an. Dieser lud sie freundlich ein, sein Mahl mit ihm zu teilen.

Schafsmilch, Schafskäse und Nüsse. Sie saßen auf einem Baumstamm am Rande der Wiese. Jetzt war es der Schäfer, der sprach, und Laura, die zuhörte und darauf bedacht war, seinem Blick nicht zu begegnen, um nicht wieder geblendet zu werden von seinen Augen, die blauer als blau aus dem braunen Gesicht strahlten.

Er sprach von seinen Schafen – daß keines dem andern gleiche, jedes habe ein eigenes Gesicht, ein eigenes unverwechselbares Wesen.

Laura schielte zu ihm hinüber. Sein Blick ruhte auf der Herde, und sie fragte sich, ob er es immer mit demselben

Schaf machte, und knackte Nüsse und suchte kauend die Herde ab nach dem einen Schaf, während er davon sprach, daß die Inquisition in der Stadt sei.

Sie brennen.

Gosbrechts Hand tastete nach dem Kopf des Hundes, der zu seinen Füßen lag.

Und wer hat sie ausgeschickt? Was ist das für ein Hirte, der ausschickt, seine Schafe zu morden?

Gosbrecht beugte sich zu dem Hund hinab, der den Kopf ein wenig hob und mit dem Schwanz wedelte.

Es möchte wohl sein, Spielmann, daß dir in Sinn kommt, was du vorhin hast gesehn, und denkst du nicht bei dir, der hat gut reden? Schau, das da, nein, nicht dies, das da, jetzt hebt es den Kopf, ja dies – hat es Schaden genommen? Hab ich es ergriffen und verhört und so es nicht bekennen wollte, ein Wolf zu sein, peinlich befragt? Dich, Spielmann, würden sie so lang peinlich befragen, bis du die Sprache wiederfindest, auf daß deine Zunge ihnen gehorcht.

Laura hörte auf mit dem Nüsseknacken. Ihr Nacken spannte sich, als schwebe das Henkersbeil schon über ihr. Plötzlich sehnte sie sich nach der Verzweiflung in dem düster schweigenden Wald zurück, wo sie nichts weiter zu fürchten gehabt hatte als den kommenden Winter und den Geist der Renata von Katzenelnbogen.

Ich hab nur mein Pümpel in das Schaf gesteckt, sagte Gosbrecht. Er habe es nicht mit glühenden Zangen gezwickt, wie sie es mit denen machen, die sie Ketzer nennen, so lange, bis sie gestehen. Und weißt du, Spielmann, es gibt welche, die bekennen auch ohne Tortur, und es is nit wahr. Sie haben nicht getan, was sie bekennen. Es könnte wohl sein, daß sie es gern getan *hätten* – aber *getan* haben sie es nicht. Und dann kommt die Obrigkeit und sagt, gib zu, du hast … Und schon zweifeln sie an sich. Der Hirt weiß es besser wie das Schaf, denken sie. So haben sie es gelernt und glauben sich selber nicht mehr. Wenn die Obrigkeit sagt, sie seien es gewesen, dann kann es nicht anders sein. So sind sie bereit, Sünden auf sich zu nehmen, die sie nie begangen haben, sogar ohne Folter. Gefoltert bekennen sie sowieso alles, früher oder später. Auch, daß sie kleine Kinder gefressen haben. Und dafür müssen sie dann brennen. Ich sag dir, Spielmann, der Heilige Vater und die Heilige Katholische Kirche, die sind nicht heilig.

Laura erstarrte. Der Schäfer Gosbrecht war ein Ketzer, und das Entsetzliche war, daß seine Gedanken ihr so vertraut vorkamen, als wären sie ihre eigenen, auch wenn sie es nie gewagt hätte, ihnen Ausdruck zu verleihen, nicht einmal vor sich selber, es wäre schon ein Zeuge zuviel gewesen, geschweige denn vor einem anderen Menschen. Laura wollte keine Ketzerin sein. Schon sah sie sich an den Pfahl gebunden und dem Feuer preisgegeben. Wer das Unantastbare antastet, hat das Leben verwirkt. Keine Gnade für den, der sich an der Obrigkeit vergeht, gegen die Heilige Ordnung kehrt. Laura war ihrem eigenen Gesetz gefolgt, und was das schlimmste war: Es reute sie nicht. Ohne Reue keine Vergebung. Laura aber hatte nur Angst, unerträgliche Angst vor Verhör und Strafe. Sie würde leugnen, solange es ging, aber irgendwann würde sie gestehen müssen, hatte so furchtbare Angst vor den Schmerzen, wollte nicht brennen, wollte leben, hoffen, zu Konrad reisen, einmal noch mit ihm zusammensein, die Finger auf die drei Falten über seiner Nasenwurzel legen, Liebster, es wächst ein Baum zwischen deinen Augen.

Hilfesuchend sah sie Gosbrecht an, dessen Blick schon eine Weile auf ihr ruhte, als sähe er etwas anderes als einen Spielmann, der unter einem Anfall von Angst litt, könne sich aber nicht darauf besinnen, was es war.

Laura ließ sich in die weit geöffneten Pupillen fallen und war einen köstlichen Augenblick lang frei von Angst.

So du in die Stadt willst, sagte Gosbrecht, wobei Laura den Eindruck hatte, daß seine Stimme ein wenig belegt klang, ist es für heute zu spät. Du kannst bei mir nächtigen.

Heiße Speckkuch, ihr Herren, versucht mein heiß Speckkuch!

Heiß Fladen! Ihr Herren, so trage ich Fladen feil!

Ich han gut Schnur in die Unterhemd, auch han ich Nadeln, Fingerhut, Taschen und Nestel viel.

Gemalte Rößlin, gemalte Puppen, Lebkuchen!

Wie im Traum bewegte sich Laura durch das Gedränge. So viele Menschen auf einmal hatte sie lange nicht gesehen. Stimmengewirr und Glockenläuten. Hufgetrappel, Räderrumpeln und fromme Gesänge in der Ferne. In Werkstätten wurde gehämmert, gehobelt, geklopft. Zwischen den Menschen Kühe, Schweine und Hühner, räudige Köter und struppige Katzen. Am Wegrand Kadaver, fliegenumschwirrt. Fliegen überall: auf den Händen der Bettler und den Rücken der Pferde, die mit schlagenden Schweifen und gesenkten Köpfen vor der Schmiede standen, während der Schmied, eine Hand auf den Amboß gestützt, mit dem Fuhrmann schwatzte.

Laura war stehengeblieben, um sehnsüchtig nach der Schimmelstute zu schauen, die ihrer Fricka zu Hause zum Verwechseln ähnlich sah. Vor ihr klatschte etwas auf die Gasse, ein unverkennbarer Gestank stieg ihr in die Nase. Sie sprang zurück, schaute an dem Mantel herunter, ob der etwas abbekommen hatte. Den Mantel hatte Gosbrecht für sie zusammengenäht. Nicht als milde Gabe. Sie hatte ihr Spiel getauscht gegen einen Mantel aus Schaffellen. Gosbrecht konnte nicht genug bekommen. Sie mußte spielen, bis eine Saite riß, und war insgeheim froh gewesen, daß sie keine Ersatzsaiten mehr hatte. Und jetzt Pissespritzer auf dem neuen Mantel. Laura schüttelte die Faust zu dem Fenster hin, aus dem das Nachtgeschirr ausgegossen worden war. Das Fenster war schon wieder geschlossen. Sie hört den Schmied johlen und beißt die Zähne aufeinander. Das Blut steigt ihr zu Kopf. Der Schmied krümmt sich vor Lachen und zeigt mit dem Finger auf sie. Sie läßt den Arm sinken. Das weit aufgerissene Maul des Hünen und die dreckigen Pranken, die auf den dreckigen Lederschurz schlagen. Jetzt lacht auch der Fuhrmann. Es ist nur ein kleines Mekkern, aber es versetzt Laura in die zähnefletschende Wut eines wieder und wieder vergeblich gegen den Zaun anspringenden Köters, der nichts mehr im Sinn hat, als Gurgel durchbeißen und Fleisch zerfetzen. Plötzlich merkt sie, daß sie wie angewurzelt steht, stocksteif, die Luft anhält, als wäre ihr Leib ein Gefängnis der Wut, als könne die Haut kaum drinnen halten, was raus will und nicht darf – so kennt Laura sich nicht, das kann nicht sie sein, das will sie nicht sein: Jemand muß sich in ihre Haut verirrt haben, verirrt oder … der Teufel ist in sie gefahren, das muß es sein, und schon glaubt Laura sich besessen, versteinert für alle Zeiten mit diesem Teufel im Leib.

Ein alter Mann brachte sie zu sich, ein mit Häuten beladener Gerber, der so tief gebückt ging, daß sein Gesicht nicht zu sehen war. Plötzlich wußte sie wieder, daß es nicht nur das Jetzt gibt, sondern ein Gestern und ein Morgen. Gestern hatte Gosbrecht ihr, nachdem die Saite gerissen war, die Geschichte von dem Bauern erzählt, der seine Haut zu Markte trug. Wohl oder übel trug dieser Bauer seine Haut zu Markte, weil er sonst nichts hatte. Er litt es, daß jeder sie befummelte. Er pries sie nicht an. Er dachte, man sieht ja, daß es eine gute Haut ist. Aber die Leute sahen nur, daß es ein elender Bauer war, der sie feilbot, und wollten sie nicht. Der Bauer begriff, daß es keine gute Haut war, und gab im Preis nach. Endlich erstand sie einer für wenig Geld und verkaufte sie für etwas mehr Geld an einen, der sie nur billig losschlagen konnte. Nachdem sie noch etliche Male den Besitzer gewechselt hatte, kam die Haut zu dem Bauern zurück. Der Bauer nahm sie, ohne zu merken, daß es seine eigene war. Nur sein Fleisch erkannte die Haut sofort.

Gosbrecht hatte Laura den fertigen Mantel gegeben und dazu gesagt, es sei doch seltsam, wie viel uns verborgen bleibe, wie wenig wir wüßten von dem, was sich in uns abspiele. Laura hatte nicht verstanden, was er damit meinte, hatte nicht weiter darüber nachgedacht, es war ihr unbehaglich, warum, wußte sie nicht und wollte sie nicht wissen. Sie verstand es auch jetzt nicht, aber es half ihr, sich in Bewegung zu setzen, Gosbrechts verschmitztes Lächeln vor dem inneren Auge: Und wenn der Bauer nicht gestorben ist, dann fragt er sich noch heute, in wessen Haut er steckt.

Ohne den Schmied noch eines Blickes zu würdigen, ging Laura weiter. Ihr Ziel war die Sebalduskirche. Dort wollte sie beten und Gott darum bitten, sie zu Konrad zu führen. Von der Sebalduskirche hatte sie unterwegs immer wieder reden gehört, und jetzt dachte sie, Er wird an einem so wunderbaren Ort gewiß ein besonders geneigtes Ohr haben.

Glockenläuten und Pferdegetrappel, Räderrattern und Rufe und Bellen und Hämmern und Klopfen und das fast ununterbrochene Krähen eines Hahnes, das Laura in den Burghof versetzte, wo der Gockel den Ziegenbock mit Riesenschritten jagte. Einen Augenblick lang verfiel sie der Heimsucht, im nächsten wußte sie, wäre sie zu Hause geblieben, hätte sie diese Stadt nie gesehen.

Speckkuch! Heiße Speckkuch!

Hausmaid, die alten Korb heraus!

Zähne ausbrechen! Heran heran, welcher da hat einen bösen Zahn!

Ich han gut Schnur in die Unterhemd, auch han ich Heftlein und Hecklein, wie mans will.

Eine Menschentraube zog Laura an. Sie stellte sich auf die Zehenspitzen und reckte den Hals, um zu sehen, was es zu sehen gab: auf einem Kasten stand einer, der zeigte einen auf seiner Hand sitzenden Täuberich herum.

Komm Heinrich, lache.

Der Täuberich spreizte die Flügel, öffnete den Schnabel und lachte. Laura schaute dem Gaukler auf den Mund, ob der nicht einen Spaltbreit geöffnet war, aber er war fest geschlossen. Das Gelächter des Vogels brach ab. Sagte der Gaukler, und jetzt bewegten sich seine Lippen:

So lach doch weiter, mein Heinrich.

Diesmal spreizte der Täuberich den Schwanz, drehte sich einmal um sich selbst und rief dabei:

Ich tus nit! Ich tus nit!

Vor der Sebalduskirche Dominikaner, Franziskaner und ganz in Weiß gekleidete Nonnen – das mußten die Büßenden Schwestern sein, die Weißfrauen, deren Schafe Gosbrecht hütete. Reisende Kaufleute. Pilger. Wallfahrer. Spielende Kinder. Reiter. Die Bettler sah Laura mit anderen Augen an als früher: fachmännisch. Dieser hier, der zum Gotterbarmen gelb aussah, war ein Sweiger, der sich mit Pferdemist bestrichen hatte, um die Gelbsucht vorzutäuschen. Und die Alte neben ihm, die mit gekonnt schiefem Mund dalag, die Augen geschlossen, einen Arm flehend ausgestreckt, eine böse Fleischwunde am Bein, erinnerte Laura daran, daß sie neue Saiten brauchte, denn in der Wunde schienen Maden herumzukriechen, und Laura wußte, es waren Stückchen von Darmsaiten. Sie war drauf und dran zu fragen: Wo hast du die Darmsaiten her, Schwester? Bei der Alten hätte sie es wagen können, ihre Stimme hören zu lassen. Sie beugte sich ein wenig hinab und fuhr zurück – der Gestank war furchtbar. Und jetzt sah sie auch das Wimmeln in der Wunde. Sie dachte, das ist die Macht der Einbildung: glaube nur, es sind Maden, und schon siehst du sie kriechen. Schwester, sagte sie zu der Alten, die ihr leise stöhnend die leere Hand entgegenstreckte. Laura atmete den Gestank, der dem Bein entströmte, und begriff endlich, daß das Gewimmel nicht ihrer Einbildung entsprungen war.

Als wären ihr mit einem Mal die Augen aufgegangen, sah sie Not und Elend ringsum.

# XIII

## ›Gott gebe dem ein schlechtes Jahr, der mich zu einer Nonne machte‹

Enge, Kälte und Dunkel. Es wird nie wirklich hell. Niedrige Decke und ständiges Halbdunkel. Laura ist das nicht mehr gewöhnt, die dicken Mauern und die muffige Feuchte, die so anders ist als die morgendliche Feuchtigkeit auf der Wiese oder im Wald. Ihr Körper leidet unter der Nähe der Wände. Er hat sich daran gewöhnt, in der Weite zu leben, viel Platz um sich zu haben und über sich den Himmel, Licht und Luft, und jetzt ist er eingesperrt in dem engen Raum, der nicht nur die Bewegung hemmt, sondern auch das Denken und Fühlen, und selbst der Blick stößt sich an den Wänden, gleitet am Mauerwerk entlang auf der Suche nach einem Ausweg, aber da ist nur die mit einer Schweinsblase verschlossene Luke, durch die kaum ein Lichtschimmer dringt, auch wenn es draußen hell ist. Die Tage sind kurz und meistens trüb, und kommt einmal die Sonne heraus, macht das gelbe Leuchten der Schweinsblase die Sehnsucht nach Licht nur noch qualvoller. Und immer ist das Atmen schwer. Die Enge macht die Luft stickig und die Geräusche dumpf, und wenn Laura nachts aufwacht, muß sie die näher rückenden Wände anhalten und das Geflatter des Vogels, der überall anstößt, als das Klopfen der Holzböcke erkennen. Wie eine Gefangene horcht sie auf die aus dem nächtlichen Wald herübertönenden Rufe der Uhus und Käuzchens, die Luchsschreie und das Fuchsbellen, und selbst das Wolfsheulen, das sie draußen immer gefürchtet hat, weckt ihre Sehnsucht. Vergessen der ständige Hunger und wie das war, wenn es in den leeren Eingeweiden wütete, und wie das war, durch den Regen zu laufen und nachts in nassen Sachen zu schlafen. Vergessen die Angst vor Entdeckung und wie das war, mit den Gesetzlosen umherzuziehen, das Leben an einem Faden, so dünn wie ein Altweibersommergespinst. Vergessen die Einsamkeit nach der Flucht und wie das war, Renata von Katzenelnbogen auf dem Gewissen zu haben, als wäre sie es gewesen und nicht Kühlfraß unseligen Angedenkens, die sie hingemordet hatte. Schuldbeladen war Laura durch das herbstlich verhangene Land geschlichen, als wäre sie ihr eigener Geist, in Angst vor allem und jedem auf der Landstraße: Pilgern, Kaufleuten, Wallfahrern, Juden, Scholaren, Boten und Bauern, Priestern und anderen Kirchenmännern, als könnten sie jeden Augenblick mit den Fingern auf sie weisen, sie ergreifen und verbrennen. Ihr war wie Adam, als er sich vor Gottes Angesicht verbarg: es schien ihr furchtbar, gesehen zu werden. So hielt sie Kopf und Blick gesenkt. Nachts dann die Träume von der Strafe – Laura, eingefroren im ewigen Eis, bewegungsunfähig für immer. Alles vergessen, nur nicht, wie köstlich es war, im Stehen zu pissen und dabei zu den Sternen aufzublicken.

In den allerersten Tagen war es wie eine Heimkehr gewesen. Laura hatte sich so selbstverständlich in das Klosterleben eingefügt, wie man in ein Lied einstimmt, das man in der Kindheit gelernt hat, und war erschrocken nur darüber gewesen, wie weit sie sich schon entfernt hatte. Ihr war, als wären die Jahre mit Konrad, das Leben auf Burg Tannenberg nur ein Traum gewesen, aus dem sie nun aufwachte in eine Wirklichkeit, in der ihr alles vertraut war. Die Mauern und die Stille dazwischen. Das Glockenläuten. Das Aufstehen in stockfinsterer Nacht und Beten und Singen in der von Kerzen erleuchteten Kirche. Bei den Benediktinerinnen war es heller gewesen. Die Büßenden Schwestern sind arm. Sie können sich nicht so viele Kerzen leisten. Es gibt hier auch keine Klosterschule, bloß ein einziges Mädchen, scheu wie eine Katze, das Laura lange Zeit nur aus der Ferne zu Gesicht bekommt. Obwohl es dunkler ist als in dem nächtlichen Gotteshaus ihrer Kindheit, fürchtet sie die flackernden Schatten in dem weiten Raum nicht mehr so wie früher, und die Düsternis in den Ekken erscheint ihr nicht mehr so unheimlich, aber die Nähe der anderen Frauenleiber ist so beruhigend wie einst. Aufgehoben in der Gemeinschaft. Dankbar. Die Angst weg, der Bauch voll. Untergekommen für den Winter. Entlassen aus dem Gehetztsein, dem Umherirren. Geborgen in der Frauenwelt, eine von Gottes Töchtern in Seinem Haus, wo der Schlaf tief und ruhig war. Auch wenn Laura nicht dazugehörte und bloß Gast war – genaugenommen nicht einmal das, sondern nur eine, an der man ein gutes Werk tut, und die allen Grund hat, dankbar zu sein: Sie hatten sie gerettet, auf dem Platz vor der Sebaldus-Kirche, als sie aus sich herausgegangen war, ohne die Folgen zu bedenken.

Die Fahrt durch die schon winterliche Landschaft. Der Rücken von Johannes. Das Rumpeln und Schwanken des Karrens. Die weißen Gestalten der Nonnen. Schwester Adolaria. Schwester Wigatha. Schwester Alexis. Und Laura, die wieder Laura war, eine Frau unter Frauen. Und wieder eine Stimme haben durfte, mitreden konnte. Ihr war, als wäre sie in die menschliche Gemeinschaft zurückgekehrt, nachdem sie lange Zeit als Ausgestoßene gelebt hatte. Hin und wieder drehte Johannes sich um und sagte etwas über die Weiber in der Stadt. Seine Witze waren derb und dumm, aber sein Blick erinnerte Laura an Günther, und wenn er mit den Pferden sprach, war seine Stimme tief und dunkel.

Es war eine lange Fahrt. Eine nach der andern verfielen sie

in Schweigen. Laura fühlte sich rundum wohl und seltsamerweise einverstanden mit der Welt, obwohl sie nun wußte, daß die Welt nicht in Ordnung ist, und nie vergessen würde, was sie gesehen hatte, als ihr die Augen aufgegangen waren.

Der Karren schwankte einschläfernd. Laura döste vor sich hin.

Es war eine entsetzliche Versuchung gewesen. Konrad aufgeben. Alles aufgeben. Für immer bleiben. Eine von ihnen werden. In den Frieden eintauchen. Seelenruhe, hatte sie gedacht, sei besser als Liebe. Und sie hatte wirklich geglaubt, in jenen ersten Tagen, daß sie die Seelenruhe hätten, die Büßenden Schwestern der heiligen Magd Magdalena. Man nannte sie auch die Weißen Frauen, die Büßerinnen oder Reuerinnen. Und besaß Laura nicht allen Grund, zu bereuen und Buße zu tun, hatte sie nicht schwere Schuld zu sühnen, und war es nicht ein Zeichen, ein Fingerzeig, daß Mater Gertrudis eine ungewisse Ähnlichkeit mit der hingemachten Renata besaß. Mater Gertrudis mochte so alt sein wie Renata, hatte aber nichts Matronenhaftes. Sie war groß und dünn, mit ebenmäßigen Zügen, und sie strahlte eine Ruhe aus, der Laura sich vom ersten Augenblick an unterwarf, so selbstverständlich und ohne es selber zu merken, wie sie Mater Gertrudis, als die nach ihrem Namen fragte, ohne darüber nachzudenken, erklärte, sie heiße Laura Libeskind, und eine wunderschöne Geschichte erzählte von ihren Eltern, die brave Leute gewesen seien, der Vater ein redlicher Frankfurter Kaufmann, den die Malaria dahingerafft habe, die Mutter habe sie gar nicht kennengelernt, sie sei im Kindbett gestorben. Der Vater sei jedoch nicht ganz unvermögend gewesen und habe vor seinem Tod dafür gesorgt, daß sie in einem Klösterlein im Odenwald wohl untergebracht sein würde. Die Benediktinerinnen hätten sie großgezogen und einem Kaufmann zur Frau gegeben, der eine Reise ins Heilige Land unternommen und sie und die Kinderchen unter der Obhut seines älteren Bruders zurückgelassen habe. Der Schwäher habe sich als Unhold erwiesen und ihr nachgestellt, die Kinderchen seien ihr eins nach dem andern gestorben. Am Ende habe sie ihre Tugend nur retten können, indem sie in die Welt hinaus geflüchtet war.

Laura baute darauf, daß Mater Gertrudis Verständnis dafür haben würde, wenn eine schutzlose Frau um der Tugend willen floh – in Männerkleidern, weil sie sich von dem Wüstling verfolgt wußte.

Mater Gertrudis verstand nicht nur, sie lächelte und billigte schweigend.

Hier bist du sicher. Geh aber gleich nachher zur Pforte zu Bruder Hieronymus und beschreibe ihm den Mann, damit er ihm nicht das Pförtlein öffnet.

Laura schaute Mater Gertrudis erschrocken an, nicht um ihr etwas vorzumachen, sondern weil sie sich beim Erzählen so in ihre Geschichte hineingelebt hatte, daß sie den Unhold ehrlich fürchtete.

Mater Gertrudis beeilte sich, sie zu beruhigen, und sagte, wenn Laura bei Benediktinerinnen aufgewachsen sei, dann könne sie ja lesen und schreiben.

Laura nickte.

Ich brauche eine Schreiberin. Du kannst morgen anfangen.

Laura stürzte vor, um das Knie vor Mater Gertrudis zu beugen und ihr die Hand zu küssen.

Es war alles gleichzeitig da, die Lust an der hübschen Geschichte, die sich so mühelos eingefunden hatte, und die Ehrfurcht vor der hohen Gestalt und der schönen Ruhe ihres Gesichts, dem Laura vom ersten Augenblick an verfallen war. Die klaren, pflichtbewußten Züge der Äbtissin sagten ihr, daß diese Frau weit über ihr stand, erhaben über die niederen Lüste und Gelüste, die Laura beherrschten, von denen Gier und Freßsucht noch die harmlosesten waren, so daß Laura in ihrer Gegenwart nicht anders konnte, als sich schlecht, schmutzig und tief unterlegen zu fühlen, als wäre sie nicht die Herrin der Burg Tannenberg, die sich auf den Weg zu ihrem Mann gemacht hatte, sondern immer noch die im heiligen Schrecken erzogene Schülerin des Benediktinerinnenklosters, die zu der unnahbar wie eine Statue in den Tiefen der Kirche schwebenden Gestalt der Mater Adelheid aufblickte und sie mit derselben heißen Inbrunst verehrte wie die schmerzensreiche Jungfrau. Nie hätte das kleine Mädchen damals bezweifelt, daß Mater Adelheid eine Heilige war, die alles richtig machte und nichts falsch, einfach weil sie nichts falsch machen konnte, auch wenn sie immer mal wieder davon sprach, daß auch sie ja nur ein fehlbarer Mensch sei. *Omnes sunt peccatores.* Aber da sie selber nicht wirklich daran glaubte, konnte auch Laura nicht daran glauben, sondern nahm es als neuerlichen Beweis dafür, daß die Mutter Oberin zu Recht im Geruch der Heiligkeit stand, und fühlte sich um so schlechter, weil sie sie immer noch schamlos belog, und so eine weitere Sünde auf sich nahm, an der sie schwer zu tragen hatte und die sie nur zu gerne bei Pater Kleophas abgeladen hätte, um erleichtert und beschwingt vom Beichtplatz zu gehen wie Schwester Ursula, die alles augenblicklich zu Pater Kleophas trug und stets mit einem von Tränen reingewaschenen Gesicht zurückkam, das Laura an eine sommerliche Landschaft nach einem kräftigen Schauer erinnerte. Laura wußte, daß sie nur einen Satz zu sagen brauchte: *Ich bin nicht Laura Libeskind.* Der Rest hätte sich ergeben. Aber sie brachte diesen Satz nicht über die Lippen und schleppte weiter an ihrer Sündenlast, die nicht immer gleich schwer war. Einmal merkte sie fast gar nichts, als trüge sie nur ihr eigenes Gewicht, dann wieder war sie so niedergedrückt, daß sie kaum einen Fuß vor den anderen setzen konnte und bei jedem Schritt das Gefühl hatte, noch einen könne sie nun wirklich nicht tun. Zuflucht fand sie nur in der Kirche, wo sie stundenlang betete, zuweilen auf dem kalten Fußboden ausgestreckt, zu Gott flehend, der der einzige war, mit dem sie wirklich reden konnte, auch jetzt, da sie wieder reden konnte und doch nicht reden konnte, nicht sagen, wie ihr zumute war und was sie getan hatte, wobei sie sich immer wieder daran erinnern mußte, daß es nicht ihre Hand gewesen war, die sich um den Hals der Renata gelegt hatte. Es waren nicht ihre Finger gewesen, die zugedrückt hatten, und doch ging Renata in ihr um, bewohnte ihren Körper, hatte sich häuslich darin niedergelassen, als hätte sie ein Recht dazu, weil ihr eigener Körper ihr genommen war. In den ihres Mörders hatte sie nicht schlüpfen können. Der hätte sie nie hineingelassen. So viel Platz konnte er gar nicht haben, um alle aufzunehmen, die er in seinem Leben totgemacht hatte. Renata war nichts anderes übriggeblieben, als bei Laura unterzuschlüpfen. Der Geist kann wehen, wo er will, aber die Seele braucht einen Ort, jedenfalls die unerlöste, vor der Zeit aus ihrem Gehäuse verscheuchte Seele. Laura weiß das, und sie weiß auch, daß Renata ihren Körper nicht freiwillig verlassen wird, sondern vertrieben werden muß. Aber wie, ganz allein, ohne die hilfreiche Hand eines Austreibers, der die verschlungenen Wege im Palast der Eingeweide kennt.

Die Pergamentblätter aus Schafshäuten. Die Tintenhörner. Die Federn. Die Messer zum Radieren.

Vom Boden steigt Kälte auf. Die Hände sind klamm, die Finger verkrampft. Der Rücken schmerzt. Mater Gertrudis lobt. *Qui scribere nescit, nullam putat esse laborem.* Laura horcht auf das trockene Rascheln der Gewänder in ihrem Rücken und die, wie ihr scheint, berückend sanftmütige Stimme, gleich ob sie nun lateinisch spricht oder deutsch. *Wer nicht schreiben kann, denkt, das sei keine Arbeit. Drei Finger schreiben, zwei Augen sehen. Eine Zunge spricht. Der ganze Körper arbeitet.*

Mit jungfräulich-artiger Stimme regiert die Äbtissin das Kloster, spricht mal liebevoll besorgte, mal klare, strenge Worte, festgefügt wie die Steine der Klostermauern und ebenso haltbar. Aufmucken gibt es nicht. Keine Auflehnung. Vor der Mutter Oberin kuscht sogar der sonst so großmäulige Knecht Johannes mit seiner Weiberverachtung.

Er hat eine Hautkrankheit. Die Hände und der Nacken sind von Pusteln übersät. Wenn Laura in den Stall kommt, erzählt er ihr was, von der Braunen und dem Schimmel und was der Hengst für einer ist, und manchmal schaut er ihr stumm verlangend in die Augen. Sie hört zu und nickt und läßt ihn ein und ärgert sich, wenn er auf die Weibsbilder flucht, sobald Bruder Hieronymus dabei ist.

Allesamt wilde und seelenlose Tiere, die Mutzen. Haarmäuler! Ich sag Euch, Bruder, seid froh, daß Ihr mit denen nix zu tun habt. Eins schlimmer wie das andere. Alles Santippen!

Abgesehen von Pater Kleophas sind diese beiden die einzigen Männer im Kloster. Johannes sorgt für die Pferde und das Vieh. Er füttert, mistet, beschlägt und schlachtet. Bruder Hieronymus läutet die Glocken und bewacht die Pforte. Er ist lang und schief und krumm und einig mit Johannes, was das Weibsvolk betrifft, nur daß er es nicht so rüde sagt, sondern lieber mit Sankt Paulus: *Vir est caput mulieris.*

Bruder Hieronymus sieht Laura an wie ein kleiner Junge, der gerade einen Käfer auf den Rücken gedreht hat. Johannes fragt mißtrauisch: Was is kaputt? und nickt beruhigt, als Bruder Hieronymus würdevoll übersetzt: *Der Mann ist des Weibes Haupt.*

Sie sind ein ungleiches Paar, aber sie halten zusammen, und gemeinsam sind sie stark, außer wenn Mater Gertrudis eine Augenbraue hebt – dann verstummt der eine, und der andere zieht den Kopf ein und behält ihn zwischen den Schultern, bis er außer Sichtweite der Priorin ist.

Laura hat keine Wahl. Will sie nicht brennen, muß sie das Abendmahl nehmen, ohne zuvor gebeichtet zu haben, was sie hätte beichten müssen. Täglich neue Schuld auf die alte. Die Last ihrer Sünden will sie schier erdrücken. Nicht mehr lange, und sie wird darunter begraben sein.

Die Kerzen. Die Schatten. Die Psalmen. Die Bänke. Die Knie. Die Atemwölkchen aus den singenden Mündern. Das Weihwasser ist gefroren. Schwester Odilie flüstert, der Meßwein sei gefroren. Und weil auch die Tinte im Tintenhorn gefriert, kann Laura nicht mehr schreiben.

Sie hilft beim Melken. Die Pusteln auf Johannes Händen haben tiefe rote Löcher in der Mitte. Laura stellt sich vor, daß es Gänge sind, die in sein Inneres führen, in dem es von Maden zu wimmeln scheint. Er flucht nicht mehr auf die Weiber. Er hat nur noch Tod und Verwesung im Sinn. Das Fleisch, das einmal gelebt hat, und die Maden darin. Wie weiß sie sind und wie sie wuseln. Und wie Hungersnot war und die Menschen Maden gegessen haben. Ihr Leut, ihr Leut. Er kann von nichts anderem mehr reden.

Alldieweil die zwölf Nächte sind, sagt er düster. Da kommen die Toten zurück.

Das weiche Fleisch der Zitzen in Lauras Händen. Das gleichmäßige Streichen. Das sanfte Pressen. Lauras Hände wissen noch, wie es geht. Das Spritzen der Milch. Der weiße Schaum. Die Wärme des Kuhleibes. Der Geruch. Das Schwanzschlagen. Die halbgeschlossenen Augen mit den langen Wimpern. Das Streicheln und Pressen. Der Schaum. Als wäre sie nie tot gewesen, sitzt Renata von Katzenelnbogen in ihrer Kemenate. Sie trägt ein tiefblaues Gewand. Eine Hand spielt mit dem Schmuck um ihren Hals, die andere tupft eine in die Stirn fallende Locke nach oben. Das glatte Fleisch. Der Strahl. Das Spritzen. Renata spricht. Laura hört sie, so deutlich wie das Rascheln im Stroh. Sie spricht, als wäre sie nie tot gewesen, genau so, wie sie im Leben immer gesprochen hat. *Wer lebt denn angenehmer als ein guter Ackermann, der seine Frau und seine Kinder hat, drei oder vier Tagwerk Land und zwei Rinder, um es zu pflügen, und damit zufrieden ist.* Der Milchstrom versiegt. Laura denkt, irgendwie ist ihr doch recht geschehn.

Auch an diesem Tag geht sie zum Abendmahl. Bliebe sie fern, müßte Mater Gertrudis sie für eine Ketzerin halten. Und wenn die Äbtissin sie auch *meine liebe Tochter* nennt und, selbst seit dem sechsten Jahr in diesem Kloster und nie weiter gekommen als bis Nürnberg, begierig zuhört, wenn Laura erzählt, wie das war, unterwegs als Mann, so ist sie doch zu pflichtbewußt und zu fest im Glauben, eingewachsen in den Schoß der Mutter Kirche, des Heiligen Vaters gehorsame Tochter, um Laura nicht preiszugeben, sollte sich herausstellen, daß sie eine Ketzerin ist. Und nicht ihre liebe Tochter, sondern eine Lügnerin und läufige Hündin, die, anstatt einem Mann davonzulaufen, ihm hinterhergerannt ist. Es ist nie ein Wort darüber gefallen, aber Laura weiß, daß die Mutter Oberin, in einem langen, enthaltsamen Leben nolens volens vergeistigt, nicht anders kann, als alles Unbeherrschte, Gierige, Lüsterne zu verachten. *Wie eine brünstige Kuh.* Laura hört den Abscheu in ihrer Stimme und empfindet ihn, als wäre er ihr eigener, kriecht tief in sich hinein vor Scham, jedenfalls in der ersten Zeit, da sie Mater Gertrudis so bedingungslos ergeben war, so dankbar, wie nur eine zum Tode Verurteilte den Händen sein kann, die sie von dem Pfahl losgebunden haben, nachdem das Feuer schon entzündet war. Also weiter Gespräche über Hildegardis von Bingen, der die Äbtissin sich verbunden fühlt, auch sie eine im Kindesalter Eingemauerte, mit einem Kreuz und sonst nichts, Gespräche über Meister Eckhart, kluge Gespräche. Mater Gertrudis liebt das Gespräch, über die *Abgeschaidenheit* und das *Hüte dich vor dir selbst, so hast du wohlgehütet.* Gespräche über die Vorsehung und Lauras Ankunft am Tag der heiligen Gertrudis. Bedeutsames Schweigen. Gespräche über das Rheuma von Pater Kleophas und die Tobsuchtsanfälle von Schwester Alexis: immer still und freundlich; breite Backenknochen, wäßrige blaue Augen, groß und schwer, ein scheuer Mensch; kaum Regungen in dem derben Gesicht; und plötzlich … Das letzte Mal ausgerechnet am Fest der Unbefleckten Empfängnis. Bis zum Gästehaus ihr unflätiges Geschrei.

Gespräche über alles, nur nicht über das, was Laura am meisten beschäftigt. Sie merkt es kaum. Es erscheint ihr natürlich. Sie ist so dankbar für die Augenblicke am Ofen der Äbtissin, daß sie blind für alles andere ist und sich nur ein bißchen darüber wundert, warum Schwester Walpurgis, das kleine rehäugige Luder mit der rosigen Haut, so besonders liebenswürdig zu ihr ist, aber nicht darüber nachdenkt, bis Schwester Odilie sie warnt, als sie am Fest der Beschneidung des Herrn zusammen in der Küche arbeiten, weil die Mägde krank sind, und Schwester Walpurgis stolpert und einen Hafen mit kochendem Wasser auskippt, genau da, wo Laura eben noch gestanden hat.

Hüte dich vor ihr. Bevor du kamst ...

Mehr braucht Schwester Odilie nicht zu sagen. Laura versteht und versteht doch nicht. Meint, sie ist sicher unter dem Schutz von Mater Gertrudis, und ahnt, daß sie sowieso wieder gehen wird. Spätestens, wenn die Schwalben zurückkommen. Längst ist die Versuchung der Anfangszeit überwunden. Die ersten Zweifel kamen, als Fischer die halberfrorene Mechthild brachten und Mater Gertrudis Lauras Empörung durchaus nicht teilen wollte. Mechthild heißt nicht Mechthild, aber ihr wirklicher Name ist unaussprechlich, so bleibt es bei Mechthild. Sie ist vierzehn oder fünfzehn, genau weiß sie es selber nicht. Sie schläft auf dem Strohsack neben Laura, und sie spricht kaum Deutsch. Ihr Haar ist blond, ihre Stimme dünn und ihr Körper mager wie der eines aus dem Nest gefallenen Vogels. Sie hat etwas Mürrisches, in sich Verkrochenes. Die Nonnen mögen sie nicht, obwohl sie sehr fromm zu sein scheint und viel betet. Sonst macht sie kaum den Mund auf. Von Mater Gertrudis weiß Laura, daß sie aus Brüssel kommt und eine Böttcherstochter ist, der man befohlen hat, nach Rom zu pilgern, als Buße für die Anzeige gegen einen Priester, der sie vergewaltigt hat.

Vielleicht, sagte Mater Gertrudis mit ihrer sanften Stimme, ist es nicht wahr. Vielleicht hat sie den Priester fälschlich bezichtigt. Laura dachte daran, wie sie weinte, als sie hörte, daß sie weit vom Wege abgekommen sei, und Mater Gertrudis sprach davon, daß solche Mädchen zuweilen eine lebhafte Phantasia haben.

Gewiß wird sie das Ihre dazu beigetragen haben. Die Pilgerreise wird sie läutern und ihre Seele reinwaschen. Und denke nur, wenn sie gar den Heiligen Vater selber zu Gesicht bekommt.

Laura wacht mitten in der Nacht auf. Sie hat geträumt, aber schon vergessen, was. Leise steht sie auf, steigt über die schnarchende Mechthild hinweg und geht nach draußen, um sich zu erleichtern. Eiseskälte. Wolfsheulen in der Ferne. Sternklarer Himmel. Laura legt den Kopf in den Nacken, und plötzlich weiß sie, warum die Äbtissin sie an Renata erinnert. Es ist das Mädchenhafte in der Stimme. Bei Renata kam sie aus dem Körper einer Matrone, die das Faulig-Saftige einer sich schon braun verfärbenden Lilie hatte, bei Mater Gertrudis scheint sie aus einem vor Jahrhunderten gemalten, zu geistigem Leben erwachten Madonnenbildnis zu kommen, aber es ist die gleiche Mädchenhaftigkeit, feucht bei der einen, trocken bei der andern, bei beiden brav, so artig, als wären sie ihre eigenen sittsamen Töchter, und jetzt sieht Laura auch, wie gespannt die Haut ist über den Knochen in dem ebenmäßigen Gesicht der Mutter Oberin, sieht die Krähenfüße in den Augenwinkeln, da, wo sie einmal gelacht hat, Krähenkrallen, scharfe Klauen, sieht die Haut der Hände, zum Zerreißen gespannt über zum Zerreißen gespannten Sehnen.

Zögern in der Tür. Drinnen die Ofenwärme, draußen die Schneestille. Durch Mauern gedämpft der Gesang aus der Kirche. Schnell schlüpft ein schwarzweißes Kätzchen an Laura vorbei in die Küche, springt auf einen Hackklotz, schnuppert. Laura schließt die Tür hinter sich. Halbdunkel. Bottiche und Kessel. Kellen, Schieber, Schöpflöffel. Die Katze duckt sich, fluchtbereit. Lautlos landen die Pfötchen auf dem Lehmboden. Krüge, Mörser, Bratspieße, Schürstangen. Hinter einem Butterfaß peitscht eine weiße Schwanzspitze. Die Herdstelle. Der Kessel mit der Suppe. Laura auf leisen Sohlen, obwohl es niemanden gibt, der sie hören kann. Alle sind in der Kirche.

Den Deckel lüften und das Fett von der Suppe abschöpfen. Es ist kein Löffel in Reichweite, so nimmt Laura die Finger, taucht sie in das Fett und lutscht sie, nach Herzenslust schmatzend, ab. Es ist der schönste Moment, seitdem sie bei den Büßenden Schwestern ist. Sie will aufhören und verstreicht das Fett, damit man nichts sieht, muß dann aber doch den Finger noch ein letztes Mal hineintauchen und noch ein allerletztes Mal und noch ein allerallerletztes Mal.

Ein kalter Luftzug. Laura fährt herum.

In der Tür steht das Mädchen. So aus der Nähe hat Laura sie noch nie gesehen. Dunkel hebt sich ihr Körper gegen den Schnee draußen ab.

Mariele Hasdenteufel, so haben die Nonnen sie genannt. Als Laura nach ihr fragte, wurde Mater Gertrudis einsilbig. Findelkind, habe eines Tages vor der Klosterpforte gestanden.

Die Katze kommt hinter dem Butterfaß hervor und läuft maunzend auf das Mädchen zu, das sich hinhockt, um sie zu streicheln.

Laura sieht, wie die Hand des Mädchens mit Andacht über den sich wölbenden Katzenrücken streicht, und entspannt sich.

Eine hohe Stirn, dunkle Haare, dunkle Augen und tiefe Schatten, als wäre es schon spät am Abend in dem Kindergesicht mit den straff geflochtenen Zöpfen. Sie hat die Tür einen Spaltbreit offen gelassen, so daß ein schneegreller Lichtstrahl in die Küche fällt. Das Schnurren der Katze erfüllt die Küche und übertönt den fernen Gesang. Die Zeit steht still. Laura versinkt in den Anblick der achtsam streichelnden Hand, spürt in der eigenen Handfläche, wie warm und weich sich das Fell anfühlt.

Heißt du in Richtigkeit Laura Libeskind?

Das Mädchen erhob sich. Die Katze strich um ihre Beine. Laura antwortete, ohne zu zögern.

Nein.

Die von den Nasenflügeln zu den Mundwinkeln führenden Kerben in dem ernsten Kindergesicht vertieften sich für einen Augenblick.

Ich heiß auch nit Mariele Hasdenteufel.

Sie ließ die vor der Brust verschränkten Arme sinken und stand da, das Kinn vorgereckt, die Fäuste halb geballt.

Freundlich fragte Laura, wie sie genannt werden wolle.

Achselzucken. Schweigen. Die Katze verließ die Küche. Laura fühlte eine plötzliche Traurigkeit. Ihr war der kleine Friedhof bei der Burg in den Sinn gekommen.

Mariele ist schon recht.

Wieder dieses angedeutete Lächeln mit geschlossenem Mund. Und dann der wissende Blick zu dem Topf auf der Herdstelle und Lauras Erschrecken. Auf einmal war sie nicht mehr so sicher, daß Mariele sie nicht verraten würde, und legte sich, fern im Hinterkopf, eine Ausrede zurecht, in der Hoffnung darauf, daß man ihr mehr glauben würde als diesem Wesen.

Ich sag nix. Bist du auch kein Mensch? Schwester Walpurga sagt, ich bin kein Mensch. Willst du Honig?

Laura nickte.

Marieles Gesicht hellte sich auf und wurde rotzfrech.

Zwei Finger im Honigtopf. Zwei schleckende Münder. Vier lachende Augen. Zwei Verbündete. Laura hatte vergessen, daß Mariele ein Kind war und sie eine Frau, die ihre Mutter hätte sein können.

Plötzlich wandte Mariele den Kopf und horchte. Stille. Der angespannte Körper und das Tierlauern. Die Stille hatte wirklich etwas Bedrohliches.

Die Anbetung ist fertig, flüsterte Mariele und griff nach Lauras Hand. Zwischen Angst und Lachen rannten sie zusammen davon, durch den Schnee, in dem schon so viele Spuren waren, daß ihre nicht auffallen würden.

Der Stall. Das Halbdunkel. Die Wärme. Die Kuhleiber. Die schlagenden Schwänze. Der Geruch. Das Rascheln im Stroh.

Ist eine Waise.

Mehr war aus Johannes nicht herauszuholen, obwohl Laura diesmal nicht gleich aufgab, sondern weiterfragte, wie lange das Kind schon im Kloster und wie alt es sei.

Neun? Zehn?

Johannes tat, als hätte er nicht gehört.

Laura ließ nicht locker.

Älter? Zwölf? Dreizehn?

Johannes schwieg. So machte er es immer, wenn er nicht reden wollte. Er tat seine Arbeit und schwieg. Oder er ging einfach weg.

Nicht nur Johannes schwieg sich aus. Das rehäugige Luder Walpurgis fragte Laura gar nicht erst. Aber auch Schwester Margareta, die Kammernonne, die, still und zurückhaltend, nichts von Walpurgis Liebenswürdigkeit hatte, aber viel freundlicher war, von klein auf im Kloster und daran gewöhnt, für sich wenig Platz zu beanspruchen und den andern viel zu lassen, selber kaum redete, wenn Laura ihr beim Spinnen oder Weben half, Fragen jedoch bereitwillig und ohne fromme Schnörkel beantwortete, sagte bloß, Mariele sei schon viele Jahre im Kloster, und wie alt sie sei, wisse sie nicht genau. Mehr nicht. Nur Schwester Lioba, die sinnenfrohe Kellermeisterin, die gewiß nicht als Berufene zu den Büßenden Schwestern gekommen war, machte eine dunkle Andeutung. *Intra muros peccatur et extra.* Laura schloß daraus, Mariele sei im Kloster geboren, ein Kind der Sünde. Sie begann die Nonnen zu beobachten, ob eine von ihnen als Mutter in Frage käme, und gelangte irgendwann zwischen Schlaf und Wachen zu der Überzeugung, es müsse die verstorbene Äbtissin gewesen sein.

Scheinheilig fragte sie Mater Gertrudis, seit wann sie die Bürde des Amtes trage und wie alt Mutter Agnes geworden sei, rechnete hin und her und stellte diese und jene Mutmaßung an, bis sie nicht mehr wußte, was genau Schwester Lioba gesagt hatte, abgesehen davon, daß innerhalb der Mauern genauso gesündigt werde wie draußen. Hatte sie wirklich davon gesprochen, Mariele sei ein Kind des Klosters?

Mater Gertrudis weiß schimmernde Gestalt in dem langsam verlöschenden Tageslicht. Laura hatte das Gefühl, nicht mehr lange an sich halten zu können. Irgend etwas war ihr unerträglich, aber sie wußte nicht, was – wußte nur, daß sie allen Grund hatte, dankbar zu sein, untergekommen für den Winter, regelmäßiges Essen und ein Dach über dem Kopf. Und nicht rheumageplagt wie die Mutter Oberin, die sich kaum rühren konnte und trotzdem nicht klagte. Mater Gertrudis klagte nie und erwartete dasselbe von ihren Mitmenschen. *Ducunt volentem fata, nolentem trahunt.* So einfach war das. Man mußte sein Schicksal nur wollen, dann schleifte es einen nicht hinterher, und Laura hätte gern gewollt, um nicht immer Angst haben zu müssen, konnte aber nicht. Es gelang ihr nicht, das Eingesperrtsein auch noch zu wollen, nichts als Frauen und Beten und *Abgeschaidenheit,* und *Wer nicht für mich ist, ist wider mich,* und niemand, dem sie sich mitteilen, und kein Mann, dem sie sich öffnen konnte. Johannes mit seinem verlangenden Blick und seinem Haß auf die Mutzen und Dotschen, die dreckerten, Pater Kleophas mit Augen, als wollten sie ein Loch in die Welt brennen, und Bruder Hieronymus mit seinen *Sprüchen.* Schief und krumm stand er da, auf seinen Stock gelehnt. Die Kutte schleifte am Boden. Im Stall war es warm. Der Hengst stampfte und scharrte und wieherte markerschütternd. Wütend boxte Johannes die Schimmelstute in die Hinterhand. Laß ihm seine Ruh! Ein Seitenblick zu Laura hin. Sie läßt ihm keine Ruh nit mit ihrer Geilheit, als hinter ihm her!

Bruder Hieronymus nickt bedächtig. *Der Blutegel hat zwei Töchter, die heißen: Gib her! Gib her!* Johannes hört nicht zu. Notgedrungen wendet sich Bruder Hieronymus an Laura. *Drei sind nicht zu sättigen, und vier sagen nie: Es ist genug: das Totenreich und* … – der Mönch verlagert das Gewicht, die Stockspitze tastet über den Boden – *der Frauen verschloßner Schoß, die Erde, die nicht des Wassers satt wird, und das Feuer, das nie spricht: Es ist genug!* Die sonst eher ausdruckslosen alten Augen scheinen im Halbdunkel des Stalls zu leuchten – Laura fragt sich nicht, ob es wirklich sein kann, daß sie sieht, was sie sieht: den Widerschein jenes unersättlichen Feuers. Im Blick des Dominikaners brennt sie schon. Das Blut schießt ihr zu Kopf. Sie geht hinaus in die Kälte, aus Angst, ihre Gedanken könnten zu hören sein, dem Scheiterhaufen plötzlich wieder sehr nahe. Das Gefühl, eingekreist zu sein, von Feinden umgeben, furchtbar die Welt *intra muros,* in der es eine Schande ist, ein Haarmaul zu haben und noch dazu ein hungriges. Haarmaulgebrüll muß zum Schweigen gebracht werden, unterdrückt, erstickt. So tun, als hätte Laura nicht, was sie doch hat, als wäre nicht da, was doch da war, oder wenigstens, und das war das mindeste, als verschmähe *es* den gemeinen Lustwurz, der doch seine liebste Atzung ist. Besessen. Eine Besessene. Auf einmal glaubt Laura zu wissen, von wem die Rede war, als Wigatha und Adolaria beim Hühnerstall flüsterten, vom Teufel in Bocksgestalt, dorten auf dem Berg, Ziegenbock, pechschwarz und mit einem riesigen Du-weißt-schon, mal als Bock, mal als Esel mit unendlich langen Ohren und einem Du-weißt-schon noch viel länger wie die Ohren, und er braucht nix zu sagen, sie macht alles von allein … das schläfrige Gakkern der Hühner und dann das Krähen des Hahns, das Laura an zu Hause erinnerte, und als sie wieder hinhörte, war Schwester Adolaria dabei auszumalen, wie der Du-weißt-schon aus ihm herausragt, und mal nimmt er Hundegestalt an, großer zotteliger schwarzer Hund, nur der Du-weißt-schon rot, feuerrot, man sieht die Äderchen, und Laura, atemlos an die Wand des Hühnerstalls gedrückt, grinste in sich hinein – Schwester Adolaria mußte genau hingesehen haben, irgendwann in einem früheren Leben oder in der Stadt, denn im Kloster war die Hundehaltung verboten, und der Bischof wachte darüber, daß das Verbot eingehalten wurde, er kann jede Gestalt annehmen, er kommt als Knäblein, als unschuldiges Knäblein, zusammen mit anderen Knäblein, die mit zögernden Händen den Zauberschen unter den Rock fahren, ihn hochschieben, schauen, was darunter ist, ja so ist der Teufel, er verstellt sich, er streichelt sie so zart, daß sie meinen vor Süße zu vergehen, oder er kommt als Priester, den Pferdefuß sieht man nicht, er ist unter dem Meßgewand verborgen, und sie erwartet ihn auf dem Altar, da liegt sie, und er hebt das Gewand, und Laura wunderte sich darüber, was sie alles wußten, und noch mehr wunderte sie sich über die Wut und die Lust in ihren Stimmen, Wutlust, und plötzlich hörte das auf, und Schwester Wigatha sagte nüchtern, mit ihrer gewöhnlichen harten, etwas trockenen Stimme: Brennen ist noch viel zu gut für die.

Mater Gertrudis, weiß schimmernd am Rechenbrett im Abendlicht, und Laura im Zustand einer Blinden, die eine Gefahr, ein entsetzliches Geschehen spürt, angestrengt horcht, nicht wahrnimmt, was auf die Art der Gefahr hindeutet, in gespannter Furcht tatenlos dasteht und endlich die Flucht nach vorne antritt, indem sie, ganz Laura Libeskind, hinterfotzig einsichtsvoll Meister Eckhart zitiert – *Wir sind die Ursache aller unserer Hindernisse,* und, als Mater Gertrudis, erfreut über die Entwicklung ihres nicht immer so bußfertigen Pfleglings, ahnungslos beifällig nickt, mit der gebotenen Bescheidenheit auf des Meisters Lehre zu sprechen kommt, die göttliche Gnade sei unabhängig von Kirche und Priestern, wohl wissend, daß die Äbtissin ihr Gleichgewicht nur mit dem Grundsatz hält: *Extra ecclesiam nulla salus.*

Tatsächlich tappt Mater Gertrudis in die Falle, die beiden Frauen streiten eine Weile, und dann schweigen sie verbissen.

In dieses Schweigen hinein nähert sich von Ferne Bruder Hieronymus dreibeiniger Schritt, eiliger als sonst.

Mater Gertrudis hebt eine Augenbraue.

Außer Atem steht der Mönch vor ihr, auf seinen Stock gelehnt, berichtet. An der Pforte warte ein Seidenhändler, der behaupte, mit seiner Reisegesellschaft überfallen worden und als einziger entkommen zu sein.

Für den leg ich meine Hand nicht ins Feuer ... Ein bedeutungsvoller Blick zu Laura hin.

Der Wüstling! ruft Mater Gertrudis, und Laura, die im Augenblick nicht daran denkt, daß sie von ihrem scheusäligen Schwäher verfolgt wird, fragt: Welcher Wüstling?

Die Äbtissin zieht die Brauen zusammen, unterhalb des Stirnbandes bildet sich eine kleine Welle des Mißtrauens.

Laura erschrickt, bekreuzigt sich, eilt, von der Mutter Oberin gefolgt, zur Pforte, wo sie durch das Fensterchen schaut und sich erleichtert umdreht. Das ist er nicht.

Die Mutter Oberin sieht Laura scharf an und läßt den Gast ein.

Auf ihrem Strohsack liegend, den sie für diese Nacht mit der von einem schweren, dunklen Geruch nach Not und Gram umgebenen Mechthild teilen mußte, fragte Laura sich, ob es stimmte: Geld weg, Seide weg, Pferde weg, alles weg, Reisegenossen und Knechte, nur nicht Albrecht Putschögl. Klein, dick und beweglich, und, dankbar für die wundersame Rettung, in Seelenruhe schnarchend, nachdem er sich in der Küche den Bauch vollgeschlagen, seine Geschichte mehr als einmal zum besten gegeben hatte und ausgiebig bedauert worden war. Und natürlich hatte Bruder Hieronymus, der als langer, dürrer Schatten außerhalb des Lichtscheins bei der Tür stand, die Gelegenheit nicht verstreichen lassen, ein Sprüchlein aufzusagen:

Beatus ille homo,
Qui sedet in sua domo,
Et sedet post fornacem,
Et habet bonam pacem.

Mit einem Seufzer hatte Albrecht Putschögl zu erkennen gegeben, daß er, wiewohl weit gereist, des Lateinischen nicht mächtig war, und natürlich hatte Bruder Hieronymus sich erbarmt:

Glücklich der Mann,
Der im Haus bleiben kann,
Hockt sich hintern Ofen
Und kann gut schlofen.

Und braucht nicht neben einer bitter duftenden Böttcherstochter wach zu liegen und nicht zu befürchten, daß die Äbtissin Verdacht geschöpft hat, und sich keine Gedanken darüber zu machen, wie gefährlich die Neigung zur Wahrheit ist und wie leicht man ihr erliegt und wie lästig es ist, immer aufpassen zu müssen, daß man sich nicht verrät, nicht einmal dies und einmal jenes sagt, und daß man mit Überzeugung lügen muß: glaubt man es selber, glauben es auch die andern, und wenn einer zögert, bevor er lügt, so hört es auch der andere, und wenn es noch so ein winziges Zögern ist oder eine Lahmheit, etwas Schwungloses, Laues; die Hürde, die überwunden werden muß, besteht in dem Wissen, daß es anders ist, als man sagt.

Laura kehrte Mechthild den Rücken zu, um den dunklen Geruch nach Leid nicht mehr riechen zu müssen, und bedachte, daß man am besten darüber hinwegkommt, wenn man selber glaubt, was man behauptet; fällt man selber auf die eigene Lüge herein, fällt auch der andere herein, aber die Kunst besteht darin, nur ein bißchen hereinzufallen, es nicht ganz zu glauben, sondern gerade nur so viel, wie es nötig ist, um den anderen zu überzeugen, eben darum soll man der Lüge ein wenig Wahrheit beimischen, so wird sie glaubhafter, jedenfalls die Weiße Lüge.

Im Grunde hatte Laura das alles schon damals bei den Benediktinerinnen gelernt. Es mußte nur aufgefrischt werden. Sie hatte es seither nicht mehr gebraucht, und jetzt fiel ihr auch wieder ein, wie sie sich einst beholfen hatten, wenn sie etwas nicht beichten und dennoch losgesprochen werden wollten. Da das Verschweigen einer Lüge gleichkam, brauchte man die tatsächlich zu beichtenden Lügen nur um eine zu vermehren, und schon war in die Beichte eingebunden, was nicht gebeichtet worden war, siebenmal habe ich gelogen, und es waren doch nur sechsmal gewesen, das siebte Mal aber jetzt, in diesem Augenblick, während der Beichte, dem Herrn Pfarrer gegenüber, eine Sünde verschwiegen, und Buße und Lossprechung dann für alle sieben, auf Umwegen kommt man auch zum Ziel.

Aus der Ahnung war Gewißheit geworden: Beim ersten Schwalbenzwitschern im Stall würde Laura ihre Fidel nehmen und gehen. Ohne Bedauern. Hier war nicht ihr Platz. Unbehagen bereitete ihr nur der Gedanke an Mariele. Sie konnte das Kind nicht einfach zurücklassen, aber mitnehmen konnte sie es auch nicht. Der Seidenhändler sägte, in der Ferne heulte ein Wolf, in der Nähe schrie ein Käuzchen, an Schlaf war nicht zu denken, ein zweiter und ein dritter Wolf stimmten in das Heulen des ersten ein, und Laura sah Mariele vor sich, den Kopf ein wenig schief, zur Schulter hin geneigt, als suche er dort Halt – immer suchte sie irgendwo Anlehnung, an einer Mauer, einem Baum, einem Tier, und wenn sie frei stehen mußte, ließ sie die Arme baumeln wie eine Gehenkte. Mater Gertrudis erklärte sie für verstockt, Laura dagegen fand sie verhalten, nicht gewohnt, aus sich herauszugehen, als hätten die Büßenden Schwestern ihr beigebracht, daß ihr Dasein und ihre Lebenskraft etwas Sündhaftes seien, Gott nicht gefällig, etwas, das gebändigt und in Schach gehalten werden mußte wie ein Tier, zu einem Menschen mußte sie erst gemacht werden in den Augen der Weißen Frauen. Verstockt und verbockt sei sie, befand Mater Gertrudis, während Laura bloß ein kleines Mädchen sah, das sich ganz nach innen gewandt hatte, weil es wußte, daß von der Außenwelt nichts zu erwarten war, und manchmal sah sie noch etwas anderes, etwas, das ihr nicht gefiel, eine Unterwürfigkeit, die ihr hündisch erschien. Es war weniger die Körperhaltung als die Stimme, die sich duckte und klein machte. In solchen Augenblicken dachte Laura, bei dem Kind sei alles zu spät, sie könne ruhigen Gewissens gehen, Mariele sei nicht mehr zu helfen, aber wenn sie dann wieder alleine miteinander waren und Mariele ihre Fragen stellte, wußte Laura, da lebt noch etwas, gut versteckt im Innern dieses Kindes. Wer so fragt, kann nicht ganz gebrochen sein.

Was macht der Wind, wenn er nit weht? Was macht der Schnee, wenn er nit fällt? Was macht das Feuer, wenn es nit brennt?

Wo ist der Traum, bevor er geträumt wird?

Was macht das Haus, wo niemand drin wohnt? Was macht der Weg, wo niemand drauf geht? Was macht der Vogel, der nit fliegen kann?

Sind Männer auch Menschen?

Aber ja, mein Kind. Gewiß doch.

Erst jetzt, auf ihrem Strohsack liegend und in die Nacht hinaushorchend, merkt Laura befremdet, daß sie den Schäfer Gosbrecht im Hinterkopf hatte und nicht ihren Mann Konrad, als sie Marieles Frage so sicher bejahte, obwohl sie zuweilen doch auch ihre Zweifel hatte, besonders wenn sie in Rüstung auftraten, mit heruntergeklapptem Visier.

Und Priester?

Auch die.

Und der, wo das mit Mechthild gemacht hat?

Was weißt denn du von diesem –?

Habe Ohren.

Reißt das Blatt alleins sich los vom Baum, oder schickt der Baum es weg? Weint es, wenn es fällt? Merkt es, daß es welkt? Und wenn es tot ist, muß es in die Hölle?

Müssen Pflanzen nit in die Hölle?

Und so sie bös waren?

Warum verhört die Mutter Oberin sie alsdann?

So erfuhr Laura von den kleinen Lastern der Äbtissin, wie sie die Pflanzen im Garten verhörte, täuschend echt ahmte Mariele die mädchenhafte Stimme mit dem drohenden Ton nach, hast du oder hast du nicht? alsdann hast du?! und wie sie hernach die Bösen, und bös waren alle, die üppig geworden waren, eigenhändig beschnitt, bis nichts mehr übrig war.

In Ansbach hatte Laura eine Eselin vor ihrer Hinrichtung gesehen. Der Scheiterhaufen war schon bereitet, die Menge stand erwartungsvoll, die Eselin hielt den Kopf gesenkt. Laura war weitergegangen, ohne sich nach dem Verbrechen der Eselin zu erkundigen. Tierprozesse waren ihr schon immer zuwider gewesen. Sie war weitergegangen, aber nicht zu schnell, um die Aufmerksamkeit nicht auf sich zu lenken. Von Pflanzenprozessen hatte sie jedoch noch nie etwas gehört.

Warum bin ich verworfen? Was habe ich getan? Warum will mich keiner niemand nit?

Laura nahm Mariele in die Arme. Mariele fing an zu weinen, erst noch stumm, dann laut und voller Verzweiflung, und Laura wußte, daß sie nicht mehr fortgehen konnte, ohne das Kind mitzunehmen.

Warst du immer schon im Kloster?

Mariele schüttelte den Kopf.

Wo warst du vorher?

Mariele versteckte den Kopf an Lauras Schulter und schwieg. Laura wartete.

Schließlich murmelte das Kind etwas in ihre Schulter hinein, das sie nicht verstand. Sie strich ihr über den Kopf.

Wo warst du?

Im Wald.

Bei wem?

Bei den Wölfen.

Im ersten Augenblick dachte Laura, sie hätte sich verhört, aber dann leckte Mariele ihr langsam die Hand wie ein Hund, wenn er sich bedankt, und Laura wußte, daß sie richtig gehört hatte.

Nachdem die Scham erst einmal überwunden war, kam der Übermut. Mit fliegenden Zöpfen tobte und tollte ein ausgelassenes junges Mädchen um Laura herum und gab ein Lied zum besten:

> Gott gebe dem ein schlechtes Jahr,
> der mich zu einer Nonne machte,
> mir die schwarze Kutte gab
> und den weißen Rock darunter.
> Muß ich eine Nonne werden,
> und das gegen meinen Willen,
> so werd ich einem jungen Mann
> sein Verlangen stillen.
> Und stillt er mir das meine nicht,
> so wünsch ich, daß er dran zerbricht.

# XIV

## Quos ego!

An Valentini war der Himmel strahlend blau. Gleißen und Glitzern auf Bäumen und Sträuchern. Auf dem Weg von der Küche zum Refektorium froren Essen und Trinken ein.

In einem Anfall von Verzweiflung war Laura in der Kirche zurückgeblieben. Sie hatte nicht einmal mehr die Kraft zu beten. Mit geschlossenen Augen kniete sie, konnte nicht weinen, nicht hadern, nicht hoffen. Der Erlöser am Kreuz hatte ihr nichts zu sagen.

Es läutete zur Vesper. Die Schwestern kamen. Ihr Atem dampfte. Die Psalmen erklangen. Die Schwestern gingen, die Hände in den Ärmeln versteckt. Laura blieb. Ihr fehlte die Kraft, um sich zu erheben. Mit bitteren Gefühlen schaute sie Mater Gertrudis nach.

Stille. Manchmal ein Knacken oder ein Rascheln und Huschen. Nichts deutet darauf hin, daß Zeit vergeht. Als Laura endlich doch aufstehen will, geht es nicht. Sie braucht eine Weile, bis sie begreift, daß sie am Boden festgefroren ist. Die Schwermut schlägt in Panik um. Sie will rufen und kann nicht. Stille. Keine Stimmen. Kein Wolfsheulen. Sehr weit weg etwas, das wie das Blöken eines Schafes klingt. Es muß eine Sinnestäuschung sein. Aber Laura hört es. Obwohl es nicht sein kann, hört Laura das Blöken einer Schafsherde.

Endlich kann sie rufen.

Es dauert lange, bis jemand kommt.

Sie befreien sie mit Hilfe von warmem Wasser. Alleine aufstehen kann sie nicht mehr. Von Schwester Margareta und Schwester Lioba gestützt, verläßt sie die Kirche.

Schwester Lioba erzählt, daß der Schäfer Gosbrecht gekommen ist.

Den Gosbrecht sah Laura am nächsten Morgen in der Messe. Er sah sie nicht. Am Abend ging sie in den Stall. Gosbrecht unterbrach seinen Schwatz mit Johannes und starrte auf ihren Mantel.

Den Mantel, sagte er und trat dicht an Laura heran, um im Halbdämmer des Stalls etwas von ihrem Gesicht zu sehen. Johannes merkte nichts. Er führte das Gespräch weiter.

Was hab ich schon für Gäule gesehn. Is doch so, es gibt solche und solche. Hat mal einer gesagt, so du ein Gaul kaufen willst, mußtu auf zwei Dinge achten, grad wie bei einer Frau: Schau dir Brust und Beine an, und du weißt, woran du bist.

Das Gesicht jetzt nicht mehr braungebrannt, aber die Augen noch immer blauer als blau.

Untergekommen für den Winter, sagte er und lachte albern. Aber er verlor kein Wort darüber, wie und als was er sie kennengelernt hatte. Sie schwatzten noch ein wenig. Laura stand schon in der Tür. Er sah sie an mit einem Blick, den Laura nicht recht deuten konnte. War es Neugier, war es Zärtlichkeit, war es die Rührung, mit der man ein niedliches Tierchen betrachtet?

Laura ging, erfreut über die Begegnung, ein Mensch von draußen, ein alter Bekannter aus ihrem früheren Leben, sonst nichts. Nur kann sie plötzlich nichts mehr essen. Ihr ist übel. Sie hat Hunger, aber sie bringt nichts hinunter. Sie fürchtet, krank zu werden. Sie fühlt sich krank. Sie weiß nicht, was mit ihr los ist. Plötzlich so schwach, kaum fähig zu gehen. Ihr ist, als hätte jemand ihr eins mit dem Hammer über den Kopf gegeben. Immer horcht sie zu den Schafen hin. Und in der Messe hält sie nach einem derben weißen Mantel Ausschau. Gosbrecht schläft bei den Schafen, die in einem halb verfallenen, stinkenden Stall untergebracht sind. Mariele erzählt aufgeregt von den Hunden. Keri und Fregi. Daß die sie sofort erkannt haben. Und wie stürmisch die Begrüßung war. Gosbrecht bringt den Stall in Ordnung. Laura horcht auf das Hämmern und Klopfen, als sei es etwas Besonderes.

Die Fastenzeit begann. Der Magen brannte. Die Kehle war wie zugeschnürt. Laura fragte sich, was los war mit ihr und ob es vielleicht mit dem Schäfer Gosbrecht zu tun hatte. In seiner Gegenwart verfloß die Zeit so anders als sonst im Kloster, wo sie manchmal tagelang stand und wie ein Gewässer war, das sich langsam mit Schlieren bedeckt und anfängt zu stinken. Es konnte aber auch das Fieber sein. Johannes hatte das Fieber. Er war noch auf den Beinen, aber ungewöhnlich still. Die Mägde hatten sich hingelegt bis auf die immer muntere Trine. Pater Kleophas mußte gepflegt werden, und Mater Gertrudis ging mit rotem Kopf umher wie ein wandelnder Stock. Nein, es konnte der Schäfer nicht sein. Toben in den Eingeweiden, Mattigkeit und etwas wie ein unsichtbarer Strom zwischen Gästehaus und Schafstall. Zuweilen vernehmlich rauschend. Hochmut und das Gefühl unerträglicher Demütigung. Und Gosbrecht in der Küche bei der Magd Trine, die wie ein runder, rotbackiger Apfel ist, der noch am Baum hängt. Trine kann lachen, so unbeschwert, wie es nur vor den ersten Begräbnissen geht. Mariele sagt: Der Gosbrecht hat nach dir gefragt. Sie ist viel zusammen mit ihm. Seitdem er da ist, glänzt ihr Haar, und die Zöpfe fliegen. Mariele sagt: Der Gosbrecht läßt dich grüßen. Mariele fragt: Was ist? Soll ich ihn wiedergrüßen? So gleichgültig wie möglich sagt Laura: Grüß ihn wieder.

Laura war bei Mater Gertrudis, die stocksteif und fieberglühend am Rechenbett saß, als Gosbrecht kam und um die Erlaubnis bat, Mariele zu sich nehmen zu dürfen.

Das Fieber hat sie.

Mater Gertrudis zögerte.

Mutter Oberin, so das Mägdlein erst in den Himmel entlaufen ist, reut es Euch womöglich. Noch ist es nicht zu spät.

Trotz des Halbdunkels sieht Laura sofort, daß Mariele sich schon auf den Weg gemacht hat. Die Lider müde hängend, der Blick ins Leere. Gosbrecht hat sie auf Stroh gebettet.

Die Hunde heben die Köpfe, lassen Laura nicht aus den Augen.

Laura hockt sich ins Stroh und nimmt Marieles Hand, die heiß und schlaff ist. Keri und Fregi lassen die Köpfe sinken.

Stummes Gebet und der Geruch der Schaffelle.

Der Schäfer bereitet einen Trank aus Kräutern, streicht Mariele über den Kopf, flößt ihr behutsam Löffel um Löffel ein.

Draußen Stimmen und Schritte, in Abständen muht eine Kuh. Die Unruhe der Herde nebenan und Marieles Jammern. Keri kriecht noch ein wenig näher. Laura spürt, daß er zittert.

Er zittert.

Der Schäfer nickt. Ist geistersichtig, der Keri.

Laura spricht zu Mariele, sagt ihr, daß es wieder gut wird, daß sie schlafen soll, streicht ihr das Haar aus der Stirn.

Marieles Blick kommt aus der Leere zurück, verliert das Abweisende, das Laura die Tränen in die Augen trieb. So alt wie Mariele ist keines ihrer Kinder geworden, aber sie hat genauso hilflos am Lager gesessen, und sie kennt den abweisenden Blick. Oder das Flehen, so hilf mir doch. Es gelingt ihr, nicht zu weinen.

Sie geht nur zum Schlafen fort ins Gästehaus.

Wenn sie morgens kommt, zeigen Keri und Fregi mit einem leichten Schwanzwedeln, daß sie mit ihrer Anwesenheit einverstanden sind.

Mariele schläft viel. Gosbrecht und Laura reden mit gedämpften Stimmen. Wenn sie aufwacht, ist sie nicht mehr ganz so teilnahmslos, läßt sich die Hand von den Hunden lekken, hebt den Kopf, um den Trank zu nehmen.

Zum Pinkeln trägt Laura sie in den Schafstall. Auch die Schafe werden ihr vertraut. Jedes hat sein Gesicht. Bei jedem ragen die Ohren ein wenig anders vom Kopf weg. Jedes hat seine eigene Art, auf den dünnen Beinen zu stehen. Nur neugierig sind sie alle.

Das erste Lächeln von Mariele.

Kaum ist sie zurückgekommen, fängt Gosbrecht an, Laura zu necken.

Ei, der Spielmann hat die Sprach allwieder gefunden. Wie kommts, daß ihm das Maul nicht mehr versperrt ist?

Laura lacht. Sie ist viel zu erleichtert, um auf der Hut zu sein, erklärt nichts, aber geht ein auf den scherzenden Ton, selbstvergessen und glücklich. Sie ist so froh, als wäre das Mädchen ihr gemeinsames Kind, das sie zusammen über den Berg gebracht haben. Marieles Blick geht von einem zum andern.

Nit wahr, ihr seid euch gut?

Es wird still in dem Schuppen neben dem Schafstall.

Gosbrecht räuspert sich. Ich hab lange keine Fidel gehört. Fidelt uns was auf eurer Fidel, Spielmann.

Es ist Fastenzeit.

Wie aus einem Mund sagen der Mann und das Kind: Nur ganz leise.

Laura eilt ins Gästehäuschen, um das Instrument zu holen, das neben ihrem Strohsack an der Wand lehnt. Den Strohsack hat sie wieder für sich allein. Albrecht Putschögl hat sich gleich am nächsten Morgen auf den Weg nach Nürnberg gemacht, angeblich, um die Untat bei der Obrigkeit anzuzeigen.

Mit klammen Fingern stimmt Laura die Fidel und spielt ein Lied von Herrn Reinmar, und dieses Mal singt sie dazu, wenn auch mit gedämpfter Stimme, damit die da draußen es nicht hören.

Liebe liebt den treuen Mann;
liebt er um der Liebe willen,
soll er Liebeslohn erhalten;
seit Anbeginn lieb ich die Liebe,
ich lieb die Liebe ungemein;
der Liebe schwor ich Liebe zu,
der Liebe schenke ich die Liebe,
daß ich aus Liebe Liebe liebe;
ich denk an einen Mann, aus Liebe;
ich liebe, weil ich ganz in Liebe
den Liebesschönen lieben muß.

Es fällt auf, daß sie so viel beisammen sind. Die erste, die Bemerkungen macht, ist Walpurgis, das rehäugige Luder. Laura bekommt es mit der Angst, Gosbrecht zuckt die Achseln: Hat bloß die Schelsucht, die Jaschwester. In der Küche zischt die Trine: daß dich ein bös Jahr ankomme! daß dich das höllische Feuer verbrenne! Sieh zu, daß du nicht Mäuse und Würmer ernährst, und Mater Gertrudis wahrt ein strenges Schweigen, ein Schweigen, so eisern und undurchdringlich, daß Laura sich hemmungslos zu rechtfertigen beginnt, bis die Mutter Oberin ihr das Wort abschneidet: *Amor spiritualis facile labitur in nudum carnalem amorem.* Ein kaltsinnig gesprochener Satz, den die Äbtissin meint übersetzen zu müssen, als wäre Laura durch den Umgang mit dem Illiteratus des Lateinischen unkundig geworden. Leicht verfällt die geistliche Liebe in nackte fleischliche Liebe.

Es kommen ein paar warme Tage. Die ersten Winterlinge und das leicht Schwebende, das zur Fastenzeit gehört.

Mariele hat Laura und Gosbrecht überredet, mit ihr in den Wald zu gehen.

Ich will euch was weisen.

Sie laufen an einem Bach entlang, Mariele zielbewußt voran, auf eine Wegkreuzung zu, wo es plötzlich zwei Bäche sind, der eine kommt von Osten, der andere von Westen. Mariele führt sie dicht an den ersten Bach.

Sie hocken sich auf die Fichtennadeln und horchen.

Quer über dem Bach liegen umgestürzte Stämme. Fahle Sonne zwischen den Fichten am Hang.

Sie hören dem Wasser zu, bis Mariele aufsteht und ihnen bedeutet, ihr zu dem anderen Bach zu folgen, wo sie sich wieder hinhocken.

Hört ihr? Jeder hat seine Sprach. Auch der, wo die zwei eins werden.

Lange sitzen sie und hören zu.

Weiter unten, sagt Mariele, gibt es einen kleinen Wasserfall. Der soll uns berauschen.

Gosbrecht greift nach Lauras Hand. Die Wärme strömt von einem Körper in den anderen. Sie sehen sich an. Plötzlich ist die ganze Welt von Gosbrechts Augen ausgefüllt. Es gibt nur noch diese Augen und das Strömen der Wärme und das Strömen des Wassers. Und Mariele, die ins Leere starrt. Laura nimmt ihre Hand.

Mater Gertrudis Schweigen bekam etwas Beleidigtes. Versuche, sie gnädig zu stimmen, schlugen fehl. Das Sträußchen Winterlinge achtlos beiseite gelegt. Es war wärmer geworden. Laura schrieb wieder. Das Pergament. Die Feder. Das Tintenhorn. Das Messer. Und Mater Gertrudis, beherrscht wie immer, die Stimme sanft und mädchenhaft. Einmal nur etwas wie ein Schnappen, ganz kurz, als wäre ein großer Fisch aus den Tiefen seines Sees aufgetaucht, um Luft zu holen, *Trahit sua quemque voluptas,* und schon lag die Oberfläche wieder glatt und ruhig, und nichts deutete darauf hin, was sich darunter abspielen mochte. Diesmal überließ die Mutter Oberin es Laura, den Satz zu übersetzen und den

Schluß daraus zu ziehen, daß es um ihr Gelüste ging. Der Hieb saß. Laura fühlte sich ertappt und wollte vor Scham vergehen, wußte sie doch, was die Mutter Oberin nicht wußte: daß sie nicht nur ihre Wohltäterin verriet. Pergament. Feder. Tintenhorn. Messer. *Denn jeglichen zieht sein Gelüste.* Der Hieb war wohlgezielt, und Laura hatte sich zu spät geduckt. Die Mutter Oberin war in sie hineingefahren, und jetzt konnte sie nicht mehr anders, als mit ihren Augen sehen, wem das Gelüste galt: einem Illiteratus, einem nichtswürdigen Nichtling. Die Äbtissin diktierte. Laura schrieb. Ein treuloses, verworfenes Geschöpf, eine Sünderin, die sich schuldbewußt daran erinnerte, was der Schäfer gesagt hatte: Die Schelsucht hat sie. Eine Neiderin ist sie. Laura hatte eifrig den Kopf geschüttelt und erklärt, das sei ihr ferne. Gosbrecht hatte sie angesehen. Bist im Kloster gezogen, nit wahr? Laura hatte genickt. Es ist dir in Leib und Blut übergegangen. Von Anbeginn haben sie dir beigebracht: Du sollst nicht hinsehn. Sollst die Mutter Kirche sehn mit ihren Augen und nicht mit deinen, deinen Augen sollst du nicht trauen. Hören sollst du ihr, sonst nichts. Der Mutter Kirche in Gestalt der Mutter Oberin. Er war ein Ketzer, der Schäfer Gosbrecht. Es war gefährlich, an ihn zu denken. Nicht hinsehn, nicht hinhörn. Und doch wäre Laura in diesem Augenblick gern gewesen wie er, der einfach sagte: Meine eigenen Augen sind mein König.

Laura schrieb, was die Äbtissin diktierte, verschrieb sich und kratzte mit dem Messer, mußte viel kratzen an diesem windigen Tag. Das Rauschen draußen machte sie verrückt, als wäre sie nicht durch Mauern geschützt, sondern dem Wind körperlich ausgesetzt.

Laura kratzte und sagte: Der Wind macht mich narrisch.

Mater Gertrudis schwieg.

Laura schielte zu ihr hinüber. Das schöne Gesicht zeigte keine Regung.

Die Äbtissin wartete, bis Laura zu Ende gekratzt hatte, und

diktierte weiter. Auf dem Pergament erschien, was aus dem Mund der Äbtissin in Lauras Ohr kam, vom Ohr den Arm hinunter in die Hand, in die Feder, aufs Pergament, bis plötzlich etwas an Lauras Ohr schlug und sie aufweckte aus ihrem inneren Schlaf, etwas, das in der mädchenhaften Stimme mitschwang, ohne daß Laura es je wahrgenommen hatte, obwohl es gewiß nicht neu, sondern immer schon dagewesen war: sanfte Grausamkeit. Eine andere Grausamkeit als die der Männer.

So herrschen die Frauen, hatte der Schäfer gesagt. Nicht mit dem Schwert. Sie herrschen mit eiserner Tugend. Die Untadeligkeit ist ihre Waffe. Mörderisch sind sie in ihrer Untadeligkeit. *Sehen* mußt du sie. So du sie *siehst,* verliert sie die Macht über dich.

Laura hatte nicht verstanden, was er meinte. Die Blinden, hatte er gesagt, seien Mutter Kirche besonders lieb, weil sie sich führen lassen müßten. Wer selber denken wolle, mache sich verdächtig und müsse brennen. Deine Mutter Kirche sollst du nicht erkennen. Das Erkennen sei allen Mächtigen zuwider, das geistige wie auch das fleischliche. Pümpel und Musch drängten zueinander und seien unzähmbar, gleich wilden Tieren; die könne man auch nur beherrschen, indem man sie einsperre. Wer dieses Drängen beherrscht, beherrscht den ganzen Menschen. Drum nennen sie es Sünde. Gott habe den Menschen aber so geschaffen, als Mann und Frau mit diesem Drängen. Somit könne es keine Sünde sein. Sünde sei es vielmehr, Teufelswerk zu nennen, was Gott gemacht habe.

Laura hatte das Gefühl, an einem Abgrund zu hängen, gehalten nur von einem Pflänzchen, das sie fest umklammerte und das ihr doch mehr und mehr entglitt. Der Seidenhändler fiel ihr ein. Wäre sie zu Hause geblieben, hätte sie es bei der Abneigung gegen Pater Konstantin bewenden lassen können. Jetzt war es zu spät. Entweder war es ihre Hand, die das Pflänzchen nicht mehr halten konnte, oder es war das Pflänzchen, dessen Wurzeln ihrem Gewicht nachgaben. Laura begann etwas zu ahnen von dem ungeheuren Betrug der Kirche.

Gosbrecht wäre längst fort gewesen, hätte man ihn und seine Kräuter nicht gebraucht. Auf dem kleinen Friedhof gab es frische Gräber. Pater Kleophas erholte sich nur langsam. Johannes hatte sich hingelegt – es sah so aus, als würde er nicht mehr aufstehen. Und doch war Laura dem Fieber dankbar. Ohne das Fieber hätte sie nicht mit Gosbrecht bei dem Wasserfall sitzen können. Unterwegs hatten sie Blausternchen und Leberblümchen gesehen, Küchenschelle und Krokusse, das bleiche Knabenkraut und den stinkenden Nieswurz.

Der Wasserfall rauschte. Am Waldrand leuchteten die Anemonen. Laura hätte Gosbrecht gern alles erzählt – wer sie war und woher sie kam und auch, warum sie unterwegs war. Aber sie fürchtete, die Glückshaube zu zerstören, die sie beide umschloß.

Seine Augen blauer als blau und seine Lippen, die über die ihren hinweg streiften, ohne Gier. Scheinbar träge Sinnlichkeit. Es gab nichts, was an Konrad erinnerte. Das zarte Streichen seiner Lippen, trocken zuerst, dann immer feuchter. Seine Zunge, die über ihre Lippen fuhr. Seine Hände, die über ihren Körper strichen, suchten und fanden. Sein leises Stöhnen, als er merkte, wie naß sie war. Laura öffnete die Augen. Über ihr war totes Weiß, nicht das Gischtsprühen des Wasserfalls, das Rauschen war da, aber das, was wie ein Kirchturm über ihr aufragte, war nicht das lebendige Wasser. Zwei haßsprühende Rehaugen blickten auf sie herab. Schwester Walpurgis, sonst so klein, daß Laura den Rücken krumm machte, wenn sie neben ihr stand, verdunkelte die Sonne.

Gosbrecht ließ Laura los und drehte sich um.

Quos ego!

Schwester Walpurgis eilte davon.

Einen Augenblick lang glaubte Laura, sie habe eine Erscheinung gehabt.

Laura setzte sich auf.

Was hat sie gemeint? fragte Gosbrecht.

Tonlos sagte Laura: Euch werd ich helfen!

# XV

## ›I've been scarred and battered My hopes the wind done scattered‹

Wie man so leben kann, man kann nicht, aber sterben konnte Aische auch nicht, als gäbe es doch noch irgendeine Hoffnung, einen Retter, eine Rettung, obwohl sie nicht wirklich daran glauben konnte, in Aimées Parka frierend in eine Ecke gedrückt, eine Nische zwischen zwei mittelalterlichen Häusern, den Rucksack unterm Hintern und die Hände in den Taschen, bereute aber trotzdem nicht, daß sie ihren Planeten verlassen hatte, wo alles stillstand und die ewige Gegenwart machte, daß nichts wachsen konnte, ausgekühlt bis in die Knochen, bereute sie genausowenig, daß sie von Rothraut weggegangen war, mitten im Winter, bloß trampen würde sie nie mehr. Bis zum letzten Augenblick hatte sie nicht geglaubt, daß ihr geschehen könnte, was ihr geschehen war. Und hinterher war klar, daß sie ein Dreck sein mußte. Wie Abfall hatten sie sie liegenlassen und waren davongefahren. Und Aische konnte sich nicht rächen. Und es gab niemanden, der sie rächen würde. Nicht einmal zur Polizei konnte sie gehen. Nie mehr trampen, lieber laufen, aber wohin – man muß immer haben, wohin zu gehen. Das war alles, was ihr von der Sokratessa geblieben war, dieser Satz, die Babuschka selber war ihr abhanden gekommen, obwohl sie noch wußte, wie das war, als sie Babuschka bei den Nonnen besucht hatte. Die Gänge, die weißen

Wände, die weißen Gewänder, geh nach oben, sie wird sich freuen. Aische war die Treppe hinaufgelaufen, und da hatte sie in der Tür zu ihrem Zimmer gestanden und die Arme ausgebreitet. Der kindliche Körper in dem fleischfarbenen Korsett mit Strumpfhaltern, das runde Gesicht lachend, Duschka, Duschinka maja. Sie war zum Sterben zu den Nonnen gegangen, sie war vielleicht schon tot, und Aische brauchte einen lebendigen Körper jetzt, jemanden, der sie in die Arme nahm, oder wenigstens die Hoffnung, daß am Ende der Reise ausgebreitete Arme auf sie warteten. Aische wußte, daß sie die Kraft hatte, so lange zu suchen und zu fragen, bis sie den Vater gefunden hatte in dem fremden Land, wenn sie nur daran hätte glauben können, daß er sich freuen würde, sie zu sehen. Aber daran konnte sie plötzlich nicht mehr glauben. Je näher sie ihm kam, desto sicherer war sie, daß er sie nicht wollte. Er erwartete sie nicht, und sie war überflüssig dort. Neue Frau, neue Kinder. Kein Platz für Aische, und ein Kopftuch tragen wollte sie auch nicht. Den kalten Stein im Rücken, stellte sie sich vor, wie furchtbar das sein würde, anzukommen und abgelehnt zu werden, und selbst wenn es ihr gelänge zu verschweigen, was ihr auf dem Weg zu ihm geschehen war, und selbst wenn er sie nicht zurückschicken und als seine Tochter anerkennen würde, was sie schon nicht mehr glauben konnte, so müßte sie doch ein Kopftuch tragen, kein Zweifel, daß er das von ihr verlangen würde. Und vielleicht würde sie es ja über sich bringen, ein Kopftuch zu tragen, was ist schon dabei, ein Kopftuch zu tragen, wenn alle ein Kopftuch tragen – um der Liebe willen, dachte Aische, kann man schon mal ein Kopftuch tragen. *Liebe ist Geschenk, Lebjöduschka maja, unverdientes Geschenk, kann man nicht erzwingen, kann man nicht erdienen, gibts umsonst oder gar nicht.* Aische hatte nicht verstanden, was sie meinte, aber sie hatte es sich gemerkt. Und jetzt verstand sie plötzlich. La Sokratessa hatte ihre Hand genommen und sie gestreichelt. Aische erinnerte sich genau, konnte aber nicht leben von der Erinnerung, genausowenig wie die

Erinnerung an Brot und Wurst, die Sonja Karlowna Blumöhr ihr damals gegeben hatte, sie jetzt satt machte. Die Hände in den Taschen, in denen nicht mehr viel von Rothrauts Geld war, hätte Aische alles dafür gegeben, daß jemand sie berührte. Eine freundliche Berührung, und aus Nichts und Niemand wäre Jemand geworden, aber da war niemand, und Aische kaufte sich das erste Bier ihres Lebens in der Imbißbude gegenüber. Hatte nie sein wollen wie die Mutter und legte jetzt doch den Kopf in den Nacken wie sie und kippte das Bier in sich hinein, genau wie sie. Es schmeckte nicht, das Bier schmeckte nicht, wollte das nie, hatte sich geschworen, nie wie sie, aber konnte es nicht mehr aushalten, mußte zukippen, das Offene zumachen.

Die Geschäfte schlossen, in der Imbißbude wurde der Rollladen heruntergelassen. Aische brauchte mehr Bier, fühlte immer noch was, wollte aber nichts mehr fühlen, stand auf, ging los, vergaß den Rucksack. Der Imbißbudenbesitzer, der gerade dabei war, die Tür abzuschließen, rief ihr nach. Sie kehrte um, schnappte sich den Rucksack und machte sich auf den Weg in die nächste Kneipe.

Wie vermehrn sich Pater und Klosterfraun?

Der neben Aische beugt sich weit über die Theke. Er hat schon graue Haare. Sein Oberkörper vor Aisches Nase. Aische macht sich dünn. Er rückt nach. Sein Ellbogen fläzt sich auf Aisches Teil des Tresens.

Der Wirt hält ein Glas unter den Bierhahn. Große behaarte Hand. Achselzucken. Hahn auf, Hahn zu.

Durch Zellteilung!

Einsames Gelächter. Eine hübsch zurechtgemachte Elefantin schiebt den Arm weg und stellt ein Tablett mit leeren Gläsern auf die Theke. Aische liest das Schild am Büfett. *Kredit nur an Achtzigjährige in Begleitung ihrer Eltern.* Irgendwo muß man ja hinsehn. Die Elefantin heißt Annamirl, das R rollt. Aische hat das Gefühl, daß alle hier zu Hause sind, nur sie nicht. Die zu ihrer Rechten kehrt ihr den Rücken zu. Blonder Hinterkopf, sehr kurz geschnittenes Haar. Von ihrer Freundin sieht Aische nur den bunten Rock. Sie reden über Männer.

Zwanzig Jahre jünger *und* schwarz, das ist ein bißchen viel.

Der Wirt nimmt das Tablett von der Theke.

In Aisches Rücken sagt die Elefantin: I gloab, es hackt, Xaverl.

Aische dreht sich um. Schuldbewußtes Männchen mit zerknittertem Gesicht. Die goldberingten Hände der Elefantin ordnen die Schleife über ihrem Hintern.

Der Wirt spült die Gläser.

Der neben Aische sagt: Mach mia ah noch oins. Er greift nach seinen Zigaretten, schüttelt eine aus dem Päckchen, hält sie Aische wortlos hin. Aische nimmt sie. Er läßt ein Feuerzeug aufschnappen.

Ziehn, net blosn, sagt er.

Aische sagt nichts

Die Elefantin sagt: Xaverl, verpiß di.

Der Wirt knallt einen Bierdeckel für Aische auf die Theke.

Der Grauhaarige hat kleine grüne Augen. Er hebt sein Glas. Alles kloa?

Aische nickt.

Moidle, sickst echt stark aus. A Soaneschnittn!

Bemüht, ihre Unsicherheit nicht zu zeigen, hebt Aische ihr Glas.

Wo bistn her?

Wieso?

Du bist doch net von do.

Schrilles Gelächter der beiden Frauen. Aische dreht sich um. Der zurückgeworfene Kopf der Blonden und der weit aufgerissene Mund ihrer Freundin. Sie hat einen Hexenzahn und rote Haare.

Italien?

Aische schüttelt den Kopf.

Spanien?
Kopfschütteln.
Portugal?
Kopfschütteln.
I hoabs! Türkei.
Nein, sagt Aische, und er sagt: I gebs auf!
Aische sagt: Ich muß mal, und klettert vom Barhocker. Ihr ist schlecht. Sie kann nicht mehr so gut sehen, und gerade gehen kann sie auch nicht mehr. In dem Bewußtsein, daß der Typ ihr nachschaut, strebt sie steifbeinig der Toilette zu.
Elendes Gewürge über der Toilettenschüssel. Die Brille fällt immer wieder herunter. Aische muß sie festhalten, während sie sich erbricht. Auf dem gekachelten Fußboden kniend, kotzt sie sich die Seele aus dem Leib.

Als ob nichts gewesen wäre, strebt sie ihrem Platz an der Theke zu.
Alles kloa?
Aische klettert auf den Barhocker.
Sag scho, wod her bist – bist doch net von do.
Martinique.
Willst mi veroarschn?
Aische zuckt die Achseln. Er sieht ihr in die Augen.
Moidle, sagt er. Wennd mi veroarscht.
Er hat einen weich geschwungenen Mund. Das Grün seiner Augen erinnert Aische an den Körper einer Eidechse. In ihrem Rücken hört sie die durchdringende Stimme der Blonden. Ich bin so scharf ... Wie Nachbars Lumpi ... Ich könnt mich auf die Straße legen und die Beine breit machen.
Der Typ sagt: I bin der Mike. Und du?
Michèle.
Er schaut wieder mißtrauisch. Kannst guat daitsch.
Isch ahbe eine deutsche Großmutter.
Trinkst ahn mit?
Aische nickt.

Und was machst do? Bist auf Bsuach do?

Isch ahbe ier – wie sagt man?

Ohgherige.

Verzei-ung?

Ohgherige. Bosn, Vettern und so.

Ah oui oui, abe isch ier.

Michèle.

Aische lächelt süß.

Bist a Soaneschnittn.

Die Blonde sagt, George hat gesagt, daß in Ghana die Frauen die Männer vermöbeln ... Wenn sie zu spät nach Hause kommen. Sie fragen gar nicht erst – gleich gehts boing boing, pft pft.

Bist dos erste Mol do?

Ah oui oui.

I trink auf di.

Aische sieht den Adamsapfel hüpfen und fragt Mike heuchlerisch hoffnungsvoll, ob er Französisch spreche.

Er wischt sich den Mund mit dem Handrücken und schüttelt den Kopf. Und Martinique kennt er auch nicht. Aber vielleicht weiß er, wo es liegt. Aische weiß es nicht, hat bloß so eine Vorstellung, daß Martinique eine Insel ist, irgendwo weit weg, wo es keine Fußgängerzone gibt, aber endlose Strände, und darauf gekommen ist sie, weil auf dem Klo stand *Martin, ich liebe dich,* und daneben war ein Penis gemalt, mit einem Heiligenschein darüber, und darunter stand *Seine Herrlichkeit.*

Ah, der Immel über Martinique. Immer blauer Immel, immer Sonne! Nicht so wie ier. Ist immer kalt ier. Isch friere immer, immer friere isch.

Aische wächst über sich hinaus, dreht voll auf, redet sich hinein in ein anderes Leben, mit Meer blaugrün am Tag und schwarz und schwappend in der Nacht und vielen vielen Sternen, so vielen, daß der Mike *Jo mei* sagt und seufzt, und Musik, nicht wie ier, *rumtata rumtata, rums bums,* und Mike runzelt die Brauen, und Aische macht schnell ein paar Tanzbewegungen auf ihrem Barhocker, und er sagt, stark, echt stark, Moidle, bist a –

Soaneschnittn, sagt Aische.

Genau, sagt er.

Immer mehr Striche auf Mikes Bierdeckel. Mikes Zigaretten rauchen und sich entfalten unter der Sonne von Martinique, sich aufschwingen über die Scheißkerle, die abgefuckten Typen, die Erinnerung fast weg, fast zugekippt, aber irgend etwas war doch noch da. Exotischer Schmetterling taumelte trunken durch die Kneipe, die sich gefüllt hatte und immer rauchiger wurde. Die Erinnerung war nur fast weg. Die Gesichter und die Körper und was sie angehabt hatten, und die Stimmen und was sie gesagt hatten, das alles war weg, auch lag Aische nicht mehr auf dem Boden, was unter ihr gewesen war, war weg, aber das Gefühl war noch da, nicht ganz zuzuschütten. Wenn Mike lachte, verschwanden seine Augen, er warf den Kopf zurück und raufte sich die Haare. Abgefuckter Automechaniker. Aber besser als allein. Jeden Abend auf ein Bier hierher, ins *Schiff*. Schwere Lampen, die kaum merklich über der Theke zu schwingen schienen, als stampfe das Schiff durch dunkle Wellenberge, unterwegs auf endlosen Meeren, furchtbare Fußgängerzone, all die herzigen Häuschen. Aische wollte da nie mehr raus, wollte immer drinnen bleiben im Bauch des leicht schlingernden Schiffes, bei den andern, den Mitreisenden. Do geht immer was ab, sagte Mike, und der Wirt rieb die Pranken an der Lederschürze und machte den Hahn auf und zu und leerte die vollen Aschenbecher und tunkte die schmutzigen Gläser in die schmutzige Brühe, und neben Aische lachten die beiden älteren Frauen, und hin und wieder lächelte Aische der Rothaarigen zu, um sie zu trösten, weil sie schon so alt war und keinen Mann mehr kriegte. Die andere hatte ja einen, und es ging ihr tierisch gut dabei. Zweimal in der Woche ein Lover, so was hab ich noch nie gelebt, Kinder und Arbeit und ein schwarzer Lover.

Aische erzählte von den Frauen auf ihrer Insel, von den Müttern, die ihre Kinder immer bei sich tragen, und den Großmüttern, die Geschichten erzählen, und den tagelangen Tanzereien am St. Martinstag, dem größten und dem schönsten Fest auf Martinique, überall Musik, und überall wird getanzt, barfuß natürlich, was glaubst denn du? Aische beschrieb die riesigen Lautsprecher am Strand, aber auch die konnten das Gefühl nicht ganz übertönen, obwohl es keinen Lärm machte. Sie wußte nicht mehr, ob sie geschrien hatte oder nicht. Nur daß die Schreie verhallt waren, irgendwo im Leeren, daß niemand gekommen war, zu helfen. Es hatte keine Antwort gegeben auf das Schreien, vielleicht war es darum jetzt schon wie nicht gewesen. Nur dieses Gefühl der Nichtigkeit war geblieben. Es war wie eine Wolke, die über den Horizont ihres Körperinnern zog und immer dunkler wurde. Und Aische wischte sich heimlich eine Träne aus dem Augenwinkel und erzählte von der Regenzeit. Eben noch blauer Immel, und im nächsten Augenblick alles schwarz, und es pladdert los. Aische hätte gerne ihren Kopf an Mikes Schulter gelehnt und geweint. Mike machte eine Schnute. Aische sah zwei Schnuten, die übereinander schwebten wie auf einem doppelt belichteten Foto. Der Wirt stand aufrecht, eine Hand auf dem Bierhahn, das Gewoge überblickend, ein alter Seebär, unerschütterlich in seiner Ruhe, komme, was da wolle, er würde als letzter von Bord gehen. Er hatte etwas Vertrauenerweckendes, aber Aische mochte seine Lederschürze nicht, sie erinnerte an Metzger, und Metzger war mit dem Gefühl verbunden. Ein Gegenstand, eine Sache, ein Ding. Das mußte weg. Es mußte weggeredet, weggelacht werden.

Willst mi veroarschn? Napoleon, so heißt doch koan Kokosnußverkäufa net.

Aische bestand darauf, daß er so hieß und daß er gleichzeitig mit vier Frauen rumgemacht hatte und die Frauen sich zusammengetan und ihn vermöbelt hatten, und zwar so, daß er zwei Tage lang nicht auf die Straße konnte. Er mußte, wie sagt man? das Bett üten.

Mike wischte sich den Bierschaum vom Mund.

Jo mei, die Bimbos.

Aische schlingerte zwischen den Tischen hindurch. Mußte kotzen und konnte nicht. Es kam nicht hoch. Hockte neben der Kloschüssel. Wollte schlafen. Auf der Stelle. Konnte kaum noch die Augen offenhalten. Die Kälte des Porzellans hielt sie wach. Und die Frage, wo sie schlafen sollte. Wohin zum Schlafen. Nicht zu Mike. Auf keinen Fall zu Mike. Vielleicht zum Vikar. Der hatte blaue Kalbsaugen und wollte nur reden, selber reden. Martinique interessierte ihn nicht. Er hatte heute eine Beerdigung, seine erste, sagte er, das muß auch mal sein. Und Mike sagte, mens sana in corpore Sanella. Der Vikar redete auf Aische ein. Mike steckte sich zwei Zigaretten zwischen die Lippen, ließ das Feuerzeug aufschnappen, paffte und reichte Aische eine brennende Zigarette, wortlos. Damit klar war, wem das Moidle gehörte.

Das kalte Porzellan der Kloschüssel. Der Gestank. Aische hob den Kopf, starrte auf die Tür. Zwei Penisse mit zwei Heiligenscheinen. Der kalte Boden. Und die Frage, wo schlafen. Unterm Barhocker der Rucksack. Nicht vergessen. Abgefuckte Typen. Draußen drückte jemand auf die Klinke. Aische begriff, daß sie ihren Zufluchtsort verlassen mußte.

Vor der Tür stand die Rothaarige.

Aische wollte sich an ihr vorbeidrücken.

Ist dir schlecht? Kann ich dir helfen?

Ihre Hand berührte Aisches Rücken, und ihre Stimme klang freundlich und nüchtern.

Aische drehte sich um. Das Gesicht der Frau verschwamm ihr vor den Augen.

Kann ich dir helfen?

Aische fing an zu weinen.

Aufwachen in einem fremden Zimmer. Zugezogene Vorhänge. Im Kopf ein Feuer speiender Drache. Bunte Decken, Bilder und Bücher. Die Sonne schien durch die Ritzen in den Vorhängen. Irgendwo in der Wohnung klapperte eine Schreibmaschine. Das fauchende Ungeheuer in Aisches Kopf entfachte die Erinnerung an die Mutter, ihre lodernde Wut, den Seemannsgang und den vorgereckten Hals, ihr Stieren und die Schwären in ihrem Gesicht und die Art, wie sie das Bier aus der Flasche getrunken hatte, Kopf im Nacken, Ellbogen angewinkelt, Augen geschlossen – sie hatte es einfach in sich hineinlaufen lassen, und dann hatte sie gerülpst wie ein Säugling, und nie war es genug, sie war ein unersättliches Ungeheuer, das den Rachen aufriß und mehr wollte, immer mehr, und wenn nichts mehr da war, kam es über Aische oder auch nicht, man wußte nie, auf alles mußte man gefaßt sein, vernichtende Stichflamme, armseliges Häufchen Asche, nie konnte man wissen, woran man war, und wenn sie dastand und keine Zigarette drehte und keine rauchte, schob sie die Hüften vor und steckte die Hände in die Hosentaschen, als wäre sie in Wahrheit ein Mann, der aus irgendeinem Grunde vorgibt, eine Frau zu sein, und doch nicht ganz verbergen kann, was er in Wirklichkeit ist. Bei der Vorstellung, daß sie einmal im Bauch dieser Person gewesen war, wurde Aische übel. In diesem Bauch wollte sie nicht gewesen sein, aber da war nichts zu machen: ob es ihr recht war oder nicht, die Mutter war in ihr lebendig, sie war ein Teil von ihr, und wenn sie noch so weit lief, sie konnte nicht weg von ihr. Sie trug sie mit sich herum. Das war noch schlimmer als der Drache im Kopf. Am liebsten wäre Aische aus sich herausgesprungen. Sie dachte, sie müßte sich erbrechen, und überlegte, wo die Toilette war, versuchte, sich an den Abend zu erinnern, sah sich, wie sie mit Marina und Rosa laut lachend durch die mittelalterliche Stadt gelaufen war. Marina mit ihren roten Haaren und dem bunten Rock, groß und üppig und Wärme ausstrahlend, und Rosa, klein und blond und voller Leben und Lust.

Gelacht hatten sie über den Vikar, weil der Albert Hottinger hieß und etwas von Annamirl wollte oder auch nicht wollte – auf jeden Fall hatte er sie *gute Frau* genannt, als sie ihm zu nahe gekommen war mit ihrem Tablett, *gute Frau*, wie ein Herr oder eben ein angehender Pfarrer ein schlichtes Weib anspricht, gnädig aber auch streng, es schien ihm wohl nötig, sie auf ihren Platz zu verweisen, und Annamirl hatte durch die ganze Kneipe trompetet:

Sie, i bin net Iare guate Frau, gä!

Es war schön gewesen, mit Marina und Rosa zu lachen und über den heiligen Kerl herzuziehen. Der Mike, sagte Rosa, dein Automechaniker, der ist einfach ein Arschloch, da weiß man, woran man ist. Aber der Vikar strickt Socken und tut ganz lieb, bloß keine Gewalt, immer Verständnis für die Frauen, aber wenns drauf ankommt, frißt er sein Joghurt und sagt: Ich hab jetzt keine Lust zu reden. Fruchtjoghurt von Onken, der Pfundbecher.

Aische erinnerte sich daran, wie sie etwas zurückgeblieben und ihrem Schatten hinterhergegangen war. Unbeschwert war sie gewesen, den beiden Frauen zugetan. Es war, als kannten sie sich schon Jahre. Aber als sie, nachdem sie sich von Rosa getrennt hatten, mit ihrem Rucksack in Marinas Wohnzimmer gestanden hatte, war ihr wieder ganz fremd zumute gewesen.

Aische merkte, daß ihr nicht mehr schlecht war. Nur müde war sie. Sie wollte schlafen und konnte nicht. Seitdem sie von Rothraut fort war, hatte sie nicht mehr richtig geschlafen, und jetzt hatte sie ein wildes Bedürfnis nach Schlaf, aber irgend etwas hinderte sie daran zu schlafen, als habe sie die Wache übernommen für ein Lager mitten im feindlichen Urwald, alle Geräusche fremd und bedrohlich, eine Erklärung gab es nur für das Klappern der Schreibmaschine. Marina war Schriftstellerin. Sie hatte einen Freund, der hieß Georg und war Musiker. Er wohnte ein paar Straßen weiter, und manchmal schlief er bei ihr, und manchmal schlief sie bei ihm.

Aische stand auf und schlich durch die Wohnung zur Toilette, wobei sie das unangenehme Gefühl hatte, es wäre furchtbar, wenn man sie ertappte.

Auf dem Weg zurück ins Bett sprang ihr *Der kleine Prinz* ins Auge: unter den vielen Büchern in den vielen Regalen etwas Bekanntes, Vertrautes, Heimatliches. Es war wie die unerwartete Begegnung mit einem Freund. Und als dann noch *Alice im Wunderland* und Heinrich Heine hinzukamen, fühlte Aische sich wie unter Landsleuten in der Fremde und konnte endlich schlafen, tief und ruhig unter ihrem Schutz.

Die Küche. Die Eckbank. Der bemalte Bauernschrank: zwei rote Drachen mit aufgerissenen Mäulern, einer dem andern zugewandt. Der Tisch voll mit Tellern und Tassen und Gläsern und Flaschen und Brot und Käse. Reden mit gedämpften Stimmen, nicht wie im Krankenhaus, sondern bloß, weil Frieden ist. Von draußen kaum etwas zu hören, mal ein Auto, das Rauschen des Windes in den noch unbelaubten Bäumen und fernes Glockenläuten. Wenn Georg aufsteht, um etwas zu holen, läßt er seine Hand einen Augenblick lang auf Marinas Rücken ruhen, als wolle er sich auf sie stützen, aber Aische sieht, daß er sein Gewicht bei sich läßt, sieht, wie die Hand ganz leicht zudrückt, ein kleiner Gruß von Körper zu Körper, dann geht er mit langen Schritten holen, was er holen wollte. Er trägt Jeans, obwohl er Pianist ist, er wäscht seine Socken selber, und kochen kann er auch. Aische wußte nicht, daß es solche Männer gibt. Keiner von beiden läßt sie spüren, daß sie eine arme Sau ist, die nicht mal einen Platz zum Schlafen hat.

Marina erzählt Georg von Rosa und ihrem neuen Lover, und er fragt: Und Jack? Und Marina lacht: Aus die Maus. Sie gießt Kaffee nach und sagt: Rosa nimmt sich, was sie braucht. Er schweigt. Leise sagt Marina: Sie blüht.

Aische sieht, wie ihr Blick ins Leere geht, einen Augenblick nur, so kurz, daß Aische nicht sicher ist, ob sie gesehen hat, was sie gesehen hat, und sowieso nicht glauben würde, daß es einer Schriftstellerin an irgend etwas mangeln könnte. Sie ißt und trinkt und hört zu und vergißt alles, sogar das eigene Armesautum. Sie lassen sie in Ruhe, und irgendwann kommt es ganz von selbst aus ihr heraus, daß sie auf dem Weg zu ihrem Vater ist, in die Türkei, nach Istanbul, obwohl sie nicht genau weiß, ob er da noch wohnt, und auch nicht weiß, ob er sich freuen wird, daß sie kommt.

Der Kühlschrank surrt. Georg streicht sich über das Haar, das ganz kurz geschnitten ist. Im Haus trampeln Kinder über die Treppe, und ihre Stimmen sind hell und laut. Georg sieht ihr in die Augen.

Es kann sein, daß er sich wirklich nicht freut. Aber versuchen mußt du es.

Unausgesprochen bleibt, wie es sein wird, wenn der Vater sie fortschickt.

Aber wenn er von mir verlangt, daß ich ein Kopftuch trage –

Das wird er bestimmt, sagt Georg.

Dann hast du es wenigstens versucht, sagt Marina.

Georg steht auf und kommt nach einer Weile mit einer Karte wieder.

Kannst du Türkisch?

Aische schüttelt den Kopf. Marina schiebt Geschirr, Brot und Käse beiseite, um Platz für die Karte zu machen.

Und Papiere? Hast du Papiere? Paß? Ausweis?

Jetzt ist es Aische, die den leeren Blick bekommt, das graue Pflaster vor Augen, während die Grenzen ihres Körpers schwinden und der Schmerz überall und nirgends ist, schon weiß sie nicht mehr, wer sie ist, und könnte keine Antwort mehr geben auf die Frage, wie sie heißt, die Brust fühlt sich an wie eine Grabplatte, bemooster Stein und keine Inschrift mehr zu lesen. Marinas Stimme hilft ihr zu verstehen, daß sie nicht in Heilbronn und nicht Aimée ist. Sie erzählt eine Geschichte, während Georg sich über die Karte beugt und mit einem Finger suchend darüberhinfährt.

... er war nicht viel älter als du. Er kam aus Marokko, und wahrscheinlich war er noch nicht lange hier. Auf jeden Fall hat er kein Wort Deutsch gesprochen. In irgendeinem Kaff hat er sich in den Bus gesetzt, um nach Nürnberg zu fahren. Das war am Vormittag. Und dann ist er gefahren und gefahren, mit Bussen und mit der S-Bahn, elf Stunden lang, zuletzt immer hin und her, zwischen Burgfarnbach und der Innenstadt. Da war es schon Abend. Und viel zu spät für seine Sprachenschule. Darum ist er nach Nürnberg gefahren. Er wollte auf eine Sprachenschule.

Georg, den Finger auf der Karte, hebt den Kopf. Erzähl ihr doch mal von Orfeo.

Und Marina erzählt die Geschichte von Orfeo, dem Kater einer Geigerin, Leokadja Schnee. Eine gute Geigerin, murmelt Georg, wieder über die Karte gebeugt.

Wie ist er verlorengegangen? Georg? Sie hat in Köln gespielt und ihn mitgenommen, und plötzlich war er weg. Sie haben gesucht, und Leokadja hat geheult und gehofft und Anzeigen aufgegeben und Zettel an Bäume geklebt. Alles umsonst. Nichts. Kein Orfeo mehr. Und stell dir vor: Zwei Jahre später sitzt er vor ihrer Wohnungstür. Sie macht die Tür auf, und da ist er, abgemagert und struppig und maunzt sie an und streicht ihr um die Beine.

Georg hebt den Kopf. Von Köln nach Nürnberg. Wie hat er das gemacht? Ohne Karte. Wollt ihr noch Kaffee?

Marina nickt, und Georg steht auf und greift nach der leeren Kanne. Aische denkt an den weiten Weg, den sie zurückgelegt hat und wie oft sie sich verlaufen hat und wie oft sie fragen mußte und daran, wie viele Menschen ihr weitergeholfen haben, während Orfeo niemanden hatte, nur sich selbst auf dem Weg, der noch viel weiter war als ihrer. Die Kaffeemaschine gurgelt, und Marina erzählt von einem Hund, der noch weiter gelaufen ist. Er hieß Fidel und war ein

Metzgerhund und gehörte einem Herrn Regenmacher. Und dieser Herr Regenmacher ist ein hohes Tier bei der Fatz. Aische hat keine Ahnung, was Fatz ist, fragt aber nicht. Marina erklärt, das sei eine Zeitung, und Aische nickt, als wüßte sie, worum es geht, und hat die roten Buchstaben der Zeitung vor Augen, die der Willi immer gelesen hat, morgens, wenn er noch nicht voll war, auf der Bank in dem kleinen Park mit dem Springbrunnen, und die Mutter saß daneben und guckte in die Luft.

Georg faltet die Karte zusammen und schenkt sie ihr. Die Karte gehört Marina. Aische hat nicht mitbekommen, wie die beiden sich verständigt haben, hat nur gesehen, daß Marina genickt hat. Sie nimmt die Karte und will sich bedanken, kann aber nicht, weil Marina laut darüber nachdenkt, woher das Wort *kackfidel* kommt. Was hat kacken mit fidel zu tun? Und schon ist sie wieder bei Fidel dem Metzgerhund, der von Flensburg nach Frankfurt gelaufen ist, zurück zu seinem Herrn, der ihn in Flensburg gelassen hatte, zur Dressur. Obwohl er schon sieben Jahre alt war. Irgend etwas war nicht mehr richtig mit ihm.

Georg grinst. Vielleicht hat er mit dem Schwanz gewedelt, wenn Herrchen *Faß!* gesagt hat. Nein? Glaubt ihr nicht? Ich auch nicht. Ich glaube eher, daß er angefangen hat, nach eigenem Gutdünken zu beißen. Diese Fleischerhunde sind unberechenbar. Die und der gemeine deutsche Schäferhund. Es ist schrecklich, wenn sie nicht gehorchen, und wenn sie gehorchen, ist es noch schrecklicher. Und am schrecklichsten ist ihre Treue.

Aische fragt, ob er Hunde nicht möge.

Doch, sagt er, aber er möge diese Art von Gehorsam nicht.

Marina versucht, ihre Geschichte zu Ende zu erzählen. Du, Aische, der Fidel ist in Flensburg abgehauen und nach Frankfurt zurückgelaufen.

Nazitugenden, sagt Georg.

Sieben Monate, sagt Marina.

Aische weiß nicht mehr, wem sie zuhören soll. Sie schaut von einem zum andern.

Kadavergehorsam, sagt Georg.

Schwunglos berichtet Marina noch, der Regenmacher sei umgezogen gewesen, als der Köter ankam, dann gibt sie auf.

Was die Deutschen lernen müßten, sagt Georg, wäre *nein* zu sagen.

Jetzt grinst er nicht mehr. Er redet und rudert mit den Armen und regt sich auf. Was ist denn ein Kadaver? Ein Aas, eine Leiche, etwas, das tot herumliegt und nicht mehr nein sagen kann, auch nicht ja, eben gar nichts. Versteht ihr? Kadavergehorsam ist der Gehorsam von Leichen, nicht von lebendigen Wesen, die gehorchen *wollen,* hören, hinhören, weil einer vielleicht mehr weiß als sie oder mehr Lebenserfahrung hat oder –

Er macht eine kleine Pause, und Marina nutzt die Gelegenheit.

Weißt du noch, Georg, der Mann, der letztes Jahr die Sparkasse überfallen hat? Maskiert und mit Pistole. Stürmt in die Schalterhalle und brüllt: Dies ist ein Überfall! Geld her oder ich schieße! Und der Kassenleiter brüllt zurück: Hier gibts kein Geld! Verschwinde! Sonst hau ich dir rechts und links eins hinter die Löffel! Woraufhin das Bürschchen sich blitzschnell umdreht und aus der Bank flüchtet.

Marina fängt an zu lachen und reißt Georg und Aische mit, alle drei lachen sie, bis ihnen die Tränen kommen, wischen sich die Augen und schlagen auf den Tisch, daß Gläser und Tassen klirren, und haben noch nicht zu Ende gelacht, als Marina von dem Kerl anfängt, der eine Bank in Augsburg ausgeraubt hat. Auch so ein Herzchen, sagt sie. Droht dem Kassierer, daß er die Bude in die Luft sprengt, und kassiert siebzehntausend Mark. Damit setzt er sich in ein Taxi und läßt sich nach Nürnberg heimfahren, und zwar direkt zur Polizei, wo er die Beute abliefert. Waren nicht mehr ganz siebzehntausend, weil er ja das Taxi bezahlen mußte. Und wißt ihr was? Er hat dieselbe Nummer schon mal abgezogen, nur nicht in Augsburg, sondern irgendwo auf dem Land, und da hat er viel mehr kassiert, aber auch alles sofort aufs erste Revier gebracht. Braver Bub, was? Zwei Jahre hat er dafür gesessen.

Die Bücher. Die Bilder. Die Farben. Die Freunde, die kommen und gehen. Und die Töne. Wenn Georg Klavier spielt, spürt Aische, wie es taut, und ist froh, daß sie von zu Hause fortgelaufen ist. Ihr kommt der Gedanke, es könnte gut sein, selbst wenn der Vater sie nicht will. Wäre sie nicht gegangen, hätte sie diese Menschen nicht kennengelernt, hätte sie vielleicht nie erfahren, daß es das gibt: ein Paar, das sich nicht zerfleischt. Ein Wunder, dem sie glauben möchte, aber nicht ganz traut. Ein kleines Mißtrauen bleibt immer, auch wenn es sich manchmal zu einem kaum mehr spürbaren Stecknadelkopf zusammenzieht. Marina, üppig und mit flammendem Haar. Wärme ausstrahlend.

Aufwärmen, sagt Aische.

Klar, sagt Marina. Bin ein alter Kanonenofen. Eisern, verschnörkelt und mühsam zu heizen. Man muß immer nachlegen. Aufpassen, daß das Feuer nicht ausgeht. Verwendet man heute nicht mehr. Ist die Zeit drüber weggegangen.

Und wieder der Blick ins Leere, und jetzt sieht Aische auch den Stalaktiten in ihrem Auge und die erschlaffte Haut und die Zähne gelb vom vielen Rauchen. Daß sie einmal jung war, kann Aische sich nicht vorstellen, und auch nicht, daß sie gesoffen hat und dann bis mittags gepennt. Eine Katastrophe, sagt sie, wenn ich morgens irgendwo hinmußte. Und jeden Abend in die Kneipe und nie Geld und geklaut und gedealt und im Hinterhof gewohnt, ohne Bad und mit dem Pißpott unterm Küchentisch, weil das Klo im Treppenhaus war, ein Klo für mindestens zehn Leute. Und immer in irgendeinen Mann verliebt und immer irgendwo heimlich gevögelt und immer nur einmal, weil es doch nicht das war, was ich wollte, aber das wußte ich nicht. Aische schaut ungläubig. Doch doch, entweder übermütig oder verzweifelt, mit dem Kopf gegen die Wand gerannt, wie eine Irre. Ein Selbstmordversuch und drei Abtreibungen, zwei davon auf dem Küchentisch, eine zu Hause und eine bei einer fremden Frau, deren Namen ich nicht mal wußte. Alles überlebt.

Dann gibt es vielleicht doch Wunder.

Wunder? sagt Marina. Von wegen Wunder. Und erzählt von dem Mann, der einen Anhalter in seinem Auto mitgenommen hatte. Ungefähr so alt wie ich, der Mann, sogar noch ein paar Jahre jünger. Der Anhalter behauptete, er sei Gott. Der Mann glaubte ihm nicht und sagte, das solle er erst mal beweisen. Kein Problem, sagte der Anhalter. Und der Mann sagte: Wenn du Gott bist, dann mach mich fünfzehn Jahre jünger. Kein Problem, sagte der Anhalter. Er solle sich nur nackt vor die Sebalduskirche stellen, und schon werde das Wunder geschehen. Was meinst du: hat er es gemacht?

Nein.

Doch.

Dann hat ern Sprung in der Schüssel gehabt.

Nein nein, er ist Jurist, immer noch. Er hat auf ein Wunder gehofft, das ist alles. Statt dessen kam die Polizei und nahm ihn fest, wegen Erregung öffentlichen Ärgernisses. So ist das mit den Wundern. Als Kind habe ich immer gebetet, der Vater möge aufhören mit dem Schlagen. Er hat uns fast totgeschlagen. Er hat geschlagen und geschlagen, und dabei hatte er einen Ausdruck in seinen Augen wie ein Tier. Das Weihwasserbecken neben der Tür, aber meine schwangere Mutter so in den Bauch getreten, daß sie eine Fehlgeburt hatte. Er hat mich Hure genannt, und ich habe um ein Wunder gebetet und Kerzen angezündet. Wunder, sagt Marina. Es bleibt nichts anderes übrig, als das Beste draus zu machen. Aushalten und das Beste draus machen. Aushalten, da steckt ja auch *Halt* drin. Sich festhalten, irgendwie, irgendworan, nicht abstürzen.

Aische weiß sofort, wovon sie spricht.

Das Wunder der Sprache, sagt Marina, das ist das einzige

Wunder, das ich kenne. Wunder und Geheimnis. Hör doch mal: Ge*heim*nis – das hat mit Heim zu tun, da, wo die Menschen zu Hause sind, es ist ihr Geheimnis, das heißt, sie wollen, daß es in ihrem Haus, zwischen ihren vier Wänden bleibt, und wenn man sagt, daß jemand etwas *heim*lich tut, dann hängt das mit der Vorstellung zusammen, daß es zu Hause geschieht, egal, ob es nun *wirklich* zu Hause geschieht oder nicht, es ist das Bild dafür, daß ers nicht auf der Gaß tut, im öffentlichen Raum, und öffentlich hat mit *offen* zu tun, offenen Türen, offenen Fenstern, offener Landschaft unter freiem Himmel, wo jeder dich sehen kann. Die Sprache weiß das alles, sie weiß viel mehr als wir, von dem, was ist, und von dem, was war. Es gibt keine Müller mehr und keine Mühlen, aber es heißt immer noch: Wer zuerst kommt, mahlt zuerst. Weil es einst viel böses Blut gab, wenn die Bauern geerntet hatten und ihr Getreide zum Müller brachten, damit er Mehl draus macht, alle ungefähr gleichzeitig, und jeder hatte es eilig und wollte sofort drankommen, aber der Müller konnte sich auch nicht zerreißen, und dann hieß es eben: Wer zuerst kommt, mahlt zuerst. Du mußt nur hinhören, Aische, und du kannst etwas sehen, von dem, was einmal war und nicht mehr ist, alles weg, nichts geblieben außer den Wörtern. Glaubst du an die Hölle? Nein, nein, nicht die im Leben – die in den Tiefen der Erde, wo die Teufel sind und das Feuer schüren unter den Kesseln, in denen die Sünder sitzen und büßen müssen für die Untaten, die sie im Leben begangen haben. Glaubt keiner mehr dran, gibt es nicht mehr für uns, aber in der Sprache, da gibt es das noch: da wird Holz nachgelegt, noch ein Scheit und noch eins unter den Kessel, in dem der arme Sünder hockt – ihm wird *die Hölle heiß gemacht.* Es wird schwer sein für dich, wenn du in Gegenden kommst, in denen man andere Sprachen spricht und du dich nicht mehr verständigen kannst. Aber wenn du nichts und niemanden mehr hast, dann hast du immer noch deine Sprache. Sie läßt dich nicht allein, und darum gebe ich dir das hier mit. Es soll dich tragen in Zeiten, in denen du glaubst, du kannst es nicht mehr aushalten. Deine eigene Sprache wird dich auffangen.

Es war ein Buch mit leeren Seiten. Aische nahm es und blätterte darin, nichts als leere Seiten. Die sollte sie füllen, und das war ihr unheimlich. Der Umschlag war rot und fest.

Es wird die Reise überstehen, auch wenn du dich auf deinen Rucksack setzt oder ihn als Kopfkissen benutzt. Es hält was aus. Schau mal auf die erste Seite. Es ist ein Gedicht von einem schwarzen Dichter, Langston Hughes.

> I've been scarred and battered.
> My hopes the wind done scattered.
> Snow has friz me, sun has baked me.
> Looks like between 'em
> They done tried to make me
> Stop laughin', stop lovin', stop livin' –
> But I don't care!
> *I'm still here!*

Wenn du morgen ziehst, bringe ich dich noch ein Stück und zeige dir die Kalksteinhöhlen.

Beim Aufstieg hatten sie an einem windgeschützten Südhang die ersten Veilchen gesehen, später auch Winterlinge und Leberblümchen. Es war früh am Morgen, und es war kühl. Marina hatte die Geschichte vom heiligen Martin erzählt, der seinen Mantel geteilt hatte, weil er es nicht mit ansehen konnte, wie ein anderer fror, und dann waren sie aus der Morgensonne in das Dämmerlicht der Höhle getreten. Klamme Luft und Gebilde, alles bleich und in starrer Stille. Aische mußte daran denken, daß sie bald wieder allein sein würde, mit nichts als dem leeren Buch und den Worten, die man nicht anfassen konnte. Sie sah Marina an, als wäre sie schon nicht mehr da. Die Brust tat ihr weh. Allein würde nichts mehr so sein wie zu zweit. Schweigend gingen sie tiefer in die Höhle hinein, zwischen den beiden Hälften des Armen hindurch, den der heilige Martin mit einem Schwertstreich geteilt hatte, gerecht und genau in der Mitte, damit jemand da war für jede Hälfte des für einen ganzen Menschen unbrauchbar gewordenen Mantels. Kein Blut, nur das matte Weiß und ein lautloser Schrei, gebannt in der Höhle mit den beiden hingesunkenen Hälften des eben noch Beschenkten, der keine Zeit mehr gehabt hatte, zu verstehen, was ihm widerfahren war und warum, Dankbarkeit und Freude zu lassen und die weit offenen Kammern seines Herzens zu schließen. In den Tiefen der Höhle, da, wo der Dämmer in Dunkel überging, St. Martin, als grauer Schemen davonsprengend, deutlich erkennbar nur die Hinterhufe seines Pferdes, die in der Luft verharrten, auf ein und derselben Stelle, bis ans Ende aller Zeiten: weit war der gute Mensch nicht gekommen.

Hier stinkt es, sagte Marina.

Aische sog die Luft ein. Ich rieche nichts. Meine Nase ist zu. Ich glaub, ich krieg eine Erkältung.

Marina schnüffelte. Es stinkt nach Scheiße. Irgend jemand muß hier hingeschissen haben.

Sie sah sich um. Eine leere Coladose. Plastikfetzen. Ein einzelner Schuh, ohne Schnürsenkel und mit klaffender Sohle. Möchte wissen, warum überall immer nur ein alter Schuh rumliegt. Was ist mit dem zweiten? Wo ist der geblieben? Marina schwieg und stieß angewidert die Luft aus. Sauerei, hier hinzuscheißen.

Laura rümpfte die Nase. Riechst du es?

Mariele zog an ihrem Mantel. Weg. Gehn wir weg.

Draußen rauschte der Regen.

Wir warten, bis es aufhört.

Laura legte den Arm um sie. Brauchst dich nicht zu fürchten.

Mariele klammerte sich an sie und versuchte, sie nach draußen zu zerren. Ungeduldig fragte sich Laura, was sie jetzt schon wieder hatte. Irgend etwas war immer. Entweder sie hatte Angst und war nicht zu beruhigen, am ganzen Leibe zitternd, durch nichts zu beruhigen, oder sie schloß sich in sich ein und ließ nichts und niemanden an sich heran, oder sie kam aus sich heraus und wurde laut, übermütig und angriffslustig, um sich ganz plötzlich wieder in sich zurückzuziehen, alles ohne für Laura ersichtlichen Grund, als lebte sie auf einer Insel, die gerade groß genug war, daß sie allein darauf stehen konnte.

Um sie abzulenken, zeigte Laura auf die bleichen Gebilde. Sehen sie nicht aus wie zu Stein erstarrte Menschen? Mariele schwieg und klammerte sich nur noch fester an sie. Das Rauschen des Regens wurde heftiger, als ginge es erst jetzt richtig los. Siehst du? Da, ein wenig abseits steht die Weiße Frau. Siehst du sie? Und ganz da hinten, schau, das ist der Dicke Bub, wie er Fersengeld gibt, der Feigling. Siehst du seine Fußsohlen? Mariele entspannte sich ein wenig, und Laura erzählte leise, wie um etwas oder jemanden in der Höhle nicht zu stören, die Sage von der Weißen Frau und dem Dicken Bub, der die Schweine seines Vaters hütete. Es war im Frühling. Da legte sich ihm eine Hand auf die Schultern. Der Dicke Bub drehte sich um. Vor ihm stand eine Frau, die ganz in Weiß gekleidet war. Sie öffnete den Mund, um ihm etwas zu sagen. Er erschrak, als wäre sie der Teufel selbst, drehte sich um und rannte davon in sein Dorf. Kam der Sommer. Wieder hütete der Dicke Bub die Schweine seines Vaters. Da sah er eine kleine weiße Schlange. Die trug eine blaue Blume im Maul und sagte: Nimm diese Blume. Sie ist der Schlüssel zu meinem Kämmerlein droben im Schloß. Da findest du Gold und Silber in Hülle und Fülle. Wieder ängstigte sich der Dicke Bub so, daß er die Flucht ergriff. Kam der Herbst. Die Weiße Frau erschien dem Dicken Bub zum dritten Mal. Sie legte ihm die Hand auf die Schulter und bat, er möchte sie doch erlösen. Ihr Bitten war aber für nichts und wieder nichts. Der Dicke Bub bekreuzigte sich und rannte davon. Die Weiße Frau verhüllte ihr Haupt und klagte: Weh mir, daß ich auf dich gehofft habe. Nun muß ich allwieder harren, bis hier ein Kirschbaum gewachsen und aus seinem Holz eine Wiege geworden ist. Erlösen kann mich nur ein Kind, das in dieser Wiege gelegen haben wird.

Am ganzen Leibe zitternd, klammerte sich Mariele an Lauras Mantel. Laura merkte erst jetzt, daß sie nicht zugehört hatte. Die Wut packte sie.

Was ist denn los?

Mehr als einmal hatte sie Mariele so angefahren, seitdem sie vor den Weißen Frauen geflohen waren. Die Schwalben noch nicht da. Zu früh zum Reisen. Regen, Schneeschmelze und überall Hochwasser. Mußte trotzdem weg. Nachdem selbst die steinerne Mater Gertrudis dem Fleisch hatte nachgeben und sich hinlegen müssen, streng, klaglos und mit geschlossenen Augen, nicht mehr ansprechbar, für nichts und niemanden, war Laura nicht mehr sicher gewesen vor dem Haß der Schwester Walpurgis, die als Mater Gertrudis Stellvertreterin mit rehäugiger Wollust die Führung des Klosters übernommen hatte. Es war die Kammernonne Margareta gewesen, die Laura, wie immer ohne viele Worte, zur Flucht verholfen hatte. Eine verhaltene Freundin in der Not, hatte sie ihr nachts die Kleidung einer im Kloster gestorbenen Pilgerin gebracht, den Mantel, das Reisebündel, den langen Stock und, was das Kostbarste war, den Beutel mit den Papieren. So hatte Laura sich in die Pilgerin Katharina Rosenplut aus Köln verwandelt.

Vor der Mauer hatte sie Margareta gefragt, ob sie nicht mitkommen wolle, obwohl sie die Antwort schon im voraus wußte: Das ist nichts für mich.

Margareta hatte ihr über die Mauer geholfen, und als sie drüben gewesen war, hatte sie ihr die Fidel und den Stock mit dem Bündel herübergereicht. Sie wußte genau, daß Walpurgis ihr die Hölle heiß machen würde, und sie hatte es trotzdem getan: ohne Aufhebens, in dem Einverständnis, das sie verbunden hatte, fast von Anfang an. Es war viel Raum gewesen in dem gemeinsamen Schweigen: die Finger bewegten sich wie von selbst, die Augen waren auf die Arbeit gerichtet. Hin und wieder ein Wort, über die Kälte, den grauen Himmel, die *Ab-*

*geschaidenheit.* Unerträglich, sagte Laura. Da kann man nichts machen, sagte Margareta.

Genauso karg war der Abschied gewesen. Laura war nicht einmal sicher, ob sie sich bedankt hatte, aber dankbar war sie gewesen. Zu dankbar, um sich zu fürchten, als sie allein auf der anderen Seite der Mauer stand. Fuchsbellen, Käuzchenschreie.

Laura schaute zum Himmel, suchte den Polarstern, ging zögernd los, unsicher in der Dunkelheit. Plötzlich war Mariele neben ihr. Über die Angst vor Walpurgis und den Kummer um Gosbrecht hatte Laura das Kind vergessen. Mariele lief neben ihr her wie ein Hund, der fürchtet, davongejagt zu werden. Laura nahm sie bei der Hand. Gut, daß du da bist.

Mariele bewegte sich so sicher, als könne sie im Dunkeln sehen. Unmerklich übernahm sie die Führung.

Als der Morgen dämmerte, krochen sie in ein Tannenwäldchen hinein. Der Boden war trocken und weich. Sie schliefen sofort ein.

Es regnete. Es nieselte, es tröpfelte. Die Wolkendecke riß auf. Über einem Feld die erste Lerche. Schon wollte sich Hoffnung regen, da zog der Himmel sich wieder zu. Regenschleier, Regenwände. Die Feuchtigkeit schlug ihnen beiden auf die Brust. Husten und Schnupfen. Laura meinte, sich noch nie so unwohl gefühlt zu haben in ihrer Haut. Einsilbig tappten sie nebeneinanderher. Mariele mit gesenktem Kopf, stumm duldend wie ein Tier. Es waren noch wenige Reisende unterwegs. Sie mieden die Klöster, obwohl sie dort trocken, warm und sicher hätten nächtigen können. Man hätte ihnen eine Suppe vorgesetzt, aber man hätte auch Fragen gestellt, und noch waren sie nicht weit genug weg von den Büßenden Schwestern.

Auf der Alb ein Zug von Sklaven. Die Händler ritten auf Pferden, schwer bewaffnet und in warmen Mänteln. Die Ware lief barfuß, braune Haut zwischen farblosen Lumpen, hervorstehende Knochen, verfilzte Haare und Bärte. Das Klirren der

Ketten übertönte den Wind. Laura und Mariele kauerten notdürftig verborgen im Unterholz. Einer wandte den Kopf, als hätte er ihren Blick gespürt. Offenbar war noch so viel Leben in ihm, daß er einen fremden Blick spürte, obwohl sein eigener stumpf und starr war, die Brauen zusammengezogen. Laura sah in sein von Ungeziefer zerstochenes Gesicht. Unvorstellbar, daß dieser da einmal gelacht hatte oder jemals wieder lachen würde. In das Klirren der Ketten mischte sich das Zwitschern der Vögel. Spatzen stritten im Gebüsch, und irgendwo auf einem vereinzelt stehenden Baum sang eine Amsel. Der Wind blähte den Mantel des letzten Reiters und zauste den Schweif seines Pferdes.

Auch keine Menschen nit, flüsterte Mariele.

Sie war den ganzen Tag nicht mehr zu beruhigen. Von Sklaven hatte sie nichts gewußt. Laura erklärte ihr, daß dies Sarazenen waren, zum Verkauf an die Klöster bestimmt, wo sie die Schweine hüten und die Drecksarbeit machen würden.

Mariele starrte sie an, die Augen weit aufgerissen, die Brauen so zusammengezogen wie die des Sarazenen, der ihren Blick gespürt hatte, und als sie im Dunkeln schlaflos nebeneinander lagen, sagte sie: Besser war es unter den Wölfen.

Ja, sagte Laura; und noch einmal: Ja. Und dachte daran, wie sehr sie sich vor den Wölfen fürchtete und diese Furcht doch nichts war im Vergleich zu der Angst vor Menschen; ob es die rehäugige Walpurgis war oder die peinlichen Befrager, die Gosbrecht *blutdürstige Raubvögel* genannt hatte. Sie dachte an Margareta, die, als zehntes Kind ihrer Eltern von Geburt an für das Klosterleben bestimmt, im Alter von sechs Jahren feierlich eingemauert worden war, mit nichts als einem Kreuz, und daran, daß alle im Kloster, außer Margareta und Gosbrecht, Mariele ihrer unchristlichen Herkunft wegen abgetan hatten, und daran, daß Mariele unterwegs immer die Nähe von Wölfen gespürt hatte, auch wenn sie nicht heulten. Sie dachte an die Not jener Nacht, als Mariele sie so dringlich aus dem Schlaf geholt hatte, daß sie ihr, ohne zu fragen und ohne zu denken, auf einen Baum gefolgt war. Unten das schweigende Umrunden, kein Knurren, kein Heulen, nur das Tappen und Umkreisen bis in den Morgen hinein, als ein Trupp Panzerreiter sie unwissentlich erlöste. Sie dachte daran, daß Mariele, wenn irgendwo Wölfe heulten, immer genau wußte, wie weit sie weg waren, und daran, daß es Erinnerungen in ihr geben mußte, ein formloses Wissen um Fellwärme und rauhe Zungen, an Winseln, Heulen, Knurren und später an Balgereien, von denen sie ausgeschlossen war, ohne Fell, ohne Schwanz und mit falschen Beinen, schon immer anders als alle andern.

Der Fluß im Dunkeln. Feuer am Ufer und Wagen, Zelte und Menschen, die die Feuer umlagerten oder hin und her gingen. Stimmen und der Schrei eines Esels. An einem der Feuer wurde gesungen. Dahin wandten sich Laura und Mariele.

Wer seid ihr?

Wo kommt ihr her?

Wo wollt ihr hin?

Alles neu für Mariele. Die Spielleute in ihrer Tracht, Rock und Hosen senkrecht in zwei Farben, die eine Hälfte grün, die andere blau. Die Juden in ihren grauen Kutten, einen gelben Kreis über dem Herzen, mit schwarzen Bärten und roten Hüten auf dem schwarzen Haar. Die Fährleute und die gewaltige Fähre, die knarrend im aufgewühlten Wasser dümpelte.

Tage der Rast. Warten darauf, daß das Hochwasser zurückgeht.

Die Spielleute würfelten.

Ich druck dir den Hals zu. Lumpenarsch.

Klöhöbel.

Geh fort, geh fort.

Er runzt. Ich hab es gesehn.

Du färbst.

Nit wahr. Ich färb nit.

Du färbst. Ich hab dich zwickern sehn.

Hör uff, hör uff.

Futze kapore.

Für die Dauer eines Lidschlags glaubte Laura, die Schwarze Joseffa sei da. Das Herz ging ihr auf. Aber es war nur ein Jüngling mit verwittertem Gesicht, Christophorus, der Seiltänzer und Luftmensch, der abends am Feuer die Maultrommel hören ließ.

Spielleute und Lumpen wachsen auf einem Stumpen.

Der Schwarze Mönch sprach mit einer Stimme, die hohl und dumpf klang wie aus einem Grab heraus, und versteckte die Hände in seiner Kutte. Die Spielleute waren ihm ein Splitter im Auge – der Balken, das waren die Juden.

Schau sie dir an, die verblendeten Verfluchten, die Gottesmörder. Er ließ die Hände aus der Kutte und wies in die Richtung, in der die Juden, mit dem Oberkörper vor- und zurückschaukelnd, beteten. Sie haben unsern Herrn Jesus ans Kreuz genagelt. Und ich sage dir, diese Blutschuld schreit nach Rache. Sie muß gerächt werden, und sie wird gerächt werden. Gott will es. Sie schänden den Leib unseres Herrn. Sie treten ihn mit Füßen und pissen und scheißen darauf. Sie vergiften die Brunnen, und wenn sie ihr Passahfest feiern, trinken sie das Blut von Christenkindern. Sie kreuzigen und töten sie und trinken ihr Blut. Ich sage euch, paßt auf euer Kind auf – in diesen Tagen feiern sie ihr schändliches Passahfest.

Das Mönchlein, das sie den Kleinen Bruder nannten, weil er so mickrig und verpickelt war, kicherte albern und rieb sich die Hände.

Junges Blut is ihnen lieber. Doch so sie nix andres können bekommen …

Besorgt sah Laura zu Mariele hinüber. Auch ihr gefiel es nicht, daß das Kind sich so oft bei den Juden herumtrieb und mit glänzenden Augen von ihnen erzählte: Sie machen nach Konstantinopel. Han Salz und Wolle und Felle. Sie han das Meer gesehn. Wasser bis in den Himmel. Das Wasser hört nimmer auf. Die Wellen hören nimmer auf. Und wild is es. Zähmen kann man es nit. Und so du am Ufer sitzt und bist still und tust nix denken, nur horchen, so hörst du Jahwe atmen.

Mariele schaute den Fährleuten zu, wie sie die Segel ausbesserten. Sie schaute dem Fluß zu, wie er floß. Sie schaute den Spielleuten zu, wie sie würfelten.

Von den Mönchen hielt sie sich fern. Wenn die beiden sich ihr näherten, flüchtete sie zu dem Hund des Baders, einem häßlichen Köter, so groß wie ein Kalb und so bösartig, daß alle einen Bogen um den Baderkarren machten. Am Morgen nach ihrer Ankunft hatte Mariele sich vor ihn hingehockt und die Arme geöffnet, und er war schwanzwedelnd auf sie zugelaufen und hatte sich streicheln lassen und ihr die Hand geleckt. Der Bader, genannt Matthäus der Zahnbrecher, war ein großer Kerl mit dem Gesicht eines Säckelschneiders. Er nahm Mariele mit auf die Suche nach Rabeneiern. Die Rabeneier brauchte er für sein Wunder-Wundermittel, dazu getrocknete Hirnschale, Wolfsherz und Wieselblut. Es war nur für wirklich hohe Herrschaften bestimmt und sehr sehr teuer. Für das einfache Volk hatte er ein einfaches Wundermittel. Mariele versicherte, es komme geradewegs aus der Donau und sei nur mit etwas Pisse angereichert.

Stetig fiel das Hochwasser. Die Fährleute machten das Schiff zum Übersetzen bereit. Und plötzlich ließ Mariele den Kopf hängen und lief umher wie ein geprügelter Hund. Nachts lag sie da und zitterte.

Der Bader gab Laura etwas von seinem Wundermittel. Laura strich ihm dankend über den Arm und erschrak. Ihre Finger versanken in losem Gewebe ohne jeden Zusammenhalt. Es paßte nicht zu dem Säckelschneidergesicht, es paßte nicht zu dem großen Kerl mit den langen Beinen und den langen Schritten, und doch war Laura sicher, daß sie mitten in das bedrohlich schwache Fleisch eines Feiglings gegriffen hatte. Ihr fiel ein, was die Spielleute über den Mann sagten: Der Fladerfetzer dubscht unter der Herbstzeitlosen ihrer Knute.

Herbstzeitlose nannten sie die Badersfrau, weil sie den das Blut vergiftenden bösen Blick hatte.

Mariele schlich umher, als wollten ihre Beine sie nicht tragen.

Das waren die Juden, sagte der Schwarze Mönch.

Nein, sagte Mariele, als er weg war. Die Kinder Israels han nit keinen bösen Blick nit.

Laura sah zu den Juden hinüber. Sie hatten die Gebetsmäntel angelegt und waren damit beschäftigt, die Arme mit Riemen zu umwickeln. Laura sah eine kleine Schar plumper grauer Vögel mit spitzen roten Schnäbeln, ein bißchen lächerlich, ein bißchen unheimlich und sehr fremd. Es gab nichts, was sie verband mit diesen Judenvögeln am Ufer der Donau. Sie kamen aus einer anderen Welt, und sie lebten in einer anderen Welt. Sie beteten mit schaukelnden Oberkörpern, und sie wuschen sich jeden Tag.

Das Blut unseres Herrn können sie doch nicht abwaschen, sagte der Schwarze Mönch und regte die Hände in der Kutte. Blut klebt an ihren Händen. Es schreit zum Himmel. Und er entließ eine Hand, um mit dem Finger auf sie zu zeigen. Und plötzlich fuhr er Mariele an. Und du machst dich gemein mit den Gottesmördern.

Mariele duckte sich schweigend. Erst als er weg war, sagte sie: Sie warn es nit.

Die Fähre schaukelte bedrohlich. Es fing an zu regnen. Mariele klammerte sich an Laura.

Der einzige, der so tat, als fürchtete er sich überhaupt nicht, war Jehuda ben Aaron, der Älteste der Juden. Von seinen Glaubensbrüdern und seiner Tochter umgeben, erzählte er was, fuchtelte mit den Händen und lachte, verschmitzt wie ein kleiner Junge, zahnlos, krummbeinig und gedrungen, in die Breite gegangen wie ein alter Baum. Er kehrte die Handflächen nach außen und zuckte kokett mit den Schultern. Laura sah, wie der Schwarze Mönch zu ihm hinüberstarrte. Er schien es nicht zu merken und wandte sich seiner Tochter zu. Die Tochter hieß Bat Jam und war die einzige Frau in der Gruppe. Sie war einen Kopf größer als der Vater, und ihr Körper schien mühelos mit dem Schaukeln und Schlingern der Fähre mitzugehen. Offenbar hatte sie das Starren des Mönchs bemerkt. Laura sah, wie sie die Stirn runzelte und das Kinn hob, die Augen jedoch gesenkt hielt.

Fluchend arbeiteten die Fährleute.

Laura schaute auf das dunkel brodelnde Wasser. Seit dem Morgen war sie mit der Erinnerung an einen Traum umhergegangen, der seine Form verloren hatte, aber ihr Gemüt verdüsterte, ohne daß sie hätte sagen können, warum. Jetzt fiel es ihr ein. Sie hatte den Vater gesehen, wie er aus dem Wasser auftauchte, mit einer dicken Schicht von Algen bedeckt, nur noch den Umrissen nach als menschliche Gestalt zu deuten, ansonsten unkenntlich, aber sie wußte, daß er es war, den sie zuletzt als kleines Mädchen gesehen hatte, hoch zu Roß und in Rüstung.

Die unruhigen Beine des väterlichen Rosses vor Augen, horcht Laura auf das Prasseln des Regens draußen vor der Höhle. Mariele klammert sich an den Mantel der im Kloster der Büßenden Schwestern gestorbenen Pilgerin Katharina Rosenplut, verkrallt sich in Lauras Arm, preßt sich an sie, als wolle sie in sie hineinkriechen. Vergeblich versucht Laura, sich freizumachen. Ihr ist die Höhle plötzlich auch unheimlich: der strenge Geruch, die bleichen, unbeweglichen Figuren im Halbdunkel und ein Laut, der ihr durch und durch geht. Der Schreck fährt ihr in die Glieder, noch bevor sie die beiden grüngelb glimmenden Punkte in den Tiefen der Höhle sieht. Es klingt klagend und drohend zugleich, es übertönt das Geräusch des Regens, und jetzt weiß Laura, daß es das Knurren eines aufgestörten Tiers ist. Das Knurren geht in wütendes Heulen über.

Ohne zu denken, dreht Laura sich um und flieht, hört nicht das Reißen ihres Mantelstoffs, nur Marieles Schreien. Die Wölfin hat sich in das Kind verbissen, und Laura rennt in den Regen hinaus, stolpert über den zerrissenen Mantel, stürzt, rappelt sich auf und läuft weiter.

Als sie später zurückkehrte, war von Mariele keine Spur mehr. Mit einem Knüppel bewaffnet, tat sie ein paar Schritte in die Höhle, lauschte und starrte angestrengt ins Halbdunkel, ergriff Fidel und Reisebündel und eilte davon, ohne sich noch einmal umzublicken.

Es war wie ein furchtbares Aufwachen nach einem Schlaf voller Träume und Wunder. Nichts würde je wieder sein wie vorher. Kein heimliches Hoffen mehr auf ein Wiedersehen mit Gosbrecht. Er würde nach Mariele fragen, und sie müßte sagen: Ich konnte ihr nicht helfen. Ich bin davongelaufen.

Die Scham darüber würde sie fortan begleiten. Ihr schien, es war die Strafe dafür, daß sie Konrad verraten hatte, daß sie nicht geblieben war, wo sie hätte bleiben sollen, daß sie sich Räubern und Mördern angeschlossen und die Nonnen belogen hatte, eine gerechte Strafe für diese und andere entsetzliche Sünden. Und Mariele fehlte ihr. Ihr fehlte Marieles Fragen und Marieles Übermut. Sogar Marieles Angst fehlte ihr. Niemand mehr da, um den sie schützend den Arm legen konnte. Plötzlich spürte sie ihre eigene Angst wieder viel mehr.

Sie hielt sich fern von den Menschen wie zu der Zeit nach dem Tod der Renata von Katzenelnbogen. Die Brust tat ihr weh. Die Glieder schmerzten. Die Augen waren geschwollen. Weinen konnte sie nicht. Wieder und wieder kehrte sie in Gedanken zurück zu dem Augenblick, als Mariele versucht hatte, sie fortzuzerren aus der Höhle, und hätte alles darum gegeben, wenn sie ihr Beharren hätte rückgängig machen können, und versicherte sich ein ums andere Mal, daß der Regen heftig gewesen war, fragte sich, ob sie Mariele nicht doch hätte helfen können, sagte sich, daß sie nichts gehabt hatte als ihre bloßen Hände, und schon war sie wieder bei dem Augenblick, als Mariele sie fortziehen wollte und sie es nicht zuließ, wegen des Regens, weil sie ja nicht wußte, daß da eine Wölfin war, die wahrscheinlich Junge hatte, und fragte sich, warum Gott sie so strafte, was hab ich getan? Was sie getan hatte, wußte sie, aber sie verstand nicht, warum das Kind dafür büßen mußte, etwas war nicht richtig, irgend etwas stimmte nicht. Sie fragte sich, was es war, und kam darauf, daß es Strafe nicht sein konnte, weil Gott gerecht war, aber wenn es keine Strafe war, was war es dann? Sie versuchte, sich zu sagen, daß Gottes Wege unerforschlich sind, und langte wieder bei dem Augenblick an, als Mariele sie wegziehen wollte, und fragte sich, warum Mariele nicht ohne sie geflüchtet war, und wurde noch elender, als sie begriff, daß das Kind sein Leben für sie gegeben hatte. Und so, wie ihre Gedanken im Kreis gingen, gingen auch ihre Füße im Kreis. Obwohl der Weg leicht zu finden war, verirrte sie sich immer wieder. Es war, als wäre ihr mit Mariele ein Sinn verlorengegangen. Wieder und wieder wußte sie plötzlich nicht mehr, wo sie sich befand, noch wohin sie sich wenden sollte. Die Füße schmerzten. Der Hunger wütete. Sie sehnte sich danach, die geschwollenen Lider zu schließen. Es wurde dunkel und hell und wieder dunkel. Sie verkroch sich in irgendeinem Wäldchen oder Gebüsch. Höhlen mied sie. Von ihren Träumen wußte sie nichts. Sie horchte auf Hähnekrähen und Hundegebell, und wenn sie ein Licht sah, wagte sie nicht, darauf zuzugehen. Es mehrten sich die Sümpfe, aus denen heraus es schnarrte und quakte.

Eines Abends fand sie sich bei der Erle wieder, unter der sie Tage zuvor geschlafen hatte.

Sie ließ sich fallen und betete, die Stirn an den Stamm gelehnt. *Aus der Tiefe rufe ich, Herr, zu Dir: Herr, höre meine Stimme!*

# XVI

## Bat Jam

Galgen kündigten die Stadt an. Sich im Wind drehende Gestalten, schwarz von Raben.

Wäscherinnen am Fluß. Ochsenkarren. Reiter. Eine Gruppe von Pilgern. Es waren jetzt mehr Menschen unterwegs.

Die Stadtmauern tauchten auf.

Laura richtete es so ein, daß sie mit den Pilgern am Tor anlangte. Vorsichtig zog sie das Schreiben des Kölner Klerikers aus dem noch immer feuchten Beutel.

Die Torwächter ließen sich Zeit. Man mußte sich gedulden. Schweigendes Warten. Die Wächter stellten gleichmütige Fragen, zeigten undurchdringliche Mienen.

Laura folgte den Pilgern in die Stadt hinein, obwohl sie nicht wußte, was sie dort sollte. Sie hatte nicht einmal mehr Hunger.

Die Fidel an sich gepreßt, setzte sie müde einen Fuß vor den andern. Auf der Fidel hatte sie zuletzt an der Donau gespielt. Das Ohr hörte nicht. Das Auge sah nichts als Misthaufen, Hunde- und Katzenkadaver und Fliegen.

Verloren stand sie am Markt herum und versuchte zu überlegen, wohin sie sich wenden sollte. Das Herz war leer, und der Kopf war leer. Kein Gedanke wollte sich einstellen. Ratlos schaute sie in das Gedränge. Gegenüber der Kirche standen ein paar Juden zusammen. Ihre roten Hüte erinnerten an in der Luft herumpickende Vogelschnäbel, und da war einer, der mit den Händen redete, die Arme ausbreitete, die Handflächen nach außen kehrte. Laura konnte sein Gesicht nicht sehen, aber dieses kokette Achselzucken kannte sie. Unter all den fremden Menschen gab es plötzlich jemanden, den sie kannte. Am liebsten hätte sie gewunken und gerufen. Aber es waren Juden. Laura stand unschlüssig. Sie kamen aus der Welt, in der es Mariele noch gegeben hatte. Mariele und den Schäfer Gosbrecht, der die Juden in einem nun schon sehr weit zurückliegenden anderen Leben die *weißen Aussätzigen* genannt hatte, weil ihre Haut weiß war und ohne Aussatz und sie dennoch als Aussätzige betrachtet wurden, mancherorts sogar mit einer Klapper gehen mußten, ganz wie die von Aussatz Befallenen, aus der Gemeinschaft Ausgestoßenen, von Mutter und Vater, Geschwister und Kindern, von der oder dem eigenen Liebsten, von allen, die nicht aussätzig waren, Abgeschnittenen, als wäre es nicht Pein genug, bei lebendigem Leib zu verfaulen und die eigenen Glieder eins nach dem anderen abfallen zu sehen.

Sie waren nicht so allein wie sie, und sie bedurften ihrer nicht. Jehuda ben Aaron begrüßte sie mit einem zurückhaltenden Nicken und wandte sich wieder den anderen Männern zu, die Laura nicht zu beachten schienen. Nur die junge Frau, die den Vater überragte und Bat Jam hieß, reichte ihr die Hand mit einem Lächeln und fragte nach Mariele.

Laura wollte etwas sagen, erzählen, was geschehen war, brachte aber kein Wort heraus und fing an zu weinen, mitten auf dem Marktplatz von Augsburg, in den Armen einer jungen Jüdin, die sie fortführte und in ein Haus brachte, vorbei an neugierig schauenden Kindern und einem vor sich hin dösenden, weißbärtigen Alten, in die Kammer, in der sie schlief. Dort saßen sie miteinander auf dem Bett, und Laura schüttete ihr Herz aus. Zum ersten Mal, seitdem sie unterwegs war, sagte sie alles: woher sie kam, wer sie war und warum sie sich auf den Weg gemacht hatte. Der Schwarzen Joseffa hatte sie es nicht sagen können, dem Schäfer Gosbrecht nicht und nicht der Mutter Oberin und nicht einmal der Kammernonne Margareta, die sie vielleicht doch verstanden hätte.

Der Tochter des Kaufmanns Jehuda ben Aaron erzählte Laura alles, was sie so mühevoll verborgen hatte, und als sie zu dem Augenblick kam, da noch Zeit gewesen wäre, mit Mariele zu fliehen, fing sie wieder an zu weinen. Die Tränen kamen wie ein Fluß, der nach der Schneeschmelze über die Ufer tritt. Auch Bat Jam weinte. Sie warf ihr nichts vor, und sie sprach sie nicht frei. Sie hielt Lauras Hand und sagte leise, daß Mariele nun niemals das Meer sehen würde.

Sie hat sehn wollen das Meer. Jam, so heißt es in unserer Sprache. Und Bat Jam heißt Tochter von Meer.

Tochter des Meeres, so hatte Jehuda sie genannt, nachdem er sie am Meeressaum gefunden hatte, nackt und o-beinig durch den Sand tapsend, als wäre sie gerade dem Wasser entstiegen und tue ihre ersten, noch unsicheren Schritte an Land.

Sie selber erinnerte sich an nichts, und Jehuda hatte ihr nicht mehr sagen können, als daß ihre Eltern und Geschwister von Wallbrüdern erschlagen worden waren.

Wallbrüder?

Ihr nennt sie Kreuzfahrer. Sie waren zerlumpt und halb verhungert, und sie hielten sich schadlos an den Kindern Israels.

Laura mußte daran denken, daß ihr einst beim Kreuzzug im Morgenland verschollener Vater unter den Mördern von Bat Jams Familie hätte gewesen sein können, wagte aber nicht, das auszusprechen, obwohl sie sicher war, daß Bat Jam auch daran dachte.

Du bist gewiß hungrig.

Bat Jam erhob sich und ging hinaus.

Allein in der fremden Kammer, starrte Laura auf die kahlen Wände und fragte sich, was fehlte, etwas, das sonst immer da war. Im Hof krähte ein Hahn. Laura schloß die Augen und stellte sich vor, sie sitze auf dem Bett in ihrer Kemenate und werde gleich aufstehen, um zur Frühmesse zu gehen. Es war ein angenehmes Gefühl, bis ihr in den Sinn kam, was Pater Konstantin dazu sagen würde, daß sie bei den Gottesmördern

Zuflucht gesucht hatte. Laura riß die Augen auf und wußte plötzlich, was fehlte. Kein Kreuz an der Wand.

Bat Jam kam mit einer Schale Suppe und einem Krug Milch wieder. Sie reichte Laura den Krug mit der noch warmen Milch und lächelte ihr zu.

Jehuda hatte sie mitgenommen, um sie seiner Frau Schoschanna zu übergeben. Sie sollte mit seinen Kindern zusammen aufwachsen, doch als sie ankamen, hatte Jehuda keine Frau und keine Kinder mehr. Eine Rotte heimkehrender Wallbrüder hatte sie erschlagen, während sie im Weinberg arbeiteten. Das Haus stand noch.

Laura wollte es nicht glauben. Sie wollte nicht glauben, daß Männer, die das Kreuz genommen hatten, eine Frau und ihre Kinder erschlagen konnten, *einfach so.* Und unter denen, die im Zeichen dieses Kreuzes gemordet hatten, waren die Ihren, sie gehörte dazu, sie war eine aus der Welt der christlichen Mörder. Sie aß die Suppe und trank die Milch und fühlte sich aussätzig in dem Gewand der Pilgerin Katharina Rosenplut.

Alle Erwachsenen im Haus außer Bat Jam hielten sich fern von ihr. Sie saß mit bei Tisch, aber niemand richtete das Wort an sie. Sie benutzten Ausdrücke, die Laura nicht verstand. Sie lachten, und Laura konnte nicht mitlachen. Ohne Bat Jam wäre es gewesen, als gäbe es sie nicht. Und wären da nicht die von der Stadt hereindringenden Geräusche gewesen, das Läuten der Glocken und die Stimmen der Ausrufer, sie hätte geglaubt, weit fort zu sein in einem fremden Land.

Der Hausherr, ein Mann mittleren Alters mit buschigen Augenbrauen und vom Bart überwucherten Lippen, duldete ihre Anwesenheit, schenkte ihr aber keinerlei Beachtung. Nur die Kinder kamen, scheu und neugierig, und brachten ihr alle möglichen Wörter bei, die sie gleich wieder vergaß. Von Sara, dem einzigen Mädchen, lernte Laura, was *koscher* ist und was *trejf,* daß man das Schwein nicht essen darf und warum man Milchding und Fleischding trennen muß. Sie gewöhnte sich an den Segen und das Händewaschen vor dem Essen und danach und an den gelben Kreis auf den Mänteln, immer an der gleichen Stelle, da, wo das Herz sitzt. Sie gewöhnte sich daran, in dunkle Augen zu sehen, aus denen eine Trauer sprach, die älter war als sie, in allen Augen die gleiche stumme und widerspenstige Trauer, schon die Kinder hatten sie, überall im Haus begegnete Laura diesem verhangenen Blick.

Sie wußte nicht, wie es weitergehen sollte, hoffte einmal darauf, daß Bat Jam den Vater überreden würde, sie mitzunehmen auf die Reise ins Morgenland, und war dann wieder drauf und dran, das Judenhaus auf der Stelle zu verlassen, um alleine weiterzuziehen. Aber sie verstand jeden Tag ein bißchen mehr von dem, was um sie herum geredet wurde, sie hörte Wörter heraus, die sie in Lämmerschlags Bande gelernt hatte, und sie gewöhnte sich an, mit einem langgezogenen Schalom zu grüßen wie die anderen auch.

Menschen kamen und gingen. Die einzigen, die das Haus nie verließen, waren Laura und der vor sich hin dösende Alte. Er ging nicht einmal mehr ins Bethaus und aß und trank nur, wenn er gefüttert wurde. Er hieß Elimelech und war ein Übriggebliebener aus Nürnberg. Während Laura auf dem Tannenberg saß und auf ihren Mann wartete, hatte in Nürnberg ein Ritter gehaust, der Rindfleisch zu Röttingen hieß. Er hatte das Volk aufgehetzt, die Judäer zu vernichten, und sie waren ihm willig gefolgt, nicht nur in Nürnberg und Nördlingen, wo sie in einer einzigen Nacht im Heumonat Hunderte von Männern, Frauen und Kindern ermordet hatten, sondern auch in Gunzenhausen und Wassertrüdingen, in Hohentrüdingen und Spielberg, in Oettingen und Hürnheim. Bat Jam zählte die Orte auf, als gälte es, die Erinnerung daran wachzuhalten, was dort geschehen war. Es klang wie das Totengebet, das sie für Mariele gesprochen hatte, und weil so viele ermordet worden waren, daß man ihrer nicht einzeln gedenken konnte, mußte der Name eines jeden Ortes für die dort Ermordeten stehen. Kein menschliches Gedächtnis konnte die unzähligen Namen der Opfer fassen. Die Namen der Täter waren nirgends verzeichnet und schon in Vergessenheit geraten, bis auf den einen, der heute noch seine Suppe in Frieden ißt.

Es ist dunkel in der Kammer. Laura kann Bat Jam nicht sehen. Sie hört die Stimme der Freundin, die ihr vertraut geworden ist, diese warme volle Stimme, die die Ruhe verliert und hoch und schrill wird und ins Judendeutsch verfällt, *wir* und *ihr* sagt, nicht mehr aufhören kann, nachdem sie einmal angefangen hat, und über den Graben, der sich zwischen ihnen aufgetan hat, hinweg die Vorwände aufzählt, die dazu dienten, das Morden zu rechtfertigen. Die Judäer hätten Hostien geschändet, darauf gepißt und geschissen und sich auf jede nur erdenkliche Weise an ihnen vergangen. Sie verursachten Seuchen, indem sie giftige Pulver in Quellen und Brunnen streuten. Sie verhexten Ställe und sögen durch Fernzauber Blut aus menschlichen Körpern. Sie kreuzigten Wachsbilder und schlachteten Christenkinder zum Passahfest, um Matzen aus ihrem Blut zu machen.

Un es is grad andersrum. Ihr seid es, wo Menschenblut sauft, nit wir. So ihr gejt zu eurem Abendmahl – was sauft ihr da? Das Blut von Joschua Nozri. Laura schweigt, und Bat Jam lacht. Un take das Blut fun a Jidn.

Laura schweigt. Gedämpft durch die Mauern des Judenhauses dringt die Stimme des Stundenausrufers in die Kammer. Auch Bat Jam schweigt jetzt. Seite an Seite horchen die Frauen auf das Tropfen des Regens, den sie bisher nicht wahrgenommen haben. Laura liegt mit offenen Augen, schaut vor sich hin ins Dunkel und spürt den Riß, der durch sie hindurchgeht, und denkt an Flucht und daran, wie das wäre, alleine draußen im Regen, ohne Bat Jam, die leise sagt, is nit deine Schuld nit, deine Schuld isses take nit, und ihr die Hand auf den Arm legt. Aber du mußt wissen. So du gejst mit uns, mußtu wissen.

In Regensburg haben sie siebenhundertvierundneunzig Hebräer erschlagen. Ihre Namen sind verzeichnet im Buch der Märtyrer. Hundertundacht waren bereit, die Taufe auf sich zu nehmen. Sie wollten nicht sterben. Ich würde es tun wie sie. Ich will leben. Ich würde übertreten. Vielleicht.

Sie machten ein großes Kreuz und warfen es in die Donau. Sie trieben die Juden ins Wasser und tauchten sie unter und lachten. Sie schrien, jetzt seid ihr Christen. Und wehe euch, ihr kehrt zu euerm Aberglauben zurück. Sie verbrannten die Synagoge, und aus den Schriftrollen schnitten sie Einlagen für ihre Schuhe.

Irgendwo im Haus weinte ein Kind. Bat Jam stand auf und ging hinaus, um nachzusehen.

Allein in der Kammer, stellte Laura sich vor, wie das wäre, wenn *sie* jetzt kämen, um Bat Jam und Jehuda und Sarale zu holen, den alten Elimelech und Elijahu ben Menachem ha Levi, der in England zu Hause gewesen war, bis König Eduard die Juden vertreiben ließ, alle miteinander ohne Ausnahme, willige Hände finden sich immer, und Elijahu hatte nichts mitnehmen können außer seiner Liebe zur Musik und zur Dichtkunst. Plötzlich bewaffnete Kerle im Haus, die zerstören, was dir lieb ist, und dich wegschleppen oder gleich an Ort und Stelle töten, ungestraft von Gott und den Menschen. Laura horchte auf die Geräusche im Haus und fragte sich, ob sie schreien würde, nein nein, ich gehöre nicht dazu, ich bin keine von *ihnen,* ich bin eine von *euch.* Mehr als für alles, was sie je getan hatte, schämte sie sich für das, was sie tun könnte, und als Bat Jam zurückkam, fragte sie: Wer war es? Was ist? Gerade so, als ob es auch sie etwas anginge, wenn im Haus ein Kind weinte. Aber sie hörte nur mit halbem Ohr zu, als Bat Jam berichtete, es sei Schloimele gewesen, der schlecht geträumt habe, weil ihr plötzlich klargeworden war, daß sie nicht einmal mehr die Wahl hatte, sich zu entwürdigen und zu leben oder zu schweigen und zu sterben. Sie würden sie so oder so erschlagen.

Bat Jam legte sich wieder hin, und Laura erzählte leise, daß ihr Beichtvater auf der Burg, ein nach Bock stinkender Dominikaner namens Pater Konstantin, die Juden mit dem Brudermörder Kain verglichen habe. Und daraus, sagte sie, leiten sie das Recht ab, ihren Bruder, den Juden, zu erschlagen.

# XVII

## Jehuda

Es kamen warme Tage. Das Glück, müßig auf dem Hof zu sitzen und das Gesicht in die Sonne zu halten. Sabbatruhe. Pikkende Hühner und die Katze, die Junge hat. Mit hängendem Bauch und geschwollenen Zitzen streicht sie an der Hauswand entlang und verschwindet im Stall. Geräusche der Stadt dringen in den stillen Hof, Hämmern und Hundegebell, Glockenläuten und Rinderbrüllen, das Rattern der Wagen, die Klänge einer Schalmei ganz in der Nähe und die ferne Stimme eines Ausrufers. Laura kann die Worte nicht verstehen, aber der Rhythmus sagt ihr, daß er Verlorenes ausruft. In den Apfelbäumen summen Bienen, und Schwalben schießen durch die Luft. Fliegenumschwirrt dösen die vor dem Stall angebundenen Maultiere vor sich hin, träge schlagende Schweife, zukkende Ohren. Jehudas gedrungene Gestalt, die flink und leicht hinkend geschäftig ihrem Schatten hinterhereilt. Der Aufbruch steht bevor. Er nimmt es nicht so genau mit der Religion, und er hat auch sonst keine Ruhe, immer muß er sich etwas zu schaffen machen, den Sabbat verbringt er mit Ungeduld. Er untersucht die Hufe der Maultiere, klopft Hälse, prüft Zaumzeug. Im Schuppen stehen die Säcke mit der Ware, Salz, Wolle und Felle. Wind fährt in den Birnbaum, unter dem Laura und Bat Jam sitzen, und bringt die Schatten der Zweige in Bewegung.

Tate?

Jehuda brummelt und läßt das Leder eines Zügels durch die Hand gleiten.

Tatelebn!

Jehuda sieht kurz auf und beschäftigt sich dann wieder mit dem Zügel.

Wos is die Majße?

Seine Stimme klingt gleichgültig, aber Laura hat den Verdacht, daß er weiß, was Bat Jam von ihm will, und nur vorgibt, als wisse er nichts, in der Hoffnung, sie abzuschrecken.

Bat Jam hat Laura versprochen, nicht ohne sie zu reisen, wohl wissend, daß der Vater sie nicht zurücklassen wird. Jetzt steht Bat Jam auf und geht zu Jehuda hinüber.

Laura starrt auf den Misthaufen und tut, als wäre sie nicht da. Sie hat Angst. Angst, doch zurückbleiben zu müssen, plötzlich wieder alleine zu sein, nackte Angst, sie weiß schon gar nicht mehr, wovor, lähmende Angst vor allem und jedem, Angst, krank zu werden, allein in der Fremde, der Zahn schmerzt sie, und sie hat Angst vor dem Bader. Sie sieht Jehudas abwehrend ausgestreckte Hände.

Du weißt nit, wos du redst!

Im Mist kratzt der Hahn, und Laura sieht sich verbluten, allein in der fremden Stadt, in der sie keinen Menschen kennt und niemand, der ihr die Hand halten wird beim Sterben.

Den Zügel in der Hand, schaut Jehuda zu Bat Jam auf, die unnachgiebig vor ihm steht.

Nischt weißtu. Sie bringt uns ins Schlimasl.

Er hängt den Zügel über einen Mauervorsprung und will sich abwenden, aber Bat Jam hält ihn fest und fragt, ob es sich nicht gezieme, Rachmones zu haben, sie sei Christin oder Jüdin.

Jehuda fängt an, sich aufzuregen und mit den Händen zu fuchteln. Rachmones mit der meschuggenen Schikse? Ein Seitenblick zu Laura, die unglücklich in ihrem Pilgerinnengewand unter dem Birnbaum hockt. Wos is dos? Wo hat mer so eppes gehert? A Schikse hot zu wartn af ihrn Mann ahejm. Diese do hot sich eingebrockt die Supp, sollse löffeln. Jehuda gibt dem Maultier neben sich einen kräftigen Schlag auf den Hintern. Gojim Naches!

Tate, sagt Bat Jam, und ihre Stimme klingt so flehend, daß Laura alles verloren glaubt. Laß mein Wort nit af die Erd falln.

Jehuda breitet die Arme aus und läßt sie ohnmächtig sinken.

Hackel min ha Ische.

Den Tränen nahe, starrt Laura auf den scharrenden Fuß des Hahns. Jetzt wird auch Bat Jam laut. Hackel min ha Ische. Hackel min ha Ische. Kriej die Kränk! Und sie wendet sich Laura zu. Weißtu, wos er eben hot gesagt? Er hot gesagt: Alles kommt von der Frau. Und er meint: alles Böse.

Laura läßt die Mundwinkel hängen und zuckt die Achseln.

Jehuda will die Gelegenheit nutzen, um sich zu verziehen. Bat Jam fährt herum und richtet sich zu ihrer vollen Größe auf.

Es steht geschrieben: Jeder Mensch ist eine ganze Welt. Wer einen Menschen tötet, zerstört eine ganze Welt. Wer einen Menschen rettet, rettet eine ganze Welt.

Kriej du die Kränk! brüllt Jehuda und versucht, sich an ihr vorbeizudrängen, aber sie verstellt ihm den Weg, und Laura sieht etwas wie ein Lachen in dem zornigen alten Gesicht. Einen Augenblick lang hofft sie, daß er auf dem Rückzug und doch nicht alles verloren ist.

In der Schmate da?!

Jehuda weist auf das Gewand der Pilgerin Katharina Rosenplut, und so, als habe er sich wieder gefangen und ginge zum Gegenangriff über, erklärt er abschließend:

Mit einem Toches kann mer nit sitzen af zwej Chaßnes.

Mehr als sonst hinkend, eilt er an Bat Jam vorbei in den Stall. Laura sackt in sich zusammen.

Bat Jam kommt auf sie zu.

Geh, hol die Fidel.

Wieder unter dem Birnbaum, stimmt Laura lustlos die Fidel. Seit Marieles Tod hat sie nicht mehr darauf gespielt. Die Finger sind ungelenk geworden. Sie horcht den Tönen nach und merkt nicht, wie sie den schmerzenden Zahn vergißt und die Angst sich zurückzieht. Sie schaut dem Hahn zu, wie er vom Misthaufen flattert und über ein Huhn herfällt, das gackernd davonläuft. Die Fidel ist völlig verstimmt. Laura muß immer wieder von vorne anfangen. Vor ihrem inneren Auge taucht Mariele auf. Sie steht in der offenen Küchentür mit den schwarzen Zöpfen und den Abendschatten im Gesicht. Gemeinsam stecken sie ihre Finger in den Honigtopf und lachen sich an. Laura beginnt zu spielen, und plötzlich sieht sie, wie blau die Schwertlilien sind und daß die Pfingstrosen schon dicke Knospen haben, ihr Blick fällt auf den Ziegenbock, der unter den Apfelbäumen weiter hinten im Garten angebunden ist, er liegt mit eingeknickten Vorderbeinen und mampft vor sich hin, der Wind fährt in seinen Bart, und er verstellt die Ohren, als lausche er zu Laura hin, die ein Lied von Herrn Neidhart singt. Die langen, löffelförmigen Ohren bringen die Erinnerung an den Schäfer Gosbrecht und seine beruhigende Nähe. Neben ihr sitzt Bat Jam, die anfängt, leise mitzusingen.

Jehuda eilt vom Stall in den Schuppen. Bat Jam und Laura sehen sich an und heben gleichzeitig die Stimmen.

Ein Lied geht in das andere über.

Einen Weinschlauch in der Hand, erscheint Jehuda in der Tür des Schuppens. Er hört zu, klopft den Takt mit dem Fuß und lacht, und während Laura sich fragt, wie es kommt, daß *sie* die gleichen Lieder kennen wie sie, fällt er ein, zuerst nur leise und verhalten brummend, dann aus vollem Halse, und als Laura ein Lied von Süßkind von Trimberg anstimmt, das Christophorus ihr in den Tagen an der Donau beigebracht hat, schwingt er den Weinschlauch im Takt.

Endlich fragt Bat Jam hinterhältig.

Spieltse nit schejn?

Se spielt schejn.

So nimmse mit.

Jehuda läßt den Weinschlauch fallen und zeigt die leeren Handflächen.

Mit zwejn von die Sort lieg ich bald mitn Kopp in der Erd.

Bat Jam springt auf und umarmt ihn. Frohen Herzens blickt Laura auf den schon recht kahlen Schädel an der Brust ihrer Freundin. Sie drückt die Fidel an sich, die sie wieder einmal gerettet hat.

Jehuda bückt sich nach dem Weinschlauch.

Aber nit in der Schmate da.

Laura vertauscht das Pilgerinnengewand mit Kleidern von Bat Jam, und Miriam, die Frau des Hauses, die ihr nie wohlgesonnen war, jammert.

Wos sol ich machen mit der Schmate? Ojweawojli! A gojische Schmate in a jiddischem Haus! Ein harter Blick zu Laura hin, daß die Freude aus dem Herzen flieht und die Schuldgefühle einziehen. Bitternis in der Stimme. Und ich darfse hobn af Kapores! Aber die Finger befühlen den Stoff. Chaval. Und auch Bat Jam sagt: Schade drum. Ihre Hand streicht bedauernd über den Stoff, und Laura steht schuldbewußt herum. Und dann kommt auch noch Jehuda dazu und greift nach einem Zipfel des Pilgerinnengewandes und reibt ihn prüfend zwischen den Fingern. Anerkennendes Nicken. Seufzen. Achselzucken.

Verbrennse.

Miriam rafft das Gewand zusammen und stopft es ins Feuer.

Jehuda verläßt die Küche.

Schweigend starren die drei Frauen in die Flammen.

Miriam greift nach dem Schürhaken, stochert im Feuer und sagt halblaut vor sich hin: Das is a Futze kapore.

# XVIII

## Futze kapore

Laura konnte nicht schlafen. Sie horchte auf das Grölen aus dem Wirtshaus und hörte etwas anderes als früher, nicht mehr einfach nur streitende Männerstimmen, laut und heiser, immer schon unangenehm und zuweilen, wenn sie sich allein und wehrlos gefühlt hatte, auch unheimlich, aber es hatte nichts mit ihr zu tun gehabt. Jetzt hörte sie hin mit dem Wissen, daß es umschlagen, daß ihre Wut sich gegen sie richten konnte. Gleichgültig, was sie tat oder nicht tat, es genügte, daß sie da war. Als wäre sie plötzlich zu viel auf der Welt. Vergebens sagte sie sich, daß sie keine Angst zu haben brauchte, daß augenblicklich keine Gefahr drohte. Immer, wenn sie kurz vor dem Einschlafen war, sah sie Miriam vor sich, wie sie mit dem Schürhaken in der Hand ins Leere starrte und, als sähe sie etwas, das Laura nicht sah, vor sich hin murmelte: Das is a Futze kapore.

Es war ihr wie ein Fluch erschienen, noch bevor sie gewußt hatte, was es bedeutete. *Futze,* so hatte Bat Jam erklärt, bedeute *futsch,* und *Kapore,* das sei der Hahn, der nach altem Brauch am Vorabend des Versöhnungstages als Sühneopfer dargebracht werde. Es müsse ein lebendiger Hahn sein. Er werde dreimal über dem Kopf geschwenkt, und das heiße *Kapores schlogn.* Danach werde er geschlachtet. Der Versöhnungstag heiße Jom Kipper, und in den Tagen der Väter, als die Israeliten noch nicht über die Erde verstreut lebten, sei an diesem Tag ein Ziegenbock in die Wüste gejagt worden, beladen mit den Sünden des Volkes. Lauras Befremden und Bat Jams ruhige Stimme in der Dunkelheit der Kammer, in der die Reisebündel schon bereitlagen. Menschen brauchen ein Wohin mit ihrer Schuld, der wirklichen und der vermeintlichen, die vielleicht gar keine ist, aber gerade so schwer wiegt, so lastet und niederdrückt, als wäre sie wirklich, und wer kann das eine trennen vom andern. Es gibt Menschen, denen ist die eingebildete Schuld eine solche Bürde, daß sie kaum mehr einen Fuß vor den andern setzen können, und andere gehen umher, frei und unbeschwert von ihren Taten, oder glaubst du, der Ritter von Rindfleisch trägt an dem, was er den Unsern angetan hat?

In der Stadt läuteten die Glocken. Laura hätte gern gebetet, aber sie wußte nicht mehr, an welchen Gott sie sich wenden sollte, dachte verzweifelt an das verwaiste Betpult in ihrer Kemenate und daran, daß, selbst wenn sie eines Tages heimkommen würde, nichts mehr so sein könnte wie früher, als sie nichts gewußt hatte von dem Ritter aus Röttingen, dessen Gott nicht ihr Gott sein konnte, zu viele Ermordete in Seinem Namen, und die Glocken läuteten, als wäre nichts geschehen, die Mörder liefen frei herum und aßen ihr Brot in Frieden mit sich selbst, und Gott sagte nichts dazu, Er schwieg einfach. In dieses Schweigen hinein konnte Laura nicht beten, und sagen konnte sie auch nichts, eingesperrt in sich selber, ohne Wohin. Bat Jam schien auf etwas zu warten. Aber ihre Frage war keine Frage, und alles, was Laura hätte sagen können, wäre irgendwie falsch gewesen.

Schläfst du?

Nein.

Laura lag so dicht bei Bat Jam, daß sie ihren Atem hörte, und dabei hatte sie das Gefühl, die Kluft zwischen ihnen vergrößere sich mit jedem Augenblick, ob sie nun redete oder schwieg. Ihr fehlten die Worte, ein anderer mußte für sie reden.

*Der Zerstörer Hütten haben die Fülle, und Ruhe haben, die ihren Gott in der Faust führen.*

Leise fuhr Bat Jam fort:

*Warum leben denn die Gottlosen, werden alt und nehmen zu mit Gütern? Ihr Same ist sicher um sie her, und ihre Nachkömmlinge sind bei ihnen. Ihr Haus hat Frieden vor der Furcht, und Gottes Rute ist nicht über ihnen. Sie werden alt bei guten Tagen und erschrecken kaum einen Augenblick vor dem Tode.*

Schadenfroh dachte Laura daran, was Pater Konstantin für ein Gesicht machen würde, wenn er sie jetzt sähe, im Bett mit einer Jüdin, Hiob zitierend, nicht als den stillen Dulder, als den er ihn immer hingestellt hatte, *der Herr hat's gegeben, der Herr hat's genommen, der Name des Herrn sei gelobt,* sondern als einen, der sich auflehnt, das Leid, das dem Menschen widerfährt, nicht als Strafe oder Prüfung sehen will und Gottes Ungerechtigkeit anklagt.

*Denn der Böse wird erhalten am Tage des Verderbens, und am Tage des Grimms bleibt er. Wer will ihm ins Angesicht sagen, was er verdient? Wer will ihm vergelten, was er tut?*

Pater Konstantin verschwand, und die Schadenfreude verschwand, es blieb nur noch die Trauer und das Staunen darüber, daß sie einander verstanden, obwohl die eine Hebräisch sprach und die andere Lateinisch, es war unmöglich, und doch war Laura sicher, daß sie Bat Jam verstand und von ihr verstanden wurde, als hätten sie beide einen inneren Übersetzer, der Hiobs Klage in eine gemeinsame Sprache übertrug.

*Dieser stirbt frisch und gesund in allem Reichtum und voller Genüge, jener aber stirbt mit betrübter Seele und hat nie mit Freuden gegessen und liegen gleich miteinander in der Erde, und Würmer decken sie zu.*

Es nieselte. Flaches Land bis zum Horizont. Die Maultiere trotteten mit gesenkten Köpfen dahin, schleppten ergeben ihre Lasten über die endlose Ebene unter dem gleichbleibend grauen Himmel. Jehudas gedrungene Gestalt in dem grauen Mantel, zusammengesunken auf dem Rücken seines Maultiers, das ein dünnes Bein steif und widerstrebend vor das andere setzte und seine Schritte nur vorübergehend beschleunigte, wenn Jehuda im Sattel ruckelte, die Fersen in die Flanken hieb und die Gerte auf den grauen Hintern niedersausen ließ. Danach sackte er wieder in sich zusammen und döste vor sich hin, bis er merkte, daß das Tier gleich stehenbleiben würde, sich aufrichtete, ruckelte, schlug und fluchte.

As du sollst verbrennt wern!

Laura und Bat Jam gingen neben dem Planwagen her, der zu überladen war, als daß er sie auch noch hätte aufnehmen können, und während ihr Vater laut fluchte, gej in die Erd arajn, erklärte Bat Jam leise, daß er sich ein Pferd leisten könnte, aber steif und fest behaupte, das Geheimnis des Überlebens bestehe darin, nicht aufzufallen und keinen Neid zu wecken. Er habe genug, er habe ausgesorgt und könne daheim bleiben, anstatt sich in seinem Alter den Anstrengungen und Gefahren einer Reise ins Morgenland auszusetzen, aber er habe keine Ruhe. Diesmal wäre er vielleicht geblieben, wenn Elijahu nicht gekommen wäre und ihm Honig ums Maul geschmiert hätte, so erfahren wie Ihr ist keiner, Reb Jehuda. Da hat er gestrahlt, schlepp mich, ich gej gern. Er hatte Bat Jam versprochen, es sei die letzte Reise, diesmal ganz bestimmt. Aber sie wisse schon, er könne nicht anders, er müsse handeln wie sein Vater und sein Großvater, immer in Bewegung, immer unterwegs und immer ungeduldig. Auch diesmal habe er es nicht abwarten können, sie seien vor der Zeit aufgebrochen, unsinnig früh, bloß weil er es nicht mehr aushielt und unausstehlich war wie heute morgen.

Am Morgen hatte Jehuda noch vor dem ersten Hahnenschrei fordernd an die Tür gebummert und sie von da an gnadenlos umhergehetzt, nichts war ihm schnell genug gegangen, überall hatte er selber angepackt, fluchend und mit fliegenden Fingern, jeden hatte er zur Eile angetrieben, und alle hatten es stumm ertragen, daß er ihnen die Kränk an den Hals wünschte, gejt schojn zu all die schwarze Jahr. Aber am Tor dann Witzchen, kokettes Achselzucken und geduldiges

Warten, bis die anderen abgefertigt waren. Es dauerte lange. Viele wollten aus der Stadt hinaus, gerüstete Ritter auf Rossen, deren kraftstrotzende Leiber die Maultiere der jüdischen Kaufleute kümmerlich erscheinen ließen, Kleriker, Wallfahrer, Mönche und Bauern. Laura zum ersten Mal draußen, als Jüdin gekleidet und mit neuem Namen. Den Namen hatte Jehuda ihr gegeben, ohne viel zu fragen. Du heißt Chaje, und du bist meine Schwiegertochter. Dein Mann ist Isaak ben Jehuda und erwartet uns in Venedig. So hatte sie am Stadttor gestanden, als eine von den weißen Aussätzigen, sich selber fremd, Trost suchend bei dem Maultier, das sie zu hüten hatte, verloren im Gedränge, darauf bedacht, keinen Blick auf sich zu ziehen. Wieder einmal war alles umgekehrt. Die Ihren waren nicht die Ihren. Sie trug einen Mantel, der ihr nicht gehörte, und sie mußte ihre Zunge hüten. Am Abend hatte Gawriel Jehuda beiseite genommen und auf ihn eingeredet. Seine Handkanten durchschnitten die Luft, und seine Stimme wurde laut. Laura hörte ihn von den Unbeschnittenen sprechen, mit der gleichen Abscheu wie der Schwarze Mönch von den Gottesmördern. Es schmerzte sie, daß er ihren Mann meinte und ihren Vater und auch den Schäfer Gosbrecht. Und jetzt lehnte er an dem Planwagen und kraulte sich den schwarzen Lockenbart. Ohne ihn eines Blickes zu würdigen, trieb einer der Ritter, die viel später am Tor angekommen waren als sie, sein Roß so dicht an ihm vorbei, daß der Schweif ihm ins Gesicht schlug. Er konnte nicht ausweichen, weil hinter ihm der Wagen war, warf nur den Kopf mit dem roten Hut zurück und entblößte die Zähne. Zahnlücken hatten sie alle, irgendein Loch klaffte immer, wenn einer den Mund aufmachte, und Jehuda hatte überhaupt keine Zähne mehr, aber bei Gawriel fehlten die oberen Schneidezähne, und das, was dann kam, war spitz und lang.

Sie mußten alles abladen, das Gepäck und die Waren, Salz, Felle, Wolle. In jedem Sack stocherten die Wächter herum. Sie vergnügten sich mit den Gebetsmänteln, wobei sich einer mit einem runden, nichtssagenden Gesicht besonders hervortat, einer, dem Laura nichts Böses zugetraut hätte, wenn sie ihm auf dem Markt begegnet wäre, und als sie endlich alles wieder aufgeladen und die letzten Riemen festgezogen hatten, streckte der Dutzendgesichtige Jehuda die Dokumente hin und ließ sie fallen, bevor Jehuda sie nehmen konnte. Laura bückte sich schnell und klaubte sie aus dem Dreck.

Kaum hatten sie das Tor hinter sich gelassen, hörte sie, wie der schwermütige Scha'ul vor sich hin murmelte: As alle Zejn solln ihm arojsfallen, nur ejn Zahn soll ihm bleiben far Zahnwej.

Weit vorne zog eine andere Gruppe von Reisenden dahin, kleine graue Punkte unter dem grauen Himmel. Es hatte aufgehört zu regnen, aber es sah so aus, als ob es jeden Augenblick wieder anfangen könnte. Laura war das Gehen nicht mehr gewöhnt. Die Füße taten ihr weh, die Schultern schmerzten, und sie hatte Hunger. Schon lange hatte sie kein Wort mehr mit Bat Jam gewechselt. Eine jede hing ihren eigenen trüben Gedanken nach. Elijahu holte sie ein. Auch er sah müde aus. Eine Zeitlang ging er schweigend neben ihnen her, dann sagte er, er habe noch nie ein so flaches, so trostloses Land gesehen wie dieses. Wenigstens seien sie vor Räubern sicher, solange man so weit blicken könne.

Bevor die Juden aus England vertrieben worden waren, hatte Elijahu mit Frau und Kindern in London gelebt. Er sprach von dieser Stadt und ihren Wundern wie von einem verlorenen Paradies. Es war jetzt das dritte Mal, daß er die Sache mit der Uhr erzählte, welche die Zeit ohne Sonne und ohne Sand mißt. Diese Uhr sollte es am Turm von Westminster geben, und Elijahu schickte sich an, ausführlich zu erklären, was er schon zweimal erklärt hatte, ohne daß Laura klug daraus geworden war, wie man mit Hilfe von Rädern und Gewichten die Zeit mißt, abgesehen davon, daß es ihr gleich war, besonders jetzt, da sie ein Kratzen im Hals verspürte, und das

Kratzen im Hals war gewöhnlich der Vorbote einer Erkältung, und eine Erkältung wollte sie auf keinen Fall bekommen, wenn sie schon ohne Erkältung kaum einen Fuß vor den andern setzen konnte. Sie warf einen Blick zu Bat Jam hinüber. Bat Jam sah müde aus. Von ihr war nichts zu erwarten. Innerlich stöhnend, versuchte Laura zu begreifen, was Elijahu unerbittlich erklärte, nämlich, wie diese Uhr am Turm von Westminster angetrieben wurde von einem Gewicht, das an einer Kette hängend langsam ablief, oder waren es mehrere Gewichte, Laura hatte einen kleinen Augenblick lang nicht aufgepaßt und daran gedacht, wie sie Elijahu von der Uhr weg zu Tristan und Isolde hinbringen könnte, wußte sie doch, daß Elijahu die Kunst und die Musik liebte, mehr als alles andere, sicher auch mehr als diese Uhr, wenn es sie überhaupt gab, wovon Laura durchaus nicht überzeugt war, obwohl er keine Mühe scheute, ihr das Zusammenspiel der verschiedenen Teile zu erklären: Es gab da ein Räderwerk und Zahnräder, die ineinandergriffen, aber was das mit der Zeit zu tun hatte, wollte Laura nicht klarwerden, dafür spürte sie plötzlich den Zahn, der ihr zu schaffen machte, und mit dem Zahnschmerz kam die Angst vor dem Bader und was, wenn der Bader einer Jüdin keinen Zahn ausreißen wollte, und schon stellte sich die Erinnerung an Wildsaus schreckliches Ende ein, da versuchte Laura doch lieber zu verstehen, wofür es das Pendel gab, obwohl sie den Verdacht nicht loswerden konnte, daß Elijahu ihr einen Bären aufband, man sah es ihm nicht an, wenn er einem einen Bären aufband, er machte das gleiche Gesicht, ob er erfundene oder wahre Geschichten erzählte, und was wußte sie von England, ihr konnte er alles erzählen.

Das Licht hatte sich verändert. Es war jetzt in dem Grau etwas wie ein bläulicher Schimmer. Noch keine Dämmerung, aber wahrscheinlich würde es nicht mehr lange dauern, bis es dunkel wurde.

Jehuda blieb stehen und brachte das Maultier mit einigen kräftigen Tritten in die Flanken dazu, sich umzudrehen.

Als alle herangekommen waren, sagte er, daß sie einen Nebenfluß des Lech vor sich hätten und es besser sei, die Furt erst morgen zu durchwaten, sonst würde sich am Ende noch einer erkälten.

Sie bogen vom Weg ab und suchten einen Lagerplatz am Rande des Moors. Weit waren sie nicht gekommen, der Aufenthalt am Stadttor hatte viel Zeit gekostet.

Laura beeilte sich, sich nützlich zu machen. Das Maultier, das den Planwagen zog, mußte ausgeschirrt und die anderen von ihren Lasten befreit werden. Riemen und Stricke waren feucht, die Knoten ließen sich nur schwer lösen.

Zusammen mit Bat Jam und Elijahu führte Laura die Tiere zu dem Flüßchen, um sie zu tränken.

Der Wind pfeift durch die Ritzen im Zelt. Alles ist klamm und feucht.

Laura schreckt hoch. Ihr ist eingefallen, daß sie nicht gebetet hat. Sie eilt in die Kirche, kniet vor dem Altar, erschrickt beim Anblick der Mönche, die sich zu beiden Seiten des Altars aufgestellt haben. Sie tragen schwarze Kutten und haben die Kapuzen über den Kopf gezogen. Jeder hält eine Kerze in der Hand. Auf der Kanzel spricht der Papst. Er hat die Stimme von Pater Konstantin. Laura wundert sich nicht darüber. Es erscheint ihr selbstverständlich, daß der Papst weiß, was sie getan hat. Sie begreift, daß dies ein Strafgericht ist. Sie möchte um Verzeihung bitten und kann nicht. Sie möchte sagen, daß sie bereut und kann es nicht. Der Papst redet ununterbrochen. *Wer sich nicht bessern will, dem verschließen wir den Himmel, und wir verweigern ihm die Erde zum Begräbnis! Mögest du in die tiefste Hölle hinabgetaucht werden und eine Strafe ohne Ende erleiden für das, was du angerichtet hast.* Die Scham ist noch schlimmer als die Angst. In höchster Not will Laura aufspringen und davonlaufen, aber sie kann auch das nicht. Sie ist am Boden festgefroren. Sie ist der Stimme ausgeliefert. Sie kann die Ohren nicht versperren. Die Worte hallen in ihrem Körper wider. *So du dich besserst und eine deiner Schuld angemessene Buße tust, soll Gott die genannten Übel von dir nehmen, so du aber unbußfertig bist, sollst du mit ewigem Fluch geschlagen sein. Die Kirche Gottes sei dir verschlossen, Friede und Gemeinschaft mit den Christen verwehrt, nicht einmal am Tage des Todes sollst du den Leib und das Blut des Herrn empfangen dürfen; vielmehr sollst du ewigem Vergessen anheimfallen, wie Staub im Wind, und wie diese Kerzen ausgelöscht werden* – die Mönche werfen die brennenden Kerzen auf den Boden und trampeln auf den Flämmchen herum, bis sie alle erloschen sind –, *so soll deine Seele im Gestank der Hölle untergehen. Amen.*

Laura kann nichts mehr sehen. Dunkelheit umgibt sie. Sie muß das Augenlicht verloren haben. Es stinkt. Laura wundert sich, daß es so ein menschlicher Gestank ist. Und die armen Seelen klagen nicht. Sie schnarchen. Sehen kann Laura immer noch nicht, aber sie hört Schniefen und Schnaufen, und draußen hustet die Wache. Sie liegt da und horcht auf das Zwitschern einer Lerche. Von ferne das Knarren eines Wachtelkönigs. Laura weiß jetzt, daß sie noch einmal davongekommen ist. Ein Fasan kollert, und gleich darauf beginnt eine Drossel zu singen. Die Tränen steigen ihr in die Augen. Es ist niemand da, mit dem sie darüber reden kann, was ihr im Traum geschehen ist. Selbst Bat Jam würde sie nicht verstehen. Birkhähne zischen und kullern. Eine Krähe streicht rufend über das Moor. Jemand steht auf, räuspert sich und zieht den Rotz hoch, schlägt die Zeltleinwand zurück. In der bläulich schimmernden Morgendämmerung Jehudas gedrungene Gestalt. Die Lerche singt jetzt irgendwo hoch oben in der Luft, und während ihr Gesang langsam in dem allgemeinen Zwitschern, Pfeifen, Kullern und Knarren untergeht, werden die Umrisse der vor sich hin dösenden Maultiere sichtbar.

Einer nach dem andern verläßt das Zelt und schaut in den Himmel, an dem die Sterne verlöschen.

Das saftige Grün der Wiesen in der Morgensonne. Lämmer auf den Weiden. Auf einem Hof ein wenige Tage altes Kälbchen.

Die Sonne wärmte und trocknete die Kleider. Laura war ins Wasser gefallen, als sie die Furt durchquerten und das Maultier, das sie führte, sich am Ufer erst gesperrt und dann plötzlich einen Riesensprung gemacht und sie mitgerissen hatte. Und jetzt konnte sie das höllische Gelächter und die schadenfrohen Bemerkungen nicht vergessen und dachte erbittert daran, daß sie dieser Juden wegen heute nacht exkommuniziert worden war. Sie grämte sich schon den ganzen Morgen, ging für sich allein und sprach mit niemandem.

Gegen Mittag machten sie Rast.

Bat Jam packte Brot, Käse und Knoblauch aus. Jehuda sprach den Segen.

Sie aßen auf Steinen sitzend und hielten die Gesichter in die Sonne.

Die Maultiere grasten mit ihren Lasten auf den Rücken. Laura sah die gesenkten Köpfe, die den Boden absuchten, und war gerade dabei, ihren Groll zu vergessen, als Gawriel auf sie zukam. Er bewegte sich langsam, ohne Eile, immer waren seine Bewegungen betont langsam, als sei er durch nichts aus der Ruhe zu bringen, auch wenn Eile geboten war, bewegte er sich aufreizend langsam. Eine Knoblauchzehe schälend, schlenderte er auf Laura zu und ließ sich neben ihr nieder. Er war ein schöner Mann, vielleicht ein paar Jahre jünger als sie. Bleiche Haut und grüne Augen. Einen Augenblick lang hoffte Laura, er wolle etwas Versöhnliches sagen. Er schob die Knoblauchzehe in den Mund.

Ihr Christen meint als, wir Juden essen Knoblich an der Christnacht zu Unehren Joschua Nozri.

Laura spürte die Feindseligkeit, wollte sie aber nicht wahrhaben, merkte nur, daß ihr Nacken steif wurde und die Schultern zu schmerzen begannen wie zu Zeiten Pater Konstantins, als wäre der lange Weg nicht gewesen und sie wieder da, wo sie herkam, unter der Knute ihres eifernden Beichtvaters und nicht neben diesem großspurigen Jüngling, der Jehuda gestern, als er, durchnäßt und erschöpft, auf das Abendgebet verzichten wollte, im Brustton der Überzeugung zurechtgewiesen hatte: Wos bistu einer aus dem zehnten Geschlecht?

Gawriel selber stammte aus dem Geschlecht der Kohanim und war so stolz darauf, daß er es immer wieder erwähnte, mit einer wegwerfenden Handbewegung, als wäre es gar nichts.

Laura verstand nicht, warum sie Angst vor Gawriel hatte. Sie wollte weg und konnte nicht. Sie saß fest, als könnte sie es sich nicht leisten, Gawriel zu verärgern. Sie hörte die anderen lachen und wollte mitlachen, aber daran war nicht zu denken. Gawriel redete auf sie ein. Es ging schon nicht mehr um den Knoblauch.

Laura schielte zu Ascher hinüber, der mit der Geschwindigkeit eines sich zu Tal stürzenden Bachs von den Sitten in China erzählte, das er einst mit seinem Vater bereist hatte.

Laura wußte, daß Gawriel das Disputieren liebte, und befürchtete, etwas sagen zu müssen, aber er schien sich damit zu begnügen, daß sie ein aufmerksames Gesicht machte und hin und wieder nickte. So konnte sie Ascher zuhören, der gerade davon sprach, daß sie in China ein besonderes Gewand für die Nacht haben, das sie abends an- und morgens ausziehen. Darin schlofense, erklärte Ascher verschmitzt, und es heißt Pidschama. Der schwermütige Scha'ul lächelte sein wehes Lächeln. Und so se kacken in China, putzense hernach den Toches! Mit woss?

Laura hörte die Lerchen singen und das Zischen und Kullern der Birkhähne. Sie sah die schlagenden Schweife der Maultiere und ihre hin und wieder wütend nach den Bremsen schnappenden Köpfe. Sie spürte, daß ihre Widerstandskraft erlahmte und sie sich Gawriels auf sie eindringender Stimme nicht mehr lange würde erwehren können.

Mit woss? Nu? Mit Papier!

Mit Papier?

Mit Papier!

Schigojen!

Gawriels Hände durchhackten die Luft. Schöne Hände, die die Maultiere so sanft aufzuzäumen wußten, daß sie es willig geschehen ließen. Seine Stimme brach zu ihr durch. Sie sprach vom Erlöser. Für ihn war Er noch nicht gekommen. Joschua Nozri konnte nicht der Moschiach gewesen sein. Du bist unterwegs, sagte er. Du hast viel gesehn. In dieser Welt war kein Moschiach nit.

Seine Hände kamen zur Ruhe. Er hatte nichts Feindseliges mehr.

Laura schaute auf ihre Füße. Neben ihren Füßen lagen ihre Schuhe. Sie konnte sich nicht erinnern, wann sie gelernt hatte, sich zu bekreuzigen. Die Finger wußten, was sie zu tun hatten. Stirn, Bauch, linke Brust, rechte Brust. Zu einer Zeit, da sie wie wehrlose Erde gewesen war, hatten sie ihr den Glauben eingepflanzt. Er war mit ihr gewachsen. Seine Wurzeln hatten sich in ihr ausgebreitet bis in die Organe ihres Leibes. Und doch sah sie plötzlich, was Gawriel sah: einen von Menschenhand gemachten Götzen, nackt und blutüberströmt, mit schmerzverzerrtem Gesicht. Das soll der Oiberschte sein? So betet ihr ihn an? Ans Kreuz genagelt. For woss? Damit er euch nicht weglaufen kann? Er kann ja nirgendwohin, so festgenagelt.

Jehuda fuhr dazwischen.

Daj!

Er nannte Gawriel einen Allsweißer und Oberchochem, stand auf, hinkte zu seinem Maultier und zog den Sattelgurt nach.

# XIX

## Aus isses mit der deutschen Gemütlichkeit

Vorsichtig öffnete Aische das Scheunentor.

Im Halbdämmer Leere und Stille.

An der Wand Heugabeln und Schaufeln und ein Schubkarren, auf der Seite liegend wie ein verendetes Tier. Licht durch die Ritzen an der gegenüberliegenden Wand. Geruch nach trockenem Holz und Heu.

Aische zog das Tor hinter sich zu und kletterte die Leiter zum Heuboden hoch. Der Heuboden war fast leer. Nur noch ein paar Ballen in einer Ecke. Draußen sang eine Amsel.

Aische kramte das Messer aus dem Rucksack, durchtrennte die Schnur um einen der Ballen und bereitete sich ein Lager aus Heu.

Sie nahm den Duft mit in den Schlaf, aber als sie aufwachte, roch sie nichts. Stille und Halbdunkel. Mondlicht drang durch die Ritzen. Stockdunkel in den Ecken. Sie stand auf, um zu pinkeln.

Nicht mehr im Schlaf und noch nicht ganz wach, war sie nahe daran zu tun, wonach es sie drängte, ohne zu wissen warum, es gab kein Warum, nur diesen Drang, sich den Heuboden hinunterzuschmeißen, mit aller Wucht. Sie fragte sich nicht, ob sie geträumt hatte und was es gewesen sein könnte, sie verspürte weder Wut noch Schmerz, nur diese Regung, die ihr nicht abwegig, sondern ganz natürlich erschien in dem

Zwischenreich, in dem sie sich befand. Hinunter ins Dunkel. Es dauerte länger als nur einen Augenblick. Noch während sie hockte und Wasser ließ, war sie erfüllt von dem Gedanken, es zu tun, als wäre es eine Notwendigkeit oder eine Lust. Den Leib ins Dunkel, den Heuboden hinunter. Sie stellte sich vor, wie sie es tat, merkte jetzt aber doch, daß es nicht ganz in Ordnung war – gefährlich, dieser Drang, und plötzlich wußte sie wieder, wie tief es war bis zur Erde, und begriff, daß sie sich verletzen würde. Sie atmete den Duft des Heus ein und spürte der merkwürdigen Regung nach, die immer noch da war, aber nach und nach dem Wissen weichen mußte, daß es weh tun und unabsehbare Folgen haben würde. Sie kroch zu ihrem Lager zurück und schlief wieder ein, war unterwegs, die Daumen in den Riemen des Rucksacks, durch endlos flaches, von Telegrafenmasten durchschnittenes Land. Übergangslos baumelt unmittelbar vor ihren Augen ein in einem Netz gefangener Mensch. Er lebt noch. Er zappelt. Er oder sie, das Geschlecht ist schon nicht mehr erkennbar. Aische sieht nur, daß es ein Mensch ist und daß er keine Chance hat, sich noch herauszuwinden. Die Maschen des Netzes sind zu dicht. Aische will weitergehen. Es ist nicht ihre Angelegenheit. Sie will, daß es nicht ihre Angelegenheit ist, aber sie kann sich nicht entziehen. Das Mitleid packt sie doch, wider Willen, obwohl sie schon vorbei ist und das Gezappel nur noch mit dem inneren Auge sieht, letzten Endes eine vergrößerte Fliege, die in ein Spinnennetz geraten ist. Die Spinne hat sie eingewickelt, und nun hängt sie da. Aische denkt, man muß ihr helfen. Es gibt aber kein Wie. Aische weiß nicht, was sie tun soll, es ist nichts zu machen. Nicht stehenbleiben, weitergehen. Sie wußte nicht mehr, wo sie war. Ob sie die Grenze schon überquert hatte oder nicht. Es war die erste Grenze ihres Lebens. Schwarz. Aische dachte, daß alles anders wäre, wenn sie nur Papiere hätte, irgendwelche Papiere, bloß nicht den eigenen Ausweis. Der hätte ihr nichts genützt. Mit dem eigenen Ausweis wäre sie noch schlimmer dran gewesen als ohne. Ohne konnte sie behaupten, nicht die zu sein, die sie war. Ich? Neee! Abstreiten war immer gut. Entschlossen packte sie die Riemen des Rucksacks. Eisern abstreiten. Sie würde leugnen, Stein und Bein. Ich? Nee!

Bestimmt waren *sie* zur Polizei gegangen, die Mutter nicht, aber die Großmutter oder der Großvater. Blieb ihnen gar nichts anderes übrig, schon wegen der Leute. Was sollen denn die Leute denken? Und wegen der Schule. In der Schule war die Grenze ein Strich gewesen. Diesen Strich wollte sie überqueren, aber sie wußte nicht, wo er war und ob sie ihn nicht bereits überquert hatte. Sie wußte nur, daß sie nicht zurück wollte, und darum setzte sie einen Fuß vor den andern und beschloß, nicht mehr an die glücklichen Menschen zu denken, die ordnungsgemäß ausgestellte Papiere vorzuweisen hatten, mit deutschen Namen, die überall durchkamen, und wenn sie noch so blöde waren und noch so gemein. Die brauchten sich keine Gedanken zu machen, ob sie die Grenze vor oder hinter sich hatten. Wütend zwängte Aische sich zwischen den immer dichter stehenden Fichten hindurch. Augen zu, Beine breit, aus isses mit der deutschen Gemütlichkeit. Das war es. Das wollte sie hinter sich lassen. Dahin wollte sie nie zurück. Sie blieb stehen und versuchte, durch die Zweige hindurch den Himmel zu sehen. Ob er noch grau und regenschwer war. Dann wäre sie noch diesseits.

Den Straßenlärm hatte sie schon eine Weile gehört. Sehen konnte sie noch nichts, aber das Geräusch vorbeifahrender Autos wurde immer deutlicher. Ein Hahn krähte. Also war ein Dorf in der Nähe. Sie überquerte eine Wiese, auf der noch Placken von Schnee lagen, und sah die Straße. Es roch nach Abgasen. Ein Auto fuhr vorbei und noch eines. Sie schaute ihnen nach, und plötzlich wußte sie, wie sie herausbekommen konnte, wo sie sich befand. Sie brauchte nur nach den Nummernschildern zu sehen. Es fuhren nicht viele Autos. Sie mußte eine Weile warten. Dann war sie sicher. Sie hatte die Grenze überquert, ohne es zu merken. Aus isses mit der deutschen Gemütlichkeit. Sie sagte es laut in die kalte Luft des fremden Landes, in dem sie eine Fremde sein würde wie andere Fremde, nicht hier geboren, nicht hier aufgewachsen, es ging sie nichts an, sie war nur zu Gast, und sie würde nicht bleiben. Zum ersten Mal in ihrem Leben fühlte Aische sich frei, konnte aufatmen, um sich schauen und sehen, wie schön die Berge waren, und spüren, wie gut es tat zu atmen, ohne Druck auf der Brust, ohne Anstrengung, als müßte sie sich das Dasein nicht mit jedem Luftholen ertrotzen.

Sie säuberte den Parka von Fichtennadeln, rieb die Schuhe mit Schnee und Gras ab und ging, einverstanden mit sich und der Welt, die Daumen in den Riemen des Rucksacks, in die Richtung, aus der der Hahn krähte.

Beim ersten Haus des Dorfes blieb sie stehen und überlegte, wie sie an etwas zu essen kommen könnte.

Sie verwarf den Gedanken, in eine Gastwirtschaft zu gehen, das Feinste vom Feinen zu essen und abzuhauen.

Kein Mensch war zu sehen.

In Abständen krähte der Hahn, und hin und wieder fuhr ein Auto vorbei.

Das Haus war von Bäumen umgeben. Im Garten lagen Reste von Schnee. Keine Fußspuren. Kein offenes Fenster. Schneereste auch in der Auffahrt.

Aische sah genauer hin. Kein Auto vor der Tür.

Zielstrebig eilte eine Katze durch den Garten auf das Haus zu und verschwand in einem Kellerfenster.

Aische nahm den Rucksack ab und zwängte sich durch das Fensterchen.

Der Keller war eine Schatzkammer. Johannisbeergelee, Quittenmarmelade, Zwetschgenmus. Kirschkompott, Apfelkompott, Gurken. Erdbeermarmelade, Brombeergelee, Holundersaft. Hunderte von Gläsern neben- und hintereinander auf Regalen, die an den Wänden entlang vom Erdboden bis zur Decke reichten.

Die Gier packte Aische. Sie griff zu und wollte, in der Angst erwischt zu werden, den Rucksack schon wahllos vollstopfen, als sie eine Jahreszahl las. Alte Marmelade. Aische war neun, als *sie* diese Erdbeeren eingekocht hatten. Sie hielt das Glas gegen das Licht. Kein Schimmel. Trotzdem stellte sie es empört ins Regal zurück und holte die schon eingepackten Gläser wieder aus dem Rucksack, studierte die Jahreszahlen und ließ mit der Entrüstung einer Kundin, die es nur ihrer eigenen Aufmerksamkeit zu verdanken hat, daß man ihr die minderwertige Ware nicht andrehen konnte, alles zurückgehen, was alt war. Jahre alt. Und nicht gegessen. Und nicht verschenkt. Gehortet hatten *die* ihr Eingemachtes, während sie Hunger hatte. Immer Hunger. Und hier hatte das Kompott herumgestanden, und niemand hatte es gegessen. Sie hatten es eingemacht, in den Keller gestellt und verkommen lassen. Aische begriff, was Geiz ist. Voller Verachtung packte sie nur die Gläser aus dem letzten Jahr ein, hievte den Rucksack aus dem Kellerfenster und quälte sich dann selber, schwach von der Anstrengung, hinterher, um ihre Beute davonzuschleppen, nur weg, mit solchen Leuten wollte sie nichts zu tun haben, und so wollte sie nie werden. In ihrem Rücken krähte der Hahn.

Im Dorf läuteten die Glocken. Von ihrem Platz aus konnte Aische die weißen Dächer, die dunklen Holzveranden und den Zwiebelkirchturm sehen.

Sie aß mit den Fingern, wie ein gieriges kleines Tier, fischte Kirschen aus einem Glas, trank den Saft, schnaufte und freute sich ihres Lebens mit dem Finger in der Erdbeermarmelade und dem Rücken an der Mauer, die wahrscheinlich einmal Teil einer Kirche gewesen war. Ein Dach gab es nicht mehr, aber einen Spruch auf einer an die Mauer geschraubten Tafel und einen noch blattlosen Baum, der schon weit über das einstige Dach hinausgewachsen war.

Aische versteckte die leeren Gläser hinter einem Steinhaufen und machte sich auf den Weg. Ihr war schlecht.

Jetzt, da sie den Bauch voll hatte, zu voll, war es ihr peinlich, daß sie so gierig gewesen war, und weil sie sich davor scheute, noch einmal an dem Haus der Tat vorbeizugehen und sich auch im Dorf lieber nicht blicken lassen wollte, bog sie in einen Pfad ein, der auf halber Höhe über dem Ort entlangführte.

Der Rucksack war noch immer schwer. Niedergedrückt von seiner Last, sah Aische nur den feuchten Nadelboden, Felsbrocken und Schneereste. *Gott sieht dich.* Während sie sich den Bauch vollschlug, hatte sie nicht daran gedacht. Sie hatte den Spruch gelesen, aber nicht daran gedacht, daß jemand ihr zuschaute, und wenn sie auch nicht einsah, warum sie ein schlechtes Gewissen haben sollte, wurde sie das unangenehme Gefühl nicht los, daß jemand ihre Gier mit angesehen hatte.

Der Pfad verlor sich im Wald. Sie suchte ihren Weg selber und bedachte, was für ein furchtbarer Spruch das war und wie drohend das klang: *Gott sieht dich.* Gib acht, wo du bist, was du tust, einer sieht dich. Du kannst dich nicht verstecken, einer sieht dich immer. Es gibt kein Schlupfloch. Vor Seinen Augen kannst du nirgends unterkriechen. Es gibt kein Entrinnen. Aische war müde. Sie sehnte sich danach, irgendwo unterzukriechen. Ein Gefühl schrecklicher Ausweglosigkeit ergriff Besitz von ihr. Sie konnte sich nicht einmal mehr freuen, als sie einen Weg entdeckte. Mach, was du willst, Seinem Blick entkommst du nicht. Und natürlich wird Er dich strafen, du hast es ja verdient. Strafe muß sein. Außer wenn du bereust. Wenn du aufrichtig bereust … Aber Aische konnte nicht bereuen. Sie sah nicht ein, warum sie auch noch zerknirscht sein sollte, wenn diese Leute ihre Marmelade im Keller vergammeln ließen.

Der Weg gabelte sich. Aische blieb stehen und versuchte zu erkunden, wo Süden war. Dabei fragte sie sich, ob es der Pfarrer war, der den Spruch hatte anbringen lassen. Eine Kirche war es doch gewesen, sehr alt, aus längst vergangenen Zeiten. Nur die Mauern, sonst nichts mehr.

Es fing an zu dunkeln. Irgendwo in der Ferne krähte ein Hahn. Es mußte ein Dorf in der Nähe sein. Aische beschloß, in der nächsten Scheune unterzukriechen. Ihr war kalt. Sie hatte sich verirrt.

Seitdem sie unterwegs war, hatte sie sich immer wieder verlaufen, und jedesmal hatte sie sich gefragt, wie ihr das nur passieren konnte.

Der Pfad kam ihr bekannt vor. Sie hatte den Verdacht, daß sie im Kreis gelaufen war. Schon stiegen ihr die Tränen in die Augen, als sie eine Felsengruppe sah, die sie bestimmt wahrgenommen hätte, wenn sie hier schon einmal gegangen wäre. Erleichtert eilte sie weiter. Es dunkelte. Sie mußte eine Unterkunft finden.

Zwischen den Fichten tauchte etwas Steinernes auf, vielleicht ein Gehöft am Rande des Dorfes.

Auf leisen Sohlen näherte sich Aische, gespannt horchend, auf plötzliches Gebell gefaßt. Alles blieb still.

Es war eine Mauer.

Kein Dach.

Vielleicht wieder so ein altes Gemäuer.

Bis zum letzten Augenblick hoffte Aische, daß es eine andere Ruine war.

Als sie zwischen den Mauern stand und die Tafel mit dem Spruch sah, ließ sie den Rucksack fallen und heulte los. Unter dem noch winterlichen Baum hockend, das Gesicht zwischen den Beinen versteckt, heulte sie in sich hinein. Umsonst der weite Weg. Für nichts und wieder nichts hatte sie sich mit dem Eingemachten abgeschleppt.

Aische hob den Kopf.

Einen Augenblick lang schöpfte sie neue Hoffnung. Dieselbe strenge schwarze Schrift, aber ein anderer Spruch. *Du, Gott, siehst mich.* Also doch eine andere Ruine. Aber auch hier genau so ein Steinhaufen wie dort, an derselben Stelle, da, wo einmal der Altar gewesen war. Eine Ameisenstraße führte zu ihm hin.

Das Glas, in dem die Erdbeermarmelade gewesen war, war schwarz von Ameisen. Wieder mußte Aische heulen, weil es doch so schön gewesen wäre, gesehen zu werden, wenn man alleine war, wenn es irgend jemanden gegeben hätte, dem es nicht egal war, was mit ihr geschah. Schniefend zerrte sie ein Einmachglas aus dem Rucksack, steckte einen Finger in Zwetschgenmus und bedachte, während sie ihn ableckte und feststellte, daß *sie* das Mus nicht gesüßt hatten, wie die eigenen Augen einen narren. Wem sollte man noch trauen, wenn man nicht einmal der eigenen Erinnerung trauen konnte. Aber sie fühlte sich jetzt nicht mehr ganz so allein. Wer auch immer den Spruch erfunden hatte, er hatte auch jemanden gebraucht, der ihn sah. Das Mus war sauer. Aische schraubte das Glas wieder zu und befand, daß es keinen Gott geben konnte, sonst hätte er nicht zugesehn bei *Aus isses mit der deutschen Gemütlichkeit.*

Sie entschloß sich, doch durch das Dorf zu gehen.

Das Haus lag so still wie am Mittag.

Im letzten Tageslicht fand sie einen Heuschober außerhalb des Dorfes.

Drinnen holte sie Marinas Buch hervor. Es war schon so dunkel, daß sie nicht mehr lesen konnte, was sie geschrieben hatte. Aber sie konnte erzählen, daß sie nicht mehr in Deutschland war und wie sie sich verlaufen und wie der Spruch sich in ihrem Kopf verändert hatte. Es hörte ihr zu. Es wollte alles wissen. Von der Marmelade sagte sie nichts.

# XX

## ›Das Schnabeltier das Schnabeltier, das sucht den Weg vom Ich zum Wir‹

Aus der Ferne das blaue Leuchten des Zirkuszelts.

Wohnwagen, die es umgeben und schützen, bemalt mit Löwenköpfen und Clownsgesichtern.

Ein kleiner weißer Zaun und ein Törchen, das offensteht.

Ein Mann im roten Arbeitsanzug. Er fegt. Aische sieht ihm zu. Er fegt mit schnellen Bewegungen. Aische steht da, mit ihrem Rucksack auf dem Rücken. Er fegt, ohne aufzublicken.

Wind kommt auf und Licht, für einen Augenblick scheint die Sonne. Zwischen Schläuchen und Kabeln hüpfen Spatzen und picken Unsichtbares.

Das Tor steht offen. Die Sonne schwindet. In dem roten Arbeitsanzug führt ein loser Knochenhaufen einen geräuschlosen Besen.

Aische spürt das Gewicht des Rucksacks nicht. Es fallen einige Regentropfen. Der Mann, der fegt, hält inne und schaut zum Himmel.

Aische spürt den Rucksack nicht, sie weiß nicht, ob sie ihn noch trägt oder irgendwo gelassen hat, aber den Schotter unter den Füßen, den spürt sie. Ihre Schuhe haben Löcher.

Ein paar Striche Regen und dann wieder Licht und der Schatten des Zauns.

Die Sonne wärmt. Aische schließt die Augen. Wohl ist ihr

trotzdem nicht. Sie versucht zu denken. Denken kann sie nicht. Es geht nicht mehr vor und nicht mehr zurück. Nur das Jetzt, und das Jetzt ist endlos.

Die Wärme schwindet.

Die Luft ist feucht und schwer. Am Rande von Aisches Gesichtsfeld sitzt eine Frau in einem geschlossenen Lieferwagen. Der Lieferwagen ist rot und altmodisch gerundet. Aus den Augenwinkeln beobachtet Aische die regungslos hinter dem Steuer wartende Frau. Ihre Haltung drückt Mißbilligung aus und das Bewußtsein der eigenen Untadeligkeit. Und Strenge, unnahbare Strenge. Irgend jemand kann sich auf was gefaßt machen.

Aische spürt, wie sie langsam aber sicher schwarz wird.

Über den Platz eilt ein Mann mit rotgeschminkten Ohren.

Die Frau rührt sich nicht. Aische nimmt es wahr, obwohl sie nicht zu ihr hinsieht. Hinsehn mag sie nicht, aber wegsehn geht auch nicht. Zwischen Scheu und Abscheu schwankend, läßt sie die Frau nicht aus den Augen. Als wäre sie im Raum mit einer Toten, die jeden Augenblick auferstehen kann.

Ein großer Kerl, der das Zelt umrundet wie ein angreifender Stier, scheucht die Spatzen auf.

Aische sieht ihm nach. Der gesenkte Kopf, die abgewinkelten Arme erinnern sie an jemanden.

Sie weiß wieder, warum sie hier ist. Noch ein Seitenblick zu der Frau im Lieferwagen, die wie eingefroren in ihrer Wut hinter dem Steuer sitzt, und Aische beschließt, sich nicht weiter um sie zu kümmern.

Aische?

Aische dreht sich um.

Wie kommst du denn hierher?

Vor ihr steht der Schöne Willi aus Bochum.

Der Schöne Willi machte die Marionette, und am Abend war Premiere, und er machte auch den Ansager. Du bleibst doch? Und die Pferde versorgte er, und viel Zeit hatte er nicht, aber er sah sie an mit seinem Silberblick, auf den war sie schon am Neckar geflogen. Sie mußte sich an den Riemen des Rucksacks festhalten, um nicht abzuheben.

Ein Mann im roten Bademantel eilte vorbei und rief dem Schönen Willi etwas zu, das Aische nicht verstand, weil sie den Blick der Frau spürte, die in dem altmodischen roten Lieferwagen wartete. Sie starrte ihr ein Loch in den Rücken, hatte sonst nichts zu tun, soll sich um ihre eigenen Angelegenheiten kümmern, geht sie nichts an. Der Schöne Willi wurde ungeduldig, er mußte die Pferde versorgen, also, was ist? Und Aische wandte wütend den Kopf, um zurückzustarren.

Hinter dem Steuer des Lieferwagens saß eine Puppe, lebensgroß, in einem durchgeknöpften Kleid und mit brauner Perücke.

Lachend geht Aische neben dem Schönen Willi her über den Zirkusplatz.

Aus dem Pferdetransporter heraus riecht es nach Pferd, obwohl die Pferde nicht mehr drinnen sind, sondern im Pferdezelt unter einem leuchtend blauen Himmel, ein Rappe, der Othello heißt, und zwei Isabellen mit golden schimmerndem Fell und flutenden Silbermähnen.

Aische atmet ihren Geruch ein und schaut zu, wie sich ihre Köpfe einer nach dem andern senken, um das Heu zu fressen, das der Schöne Willi ihnen vorwirft.

Er trägt einen roten Arbeitsanzug wie der Mann, der gefegt hat, aber der Körper darin ist ein ganz anderer, fest sieht er aus, sehnig und schön stämmig.

Aische beobachtet ihn, wie er sich zwischen den Pferden bewegt, leise zu ihnen spricht, mit einer Schippe unter die runden, dunkel glänzenden Pferdeäpfel fährt, Wasser holt, die schwappenden Eimer verteilt.

Sie sieht seine Hand über Othellos Rücken streichen, den kraftvoll gerundeten Hintern tätscheln. Er zupft einen Strohhalm aus dem Schweif, und dann beginnt er mit gleichmäßigen, ruhigen Bewegungen zu striegeln.

Othello wendet den Kopf. Langbewimperte Augen und ein tückischer Blick.

Jemand räuspert sich.

Der Jemand war Poldi Huber gewesen.

Aische hatte sich kurz umgedreht und ihn am Zelteingang stehen sehen, groß, massig, Arme kriegerisch vor der Brust verschränkt. Kam ihr irgendwie bekannt vor, aber interessierte sie nicht. Augen nur für den Schönen Willi in seinem roten Arbeitsanzug und seine über die schwarze Flanke gleitende Hand. Ohren nur für das einträchtige Schweigen zwischen Mann und Pferd. Poldi hatte etwas gesagt, und sie hatte getan, als hätte sie nicht gehört, und er hatte unverdrossen auf ihren Rücken eingeredet und war so lästig geworden, daß sie drauf und dran gewesen war, herumzufahren und ihn anzufauchen, als das Weib hereingekommen war, an Aische vorbei ohne einen Blick, kein Gruß, nichts. Mohnrote Bluse. Nachtschwarze Weste mit Pailletten, die aufleuchteten, wenn sie sich bewegte. Geile rote Stiefelchen. Aische wußte sofort, daß es *ihr* Stall war, ihr Stall, ihre Pferde. Sie hatte es nicht nötig, Aische zu beachten. Rauhe Stimme. Aische horchte dieser rauchigen Stimme nach und starrte auf das lange Haar. Rabengefieder.

Meine Schwester, sagte Poldi Huber.

Aische wandte sich ihm zu, lächelte, stellte sich so, daß sie die beiden im Blick behielt. *Sein* auf dem Rücken des Rappen ruhender Arm und *ihre* Hand, die sich ab und zu hob, um die schwarze Mähne schwungvoll zurückzuwerfen.

Poldi Huber löste die Arme aus ihrer Verschränkung und trat so dicht an Aische heran, daß sie einen Schritt zurückweichen mußte. Sein Haar war schwarz wie das seiner Schwester, aber schütter und glanzlos. Er hatte einen Seehundbart und erzählte, daß er früher auch, im Augenblick nicht, vielleicht später wieder. Und Aische mußte dankbar sein, daß sie nicht allein war mit dem Paar, sonst wäre sie ganz verloren gewesen, ganz nackt in ihrer Unansehnlichkeit, nicht nur häßlich, auch noch verdreckt, das Haar strähnig und fettig. Sie wußte nicht mal, wo sie heute nacht schlafen sollte, und die da drüben war der Star und hieß Zenzi, und ihr Hintern zeichnete sich unter der schwarzen Reithose ab. So einen Hintern hatte Aische nicht zu bieten. Poldi sagte etwas von Fahrradnummer und Camping und mitkommen, und Zenzi legte die Arme um den Hals des Schönen Willi. Aische sah, wie die mohnroten Ärmel auf die Schultern zurückfielen, so anmutig, wie sie das bei ihr nie getan hätten, und wußte nicht, was sie mehr schmerzte, die schwarze Haarflut oder die bloßen Arme um seinen Hals. Der Schöne Willi bekam den Silberblick. Poldi meinte, sie solle ihren Rucksack mitnehmen. Den Rucksack hätte sie beinahe vergessen, weil sie nur weg wollte, nichts als weg, raus aus dem Zelt, weg von den schimmernden Armen der Zirkusreiterin, die von der Längswand des Pferdetransporters herablächelte, puppenstarr, mit blutroten Lippen. Daneben war ihr Name aufgemalt, und Aische hätte alles darum gegeben, keine Aische zu sein – zehn Jahre ihres Lebens für die Haare von Zenzi Huber.

Einen Riemen des Rucksacks lässig über der Schulter, war sie Poldi Huber zu seinem Wohnwagen gefolgt.

Seine Mutter, die in der Küche herumwirtschaftete, hatte das Gesicht einer Äffin und die Stimme einer Äffin.

Aische dachte daran, daß sie ja auch *ihre* Mutter war, aber die Schadenfreude wollte sich nicht einstellen.

In dem Wohnwagen herrschte schreckenerregende Ordnung.

Die Mutter wrang den Lappen aus und verschwand.

Aische und Poldi Huber einander gegenüber am Resopaltisch. Alte Zeitungsausschnitte, so vergilbt, daß die Schrift kaum noch lesbar war.

Ich kann ein wenig lesen, sagte Poldi Huber. Aber nicht viel.

Aische versuchte, sich eine Welt ohne Geschriebenes vorzustellen – ohne Straßenschilder, Landkarten, Beschriftungen. Ohne Bücher. Kein Prinz kein Fuchs keine Farbe der Weizenfelder. Und kein leeres Buch, das aufnimmt, was war und was ist, und behält, was man selber vergißt. Wie ein Haus ohne Fenster. Nur die eigene Welt.

Poldi Huber zitterte. Der massige Körper bebte, als stünde er unter Strom. Es bebte der Seehundbart, und sogar die Backen bebten. Aische bemerkte erst jetzt, daß ihr Retter Hängebacken hatte.

Zwischen ihr und ihm der Resopaltisch. Draußen war plötzlich weit weg.

Draußen auf dem Weg über den Zirkusplatz zu dem Zelt, das nicht einfach Zelt hieß, sondern Chapiteau, erklärte Poldi Huber, breitbeinig und mit weit abgewinkelten Armen neben Aische her schreitend, er sei schon sechsundvierzig Jahre alt und habe noch nie mit einer Frau geschlafen. Jetzt suche er eine Frau. Er wolle Kinder haben. Heiraten will ich.

Aische war nicht auf den Gedanken gekommen, daß er sie meinen könnte. Erst später, als sie in dem noch leeren Zelt auf den roten Bänken saßen und er mit bebendem Seehundbart sagte, Musik mache ihm immer so einen Schauer, ein Schauer durchläuft mich von oben bis unten, so ein Schauer, und er die großen, schwarz behaarten Finger dicht vor ihrem Gesicht durch die Luft laufen ließ, um zu zeigen, wie es ihn durchrieselte, hatte sie begriffen und sich abgesetzt und war ihm aus dem Weg gegangen wie alle anderen.

Poldi Huber war immer allein.

Allein hockte er in der Kneipe, die massigen Arme schwer auf dem Tisch. Der Platz ihm gegenüber blieb leer, auch wenn es noch so voll war. Allein stand er stundenlang beim Sattelgang, breitbeinig, Arme vor der Brust verschränkt, reglos, zeitlos kriegerisch als ewiger Wächter, der seine Befehle hat und schweigt in der Machtfülle seines Herrn. Oder er marschierte durch die Manege, Kopf gesenkt, Arme auf dem Rücken, Runde um Runde in großer Eile durchs Sägemehl. Der hält sich für ein Pferd, sagte Lollo Schmitt, die Aische den Zirkus erklärte, und obwohl Aische ihr sonst alles glaubte, weil sie gut zu ihr gewesen war und ihr das (leider fensterlose) Abteil gegeben hatte, dachte sie, daß Frau Schmitt, auch wenn sie schon als junge Frau vor Jahrhunderten mit ihrem inzwischen verstorbenen Mann zum Zirkus gekommen war, von Pferden nichts verstand. Kein Pferd wäre ihr auf den Leib gerückt wie Poldi Huber, der ihr immer wieder plötzlich den Weg verstellte, sich vor ihr aufbaute, auf sie einredete und im Schutz seiner Worte vorrückte, einen Schritt und noch einen, und nachrückte, sobald sie zurückwich.

Manchmal marschierte er mit Sonnenbrille durch die Manege, und einmal, an einem trostlos trüben Tag mit tiefhängendem Himmel hatte er auch sein Wächteramt mit Sonnenbrille versehen.

Auf dem Weg zum Duschwagen hatte Aische im Vorübergehen beobachtet, wie Vater Huber, der kleiner und schmächtiger war als sein Sohn, diesem wortlos die Sonnenbrille vom Gesicht riß. Poldi hatte sich nicht gewehrt und nicht einmal gerührt. Und dann hockt er plötzlich auf der Bank im Duschwagen, den Kopf in den Händen, und brütet. Niemand da, nur sie und er. Aische hat ihn nicht kommen hören. Das Geräusch des Wassers muß seinen Schritt übertönt haben. Und sie, tropfnaß in der engen Kabine, traut sich nicht hinaus. Hofft, daß jemand kommt. Aber es kommt niemand. Kein Schritt auf dem Treppchen. Und das Handtuch außer Reichweite. Ihr wird kalt. Sie will raus. Endlich hält sie sich, wild entschlossen, den schmierigen Plastikvorhang vor den Leib, grabscht nach ihrem Handtuch und will sich an ihm vorbeidrücken, als er den Kopf hebt und ihre Hand ergreift. Schon will sie schreien. Da beugt er sich über ihre Hand und drückt einen Kuß darauf. So behutsam, wie man einem Hund einen Knochen fortnimmt, darauf gefaßt, daß er zum Angriff übergeht und nicht mehr nur die Hand will, sondern den ganzen Arm, alles, hatte Aische ihm ihre Hand entzogen und war, ohne sich noch einmal umzusehen, mit einem über die Schulter gerufenen, betont harmlosen, betont munteren Tschü-hüs entsprungen.

Draußen war der Einlaß in vollem Gange.

Über den Köpfen der Menge schweben rosa Wölkchen. Zuhkawattee! Der Ruf übertönt Musik und Stimmengewirr. Zuhkawattee! Weiß schimmert die Kellnerjacke im Gedränge. Die Wölkchen verharren, sinken hinab, steigen wieder auf, schweben weiter. Zuhkawattee! Die roten Bänke sind noch fast leer. Hier und da sitzen vereinzelt die ersten, die ganz Schnellen. In der Manege steht ein Märchentier mit goldglänzendem Fell und Silbermähne, den Kopf erhoben, schauend, horchend: die Stute Fallada. Die Menge schiebt sich durch den Gang zwischen Logen und Sperrsitzen, verteilt sich über das Gradin. Die rosa Wölkchen werden weniger, die Bänke füllen sich. Die Musik spielt *Das Schnabeltier, das Schnabeltier, das sucht den Weg vom Ich zum Wir.* Es riecht nach Bier und Würstchen, nach Popcorn und Zuckerwatte. Vom Rot der Bänke ist kaum noch etwas zu sehen. Auf dem Gang zwischen Logen und Sperrsitzen rennen Kinder hin und her. *Vom Wir zum Ich geht's über dich, von dir zum Wir geht's über mich.* Die Kinder laufen die Aufgänge hinauf und hinunter. Ein letztes Wölkchen schwebt einsam an seinem Stengel. Zuhkawattee? Fallada senkt den Kopf und pendelt mit suchenden Nüstern von Loge zu Loge. Blutrotes Aufblitzen im Sattelgang. Zenzi Huber stapft mit den geilen Stiefelchen durchs Sägemehl, um ihr Popcorn fressendes Pferd hinauszuführen.

Das Gleichmaß der Schritte von Pferd und Frau, das leichte Schwingen des bis zum Boden reichenden Schweifes zwischen den kraftvollen Hinterbacken, die locker am Halfter liegende Hand und der auf die Schulter zurückgefallene Ärmel lassen die vom Zelteingang aus zuschauende Aische die eigene

Schwere spüren – ohne daß sie etwas dagegen tun kann, sinkt sie ab wie ein Stein im Wasser; was um sie herum ist, bleibt zurück, die Gerüche, die Musik und das Stimmengemurmel und das Rascheln der vielen Leiber, und Aische ist wieder allein mit dem Paar, abseits und ausgeschlossen, und es gibt nichts auf der Welt, das ihr so wichtig erscheint wie die Arme der Zirkusreiterin um den Hals des Schönen Willi.

Dennoch wartet sie auf Seine Nummer.

Das Licht geht aus. Es wird still. Die Schnabeltier-Melodie erklingt, diesmal nur von einer einzelnen Geige gespielt, einzelne verlorene Töne und ein einzelner Lichtstrahl, der durch die noch leere Manege in das Dunkel des Sattelgangs leuchtet, wo der Paillettenleib eines verwunschenen kleinen Wesens bunte Blitze aussendet. Genervt sieht Aische zu, wie das Schnabeltier in die Manege kriecht und dabei den Kopf hin und her wendet, als suche es etwas. Die Geige nervt sie, und es nervt sie, daß sie jede Bewegung schon im voraus weiß, und sie versteht nicht, was sie so gerührt hat, warum sie so ergriffen war, als sie das Schnabeltier zum ersten Mal sah. Damals waren ihr die Tränen gekommen, und jetzt betrachtet sie ungerührt, wie es, von der Geige und dem Lichtstrahl begleitet, seine Runde durch die Manege macht, und fragt sich, wo der Zauber geblieben ist. Die Nummer ist dieselbe, und sie lehnt an demselben Mast im Zelteingang, von dem aus die Zirkusleute in die Vorstellung hineinschauen, kommen, schauen und wieder gehen. Aische dreht sich um. Niemand, der hinter ihr im Dunkel steht. Kein leises Schlappen der Plane, wenn sie ins Zelt hinein- und hinausschlüpfen. Die Zirkusleute haben genug von der Schnabeltier-Nummer, und sie hat auch genug und wäre nicht hier, müßte sie nicht befürchten, die Marionetten-Nummer zu verpassen. Das Schnabeltier ist jetzt dabei, die Taschen der Zuschauer in der ersten Logen-Reihe zu untersuchen, die Pfoten leer herauszuziehen, fassungslos auf die leeren Pfoten zu starren, endlich unter Schmerzen ein goldenes Ei zu legen, das keiner haben will, wütend zu werden, mit dem Fuß aufzustampfen, rechts, links. Die Geige geht zu einem derben Ländler über. Das Schnabeltier tanzt den Wuttanz. Gelächter im Chapiteau. Sie brüllen und trampeln. Aische verzieht keine Miene, weiß noch, daß sie mitgelacht hat, aber nicht mehr warum, kann einfach nicht mehr verstehen, was so komisch sein soll an den Verrenkungen des alten Kerls mit den faulen Witzen. Er heißt John und macht seine Nummer seit fünfhundertundsechzig Jahren. Hinterher hockt er verschwitzt und erschöpft im Sattelgang, neben sich den abgesetzten Kopf, den Reißverschluß des Kostüms bis zum Nabel geöffnet. Zwischen den Zähnen des Reißverschlusses kräuseln sich weiße Brusthaare. Im Tageslicht sieht das Kostüm schäbig und abgenutzt aus. Wenn er seine Frau anrufen geht, klebt das braungefärbte Haar noch immer an den Schläfen. Nach seinem Auftritt sieht man John entweder auf dem Weg zum Telefonhäuschen oder im Telefonhäuschen oder auf dem Rückweg. An jedem Ort ist er der erste, der weiß, wo das nächste Telefon ist. Einmal hat er Aische stolz erzählt, daß er sich in dreihundertunddreißig Jahren Ehe mit seiner Frau noch nie gestritten hat. Nach dem Telefonat mit seiner Frau geht er in die nächste Kneipe, wo er immer auf demselben Platz sitzt, immer dasselbe trinkt, Wodka Ginger, und immer dieselben Witze macht. Auf dein Wohl und meine Gesundheit. Schreib ne Karte, wenn du angekommen bist. Ein kleiner, mürrischer alter Mann, der nicht mehr neugierig, dem keine Frage geblieben ist. Er könnte aufhören. Er bekommt schon eine Rente, und er redet immer davon, daß er aufhören will, aber dann macht er doch noch eine Saison weiter und noch eine. Von Lollo Schmitt, die ihn nicht ausstehen kann, weiß Aische, daß Direktor Paul Maul ihn diesmal nicht mehr wollte, aber im letzten Augenblick dann doch kommen ließ, weil er gehört hatte, daß ein anderer Zirkus ihn wollte. Die Zirkusleute meiden ihn, und er hat für die meisten von ihnen nichts als Verachtung übrig. Unter den Zuschauern hat er viele Fans, die ihn Schnabeltier nennen und lieben. Das Schnabeltier versendet letzte Paillettenblitze. Der Scheinwerfer verlischt. Die Geigentöne ersterben.

Das Klatschen klingt wie Regenprasseln.

Nach der langen Zeit der Einsamkeit war das Zusammensein mit so vielen Menschen wie eine Rückkehr ins Leben gewesen, jedenfalls tagsüber, wenn Aische nicht in ihrem fensterlosen Abteil lag, für das sie zwar dankbar sein mußte, in dem sie sich aber wie eine lebendig Begrabene fühlte, deren Schreie von niemandem gehört werden.

Aufatmen erst, wenn sie morgens die Tür öffnen konnte.

Und immer gilt ihr erster Blick dem Wagen, in dem der Schöne Willi wohnt. Es ist einer von den alten Zirkuswagen, die, zusammen mit dem kleinen weißen Lattenzaun, einen schützenden Kreis um das Chapiteau bilden.

Sie sehen alle mehr oder weniger gleich aus, zwei Fenster, eine Tür, weißer Anstrich, bunte Bemalung, aber für Aische ist dieser eine anders als alle anderen. Bis in den Schlaf hinein weiß sie, wo er steht. Sie braucht die Wagen nicht abzuzählen, braucht kein Erkennungsmerkmal – ihr Blick findet ihn, ohne ihn suchen zu müssen. Sehnsuchtsvoll schaut sie zu der geschlossenen Tür hinüber. Wenn er jedoch ein paar Schritte von ihr beim Zelteingang steht oder in der Kneipe am nächsten Tisch sitzt, tut sie in höchster Alarmbereitschaft, als wäre er nicht da, und meint, seine Nähe nicht ertragen zu können. Aber sie sammelt Zuckerstückchen für die Pferde und legt sie ihm nachts heimlich aufs Fensterbrett. Ihm die Zuckerstückchen selber zu geben ist ihr versagt, obwohl das Schnabeltier, nach ein paar Wodka Ginger aus dem Fenster blickend, in beiläufigem Ton erklärt hat, der Schöne Willi sei arm dran, er habe keine Frau. Entsetzt hatte Aische sich gefragt, ob der mürrische kleine Alte ihr Geheimnis erraten hatte, und sich ins Schweigen geflüchtet wie ein Tier in seinen Bau, wenn ein Erzittern des Bodens auf Gefahr hindeutet, fest davon überzeugt, daß der Schöne nichts von ihr wissen wollte. Sie half ihm beim Pferdestriegeln und Wasserschleppen, aber ihm zeigen, daß sie ihn mochte, das konnte sie nicht. Und das Tändeln mit ihm war ihr vollkommen unmöglich. Andere konnte sie anlächeln und anlachen. Sie konnte frech sein und schlagfertig. Sie wunderte sich über sich selber, was ihr alles einfiel (wenn auch nicht bei Ihm), und sie wunderte sich über die Männer, daß sie Frechheit offensichtlich gerne hatten. Bisher hatte sie immer geglaubt, man müsse lieb sein, um zu gefallen. Sie merkte, daß sie ankam, und ging übermütig aus sich heraus. Aber kaum war der Schöne Willi in der Nähe, schwammen ihr alle Felle davon, und sie blieb arm wie eine Kirchenmaus zurück, mit nichts als einer furchtbaren Schwäche in allen Gliedern.

Anders im Pferdezelt. Aische brauchte Fallada nur über den warmen, goldschimmernden Leib zu streichen, den Hals zu tätscheln, mit den Fingern durch die Mähne zu fahren oder den Handteller an das weiche Maul zu halten, den Hauch der Nüstern auf der Haut zu spüren, leise zu den spielenden Ohren hin zu sprechen und zu wissen, daß sie gehört wurde, und schon konnte sie sogar in der Gegenwart ihres Schönen einfach sie selbst sein und nicht wie sonst entweder linkisch oder hochmütig oder demütig oder spitz, eine Kratzbürste, die sich, aus lauter Angst, sich bloßzustellen, Schönster Willi, ich will was von dir, und hören zu müssen, es gibt nix, du kriegst nix, du doch nicht, so ekelhaft zeigte, wie sie sich selber nicht kannte.

Der Zirkus war wie ein Luftschiff, das langsam und geräuschlos über die Berglandschaft hinwegglitt wie über einen Riesenleib mit dunklen Schluchten und weichgerundeten Hängen, ab und zu haltmachte, kurz verweilte und wieder weiterzog und auf dem Platz, der eben noch eine Welt für sich beherbergt hatte, nur ein paar Schläuche oder elektrische Leitungen zurückließ, die irgend jemand gelangweilt aufrollte. Kein Wagen mehr, kein Zelt, nichts, bloß noch ein bißchen Konfetti im Rinnstein. Und schon wieder parkende Autos.

Am Brenner saßen sie fest. Die Zirkuswagen zwischen kasernenähnlichen Häusern. Es war so eng, daß immer nur einer die Tür aufmachen konnte. Und es war kalt. Drückender Himmel. Zusammengeschippte Schneereste. Vorne und hinten Berge, rechts und links dunkel bewachsene Steilwände.

Es war nicht einmal genug Platz, um das Pferdezelt aufzustellen. Die Pferde mußten im Wagen bleiben und hin und wieder die Straße auf und ab geführt werden. Von den ehemaligen Kasernen an einem in die Breite gebauten alten Gasthaus vorbei bis zu den Grenzposten und zurück. An dem Gasthaus war eine Tafel angebracht. Auf der Tafel stand, daß Giovanni Wolfgango Goethe im Jahre 1786 hier übernachtet hatte. *Und nun erwarte ich, daß der Morgen diese Felskluft erhelle, in der ich auf der Grenzscheide des Südens und Nordens eingeklemmt bin.*

Es gab irgendwelche Scherereien.

Lollo Schmitt eilte von dem Grenzposten zum Bürowagen. Sie klapperte aufgeregt mit den Schlüsseln und trug den Riesenbusen resolut vor sich her. Ihr Gang war noch energischer als sonst, der Kopf noch höher erhoben, und Aische begriff, daß Direktor Paul Maul sich auch deshalb nicht blicken ließ, weil er wußte, daß die Grenzer dieses stattliche und rabiate Weib mehr fürchten würden als ihn. Sie war gewissenhaft und zuverlässig und hatte gütige Augen, die nicht zu der unerschütterlichen Selbstgerechtigkeit paßten, mit der sie über andere herzog, endlose wüste Tiraden, die Aische, stillschweigend in sich hinein leidend, über sich ergehen ließ. Es war der Preis für ihr Dasein. Ohne Lollo Schmitt wäre sie nicht da gewesen. Die Schmitt hatte ihr das Abteil gegeben, wenn auch nicht umsonst. Schlafen und essen gegen Platzanweisen zweimal täglich. Sie hütet das Geld ihres Chefs, als wäre es ihr eigenes, sagte der Schöne Willi. Er hatte etwas gegen die Schmitt. Sie ist immer so bissig. Wir vom Zirkus reden nur das Nötigste mit ihr. So hat sie niemanden, mit dem sie reden kann.

Aische verschwieg, daß sie mit der Schmitt spazierenging, und verstand, daß sie das Abteil bekommen hatte, damit Frau Schmitt jemanden zum Reden hatte. Viel Zeit blieb ihr sowieso nicht. Sie arbeitete unermüdlich. Immer in Eile. Alles sehr wichtig. Ich muß noch die Gagen ausrechnen. Gegen den Schönen Willi hegte sie eine Abneigung. Er war nicht der einzige, den sie nicht leiden konnte, aber einer von denen, über die sie besonders hemmungslos herzog. Jedesmal, wenn der seine Gage abholt, macht er ein langes Gesicht. Schließlich hat Paul ihn von der Straße geholt! Und das war erst letzte Saison. Da hatte er seinen ersten Auftritt. Und da hat er hinterher im Sattelgang gestanden und geheult. Für sie war er nicht der Schöne Willi, sondern ein hergelaufener Kerl aus dem Kohlenpott, der ein langes Gesicht machte, anstatt dankbar zu sein. Schließlich hat Paul ihn von der Straße geholt! Aber wenn sie mit ihrem Schäferhund redete, wurde ihre Stimme zärtlich. Sie hatte niemanden außer diesem Hund, der Hasso hieß und ein eifersüchtiges Vieh war. Manchmal lud sie Aische zum Kaffeetrinken ein und erzählte aus ihrem Leben. Und wenn der Kellner ihr ein Kompliment machte, wurde sie schüchtern. Sie lachte verschämt und erklärte, daß man im Alter immer dünnhäutiger werde, nicht abgeklärt, im Gegenteil.

Sie sah Aische mütterlich an.

Aber das kannst du noch nicht verstehen, dafür bist du viel zu jung.

Aische sagte hilflos, sie sei doch noch gar nicht so alt, und Frau Schmitt lächelte mit einer gewissen Wehmut, und Aische hatte das Gefühl, sie müsse sie trösten, und war im Augenblick wirklich überzeugt, wovon sie vorher und nachher ganz und gar nicht überzeugt war, nämlich, daß Lollo Schmitt, wie sie eifrig versicherte, die Seele des Zirkus sei, was diese bescheiden von sich wies, so daß Aische sich genötigt sah, immer weiter auszuführen, wie tierisch aufgeschmissen Paul Maul ohne sie wäre.

Es war nicht gerade schamlos geheuchelt, aber etwas war

doch faul daran, das wußte Aische – wenn der Schöne Willi dabeigewesen wäre, hätte sie das nicht gesagt und nicht gedacht. Und als sie sich der Grenze näherten und Frau Schmitt die Ausweise einsammelte, hatte Aische nicht einmal mit dem Gedanken gespielt, sich ihr anzuvertrauen, obwohl sie sich mittlerweile duzten (Kindchen, für dich bin ich Lollo), und es lieber drauf ankommen lassen: erst hinhalten und dann kaltblütig behaupten: Meinen Ausweis? Den hast du doch! Den hab ich dir gegeben! Er ist doch nicht weg? Mein Ausweis!

Bis in alle Einzelheiten hatte Aische sich ausgemalt, nachts in dem verhaßten fensterlosen Abteil, wie sie der Schmitt keine Vorwürfe machen, aber so verzweifelt sein würde, daß sie ein schlechtes Gewissen bekommen würde. Und wenn sie noch so sicher war, daß Aische ihr den Ausweis nicht gegeben hatte: Aische würde diese Sicherheit erschüttern. Erinnerst du dich nicht? Du warst gerade auf dem Weg zu Paul Maul und hattest es furchtbar eilig ... Kann es sein, daß du dein graues Jersey-Kostüm anhattest?

Das alles war nicht mehr nötig.

Lollo Schmitt hatte anderes zu tun. Sie hetzte sich ab. Sie regte sich auf. Das ist eine Schande. Eine Schande ist das. Schlimmer als vor hundert Jahren.

Niemand schien zu wissen, worum es ging. Jeder sagte etwas anderes. Aische war alles gleich, solange man sie nicht nach ihrem Ausweis fragte und sie nicht mit der Schmitt Kaffeetrinken gehen mußte. Es gab nur ein Café, und das hatte keine Gardinen.

Das eine oder andere Auto und Frauen, die zum Einkaufen radelten. Ein mit Gemüse vollbeladener Metallkorb auf einem Gepäckträger. Ein Mädchen, offenbar unterwegs zum Bahnhof, Kopf und Rücken hinter einem unförmigen Rucksack verschwunden.

Die Pferde waren unruhig. Dem Klappern der Hufe auf dem Pflaster fehlte das Gleichmaß.

Leute traten vor die Türen ihrer Läden. Sie schauten nach den Pferden, und ihre Gesichter wurden weich.

Das Mädchen mit dem Rucksack blieb stehen und drehte sich um. Es war ein Junge.

An Weinhandlungen vorbei zu dem roten Haus mit den geschlossenen Fensterläden.

Die Läden waren von einem müden, abblätternden Grün, und es sah so aus, als wären sie für immer geschlossen. Das Haus kam Aische bekannt vor, als hätte sie es im Traum gesehen.

Von dem ehemaligen Grenzwärterhaus waren es nur noch ein paar Schritte bis zum Grenzposten. Kein Gras für die Pferde. Alles Beton. Die breite Straße mit den Bogenlampen, die Verkehrsinsel mit dem Häuschen: Beton.

Nichts los an der Grenze. Fallada und Linda senkten die Köpfe, um zu dösen.

Etwas abseits stand der Schöne Willi mit Othello.

Der Grenzbeamte sah zum Himmel und sagte: Es wird Regen geben.

Es war der erste Grenzbeamte in Aisches Leben, und er fragte nicht nach ihrem Paß, und er verhaftete sie nicht. Er nannte sie *kleines Fräulein* und schaute sie freundlich an. Nichts los an der Grenze. Er langweilte sich. Und für ihn gehörte Aische genauso zum Zirkus wie Zenzi Huber. Nur daß sie ihm besser gefiel. Zenzi Huber konnte das Haar zurückwerfen, soviel sie wollte – er wandte sich an Aische. Mal ein Seitenblick zu Zenzi, das mußte sein, der Grenzbeamte war ein höflicher Mensch, aber er sprach zu Aische hin. Und Aische drehte auf. Und behielt den Schönen Willi im Auge. Sollte er sehen, daß sie einen Verehrer hatte. Doch leider sah der Schöne nichts, blickte vor sich hin ins Leere, in irgendwelche Fernen. Aische hätte gern gewußt, woran er dachte, und drehte noch weiter auf.

Hin und wieder näherte sich langsam ein Auto. Meistens brauchte es nicht einmal zu halten: eine lässige Handbewegung machte, daß es weiterfuhr.

Manchmal kam jemand, den der Grenzbeamte kannte. Dann tippte er an die Mütze, ohne das Gespräch zu unterbrechen. Im letzten Winter hatte es zehn Meter Schnee gegeben. Man mußte den Schnee von den Dächern schippen, damit sie nicht einstürzten.

Aische war nicht sicher, ob sie den Beamten ohne Uniform wiedererkennen würde. Nichts los an der Grenze, und er hatte Langeweile und nannte sie *kleines Fräulein.* Aber er war die Obrigkeit und sie die Gesetzesübertreterin mit den Sprüchen der Oma im Ohr – *Lügen haben kurze Beine,* merk dir das. *Und ehrlich währt am längsten,* das kannst du dir hinter die Ohren schreiben. Aische, die Lügnerin, Diebin und Betrügerin, unerkannt unter der Nase der Obrigkeit, tief im Forst ums Feuer tanzend, *das Fräulein hat sich das Recht genommen, ohne Ausweis hierherzukommen.* Unerkannt und übermütig, und doch auf der Hut. Jetzt war er nett, aber wenn er gewußt hätte, wer sie war, wäre es aus gewesen mit der Nettigkeit. So, wie er ihr die Grenze erklärte. Grenzen braucht man, um das Eigene vom Fremden zu unterscheiden. Wächter an den Grenzen braucht man, um sich vor Überfällen zu schützen. Nicht jeder, der zu dir kommt, ist dein Freund. Und wer ist Freund, und wer ist Feind, kleines Fräulein? Feind ist, wer dich zerstören will, dein Haus und dich vernichten. Und wenn er dein Haus nicht zerstört, so vertreibt er dich daraus und macht sich selber darin breit. Und wenn er dich nicht tötet, so macht er dich zu seinem Knecht. Das war immer so und wird immer so sein. Damit muß man leben. Wie, das weiß ich auch nicht. Nein, kleines Fräulein, dein Feind ist nicht der Fremde. Dein Feind ist, wer dir vorschreiben will, was du zu tun und zu lassen hast, welche Sprache du sprichst, wen du lieben darfst, was du denken mußt und was dir heilig ist. Dein Feind ist, wer dir nichts Eigenes lassen will. Wer dich so unterdrückt, daß du den Kopf nicht mehr heben kannst. Und wenn es dir nicht gefällt, mit der Nase auf dem Boden herumzulaufen, geh in den Untergrund! Aber glaube nicht, daß du da alleine überleben kannst.

Du brauchst Freunde und Helfer, und du brauchst den Traum von einem besseren Leben, auch wenn du nie ein anderes gekannt und nur eine Ahnung hast, wie es sein könnte, dieses bessere Leben. Jeder hat ein Recht darauf, seine Grenzen zu verteidigen. Niemand muß sich überrennen lassen.

Othello klopfte schon eine Weile mit dem Vorderhuf auf den Beton. Der Schöne Willi ließ ihn gewähren.

Aische sah dem Grenzbeamten in die Augen, lächelte entschuldigend und dachte: Aber wenn du wüßtest, daß ich keinen Ausweis habe, würdest du mich doch verhaften.

Auf dem Rückweg waren die Pferde kaum zu halten. Immer hatten sie es eilig, zum Stall zurückzukommen. Aische hatte Mühe, Schritt zu halten. Die ersten Tropfen fielen. Zenzi Huber legte den Kopf in den Nacken, um zum Himmel zu schauen. Für einen Augenblick sah Aische einen kleinen grauen Streifen. Zenzi Huber drehte sich um und rief ihr zu: Gleich geht es los. Ganz grau am Ansatz. Das schöne schwarze Haar, um das Aische sie so beneidet hatte, war gefärbt.

Der Regen trommelte auf das Dach des Transporters, und aus dem Halbdunkel jenseits der Pferdeleiber fragte der Schöne aus Bochum:

Wie lange bleibst du?

Er hatte so eine abrupte Art, das Wort an sie zu richten, als müsse er das, was er sagen wollte, aus sich herausschleudern wie ein Vulkan sein Gestein, so daß Aische unwillkürlich in Deckung ging und den Mund nicht aufbekam oder herumstotterte oder sich in den Angriff rettete und ihm irgendeinen Brocken an den Kopf knallte.

Solange ich will.

Der Regen ließ nach. Irgendwo in einem der Wohnwagen übte jemand, wahrscheinlich ein Kind, auf der Geige. Aische glaubte die Schnabeltier-Melodie zu hören. Ein Zug näherte sich. Bremsenkreischen, Türenschlagen und in der Stille wieder die Geige, unbeholfen und mißtönend, ein paar Takte lang, bis der Regen von neuem einsetzte.

Vielleicht bleibst du ganz, machst mit.

Was denn? Mädchen mit Rucksack?

Der Schöne Willi schwieg, und Aische verbrachte die Nacht damit, darüber nachzugrübeln, was sie davon halten sollte. Ob seine Frage, wie lange sie bliebe, etwas zu bedeuten hatte. Ob es nur so dahergeredet war, oder?

Der Gedanke an das Oder ließ Aische dahinschmelzen. Es taute und tropfte in dem fensterlosen Abteil, und alles wollte zu ihm, jetzt sofort. Zwischen den Campings hindurch zu seinem Wagen. Und dann macht er die Tür auf und sieht sie befremdet an. Sie schämt sich. Sie weiß nicht, was sie sagen soll. Die Scham verwandelt sie in einen Stein. Sie kann sich nicht mehr rühren. Aber die Verwandlung ist nicht vollkommen. Im Innern des Steins ist Leben. Schrecklich, das eingeschlossene Leben zu spüren. Ihr war, als zöge es sie aus ihrem Körper hinaus zu dem Schönen Willi hin. Nebenan schnarchte Django. Wahrscheinlich hatte er die ganze Zeit schon geschnarcht. Die Wut packte sie. Mußte selbst im Schlaf noch rumprotzen. Erbittert horchte Aische auf sein wichtigtuerisches Sägen. Vierundzwanzig Verurteilungen wegen Körperverletzung. Hatte er ihr stolz erzählt. War vielleicht gelogen. Bulliger Männerkörper. Aber die Züge einer alten Frau. Aische war jedesmal verwirrt, wenn sie ihm ins Gesicht sah. Jemand mußte sich vergriffen haben, als er Django zusammensetzte. Ein gemeines altes Weib, das lächelte wie ein Haifisch. Beim Einlaß brachte er es fertig, dieses Lächeln eine halbe Stunde lang unverändert im Gesicht zu behalten. Danach machte er den Beleuchter. Und mittags, wenn er aufgestanden war, putzte er die Klos. Gummihandschuhe, Zigarette im Mundwinkel. Und wenn es Ärger gab, sagte er: Hier sind doch gebildete Mitteleuropäer. Indigniert wie eine Beamtenwitwe. Und die gleiche vornehme Zurückhaltung, nur finsterer als eine gewöhnliche

Beamtenwitwe. Außer einmal. Da hatte er in einem liebenswürdigen Ton, der Aische aufhorchen und hinsehen ließ, dem hübschen Valerian von seiner Wurst angeboten. Willst du probieren? Aische hatte sich gewundert. Es paßte nicht zu ihm, daß er einem Requisiteur zärtlich von seinem Essen anbot. Valerian hatte abgelehnt, aber als er später sagte: gehn wir, war Valerian folgsam mitgegangen. Und jetzt schnarchte er wie eine Wildsau, und Aische kam der schreckliche Verdacht, der zwischen dem Bremsenquietschen eines Zuges und dem Knallen der Türen zur Gewißheit wurde, daß der Schöne Willi sie bemitleidete. Er wußte, daß sie kein Wohin hatte, und sie tat ihm leid. In seinen Augen war sie ein armes Ding, kein Mädchen, in das man sich verliebt. Keine Königstochter in Sack und Asche, deren Fuß aber in einen zierlichen Schuh paßt. *Oh my darling, oh my darling, oh my darling Clementine, light she was and like a fairy but her shoes were number nine.* Das Schnarchen machte sie rasend. Sie stand auf und stopfte sich Klopapier in die Ohren. Das Schnarchen hörte nicht auf. Es war nur leicht gedämpft. Sie legte sich auf das eine Ohr und hielt das andere zu, aber das Schnarchen drang immer noch bis zu ihr durch, und sie glaubte zu begreifen, daß der Schöne Willi sie verarscht hatte. Mitmachen. Was sollte sie denn mitmachen? Haßerfüllt bummerte sie an die Wand. Das Schnarchen brach ab.

Aische hielt den Atem an.

Draußen ging jemand herum. Der Schöne Willi. Er wollte zu Aische. Sie in ein besseres Leben holen. Seinen Wohnwagen kannte Aische nur von außen, aber es genügte ihr zu wissen, daß er Fenster hatte. Sie saß mit ihm am Tisch. Ein scheuer Blick zum Bett hinüber, und Aische erinnerte sich daran, daß das Schnabeltier immer als erster aufstand. In seinem Alter brauchte er wenig Schlaf. Sie beschloß, Zenzi zu bitten, ihr das Reiten beizubringen.

Innerhalb von Minuten wußten alle Bescheid.

Herumgerenne.

Halbnasse Wäsche wurde von den Leinen gerissen. Fenster geschlossen. Die Hunde hereingeholt. Alles Bewegliche verstaut.

Finito Kahtoff Kahtoff! Jetz gibs Spaghetti!

Lollo Schmitt im Laufschritt, mit zerzaustem Haar.

Wind blies durch das Tal. Türflügel flatterten. Zum Leben erwachtes Papier endete an Fensterscheiben, hinter denen weibliche Gestalten eilig hantierten. Drinnen die Frauen, und draußen die Männer, die manövrierten, ankuppelten, rangierten. Und Poldi, das Ganze finster überblickend, mit wehendem Haar und vor der Brust verschränkten Armen.

Warten.

Die kreuz und quer stehenden Wagen formieren sich nur langsam.

In den Fensterbrüstungen der ehemaligen Kasernen lehnen die Einheimischen und schauen schweigend zu.

Die Frauenpuppe, steif auf dem Rücksitz.

Warten.

Es stinkt nach Abgasen.

Der Wind rüttelt an den Campingwagen.

Es sieht so aus, als ob die Puppe sich bewegt.

Aische steht wie angewurzelt. Das Atmen wird ihr schwer. Die Puppe bewegt sich. Kann nicht sein. Hinschauen. Bewegt sich nicht. Bewegt sich doch. Unmöglich. Genau hinsehen. Bewegt sich. Aische denkt, sie ist verrückt geworden. Die Angst muß sie verrückt gemacht haben. Die Grenze vor sich. Weiß nicht mehr, wie sie atmen soll. Lieber ewig bleiben: *Eingeklemmt auf der Grenzscheide zwischen Norden und Süden.* Das war der Satz. Alle haben ihn gesagt. Es hat sie erleichtert, daß es ihnen nicht alleine so ergangen ist. Die Angst sitzt im Bauch. Und niemand, mit dem sie darüber reden kann. Alle sind froh, daß es losgeht. Gutgelaunt. Wu Hei, im Vorübergehen mit der Zungenspitze wedelnd. Was ist das? Na? Ein Lesbenständer! Allein mit der Angst. Tränen steigen auf. Müssen runter. Kann nicht die Puppe sein. Hat sich eben ganz deutlich bewegt. Und plötzlich weiß Aische, wer das ist. Muß die Tante Huber sein. Aische hat sie noch nie zu Gesicht bekommen, aber gehört, daß es sie gibt. Darum sitzt sie auch nicht in dem altmodischen Lieferwagen, sondern in einem Mercedes. Sie ist blind und hat Arthritis. Die Schwester der Äffin. Keine Sinnestäuschung. Aische hat richtig gesehen. Sie ist nicht verrückt. Erleichtert zu den andern. Sunny strahlend. Braucht keine Angst zu haben. Ist Schweizer und hat Papiere. Das harte, schon zerfurchte Gesicht. Die große gebogene Nase. Zigarillo zwischen den Fingern, lang und dünn, gerade erst angeraucht. Steht eine Tunte vor Gericht. Hat eine Nonne vergewaltigt. Wundert sich der Richter. Sie sind doch schwul. Wie konnten Sie? Sagt der Angeklagte: Herr Richter, von hinten hab ich gedacht, es wär Zorro.

Aische lacht. Die Angst ist nicht mehr nackt.

Sunny, wie er davongeht, wohlgemut in seinen knallengen Jeans, andeutungsweise mit dem Hintern wackelnd. Sein Hintern ist klein, und Aische fragt sich, ob Kurt seinen Schwanz da reinsteckt oder ob Sunny den Mann macht. Zenzi und der Schöne Willi reden. Aische hört nicht hin. Plötzlich hat die Angst sie wieder. Will nicht mehr wissen, wie die Männer es miteinander machen. Will es nur hinter sich haben. Damit die Angst aufhört. Wenn es sie erwischt hat, muß sie keine Angst mehr haben. Aber dann? Wohin? Zenzi lacht, sieht Aische an. Aische begreift, daß sie mitlachen soll. Aische lacht. Nichts anmerken lassen. Aushalten. Noch eine Minute und noch eine. Zenzi und der Schöne Willi erzählen sich was. Haben keine Ahnung von dem, was in Aische vorgeht. Die Rede ist von Zenzis Verlobtem. Seitdem Aische weiß, daß Zenzi gefärbte Haare und einen Verlobten hat, mag sie Zenzi. Und Zenzi mag sie. Eingeklemmt in der Grenzscheide, haben sie sich angefreundet.

Du willst ja auch deine Ruhe haben, sagt Zenzi zu dem Schönen, der an der Kühlerhaube des Transporters lehnt. Aische horcht auf. Dir fehlt eine Frau doch bloß zum Putzen.

Nicht zum Putzen. Der Schöne Wille lächelt und fährt sich durch das Haar. Aber für was anderes.

Aische schaut angestrengt geradeaus.

Eingehüllt vom Pferdegeruch, schläfrig vor Erleichterung, schaute Aische auf Willis bloßen Arm am Lenkrad. Die Grenze lag hinter ihnen. Niemand hatte nach ihrem Paß gefragt, und jetzt rollten sie durch die Bergwelt, hoch über der Straße auf ihrem ruhig brummenden Thron. Es war das erste Mal, daß Aische mit dem Schönen Willi fuhr, und es war schwer erkämpft gegen die Angst vor Frau Schmitt, die sie bisher mitgenommen hatte, wenn es von einem Ort zum andern ging. Kindchen, für dich hab ich immer Platz. Meine Gute. Es fuhr sonst niemand mit ihr. Aische wußte, daß sie mit dieser Tat zum Feind übergelaufen war, eine abtrünnige Verräterin, die sich auf etwas gefaßt machen konnte. Egal, was Lollo laut sagen würde, die stumme Antwort wäre unweigerlich: *Du wirst schon sehn, was du davon hast.* Das wußte Aische, und darum hatte sie innerlich üben müssen. Lollo, ich fahr mit dem Schönen Willi. Harmlos, als wäre nichts dabei. Und dann hatte sie es doch mit kläglicher Stimme und schuldbewußtem Gesicht vorgebracht. Galgenfrist nur, weil Lollo so beschäftigt gewesen war. Aische rechnete damit, daß ihr das Dach über dem Kopf entzogen wurde, und hatte trotzdem keine Angst mehr. Alles war gut so, wie es war. Das heitere Grün von Lärchen und Birken, die Ausblicke auf die bunte Schlange der Zirkuswagen und ab und zu eine kleine Kirche auf dem höchsten Punkt eines Hügels. Dann wieder ein Tal. Fichtenbewachsene Berge zu beiden Seiten, die näher und näher rückten, bis es so eng wurde, daß Aische dachte, es geht nicht mehr weiter.

Es geht doch immer wieder weiter, sagte der Schöne Willi.

Vor ihnen der breite Wohnwagen der Eltern Huber. Hin und wieder gaben die schaukelnden, makellos weißen Gardinen den Blick frei auf ein Stück der Couchecke.

Ich wollte nie so leben wie meine Eltern. Ich dachte immer, es muß noch etwas anderes geben.

Die Berge traten zurück. Der Schöne Willi nahm Aische mit nach Bochum in das Haus seiner Kindheit. Der Vater war ein sehr kleiner Mann. Auch der Großvater war ein sehr kleiner Mann gewesen. Die beiden hatten zusammen ein Grundstück gekauft. Mit Nichts angefangen. Malocht, gespart und gebaut. Geheiratet und Kinder gezeugt. Der Vater liebte das Zeugen, das In-die-Welt-Setzen, ob Kinder oder Pflanzen. Wir hatten einen schönen wilden Garten. Die Nachbarn regten sich auf, weil er der Mutter, die schmal und zart war, ein Kind nach dem andern machte. Eine Strahlende soll sie gewesen sein, immer lustig. Sie sahen sie langsam verblühen, von Kind zu Kind welken. Er sah es nicht. Seine Haare wurden weiß. Der Schöne Willi kannte ihn nur mit weißen Haaren und vielen Falten im Gesicht. Keine Zweifel an sich, niemals. Das Leben ein Rechenexempel. Zu allem ein vernünftiges Wort und klare Entscheidungen. Mit Nichts angefangen, und jetzt ist er reich, hat an der Börse spekuliert. Kurz bevor der Schöne Willi auszog, fand er, hinter einer losen Kachel im Badezimmer versteckt, ein paar Tausend Mark. Ich hab gesehn, daß die Kachel lose war, und dran rumgepolkt. Tausendmarkscheine. Aber Meckern wegen paar Mohnbrötchen. Geht der Sohn einkaufen, holt Mohnbrötchen, weil er die gerne ißt, sagt der Vater: Einfache Brötchen hätten es auch getan. Da waren sie schon alleine miteinander, die Mutter tot und die Geschwister aus dem Haus. Er nannte es Sparsamkeit. Geheizt wurde so, daß die Leitungen nicht einfroren. Mit Holz. Das holte der Vater aus dem Wald. Den ganzen Winter über Styropor vor den Fenstern. Vater sagte fröhlich, das sei gesünder so. Immer fröhlich, außer wenn es ums Geld ging. Jedes Unglück verlacht. Die kleine Schwester im Planschbecken ertrunken, und er hat gelacht. Nicht herzlos. Auch als die Mutter starb. Nicht laut, nicht verzweifelt, einfach so, als beträfe es ihn nicht. Hat sich durch nichts aus dem Gleichgewicht bringen lassen. Außer wenns ums Geld ging.

Wenn es ums Geldausgeben ging, war nicht mit ihm zu reden. Sonst war er nachgiebig und ausgeglichen. Keine Klagen, keine Anklagen. Nie. Durch nichts aus der Ruhe zu bringen. Die Schulnoten der Kinder waren ihm egal. Was die Frau kochte, war ihm egal. Er aß alles. Ärger der Kinder mit den Lehrern war ihm egal. Nur eines nicht: Geldausgeben. Die Mutter mußte Buch führen über ihre Ausgaben. Einmal hat sie ein Seidenhemd gekauft. Das hat sie nie mehr gemacht. Zoff gab es nicht. Alles ruhig, vernünftig und logisch geregelt. Freiwillig verzichtete die Mutter auf ihr Taschengeld. Nach ihrem Tod ging er tanzen, auf der Suche nach einer neuen Frau. Die Cola im Auto, weil es in der Disco zu teuer war. Ab und zu raus, einen Schluck trinken. Schneuzen in einen Winkel des Taschentuchs, das Vollgerotzte abgerissen, den Rest weiter gebraucht. So mußten wir es auch machen. Und alles mußte lange halten. Hosen mußten lange halten. Schuhe mußten lange halten. Haltbarkeit vor Schönheit. Eherner Grundsatz. Sonst ließ er sie gehen, seine Kinder, ließ sie laufen, spielen, auf die Nase fallen und wieder aufstehen. Schlug nicht. Es gab nur dieses eine Gesetz: keine unnötigen Geldausgaben. Mit einer Ausnahme: das Haus war voller Leitern. Alu, Holz, was du willst. Von Leitern konnte er nicht genug bekommen. Für Leitern gab er Geld aus. Fürs Auto nicht. Alte Scherbe, unter der er bei jedem Wetter lag, weil immer etwas kaputt war. Haus und Garten voller Gerümpel. Alte Autoreifen, alte Autositze, Batterien, Rohre, Schrauben, Tausende von Schrauben, alte Lampen, Tische, was er bekommen konnte, er hortete es für schlechte Zeiten. Könnte man ja noch mal gebrauchen. Er tat es aus Überzeugung. Die Kinderroller, zerbrochen und verrostet, Reste von Fahrrädern, alles aufgehoben. Der Keller voll bis unter die Decke. Bretter, Regale, Gerümpel.

Ich dachte immer, es muß noch etwas anderes geben. Der Schöne Willi zog aus und wohnte im Zelt. Und zum Abschied räumte er den Keller auf und stellte das Gerümpel vors Haus. Nur das, was man wirklich nicht mehr gebrauchen konnte.

Die ganze Straße war voll, aber der Keller war bei weitem nicht leer. Als der Vater zurückkam, hatte die Müllabfuhr schon alles abgeholt. Und der Schöne Willi hatte ein Feuer gemacht, hinterm Haus, ein Riesenfeuer mit allem, was brennbar war, und die Flammen waren hochgeschlagen und hatten die Tanne angesengt.

Das ist ein Sinnbild des ganzen Lebens, hatte Frau Schmitt einst gesagt, als sie Aische den Zirkus erklärte. So geht es einem doch immer. Und Aische, die ihr bisher alles geglaubt hatte, weil Frau Schmitt schon seit Jahrhunderten beim Zirkus und sie eben erst angekommen war, hatte ihr befremdet in die mütterlich blickenden Augen geschaut und nur langsam begriffen, daß Frau Schmitts Mitgefühl nicht der Marionette, sondern der Marionettenspielerin galt, Mei Ming, Wu Heis abgefuckter deutscher Mutter, die ein Gesicht machte, als wüßte sie nicht, wie ihr geschah, wenn sie das Kreuz loslassen und zusehen mußte, wie ihre Marionette davonsprang. So geht es einem doch immer. Aische brauchte nichts zu wissen vom Zirkus, um leidenschaftlich auf der Seite des Schönen Willi als Marionette zu sein, und auch wenn es nicht der Schöne Willi gewesen wäre, und selbst wenn der Schöne Willi den Marionettenspieler gemacht hätte, Aische wäre immer auf der Seite der zum Leben erwachenden Marionette gewesen, die so gehorsam aus dem Überseekoffer gestiegen war und schlaff und schlapp auf seinem Rand gesessen hatte, Kinn auf der Brust, Arme ins Sägemehl baumelnd, überragt von der auf dem Kofferrand stehenden Mei Ming, die alle Fäden in der Hand hielt und versuchsweise an einem zog, sich daran freute, daß der rechte Arm sich folgsam hob, und mit einem merkwürdigen Lächeln auf den grell geschminkten Lippen träumerisch herumprobierte, was geschieht, wenn man wo zieht. Der Schöne Willi als Marionette in roter Uniform mit goldenen Litzen regte kreuzbrav die Glieder und erhob sich und stand da, tumb lächelnd wie ein Kind, das man zum ersten Mal auf die Beine gestellt hat und das noch nicht weiß, wie man das macht, auf den eigenen Beinen stehen, leicht schwankend mit diesem törichten Gesicht, in dem etwas wach wird. Die Augen beginnen zu rollen, nach rechts und nach links und dann nach oben zu dem Kreuz, von dem aus er gelenkt wird. Langsam streckt sich die Hand aus und greift nach dem Kreuz, die Beine tun die ersten unsicheren Schritte allein, und dann der Freudensprung, auf und davon in ein eigenes Leben. Das Klatschen klingt wie Regenprasseln.

Irgendwelche Werbefuzzis hatten ein Büfett gestiftet für die Premierenfeier. War aber nicht genug. Mußten noch Brote geschmiert werden. Babelina aufgeregt. Alles schnell schnell. Salami, Schinken, Käse. Romolo, Madonna mia. Er schmierte zu langsam. Zwinkerte Aische zu. Finito Kahtoff Kahtoff! Aische garnierte mit Radieschen und Gurken. Nicht übergeladen, Aischelina! Die fertigen Häppchen auf silberfarbenen Papptabletts. Babelinas hektische Hände. Nicht übergeladen, nicht übergeladen! Gürkchen auf den Käse, Radieschen auf den Schinken. Schnell schnell. Aber nicht übergeladen!

Lollo erwischte Aische auf dem Weg zum Chapiteau.

Kindchen, gehn wir zusammen. Da war nichts zu machen. Energischer Schritt. Meine Gute. Nichts zu machen. Anscheinend hatte sie ihr verziehen.

Aische war noch nie bei einer Premierenfeier gewesen. Sie stellte sich ein rauschendes Fest vor, wußte aber nicht, ob sie eingeladen war. Der Schöne Willi hatte sie nicht eingeladen. Er hatte nicht einmal gefragt, ob sie komme. Unsicher hatte sie sich auf den Weg über den Zirkusplatz gemacht, im Grunde überzeugt, daß sie nicht eingeladen war. Sie gehörte nicht zu den Artisten, und sie gehörte nicht zu den Angestellten. Ihre Arbeit wurde nicht bezahlt. Noch nie hatte Paul Maul das Wort an sie gerichtet. Das Abteil hatte Lollo ihr gegeben, und Lollo hatte dafür gesorgt, daß sie von Babelinas Kantinenessen bekam. Und wenn sie jetzt mit Lollo ging, war das ihre Berechtigung, dabeizusein.

Das Chapiteau war hell erleuchtet.

Leute standen herum. Man merkte ihnen nicht an, daß sie Italiener waren. Aische hatte etwas anderes erwartet. Obwohl sie Gläser in den Händen hielten, sah es so aus, als warteten sie mehr oder weniger geduldig auf einen Zug. Sie bildeten kleine Gruppen, zwischen denen einzelne sich hin und her bewegten – die Artisten matt wie sterbende Schmetterlinge am Ende des Sommers.

Das Büfett war am Sattelgang aufgebaut. Es war unberührt. Offenbar hatten die Werbefuzzis keinen Hunger.

Verstohlen hielt Aische Ausschau nach einer roten Uniform mit goldenen Litzen.

Ein kleiner, kugeldicker Italiener machte sich an sie heran.

Scheene Poppo! Scheene Poppo!

Er lächelte sie an. Seine Zähne waren faulig. Geschmeichelt und verbittert, daß sie ein Kompliment von diesem Kretin brauchte, fauchte Aische ihn an.

Pfeif durch die Socken.

Der Kleine ließ nicht locker.

Ernesto immer gucken nach Frauen. Du scheene Poppo.

Aische wandte sich ab und nahm ein Glas Wein.

Der Kleine starrte auf Lollos Busen und sagte *Mama.* Grooooße Titten. Andere Frauen haben kleine Titten. Aber Titten immer gut.

Lollo schaute über ihn hinweg zum Büfett, wo einer von den Requisiteuren an den silberfarbenen Papptabletts vorbeistrich und eines von den Häppchen in seinem Mund verschwinden ließ.

Das ist die Höhe! Kann der nicht warten.

Aische entdeckte den Schönen Willi. Er stand am Aufgang und unterhielt sich mit einem mädchenhaften Milchgesichtigen.

Der Kleine machte einen Schritt auf Lollos Busen zu. Die Entrüstung trieb ihr die Röte ins Gesicht.

Das war Pawel. Ich hab ja nichts gegen Polen, aber das geht zu weit. Und dann mußte sie sich über Sunny aufregen, der sich in seinem Finale-Kostüm, wallender weißer Umhang, Federhut mit wippender weißer Schwungfeder, weiße, mit weißem Flaum besetzte Schaftstiefel, in aller Ruhe am Büfett bediente und nicht einmal den Anstand hatte, sich schnell wie ein Dieb vom Tatort zu entfernen.

Aische wartete darauf, daß der Schöne Willi sie bemerkte. Er sah sehr männlich aus neben dem Milchgesicht, stark und so schön, daß Aische wieder diese Schwäche in allen Gliedern fühlte, als wäre sie vom Mond gezogenes Wasser.

Jetzt reichts aber! Lollo schoß los, um jemandem die Meinung zu sagen. Aische nutzte die Gelegenheit, um so lässig wie möglich in Richtung Schöner Willi zu schlendern.

Der Schöne Willi nickte ihr zu und redete weiter mit dem Bubi. Der Bubi hatte verschreckte blaue Augen und hängende Schultern. Aische stand blöde herum. Sie trank das Weinglas leer und drehte langsam ab. Heilfroh, als Lollo zurückkam. Alleine rumstehn war, als hätte man den Aussatz. Jetzt waren sie wenigstens zwei auf einer unsichtbaren Insel Ausgesetzte. Aische trübsinnig, Lollo verbiestert. Ab und zu landete jemand auf ihrer Insel, machte einen Erkundungsgang und legte schleunigst wieder ab. Nichts als Sand und Steine, unfruchtbarer Boden.

Aische sah sich nach dem Schönen Willi um. Er war nicht mehr da.

Das Büfett war eröffnet.

Jetzt standen sie mit Papptellern herum und mampften.

Mit wallendem Umhang steuerte Sunny auf Lollo zu. Die Locken schreiend blond und das gewisse Strahlen im Gesicht, das Aische an Tai Tais Bemerkung erinnerte: Kurt tut keiner Fliege was zuleide, aber Sunny, der zerquetscht dich, wenn du ihm im Weg bist. Er nahm Lollo und Aische die leeren Gläser aus der Hand und brachte ihnen volle. Dann zeigte er Fotos von dem Haus, das er und Kurt in einem Schweizer Dorf gekauft hatten. Putzig. Spitzengardinen, Klöppeldeckchen und eine Vitrine mit Sammeltassen. Lollo war nicht bei der Sache. Sie hatte Romolo auf dem Kieker.

Jetzt hat er sich zum dritten Mal genommen!

Aische entdeckte die rote Uniform in einer Gruppe von Holzhackern. Sie trugen kurzärmelige Unterhemden und redeten laut. Der Schöne Willi sah zart und zerbrechlich aus.

Die Hubers kamen als geschlossene Familie den Aufgang hinunter, vorneweg Vater Huber, der Aische zunickte und im Vorübergehen gleichgültig fragte: Wie gehts? und, ohne eine Antwort abzuwarten, ebenso gleichgültig hinzufügte: Gut?

Der Schöne Willi war nicht mehr bei den Holzhackern.

Am Büfett stand Zenzi und machte vier Teller für die Familie zurecht.

Lollo hatte rote Flecken im Gesicht.

Die hat Mühe, die ganzen Mäuler zu stopfen! Großverdiener! Eine Schande ist das!

Sunny versuchte, sie zu beschwichtigen. Laß sie doch. Aber sie konnte nicht aufhören. Eine Schande ist das. Großverdiener. Sie ging mit verletztem Gesicht davon.

Sunny kannte die Hubers von früher, als er und Kurt bei Settembrini waren. Da haben sie die Tante schon mittags um zwölf ins Auto gesetzt, wenn nachts abgebaut wurde, oder. Dann hat sie auf dem Rücksitz gehockt und gewartet, wie ein Pudel. Aische sah den Schönen Willi mit einem Weib, einer rothaarigen, aufgemotzten Tussi. Er hatte seinen Silberblick. Aische leerte ihr Glas. Ich hab noch nie einen Menschen so schreien hören, oder. Wie ein Tier hat er geschrien. Das war nicht mehr menschlich. Aische merkte, daß Sunny von Poldi erzählte. Sie brauchte Wein. Sieben Pfleger waren nötig gewesen, um ihn zu überwältigen und ins Spital zu bringen. Sie mußten ihn durch die Hose spritzen, oder.

Aische wollte weg, aber sie konnte nicht mehr so gut gehen und wußte nicht, wie sie mit Würde aus dem Chapiteau kommen sollte, und in das fensterlose Abteil wollte sie auch nicht.

Also blieb sie, obwohl Sunny ihr nichts mehr zu erzählen hatte, weil die beiden Sumpfrallen aufgetaucht waren, schrille Trullen, die ihre Schau abzogen, aufgetakelt und geschminkt mit riesenroten Mündern und künstlichen Wimpern, mit denen der eine immerzu klimperte, und voll der Ficker, aber hallo du kleines Arschloch du, beide trugen die gleichen rattenscharfen Blusen und kamen aus Milano, hier machten sie nur Urlaub, und arbeiten taten sie in Kreuzberg, und die Blusen waren rot und tief ausgeschnitten und gefleckt wie echte Leoparden, und Sunnys und Kurts Nummer hatte irgendwie echt wahnsinnig viel feeling, und die Röcke waren hauteng und schwarz und hochgeschlitzt. Sie nannten sich Mimi und Didi, und schaffen taten sie in einer Bäckerei, und beide hatten sie ein Handtäschchen, solche Handtäschchen, wie sie sonst nur die Omas haben, mit Bügel und Henkel und Schnappverschluß, echt geil, wa? und Aische dachte: Bäckerburschen! Das Handtäschchen hielten sie weit ab vom Körper, wenn sie ein paar Schritte stöckelten, und dann schlenkerte der eine damit, als er mal für kleine Mädchen mußte und den Aufgang hinaufschritt, Hintern schwenkend auf den affengeilen Stökkelschuhen. Schritt für Schritt arbeitete er sich den Aufgang hinauf und brummte irgendeinen Werbefuzzi, der ihm irgendwie quer kam, mit tiefer Stimme an: Gleich gibs was auf die Glocke, Alter! und dann weiter mit hocherhobenem Kopf und einem Gesicht, dem man ansah, daß er alle Blicke der Welt auf sich gerichtet wußte. Aber hallo, sagte die zurückgebliebene Freundin, vielleicht war es Didi, vielleicht auch Mimi, die eine lange, wild gekämmte Perücke trug, was haben wir denn da für eine scharfe Käthe? und plinkerte Valerian zu, der schüchtern hinter Django stand. Aische sah den Schönen Willi auf dem Manegenrand sitzen, mit der Tussi auf dem Schoß. Sie trug einen sehr kurzen Mini-Rock. Aische sah seine Hand auf ihrem Oberschenkel und wollte sich sofort unbedingt bei irgend jemandem auf den Schoß setzen, aber so, daß er es sah, nur saß keiner, sie standen alle, und ihr blieb nichts anderes übrig, als aus der Ferne mit Pawel zu schäkern und viel Wein zu trinken, obwohl sie schon so verschwommen sah, daß sie ein Auge zukneifen mußte, wenn sie etwas sehen wollte. Sah aber trotzdem, daß der Schöne Willi mit der Tussi ging. Brauchte nicht einmal die Eule zu machen, um *das* zu sehen. Plötzlich waren alle weg, die Sumpfrallen und Sunny und Django und Valerian, nur Kurt war da und kein bißchen betrunken. Die Gatsch, sagte er, haben völlig falsche Vorstellungen vom Zirkus. Keine Ahnung, wieviel Disziplin da verlangt wird. Und Aische fragte sich, ob sie noch eine Gatsch war, eine, die nicht dazugehörte, oder keine Gatsch mehr. Und dann war auch Kurt weg, und Aische torkelte durch das Niemandsland zwischen Gatsch und Nicht-Gatsch, und kaum lag sie in ihrem Abteil, mußte sie sich erbrechen. Sie schaffte es gerade noch zur Tür.

Schlafen bis in den Tag hinein. Im Elend aufstehen. Raus mußte sie.

Draußen Sonne und blauer Himmel. Dolomiten. Eine Gipfelgruppe, die *Rosengarten* heißt. Auf den Treppenstufen des Garderobewagens hocken. Gert beim Fegen zusehen. Sie nennen ihn Knochenlotte. Oder Knochenelse.

Wu Heis Vater im Rollstuhl, unterm Vorzelt in der Sonne blinzelnd.

Der Schatten der Tante Huber hinter den Gardinen des protzigen Wohnwagens.

Lollos Köter, schlafend unter dem Büro.

Der Schöne Willi schlenderte scheinbar ziellos über den Platz.

Wie gehts?

Aische antwortete mit einem Kehllaut.

Der Schöne Willi blieb sofort stehen.

Was ist?

Aische dachte, daß er ihren unglücklichen Körper von seinem Fenster aus gesehen hatte, und bekam den Mund nicht auf. Sie wußte genau, was war, konnte es aber nicht sagen. Konnte nicht sagen: Ich fühle mich wie das fremde Kind, das nicht mitspielen darf. Und erst recht nicht: Du hast die Tussi mitgenommen.

Das Wetter ist schön, sagte er.

Aische nickte trübsinnig.

Hat es dir gestern nicht gefallen?

Doch.

Mehr konnte Aische nicht sagen ... das Bild einer kleinen Eidechse vor Augen. Das Maul war zugenäht. Aische sah die Fäden, die längs über das Maul liefen, als wäre es eine zusammengenähte Wunde. Halbblind starrte sie auf die Gardine, hinter der die Tante Huber saß.

Vom Pferdezelt Zenzis rauhe Stimme. Sie rief nach dem Schönen Willi. Der Schöne Willi ging.

Aische starrte auf ihre Füße. Die Füße waren fremd und rätselhaft, eigentlich kein Teil von ihr. Plötzlich saß sie wieder vor dem Gartenhaus der Pfarrersfrau, die sie aus Barmherzigkeit mitgenommen hatte. Sie war in das Glas über einem Frühbeet getreten. Das Glas war zerbrochen. Niemand hatte es gesehen. Aische wurde verhört, stritt ab, sollte zugeben, stritt ab. Wer soll es sonst gewesen sein? Weiß ich nicht. Dann war es der Hund. Die Pfarrersleute hatten einen Hund. Der sollte Prügel bekommen, weil er es gewesen sein mußte, wenn Aische es nicht gewesen war. Aische gestand augenblicklich. Und dann saß sie allein vor dem Haus. Die Scham war wie ein erloschener Stern, der immer noch leuchtet. Die anderen waren drinnen, die Pfarrersfrau, ihre Mutter und ihr Sohn, und Aische draußen mit zwei leeren Schneckenhäusern, deren Öffnungen sie so aufeinander zu legen suchte, daß sie zusammenpaßten, obwohl sie genau wußte, daß das unmöglich war. Der Pfarrersjunge kam aus dem Haus, und Aische versuchte weiter, die beiden leeren Öffnungen ineinander zu passen, und der Junge sagte: Es geht nicht.

How are you?

Vor Aische stand Bubu, mit seinen rotgeschminkten Ohren, in Jeans und T-Shirt, einen Blumenstrauß in der Hand. Aische brauchte nichts zu sagen.

A little depressed?

Aische konnte nichts sagen.

It is such a beautiful day, and there are so many beautiful things in life.

Aische fing an zu weinen. Bubu gab ihr einen Kuß und tätschelte ihr den Kopf. Er hielt ihr seinen Blumenstrauß hin.

Aren't they beautiful?

Er nahm eine von den Blumen und schenkte sie ihr.

Aische konnte nicht einmal danke sagen.

Bubu ließ sie allein.

Gert hatte kleine Häufchen von Konfetti und Dreck zusammengefegt.

Im Vorübergehen fragte Vater Huber: Wie gehts? Gut?

Der Schöne Willi kam zurück.

Warst du schon an der Eisack?

Aische schüttelte den Kopf und sah sich in einem anderen Leben mit ihm am Ufer des Neckar sitzen. Weiß schaukelten die Leiber der Schwäne auf dem dunkelnden Wasser. Aufs Wasser schauen war immer schön, aber mit Ihm zusammen war es nicht einfach nur schön gewesen, obwohl sie nicht hätte sagen können, was es sonst noch gewesen und was so anders war, wenn man etwas nicht allein sah, sondern zusammen mit einem besonderen Jemand. Was man anschaute, blieb dasselbe und doch nicht dasselbe, Aische kam nicht dahinter, was es war, das sie mit dem Schönen Willi erlebt hatte, so anders als alles, was sie kannte, so vollkommen neu, daß sie es nicht benennen konnte, einem von einst nach jetzt versetzten Menschen gleich, der angesichts eines Telefons nicht hätte sagen können: Das ist ein Telefon. Damit kann man sich über Entfernungen hinweg verständigen. Vielleicht war es das gewesen, damals in jenem anderen Leben am Ufer des Neckars: Sie hatten sich verständigt, hatten wortlos miteinander telefoniert.

Und dann war er gegangen, einfach so, ohne Aufwiedersehn. Er hatte sie in der Luft hängenlassen, ohne daß sie wußte, wieso und warum und was sie falsch gemacht hatte; es war alles undurchschaubar: einen Augenblick ist einer da, im nächsten ist er weg, als ob nichts gewesen wäre, und plötzlich ist er wieder da und erzählt was vom Boch, der unterirdisch fließt, die wenigsten wissen das, und wer kennt schon den Bochsee mit seinem warmen, weichen Wasser, in dem man schwimmen kann wie im Mutterleib.

Umarmt und gestreichelt.

Der Schöne Willi hatte seinen Silberblick. Aische hielt den unsichtbaren Hörer ans Ohr, ohne einen Laut von sich zu geben.

Also heute ist nicht dein Tag.

Nein.

Was ist los?

Bin eben traurig.

Kein Silberblick mehr. Aische mußte irgend etwas falsch gemacht haben.

Sachlich erklärte der Schöne Willi, sie habe wohl eine rosa Brille getragen, runter damit. Und natürlich sei es schwer, dabeizusein, ohne Aufgabe, nicht richtig ernstgenommen. Mach was mit.

Das Gesicht im Sägemehl. Jedesmal fiel Aische auf das Gesicht, und jedesmal stand sie sofort auf, um es noch einmal zu versuchen. An Fallada lag es nicht. Die Stute ließ es geduldig geschehen, daß Aische wieder und wieder die Zügel ergriff, einen Fuß in den Steigbügel stellte, sich in den Sattel schwang, die Zügel losließ und sich, das Kinn an der Brust, kopfüber nach vorne warf. Einmal mußte es gelingen. Ein Überschlag sollte es werden. Auf den Füßen wollte sie landen. Aber sie flog wieder aufs Gesicht. Alles tat weh. Sägemehl im Mund, in den Nasenlöchern, in Augen und Ohren, aber sie gab nicht auf.

Zenzi stand ratlos. Sie hatte erklärt, was es zu erklären gab. Jetzt konnte sie nur dabeistehen.

Aische versuchte es von neuem. Aufsitzen. Vorbeugen. Sich mit Schwung an der goldfarbenen Mähne vorbeistürzen. Und wieder landete Aische auf dem Gesicht. Und biß die Zähne zusammen. Nicht aufgeben. Weitermachen.

Wie mein Bruder mit den Keulen, sagte Zenzi.

So erfuhr Aische, als Zirkusreiterin gescheitert, an Leib und Seele zerschlagen, darauf bedacht, das Hinken zu verbergen und sich auch sonst nichts anmerken zu lassen, die Geschichte von Poldi Huber und schrieb sie auf, in ihrem fensterlosen Abteil, um den Schönen Willi zu gewinnen und doch noch *was mitzumachen.*

## Poldis Geschichte

Poldis Großmutter war die berühmte Esau-Lady. Zenzi hat noch ein Bild von ihr. Auf dem Bild trägt die Esau-Lady ein Kleid mit einem tiefen Ausschnitt. Das Haar ist hochfrisiert. Esau-Lady heißt sie, weil sie einen Vollbart hat, als wäre sie ein Mann aus der Bibel. Sogar die Lippen sind unter dem Bart verschwunden.

Die Esau-Lady war mit ihrem Impresario verheiratet. Sie starb bald nach der Geburt von Frau Huber. Ihr Mann, der Impresario, ließ sie ausstopfen und zeigte sie gegen gutes Geld. Sie lag in einem gläsernen Sarg. So reiste er mit ihr herum. Frau Huber, die damals noch nicht Frau Huber war, reiste mit. Sie wurde auch gezeigt als die arme Waise. Sie trug dasselbe Flitterkleidchen wie die Mutter in ihrem Sarg.

Auf Tournee lernte sie Herrn Huber kennen. Herr Huber war Zauberkünstler. Er konnte eine Frau zersägen. Er heiratete sie. Fortan zersägte er nur noch sie. Erst wurde Poldi geboren und dann Rosa. Die ersten Schritte machten sie beim Zirkus. Es war aber jedes Jahr ein anderer Zirkus. Zur Schule gingen sie nicht. Meistens waren sie sich selbst überlassen.

Wenn sie ihre Nummer machen, sind die Eltern nicht da. Poldi muß auf Rosi aufpassen. Ob Rosi ein Loch im Kopf hat oder der Wagen brennt, die Eltern dürfen nicht gestört werden. Bald arbeiten Poldi und Rosi mit. Zweimal am Tag. Nachmittags ist Kindervorstellung, abends Erwachsenenvorstellung. Erst schminkt die Mutter sie, dann schminken sie sich selbst. Sie leben mit der Musik, die aus dem Zelt kommt. Immer wissen sie, welche Nummer dran ist. Sie lernen, sich zu verbeugen. Der linke Fuß wird quer gestellt, der rechte längs davor. Sie werden nicht gefragt, ob sie arbeiten wollen. Sie wissen nicht, was das ist: Spielen, einfach so, ohne Grund und ohne Zweck, die Zeit vergessen. Aber sie sind gewöhnt an Hunderte von Augen, die zuschauen, was sie machen. Zweimal am Tag stehen sie im Mittelpunkt. Alle schauen. Sie sind nicht mehr bloß Rosi und Poldi. Sie sind wichtig. Sie sind etwas Besonderes. Manchmal haben sie trotzdem keine Lust. Keine Lust – gibt es nicht. Ich mag nicht – gibt es nicht. Es gibt kein: Ich habe Bauchweh. Halsweh? Gibt es nicht. Husten? Reiß dich zusammen. Schulter verrenkt: Stell dich nicht so an. Indianer kennt keinen Schmerz. Ich will nicht: Gibt es nicht. Nein gibt es nicht. Es gibt kein Nein. Außer: Willst du ein unnützer Fresser sein? Nein. Alle drei, vier Tage wird abgebaut. Nach der Abendvorstellung nicht ins Bett. Ins Auto. Todmüde. Schlafen während der Fahrt. Aus dem Schlaf gerissen. Stell dich nicht so an. Sonntags in die Messe. Freitags Fisch. Rosenkranz beten. Der Vatter. Die Mutter. Ranzendruck. Gosch halten. Kriagst oan auf die Gosch. Die Mutter ist rauschig. Der Vatter ist strack. Schläge. Aber Rosi ist da. Sie gehört zu Poldi. Sie ist die Jüngere, und sie ist ein Mädchen. Sie heult beim Training und wenn sie müde ist. Und wenn sie streiten. Poldi heult nicht. Poldi paßt auf sie auf.

Rosi bekommt Brüste und Schamhaar. Poldi wirft das Messer. Er wirft das Messer rund um den Körper von Rosi. Die Leute klatschen. Poldi weist auf Rosi. Rosi weist auf Poldi. Hand in Hand gehen sie im Laufschritt ab.

Die Eltern machen eine Backhendlstation in Kärnten auf. Rosi und Poldi reisen allein weiter. Sie leben wie ein Ehepaar. Sie teilen Tisch und Bett. Er kennt ihr Schnarchen. Sie kennt sein Schnarchen. Jeder weiß, wie die Fürze des andern riechen und was er für ein Morgengesicht hat. Rosi hält den Camping sauber. Sie wäscht Poldis Wäsche. Sie kauft ein. Sie flickt seine Kostüme.

In Kärnten wird ihnen eine kleine Schwester geboren. Er ist zwanzig. Sie ist neunzehn. Es könnte ihr Kind sein. Die Eltern nennen sie Vincentia. Poldi hätte auch gerne Kinder. Bei den Nachmittagsvorstellungen sieht er die Mütter mit ihren Kindern zur Toilette eilen.

Ein Gatsch kommt. Der Gatsch kommt immer wieder. Poldi mag ihn nicht. Er versteht nicht, daß Rosi den Gatsch mag, wenn er ihn nicht mag. Der Gatsch soll weg. Poldi versucht, ihn wegzumachen. Rosa ist böse. Poldi versteht nicht, warum Rosa böse ist. Alles war gut ohne den Gatsch. Seitdem der Gatsch da ist, ist alles schlecht. Es soll wieder so werden wie vorher.

Poldi und Rosa reden nicht mehr miteinander. Der Camping ist ein Schweigen. Zweimal am Tag machen sie ihre Nummer. Sie verbeugen sich. Sie lächeln. Poldi deutet auf Rosi. Rosi deutet auf Poldi. Hand in Hand laufen sie hinaus. Danach ist wieder Schweigen. Poldi trinkt Whisky. Poldi sitzt allein im Camping. Rosa ist nicht da. Rosa ist mit dem Gatsch weg. Poldi wartet auf Rosa. Wenn er getrunken hat, sagt er Sachen. Rosa sagt nichts. Rosa gehört zu ihm. Rosa gehört ihm. Trotzdem geht sie zu dem Gatsch. Ihre Kostüme läßt sie zurück. Poldi kommt im Spital zu sich. Der Doktor sagt Sachen. Der Doktor sagt, daß Rosi verheiratet ist. Poldi versteht, daß er eine eigene Nummer aufbauen muß. Allein, ohne Rosi. Er fängt an zu trainieren. Noch im Spital fängt er eine Jonglage-Nummer mit Keulen an. In der Backhendlstation der Eltern trainiert er weiter. Wenn ihm eine Keule runterfällt, geht er vor den Spiegel und ohrfeigt sich. Zenzi hat es gesehen. Es ist ihre erste Erinnerung: wie der große Bruder vor den Spiegel geht und sich ohrfeigt. Poldi bekommt ein Engagement, und Zenzi bekommt ihr erstes Pferd. Sie kann gut reiten. Sie wird für den Film entdeckt. Sie verlobt sich. Der Verlobte verläßt sie. Sie wird Stuntwoman. Ein Anruf kommt. Poldi ist wieder im Spital. Der Doktor redet mit den Eltern. Die Eltern nehmen Poldi aus dem Spital. Er soll in der Backhendlstation helfen.

Zenzi hat einen neuen Verlobten. Der ist ein bißchen älter als sie. Er schenkt ihr Othello. Zenzi reitet Hohe Schule. Die Mutter staffiert sie aus. Man kauft die Palominos. Die Eltern verpachten die Backhendlstation. Zenzi wird ein Star. Kußhand rechts, Kußhand links. Sie reisen in zwei Wohnwagen, in einem die Eltern und die Tante, im andern Poldi und Zenzi.

Abends steht Vater Huber allein am Zaun und raucht eine Zigarette. Immer selbstgedrehte.

Im Zirkus gelten sie als geizig. Sie halten sich für sich. Lollo Schmitt sagt: Sie tauchen immer dann auf, wenn es was zu essen gibt.

Poldi ist überflüssig. Die Zeitungsausschnitte, die ihn mit Rosa zeigen, sind vergilbt. Er hat kein Kostüm mehr. Aber manchmal gelingt es ihm, sich auch ohne Kostüm zu verwandeln. Dann wird er vom Sohn unter der Knute zum Krieger, der als Wächter eingesetzt ist über die Sklaven, die arbeiten. Der König ist er nicht, aber sein Stellvertreter. Kraftvoll, unbeugsam, unbesiegbar.

Von heiserem Gebell erfüllte Nächte. Auf einem Hügel fing einer an, auf einem anderen fiel einer ein, und dann bellten sie nah und fern, stundenlang.

Die Landschaft war lieblich und erinnerte Aische daran, wo sie herkam. Schlösser und Weinberge und uralte Höfe mit breiten Toreinfahrten. Es war die Sprache, die ihr sagte, daß sie fremd war, die Sprache und die Stimmen der Frauen, die mit Raubvogelschreien auf ihre Beute herabstießen, schrill und siegesgewiß und, selbst alt und brüchig, noch immer alles durchdringend. Und das Töpfeklappern aus den Küchen, das Läuten der Kirchenglocken, das Tschilpen der Schwalben über der Burg und das Hämmern, Hupen und Vespabrummen. Da, wo sie herkam, hätten die Frauen nie so vor dem Haus gesessen, auf Treppenstufen und wackeligen Stühlen, von Nachbarinnen umgeben, die aus den Schlappen herausquellenden Füße fest auf dem Boden. Und einmal sah Aische alte Männer auf einer Mauer, klein und schmächtig mit verwitterten Gesichtern und gelichteten Schädeln, reglos wie eine Versammlung von Katzen.

Sie fuhr wieder mit Lollo Schmitt. Etwas war geschehen. Der Schöne Willi sah Aische nicht mehr an. Was geschehen war, wußte Aische nicht. Er mied sie. Sie mied ihn. Wenn es sich nicht umgehen ließ, grüßten sie einander, kurz und knapp. Aische wußte, daß sie etwas falsch gemacht hatte, aber sie wußte nicht, was. Irgend etwas hatte sie getan oder nicht getan. Sie fragte sich, was es gewesen sein könnte, und kam nicht dahinter. Es war wie ein blinder Fleck im Spiegel. Unbefangen plaudernd stand sie mit Knochenlotte im Duschwagen. Der Schöne Willi kam herein. Plötzlich fühlte sie sich grauenhaft nackt. Er putzte sich die Zähne. Der blinde Fleck breitete sich aus. Ihr wurde schlecht, wenn sie ihn sah. Sie machte einen Bogen um das Pferdezelt. Poldis Geschichte zeigte sie ihm nicht. Erst dachte sie, der Krieg sei ausgebrochen, dann begriff sie, daß es nicht einmal das war. Sie war ihm gleichgültig. Es war alles nur Einbildung gewesen. Ein Hirngespinst, in dem sie sich verfangen hatte. Die Fäden klebten. Der blinde Fleck breitete sich über den ganzen Spiegel aus. Sie war häßlich. Er war schön. Die Mädchen liefen ihm nach. Er konnte jede haben. Von ihr wollte er nichts. Sie gehörte nicht dazu. Er gehörte dazu und ließ sie spüren, daß sie nicht dazugehörte. So ist das bei uns, sagte er. Sie lernte Italienisch. Sie lernte schnell. Buon Giorno. Signor, Signora, Signorina. Es waren jetzt andere Gerüche im Chapiteau. In den Pausen verkaufte sie Babelinas Pizza. Ciao Bella. Prego und grazie. Sie verließ den Zirkusplatz, um zu der alten Burg hochzusteigen. Gras wuchs zwischen den Feldsteinen, mit denen der Platz vor Jahrhunderten gepflastert worden war. Schwalben flogen um den verfallenen Turm. Die Sonne schien. Die Zeit stand still. Sciopero. Es ging nicht weiter. Sciopero. Madonna miseria. Die Zeit ruckte. Stumm hockten die Katzen auf den Mülltonnen. Schwarzgekleidet schlappten alte Frauen zur Kirche. Die Katzen sprangen zu Boden und huschten davon. Die Glocken läuteten. Am Zaun stand der alte Huber und rauchte eine Zigarette. Seine gleichgültige Frage. Wie gehts? Gut? Aber die reichsten Wohnwagen. Mörderisch sauber. Es hieß, daß Mutter Huber soff. Nichts stand herum. Nichts lag herum. Alles ordentlich. Kein Krümelchen auf dem Resopaltischchen. Aische mochte da nicht sein. Der Schatten der Tante hinter dem Fenster. Wie eine Pflanze. Tagein, tagaus am Fenster. Soll blind sein. Hört die Musik aus dem Chapiteau und weiß nicht, zu welchen Nummern sie gehört. Hat die Vorstellung nie gesehen. Hört die Musik in ihrem Pflanzenleid, das Besenschurren und die Raubvogelschreie der Frauen. Mutter Huber bringt ihr zu essen. Die Tante ißt. Die Tante kleckert. Mutter Huber belfert. Tag und Nacht unterscheiden sich kaum. Nachts der seichte Schlaf. Tags das Dahindämmern. Die Tante, die geschehen lassen muß, was geschieht, alles. Das Leben zieht an ihr vorbei. Sie zählt die Tage nicht, die Pflanzentante. Und wenn Zenzi kommt, ob sich da etwas regt in dem Pflanzengesicht der Tante? Lange bleiben kann Zenzi nicht, hat viel zu tun. Umziehen, Schminken, Einlaß, Auftritt, Finale, Umziehen, Abschminken. Zweimal am Tag. Müde sitzt sie bei der Tante. Vielleicht streichelt die Tante mit krummen weißen Fingern ihre Hand. Vielleicht ist ihr das unangenehm. Aber es gibt sonst niemanden, der sie streichelt. Jesus Maria, seufzt die Tante. Viele Worte hat sie schon vergessen. Das nicht. Jesus Maria und Josef. Es gibt nur noch einfache Worte und einfache Dinge. Es gibt Trinken und Essen. Es gibt die Stimmen draußen und die Stimmen drinnen. Die Tante erträgt sie mit Pflanzengeduld. Manchmal steigt ein Bild in ihr auf. Sonst hat sie fast keine Erinnerung mehr. Sie haßt nicht mehr, sie liebt nicht mehr. Mutter Huber fragt: Wozu bist du da? Bloß zum Fressen und zum Scheißen?

Aische wusch ihre Wäsche, und Ingeborg spülte ihr Geschirr und redete, redete auf Aische ein, mit klagender Stimme von Saturn, Venus, drittem Haus und Nostradamus, alle seine Prophezeiungen sind bisher eingetroffen, alles ist in Erfüllung gegangen, die Araber werden die Welt beherrschen, das hat er schon vor vierhundertundfünfzig Jahren gewußt, und der Weltuntergang kommt, wenn die Menschen sich nicht mehr von der Erde begraben lassen, das ist jetzt der Fall, heute lassen sich viele verbrennen, dann geht die Welt unter, und Aische hörte und hielt aus und hielt still, als müßte das so sein – allein mit der Kassiererin, die so alt war wie ihre Mutter und keinen Freund hatte, nichts als eine Riesenwarze auf der Backe und den Glauben an die Sterne, und ihre Stimme kannte kein Auf und kein Ab zwischen den Blechwänden des Duschwagens. Aische mochte sie nicht und hatte nicht einmal Mitleid mit ihr und ertrug sie bloß aus alter Gewohnheit, stumm wie der standhafte Zinnsoldat, gequält von den Bildern, die die leiernde, in Tod und Verderben schwelgende Stimme in ihr heraufbeschworen.

Der Schöne Willi kam herein. Ein knapper Gruß, und er packte sein Rasierzeug aus. Kein Blick für Aische. Aber seine Gegenwart allein genügte, daß Aische sich eine kleine Pause in der Litanei zunutze machte, um spitz zu fragen:

Glaubst du das alles?

Dichtgedrängtes Sitzen in einer kleinen Trattoria in einem Ort, dessen Namen Aische nicht behalten hatte. Gestern waren sie angekommen, morgen würden sie weiterfahren durch eine Landschaft, die nicht mehr lieblich war, eigentlich gar keine Landschaft mehr: Boden, aus dem in regelmäßigen Abständen Telegrafenmasten in den Himmel wuchsen, Himmel und Luft von Drähten durchschnitten und überall Betonbauten.

Dichtgedrängtes Sitzen an langen Tischen. Gläser, Karaffen, Flaschen, Brotreste, Aschenbecher. Vertraute Gesichter. Das Schnabeltier. Schreib ne Postkarte, wenn du angekommen bist. Sunny, Zigarillo paffend, im Profil, Lollo zugewandt. Weit weg, an einem anderen Tisch, der Schöne Willi. Er sah traurig aus.

Aische dicht neben Assunta, die, in Trento hinzugekommen, beim Einlaß die Kunst des Stelzenlaufs zeigt, schwankend über den Köpfen der Menge, mit einem unergründlichen Dauerlächeln, starr und fremd wie eine aus dem Dämmer der Kirche geholte Madonna, ruckartig vorwärts mit dem Menschenstrom, stockend, in Bewegung und wieder stockend, Madonna oder Monstrum, grell bemalt, doch ohne Sinnenfreude, unanfechtbar in ihrer abscheulichen Tugendhaftigkeit, über alles und jeden erhaben, bis zu dem Augenblick, in dem sie das Gleichgewicht verliert, taumelt und zwischen den Leibern verschwindet.

Aische so dicht neben ihr, daß sie die Wärme spürt, die ihr Leib verstrahlt. Abrücken konnte sie nicht, am Ende der Bank, schon mit dem halben Hintern in der Luft. Assuntas Lachen. Dicht vor Aisches Gesicht ein spitzer Zahn. Das Lachen ein Aufschrei.

Du bist noch jung, sagte sie, und Aische fühlte sich irgendwie schuldig, weil sie noch jung war, und hörte voller Mitleid zu, wie das ist, am Boden, mitten in einem Wald von Beinen, zwischen Stämmen, die in Schuhen enden, und die Schuhe bewegen sich vorwärts, der ganze Wald ist in Bewegung, und du weißt, sie trampeln über dich hinweg, wenn du nicht schnell genug aufstehst. Und plötzlich war Aische nicht mehr die zuhörende, mitfühlende Aische, sondern Assunta selber, die sich mit schmerzendem Körper und zusammengebissenen Zähnen aufrappelte, bevor die beschuhten Stämme sie tottreten konnten. Assunta war durch den Gehörgang in sie eingedrungen. Da war nichts zu machen. Es war geschehen von einem Augenblick zum andern, wie das Einschlafen. Ein zusammenbrechender Zaun, ein Rudel von Wildsäuen, die in den Garten einfallen und die Erde umwuhlen. Wieder mal nichts zu machen. Assunta sprach davon, wie das ist, wenn man so lange gelebt hat, es kommt mir vor, als sei es gestern gewesen, daß ich mit Lionel dem Löwenmenschen gearbeitet habe, dabei ist das auch schon mehr als ein halbes Jahrhundert her, meine letzte Liebe, so viele Lieben überlebt, neue gesucht und endlich gefunden und auch wieder überlebt, so viele Abschiede. Aber das kannst du nicht verstehen, du bist ja noch so jung.

Der Vorwurf bewirkte, daß Aische, wenn auch mit der Schuld ihrer Jugend beladen, wieder sie selber war, Aische Kosinski, weggelaufen von zu Hause, ohne Papiere aber mit einer Ohrmuschel, durch die jeder hineinkriechen konnte, mach mal Platz, du bist noch jung, du hast das ganze Leben vor dir, da kannst du mich ein bißchen in dir wohnen lassen, und sie hatte bereitwillig Platz gemacht, für jede arme Sau, wer sollte einer armen Sau Unterkunft bieten, wenn nicht eine andere arme Sau, kannst bei mir unterschlüpfen, es war nicht das erste Mal gewesen, aber es war das erste Mal, daß sie nicht bereitwillig gewartet hatte, bis die arme, unterkunftslose Sau von selber abzog. Assunta war draußen, aber ein geheimer Gang war geblieben, der Aische unmittelbar zu Assunta und ihrer katholischen Kindheit führte, da der eine spitze Zahn auf ketzerische Besenritte und Vereinigungen mit dem Teufel hinwies und seine Entdeckung fatal gewesen wäre, so daß Assunta in ihrer Angst vor dem Scheiterhaufen nie und nimmer die Zähne zeigte und sich das ganze Mittelalter hindurch bis in die Neuzeit hinein besonders liebenswürdig gab und, immer bemüht, sich lieb Kind zu machen, Liebesdienste zuhauf leistete und erst, als die Kirche ihre Macht längst verloren hatte und Hexen nur noch in putzigen Wohnzimmerfenstern nekkisch auf niedlichen Besen ritten, sich hin und wieder bei außergewöhnlichen Anlässen gestattete, den Schulmädchentonfall fahrenzulassen und die Lefzen hochzuziehen, so daß der Giftzahn schauerlich sichtbar wurde.

Das Liebsein, sagt Aische, ist dir in Fleisch und Blut übergegangen, du kannst gar nicht mehr anders.

Sie hält die fremde Hand leicht in der ihren, schaut auf die Linien, fährt sie mit einem Finger entlang, hat keine Ahnung vom Handlesen, aber mehr als nur eine Ahnung von Assunta. Es hat Luft gegeben. Sie sitzt jetzt mit dem ganzen Hintern auf der Bank und genießt es, den Mund aufzumachen und zu sagen, was sie weiß, aber was zu sagen sich nicht gehört, es sei denn, man liest es aus der Hand oder den Karten oder einer Kugel heraus.

Assunta nickt, ja, sagt sie, und – wo hast du das gelernt? und Aische vergnügt sich, ohne eine Miene zu verziehen, vertieft in den Anblick der von rätselhaften Furchen durchzogenen Hand, froh, sich endlich einmal aussprechen zu können, Assunta nicht bei sich behalten zu müssen, raus mit ihr. Das Sagen erleichtert, das Spiel befreit. Es gefällt auch Assunta. Es gefällt ihr, daß jemand um sie weiß. So ist sie nicht allein.

Aische sieht von der Hand auf und begegnet einem Blick, der von weit her kommt, quer durch den Raum. Weit offene Augen. Der ganze Mann ist Augen. Sie füllen die Trattoria aus. Sie sind klar und von einer Bläue, die Aische noch nie gesehen hat, außer im Traum, unterwegs in den Weiten des Weltalls. Von einer kleinen ferngesteuerten Kapsel aus betrachtet, hat der blaue Planet etwas von der Anziehungskraft, die das Meer bei Windstille schwappen und den Apfel nach unten fallen läßt, doch leider ist Raumfahrerin Aische fest angeschnallt und kann nicht aussteigen. So senkt sie den Blick auf die Hand der alten Stelzenläuferin und redet weiter, als hätte sie nicht eben gerade ihren Heimatplaneten aus der Ferne gesehen.

Lollo nannte sie *meine Gute.*

Das Schnabeltier lud sie zu einem Whisky ein.

Auf dein Wohl und meine Gesundheit.

Bravo, sagte Babelina.

Geil, sagte Sabine.

Aische linste zu dem Schönen Willi hinüber. Neben ihm saß eine Tussi, eine Blonde. Es war die Kellnerin. Sie lachte.

Lollo regte sich über Romolo auf.

Der hat es gerade nötig, der Schlawiner. Undankbarer Bengel.

Wieso? fragte Aische.

Lollo erzählte von Romolo, und als Aische wieder zu dem Schönen Willi hinsah, sitzt die Tussi auf seinem Schoß, und Aische fragt sich aufgebracht, warum die Weiber alle auf seinem Schoß sitzen, immer müssen sie auf seinem Schoß rumsitzen, und er hat dann seine Hand auf ihrem Schenkel.

Hörst du zu?

Natürlich hör ich zu.

Von ihrem Platz aus kann Aische nicht sehen, ob er seine Hand auf ihrem Schenkel hat, aber sie würde wetten, daß er seine dreckige Hand auf ihrem Schenkel hat, und sie rächt sich, indem sie ihn keines Blickes mehr würdigt und Lollo zuhört und laut lacht. Lollo findet die Geschichte eigentlich nicht komisch, aber Aische findet sie sehr komisch und kann gar nicht mehr aufhören mit dem Lachen und merkt nicht, daß der Schöne Willi geht. Plötzlich ist er weg, und die Tussi steht an der Theke und rechnet ab, und Lollo geht, und Lisa geht, Assunta ist schon lange weg, und das Schnabeltier fragt, trinkst du noch einen mit? One for the road. Er will nicht alleine bleiben. Und als Aische endlich draußen ist und auf den Zirkusplatz kommt, sieht sie die Tussi suchend zwischen den Wohnwagen umhergehen und zieht sich erbittert aus in ihrem fensterlosen Abteil und legt sich ins Bett und steht wieder auf, weil sie doch noch mal zum Toilettenwagen muß. Der Mond steht über dem Zirkuszelt. Alles ist still. Alle schlafen. Nur aus dem Wohnwagen des Schönen Willi sind Stimmen zu hören, seine und eine Frauenstimme.

An Schlaf ist nicht mehr zu denken. Aische tröstet sich damit, Romolos Geschichte aufzuschreiben.

## Romolos Geschichte

Romolo ist der Sohn von Babelina. Seinen Vater kennt er nicht. Der Vater war ein Fannulone und basta.

Romolo wuchs bei den Großeltern auf. Sie waren sehr arm. Es gab keine Arbeit in ihrem Dorf. Die Söhne gingen nach Germania, um zu arbeiten. Sie nahmen Babelina mit.

Viele Jahre arbeitete Babelina in Küchen. Endlich lernte sie Franco kennen. Die Hochzeit wurde im Zirkus gefeiert. Franco schrieb einen Brief an die Schwiegereltern. Romolo sollte nach Germania kommen.

Der Nonno und die Nonna brachten ihn zum Bus. Der Nonno klopfte ihm auf die Schulter. St'attento.

Babelina und Franco konnten ihn nicht abholen. Sie mußten arbeiten. Er war allein in der fremden Stadt. Niemand kümmerte sich um ihn. Die Leute gingen vorbei, als gäbe es ihn nicht. Er war unsicher geworden. Es gefiel ihm nicht, unsichtbar zu sein. Er fragte nach dem Weg. Sie schauten ihn an mit leeren Gesichtern. Es war, als hätte er nichts gesagt. Schon auf dem Weg zum Zirkus wußte er, daß er nie heimisch werden würde in diesem Land.

Er war sechzehn Jahre alt und konnte nicht mitreden. Wenn die anderen lachten, wußte er nicht, warum. Er dachte, sie lachten über ihn. Für ihn waren sie alle gleich. I Tedeschi. Er verachtete sie. Ohne Césare hätte Romolo leben müssen wie ein stummes Tier. Mit Césare konnte er lachen über die Mangiapatate.

Kahtoff Kahtoff, sempre Kahtoff! Porca Madonna!

Césare kam aus Rom und war schon ein Jahr in Germania. Beim Zirkus arbeitete er als Requi. Er mußte sehr viel arbeiten.

Er wurde sehr schlecht bezahlt. Das gefiel ihm nicht. Einmal an einem Zahltag hatte die Tür des Geldschranks in Signora Schmitts Bürowagen offengestanden. Césare hatte das viele Geld gesehen. Er bekam nur ein paar Scheine. Er mußte in einem fensterlosen Abteil hausen. Direktor Paul Maul bewohnte zwei prächtige Wohnwagen. Césare hat gehört, daß es drinnen ein Bad gibt mit vergoldeten Wasserhähnen. Sogar die Türgriffe sollen aus Gold sein. Das ist nicht gerecht.

Man mußte der Gerechtigkeit nachhelfen.

Amico mio, sagte Césare.

Si si, sagte Romolo.

Sie warteten, bis es still wurde auf dem Zirkusplatz. Dann gingen sie zum Bürowagen. Césare schraubte das Schloß ab.

Das Werkzeug hatte Romolo seinem Stiefvater geklaut. Schraubenzieher, Feilen und eine Säge. Jetzt hält er die Taschenlampe. Césare hockt vor dem Geldschrank. Er arbeitet mit sicheren Bewegungen. Romolo schaut zu. Irgendwo heult eine Polizeisirene. Das Heulen kommt näher. Romolos Magen ballt sich. Der Wagen rast vorüber. Das Heulen verliert sich in der Ferne. Césare verlangt ein Brecheisen. Romolo hat kein Brecheisen. Césare flucht. Die Tür des Tresors bleibt verschlossen. Césare arbeitet mit fliegenden Fingern.

In Romolo steigt der Verdacht auf, daß Césare nicht weiß, wie man einen Tresor öffnet. Er hat eine Faust im Magen. Die Nacht geht zu Ende. Noch ist es dunkel. Aber das Dunkel hat schon einen bläulichen Schimmer. Die Bogenlampen über dem Eingang und die Lichterketten über dem Chapiteau strahlen matter. Romolo und Césare schleppen den Tresor aus dem Bürowagen über den Zirkusplatz zum Requisitenwagen. Dort verstecken sie ihn hinter Tüllröcken und Federboas.

Ein paar Stunden später ist die Polizei auf dem Platz.

Romolo hockt auf dem Treppchen des Küchenwagens, schält Kartoffeln und beobachtet die Polizei. Er schält immer rundherum. Je länger er schält, desto besser werden die Ausreden.

Niemand fragt ihn.

Nachts rücken sie dem Monster mit einem Brecheisen zu Leibe. Nichts zu machen. Kleinlaut ziehen die Freunde im Morgengrauen ab.

Hinter Tüllröcken versteckt liegt ein Vermögen, und sie kommen nicht dran. Das macht sie sauer. Sie plagen sich nächtelang. Hammerschläge schallen über den Zirkusplatz. Es ist ihnen egal, ob jemand sie hört. Sie wollen die Kohle. Übermüdet und stocksauer lassen sie jede Vorsicht fahren. Und dann geht die Tür auf. Doch leider ist es nicht die des Tresors. Licht blendet. Franco schlägt auf Romolo ein.

Der Tresor wird das Treppchen hinuntergetragen. Die Tür schwingt auf. Die Jungs haben sie aufgebrochen, ohne es zu merken. In dem kurzen Augenblick, in dem der gemeine, der hundsgemeine Geldschrank (verrosten soll er!) zeigt, was zu holen gewesen wäre, nämlich Geldscheine stapelweise, bündelweise Banknoten, begreift Romolo, daß die Türen dieser Welt sich nur für die Habewasse öffnen.

Jetzt verkauft er wieder Zuckerwatte. Direktor Paul Maul hat ihm verziehen, weil Babelina so geweint hat und er nie mehr eine Köchin finden würde, die so billig kocht. César e mußte gehen.

Das Chapiteau stand schon.

Django arbeitete, Zigarette im Mundwinkel, am Beleuchtungspodest.

Noch keine Bänke, noch keine Lichterketten. Die Masten leuchteten rot in dem leeren Zelt und draußen Geranien in Konservendosen und schwarz gekleidete Frauen auf dem Weg zur Messe. Sie schlappten die krummen Kirchenstufen hinauf durch das offene Portal in den Dämmer der Kirche.

Wie war noch der Name dieser Stadt?

Vicenza, sagte Tai Tai gleichgültig. Es war ihr gleich, wo sie waren. Sie kannte das alles schon. Bald würden sie in Venedig sein. Das ist eine schöne Stadt. Tai Tai sagte es ohne Begeisterung. Ihr war alles gleich. Sie wollte sich aussprechen, sonst nichts. In der Kirche flackerten die Kerzen, und die schwarzen Frauen ließen sich schwerfällig auf die Knie nieder. Es war Tai Tais Geburtstag, der dreißigste. Wu Hei hatte die Grippe, und Beba schlief. Ich weiß nicht mehr, was ich machen soll, sagte Tai Tai. Ich halte das nicht mehr aus. Aische fühlte sich geschmeichelt, daß Tai Tai, die alles hatte, was sie nicht hatte, und alles war, was sie nicht war, sich bei ihr aussprach, und hörte eifrig zu. Da schenkt er dem Kind ein Auto mit Fernbedienung, und Beba fragt, wofür die Fernbedienung gut ist, und er sagt, daß das Auto damit denkt. Ich hab ihr erklärt, daß Autos nicht denken, aber sie kann es sich schon nicht mehr anders vorstellen.

Aus der Kirche drangen Gebete und Gesänge, und Aische hätte ihre Seele verkauft für Tai Tais Schönheit, obwohl sie Tai Tais Gesicht noch nie nackt gesehen hatte, sie kannte es nur geschminkt und mit den künstlichen Wimpern, die lang und gebogen waren wie Spinnenbeinchen, und fühlte sich doch klein und häßlich neben diesem anmutigen Geschöpf, ein geschlechtsloses Trampel, das nie so verführerisch sein würde wie Tai Tai, wenn sie, in der Manege durch den Reifen springend, einen allerliebsten Popo zeigte und Beine in schwarzen Netzstrümpfen und Füßchen, die kaum den Boden berührten, wenn sie die chinesischen Bänder flattern ließ, die bunten, lustigen Seidenbänder. Alles, was Aische zu bieten hatte, war ihr teilnahmsvolles Ohr und ihre Bereitschaft, unbedingt auf Tai Tais Seite zu stehen, eine ergebene Hörige, die die Sache der anderen zu ihrer eigenen machte. Weißt du, Wu Hei ist nie zur Schule gegangen. Er kann nicht einmal lesen. Genau wie sein Vater, der kann auch nicht lesen und nicht schreiben. Trinken wir noch einen Grappa? Wu Heis Vater war Nationalchinese, und Aische wußte nicht, was der Unterschied war zwischen einem Chinesen und einem Nationalchinesen, aber sie fragte nicht, weil Tai Tai schon bei Wu Heis Mutter war. Zu Hause kommt sie mir nicht über die Schwelle. Aber hier – es ist die

Hölle. Ihre Schwiegermutter war Tai Tais Feindin und somit auch Aisches Feindin. Aische hatte Mei Ming sowieso nie leiden können – der überschminkte Mund, die künstlichen Wimpern, das gezierte Getue in der Manege, das sie noch älter erscheinen ließ, als sie war. Zweiundsechzig, sagte Tai Tai schadenfroh. Schlaff und platt hing der Hintern in dem zu weit ausgeschnittenen Kostüm. Es ist die Hölle. Du hast es gehört. Aische nickte. Sie hatte die beleidigte Alte gehört, ich habe *anständig* gefragt, und Wu Hei in flammender Wut, schon beim Sattelgang, unmittelbar vor dem Auftritt: Soll mich am Arsch lecken! Da reißt man sich den Arsch auf für die und ... dann waren sie zusammen aufgetreten wie immer. Wu Hei in der Mitte, glanzvoll, kraftvoll, die grünen Augen blaue Funken sprühend, Mutter zu seiner Rechten, Frau zu seiner Linken. Sie machen ihre Nummer, und am Schluß lassen sie sich alle drei an den Haaren in die Höhe ziehen, Wu Hei ein wenig höher als die Frauen, die jede ein Tischchen auf einem Knie balancieren und Tee trinken aus zierlichen Täßchen und lächeln, alle beide leicht verzerrt, das läßt sich nicht vermeiden, wenn man an den Haaren hängt, aber sie spreizen vornehm die kleinen Finger ab, alle beide, und wenn sie, nachdem sie wieder auf dem Boden gelandet sind, abgehen, muß Wu Hei sich jedesmal entscheiden, ob er neben der Mutter oder neben der Frau abgeht. Sie sind nur zu dritt, eine bleibt immer allein. Er will, daß wir das gleiche Kostüm tragen. Darum zieh ich beim Finale extra was andres an. Neuerdings darf sie beim Finale nicht mehr mitmachen. Mir tut das gut. Du glaubst nicht, wie gut mir das tut. Und Bein darf sie auch keins mehr zeigen, sie muß Hosen anziehen. Daß ich das erleben darf, wie sie langsam abgedrängt wird. Jetzt sagt sie, sie nimmt Rattengift, wenn sie nicht mehr auftreten darf. Und Tai Tai senkte die Lider und ließ die betörenden Spinnenbeinchen sehen.

Zwei Tische weiter sagte jemand auf deutsch: Da hinten sitzt eine von den Chinesinnen. Ich weiß nur nicht, welche.

Tai Tai lächelte schief. Das paßt zum Thema.

Der Schöne Willi näherte sich, gratulierte Tai Tai zum Geburtstag und sagte, er werde später wiederkommen, um mit ihr anzustoßen. Aische fand ihn sehr schön, so schön wie noch nie, es zerriß ihr das Herz, sie mußte noch einen Grappa trinken. Er hielt auf Abstand, kein Blick für Aische, und kein Blick von Aische, die ihn grundsätzlich nicht mehr ansah, aber spürte, wenn er in der Nähe war, auch wenn sie ihn nicht sah, und seine Nähe brachte sie jedesmal durcheinander, ob sie wollte oder nicht, sie mußte dann alle Stacheln aufstellen und beschimpfte sich hinterher als sehnsüchtige Igelin und gab sich wolkigen Vorstellungen hin, was gewesen wäre, wenn sie nicht so gewesen wäre, wie sie gewesen war, und baute sich ein Luftschloß, in das sie mit Ihm einziehen wollte, und dann fielen ihr seine Weiber ein. Nein, sie wollte nichts mehr von ihm wissen, ihr wurde schlecht, wenn sie ihn sah, ihr wurde übel, darauf mußte sie noch einen Grappa trinken, und während Tai Tai sich weiter aussprach, stürzte Aische vollkommen lautlos von den Zinnen ihres Luftschlosses ab, hörte aber, selbst im freien Fall, Tai Tai noch artig zu. Er wagt es nicht einmal, seinen Eltern zu sagen, daß er mehr als ein Drittel der Gage braucht. Wir haben doch das Kind. Und Aische wunderte sich, daß es eine Mutter gab, die sich um ihr Kind sorgte, und kam auf der Erde an wie einst Aimée, ohne etwas zu fühlen, keine Schmerzen, nichts als das Schweigen im Leib, eine, die noch alles mitbekommt, sich aber schon nicht mehr rühren kann. Um sie herum geht alles seinen Gang, nur für sie steht die Zeit still.

Immer mehr Leute lassen sich am Tisch nieder, immer mehr Stühle werden herangezogen, und noch immer spricht Tai Tai sich aus, mit gesenkter Stimme, unterbrochen von Glückwünschen zum Geburtstag, die sie mit einem Lächeln und einem verführerischen Schließen der Lider entgegennimmt, Umarmungen, Küßchen, Momente, in denen Aisches Ohr nicht gebraucht wird und sie nach innen horchen kann, auf das Schweigen, überzeugt davon, daß etwas mit ihr nicht stimmt, wenn sie sich unter so vielen Menschen so alleine fühlt, und schon ist ihr Ohr wieder gefragt, und sie gibt sich alle Mühe, Tai Tai nicht merken zu lassen, daß sie einem in Bernstein eingeschlossenen Insekt gleicht, trotzdem hört Tai Tai mitten im Satz auf, langweile ich dich? und Aische erklärt im Brustton der Überzeugung, nein, überhaupt nicht, im Gegenteil, und während Tai Tai beruhigt weitermacht mit dem Sichaussprechen, fährt ein Feuerwehrwagen vor, schreiend rot wie die Liebe und die Wut, mit einem glänzenden, weich geschwungenen Blechleib, und heraus klettern ein kolossaler, bärenplumper Kerl mit nach oben gezwirbeltem Schnurrbart und ein elegant Gekleideter mit schwarz untermalten Augen und einem roten Blumenstrauß in der Hand.

Tische werden zusammengestellt, mehr Grappa, und jetzt auch Wein, der Schöne Willi ist da, er redet mit der Principessa, die klein und verblüht mit dem Zirkus reist, immer leicht verschlampt, in langen indischen Röcken und mit farbverschmierten Fingern. Der Mann, dem der Feuerwehrwagen gehört, heißt Jacques. Er hat etwas von einem gutmütigen und gerissenen Tier und soll Reklame fahren für den Zirkus, keine Assunta mehr, rausgeflogen, sagt Tai Tai und geht endlich zum Klatsch über. Du sollst die Leute unterhalten, hat Paul Maul zu ihr gesagt, dafür bezahl ich dich. Fall doch mal auf die Fresse, und sie ist gestürzt, jeden Tag ein paarmal, aber Paul Maul hat sie trotzdem rausgeschmissen. Der mit den schwarz untermalten Augen eilt zum Chapiteau und verschwindet zwischen den Zeltplanen, und Jacques sagt, das ist ein Bekloppter, und der Bekloppte kommt aus dem Chapiteau und eilt geschäftig über den Platz, von hier nach da und von da nach hier, immer mit seinem roten Blumenstrauß vor der Brust, Aische sieht, daß es Nelken sind und er ein kantiges, wie aus Holz geschnittenes Gesicht hat. Als Assunta ihr Geld abholen wollte, wußte Lollo Schmitt von nichts, natürlich kein Vertrag und gar nichts und Paul Maul wieder mal nicht greifbar, wie immer, wenns ums Geld geht, hast du bemerkt, was der für traurige Augen macht, wenn er blechen soll, todtraurige Augen, und Assunta mußte ihm tagelang hinterherlaufen, bis er sie schließlich auf dem Sofa thronend empfing. Tai Tai schweigt, übertönt von Jacques' dröhnender Stimme, die von dem Bekloppten erzählt, wie der unbedingt mitwollte beim Reklamefahren und plötzlich alto! ruft. Un momento. Ecco mi – naja seine Stammkneipe eben, und ich halte, und er fragt, ob ich einen Grappa trinken will. Nein, sag ich, wenn ich fahre, trink ich nie, und er sagt, dann trink ich einen für dich mit, und verschwindet in der Bar und kommt wieder raus mit einem Haufen von Italienern, die sich vor der Kutsche aufbauen und sich fotografieren lassen, und er fragt: Trinkst du noch einen? Nein, sag ich, und er sagt, dann trink ich einen für dich mit. So geht das, rein und raus und raus und rein, bis ich sage: So, jetzt trink ich keinen mehr. Da ist er schön brav eingestiegen und mit zurückgefahren.

Die Principessa geht, und der Schöne Willi rückt ein Stück näher, und obwohl Aische schon so betrunken ist, daß sie fürchtet, nicht mehr aufstehen zu können, vermerkt sie, daß er, der sonst nie trinkt, einen sitzen hat, eine Spur lauter als sonst und mit für ihn ungewöhnlich lockeren Sprüchen: Valerian hat seine Tage!

Tai Tai fängt wieder an mit dem Aussprechen, ihre Mutter war sehr unordentlich, und Liza mischt sich ein, bei ihrer Mutter ist es umgekehrt, die ist ordnungskrank, sagt Liza, sie hat die Ordnungskrankheit, und Aische sieht von einer zur andern, sehr gut kann sie nicht mehr sehen, aber sie sieht doch, wie Tai Tai unruhig wird, es gefällt ihr nicht, daß sie das Ohr teilen muß, sie zieht sich zurück, und Liza übernimmt und läßt sich, erfreut über die ungeteilte Aufmerksamkeit, über ihre Mutter aus, wie die mit heulendem Staubsauger durch das Haus zog, das war nicht mein Ding, und öffnet, entschlossen, das eroberte Ohr zu nutzen, eins nach dem andern die Türchen des elterlichen Wohnzimmerbüfetts und zeigt die Gläser vor, abartig glänzend, Wassergläser, Biergläser, Weingläser, Schnapsgläser, alles in ätzender Ordnung, aber getrunken wurde daraus nur an Geburtstagen. Nicht mein Ding. Das Mokkaservi, sagt Liza, das Teeservi und das gute Kaffeeservi, die Kanne immer peinlich genau in der Mitte, akkurat, nur getrunken wurde daraus nicht.

Bubu geht, und mit ihm gehen vier Frauen, und der Schöne Willi ruft ihm nach: Bubu, du weißt, wo ich wohne, wenn du Hilfe brauchst! Überarbeite dich nicht!

Liza verdreht die Augen zum Himmel und zieht die Besteckschubladen auf, eine nach der andern, ätzend, und das Silber mußte einmal in der Woche geputzt werden, aber gegessen wurde damit nicht. Gegessen wurde in der Küche von dem Geschirr aus dem Küchenschrank, der Vater im Unterhemd.

Es gibt jetzt viele freie Stühle, aber der Schöne Willi, der sonst immer früh geht, ist noch da und redet mit Tai Tai über Mei Ming, die alte Hexe, wie sie ihn neulich festhalten wollte, durchgeknallt, wollte mich nicht davonspringen lassen, und das Schnabeltier, das schweigend einen Wodka Ginger nach dem andern getrunken hat, sagt plötzlich: Aische glaubt nicht, daß der Willi verheiratet ist und zwei Kinder hat. Und Aische weiß nicht, was sie davon halten solle, und schaut nur, und der Schöne Willi fährt auf: Was? Glaubst du das nicht? Traust du mir das nicht zu? Aisches Antwort geht unter in Jacques' dröhnender Story, wie er beim Reklamefahren eine Hure aufgetan hat, jung, nich viel älter wie du, Shorts. Vierzig Mark im Auto, siebzig zu Hause. Sie stieg zu ihm in den Feuerwehrwagen. Wo ist der Arbeitsplatz? frag ich. Sie diregiert mich zu irgendsonem Parkplatz, der is voller Italiener, die glotzen die Kutsche an, und die Kleine fragt: Was soll ich jetzt machen? Hose runter, und stell dich an den Wagen. Jacques steht auf und macht vor, wie er sie von hinten gebumst hat, vor allen Leuten, und sein mächtiger Hintern pumpt nach Art der Hunde. Und dann setzt er sich wieder wie einer, der eine gelungene Vorstellung gegeben hat.

Vierzig Mark, sagt Aische, das war viel zu billig! Gib mal deine Hand. Und liest zum zweiten Mal aus der Hand, aber anders als bei Assunta, schaut stirnrunzelnd auf die schwielige Pranke, schüttelt bedauernd den Kopf, sieht ihn an, sieht die Pfote und sagt leise:

Du machst es nicht mehr lange.

Er nimmt es ernst. Damit hat Aische nicht wirklich gerechnet.

Was? Bin ich krank?

Aische rückt näher zu ihm hin, seine Hand in der ihren, beinahe zufällig ist sie bei sich selbst angekommen, bei sich und einer Wut, die ohne ihr Wissen tief in ihren Eingeweiden gebrannt hat und so überraschend über sie kommt wie der Ausbruch eines scheinbar untätigen Vulkans über die mit ihrem Alltag beschäftigten Einwohner der Stadt zu seinen Füßen. Vierzig Mark! Auch vierhundert wäre zu wenig gewesen.

Was hab ich denn? Er greift sich ans Herz. Ist es die Pumpe?

Er ist groß und so stark wie ein Bulle, aber er merkt nicht, daß er genasführt wird. Er ist dumm. Er zeigt ihr, wie sie ihn kleinmachen kann mitsamt seinem Kaiser-Schnurrbart und seinem Feuerwehrwagen. Aische nickt betrübt.

Bist du sicher?

Bereitwillig beugt Aische sich wieder über seine Hand und fährt mit einem unerbittlich sanften Finger eine in der Mitte des Handtellers endende Furche entlang. Siehst du? Hier, die Lebenslinie. Siehst du? Viertausend wäre immer noch zu wenig gewesen.

Jetzt braucht Jacques doch einen Grappa, obwohl er nie trinkt, wenn er fahren muß. Er leert das Glas in einem Zug, der Adamsapfel hüpft. Noch einen. Du auch? Aische schüttelt den Kopf. Die Rache ist süßer als die Trauben, aus denen der Grappa gemacht ist. Schade nur, daß die ältere Schwester, die mit den Händen an dem kalten Blechleib vor allen Leuten hinhalten mußte, nicht sehen kann, wie Jacques mit der Nase auf dem Boden und eingekniffenem Schwanz zu seinem Feuerwehrwagen schleicht.

Was hast du denn mit dem gemacht?

Der Schöne Willi fragt es mit schneidender Stimme und ganz ohne Silberblick.

Gar nichts.

Das Schnabeltier gibt eine Runde aus. Es ist bedrohlich leer geworden, und der Alte hat Angst, alleine zu bleiben, auf dein Wohl und meine Gesundheit, und Aische weiß nicht, ob sie diesen Grappa trinkt, um den Sieg zu feiern oder um das Schuldgefühl hinunterzuspülen.

Die Wut ist noch nicht verraucht. Nachdem sie, lange unterdrückt, endlich einen Weg nach draußen gefunden hat, will sie sich austoben und greift auf den nächsten über, und das ist der Leibhaftige, der Teufel in Menschengestalt, der sie von den Zinnen ihres Luftschlosses gestoßen hat, und jetzt sitzt er da, im Widerschein der Flammen, ganz in Rot getaucht, und fragt: Wie hälst dus mit der Liebe?

Liebe – das ist, als ob man seinen Kopf freiwillig auf die Schienen legt.

Der Zug kann ja auch im letzten Augenblick ausweichen.

Wie denn? Er fährt doch auf Schienen.

Nicht alle Männer wollen eine Frau überfahren.

Der Schöne Willi steht auf und geht. Gute Nacht, Fräulein Hilfsplatzanweiserin.

Aische wachte mit dem üblichen Kater auf. Ihr war schlecht. Sie hatte Kopfschmerzen. Aber etwas war anders als sonst. Sie ärgerte sich, daß sie so viel getrunken hatte, mehr als sie wollte. Trinkst du noch einen mit? Natürlich trinkt Aische noch einen mit, ob sie will oder nicht, die Gelegenheit muß genutzt werden. Sie hatte es satt, darauf lauern zu müssen, daß jemand sie einlud. Sie wollte Geld verdienen. Irgendwie mußte sie Geld verdienen, und während sie darüber nachdachte, wie sie Geld verdienen könnte, merkte sie, was anders war als sonst. Sie war wütend, immer noch, und die Wut wärmte sie und gab ihr Kraft, etwas war in Fluß gekommen, angetrieben durch die Wut, die nicht mehr eingeschlossen in den Tiefen ihrer Eingeweide rumorte und ihr Kraft gab und Kraft war, die sie nutzen konnte gegen die Zerknirschung und das Kleinkleingefühl, was hab ich denn getan? das weißt du ganz genau! Gegen die namenlose Reue, dazusein und so zu sein: die Wonnen der Wut. Sie fürchtete nur, sie wieder zu verlieren, am liebsten hätte sie sie eingetütet, um sie mit sich herumtragen und sie hervorholen zu können, wenn sie auf dem Weg in den Bernstein war. Sie wollte ihre Wut hüten wie einen Schatz, es war ihr Schatz, ein Reichtum, der sich im verborgenen angesammelt hatte, genug für hundert Jahre, Feuer für ein ganzes Leben. Vom Neckar klang die kindliche Altfrauenstimme der Sokratessa herüber, die an einem Sommerabend mit Blick auf die im dunkelnden Wasser schaukelnden Leiber der Schwäne davon gesprochen hatte, daß es ein und dieselbe Kraft sei, die zerstört und schafft, so wie das Feuer verzehrt und wärmt und Vulkane der Ursprung des Lebens sind. Aische hatte das damals nicht verstanden, aber sie hatte es sich gemerkt.

Lebjöduschka, alles hat damit angefangen, daß die Erde sich öffnete und Feuer herausließ, mein Täubchen, und nachdem das Feuer erloschen war, trat das Wasser aus – so konnte der ewige Kreislauf beginnen.

Aische öffnete die Tür und schrieb Tai Tais Geschichte in Marinas Buch.

## Tai Tais Geschichte

Wenn Inges Vater die Mutter eine Schlampe nannte, lächelte die Mutter milde. Der Vater war nur Vertreter, die Mutter aber war Lehrerin.

Aus Inge ist Tai Tai geworden, Zeit ist vergangen, doch spricht Inge auch als Tai Tai nur mit stiller Erbitterung vom Haus ihrer Kindheit.

Es war ein schönes großes Haus mit vielen Zimmern. Platz

gab es trotzdem keinen. Überall lag etwas herum. In allen Räumen gab es Haufen und Häufchen irgendwelcher Sachen, geheimnislose Kartons und häßliche Stapel. Die Sachen wucherten in die Zimmer, und die Zimmer wuchsen eins nach dem andern zu. Bei Inges Auszug waren vier Räume mit Kartons, Kram und Gerümpel vollgestellt, nicht mehr begehbar, nicht mehr zu benutzen.

Heute lebt die Mutter in der Klapse. Sie hockt im Rollstuhl, behauptet aber, gehen zu können. Die andern, sagt sie, hinderten sie daran. So war das immer. Schuld waren die andern und nur die andern, meistens Ingeborg. Die kleine Schwester bekam nicht so viel ab. Und wenn die Mutter mal nicht durch den Wind war, dann der Vater. Unvermutet ließ er die Hochvernunft fahren und wurde bösartig. Er gab mit der einen Hand und nahm mit der andern wieder weg, was er gerade gegeben hatte.

Die Mutter war häufig krank. Es war ihr alles zuviel. Irgend etwas hatte sie immer. Ich bin schwer krank, sagte sie, sprang Inge auf den Buckel, umklammerte ihren Hals und ließ sich durch die Wohnung schleppen, wobei sie es war, die die Richtung angab, wenn auch mit ersterbender Stimme. Sie lenkte Inge wie ein halbtoter Reiter ein Pferd, das aus Gewohnheit weiter gehorcht. Es hat noch nicht gemerkt, daß es gehen kann, wohin es will, manche Pferde sind so, sie lassen sich von einem über den Weg gespannten Faden davon abhalten, das Weite zu suchen.

Inge sollte Lehrerin werden. Um Lehrerin zu werden, mußte sie studieren. Um zu studieren, mußte sie das Elternhaus verlassen. Was sein muß, muß sein. Inge zog in eine Wohngemeinschaft. Die Mutter hätte es lieber gesehen, wenn sie ein Zimmer bei einer alleinstehenden alten Dame genommen hätte.

Um das Schlimmste zu verhüten, kam sie als Geisterreiterin mit. Inge wäre wahrscheinlich auch ohne ihre Zügelung nicht über die Stränge geschlagen. Sie studierte brav und machte ein bißchen mit Männern rum, aber nicht viel. Sie fürchtete sich vor dem Examen, und sie litt unter dem ständigen Streit in der Wohngemeinschaft. Keiner wollte abwaschen.

Ein Zirkus kam in die Stadt. Inge ging hin. Jemand hatte sie eingeladen. Es war Liebe auf den ersten Blick. Es ging mit ihr durch. Es riß der Mutter die Zügel aus der Hand. Schon am ersten Abend war kein Halten mehr, und nur drei Tage später gab Inge ihr Zimmer in der Wohngemeinschaft auf, ihr Studium und den monatlichen Scheck von zu Hause, um mit dem Zirkus weiterzuziehen, eine Liebende, die dem Geliebten folgt. Es war wie im Märchen.

Am Anfang lebten sie in einem Bus. Sie lagen einander in den Armen, und draußen bummerte Wu Heis Mutter an die Tür und schrie: Schmeiß die Sau raus! Schmeiß die Sau raus!

Es kränkte Inge, daß Wu Hei seine tobende Mutter nicht zum Schweigen brachte. Sie wollte beschützt werden, und er begrub das Gesicht in den Händen und tat nichts. Sie fing an zu bereuen, daß sie alles aufgegeben hatte um dieses Schwächlings willen, der zu feige war, seine Mutter in ihre Schranken zu weisen. Sie wußte nicht, damals wußte sie noch nicht, daß es keine Schranken mehr gab, daß Mei Ming sie aufgehoben hatte, als sie ihren Sohn dahin zurückführte, wo er hergekommen war, er war dreizehn Jahre alt, und der Vater saß im Rollstuhl, abgestürzt beim Zopfhang. Wu Hei nahm seinen Platz ein, im Rampenlicht der Manege und im Dunkel des mütterlichen Schoßes, aus dem es kein Entrinnen gab, er kam nicht mehr los, er saß in der Falle, und Inge mit ihm, sie wußte es nur noch nicht.

Er gab ihr den Namen Tai Tai und lehrte sie ein paar Tricks. Sie schlug Purzelbäume und sprang durch den Reifen. Den Zopfhang machte er weiter mit der Mutter und der Schwester. Die Schwester hatte immer denselben Traum. Jemand stopft ihr eine Eisenkugel in den Mund, so daß sie erstickt. Nacht für Nacht wachte sie schreiend auf.

Tai Tai half ihr zu verschwinden. Anstatt ihren Traum zu träumen, blieb sie wach und ging davon, als alle schliefen.

Mei Ming wußte sofort, wer hinter der Flucht ihrer Tochter steckte.

Diesmal bummerte sie nicht an die Tür. Sie klopfte leise. Tai Tai war allein. Sie öffnete. Vor ihr stand Mei Ming mit einem Revolver in der Hand. Mei Ming hob die Waffe und hätte Tai Tai erschossen, wenn nicht der Hund dazwischengesprungen wäre.

Tai Tai wollte sie anzeigen, vor Gericht gehen, sich das nicht gefallen lassen. Wu Hei bat sie, es nicht zu tun. Es ist doch meine Mutter.

Tai Tai gab nach wie so oft davor und danach. Aber sie vergaß es nicht. Sie haßte die Alte. Sie verzieh ihr nie, und sie ertappte sich bei dem Wunsch, sie möge abstürzen und sich das Genick brechen. Sie erschrak über sich selber. Sie war schwanger und wollte nicht, daß das Kind solche Gedanken mitbekäme. Das Kind sollte es einmal besser haben.

Es war ein Mädchen. Sie gaben ihm keinen chinesischen Namen. Sie nannten es Beba. Beba sollte lesen und schreiben lernen und eine gute Ausbildung bekommen. Aber Beba wollte mit dem Diabolo spielen. Es war dasselbe Diabolo, mit dem Wu Hei schon als Dreijähriger in der Manege gestanden hatte.

Beba lernte schnell und wollte zeigen, was sie konnte. Sie wollte sein wie die Eltern. Sie wollte ein Kostüm haben, rote Lippen und künstliche Wimpern. Sie bat und bettelte, sie schrie und weinte. Sie wußte, was sie wollte, und sie setzte es durch.

Jetzt macht sie in der Nachmittagsvorstellung mit und nervt die Eltern, weil sie auch in der Abendvorstellung dabeisein will.

Bei der Premiere in Venedig-Mestre ein Mädchen, vielleicht zwei, drei Jahre älter als Aische, blond, braungebrannt und nackt bis auf ein bißchen was vorne und ein bißchen was hinten. Ein schönes, hochmütiges Gesicht, eisblaue Augen und ein kuhhaft selbstvergessen wiederkäuender Unterkiefer. Gut gebaut stöckelte sie dahin, auf Absätzen, die zu hoch und zu dünn waren zum Gehen.

Reglos, die Arme vor der Brust verschränkt, stand Poldi und starrte mit bebenden Backen.

Unbeeindruckt sagte Knabenliebhaber Knochenlotte: Bei wem die heute gepennt hat, weißt du ja wohl.

Aische wußte nichts.

Willi.

Als hätte sie nicht gehört, wies Aische auf die graue Silhouette der Silos, Schlote und Kräne, die sich feindselig gegen den trostlosen Himmel abzeichnete.

Das soll Venedig sein?

Knochenlotte fing an zu kehren. Ist doch bloß Mestre.

Am nächsten Tag war das Mädchen wieder da, wieder Kaugummi kauend, wieder auf Stöckelschuhen. Diesmal in einem schwarzen Lederröckchen, das gerade den Hintern bedeckte. Sie stakste an Aische vorbei, ohne sie zu sehen. Für sie war Aische nicht da, aber *sie* war für Aische da, und Aische sah genau hin. Sie fühlte nichts. Sie schaute nur. Sie sah, daß die Augen, die sie nicht sahen, von der Bläue einer unberührten Eisfläche unter nordischer Sonne waren.

Zur Abendvorstellung trug *sie* etwas Weißes, das, vorne von einer großen Silberschnalle zusammengehalten, hinten beim Gehen aufklappte, so daß der nackte Hintern zu sehen war.

Lollo Schmitt schlug die Hände vor den Mund und lachte fassungslos.

Romolo fächelte sich Luft zu.

Sunny sagte trocken: Ein bißchen viel.

Jacques zwirbelte seinen Kaiser-Schnurrbart. Ich bin bestimmt nicht prüde, aber *so* würde ich meine Frau nicht rumlaufen lassen.

Nach dem Einlaß standen sie beisammen und klatschten angeregt. Kurt erzählte, wie die Mutter der Schönen ihn gestern gebeten hatte, ihr auszurichten, sie warte im Café, und machte nach, wie *sie* mit erwachtem Interesse gefragt hatte:

What? What? A man? Und wie er geantwortet hatte: Nein nein, ich hab doch gesagt, Ihre Mutter! Und wie es da ausgewesen war mit dem Interesse und sie die Achseln gezuckt und sich abgewandt hatte.

Sie war die Tochter eines Bauunternehmers und im Interconti zur schönsten Frau Venedigs gewählt worden.

Aische begriff, daß *sie,* auch wenn sie das ewige Eis in den Augen hatte, in dieser Welt lebte und, wenn sie mal keinen Auftritt hatte, Kaugummi kauend vor dem Fernseher hockte und einen Flunsch zog, weil alles so langweilig war, aber das war ein schwacher Trost, alles andere als ein Gegenzauber gegen ihren Zauber, der den Schönen Willi in einen glücklichen kleinen Jungen verwandelte. So hatte Aische ihn noch nie gesehen. Einem Hürdenläufer gleich setzte er in großen Sprüngen über die vom Boden zum Zelt gespannten Seile hinweg, an Aische vorbei, seiner Schneekönigin entgegen, die ihn vor dem Eingang zum Chapiteau erwartete. Er sah Aische nicht, aber sie sah sein frohes Gesicht. Und das reichte ihr.

Entschlossen machte sie sich auf den Weg zum Garderobewagen, um die Livree auszuziehen.

Jemand rief ihren Namen.

Aische drehte sich um.

Liza kam auf sie zugelaufen.

Der Schöne Willi war bei dem Mädchen angelangt. Sie legte die Arme um seinen Hals und küßte ihn. Aische sah, daß er eine leicht abwehrende Geste machte, es war in der Zirkusöffentlichkeit, Django und Knochenlotte standen in der Nähe herum, aber sie küßte ihn einfach weiter.

Liza war außer Atem. Kann ich mit dir reden? Hast du ein bißchen Zeit?

Das Schnabeltier auf dem Weg zum Telefonhäuschen.

Poldi, das Chapiteau umkreisend, Oberkörper vorgebeugt, Hände auf dem Rücken.

Aische wollte weg, nur weg. Plötzlich hatte sie das Gefühl, es keinen Augenblick länger aushalten zu können. Der Zirkus erschien ihr wie ein stehendes Gewässer, das einen unerträglichen Gestank verbreitet.

Liza fing an zu weinen. Aische nahm sie in den Arm. Liza fing an, sich auszusprechen.

Arm in Arm gingen der Schöne Willi und das Mädchen davon.

Und dann hat er mich zurückgestoßen und mir die kalte Schulter gezeigt. Das passiert mir immer wieder.

Unter dem Vorzelt seines Wohnwagens döste Wu Heis Vater im Rollstuhl. Sein Kopf war auf die Brust gesunken. Im Vorübergehen sah Aische seinen nackten Schädel.

Regenprasseln aus dem Zelt, es rauschte auf und verebbte, und dann kam die Liebe, die vom Zigeuner stammt, trotzig tönte es über den Zirkusplatz, und Aische wußte, daß es das letzte Mal war.

Erst macht er mich an und dann. Er hat mir die Brille abgenommen, an meinem ersten Tag hat er mir die Brille abgenommen und mich angeschaut und gesagt: Ohne Brille siehst du aus wie Liza Minelli. Sie hörte auf zu weinen, Stolz schwang in ihrer Stimme mit. In *On the Waterfront.* Und schon heulte sie wieder los. Er hat gesagt, daß ich schön bin. Und ich hab ihn abblitzen lassen. Hab gedacht, der alte Knacker, was will denn der?

Als Rosina war sie zum Zirkus gekommen, um für Sunny zu nähen. Sie hatte gerade ihre Lehre beendet, und es war ihre erste Anstellung. Zeig deine Beine, deine Beine sind schön, und du bist schön, und sie war aufgeblüht, mit Samba-Kostüm und ohne Brille beim Finale.

Er liebt Musicals, und ich lieb doch auch Musicals, wir haben so viel gemeinsam, es hätte so schön sein können. Und Aische fühlte mit ihr und verstand nichts. Sie verstand nicht, wie Liza so blind und blöde sein konnte, sich ausgerechnet in den stockschwulen Sunny zu verlieben, der nur am frühen Morgen, so gegen zwölf, wenn er ungeschminkt und unverkleidet in seinen knallengen Jeans spazierenging und seinen ersten Zigarillo rauchte, darauf verzichtete, mit dem Hintern zu wakkeln. Das harte, schon zerfurchte Gesicht, die blondgefärbten Locken, gräßlich grell im Mittagslicht. Er und Kurt ein altes Paar, seit achtzehn Jahren schon, Sunny erzählte es jedem.

Asbach uralt, schluchzte Liza. Ich hab ihn abblitzen lassen.

Das Schnabeltier kam vom Telefonieren zurück. Am Sattelgang wartete Bubu auf seinen Auftritt. Zum letzten Mal sah Aische die rotgeschminkten Ohren, ein trauriges kleines Zeichen gegen die Häßlichkeit der Lagerhäuser.

Er wollte mir ein Video zeigen, wenn Kurt nicht da ist, hat er gesagt. Wenn Kurt nicht da ist. Das war doch eindeutig! Ich hab ihn abblitzen lassen, und dann hat er mich nicht mehr beachtet. Er hat so getan, als wäre ich ihm gleichgültig. Und Poldi, immer noch das Zelt umkreisend. Den Oberkörper vorgebeugt, als wäre ein Sturm aufgekommen, ging er mit gesenktem Kopf gegen den Wind an.

Seitdem sie Poldis Geschichte aufgeschrieben hatte, sah Aische ihn mit anderen Augen. Er lebte in ihr, er war ein Teil von ihr, einer der schmerzte und dem sie nicht helfen konnte, sie spürte seinen Sturm und ihre Ohnmacht und merkte nicht, wie ihr Kopf sich senkte, weil es so leichter war, gegen den Wind anzugehen, den Sturm, der auch in der Küche gewütet hatte, in die sie nie zurückkehren wollte, das wußte sie, freiwillig würde sie nicht dorthin zurückkehren, obwohl sie einen Augenblick lang verstanden hatte, *warum* und daß es nichts mit ihr zu tun gehabt hatte. Sie hob den Kopf und war wieder bei sich und hörte wieder, was Liza sagte, und konnte sich nur darüber wundern, daß sie sein abgelebtes Flirten ernstgenommen hatte, plötzlich heiter auf hohem Roß und sicher, daß ihr das nicht passiert wäre, ganz sicher. Nie hätte Aische sich in eine Tunte verliebt, eine Tucke, die Sammeltassen sammelte. Liza mußte schon sehr anfällig sein, wenn einer mit ein paar guten Worten eine Lawine von Träumen auslösen konnte, die unaufhaltsam zu Tal donnerte und alles unter sich begrub, was auf ihrem vorgezeichneten Weg war, feste Häuser, in denen die Bewohner sich für ihr Leben eingerichtet hatten, mitsamt den Zäunen, die sie vor den bösen Nachbarn schützen sollten. Aische war sicher, daß ihr das nicht hätte passieren können. Sie wäre rechtzeitig weggegangen. Man sieht eine Lawine doch kommen. Fassungslos darüber, daß ein Mensch so blind sein kann, hörte sie sich an, wie Liza ihr zerrissenes Hirngespinst beklagte. Für sie war alles klar: Er war unbefangen gewesen, gerade weil er nichts wollte. Er spielte gern, das war alles. Er spielte mit der berühmten Liza Minella, die ihn anhimmelte, und draußen stand Aische und sah sich an, wie er durch den Garderobewagen flatterte, in dem Rosina Wälischmiller an der Nähmaschine saß und nicht merkte, daß dieser Paradiesvogel in einem Eden beheimatet war, zu dem sie keinen Zutritt hatte. Sie war so sicher, daß er sie begehrt hatte, auch jetzt noch – es gab da nur ein schwarzes Loch, in dem der Grund verschwunden war, warum sie von ihm abgewiesen worden war, nachdem sie sich entschlossen hatte, ihm ihr Jawort zu geben.

Von ihrem Beobachtungsposten aus stellte Aische fest, daß die Liebe ein Wahn ist, der jedoch nicht von der ganzen Person Besitz ergreift, die weiter scheinbar ruhig umhergehen oder stehen oder sitzen oder plaudern kann, als wäre nichts, obwohl es im Zimmer nebenan brennt.

Zum Zeichen ihrer Bereitschaft hatte Liza vor dem Finale eine brennende Zigarette an ihren Luftballon gehalten. Der Knall war die Botschaft, und die Botschaft lautete: es geht los.

Sunny hatte verstanden und sie zum Finale-Walzer aufgefordert.

Liza war selig gewesen.

*Ich tanze mit dir in den Himmel hinein.* Unter dem Bürowagen schauten Hassos im Traum zuckenden Pfoten hervor.

Der Rucksack war voll. Sachen waren hinzugekommen: *Andersens Märchen* von Tai Tai, ein buntes Kopftuch aus der Fundkiste, in der Knochenlotte sammelte, was er unter dem Gradin aufgelesen hatte, das Kostüm, das Zenzi getragen hatte, als sie zum ersten Mal zu den Klängen von *Die Liebe vom Zigeuner stammt* geritten war. Da war ich so alt wie du. Du sollst es haben. Es paßt dir.

Aische sah sich nach einer Plastiktüte um. Sie brauchte eine Plastiktüte. Den Tränen nahe, suchte sie nach einer Plastiktüte. Plötzlich in heller Verzweiflung und kurz davor auszurasten, als hinge ihr Leben von dieser Plastiktüte ab.

Am Zaun stand Vater Huber und rauchte eine Zigarette. Gleichgültig fragte er: Wie gehts? und fügte, ohne eine Antwort abzuwarten, ebenso gleichgültig hinzu: Gut?

Aische nickte und drückte sich mit einem scheelen Blick auf die in alter Strenge hinter dem Steuerrad des roten Lieferwagens wartende Frauenpuppe an ihm vorbei.

Erst als sie die Ponte della Libertà erreicht hatte und sicher war, daß niemand sie mehr anrufen und fragen würde: wohin gehst du?, drehte sie sich um und warf einen letzten Blick auf das blau leuchtende Chapiteau.

# XXI

## Eschkochem – Feuerweise

Im Licht der untergehenden Sonne Jahwes flüssiger Atem.

Die Augen sehen es, aber das Herz ist versperrt.

Jetzt, da Laura hätte zur Ruhe kommen können, kein Fragen mehr nach dem Weg, nach Fähren, Furten, Brücken, kein ratloses Schauen in den Himmel, wo die Sonne steht oder der Polarstern, jetzt, da sie endlich hätte zur Ruhe kommen können, war die Seele aus dem Körper ausgezogen und hatte sich verstreut wie das Volk der Juden.

Wenn die Seele aus dem Körper ausgezogen ist, ist der Mensch wie ein nur noch von Spinnen bewohntes Gasthaus, und in dem verlassenen Gehäuse herrscht ein Schweigen, das einem verzweifelten Gebrüll gleichkommt, einem tonlosen, von niemandem gehörten Schreien.

An der Reling eines Handelsschiffs auf der Fahrt nach Konstantinopel stand ein Spielmann, der sich Oswald von Tannenberg nannte. Er trug die geteilte Tracht der Gaukler, zur einen Hälfte grün, zur andern blau, und hielt sich abseits von den anderen Passagieren, obwohl die Angst vor Entdeckung ihn nicht mehr so plagte wie in jener versunkenen Zeit, in der Laura sich, im Mantel des Spielmanns Wilfried aus der eigenen Burg geflohen, beim Nahen eines Bauernkarrens am Wegrand versteckt hatte.

Sie bewegte sich frei und aufrecht und ließ ihre Stimme hören, leicht abgedunkelt zwar, aber es war ihre Stimme. Niemand hatte Verdacht geschöpft, außer vielleicht der andere Spielmann an Bord, der Harfner Haselpuselhart, der sie zuweilen so nachdenklich anschaute. Es war nicht die Angst, die ihre Seele aus dem Körper vertrieben hatte. Von dem Harfner war nichts zu befürchten. Der Harfner würde sie nicht verraten. Er war ein Freund, ein Bruder, der wußte, wie das ist, auf der Landstraße zu leben, des Nachts aus den Städten verbannt, ausgesetzt und jeder Willkür preisgegeben – manchmal singt der Spielmann, während er von allen der Traurigste ist. Der Ausdruck seiner Augen sagte Laura, daß er *eschkochem* war, feuerweise. Manchmal wechselten sie einen Blick, wenn der Dominikanerpater, der das Wort führte unter den Wallfahrern, nachdem er die Jungfrau gepriesen hatte, die Maid, die Vielschöne, aller Mütter Teuerste, auf das gemeine Weib zu sprechen kam, das keine Seele hat, Satans Fackel, Fallstrick des Teufels, Pforte des Bösen, Weg zur Hölle, Teufel, welcher die Männer verführt. Es gibt nichts Schändlicheres als das Weib. Auf tausenderlei Weise versteht die Frau den Geist der Männer zu erobern, mit ihren Schmeicheleien bricht sie auf listige Weise die männliche Geisteskraft, so tötet sie die Seelen und stürzt viele in die Hölle hinab.

Das schwankende Deck voller Menschen, Bündel, Gepäck.

Breitbeinig die gedrungene Gestalt des Steuermanns am Ruder. Wind kam auf, die Segel blähten sich. Das Wasser klatschte gegen den Bug. Die Wallfahrer fingen an zu singen.

Jahwes flüssiger Atem. Es blendete, da hineinzuschauen. Laura schloß die Augen und gedachte der versunkenen Zeit, in der Bat Jam vom Meer erzählt hatte.

Stunde um Stunde waren sie durch flaches, trostloses Land gewandert, die Menschen mit gesenkten Köpfen, die Maultiere mit hängenden Schweifen und hängenden Ohren. Unter einem grauen Himmel einen Fuß vor den andern und noch einen, als wären sie immer so gegangen und würden immer weiter so gehen.

Fern am Horizont die Berge, ihre schneebedeckten Gipfel

noch voller Verheißung, *ich hebe meine Augen auf zu den Bergen, von welchen mir Hilfe kommt.*

Bat Jam redete gegen das Grau an und erzählte vom Meer, während die Landschaft sich unmerklich veränderte. Es kam Bewegung in das Flache wie in ein Wasser, in das der Wind fährt. Hügel formten sich, und die Lanzen der Kriegsknechte verschwanden in ihren Falten.

Am Wegrand lagerte ein Kesselflicker mit Frau und Kindern. Sie waren schmutzig und halbverhungert, aber kräftig genug, um Steine zu sammeln und nach den Juden zu werfen.

Laura war am Arm getroffen worden.

Ein Trupp Panzerreiter überholte sie, während Bat Jam die Wunde untersuchte. Von den Hufen der Pferde spritzte Dreck auf.

Wenn die Seele vom Körper getrennt ist, ist die Welt öde wie vor der Schöpfung, und alle Tage sind gleich, es gibt kein Gestern, kein Morgen, nur ein ewiges Heute, nichts fließt mehr, die Zeit nicht und die Tränen nicht. Vor den geschlossenen Augen Bat Jam, wie sie sich den Dreck vom Gesicht gewischt hatte.

Gelobt sei Jesus Christus.

In Ewigkeit, Amen.

Neben Laura steht der Pater und fragt, ob sie nicht aufspielen wolle, zum Lobe des Herrn.

Laura redet sich heraus, es seien die Saiten ihrer Fidel gerissen.

Das Schiff ächzt und knarrt. Die Wellen klatschen gegen den Bug. Sonnenverbrannt zeichnen sich die Hügel einer Insel gegen den Abendhimmel ab.

Der Pater geht. Das Schiff schwankt auf die Insel zu.

In jener versunkenen Zeit, da die Berge noch fern und verheißungsvoll waren, weideten friedliche Herden auf grünbewachsenen Hügeln, gehütet von Schäfern in langen Mänteln.

Jehuda auf seinem Maultier äugte mißtrauisch nach den Hunden und hielt die Gerte griffbereit, und Laura wußte noch nicht, was sie heute weiß, und versagte sich die Erinnerung an den Schäfer Gosbrecht um ihres Mannes willen, den sie aus den heidnischen Händen des Emirs zu befreien gedachte, obwohl sie schon als Jüdin Chaje ahnte, daß sie sich um so weiter von Konrad entfernte, je näher sie ihm kam, und ihr schon damals nur der Silberblick und die drei Falten über der Nasenwurzel geblieben waren – daran wollte sie ihn erkennen: Liebster, was ist das für ein Baum, der zwischen deinen Augenbrauen wächst?

Jahwes goldener Atem. Es blendet, da hineinzusehen.

Laura schließt wieder die Augen und denkt an die nichtsahnende Wohligkeit im Haus des Pfandleihers.

Er hieß Peter ha-Levi, und er hatte einen schwarzen Lokkenbart und achtete darauf, daß es ihnen an nichts fehlte. Leichten Herzens hatte Laura sich hingelegt, zum ersten Mal wieder geborgen in einem Haus und in einem warmen, trokkenen Bett, aus dem Schlaf gerissen von Bat Jams Stimme, es brennt, wach auf, wach auf, es brennt.

Laura war lange nicht wach geworden.

Bat Jam war nicht fortgelaufen. Sie hatte sogar an die Fidel gedacht.

Im Widerschein der Flammen das Lederfutteral mit der Fidel auf Bat Jams Rücken, während sie Hafen um Hafen von Laura entgegennahm und an Ascher weiterreichte, Hafen um Hafen von Hand zu Hand bis zur Erschöpfung, und vorne stand Peter ha-Levi und schüttete das Wasser in die Flammen. Jahwes Atem. Die Hitze zwang sie zurückzuweichen. Der Rauch quoll in schwarzen Wolken auf sie zu. Gegen dieses Feuer war nicht anzukommen.

Erst als alles niedergebrannt war, hörte es auf.

Der Pfandleiher hielt sich den Kopf. Sein Gesicht war so schwarz wie der Kaftan.

*Hingeschleudert wie von Riesenkraft sitze ich, krank wie die Mutter in Gebärnot und brülle: Gewalt! und schreie: Weh! Wie ein Vogel, der vom Nest aufgejagt ist, flattere ich zuckend.*

Wortlos nahm Bat Jam die Fidel vom Rücken und reichte sie Laura.

Damals konnte Laura noch weinen.

Das Schiff geht vor Anker. Ein Beiboot legt ab. Der Steuermann reckt sich. Er ist ein Grieche und hat sehr helle Augen.

Am Stadttor hämische Wächter.

Ohne Karren und ohne Maultiere waren sie weitergezogen.

Eschkochem.

Feuerweise.

Riboine schel oilam, kuk arop fun dem himl und kuk dir an dain welt.

In den Himmel hineinwachsende Felsen. Fichten und graues Gestein. Unwegsame Bergrücken.

Herr des Alls, sieh herab vom Himmel und sieh dir deine Welt an.

Einer hinter dem andern die steilen, an den Hängen entlangführenden Pfade hinauf. Manchmal wiesen vier aufeinandergetürmte Steine den Weg.

Setzt Euch zu uns, Bruder.

Die Hand des Harfners leicht auf Lauras Arm, haarlos und feingliedrig mit nach oben gebogenen Fingerspitzen.

Aus dem Kessel heraus riecht es nach Fisch.

Der Harfner reicht ihr seinen Löffel.

Die heiße Suppe tut gut.

Der Harfner stimmt sein Instrument.

Der von Baumstämmen notdürftig überbrückte Abgrund. Alle waren schon drüben, und Laura stand immer noch wie angewurzelt. Der Abgrund zog. Lieber da hinunterstürzen als hinübergehen. Drüben standen die Männer. Ascher erzählte etwas, Jehuda war ungeduldig, und Gawriel lachte über die Schikse.

Die Demütigung nahm ihr die letzte Kraft.

Der Abgrund zog. Da hinunter und endlich Ruhe. Sich fallenlassen in den ewigen Frieden.

Mit einem Stock in der Hand kam Bat Jam zu Laura zurück.

Hab keine Angst. Komm.

Sie streckte Laura den Stock entgegen, hielt ihn quer mit beiden Händen.

Halt dich fest.

Langsam rückwärts gehend, führte sie Laura über den Abgrund.

Sieh nicht nach unten. Schau auf den Baum dort drüben.

Drüben hatte Laura sich die Tränen aus dem Gesicht gewischt und war weitergestolpert, mit weichen Knien und voller Dankbarkeit. Beim nächsten Abgrund hatte sie alleine gehen können, Bat Jam und den Haltestock vor dem inneren Auge. Auch diese Angst überwunden.

Haselpuselharts über die Saiten streichende Hände, sein der Harfe zugeneigter Kopf, als wolle er in einem lärmenden Gasthaus einen Freund sprechen hören. Das Flämmchen unter dem Suppenkessel zuckt und verlischt. Die Harfentöne ziehen über das Deck und verschwinden in dem schwankenden Gesang der Wallfahrer. Der Scholar ist betrunken. Seine dunklen, aus den Höhlen tretenden Augen sehen Laura an. Die Kaufleute stöhnen über die Zölle. Schon in der Fondaco haben sie über die Zölle gestöhnt. *Er hat mich zerbrochen um und um und hat ausgerissen meine Hoffnung wie einen Baum.*

Den Bauch voller Suppe sitzt Laura kraftlos. Die Sonne ist untergegangen. Der Scholar redet auf sie ein, und sie versteht nicht, was er sagt. Die Worte versteht sie, aber sie kann den Sinn nicht zusammenfügen – vor dem inneren Auge die vom Sturm entwurzelte Buche auf dem Tannenberg, ihre bloßgelegten Wurzeln und die aufgerissene Erde. Und noch immer redet der Scholar, und noch immer versteht Laura nicht, was er sagt. Die Worte rauschen an ihr vorüber, ohne daß sie ihren Sinn erfassen kann.

Gelobt sei Jesus Christus.

In Ewigkeit, Amen.

Der Scholar ist abgelenkt von den hinzugekommenen Wallfahrern. Laura legt sich hin und schaut in den Sternenhimmel.

Auf dem Schiff stinkt es. Es stinkt nach den Schweinen, nach Rattenpisse und Bilgenwasser und nach den Ausdünstungen der vielen Menschen.

Bei den Kindern Israels hat Laura sich an das Waschen gewöhnt. In Innsbruck waren sie in der Mikwe. Das Wasser war sehr kalt gewesen. Schreiend und lachend waren sie untergetaucht. Wenn Laura das Haus gehütet hätte, wie es sich geziemt, wären *sie* die Kinder der Finsternis geblieben und das Geifern des Paters hätte sie nicht empört: wie ein gemästetes und arbeitsunfähiges Tier taugen sie nur noch für die Schlächterei. Kein Zurück mehr. Laura meidet den Pater, soweit das möglich ist auf dem überfüllten Deck, aber seiner Stimme ist nicht zu entgehen. Selbstgewiß kommt sie aus den Tiefen der Kutte und findet Anklang bei allen außer einem. Nenne einer sie Hurenhäuser, Lasterstätten, Teufelsasyle, Satansburgen, Seelenverderb, jedes Unheils gähnenden Abgrund oder was immer, so wird er noch weniger sagen, als sie verdient haben. So redet er über ihre Gotteshäuser, und Laura wechselt einen Blick mit Haselpuselhart. Kein Zurück mehr. Der Sternenhimmel, die Harfenklänge, das Schwanken des Schiffs und Marieles verschattetes Gesicht, ist es das Blatt, das sich vom Baum löst, oder der Baum, der das Blatt abwirft? Mariele und ihre Fragen und kein Zurück mehr, aber was sonst? Die Freundin begraben unter Steinen. Sie roch nach Vanille und Zimt, erschlagen von Steinen.

Sie waren schon beim Abstieg gewesen und hatten das Tal hinter sich, das immer enger geworden war, so daß man meinte, es ginge nicht mehr weiter. Schmerzende Knie und die Erinnerung an das Feuer. Der verschüttete Pfad, die Suche nach dem neugebahnten, der Nebel, das Herumirren, das Heulen der Wölfe in der Nähe. Sie hatten haltgemacht und ein Feuer entzündet. Als der Nebel sich lichtete, wurde es dunkel.

Laura sammelte Holz. Bat Jam kochte.

Die Männer saßen am Feuer, in sich zusammengesunken

und mit gesenkten Köpfen. Nur Gawriel ließ seiner Erbitterung freien Lauf. Er redete, er wütete, als könne er ungeschehen machen, was geschehen war. Seine Hände durchschnitten die Luft wie Messer aus Fleisch. Jehuda richtete sich auf.

Du hast einen Groll, nicht gut für dich, schlecht für die Kischkes.

Laura stand da, den Arm voller Holz. Jehudas Finger trommelten auf dem Schenkel. Gawriel konnte nicht aufhören. Laura lud das Holz ab. Sie hörte nicht, was Gawriel sagte, aber sie sah, wie Jehuda aus der Haut fuhr und Gawriel das Wort abschnitt: Hör mich aus! Sein Gebrüll übertönte die Raubvogelpfiffe und das Heulen der Wölfe. Miesnik, will dich nit mehr sehn! Geh in die Erd arain! Er sprang auf und hinkte davon, aus dem Lichtkreis in die Dunkelheit, tauchte gleich darauf wieder auf und verlangte, daß Gawriel verschwinde. Mitten in den Bergen, in nächtlicher Dunkelheit verlangte er, daß Gawriel verschwinde.

Gawriel wurde still. Laura entfernte sich vom Feuer.

Den Arm schon wieder voller Holz, stand sie gebückt, als sie ein Geräusch hörte, ein Grollen, das zu einem Donnern anschwoll, während sie sich langsam aufrichtete. Steine prasselten auf sie herab. Sie duckte sich, schützte den Kopf mit den Armen und wollte, kaum daß es vorbei war, zum Feuer laufen, aber es war kein Feuer mehr da. Nichts war mehr da. Das sich entfernende Grollen, die Dunkelheit und sonst nichts. Sie rief, und alles blieb still. Die Steine waren noch in Bewegung. Laura hörte sich schreien und fragte sich, wer da schrie, wenn doch niemand mehr da war.

Schlafende Gestalten überall. Laura horcht auf das Schnarchen und das Rascheln der Ratten. Es ist kalt. Der aufsteigende Nebel kündigt den Morgen an. Es war so schnell gegangen, daß sie keine Zeit mehr gehabt hatten, ihr Schma Israel zu beten. Adonai elocheinu, Adonai echad – wer das ruft, stirbt nicht allein, ist im Tod verbunden mit allen, die gewesen sind und noch sein werden.

Laura erhebt sich, steigt über schlafende Gestalten hinweg, würde gerne weinen oder beten oder wenigstens sich Bewegung machen, steht an der Reling, schaut frierend auf das dunkle Wasser und hat plötzlich den Harfner vor Augen, Haselpuselhart, wie er neben dem Pater saß, gestern oder war es vorgestern, den Nacken gebeugt, die Beine züchtig beieinander. Sie steigt über die Schlafenden hinweg, dahin, wo Haselpuselhart schläft, beugt sich zu ihm hinab und flüstert: Schwester.

Sie hieß Therese Weissenseel und war Hebamme gewesen in ihrem Dorf, zwei Tagesreisen von Landsberg. In ihrem Garten wuchsen Pfingstrosen und Lilien, Liebstöckl, Eberraute und Kerbel. Sie war Hebamme, und ihre Mutter war Hebamme gewesen und hatte an sie weitergegeben, was sie von ihrer Mutter wußte, wie die Lindenblüte wirkt und die Kamille, die Tollkirsche und die Alraunwurzel und was es mit dem bösen Blick auf sich hat, daß er vom Neid kommt, als Dunst aus unreinem Blut aufsteigt und, durch einen einzigen Blick übertragen, in das Opfer eindringt, sein Blut vergiftet, es krank macht und tötet, und daß man sich davor schützt, indem man ihm mit dem eigenen Blick zuvorkommt oder sich abwendet und die Augen verhüllt. Vielen Kindern hatte sie auf die Welt geholfen, und wenn es das erste war, hatte sie den Müttern gezeigt, wie man es wickelt, und wenn es tot war, hatte sie die Wöchnerin getröstet, und wenn die Wöchnerin selber starb, hatte sie das Kleine versorgt, so es lebte, und den Pater geholt. Und gab es einen bösen Winter und hatten sie das Fieber, dann kamen sie zu ihr.

Es waren dieselben Menschen, die ihr aus dem Weg zu gehen begannen, als die Todesfälle sich häuften. Judda starb. Tutz fiel um und war tot. Immer wieder läutete das Sterbeglöckchen. Kaum hatten sie einen begraben, mußten sie schon wieder auf den Kirchhof. Eberolf legte sich hin und stand nicht mehr auf. Therese sagte zu ihrem Mann, es wird etwas sein. Ihr Mann war einer, der alles wieder gerade rückte, ein Bild oder ein

Kummet, das schief hing, alles, was schief hing, machte er wieder gerade, stellte alle umgefallenen Besen wieder auf, und jetzt sagte er: Was soll sein? Nichts wird sein.

Noch hoffte Therese, daß es nicht sie treffen würde, aber schon fürchtete sie, daß nur noch ein Wunder sie retten könnte.

Die Nachbarin vermied das Schwätzchen, und wenn Therese zum Brunnen kam, verstummten die anderen Frauen. Es bildete sich ein leerer Raum um sie. Manche hörten auf, sie zu grüßen oder grüßten mit einer Freundlichkeit, die ihr mehr angst machte als das Wegschauen. Es starben Eppe und Gumpe, und Therese hörte die Kinder flüstern. Schau, die Tür steht offen. Hinter einem Holzstoß verborgen, horchte sie auf die flüsternden Kinderstimmen. Erst flüsterten sie, dann wurden sie lauter. Bilwis! Zaunreiterin! Nachtfrau! Zäubersche! Teufelshure!

Sie richtete sich auf hinter dem Holzstoß. Sie sah die Kinder, und die Kinder sahen sie. Grüß Gott, rief eines. Was macht eure Katz?

Therese wußte, daß ihr nicht mehr viel Zeit blieb. Sie ging in das Kloster zu Pater Lucas. Pater Lucas gab ihr eine Kutte und segnete sie.

Mit dem Segen des Paters war sie nach Landsberg geflohen. In Landsberg war sie dem Harfner Rocco begegnet.

Die Morgennebel lichteten sich, die Schlafenden erwachten. Laura und Therese lehnten an der Reling. Der Wind blies ihnen ins Gesicht. Das Schiff schwankte heftig.

Therese wies auf die Schaumkronen draußen auf dem Meer.

Wenn der Sturm braust, sind die Seelen unterwegs.

Die Seeleute ließen die Beiboote zu Wasser.

Kommst du mit an Land?

Laura nickte. Einmal nicht allein.

Allein war sie abgestiegen. Sie war an einem Kloster vorbeigekommen, hatte es aber nicht gewagt, in der Judenkleidung dort anzuklopfen.

An einem Wildbach wuschen Mägde die Klosterwäsche.

Laura stahl eine Kutte, verkroch sich in einem Fichtenwäldchen, zog sich um und verscharrte die Judengewänder im Nadelboden.

Die Tränen kamen, aber bevor Laura ihnen freien Lauf lassen konnte, klopfte Therese ihr kräftig auf die Schulter wie ein Mann dem andern und zischte ihr zu, der lötsche Kuttenhengst schaue herüber. Laura schluckte die Tränen hinunter.

Das Beiboot schwankte zum Ufer. Laura und Therese saßen still nebeneinander im Bug mit Körben und Schläuchen für Trinkwasser.

Durchnäßt wateten sie an Land. Vor ihnen raffte der Pater die Kutte, auch er trug einen leeren Korb.

Laura und Therese blieben hinter den anderen zurück. Es gab noch so viel zu erzählen. Sie kletterten über die Felsen und fanden Krebse und Muscheln.

Auf der Suche nach Süßwasser folgten sie einem Pfad, der zwischen Felsen über dem offenen Meer endete.

In einer windgeschützten Kuhle hockend, schauten sie zu, wie die Wellen gegen die Felsen unten krachten. Die Gischt sprühte bis zu ihnen hoch.

Sie waren denselben Weg gekommen und an denselben Orten gewesen, einmal sogar gleichzeitig auf der Burg Wolkenstein, die auf einem schmalen Kofel liegt, umgeben von dichtem Wald, hohen Bergen und tiefen Tälern, aber gesehen hatten sie einander nicht – die eine war blind vor Liebe, die andere niedergedrückt von den Steinen, die sie nicht erschlagen hatten.

Langsam trockneten die Kleider. Draußen auf dem Meer türmte sich Welle um Welle und stürzte weißschäumend zurück, woher sie gekommen war, und Therese erzählte von Rocco, der nichts gerade rückte und sie doch alles Übel vergessen machte. Hirez runeta hintu in daz ora: wildu noh, hinta …? Und Laura sprach davon, wie alles an ihr vorbeigezogen war, als hätte sie es im Schlaf erlebt. Von dem Weg, den sie seit jener Nacht in den Bergen zurückgelegt hatte, war ihr so wenig geblieben wie dem Erwachenden, der sich an seine Träume zu erinnern sucht und nur noch ein paar Fetzen zusammenbringt: das Amphitheater von Verona, wo sie die Spielleute wiedergetroffen hatte, die sie von der Donau her kannte. Sie hatten sie aufgenommen, und sie hatte wieder einmal die Gewänder gewechselt und den Namen. Zu erschöpft, um sich etwas einfallen zu lassen, hatte sie sich nach dem Ort benannt, von dem sie gekommen war. Keine Angst mehr vor Entdekkung, es war ihr alles gleich geworden. Der Bär an seiner Kette, einsam und bösartig, alle Tage sollen dir gleich sein, und der Geschmack des Karnickels, von dem sie mit schlechtem Gewissen gegessen hatte, als verrate sie die Ihren und schließe sich für immer aus ihrer Gemeinschaft aus, indem sie von diesem Karnickel aß, das osser war, obwohl es ihr fernlag, die Speisegesetze der Juden zu befolgen und ihr nie in den Sinn gekommen wäre, Milchding und Fleischding zu trennen. Und die Ankunft in Venedig, der Kanal im Abendlicht, die vor den morgenländischen Häusern vor Anker liegenden Frachtschiffe und die feingekleideten Griechen zwischen Slawen und Nordmännern. Das war alles. Sie wußte nicht einmal mehr, wie sie auf das Schiff gekommen war.

Auf dem Meer baute sich Welle um Welle auf, dunkles, fast schwarzes Wasser. Laura spürte, wie sich hinter ihren Augenlidern ein Heer von Tränen sammelte, aber heraus kamen sie nicht. Verstummt sah sie zu, wie die Wellen sich auftürmten, und wartete auf den Augenblick, in dem sie sich brechen und kippen würden, um sich von neuem zu wölben, und Therese begann von der schönen und schrecklichen Zeit mit dem Harfner Rocco zu erzählen. Sein Haar war schon grau und das Gesicht voller Falten. Er ging vornübergebeugt wie ein alter Mann, aber er hatte ein kindliches Lächeln, und wenn er wollte, war er unwiderstehlich. Die Berührung seiner Hände jedoch war flüchtig und ohne Zärtlichkeit. Zuweilen kniff er Therese in den Hintern, und wenn sie einen andern Mann ansah, wurde er eifersüchtig, und wenn ein anderer Mann sie ansah, legte er seine Hand auf ihren Schenkel, und manchmal, wenn er spielte, zwinkerte er ihr zu; das war es nicht, warum Therese ihm verfallen war, und Laura hörte zu und hütete sich zu fragen, was es denn gewesen sei, und Therese sprach weiter, von der brennenden Brücke, die sie verbunden hatte, und daß sie sich nicht wiederkannte und auch der stärkste Zauber machtlos war, acha, fara, fossa, kruka, tuta, mora, morsa, pax, max, deus, homo, imax. Sein Zauber war stärker. Wenn er sie ansah, wie noch kein Mann sie angesehen hatte, ihrer schon gar nicht, war sie ihm ausgeliefert. Durch die Augen war er in sie eingedrungen, und dann hatte er sie sitzenlassen, allein in der Fremde, ohne eine Menschenseele, der sie sich anvertrauen konnte. Er behandelte sie wie einen Hund, und sie gab ihm alles, ihre ganze Liebe, ihre Zärtlichkeit und ihren Zorn, ihr Verstehen und ihre Auflehnung und ihren Haß, alles, was sie hatte, gab sie ihm. Sie hielt nichts zurück, und er belog sie und betrog sie mit Mine und Trine, und sie wollte nichts mehr von ihm wissen, nie mehr, zwei drei Tage lang nie mehr, und dann brauchte er sie nur anzusehen und an sich zu ziehen, der Hirsch raunte der Hinde in das Ohr: Willst du noch, Hinde? und alles war vergessen, Mine und Trine, Lug und Trug.

In Venedig hatte er sich zu Bibiana gelegt.

Weißt du, sagte Therese, daß der Bär ein verwandelter Mensch ist?

Es war der Bär an seiner Kette gewesen, der Bär, der sich einsam wiegte, Stunde um Stunde schaukelte sein schwerer Körper, es schien ihn zu trösten, dies Hin und Her und Her und Hin, es war seine Stimme gewesen, die zu ihr gesprochen hatte, als sie nicht mehr ein noch aus wußte: insprinc haptbandun, inuar uigandun. Und Therese war hingegangen, dahin, wo Rocco mit Bibiana schlief, und hatte seine Kleider und seine Harfe genommen, entspring den Haftbanden, entfahr den Feinden. Sie hatte den Bären von der Kette gelassen und war zum Hafen gelaufen.

Das Schiff ächzt leise, sacht schwappen die Wellen gegen

den Bug. Sanftes Wiegen, Warten auf Wind. Schlaffe Angelschnüre und schlaffe Segel.

An der Reling lehnt der Einäugige, barfuß, schmutzig, mit von der Sonne gebleichtem Haar. Er macht eine Wallfahrt, und er redet mit niemandem.

Ein tiefblauer Himmel wölbt sich über einer türkisfarbenen, fast glatten Wasserfläche – von der Kraft, die in ihr steckt, ist nichts mehr zu sehen, vorbei das Sichwölben, Aufbäumen, Wogen und Toben, keine wütende Gischt mehr, das ist hier immer so, sagt der Kapitän, entweder zu viel Wind oder zu wenig.

In der Ferne seit Stunden eine Galeere, sie bewegt sich, sie kommt vom Fleck, langsam, doch sie kommt vom Fleck, gerudert von unsichtbaren Menschen, der Kapitän zuckt die Achseln.

Im Schatten der Segel die Spieler; die einen würfeln, die andern kegeln. Sie verspielen den Fisch, den sie noch nicht gefangen haben, und das Feuerholz, das auch langsam knapp wird.

Das Trinkwasser ist faulig, es stinkt, man muß die Nase zuhalten, wenn man trinkt.

Beten um Wind, täglich inbrünstigere Gebete, es möge endlich ein Wind sich erheben, in die Segel fahren und das Schiff vom Fleck bringen.

Gebete und fromme Gesänge, doch mehren sich die weltlichen, so wie die Flüche sich mehren. Der Pater hat von seiner Macht verloren. Der Kapitän, ein gedrungener Ire mit gelichtetem Haar und kraftvoller Stimme, flucht in allen Sprachen, Potz Blitz und Potz Blatter schallt es über das Deck, und der Pater schweigt dazu, nachdem der Kapitän am zweiten oder dritten Tag der Reise, der priesterlichen Zurechtweisungen müde, mit drohend auf seine Brust gerichtetem Zeigefinger auf ihn zugekommen und er zurückgewichen ist und den eigenen mahnenden Finger schleunigst hat sinken lassen, um gleich darauf über den Harfner herzufallen, Spielleute und Lumpen wachsen an einem Stumpen.

Der Harfner sagte nichts dazu, er senkte den Kopf. Es war einer der Pilger, ein leiser, unscheinbarer Mensch namens Hannes, der den schon wieder mit gerecktem Zeigefinger hochaufgerichtet dastehenden Pater daran erinnerte, daß auch König David ein Spielmann war und Saul einstmals bei seinem Saitenspiel Ruhe fand vor dem Satan.

Am Mast lehnte der Einäugige, ein Bein über das andere gekreuzt, und sein Auge, das die Farbe von aufgewühltem Wasser hat, schaute unergründlich.

Hin und wieder biegt sich eine der Angeln, und jemand steht auf, um nach ihr zu sehen. An Fischen ist kein Mangel.

Die Kaufleute sitzen mit der Geduld erfahrener Reisender. Sie wissen, daß es schlimmer wird, wenn sie hadern, und besser, wenn sie sich drein schicken. Der Wind kommt, oder er kommt nicht. Ihre Diener bereiten die Fische zu, die sie soeben gefangen haben. Der eine entschuppt sie, der andere nimmt sie aus und wirft die Innereien ohne hinzusehen über Bord. Möwen kreisen kreischend über dem Schiff, stürzen sich im Pfeilflug auf die Brocken, die dann eine der andern abzujagen sucht.

Die Sonne glitzert auf dem Wasser. Es ist heiß. Wer keinen Schattenplatz hat, ist übel dran.

Die Galeere hat sich so weit entfernt, daß sie kaum mehr zu erkennen ist.

Das Wasser schwappt verschlafen gegen den Bug. Am Himmel steht ein Wölkchen. Ein Lüftchen weht. Leises Klatschen der Segel. Zum Himmel erhobene Köpfe. Hoffnung auf Wind.

Einer der Wallfahrer, ein schöner großer Engländer namens Jim, hockt mit nacktem Oberkörper in einem Schattenstückchen und spielt die Maultrommel.

Der Diener, der die Fische entschuppt, erzählt dem, der sie ausnimmt, wie er einmal einen Fisch gefangen hat, einen sehr großen Fisch. Seine weit ausgebreiteten Arme zeigen, wie groß der Fisch war, und die Hände reißen eine unsichtbare Angel hoch, und der Körper schwankt vor und zurück im Kampf mit dem Ungetüm und siegt mit einem eitlen Lachen, während der andere gleichmütig einen Fisch aufschneidet und mit zwei Fingern in den offenen Leib greift.

Das Wölkchen hat sich aufgelöst. Von dem Lüftchen ist nichts mehr zu spüren. Das Schiff wiegt sich träge.

Zwei Matrosen schrubben das Deck.

Laura nimmt die Fidel aus dem Futteral, um gegen das Warten anzuspielen, den Gestank, die Enge und die Angst vor dem Verdursten, die Angst, niemals anzukommen und die Angst vor dem, was sein wird, wenn sie doch ankommen.

Der Kaiser liebt die Musik, ausheimische Spielleute sind ihm willkommen.

Laura spielt, und der Scholar singt, und die Kaufleute singen, und die Diener der Kaufleute singen, und die Matrosen schrubben das Deck und singen dabei, die Würfelspieler singen, und die Kegler singen, und Therese schlägt den Takt mit einem Löffel gegen einen eisernen Hafen.

Alle singen, nur einer nicht. Der Pater steht, die Hände in den Ärmeln der Kutte. Laura sieht zu ihm hin, und ihr vergeht die Freude am Spiel. Sie muß daran denken, wie das sein wird, wenn sie wieder auf ihrem angestammten Platz ist, unter der Fuchtel des Paters, der nach Bock und Schwefel stinkt und in der Seelenlosigkeit des Weibes schwelgt, sie sind wie die Tiere, und was wird ihr anderes bleiben, als zu schweigen und den Kopf zu senken, und am Ende der Tafel hockt Margarethe mit ihrem vorwurfsvollen Glubschen, und Konrad hat seinen Silberblick, doch er schaut nicht Laura an, sondern die Magd Lene, die den heimgekehrten Herrn anhimmelt.

Die Sonne geht unter, und wieder ist ein Tag vorbei, und noch immer sind sie da, wo sie waren, und braten die Fische, die sie tagsüber gefangen haben, und erzählen von Gog und Magog, den menschenfressenden Völkern, so die Menschen sehen, lecken sie sich die Lippen, daß es einen schaudern muß, und die Zuhörer stöhnen, meiner Seel, Menschenfleisch ist ihnen die liebste Speise, sie betasten und betatschen einen

Menschen gerade wie unsereins eine Sau, und das Wasser schwappt leise, und der Himmel ist wolkenlos, und der Einäugige lehnt an der Reling, und man weiß nicht, ob er zuhört oder nicht zuhört, was sie von den Amazonen erzählen, Weiber sind das, Weiber, die Krieg führen gegen die Männer und nur einmal im Jahr aus ihren Wäldern kommen, um sich schwängern zu lassen, denn Kinder wollen sie haben, aber so es ein Junge ist, setzen sie ihn aus, und der Pater sagt, seht ihr? es gibt nichts Schändlicheres als das Weib. Das sanfte Wiegen des Decks und die schlaffen Segel, die dunkelnde Wasserfläche und die Geschichte von dem Schiffbrüchigen, den es auf eine Insel verschlagen hat, eine Insel mit Namen Paponien, deren Bewohner ein Volk von Lügnern sind, von denen ein jeder sagt: Ich lüge nie.

Sanft gewiegt, lag Laura und schaute in den Himmel und bedauerte den Schiffbrüchigen, der den Lügnern so ausgeliefert war wie eine Liebende dem Geliebten und auf Rettung wartete, ein Schiff, das ihn forttragen würde von der Insel der Lügner, und schlief ein und wachte auf unterm Sternenhimmel und schlief wieder ein und wachte auf in morgendlicher Kälte.

Unbemerkt war ihre Seele in den Körper zurückgeschlüpft. Laura fror. Sie hatte Durst und fühlte sich verloren. Die Sonne ging auf und zog über den Himmel. Laura schwitzte und suchte den Schatten. Die Tage gingen ineinander über, der Mond nahm zu, und einer nach dem andern wurde still, und irgendwann war die letzte Geschichte erzählt und das letzte Lied gesungen, die Gesichter verschattet, die Köpfe gesenkt, und Laura wußte endlich, daß nichts jemals wieder so werden würde wie früher. Sie wußte, daß Konrad es nicht ertragen würde, von einer Frau gerettet worden zu sein.

Der Einäugige lehnte am Mast und sah sie an. Sie lächelte ihm zu. Sein Gesicht blieb unbewegt. Jim steckte die Maultrommel ein und hockte sich neben sie und fragte, wie das denn so sei, als Spielmann, frei wie ein Vogel, das müsse doch schön sein, das wolle er auch mal. Laura wollte antworten und davon sprechen, wie das ist, wenn man Nacht für Nacht aus der Stadt muß, weil der Spielmann nur außerhalb der Mauern schlafen darf und rechtlos ist, der Willkür eines jeden ausgeliefert auf Gnade und Ungnade, ohne Schutz und zu Hause da, wo die Füße gerade den Boden berühren, als der Pater sich böse lächelnd einmischte: Sie säen nicht, sie ernten nicht, sie sind wie die Lilien auf dem Felde.

Laura zuckte die Achseln und schaute aufs Meer hinaus und sah, daß die Wasserfläche sich riffelte, und spürte den Wind, der aufkam, und hörte Befehle und Rufe. Die Segel blähten sich, und schon waren die ersten Schaumkronen zu sehen. Es ging weiter.

## XXII

## ›Nichts haben wir, nur das Wort‹

Den Rucksack auf dem Rücken, die Plastiktüte in der Hand, läuft Aische die sich endlos dehnende Ponte della Libertà entlang. Von Venedig ist noch immer nichts zu sehen. Der Himmel bedeckt, das Wasser grau schimmernd und kein Mensch weit und breit. Hin und wieder ein Auto und Züge – das anschwellende Geräusch im Rücken, der Schmerz in den Ohren, und dann ist auch das vorbei, der Zug klein und stumm in der Ferne, die Schienen leer. Zum ersten Mal seit Monaten wieder allein. Ein Fuß vor den andern. Der Rucksack drückt. Aische ist sein Gewicht nicht mehr gewöhnt. Kein Weg erschien ihr jemals so lang wie dieser.

Vor der Stadt trennt sich die Straße von den Schienen. Der Himmel reißt auf. In der Abendsonne liegt eine Kirche. Brennende Kerzen und leere Bänke.

Umziehen im dunkelsten Winkel. Das Zigeunerkostüm, das bunte Kopftuch, im Nacken verknotet. Zenzis braune Schminke ins Gesicht geschmiert, Tai Tais abgelegte Wimpern. Rucksack und Plastiktüte versteckt.

Aus der Kirche treten als ein anderer Mensch. Mit schwingenden Röcken ein anderer Gang.

Stehenbleiben und schauen, wie die Kirche heißt. San Chiara. Den Namen vor sich hin murmelnd losgehen, in Fenster schauen, nicht sehen, was drinnen ist, Augen nur für die Spiegelung der eigenen fremden Gestalt. Zum ersten Mal im Leben Wohlgefallen an sich selber.

Weiches Licht und Musik, die über den Platz dröhnt. Eine Gruppe italienischer Jungen mit einem Kofferradio. Die durcheinanderzuckenden Schatten der im Takt wippenden Körper. Langgezogene Abendschatten, die über das Pflaster eilen, kreuz und quer, zum Bahnhof hin, vom Bahnhof weg, über Treppen zu den Bootsanlegestellen, gebeugt unter grotesken Buckeln oder sperrige Hunde hinter sich herzerrend. Aus einer übertrieben langbeinigen Bank wächst eine traurig geneigte Gestalt. An die Arbeit. Ältere Frau. Deutsche. Den Blick für Nationalitäten hat Aische in den letzten Monaten gelernt. Sieht sofort, wer Italiener ist oder Italienerin. Amerikaner erkennt sie von hinten. An die Arbeit. Sich neben die Frau setzen, lächeln, reden. Sie haben so etwas Besonderes. Mit Lust dem Deutschen eine fremdartige Färbung geben. Ihnen ist schwer ums Herz, nicht wahr? Da ist etwas … wenn ich Ihre Hand sehen dürfte. Ende Dreißig wird sie sein. Hochgestecktes Haar unter schwarzer Kappe. Erstaunen im Blick. Sich nicht scheuen, ihr voll in die Augen zu sehen. Sie haben etwas erlebt. Woher weißt du? Zwei steile Falten über der Nasenwurzel. Mein Name ist Leokadja. Darf ich Ihnen aus der Hand lesen?

Ohne eine Antwort abzuwarten, greift Aische sanft nach der auf der Bank ruhenden Hand. Es kostet nicht viel, nur soviel Sie geben wollen. An die Arbeit. Auf Empfang stellen, die Poren öffnen, sich selbst vergessen, nichts mehr wollen, in der Betrachtung der Falten und Furchen versinken, die Frau nach ihrem Namen fragen und beim Namen nennen, das macht sich gut, sich der Lust hingeben, nicht zu denken, es machen wie die Pferde, wenn sie den Kopf vorstrecken und die Nüstern blähen, um die Ausdünstung ihres Gegenübers einzuziehen, die Linien der Hand entlangfahren und die Zeichen lesen, die Luft um die Kundin einatmen und in Worte umgesetzt ausstoßen.

Auf dem Bahnhofsplatz dämmerte es, und Aische arbeitete noch immer, das Herz voller Freude, das Mieder voller Geldscheine. Erst als die Lampen angingen, machte sie widerstrebend Feierabend und kehrte zur Kirche San Chiara zurück, zog sich um, zündete eine Dankkerze an und schlenderte zur Bootsanlegestelle. Sie wußte schon alles – wo man die Fahrkarten kauft und wo man sich anstellt, daß es in Venedig keine Autos gibt und man statt dessen mit dem Boot fährt, daß die Boote Vaporetti heißen und man auch schwarzfahren kann mit ein wenig Glück.

Möwen folgten dem Boot. Glocken läuteten.

Auf ihrem Rucksack an der Reling hockend, schaute Aische auf das Wasser, in dem Straßenlaternen und Fenstervierecke schwankten, genoß es, ihren Körper den Bewegungen der Wellen zu überlassen und die aus dem Wasser herausragenden Palazzi vorbeiziehen zu sehen, andere Vaporetti, die ihnen hellerleuchtet entgegenkamen, Lastkähne und vereinzelte Gondeln, und wenn das Boot anlegte, hörte sie das Wasser glucksen und schmatzen.

An einer Haltestelle stieg ein Schwachsinniger ein, ein Mannkind mit kurzen Armen und fleischigen weißen Händen, die eine altmodische Aktentasche festhielten. Vielleicht zwanzig, vielleicht dreißig Jahre alt. Flinke braune Äuglein. Offener Mund, in dem sich eine dicke Zunge unruhig herumbewegte, und den er hin und wieder schloß, um sich die Lippen zu lecken. Mit schiefgelegtem Kopf schaute er den Mitpassagieren ungeniert neugierig in die Gesichter, griff an die Schirmmütze und rückte sie zurecht, legte den Finger an die Lippen und betrachtete offenen Mundes die vorbeigleitenden Paläste.

Neu hinzukommende Fahrgäste warfen beim Einsteigen einen kurzen Blick auf ihn und sahen dann schnell weg. Der Platz neben ihm blieb frei. Endlich ließ sich eine dicke Dame neben ihm nieder. Er wurde müde und drohte einzunicken.

Die Augen schlossen sich, der Kopf fiel langsam zur Seite, näherte sich der Schulter der fremden Frau, richtete sich wieder auf, verharrte eine Weile und kippte dann von neuem weg. Er gähnte mit weit aufgerissenem Mund, hemmungslos wie ein Affe, setzte sich brav zurecht, als hätte eine nur für ihn hörbare Stimme gesagt: Nun setz dich mal anständig hin, hielt die Aktentasche auf dem Schoß mit beiden Händen wie ein williger Beamter und fing wieder an, die Fahrgäste zu beäugen.

Aische fühlte heftiges Mitleid, das nicht seinem Schwachsinn galt, um den er nicht wissen konnte, wahrscheinlich empfand er nicht einmal den Unterschied zwischen sich und den anderen Fahrgästen, sondern der Tatsache, daß er allein Vaporetto fahren mußte, ohne jemanden, der ihm vertraut war, alleine der Welt ausgesetzt, wo seine Neugier doch zeigte, wie fremd ihm alles war. Auch wenn er offensichtlich wußte, wo er aussteigen mußte. Als die Haltestelle näher kam, öffnete er umständlich die Aktenmappe, schaute hinein, wobei er den Kopf so tief darüber beugte, als wollte er darin verschwinden, holte einen schwarzen Handschuh heraus, strich ihn glatt, legte ihn zusammen und verstaute ihn wieder in der Tasche, die er umständlich und mit zwischen den Lippen spielender Zunge verschloß.

Da, wo die meisten Leute ausstiegen, stieg auch Aische aus. Sie wußte noch nicht, daß sie an der Piazza San Marco stand, ihrem Arbeitsplatz für die nächsten Tage, in denen sie viele fremde Hände leicht in der ihren halten, die Linien mit einem Finger entlangfahren und von der Hand ins Gesicht schauen würde, in erwartungsvolle, ängstlich fragende oder mißtrauische Augen, die ihr nicht glaubten und doch glaubten und die sie binnen Stunden vergessen haben würde, als hätte sie sie nie gesehen – konnte nicht alle behalten, es waren zu viele, so viele Menschen um sie herum und durch sie hindurch und niemand, der blieb. Sie wurde wie das Wasser, ohne Erinnerung an die gespiegelten Gesichter. Die Hände hätte sie vielleicht wiedererkannt. Namenlose Wesen, die ihr Eigenleben führten und andere Geschichten zu erzählen hatten als die Gesichter, Geschichten jenseits von Wahrheit und Lüge, ohne Anfang und Ende, vom Halten und Lassen, vom Streicheln, Schlagen und Arbeiten. Klempnerhände, die sich rissig und spröde anfühlten, Hände von Lehrerinnen und Hausfrauen, nackt oder mit Ringen geschmückt, einige weich wie Mollusken, andere mit harter Haut, und nicht immer war ihnen anzusehen, was sie im Alltag berührten; einmal die Hände eines deutschen Metzgers: Nichts deutete darauf hin, daß sie lebendiges Fleisch in totes verwandelten, es an Haken aufhingen und wieder herunterholten, um es auf den Hackklotz zu klatschen, wo eine das Festhalten übernahm und die andere das Messer führte. Er war der erste, bei dem Aische sich in Reden von Reichtum, Ruhm und Reisen flüchtete, mit rollendem R und fremdländischem Akzent – Akzent mußte sein, das wußte Aische vom Zirkus, wer mit Akzent spricht, kommt aus einer andern Welt, die noch etwas von dem Geheimnis besitzt, das die eigene nicht mehr hat.

Abends schreibt sie in Marinas Buch. Das Buch ist ihr Gefährte, dem sie erzählen kann, was gewesen ist, und es soll die Erinnerung bewahren an das, was sie vergessen könnte. Wenn sie in dem Buch liest, findet sie darin Dinge wieder, die ihr schon entfallen waren, freut sich wie über das Wiedersehen mit einem verloren geglaubten Gegenstand und gewöhnt sich daran, daß sie nicht Herr über ihr Gedächtnis ist und Erinnern und Vergessen und Wiedererinnern sich, mehr oder weniger unabhängig von ihrem Wollen, irgendwo in ihrem Körper abspielen, die Frage ist nur, wo. Sehnsucht nach der Sokratessa und ihrer kindlichen Altfrauenstimme und der beruhigenden Berührung ihrer Hände, Lebjöduschka maja. Niemand da, den sie fragen kann, ob ihre Füße noch etwas von dem Weg wissen, den sie gegangen sind, und wenn ja, was, ob es mehr ist, als sie selber weiß oder etwas anderes und ob beide Füße die gleichen Erinnerungen haben oder jeder seine eigene Sicht der Dinge. Keine Sokratessa und nur eine dunkle Erinnerung daran, daß ihre Hände sich kühl anfühlten. Niemand da, der ihre Hand nimmt, in ihrem schönen Zimmer am Giudecca-Kanal, nur der eigene befremdete Blick auf die eine Hand, aus der sie nichts, aber auch gar nichts herauslesen kann; es ist das, was man Hand nennt und was Linien und Furchen hat, und es ist die eigene, was Aische nicht ganz glauben kann, als wäre es nicht selbstverständlich, daß sie zu ihr gehört. Keine Sokratessa, die ihr helfen könnte, die unbekannte Hand loszuwerden, die sie niederdrückt und mal mehr, mal weniger schwer auf ihr lastet, im Rücken oder im Nacken, der immer leicht gespannt ist, als müsse er den Blick eines Polizisten ertragen, warte nur, balde. Sonja Karlowna Blumöhr – schon ist Aische nicht mehr sicher, ob das wirklich ihr Name war, und keine Möglichkeit, es nachzulesen. Marinas Buch ist erst seit Augsburg dabei oder war es Nürnberg, alles geht durcheinander, die vielen Menschen und niemand, der bleibt. Manche sind schon am Abend wie Fußspuren am Meeressaum, über die eine Welle hinweggespült ist. Andere bleiben als vom Gesicht losgelöster Name oder als Körperhaltung, angezogene Beine, Arme um die Knie geschlungen, Rücken rund und einsam oder eine Art zu lachen, die nicht lustig ist, Mund auf, Kinn vorgestreckt, Unterlippe nach innen gezogen, basta. Kein Ton. Niemand da, aber wenigstens Marinas Buch, um immer wieder einen Teil der Last loszuwerden und Schatten zu bannen, die ihr sonst vielleicht tagelang nachgehen würden wie die Hamburgerin, deren Name zwischen Morgen und Abend verlorengegangen ist. Sie war nicht viel älter als Aische, ihr Vater importierte Kaffee, und sie hatte dichtgemacht. Funkstille wie unter einer Betondecke. Die Tauben machen mich rasend, sagte sie, ohne eine Miene zu verziehen. Ihr Gesicht spiegelte nichts von dem wider, was sie sagte, es offenbarte nichts, es sprach nicht mit, während sie mit flacher Stimme darüber hinwegplauderte, daß etwas nicht stimmte. Immerhin weniger bedrohlich als der Dunkelmann, der sich nicht einmal die Mühe machte, den Schein zu wahren, und sich, mit ausdruckslosem Gesicht in beinhartes Schweigen gehüllt, anhörte, was Aische zu sagen hatte. You are a great lover. Er ließ sie reden, ohne eine Regung zu zeigen. Sie hatte sich von seiner morgenländischen Dunkelheit verleiten lassen und es schnell bereut. Er lehnte sich in seinem Stuhl zurück und sah ihr zu, wie sie sich abzappelte. You know women. Sie war sicher, daß er ein Bulle war und sie reinlegen wollte, irgendwie. Am liebsten hätte sie die Hand fallen gelassen – umdrehen und abhauen, aber sie wußte, daß sie sich damit verraten hätte. You know, how they feel. That's why they love you. Nackenmuskeln gespannt in Erwartung des Schlages. Ihre Papiere. There is great love to come. Verzweifeltes Anreden gegen sein Schweigen. Von love zu health wechseln. Aber von Gesundheit schien er auch nichts wissen zu wollen. Er sah sie ungerührt an. Offenbar fühlte er sich rundum gesund. Aische hatte ihn im Verdacht, daß er sich für unsterblich hielt. Wut kam auf. Von einem Augenblick zum andern war Aische randvoll mit Wut. Am liebsten hätte sie dem Kotzbrocken ins Gesicht getreten, damit er endlich eine Regung zeigte, oder wenigstens den Tauben die Hälse umgedreht, eigenhändig, einer nach der andern, das Gurren abgewürgt. Sie konnte es nicht mehr hören, dieses törichte Gurren. Es war unerträglich. Aufgebracht hielt sie die Hand des Dunkelmanns, bedachte flüchtig, daß einer, der so dichtmacht, etwas zu verbergen haben muß, redete herum, dies und jenes, alles dummes Zeug, aber in betörendem Singsang, den Blick gesenkt, doch nicht auf die Hand gerichtet, sondern auf die mechanisch nickenden Köpfe der Tauben, denen sie in Gedanken die Hälse abdrehte, das würde auch dem widerlich wichtigtuerischen Gewatschel ein Ende machen. Die Tauben flatterten auf, und es gab in diesem Augenblick nichts, das Aische so haßte wie das trockene Geräusch ihres Flügelschlags und nichts, was sie so erbitterte wie die Tatsache, daß die blöden Viecher ihr Futter umsonst bekamen, während sie von den Händen leben mußte und es nicht machen konnte wie mit dem Kerl beim Zirkus, der den Feuerwehrwagen gefahren hatte. Sie konnte ihnen nicht sagen, daß sie bald sterben würden. Das war es nicht, was sie hören wollten, und dafür würden sie nicht bezahlen. Und bezahlen sollten sie. Aische brauchte Geld. Sie mußte das Zimmer in der Pension bezahlen, ihr schönes Zimmer am Giudecca-Kanal. Das will sie behalten, und dafür braucht sie Geld, und darum sagt sie dem Kotzbrocken nicht, daß er ein Kotzbrocken ist. Sie hält durch, auch etwas, das sie beim Zirkus gelernt hat: Arbeiten mit dem Kopf unterm Arm. Entschlossen, für sich selbst zu sorgen, auf sich aufzupassen, als wäre sie ihre eigene kleine Schwester. Nie geht sie als Zigeunerin in die Pension, immer zieht sie sich vorher um, und immer schaut sie zuerst durch die Scheibe, paßt einen Augenblick ab, in dem niemand hinter dem Empfangspult steht, und drückt sich dann schnell vorbei, um die Frage nach den Eltern zu vermeiden, die längst hätten nachkommen sollen. Stolz auf ihre schöne, mit echter Verzweiflung vorgetragene Geschichte und kein bißchen schuldbewußt bei dem Gedanken daran, was die Oma dazu gesagt hätte: durchtriebenes Stück.

Nachdem sie an jenem ersten Abend an dem noch namenlosen Platz ausgestiegen war, hatte Aische als erstes Ringe, Ketten und Armbänder gekauft und war gerade glücklich damit beschäftigt gewesen, ein Paar Ohrringe anzuprobieren, als sie in dem Spiegel, in dem sie sich betrachtete, einen Polizisten entdeckte, der zwar noch nicht zu ihr hinschaute, das aber jeden Augenblick tun konnte. Und dann:

Papiere?

Gestohlen.

Beweisen.

Wie?

Mitkommen.

In der Menge verschwinden. Sich zwingen, nicht zu laufen.

Umdrehen. War nichts. Wollte nichts von ihr. Und Aische nahm sich vor, sich von keinem Polizisten mehr so aus der Ruhe bringen zu lassen, und dann war es ausgerechnet ein Polizist, wenn auch ein ehemaliger, der etwas von ihr wollte, nicht Ihre Papiere bitte, nichts Amtliches, etwas anderes, das sie ebenfalls wollte, aber nicht wollen wollte, und das nicht, weil er mal Polizist gewesen war, obwohl sie am Anfang immer daran denken mußte, sondern weil er abgedreht war, irgendwie schwer abgedreht, diese langsamen Bewegungen, wie er sich die Schuhe zuband, unsicher, als könne er sein Gleichgewicht kaum halten, und dieses Beiseitereden, laut vor sich hin, als hätte er selber einen kleinen Gesetzeshüter in sich, einen Aufpasser, der hin und wieder das Wort ergriff, um ihm zu sagen, was er zu tun und zu lassen hatte, now, don't bring this up, etwas stimmte nicht mit ihm. Er hieß Roberto und kam aus N.Y.C., und das war New York City, aber geboren war er hier, und jetzt war er zurückgekehrt, back to the roots. Die einsamen Tage von San Marco waren beendet, und etwas anderes hatte angefangen, ausgerechnet mit einem New Yorker Bullen. Sein Partner hieß Jack, you are like a married couple, eight hours in the car, you quarrel. Roberto hatte einen Mann erschossen, these things happen, es war bei einer Schießerei mit Moslems, da hatte er ihn erschossen, these things happen, und er beugte sich über den Tisch, um Aisches Schmuck zu bewundern, und zeigte ihr seinen Ring. Den Ring hatte er von seinem Vater, und sein Vater war vor einem Jahr gestorben, seitdem hatte er den Ring, den er selbst seinem Vater geschenkt hatte, and I got it from a prisoner, you know, for better treatment. Der Häftling hatte wohl kein Geld gehabt und nichts, womit er den Polizisten milde stimmen konnte, nur den Ring. Es war kein besonders schöner Ring, silbern und mit einem schwarzen Stein, und Aische fragte sich, wo der Häftling ihn hergehabt hatte, ob er ein Geschenk gewesen war und von wem und was er dafür bekommen hatte – weniger Schläge? Roberto trägt den Ring am Mittelfinger, sein Vater hatte ihn weiter machen lassen, big hands, you know.

Sie saßen einander gegenüber, nachdem sie lange durch die Stadt gelaufen waren, über Brücken, an Kanälen entlang, durch schmale Gassen, über denen Wäsche hing, die Leinen von Fenster zu Fenster gespannt. Er wollte ihr etwas bieten, aber kosten sollte es nichts. Aische verstand das und zog klaglos mit von Restaurant zu Restaurant, starrte auf ausgehängte Speisekarten, ohne zu lesen, okay, let's have a hot dog. Solange er sie nur bei der Hand hielt, war ihr alles andere gleich. Seine Tochter lebte in N.Y.C. und hatte gerade ein Baby bekommen. Er wollte sie groß ausführen, aber das Geld tat ihm leid, das er wenn auch sauer, so doch nicht im Schweiße seines Angesichts verdiente: Stunde um Stunde in sich zusammengekauert an der Mauer von Santo Stefano, flehend ausgestreckte Hand, ein Bild des Jammers. Aische war mit schlechtem Gewissen vorbeigegangen, viele Bettler in Venedig, aber keiner so arm wie diese alte Frau – ein paar Schritte noch, und Aische hatte sich umgedreht, den Blick im Rücken gespürt und sich umgedreht und war den Augen der auf dem Boden hockenden Alten begegnet, und die Augen waren nicht müde gewesen, schwarz brennende Augen unter dem tief in die Stirn gezogenen Kopftuch und ein Schnurrbart. In dem Moment, in dem Aische den Schnurrbart sah, senkte er den Kopf, scheinbar demütig und streckte die Hand, die er hatte sinken lassen, wieder aus, I need a massage. Der Arm tat ihm weh. Ein Polizist. Aische war ein Stück von ihm abgerückt, und er war nachgerückt und hatte abgeklärt. Wie alt? Allein in Venedig? Wie lange schon, wie lange noch? Er faßte sie an beim Reden. Er strich ihr das Haar aus der Stirn. In Deutschland war er auch schon gewesen, als Soldat. This is the colour of Germany. Er deutete auf die Soße, die rotbraun war, eine brave, ein bißchen langweilige, ein bißchen trostlose Farbe, dann das Kartoffelgratin, and this the colour of Italy. Unvermittelt sagte er, a kiss, that's what I need now, und sie beugten sich über den Tisch, und sein Kuß machte, daß Aische ein Ziehen im Leib fühlte, eine Schwäche, ein Dahinschmelzen, als wäre es das, wofür sie lebte, das und nichts anderes, und dann hatte er die Zeche geprellt, so geschickt, daß Aische nichts gemerkt hätte, wäre ihnen der Mann nicht nachgekommen, ein kleiner, dicklicher Amerikaner, dem die Kellnerin leid tat. Arm in Arm waren sie langsam hinausgegangen, Aische mit einem zuckenden Flämmchen im Leib, das erlosch, als der Amerikaner ihnen die Rechnung nachtrug und sie die Hände der beiden Männer sah – der eine zog an der Rechnung, der andere hielt sie fest; schließlich ließ der Amerikaner los, weil ihm mehr daran lag, daß die Rechnung nicht zerriß, als Roberto, dem das gerade recht gewesen wäre. Doch mußte noch Glut unter der Asche gewesen sein, denn am Lido flammte es wieder auf, als er seine Hand auf ihren Körper legte, es brannte, ihr Körper kannte diese Hand aus einem anderen Leben, und Roberto sagte, come on, let's make love, drei Bier hatte er schon getrunken, es war noch früh am Morgen, I drink, when I want, aber ihr Körper sagte noch tagelang ja, und ihre Hände wollten etwas anderes als das Gezweig fremder Handteller erkunden, es war nicht gut für die Arbeit. Mein Name ist Leokadja, darf ich Ihnen aus der Hand lesen? Es war schädlich für die Arbeit. Bei jedem Kunden konnte Aische nur an eines denken, nur daran, wie diese Hand berührte, sonst fiel ihr nichts ein, keine Lust zu arbeiten, es ist etwas Besonderes an Ihnen, Sie haben so etwas ... darf ich? In irgendeine Hand hineinstarren und das Kind sehen, das, den Kopf aus dem Dachfenster gestreckt, auf dem Klodeckel stehend Streichhölzer abbrannte und beobachtete, wie das Flämmchen das Holz fraß, und solange es brannte, war das Kind nicht allein, und wenn es abgebrannt war, konnte es ein neues entzünden, mit Omas Streichhölzern – nie dahin zurück, was hab ich denn getan? das weißt du ganz genau! und Aische wußte es, sie hatte die Streichhölzer geklaut, um sich daran zu wärmen, und jetzt brannte das Flämmchen in ihr, es zuckte in ihrem Leib, Roberto hatte es entzündet, aber Roberto war abgedreht, zu abgedreht, I drink, when I want.

Er blieb von alleine weg, das Flämmchen brannte weiter. Aische trug es mit sich durch die Stadt, über Brücken und unter Torbögen hindurch, mein Name ist Leokadja, darf ich Ihnen aus der Hand lesen? über Plätze und Plätzchen, die verschwiegenen, die Campesino oder Piazetta heißen, schläfriges Leben um eine Kirche herum, blätternder Putz und schmiedeeiserne Balkongitter, Geranienkaskaden und Vogelschreien gleichende Frauenstimmen und immer und überall das leise Glucksen des Wassers, sein Schmatzen und Schlabbern und Schlecken, enge Gassen, ohne einen Sonnenstrahl, dumpf und feucht und nach menschlichen Ausscheidungen stinkend, und dann wieder eine Piazza mit Kirche und Bar oder Trattoria und Tischen, an denen Touristen sitzen, my name is Leokadja, I come from far away, und Kopfschütteln und Achselzucken oder einfach Wegsehen und spielende Kinder und Einheimische, die schwatzen, und einkaufende Frauen und die plötzliche Stille von Seitenstraßen, an den Hauswänden entlangeilende Katzen und irgendwann einer der großen Plätze, ein Campo mit Kirchengemäuer und Palazzi, und der Mensch ist klein und der Himmel hoch und weit und von sanfter Bläue, durchzogen von einer einzelnen verirrten Möwe, die den Kopf nach Futter spähend hin und her wendet.

Überall war Bewegung, und Aische bewegte sich mit und zog ihre Kreise und lernte Gesichter und Namen, ohne daß die Arbeit es verlangte, und ging aus sich heraus in die Schule der Grazien und lachte und redete und erzählte vom Zirkus, von Lollo und Tai Tai und Direktor Paul Maul, auch den Schönen Willi erwähnte sie und Fallada und Othello und merkte, daß sie ankam, und war offen für alles und jeden, außer für den alten upgefuckten Säufer, den es auch gab im *Paradiso* am Lido, zerfurchtes Gesicht und ein in alle Richtungen zerfallender Körper, dem ging sie aus dem Weg, um den machte sie einen Bogen, es gab so viele andere, und alles war neu, und Aische war ein neugeborener Stern mit diesem Feuer im Schoß – es war ein Höhlenfeuer, und Aische war wie der erste Mensch gewesen, die erste Frau. Eine Stammesmutter hatte sie sein wollen und viele Kinder haben, sollten keine Streichhölzer brauchen, ihr Feuer reichte für Kinder und Kindeskinder, und keines sollte sich selber verzehren müssen, sie wollte allen geben, soviel sie brauchten, sollten sie haben, Mädchen und Jungen, und Aische wollte mit ihnen lachen, wie die Sokratessa gelacht hatte, und dann war etwas schiefgegangen, etwas war geschehen, und es war niemand mehr um das Feuer, keine Gestalten, die sich in seinem Widerschein bewegten, es brannte für sich allein, alle waren weg, und Aische sah zu, wie es niederbrannte, eine Übriggebliebene – wie Lottis Lover Moischele, der die Witze liebte und das Essen, ich könnte den ganzen Tag fressen, doch auf die Zabaione verzichtete er, kein Tiramisu für Doktor Kuddelwascher, sogar der Spaghetti enthielt er sich, sagte nur leidenschaftlich, ich könnte den ganzen Tag fressen, aber ich bin zu dick, einen Bauch hatte er, und klein war er und o-beinig, auf dem Kopf trug er eine Baskenmütze und in der Hand einen Stock, um sich der Hunde zu erwehren, achile mechajes, essen ist mein Leben. Er liebte die Sprache, die im Haus seiner Kindheit gesprochen worden war, und trug sie mit sich herum, seitdem es das Haus und seine Bewohner nicht mehr gab, untergegangen, ausgelöscht, wie nie gewesen, nur die Sprache war ihm geblieben, sie hatte mit ihm überlebt, und er hielt davon lebendig, was er konnte. Weißt du, was ein Mittemaimler ist? Natürlich wußte er, daß Aische nicht wußte, was ein Mittemaimler ist, aber er brauchte ihr Unwissen, um sein Wissen ausbreiten zu können: Das ist einer, der ins Bett macht, Chenponemche. Mitte kommt von mita, Bett, und maimeln heißt eigentlich regnen, ein Bettberegner. Sie hatten miteinander gelacht, Aische und der Alte, der einmal Arzt gewesen war, Hals, Nasen und Ohren, das war in einem anderen Leben, lange vor deiner Zeit, mein Schöngesichtchen, und Aische hatte ihn über mehr als ein halbes Jahrhundert hinweg geliebt und über seine Witze gelacht und seine Sprüche gelernt, ha jomim ha rischonim lo kmo ha jomim ha-acherim, die ersten Tage sind nicht wie die letzten. Weg vom Feuer der Doktor Kuddelwascher, und vom Zattere klingt Musik herauf, und durch das geöffnete Fenster hört Aische das Wasser schwappen, und über der Giudecca steht der Mond und wirft einen bauchigen Lichtstreifen auf das Wasser, ein Halbmond wie am Lido an jenem ersten Abend mit Bappo, kleine Wellen schlugen auf den Strand, und wenn sie sich wieder ins Meer zurückzogen, raschelten die Kieselsteinchen, und Bappo war ein anderer Bappo als der, der sich an ihr rieb, die Arme vor der Brust verschränkt wie Poldi, wenn er das Zelt bewachte, die ersten Tage sind nicht wie die letzten. In einer Hängematte wollte er liegen, auf halbem Weg zwischen Mond und Wasser, und die Uferpromenade war hell erleuchtet, sie aber saßen im Dunkeln und redeten vertraulich wie zwei Menschen, die sich lange kennen, und er deutete aufs Meer hinaus, out there is an island, und Aische strengte die Augen an, die Insel zu sehen, die er kaufen wollte, paar Millionen Lire sollte sie kosten, so viel hatte er nicht, wollte er aber zusammensparen, und vom Zattere dringt Musik herauf, von amore ist die Rede, alles Schmus gewesen, das mit der Insel, die er kaufen wollte, um dort zu leben

with you

Schmus, den er wahrscheinlich jedem Mädchen erzählte und den Aische ihm nicht abgenommen hatte, Schmus wie ein langsam wirkendes Gift. Aische hatte nichts gemerkt, sich gesund und stark gefühlt und ihm seine Insel nicht abgenommen, schon weil er dort nicht Billard spielen konnte, der König des Billard, er wäre ohne sein Reich gewesen, und Aische hatte noch einen klaren Kopf, der ihr sagte, daß kein König sein Reich aufgibt für eine Frau. Aber er hatte auch darauf eine Antwort: I'll teach you. Einen Billardtisch wollte er mitnehmen auf die Insel, I'll teach you – so that I win. Das war das einzige gewesen, das Aische ihm geglaubt hatte, er wollte gewinnen, und das hatte sie ihm versalzen wollen, dem alten Knacker, und sich nicht gefragt, warum sie so glücklich vom

Lido weggefahren war, das war in einem anderen Leben gewesen, als Aische stark war mit dem Feuer im Schoß und den drei Grazien im Rücken, die in seltener Eintracht die Trommel für ihn rührten und sein Loblied sangen mit brüchigen Stimmen, das ist ein interessanter Mann.

Er hatte ihr nicht gefallen. Die Art, wie er um den Billardtisch herumging, gefiel ihr nicht. Seine Gestalt gefiel ihr nicht, zu schmal, und seine Bewegungen noch viel weniger, zu schnell, zu entschlossen, einer, der zu genau weiß, was er will – was ist interessant an dem? Das war in einem anderen Leben. In diesem liegt Aische auf dem Bett in ihrem Zimmer am Giudecca-Kanal, schwach und krank und grübelnd, und sollte bei der Arbeit sein, mein Name ist, und vom Zattere dringt Musik herauf, und die Möwen schreien, und es ist niemand da, der Antwort geben könnte auf die fassungslose Frage, wie das sein kann, daß ein Mann einer Frau nicht gefällt, und dann hat sie ihn plötzlich unter der Haut, wie ist er dahin gekommen?

Wie zwei Menschen, die einander aus einem anderen Leben kennen und in diesem neu kennenlernen, hatten sie auf dem Bootssteg gesessen, und Aische hatte vom Meer gesprochen, davon, daß es nie schläft, wie Gott, und davon, daß man Ihn atmen hören kann, wenn man zuhört, wie die Wellen auf den Strand schwappen, listen, er atmet anders als die Menschen, er hat einen langen Atem, listen, aber Bappo hörte nicht hin, sondern sprach von dem Feuer, das tief im Schoß der Erde brennt, und wenn es erkaltet, stirbt der Planet, no more life on earth. Sie schwiegen, und Aische dachte: wie bei den Menschen, und Bappo sagte: just like people. When there is no more fire inside them, they die.

Soll sein wie a Lampe, am Tag soll er hängen, in der Nacht brennen.

Und Mienz und Maunz die Katzen hoben ihre Tatzen, mit dem Feuer spielt man nicht, leg die Streichhölzer weg. Vergebens. Aische hatte sich zu sicher gefühlt. Close your eyes und stell dir vor, du hast keinen Boden unter dir. Ich werd mich hüten. Vom Zattere klingt Musik herauf und Gelächter und Stimmen, und Aische ist schon wieder bei der Frage, wie es geschehen konnte, daß er ihr unter die Haut gefahren ist, obwohl er ihr nicht gefallen hat, überhaupt nicht. Wann war der Moment, in dem sie fell in love, ein Tritt ins Leere, kein Boden mehr unter den Füßen, fällt er in den Graben, fressen ihn die Raben, fällt er in den Sumpf, ist es aus mit der schönen Überlegenheit, da ist dann nichts mehr mit Lässigkeit, Hände in den Hosentaschen und hocherhobenen Hauptes vorbei an der offenen Tür des *Paradiso,* so stark war Aische mal gewesen, mit mir nicht, nicht mehr mit mir. Sie hatte das Feuer im Leib gehabt, und es war ein Höhlenfeuer gewesen, gehütet von den Grazien, von Amalie mit dem losen Maul, geht am Stock, aber auf hohen Absätzen, süßen Schuhchen mit schwarzen Riemchen, und wenn irgendwo eine die Ohren betäubende, das Mark erschütternde Lache erklingt, dann ist es Amalie Seelos, du brauchst einen Mann ins Bett, das entspannt auch – mit solchen Sprüchen hatte Amalie, von Rückenschmerzen gepeinigt, an Aisches Feuer gesessen und gute Ratschläge gegeben, und die stille Gretel hatte es gleich gewußt und den Mund aufgemacht, so einfach ist das nicht, im Widerschein der Flammen ihr klares bäurisches Gesicht, Haar grau und glatt, Knoten im Nacken und feste Schuhe, und Lotti, geschminkt und geschmückt, die Schönste von allen, morgenländisch in ihrer fülligen Dunkelheit und mit einem R, das wie von einem sanften Wind getriebene Meereswellen an den Strand rollt. Die drei hatten Aische unter ihre faltigen Fittiche genommen, und sie hatte gedacht, ihr könne nichts passieren. Das war in einem anderen Leben, als Humpty Dumpty noch auf der Mauer saß, vor dem großen Sturz, and all the king's horses and all the king's men couldn't put Humpty together again. Und vom Zattere tönt Musik herauf, von amore ist die Rede, und Aische fühlt sich schwach, so schwach, tagelang kaum was gegessen, ihr ist schlecht, aber essen kann sie nicht, der Dibbuk ist ihr unter die Haut gefahren, erst als Strom in ihren Adern, dann hat er sich eingenistet in ihrer Höhle, und Gretel hat gesagt, keine Panik auf der Titanik, die hatte gut reden, was kann man da machen? da kann man nichts machen. Aus und vorbei mit lässig an der offenen Tür des *Paradiso* Vorbeischlendern, erhobenen Hauptes und Hände in den Hosentaschen, Schritt für Schritt aus der Hüfte heraus, hocherhobenen Hauptes, doch so beschämt, als ginge sie nackt auf der Straße, alle anderen angezogen, nur Aische nackt, aber schreitet dahin wie eine Königin, in der Hoffnung, die Nacktheit ungesehen machen zu können, lächerlich, doch entschlossen, dir werd ichs zeigen, nicht mit mir, mit mir nicht mehr, an der offenen Tür des *Paradiso* vorbei, sollte er sehen, wen er beleidigt hatte – den Gang behielt sie bei, bis sie um die Ecke war, dann ließ sie die Schultern fallen und die Mundwinkel und schlappte wie immer, ohne zu wissen, ob der, für den die Schau bestimmt gewesen war, sie bemerkt hatte, weil sie nicht einmal gewagt hatte, einen Blick hineinzuwerfen, aus Angst, seinem Blick zu begegnen, aus Angst, daß er in ihren Augen lesen könnte, wie gedemütigt sie sich fühlte. Am nächsten Tag war sie ganz weggeblieben, dir werd ichs zeigen, so lasse ich mich nicht behandeln, und vom Zattere dringt Musik herauf, von amore ist die Rede, aber von amore will Aische nichts mehr wissen, alles Lug und Trug. Soll es ihn jucken, wo er sich nicht kratzen kann. So, wie er sie angelogen hat, hat sie ihn nicht angelogen. Sie hat nur ein bißchen gelogen, gerade so viel, daß sie nicht als das Mädchen mit den Streichhölzern dasteht. Why did you leave? You were afraid of me. Unschuldiges Lächeln. No bad intentions. An bad intentions hatte Aische nicht gedacht, hatte nur nicht so sitzengelassen werden wollen wie ein Stück Holz, bestellt und nicht abgeholt, während er um den Billardtisch herumging und eine Kugel nach der andern versenkte. Sie war abgehauen, stillschweigend abgehauen, zum Bootssteg gegangen und hatte eine Weile da herumgestanden. Es hatte geregnet. Es war zu naß, um sich hinzusetzen. Ab und zu ein Blick über die Schulter in die Richtung, aus der er kommen mußte. Er war nicht gekommen, und Aische war zum Vaporetto gegangen, an der offenen Tür des *Paradiso* vorbei. Die Schau hätte sie sich sparen können. Er hatte sie nicht gesehen, wahrscheinlich gerade mit leicht zusammengekniffenen Augen und gerümpfter Nase eine Kugel angepeilt. Gesehen hatte er sie nicht, aber sich durchschaut gefühlt, treuherziges Lächeln, no bad intentions, und Aische begriff sofort, daß er, wenn er versicherte, keine bösen Absichten gehabt zu haben, obwohl sie ihm nichts dergleichen unterstellt hatte, welche gehabt haben mußte, wenn ihr Abgang ihn glauben machte, sie habe seine Absichten durchschaut.

Aische beschwerte sich bei den Grazien. Er hat gesagt, er will mir den Mond zeigen und die Stadt zu Füßen legen. Empört. Er hat gelogen.

Lottis lachende Augen. In der Liebe wird gelogen. Daran mußt du dich gewöhnen.

Aische gefiel das nicht. Sie hatte sich alles ganz anders gedacht. Und Amalie wollte sie trösten und erzählte von ihrem letzten Lover, wie der sie angelogen hatte.

Er hieß George und kam aus Ghana. Dreißig Jahre jünger *und* schwarz. Das war ein bißchen viel. Aber Amalie mochte ihn sehr, und darum verzieh sie ihm auch, daß er log, bis er sich zwei Teller von ihr borgte, für Besuch aus Ghana, ein Mann und eine Frau, ein Paar. Er wollte kochen für seine Gäste und alles schön machen. So borgte er sich diese zwei Teller von Amalie, und Amalie wunderte sich, daß er nur zwei wollte, obwohl sie doch zu dritt waren, angeblich. Aber sie wollte ihm glauben, mußte nur leider immer an diese beiden Teller denken, warum nur zwei, warum nicht drei, das fragt sie sich immer wieder. Da ist doch ein Weib im Spiel. Warum wollte er nicht drei Teller, warum nur zwei? Das läßt ihr keine Ruhe. Sie ruft bei ihm an. Ein Weib ist am Telefon und er nicht da. Später beteuerte er, er sei mit dem Mann unterwegs gewesen. Aber da war die Sache mit den zwei Tellern, warum nur zwei. Amalie ruft Melisande an. Da stimmt etwas nicht, nur zwei Teller. Melisande meint auch, etwas stimmt da nicht, nur zwei Teller. Amalie stellt George zur Rede. Er sagt, du glaubst mir ja doch nicht. Er leugnet, daß ein Weib im Spiel ist. Amalie möchte ihm glauben, hofft immer noch, daß kein Weib im Spiel ist, fragt aber, warum nur zwei Teller, und er sagt, du hast kein Vertrauen zu mir, und sie sagt, ja, ich habe kein Vertrauen zu dir, und er sagt, du mußt Vertrauen zu mir haben, und geht, und Amalie bleibt zurück mit den beiden Tellern in ihrem Kopf, die sich drehen und drehen, immer schneller und schneller, bis die Bewegung nicht mehr sichtbar ist und Amalie in die Garage rennt, sich ins Auto setzt und zu ihm hinfährt, um sich ihre Teller zurückzuholen und was sie ihm sonst noch geliehen hat. Sie klingelt. Er öffnet. Sie sagt, sie will ihre Sachen zurück. Er tritt beiseite. Sie stürmt ins Zimmer. Erst sieht sie nichts, steht mitten im Zimmer, und er sagt, setz dich doch. Da entdeckt sie einen schwarzen Kopf in ihren Laken. Sie stützt hin, get up, sofort, I hope, you enjoyed it. Sometimes he is very good. Die Frau ist verschreckt. Sie steht auf. Amalie zieht das brühwarme Bett ab. Mit dem Bettzeug im Arm marschiert sie in die Küche, um sich ihre Teller zu holen. Auf einem liegt noch ein Pfannkuchen, den klatscht sie an die Wand, da hängt er und rutscht langsam runter, während Amalie George ohrfeigt. Erst ohrfeigt sie ihn, dann ohrfeigt er sie. Ihr Ohrring fliegt runter. Er hebt ihn auf. Sie hängt ihn wieder ein und geht. Er begleitet sie zum Auto. Sie sagt, du bekommst Probleme. Er fragt, was für Probleme? Sie sagt, *ich* mach dir keine Probleme, das überlasse ich dem lieben Gott. Er weint.

Vor dem lieben Gott hat er Angst. Das wußte Amalie, weil er jeden Abend am Bett kniete und betete.

Vom Zattere tönt Musik herauf, und am Kai schwappt das Wasser, und manchmal schreit eine Möwe, es klingt wie ein Schrei in höchster Not.

Mach die Augen zu und stell dir vor, du hast keinen Boden unter den Füßen.

Und dann ist niemand da, der dich auffängt.

Es war in einem anderen Leben gewesen, daß sie gelacht hatten über Amalies Geschichte, gelacht, bis ihnen die Tränen kamen und die Leute an den anderen Tischen sich umdrehten, zu sehen, was es zu lachen gab.

Amalie wischte sich die Tränen aus den Augen und verpaßte Aische einen ihrer Ratschläge. Du mußt dir vom Leben holen, was du kannst. Es gibt nicht alles von selber her. Wenn ich auf was Lust habe, esse ich es im Laden, ein Eis oder Schokolade. Das ist Mundraub. Du ißt es, und dann isses weg. Ich könnte mir die Sachen auch kaufen, ich habe genug Geld, aber geklaut schmecken sie besser. Man gönnt sich ja sonst nichts, in meinem Alter – ich muß noch dankbar sein, wenn einer mich will. Ich hab schon weiße Schamhaare. Am Anfang hab ich sie noch ausgerissen. Da kann man keine Ansprüche mehr stellen. In meinem Alter muß man nehmen, was man kriegen kann, da ist die Auswahl nicht mehr so groß, da heißt es, friß Muschi oder stirb.

Gretels milder Vorwurf, wie du redest, und Amalie, die scharfen Züge plötzlich kummervoll, die kleine beringte Hand mit den knallrot lackierten Fingernägeln auf der Suche nach irgend etwas am eigenen Körper: belästigt dich deine Möse etwa nicht mehr? und Gretel, deren Hände das Henkeltäschchen auf dem Schoß hielten und den Verschluß auf- und zuschnappen ließen, fragte, jetzt nicht mehr milde: muß das sein? und Amalie erwiderte trotzig: es muß, und Lotti lächelte Aische zu: So eine wilde Kartoffel ist sie gar nicht, und Amalies Kopf fuhr zu Lotti herum, und die Augen starrten so böse, daß Lotti das Lächeln verging. Du hast gut reden, du hast einen. Und Lotti sagte ruhig mit ihrer rauhen Stimme: *Sechzig Schmerzen erfassen den Zahn dessen, der seinen Nächsten essen hört und nichts zu essen hat.* Gretel ließ den Verschluß zuschnappen und hielt die Tasche fest, und Amalie knallte einen Geldschein auf den Tisch, für den Cappuccino, und fuhr Aische an: Kannst du dir wohl nicht vorstellen, daß alte Leute auch noch leben wollen.

Doch, sagte Aische, aber das war gelogen, denn es war ihr unvorstellbar, daß diese alten Frauen auch noch eine brennende Höhle hatten.

Amalie griff nach ihrem Stock, und jetzt geh ich in mein menschenleeres Bett. Ich brauche meinen Mittagsschlaf.

Es war nur ein Suchen gewesen und kein Finden. Der Strand voller Bappos, überall lag ein Bappo herum, ein Körper, schmal wie der seine, und das innere Aufleuchten und gleich wieder Erlöschen, nicht seine Bewegungen, dieser da bewegt sich lasch, das ist er nicht, das kann er nicht sein, und die Sonne wandert über den Horizont, und Aische beobachtet einen schwarzen Hund, der zielbewußt ins Wasser geht und sich von den Wellen umspülen läßt, und ein altes amerikanisches Ehepaar, er liegt auf dem Bauch, das Gesicht im Handtuch, sie steht ein Stück weit fort von ihm und redet aus der Entfernung auf ihn ein, der Hund kommt aus dem Wasser, sein Fell tropft, ohne sich zu schütteln trottet er heimwärts, ein Lachen um die Schnauze, die Amerikanerin ist wütend, was sie sagt, kann Aische von ihrem Platz aus nicht verstehen, aber sie hört die aufgebrachte Stimme und sieht die abgehackten Bewegungen, der Mann antwortet kurz angebunden in das Handtuch hinein, er hebt den Kopf nicht, und die Sonne ist weitergewandert, und Aische hat das Warten immer noch nicht aufgegeben und hält weiter Ausschau und entdeckt einen, der hockt im Sand am Meeressaum, schmaler Körper, Arme um die Knie geschlungen, alles stimmt, auch der Haarschnitt, und wieder dieses innere Aufleuchten, das diesmal nicht sofort erlischt, obwohl die Frage sich stellt, warum er nicht kommt, und es darauf eigentlich nur eine Antwort gibt, die Sonne blendet, wenn er es wäre, würde er kommen, er hat es gesagt, er hat es doch gesagt, und er sieht zu ihr herüber, sein Kopf dreht sich in ihre Richtung, mehr als einmal. Aufstehen, hingehen, dicht an ihm vorbei. Er ist es nicht. Andere Augen, kleine Augen. Weiter den Strand hinunter, um den Schein zu wahren, und schon melden sich Zweifel, vielleicht waren es doch seine Augen, vielleicht hat er sie nur zusammengekniffen, wegen der Sonne, die jetzt schon tief über dem Horizont steht, das amerikanische Ehepaar ist weg. Den möglichen Bappo behält Aische im Auge, und als er ins Wasser geht, muß sie hin. Er schwimmt, sie schwimmt. Er macht eine Andeutung, als wolle er sie anspritzen, das Wasser mit beiden Händen zu ihr hin, das könnte ein Zeichen sein, aber warum sagt er nichts? Aische kehrt zu ihrem Platz zurück, läßt den Sand durch die Finger rieseln und schaut aufs Wasser. Der mögliche Bappo sitzt wieder am Meeressaum, Arme um die Knie geschlungen. Es läßt ihr keine Ruhe. Sie muß wieder aufstehen und ein zweites Mal an ihm vorbeigehen, noch dichter als beim ersten Mal. Er schaut weg. Der gleiche Körper, die gleiche Haltung, der gleiche Haarschnitt, aber es ist ein anderer, und so wie der den Kopf abwendet, hat er gemerkt, daß sie etwas will, und hat Angst bekommen, kann nicht wissen, daß sie *von ihm* nichts will, so wie Aische in jenen ersten Tagen nicht wissen konnte, daß Bappo nur einmal im Jahr schwimmen geht, und zwar am 25. Juni.

Auch das war in einem anderen Leben gewesen, in jenem wunderbaren Leben, in dem Aische, als sie sich nach dem vielen Warten, Suchen und Verpassen endlich begegnet waren, einen kleinen Schlag im Magen verspürt hatte.

I went there three times but you were not there.

Aische, die gerade mit Eifer in die Schule der Grazien ging, sagte nicht, daß auch sie ihn gesucht und nicht gefunden hatte.

You want to look at Venice by night, see all the lights?

Schon auf der Fahrt zur Piazzale Roma etwas wie Stummheit, der Faden gerissen, das Schweigen ein getrenntes Schweigen. Vergeblich versuchte Aische, den Faden neu zu knüpfen.

Auf der Piazzale Roma stiegen sie in seinen Wagen.

Aische saß da mit den beiden Enden in der Hand, und draußen zog die neonbeleuchtete Ponte della Libertà vorbei,

Bogenlampen, die Aische nicht wahrgenommen hatte, als sie hier entlanggelaufen war, und in Mestre ein kurzer Blick auf die bunten Lichterketten über dem Zirkuszelt in der Ferne. Vom Zirkus wollte Bappo auch nichts hören und kein Reden mehr über den Mond und daß alles mit allem verwandt ist, der Baum mit den Menschen und die Menschen mit den Steinen. Und vom Zattere Musik und Gelächter und Aische auf ihrem Schmerzenslager empört, daß die da unten lachen, während sie hier oben liegt, dem Tode näher als dem Leben.

Er hielt den Wagen an. Don't run away. Er stieg aus und verschwand. Aische sah auf den nachschwingenden Zündschlüssel und dann aus dem Fenster auf das Schild *Farmacia,* mach die Augen zu und stell dir vor, das gefiel Aische nicht, sie stieg aus, er kam zurück, sie stiegen wieder ein, a pill for my stomach, zu viel Magensäure, aber die Oma hatte auch immer Magenschmerzen gehabt, und Aische wußte, daß man bei Magenschmerzen keine Pillen nimmt, hoffte jedoch, daß in Italien alles anders ist, konnte das nur leider nicht glauben, und das Flämmchen, das die ganze Fahrt über bloß noch schwach geflackert hatte, erlosch.

Er hielt am Straßenrand. Sie stiegen aus. Er deutete auf die Lichter von Venedig. I come here even alone. Stell dir vor, du hast keinen Boden unter dir, eine Pille für seinen Magen, und die unberührte Insel im Meer, ihre Insel mit dem Billardtisch, um den herum Aische schon heimlich ein Haus gebaut hatte, war eine alte, oft gebrauchte Insel voller Schrott und Abfälle, vor allem benutzte Kondome lagen dort herum –

man needs woman, woman needs man.

Die Insel hatte ausgedient. Eine träumerische Drehung, er zog ihre Hüften zu sich heran und rieb versonnen seinen Unterleib an ihr. Am Zattere plötzliche Stille, nur das leise Schwappen des Wassers – eine überlaufene, längst entzauberte Insel, auf der schon so viele andere gelegen hatten, auf jedem Zollbreit Boden. Manchmal kam ein Auto vorbei, dann traten sie ins Dunkel. Er zündete sich eine Zigarette an, hustete laut, ging ein paar Schritte weg, um sich auszuhusten mit gekrümmtem Leib. Seitdem das Wissen, wie das ist, wenn ein Mann zu einer Hure geht. Es war nicht einmal ein Feldweg. Sie standen am Straßenrand, das Land war eingezäunt. Sie lehnten am Wagen, er stieß sich leicht ab, trat mit dieser beinahe träumerischen Drehung vor sie hin, umfaßte ihre Hüften mit beiden Händen, zog sie zu seinen Hüften heran, rieb seinen Unterleib an ihr, ohne Eile, lehn dich zurück, und Aische lehnte sich gehorsam zurück und sah den Himmel über sich, Bappos Mond und seine Sterne.

Sie waren an seinem Vögelplatz angekommen, und Aische war abgetörnt, total abgetörnt. Er hatte mit vor der Brust verschränkten Armen vor ihr gestanden wie sein eigener Wächter, und sie hatte seine Arme genommen und um ihren Leib gelegt, aber gestreichelt hatte er sie trotzdem nicht. Sie hatte seinen gespannten Rücken gestreichelt, that's from all the worries. Und auf einmal hatte er eine Frau und eine Geliebte, seit Jahren, she is married. Achselzucken. Do you love her? Achselzucken. I like her. She ist married. Hand an der Autotür. The others come and go.

This is nothing for me.

Ein jeder hatte seine Autotür geöffnet, und beim Einsteigen hatte er gesagt, sorry, I never lie.

Aische saß neben ihm mit einem Brustkorb voller Schmerz, und er griff nach ihrer Hand und hielt ihre Hand auf dem Rückweg über die Ponte della Libertà und ließ erst los, als sie auf der Piazzale Roma ankamen.

Es war der Anfang gewesen und nicht das Ende. Bappo spann einen neuen Faden und reichte ihn zu Aische hinüber. Ihre Hand streckte sich von alleine aus. Fallenlassen konnte sie ihn nicht. Seine Mutter hatte Hühner. Eines wurde sieben Jahre alt. Als es starb, begrub er es, und die Mutter weinte. Und Aische konnte nicht mehr schlafen.

Du brauchst einen Mann ins Bett, das entspannt auch.

So einfach ist das nicht.

Schätzchen, machs, aber halte dein Herz fest. Nimm es in beide Hände und halte es gut fest.

Sein Herz kann man nicht festhalten.

Tausend Ängste wohnen in eines Menschen Herz.

Im Bett liegen und nicht schlafen können und war doch abgetörnt gewesen, total abgetörnt, in der Sonne gesessen, nichtsahnend, sagte Lotti rauhstimmig: Die Wirtin vom *Paradiso* ist an der Krankheit gestorben. Bappo war ihr Lover. Vielleicht hat er sich angesteckt.

Abgetörnt.

Die Krankheit.

Nichts mit zu tun haben.

Die andern waren schon woanders.

Aische wieder am Bootssteg, an jenem ersten Abend, an dem alles angefangen hatte. Vom Sterben hatte Bappo da gesprochen, mehr als einmal, when I'm going to die.

Die Krankheit.

Abgetörnt.

Die andern waren schon woanders. Amalie wußte etwas, das nicht jeder weiß, aber es stimmt. Die Krankheit kommt aus den Verliesen des Vatikans. Dort gibt es ein Labor. In diesem Labor hat der Heilige Vater den Virus kreieren lassen. Warum? Um der Lust endlich einen Riegel vorzuschieben. Und dann hat er einen schwulen Priester dazu bestimmt, ihn in die Welt hinauszutragen, geh mit Gott, mein Sohn.

Abgetörnt nach Hause gegangen, ins Bett gelegt, schlafen wollen und nicht können, ins *Paradiso* geh ich nicht mehr, da geh ich nicht mehr hin, so lasse ich mich nicht behandeln, das mache ich nicht mit, das lasse ich mir nicht gefallen, und endlich aufstehen, aufspringen, den Dibbuk im Leib, was die Oma dazu gesagt hätte, wußte Aische: Wie kann man nur so verrückt nach einem Kerl sein? Wie, das wußte Aische nicht, aber daß man kann, das wußte sie, wenn sie schlaflos lag und spürte, wie er in ihrem Blut kreiste, und selbst als sie einmal nach Hause gekommen war vom Bootssteg und in ihr Bett gegangen war, so menschenleer wie das von Amalie, und plötzlich die Vorstellung, daß er sich jetzt neben seiner Frau ins Bett legte, Abend für Abend von Aische zu Mutti ins Bett, hatte der Dibbuk sich nur für eine Weile verkrochen und war dann wieder zum Vorschein gekommen und hatte sie nicht schlafen lassen, Mienz und Maunz die Katzen hoben ihre Tatzen, leg die Streichhölzer weg, es brennt ja schon, und endlich aufstehen, aufspringen, mal sehn, was er macht, sich wieder anziehen, zum Vaporetto eilen, mit dem Dibbuk im Leib, der nur in sie gefahren war, um sie zu ihm hinzutreiben, es konnte gar nicht schnell genug gehen, und dann lässig auf die offenen Türen des *Paradiso* zuschlendern und schon von weitem angestrengt Ausschau halten nach einer schmalen Gestalt mit schnellen, unverschämt selbstsicheren Bewegungen, und dann entweder der unsichtbare Freudensprung oder das innere Verlöschen und, Hände in den Hosentaschen, hinein ins *Paradiso,* und wenn er da ist, nicht gleich zu ihm hinschauen, den Schein muß man wahren, aber nicht lange, bald treffen sich die Blicke, quer durch den Raum, und die Musik dröhnt, *baby, don't hurt me don't hurt me no more,* und über der Theke läuft der Fernseher, und an der Theke telefoniert einer, und auf dem Billardtisch rollen die Kugeln, Fenster und Türen stehen offen, und Paare kommen und gehen, die Jungs ziehen ihre Mädchen an der Hand hinter sich her, und Aische, von den ersten bis zu den letzten Tagen auf einem der weißen Plastikstühle, hat nichts zu tun, als zu schauen, zuzuschauen, wie die Jungs an der Theke stehenbleiben, die Mädchen hinter sich an der Hand, einen Freund begrüßen, weitergehen und dabei das Mädchen mitzerren, ohne sich auch nur ein einziges Mal nach ihr umzublicken, und die Freundin des Barmanns hockt, den nackten Rücken leicht gekrümmt, an der Theke, und Terry der Ire küßt den Frauen die Hände, wo hat er das gelernt? und ein Straßenköter steht sehnsüchtig in der Tür, und Wayne schlingert sturzbesoffen um den Billardtisch herum, und die Kugeln rollen, und ein Baby schaut mit erstaunten Augen, wird von einem Frauenarm zum andern gereicht, in der Luft geschwenkt, verzieht das Gesicht, und die schwarze Kugel rollt, das Spiel ist gewonnen, das Spiel ist verloren, die Gegner reichen einander die Hände, der Verlierer lächelt. Ein neues Spiel beginnt, einer baut auf, der andere macht den Anstoß, der Hund setzt versuchsweise eine Pfote in den Raum, und der verrückte Giorgio döst auf der Bank vor sich hin, er trägt die Baseballmütze mit dem Schirm im Nacken, und der verrückte Angelo, der seinen großen schweren Körper ruhelos durch das Viertel schleppt, rastet für einen Augenblick an der Theke, und der Typ telefoniert noch immer, so, wie er redet, und so, wie er lacht, ist eine Frau am andern Ende der Leitung, und der verrückte Giorgio winkt dem verrückten Angelo und klopft auf den leeren Platz neben sich, und der verrückte Angelo steuert mit stierem Blick auf die Bank zu und läßt sich neben dem verrückten Giorgio nieder, und Giorgio patscht auf Angelos Rücken herum, sonst schlägt er kräftig zu, auf jeden erreichbaren Rücken, in jede ausgestreckte Hand, heute ist er benommen, kann nur noch tätscheln, Angelos Rücken betatschen und beklopfen, aber Angelo mag das nicht, er macht ein dumpf leidendes Gesicht, und der Typ telefoniert noch immer, und das Baby schmiegt den Kopf an die fremde Brust, und der verrückte Angelo steht auf, um leicht schwankend den Raum zu durchqueren und sich auf einem der weißen Stühle niederzulassen und von dort aus dem verrückten Giorgio eine abwehrend wedelnde Hand entgegenzustrecken, mit mir nicht. Und die Musik dröhnt, und der Fernseher läuft, und jeder umrundet den Tisch auf seine Weise, überlegt, zielt und trifft oder trifft nicht, jammert auf oder nicht, manche lachen, wenn sie danebengeschossen haben, und derjenige, um dessentwillen Aische da ist und zusieht, hebt nur die Augenbrauen und zieht sich zurück, um dem Gegner Platz zu lassen, wartet, leicht auf das Queue gestützt, und zwinkert Aische zu, und Aische vergeht auf ihrem weißen Plastikstuhl neben der Tür des *Paradiso.*

I won ten games.
You played like you were flying.
That was because of you.
Because of me?
Because you came.
Er wollte, daß sie da war.
You are late.
Nur dieser eine Satz mit dem Queue in der Hand in der offenen Tür des *Paradiso*, und schon hatte er sich umgedreht und wieder dem Spiel zugewandt.
Er wartete auf sie.
I went there three times to look for you.
Er kannte alle, und alle kannten ihn, aber er wollte, daß Aische da war und zusah, wie er spielte.
You are late.
Die Uhren gingen nach ihm.
Es war selbstverständlich, daß Aische wartete, bis er an der Reihe war, wartete, bis er zu Ende gespielt hatte, und wenn er nicht da war, war es selbstverständlich, daß Aische auf ihn wartete, und Aische wartete und konnte nichts sagen und nichts machen, nur schauen, und die Männer bekamen Körper, und jeder bewohnte den seinen auf seine Weise, und Aische sah hin und dachte an Bappos Hände, große, schrundige Hände, und wollte dem alten Kuddelwascher nicht glauben … *nichts haben wir, nur das Wort.* Ohne einen Körper, in den das Wort fahren kann, ist das Wort nichts. Und ins *Paradiso* geht man nicht zum Reden. Aische wartet, und die Männer bekommen Körper – nichts zu tun als zu schauen, wie sie um den Tisch herumgehen, stehenbleiben, sich bücken, um die Lage der Kugeln zu prüfen, das Queue ansetzen, zielen, zustoßen und der Kugel zusehen, wohin sie rollt, und wenn sie nicht dahin rollt, wo sie sie haben wollen, klopfen sie zum Zeichen der Wut mit dem Queue auf den Boden oder drehen sich mit schmerzverzerrtem Gesicht um die eigene Achse, unbefangene Körper, die, dem Spiel hingegeben, weit aus sich heraus-

gehen, und Körper, die Festungen sind aus Fleisch und Haut, untersetzte Körper, beweglich und mit leichtem Schritt, und Körper, die schwer über den Boden trampeln, und Körper, die Wärme verstrahlen, und Körper, die ausgebrannte Ruinen sind, Einsturzgefahr, aber gewinnen wollen auch sie, gewinnen wollen sie alle, die Männer und die eine Frau, die keine Frau sein will, den weiblichen Leib in Jeans und Weste gezwängt, unter einem weißen Cowboyhut, der sagt, hier kommt ein Mann, alles sagt, hier kommt ein Mann, der gereckte Mittelfinger sagt, hier kommt ein Mann, und die Zigarette im Mundwinkel sagt, hier raucht ein Mann. Und Bappo kennt sie alle, das *Paradiso* ist sein Wohnzimmer, in dem die Verwandtschaft ein und aus geht, und die Nachbarn, die ihr Leben hier verbracht haben, er kennt sie alle, und sie kennen ihn, und Aische kennt niemanden, nur ihn. Mach die Augen zu und stell dir vor, du bist auf einem fremden Planeten ausgesetzt, allein, du weißt nicht, unter welchen Gesetzen *sie* leben, du verstehst nichts, und du kannst nichts tun als hören und schauen wie ein gerade geborener Säugling. Und niemand da, der dir die Neue Welt erklärt, mußt selber sehn, wie du zurechtkommst, und die Musik dröhnt, und der Fernseher läuft, und die blonde Freundin des Barkeepers erscheint in einem ihrer hautengen Kleidchen, und Terry der Ire sagt, you look good today, und das Mädchen lächelt huldvoll und neigt sich ihm zu, bereit, mehr entgegenzunehmen. Sie standen in der Tür, Terry der Ire und die Blondine. Sie kam, er ging. Sie verharrten in der Tür, und er sagte etwas über ihr Kleid, und sie verwandelte sich in ein Schulmädchen, das mit beiden Händen am Rocksaum zerrte, um die bloßen Schenkel zu bedecken, und Terry sagte, like a Parisian whore. Ihr Lächeln erstarb. Sie sah Aische an – jetzt erst, da sie eine Verbündete brauchte, sah sie Aische an, aber Aische mied ihren Blick, und Terry wiederholte, like a Parisian whore. Und die Musik dröhnt, und der Fernseher läuft, und die Kugeln rollen. Ein ganzes Leben lang hat Bappo an diesem Tisch gespielt, in diesem Viertel, in dem seine Mutter wohnt und seine Frau, seine Kinder, die schon keine Kinder mehr sind, und seine Geschwister mit ihren Ehefrauen und Ehemännern und die Geliebte mit ihrem Ehemann. Achselzucken. I like her. Achselzucken. She is married. Daß es das Heideröschen war, wußte Aische, seitdem sie ihn still neben dem Heideröschen hatte sitzen sehen, ihn, der sonst nicht stillsitzen konnte, immer in Bewegung, mal an der Theke, mal an der Tür, einen ganzen Abend lang still neben dem Heideröschen. Aische sah die Eintracht der beiden und wußte Bescheid.

Das Heideröschen war Aische zuerst am Strand aufgefallen, wo sie verbissen ihre Übungen machte, eine verblühte Blondine mit bitteren Zügen, und Aische kannte Bappo schon gut genug, um zu wissen, daß keine Frage aus ihm herauslocken würde, ob sie richtig gesehen hatte. An jenem Abend keine leichte Kopfbewegung zur Tür hin, kein unmerkliches Nicken. Sonst war es so, daß er zuerst ging und sie eine Weile wartete. Ohne ihn war der Raum anders. Sie wartete mit dem Wissen, daß sie ihn gleich treffen würde, und verbarg die Freude hinter einem gleichgültigen Gesicht, und wenn sie zurückkamen vom Bootssteg, wobei immer er es gewesen war, der hatte gehen wollen, schon in den ersten Tagen, dann sagte er an der Ecke, you go here, oder er schob sie einfach in eine Richtung und schlug selber die andere ein. Sie gingen getrennt, und sie kamen getrennt zurück, als hätten sie nichts miteinander zu tun.

Es war das erste Mal, daß Aische ein Geheimnis mit einem Mann hatte, und er erzählte ihr von den Adlern in Alaska, die hoch oben in der Luft die Krallen verschränken, Männchen und Weibchen trudeln mit ausgebreiteten Schwingen zu Boden und lassen erst kurz vor dem Aufprall los. Für ihn war die Heimlichtuerei ein oft geübtes Spiel. Sie gehörte zum Leben auf seinem Planeten. Für Aische war das etwas Neues, und sie fand Gefallen daran, solange das Heideröschen nicht da war.

Wenn das Heideröschen da war, gab es keine Aische mehr für Bappo, gnadenlos überließ er sie der Hundemeute, die sich in ihr Herz verbissen hatte. Kein Anblick war Aische so verhaßt wie der des Heideröschens. Abgesehen von Karate Muschi, war das Heideröschen die einzige Frau im *Paradiso,* die Billard spielte, und Aische haßte die Art, wie sie gemessenen Schritts um den Tisch herumging. Ihr Mann war der Graf, und er war ein Tor, er schien nichts zu merken, und wenn sie eine Kugel versenkt hatte, zeigte sich eine kleine freudlose Befriedigung um ihre Mundwinkel. Am meisten haßte Aische sie an einem Samstagabend, als sie ein wunderschönes Kleid trug und Bappo nicht einmal zu Aische hinschaute, die Blicke tauchten nicht ineinander, es gab keine Blicke. Bappo machte ein mürrisches Gesicht. Und Aische sah, wie das Heideröschen an seinem Vögelplatz unterm Mond willig den Rock des wunderschönen Kleides raffte. Since years. Reich war sie auch noch. Sie beugte sich zu ihm hin und sagte etwas. *Sie* durfte mit ihm reden. Aische durfte das nicht. Und er antwortete und blieb sitzen. Er sprang nicht auf. Er flüchtete nicht. Derselbe Mann, der Aische mit seinen kurzen Sätzen überrumpelte – ein kräftiger Tritt, und er war im Haus –, zeigte sich scheu wie das Wild im Wald, es hebt den Kopf, es wittert und flieht, es springt davon in großen Sätzen, und der alte Kuddelwascher sagt dazu: Wajiwrach Jajukew – und Jakob entfleuchte. Jedesmal, wenn Aische der vernähte Mund aufgegangen war und sie etwas ausgesprochen hatte, was sie noch vor kurzem kaum zu denken gewagt hätte, sagte er entweder let's go oder andiamos, zurück ins *Paradiso,* an die Sicherheit des Billardtischs.

Ohne Lottis Moischele hätte Aische nicht verstanden, daß Bappo flüchtete.

In der Schule der Grazien lehrte Lotti, daß Moischele das wußte, weil er selber ein Mann ist. Glaubst du, der gibt mal was zu?

Unter den Fittichen ihrer Freunde wuchs Aische über sich hinaus und sagte: So nicht. Und Bappo hatte darauf nur eine Antwort: We do it my way. Stur wie ein Esel, der die Beine in den Boden stemmt und durch keine Schläge und keine guten

Worte dazu zu bewegen ist, auch nur einen Schritt weiterzugehen. We do it my way. Und Aische sagte hilflos: No, ausgesetzt auf seinem Planeten. My way. Das Spiel wurde nach seinen Regeln gespielt. Aische hatte nur die Wahl, hinzugehen oder wegzubleiben.

Where were you?

Home.

With whom?

Und Aische hatte gelernt in der Schule der Grazien, verlor kein Wort darüber, daß sie leidend in ihrem Zimmer gelegen hatte, sterbenskrank, halbtot, von einer furchtbaren Schwäche befallen, kaum fähig, sich zu rühren.

I want you so much, I can hardly walk.

Die Schwäche in allen Gliedern, eine Art Lähmung, mit der sie auf ihn gewartet hatte, einen ganzen Nachmittag lang, und sein Kommen gefürchtet und mehr noch sein Nichtkommen gefürchtet und am meisten sein Gehen gefürchtet, das Alleinzurückbleiben in dem wieder menschenleeren Bett, wenn er aufgesprungen und gegangen sein würde, weil er zum Essen zu Hause sein mußte, allein zurückbleiben, und er geht heim und ißt sein Abendbrot, als ob nichts gewesen wäre, und vielleicht läuft der Fernseher, und vielleicht denkt er darüber nach, ob ihn jemand gesehen hat.

I've had a lot of bad times because of women, und in der Schule der Grazien lehrte Lotti, daß Don Juan die Frauen nicht geliebt hat.

Aber gewartet hatte Aische trotzdem, einen ganzen Nachmittag lang in ihrem Zimmer am Giudecca-Kanal, und auch an jenem unseligen Tag war auf dem Zattere Musik gewesen, Gelächter und Möwenschreie und das Schwappen des Wassers gegen die Kaimauer, und am Abend war Aische zum Lido gefahren, aber er war nicht aufgetaucht.

Aische war wieder mal fertig mit ihm gewesen, vollkommen fertig. I'm sorry. Irgendeine glitschige Ausrede.

Er hatte sie sitzengelassen, und das Gefühl war weg gewesen, und Aische hatte in aller Ruhe mit den Grazien und Dorian Grünbein, genannt Doris oder der Götterliebling, in der Abendsonne gesessen, und Doris und Gretel hatten Grappa getrunken, viel Grappa, weil sie beide vom Land kamen, Doris aus einem Gasthaus, in dem er mit Vater und Mutter in der Küche lebte, und der Vater streckte die Beine von sich und erklärte, was der Meischter sagt, isch rächt, und die Mutter briet die Schnitzel für die Gäste draußen in der Gaststube, und wenn es in der Küche Krach gegeben und die Mutter geheult hat, holt sie ihr Taschentuch aus der Schürze, wischt sich die Tränen weg, putzt sich die Nase und öffnet mit einem Grüß Gott allerseits die Tür zur Gaststube.

Die Mutter macht die Arbeit im Haus und die Arbeit in der Gastwirtschaft und die Arbeit im Garten, und der Vater trägt den Sau-Eimer mit den Essensresten hinaus und kümmert sich um seine Bienen, und als er den Sohn mit einem Jungen im Bett erwischt, holt er die Mistgabel, um ihn totzumachen.

Doris mußte sich tagelang in seinem Zimmer einschließen. Hunger und Einsamkeit trieben ihn schließlich in die Küche zurück. Schweigend wurde die Suppe ausgeteilt, schweigend die Suppe gelöffelt, das Schweigen erfüllte die Küche bis in den letzten Winkel. Da legte der Vater den Löffel weg und verkündete: Es wird nit hinneni geschtupft in meim Hus.

Sie saßen auf dem Campo Santo Stefano, die Sonnenschirme warfen langstielige Schatten, und Moischele sang das Lied vom Lernen, für dich, mein Chenponemche, ihr werd Kinder älter wern, werd ihr allein verstejn, wieviel in die Ojses (das sind die Buchstaben) liegn Tränen un wieviel Gewejn, und es war Frieden in der Welt, und Aische war frei von dem Dibbuk, und Gretel ging aus sich heraus und erzählte von ihrem Dorf, da läßt keiner ein Fürzchen, und Doris der Götterliebling nickte, ohne daß die andern es hören, und Gretel strich sich eine Haarsträhne aus dem Gesicht und sprach vom Leben auf dem Lande, und ihr Gesicht war klar und ruhig, und Aische sah zum ersten Mal, daß sie Sommersprossen hatte. Fast ein halbes Jahrhundert lang Witwe, den Mann hatte sie nur drei Jahre, wir waren uns einig. Sie hatte schon viele Grappas getrunken, aber sie sprach so leise wie immer, davon, wie das ist auf dem Lande, ein Schwätzchen hier und ein Schwätzchen da, über die Kälte, die den Obstbäumen schadet, oder die Trockenheit, was das noch geben soll, über alles und jedes, nur nicht darüber, wie dir ist, daß dir zum Heulen ist, daß du nichts mehr willst als nur noch heulen, aber du weißt, wenn eine es weiß, wissen es alle. Ich war schon halbtot, da hab ich mich auf den Weg gemacht, solln sie sich die Mäuler zerreißen. Ihre Schwester war entsetzt. Das kannst du nicht machen, mach dich nicht lächerlich, du machst dich zum Gespött der Leute. Die Schande, hat die Schwester gesagt, und Schande ist schlimmer als alles, was dir geschehen kann, auf dem Land ist das so. Was die Leute sagen, ist wichtiger als die eigene Not. Du mußt mit ihnen leben, und sie mögen es nicht, wenn du dir Freiheiten nimmst. Gretel hatte sich auf den Weg gemacht, und ihre Schwester hatte gesagt, du bringst Schande über die Familie. Einst war es ihr Mann gewesen, Schande über Schande, ein Deserteur in der Familie, und die Schwester hat gemeint, er hätte an uns denken müssen, das hätte er nicht tun dürfen. Er hätte dran denken müssen, was er uns damit antut. Jetzt haben wir einen Schandfleck in der Familie, schämen sollte er sich, in Grund und Boden. Gretel trank den nächsten Grappa und sagte nüchtern: Er konnte sich nicht mehr schämen. Er war tot. Sie haben ihn erschossen.

Die Schwester hat ihren Mann noch. Letztes Jahr ist er achtzig geworden, und die Enkelin hat geheiratet, das haben sie zusammen gefeiert, damit die Verwandtschaft sich nicht zweimal die Schnut tunken kann. Es gab Würstchen und Kartoffelsalat. Beim Kartoffelschälen fing die Schwester wieder an, von wegen schämst du dich denn gar nicht, und da hat Gretel zum ersten Mal den Mund aufgemacht. Ich will dir mal was sagen, von dir lass' ich mir nichts mehr sagen. Vier Wochen später wurde sie von der Autobahnpolizei aufgegriffen, von jungen Beamten, die dachten, sie hätten es mit einer Verrückten zu tun, balla balla, ich konnt grad sagen, was ich wollt. Sie fragten nach Verwandten. Gretel nannte die Schwester. Sie riefen bei der Schwester an. Die Schwester regte sich auf, um Gotteswille, siehst du? das hast du jetzt davon! Gretel ließ sich nicht aus der Ruhe bringen. Sag ihnen, daß ich das jedes Jahr mach, sag ihnen, daß ich wegmach, wenn der Sommer kommt, und Gretel strich sich die Haarsträhne aus dem Gesicht und lächelte, is meine kleine Eskabaad. Plötzlich war die Leidenschaft für Bappo wieder da, und Aische fragte sich entsetzt, wo das jetzt wieder herkam, dieses unselige Liebesgefühl, das ihr schon so viele Schmerzen bereitet hatte, aus welchem Loch war es gekrochen?

Der Dibbuk war wieder da, und mit der Erkenntnis, daß sie innerlich voller Mauselöcher war, in denen sich alles mögliche verkriechen konnte, schwand Aisches Frieden dahin, und aus den Mauselöchern wurden Fuchsbauten, und aus den Fuchsbauten wurden Bärenhöhlen, in denen sich die gefährlichsten Ungeheuer versteckt halten konnten, und Aische bekam es mit der Angst und drohte Bappo, ihm den Hals umzudrehen, und er sagte, I'm afraid of you, und selbst wenn auch das eine Lüge war, wollte sie ihm die gerne glauben, weil sie, wenn er Angst vor ihr hatte, weniger Angst vor ihm zu haben brauchte.

Sie wurde übermütig und zahlte ihm das Heideröschen heim, streckte irgendeinem Fremden die Hand hin, my name is Aische, what is your name?

Jack war allein und betrunken, und er hatte einen Tick, ein Zucken über der Oberlippe. Aische neigte sich ihm zu, und er fragte, do you know, what I mean? Weil nämlich seine Frau ihn nicht verstand, und Aische sagte, yes, I know, und Bappo sah sie vorwurfsvoll an, und sie sah Bappo trotzig an, und es war kein Stuhl mehr frei, und Jack ließ sich auf die Knie nieder. Bappo verpatzte einen Stoß, und Jack sagte, daß einem erfahrenen Spieler so etwas passiert, und wechselte von einem Knie auf das andere. Seine Frau wollte, daß er heimkommt und das Haus anstreicht, und Aische mußte mal, schon seit einer ganzen Weile, wollte bleiben, solange der Typ kniet, soll Bappo sehn, und Bappo sah und warf ihr einen langen Blick zu, den sie über Jacks Kopf hinweg erwiderte. Es gefiel ihr, daß es ihm nicht gefiel, wie der Typ neben ihr kniete.

Auch der nächste Stoß ging daneben.

Bappo hatte seine Jacke genommen und war gegangen, und Aische war grimmig befriedigt zum Zattere zurückgefahren.

Im Traum hatte sie an sich hinuntergeschaut und gesehen, daß ihre Haut nicht ihre Haut war, und sie ausgezogen, so selbstverständlich, wie man sich am Abend entkleidet. Sie war geschlüpft und hatte die Flügel entfaltet und etwas von dem Glück der Nacht mit in den Tag genommen und gelacht, nur gelacht, als Amalie eine Lektion begann: Männer und Frauen sind natürliche Feinde.

Aische war voller Liebe für Bappo, nichts als Liebe, alles andere vergessen. Amalie merkte, daß Aische nicht hören wollte, und wurde unangenehm. Die Lektion zog sich endlos in die Länge. Amalie ging bis zu Adam und Eva zurück. Es war Adam, der seine Schlange ausgesandt hat, Eva zu verführen. Er hat sie von seinem Körper abgetrennt zu Eva ausgeschickt, und hinterher hat er gesagt, daß es ihre Schuld war. Und vom Zattere tönt Musik herauf und das lustvolle Kreischen eines Babys. Die ersten Tage sind nicht wie die letzten. Musik und in Abständen das Juchzen, der Aufschrei, in dem Seligkeit und Angst zusammenkommen, fällt er in den Graben, fressen ihn die Raben, fällt er in – my way, eigensinnig, my way, und so sicher, daß Aische ihre ganze Kraft brauchte, um gegen die Strömung anzuschwimmen, die sie davontragen wollte, my way. Ihren Bauchnabel hatte er berührt, draußen auf dem Bootssteg, what are you looking for?

Your navel.

Aische hatte den Bauch frei gemacht, und er hatte einen Finger in ihren Bauchnabel gebohrt.

Gesucht und nicht gefunden. My way. Er hatte seine Hände bei sich behalten, und als Aische mit ihnen hatte spielen wollen, hatten sie nur ein schwaches Lebenszeichen von sich gegeben, als seien sie schon sehr alt oder das Leben in ihnen tief verschüttet. Er hatte seine Schlange ausgeschickt und sich selber ferngehalten, verschanzt in seiner Festung, uneinnehmbar und aus grauem Stein in baumloser Landschaft in beängstigender Stille. Die Zugbrücke war nicht hochgegangen, das Tor hatte sich nicht geöffnet. Niemand, der sich zeigte. Leere Fensterhöhlen. Gesucht und nicht gefunden. Und draußen war es kalt, und ein Schweigen lag über allem. Das Tor blieb geschlossen, und hinter dem Tor blieb es stumm, und Aische hätte sich gerne in den Schnee gelegt, um sich zu wärmen. I'm dead. Die Zeit war stehengeblieben, und er hatte neben ihr gelegen mit diesem Tod in der Brust, alles dunkel, nicht der kleinste Widerschein eines Feuers. I'm dead. Aische glaubte ihm, weil er sie in seine Dunkelheit hineingezogen hatte. Stille am Zattere, nur das leise Schwappen des Wassers, I'm dead. Aisches Körper war verschwunden, die Welt in ihre Bestandteile zerfallen, es fehlte das, was sie zusammengehalten hatte.

Auch das war nicht das Ende gewesen.

Er brauchte nur einmal im *Paradiso* seine Wange an ihre Wange zu legen, und schon war sie von neuem entbrannt, hoffte, das nächste Mal würde es anders, und jetzt sagte selbst Amalie: Wie kann man nur so verrückt sein nach einem Kerl? Und in der Schule der Grazien begann die letzte Lektion.

Es gibt, sagte Lotti, eine Zeit zu hoffen und eine Zeit, die Hoffnung fahrenzulassen.

Aische wand sich unter den guten Ratschlägen, die auf sie niederhagelten.

Die erste sagte: Benutz deinen Verstand.

Die zweite sagte: Aufgeben ist auch eine Kunst.

Die dritte sagte: Da kann man nichts machen.

Und Amalie sprach weihevoll vom Loslassen.

Aische konnte sich nicht einmal freuen, als sie ihr gaben, was ihr noch vor kurzem als das höchste Gut erschienen war: einen Ausweis. Den Ausweis hatte Moischele besorgt.

Wie, sagte er, das ist meine Sache. Deine Sache ist es, deinen Vater zu finden.

Aische nahm den Ausweis und fuhr zum Lido. Das Heideröschen war da, allein, ohne den Grafen. Sie saß nicht an der Bar wie sonst, sondern auf einem von Aisches weißen Stühlen. Aische sah sie nicht an, und sie sah Aische nicht an. Beider Blicke auf den Billardtisch gerichtet, bis Bappo kam. Er stand in der Tür. Ihre Köpfe wandten sich gleichzeitig der Tür zu.

Sie saßen so dicht nebeneinander, daß Aische nicht sicher war, wen er mit seinem Blick und seinem Lächeln begrüßte.

Er durchquerte den Raum. Das Heideröschen bekam einen Kuß, Aische nur eine gleichgültige Hand und kein Blick und kein Wort.

Er sprach mit dem Heideröschen. Die Musik dröhnte. Aische verstand nicht, was er sagte, nur das Wort Mestre, das hörte sie deutlich.

Now?

Now.

Das Heideröschen schüttelte den Kopf. Aische saß da wie ohne Haut auf dem Plastikstuhl im *Paradiso,* und Bappo ging, nach einem Handwedeln in Aisches Richtung, und das Heideröschen drehte sich zu ihr um, und Aische sah in zwei haßerfüllte blaue Augen, und vom Zattere klingt ein sehnsüchtiges Lied herauf, von amore ist die Rede, und Aische schließt gequält die Lider und fragt sich, wie viele Menschen wohl vor wie vielen Festungen herumstehen und warten, Männer und Frauen, von Nebraska bis Feuerland, und gibt sich dem Trübsinn hin, bis ihr einfällt, was Lotti zum Abschied gesagt hat: Ein Schiff, das nicht fährt, kommt nicht im Hafen an.

Sie steht auf und packt ihre Sachen zusammen..

# XXIII

## Kein Zurück

Froh, der Enge entronnen zu sein, drehte Laura sich ein letztes Mal um. Sie sah den Einäugigen, der mit vor der Brust verschränkten Armen am Mast lehnte, und weit hinter ihm, draußen auf dem müde blauen Meer, ein einzelnes Segel, und hoch über ihm ein zahnloser Rachen, weit aufgesperrt, um die schwächliche Himmelsbläue zu verschlingen. Froh, der Enge entronnen zu sein, schaute Laura zu, wie das Maul sich schloß, unendlich langsam, der Enge und den Streitereien, die aufgeflammt waren nach Tagen der Eintracht, an denen nichts geschehen war, in Trägheit vergangen, man wußte nicht, wie, plötzlich wutentbrannte Männerstimmen, ohne erkennbaren Anlaß, mitten aus dem Frieden heraus maßlose Wut und Messer in Händen, die eben noch mit irgend etwas Harmlosem beschäftigt gewesen waren. In solchen Augenblicken hatte selbst der Pater geschwiegen und sich wie jeder, der nicht in die Keilerei mit hineingezogen werden wollte, nach Deckung umgesehen. Der Enge entronnen und den Streitereien, aber die Flöhe hatten sie mitgenommen.

Laura kratzte sich, und Therese kratzte sich, ein Bad wollten sie nehmen, eine Unterkunft suchen und ein Bad nehmen. Sie hatten gehört, daß es Bäder gab in Konstantinopel.

Boote kamen auf sie zu, beladen mit Waren oder Menschen, auf dem Weg zu den weiter draußen ankernden Galeeren, gerudert von Sklaven mit sonnverbrannten Gesichtern. Im Vorbeigleiten sah Laura in erloschene Augen, und für die Dauer eines Lidschlags hockte sie wieder mit Mariele im Unterholz und beobachtete den Zug der Sklaven.

Das Maul am Himmel war verschwunden, der Einäugige mit dem Mast verschmolzen. Über der Stadtmauer wölbten sich die ziegelrot schimmernden Brüste der Hagia Sophia.

Das Boot legte an. Es roch nach Fisch. Der Pater raffte die Röcke. In der Stadt läuteten die Kirchenglocken.

Laura und Therese verabschiedeten sich von den Wallfahrern, gute Wünsche für die Weiterreise nach Jerusalem, gute Wünsche für den Aufenthalt in Konstantinopel, Gott schütze euch – voller Ungeduld brachte Laura den Austausch von Höflichkeiten hinter sich. Von diesen Gesichtern hatte sie genug gesehen, froh, ihnen zu entrinnen, besonders dem vermaledeiten Kuttenhengst, am liebsten hätte sie sich umgedreht und wäre ohne ein weiteres Wort gegangen.

Therese war milder, wie immer. Seit jenem ersten Landgang hatten diese beiden Frauen, die dort, wo sie herkamen, getrennt durch Herkunft und Wesen, aneinander vorbeigelaufen wären, eine an der andern Halt gefunden, zunächst als Verbündete, die ein Geheimnis teilten, und dann, nach und nach befreundet auf der Grenzlinie zwischen den Frauen, die sie waren und den Männern, die sie darstellten, Harfner Haselpuselhart und Fidler Oswald von Tannenberg, Seite an Seite auf dem fast bewegungslosen Deck in den Tagen der Flaute, mehr schweigend als redend, und als mit dem aufkommenden Wind neues Ungemach am Horizont erschienen war, hatten sie wortlos ihre Angst geteilt.

Der Pater hatte eine Messe gelesen, eine Kiste am Mast diente als Altar, und Laura und Therese hatten mit den anderen gebetet und auf die Segel des Piratenschiffs gestarrt, und Therese hatte versprochen, Laura bei der Suche nach ihrem Mann zu den Muselmanen zu begleiten, falls sie mit dem Leben und als freie Menschen davonkommen würden.

Gedränge am Stadttor. Reiter auf dünnbeinigen Pferdchen, Männer mit Turbanen und langen Bärten. Esel und Karren und Mönche, ganz in Schwarz, alles fremd in dieser Fremde, nur ein vertrautes Gesicht.

Schweigendes Warten und Schauen.

Spürst du auch noch das Schwanken des Schiffs im Leib?

Nicken und wieder schweigen. Und warten. Vor jeder Grenze dieses gespannte Warten, das Weglaufen wollen, der Wunsch, zu Hause geblieben zu sein.

Ausschwingende Glockentöne und Hähnekrähen zwischen Mauern und Wällen, Wachtürmen und Gräben. Wind in den Bäumen. Abendliches Vogelzwitschern.

Gehen durch Licht und Schatten. Steinerne Ruinenruhe und Holzhütten, Holzhäuser, bröselnde Balken. Der Holzbock, sagte Therese, den Holzbock gibt es auch hier. Verfallende Dächer und eine Katze im Fenster eines Palastes, Schwanz um den Körper geringelt. Kirchtürme und durch verdorrtes Gras staksende Hühner und der krähende Hahn jetzt nah und in der Ferne andere krähende Hähne, vorbei an den Glotzaugen zum Verkauf ausgelegter Fische, über denen sich ein Palast erhebt mit Rundbögen und Balkons und Balkönchen. Abgeerntete Felder und Gärten, lange Schatten und plötzlich Leben und Läden, Händler und Kaufleute, Diener und Frauen mit Körben, Werkstätten, ein Hämmern und Klopfen, es wird gearbeitet, und dann wieder eine freie Fläche, die Stimmen bleiben zurück, die einzelnen Schritte eines eiligen Mönchs, und sehr weit weg das Hähnekrähen und von überall aus den unermeßlichen Räumen der Stadt das körperlose Hundegebell, das die Ruhe nicht aufhebt, diese merkwürdige Stille zwischen den belebten Straßen mit ihrem Wagenverkehr und Pferden und Eseln und Käufern und Händlerrufen wie an Markttagen, dörfliches Leben, wären da nicht die Paläste gewesen und die mehrstöckigen, von vielen Menschen bewohnten Häuser an weiten Plätzen, die Laura und Therese wie im Schlaf überquerten, aus der Zeit gefallen nach den Tagen und Wochen auf dem Wasser, wo nur die Bläue gewesen war, das Blau in allen Schattierungen und das Klatschen der Wellen und das Schlagen der Segel und Knarren der Wanten, aus der Zeit gefallen in ein Gewirr von unterschiedlichen Gebäuden aus verschiedenen Epochen in verschiedenen Stadien des Verfalls – nur eine Stelle, an der die Balken weggebröselt, gefressen, gefault sind, eine Schwachstelle, von der aus das ganze Gebäude zum Einsturz kommen wird, ein Loch im Dach, ein Löchlein oder eine klaffende Öffnung zum Himmel hin, die Regen und Sternengeflimmer einläßt in einstmals schützende Räume, deren Mosaikböden schon unter Schichten von Erde verschwinden, während die Wände noch eine Zeitlang die Geheimnisse ihrer ehemaligen Bewohner bergen und vielleicht ein wenig von ihrem Atem.

Eine Unterkunft finden. Die Flöhe loswerden. Essen. Aus einem verfallenden Kloster stürzt eine Schar von Gänsen auf sie los. Gereckte Hälse. Das Rot der aufgerissenen Schnäbel. Drohend schlagende Schwingen.

Laura und Therese flüchten durch das gelbe Gras.

Die Sonne ist untergegangen. Es scheint lange her zu sein, daß sie auf dem Meer gereist sind, lange her, daß einer aufgejault hat, er sei bestohlen worden, meine Hirse, du hast deine Hühner mit meiner Hirse gefüttert, mein Reis, meine Rosinen, meine Feigen, mein Zucker. Lange her, in einem anderen Leben. In diesem nur das unwirkliche Gehen in aufgehobener Zeit, alles zugleich und alles auf einmal, Felder, über die der Wind streicht, hinter Efeu-Vorhängen schlafende Paläste, Säulen und Reste von Säulen und Baumalleen, wo einstmals Säulen standen, Hütten und Häuser aus Holz mit Erkern, Balkons und Balustraden und überall die aus dem Körper der Stadt ragenden Kirchtürme.

Selbst das ausdauernde Hähnekrähen bringt keine Erinnerungen an zu Hause. Laura weiß nicht mehr um die Gräberchen auf dem Tannenberg, nicht mehr um Mariele und die

Abendschatten in dem Kindergesicht, weiß nichts mehr von Reue und Scham und Schuld. Alles ist abgefallen, das Gehen leicht, Bat Jam und Jehuda zurückgeblieben. Es hat sie gegeben, und es gibt sie nicht mehr, so wie es die Mutter Oberin nicht mehr gibt und keine Renata und keinen Kühlfraß. Irgendwo, weit weg, bei einem sagenhaften Emir namens Osman, geht einer in Ketten, ein christlicher Sklave, der Laura einmal sehr nahegestanden hat, Liebster, es wächst ein Baum zwischen deinen Brauen. Lange her ist das, der Baum alt geworden, mit dürrem Gezweig und Vogelnestern, Jahr für Jahr die hungrigen Schnäbel der Jungen, aber es ist nicht ihr Gepiepse, das Laura hört. Sie horcht all den verklungenen Stimmen nach, den unzähligen Stimmen von Menschen und Tieren, die einmal hier gelebt haben und so gegenwärtig sind wie das Hähnekrähen jetzt, das Bellen der Hunde und die unverständlichen Rufe der unbekannte Waren feilbietenden Händler.

Einmal sahen sie die Wallfahrer von Ferne. Unbemerkt war die Hagia Sophia wieder nahe gekommen. Von weitem sahen sie die Wallfahrer auf dem Platz vor der Kirche.

Da gehn wir jetzt nicht hin.

An den verfallenden Mauern der ehemaligen Kaiserstadt entlang. Aus dem bröckelnden Stein wachsen Storchenschnabel und weiße Winden. Der Duft nach Kamille und die sich im Wind wiegenden Bäume und Bäumchen, die fern der Erde Wurzeln geschlagen haben – bewegtes Grün zwischen dem Grau der reglosen Kirchtürme. Die Farben verblassen. Es dämmert. Die Mauer gibt Gurken und Feigen her. Laura und Therese bleiben stehen und folgen dem Weg der Risse mit den Augen. Ein Wachturm, gespalten, als wäre der Blitz eingeschlagen, ein breiter, zackiger Riß schräg durch das Gemäuer, unter dem vielleicht die Erde gebebt hat, oder es war die Zeit, nur die Zeit, möglich, daß dieser Turm schon vor tausend Jahren erbaut worden ist, als die Stadt ihren Namen bekam, Konstantinopolis, Stadt des Konstantin. Ein neues Rom wollte Kaiser Konstantin, weshalb sich die Bewohner der Stadt noch heute Rhomaioi nennen, Römer, obwohl sie doch Griechen sind und griechisch sprechen.

Aus einem Tor treten zwei Mönche im Gespräch. Ihre schwarzen Gestalten geben den Blick frei auf einen von Bäumen halb verdeckten Palast in der Ferne. Leere Fensteröffnungen zwischen schwankenden Blättern. Möglich, daß es dieser Palast war, von dem aus die byzantinischen Kaiser über das Reich und die Stadt herrschten, bis die Kreuzfahrer kamen und Konstantinopel eroberten und, nachdem sie gemordet, geschändet und ganze Stadtteile und ganze Bibliotheken in Flammen hatten aufgehen lassen, andere Kaiser einsetzten, die lateinischen, die lateinisch sprachen und dem Papst folgten, und als die Griechen, es ist erst ein paar Jahrzehnte her, ihre ausgeplünderte Stadt zurückerobert hatten, brannten sie die Häuser der Lateiner nieder und setzten wieder einen Patriarchen ein. Die Stadt in der Stadt aber mit ihren Palästen, Kirchen, Kasernen und Werkstätten ließen sie verfallen, arm waren sie geworden, konnten sich so viel Aufwand nicht mehr leisten, bauten andere, bescheidenere Paläste weiter im Norden. Stille. Weidende Schafe und ein in sich versunkener Schäfer.

Aus unverständlichem Stimmengewirr aufsteigende Händlerrufe, hoch hinaus in den wolkenlos dämmernden Himmel. Bald würde es dunkel sein. Eine Unterkunft finden, schlafen. Hoch und immer höher stiegen die Stimmen der Marktschreier, unterschiedliche Silbenfolgen, die alle mit ein und demselben Klagelaut endeten, einem herzzerreißenden *oiii*. Die Füße schmerzten. Auf dem Schiff hatten sie das Gehen verlernt. Den Mund weit geöffnet, entließ ein bärtiger Alter den Ruf für seine Früchte, ein rotgoldenes Häufchen von runzligen Paradiesbällen, und auch sein Ruf gipfelte in dem untröstlichen *oiii*.

An einer Mauer lehnte ein blinder Bettler, stumm und stumpf, die Innenseite der Hand nach oben ins Leere gekehrt.

Überall Hände. Hände, die herbeiwinken, zum Kauf einladen, auffordern, Hände, die locken und greifen wollen, und dazu einschüchternde Laute, die eigentlich Worte sind, nur nicht für Laura und Therese, und die Turbane und die Bärte und die Farben der Gewänder, alles ist bedrohlich, und überall furchteinflößende Gesichter. Man weiß nicht, was sie sagen, man weiß nicht, was sie denken, man ist ihnen ausgeliefert, sie sind hier zu Hause und kennen ihr Woher und Wohin und brauchen nur den Mund aufzumachen, wenn sie reden wollen, können fragen. Fragen stellen und Antworten erhalten. Wo man unterkommen kann. Essen. Trinken. Schlafen.

Laura spürte, wie ihre Beine mit jedem Schritt schwerer wurden. Von einer plötzlichen Müdigkeit befallen, schleppte sie sich durch das feindliche Gewühl, allem und jedem entfremdet, sogar Therese, die ein heiteres Gesicht machte und die zusammengebundenen Beine der Ferkel und Lämmer nicht zu sehen und den Fisch nicht zu riechen schien. Thunfisch. Er stank widerwärtig. Laura wurde übel. Ich kann keinen Fisch mehr sehen.

Stumme Erbitterung gegen Therese, die nicht darunter zu leiden schien, sprachlos dem Starren der Einheimischen ausgesetzt zu sein. Und keiner, den es kümmerte, daß sie ohne Wohin waren, hungrig, durstig und geplagt von den Flöhen, die Ruhe gegeben hatten, solange sie durch die verwunschene Stadt getragen worden waren. Keine Hand frei zum Kratzen und kein Auge für die Schönheit der Gewürzfarben, das in der Dämmerung leuchtende Rot großer und kleiner Schoten, das Gelb von Safran und Senf und die ins Braun hinüberspielenden Grüntöne des Pfeffers.

Therese strebte zu den Heilkräutern hin, da war etwas, worin sie sich auskannte. Kamille, schau, Kamille verwenden sie auch.

Das *sie* erinnerte Laura daran, daß es ein Wir gab und sie nicht allein war in der Fremde.

Die Farben wichen. Es wurde stiller auf dem Markt. Unschlüssiges Stehen am Rande.

Fragen. Man müßte jemanden fragen können.

Fragt mich.

Hinter ihnen stand ein Soldat. Er lächelte sie an.

Der Wind rauschte in den Bäumen. Es raschelte im Gras. Alle möglichen Tiere waren unterwegs. Ein Kaninchen, ein flüchtender Igel, ein Marder, mehr zu ahnen als zu sehen in der dunkelnden Stadt, in der die Geister hörbar wurden wie das Brausen des Meeres in einer ans Ohr gehaltenen Muschel.

Schweigend ging Laura neben Therese und ihrem stämmigen Retter her, der ein Landsmann der Hebamme war und Helmbrecht hieß.

Er kam aus dem Nürnbergischen und war schon lange fort und fragte und fragte, nach der Kirche für den Heiligen Sebaldus und dem Fährmann Knispel, ob die Pegnitz immer noch über die Ufer trete und ob es Murschel den Schmied noch gebe. Alles wollte er wissen, und wenn er es war, der redete, übertönte seine Stimme das Wispern aus den Palästen, den Kirchen und Klöstern.

Laura und Therese waren wortlos übereingekommen, ihm zu trauen. Ein Blick in sein Gesicht hatte genügen müssen, im Dämmerlicht des Marktes derbe Züge, wie aus Holz geschnitzt.

Ich bringe euch zum Chorakloster, da seid ihr gut unter.

Jetzt im Dunkeln war er nur noch Gestalt und Stimme, die laute Stimme eines Bauernbuben aus dem Nürnbergischen, der dem Kaiser persönlich diente.

Es war gut, einfach mitzulaufen, nebenherzugehen und nicht an jeder Kreuzung entscheiden zu müssen, wohin sich wenden.

Helmbrecht wußte den Weg und sprach zu Therese hin, die für ihn nicht Therese war und keine dem Scheiterhaufen entkommene Hebamme. Er sprach zu einem Harfe spielenden

Landsmann, der so fremd hier war, wie er selber es vor langer Zeit gewesen war, und dabei sah er die Stadt noch einmal mit den Augen des Neuankömmlings und zugleich mit der Sicherheit dessen, der sich auskennt und weiß, was er zu fürchten hat.

Der Kaiser liebt die Spielleute.

Helmbrechts Stimme dröhnte durch die Nacht. Laura beobachtete, wie die Geister sich verflüchtigten, während der Soldat von der Palastgarde erzählte, wir haben den Kaiser zu schützen und sonst nichts. Ausheimische sind wir, allesamt, Franken, Britannier, Russen, Türken, Alemannen. Keine Einheimischen. Das war hier immer so. Einheimische könnten zu Verschwörern werden, wenn ihr wißt, was ich meine. Und Laura sah, wie es sich zwischen den Bäumen regte, und horchte auf das Rauschen des Windes und dachte an die Nächte auf dem Meer und an den Sternenhimmel. Helmbrecht hatte nach der Meerfahrt gefragt. Keine Piraten?

Doch, sagte Therese und erzählte so leise, daß die Geister sich wieder hervorwagten, wie sie mit knapper Not entronnen waren. Und jetzt dämpfte auch Helmbrecht die Stimme. Seitdem der Kaiser die Flotte aufgelöst hat, werden sie fett. Der Emir von Aydin und der Emir von Mentesche. Fett sind sie geworden, verleiben sich alles ein, was nicht lebendig ist. Was lebt, wird umgebracht, und ab ins Meer. Oder auf den Sklavenmarkt. Da wünschen sie dann, nie geboren zu sein.

Er schien nicht zu merken, daß er wieder laut wurde und diesmal nicht nur die Geister verschreckte, sondern auch seine beiden Schützlinge, die an die angstvollen Stunden auf dem Schiff dachten, doch wußten, was sie ihrer Rolle schuldig waren: Angst haben nur Frauen, Kinder und Feiglinge. Das war das Gesetz. Längst hatte Laura begriffen, daß es nicht auf den Klang ihrer Stimme ankam, daß sie ruhig reden konnte und ihre Stimme sie nicht verraten würde, solange sie sich daran hielt, was bei *ihnen* galt: keine Angst, keine Tränen. Und plötzlich sehnte sie sich danach zu weinen, all die Tränen aus sich herauszulassen, die sich angesammelt hatten, seitdem sie wieder allein unterwegs war. Jetzt im Dunkeln war die Gelegenheit.

Sie ging ein wenig langsamer, hielt sich hinter Therese und Helmbrecht, aber ihre Augen blieben trocken, ein versteckter Salzsee, den sie selber nicht mehr auffinden konnte, schon zu verwachsen mit ihrer Rolle, als daß sie einfach hätte ausbrechen können, da machte es keinen Unterschied mehr, ob sie diese Rolle aus Not oder aus Neigung angenommen hatte.

Sie näherten sich einem weiten, von Fackeln erleuchteten Platz.

Noch immer ein paar Schritte hinter Therese und Helmbrecht, sah Laura, daß diese beiden, von denen der eine nicht wußte, daß er eine Frau an seiner Seite hatte, nebeneinanderher gingen wie ein altes Paar, das schon viele Wege miteinander gemacht hat: beide setzten sie die Füße mit dem ganzen Gewicht des Körpers auf den Boden, als müßten sie ein unsichtbares Schwanken der Erde ausgleichen; gemeinsam neigte sich die schmächtige Gestalt Thereses und die stämmige des Soldaten nach rechts und nach links und wieder nach rechts.

In der Mitte des Platzes blieb Helmbrecht stehen und deutete auf eine abgebrochene, angesengte Säule, machte ungelenk den Führer der Fremden, Therese zugewandt wie ein Mann zum andern, und Laura dachte an den Schäfer Gosbrecht, der auch so zu ihr geredet hatte, während sie auf dem Baumstamm hockten und seinen Käse aßen und schon etwas mitschwang, von dem er nicht wissen konnte, eine unhörbare, nicht mit dem Ohr vernehmbare Melodie, die Leid ankündigt, so man sich nicht rechtzeitig die Ohren verstopft, und konnte die Ohren nicht verschließen vor Helmbrechts über den abendlich belebten Platz dröhnender Stimme und schaute mit den beiden anderen auf den geschwärzt in den Himmel ragenden Stumpf.

Tausend Jahre alt ist diese Säule, aufgestellt von Kaiser Konstantin. Hoch war sie, höher als der höchste Kirchturm. Obenauf er selber, Konstantin der Große, untendrunter, tief vergraben in der Erde, die drei Heiligtümer, die seine Mutter einst aus dem Heiligen Lande gebracht: der Stein, mit dem Moses aus der Wüste Wasser geschöpft, die Axt, mit der Noah die Arche gebaut, das Messer, das Abraham seinem Sohn an die Kehle gesetzt.

Sie entfernten sich von dem Platz, gingen von neuem in die Dunkelheit hinein, jetzt alle drei nebeneinander, und Laura sagte, dem Vater im Himmel gehorsamer als dem eigenen Herzen, und Helmbrecht sagte, so soll es sein, und wandte sich Therese zu, ich möchte so gern mal wieder Schweinskopf essen, mit Sülze, schön saftig und nicht zu salzig, und Laura litt mit dem Knaben Isaak, dem Kind, das nicht wußte, wie ihm geschah, und sagte, ein Kind zu töten, was ist das schon für eine mutige Tat! und hoffte auf Therese, die so viele Kinder aus dem Schoß ihrer Mütter geholt hatte, doch Therese hatte nur Ohren für die Lebkuchen, nach denen es Helmbrecht gelüstete. Laura war allein mit der alten Geschichte, die auch sie einst so gehört hatte, wie sie sie hatte hören sollen, und vielleicht hätte sie den Glauben daran nie verloren, wenn sie zu Hause geblieben wäre, daheim hinterm Ofen, gepeinigt nur vom Gestank des Paters Konstantin und seiner fleischigen Hand, die sich auf die ihre legte, schwer und immer zu lange, während es Therese eher nach Selchfleisch verlangte, mit Kraut, sagte sie, und Laura tappte elend neben dem schweigenden Paar her und konnte nicht anders, als die Gedanken des Schäfers weiterzudenken, und hatte seine Stimme so deutlich im Ohr wie Thereses, die selbstvergessen von Hollertorte sprach: Hat er nicht selber geboten, du sollst nicht töten? Was ist das für ein Vater im Himmel, der sein eigenes Gebot außer Kraft setzt, wenn es ihm gefällt, und was ist das für ein Vater auf Erden, der bereit ist, den eigenen Sohn zu töten, um sich seinem Vater gefällig zu erweisen, und selbst wenn es nicht sein Sohn gewesen wäre, sondern nur irgendein Kind, ein häßliches und überflüssiges Kind, hätte Abraham Nein sagen müssen, Nein, hätte seinem Vater im Himmel widerstehen müssen, Nein, ich tue es nicht, und dieses Nein wäre das Ja gewesen zu seinem wehrlosen Sohn, dem Kind, das nicht weiß, wie ihm geschieht, den Kopf auf dem Opferstein, das Messer an der Kehle und über ihm ein großer Mann, und wenn Isaak auch nicht wußte, wie es sein würde, tot zu sein, so hatte er doch die Todesangst, konnte nicht wissen, daß der Vater droben seinem Vater drunten in den Arm fallen würde, mußte glauben, es werde geschehen, und sich fortan immer fürchten, immer leben mit der Erinnerung an das Messer, nicht in der Hand irgendeines feindlichen Fremden, sondern in der des Vaters, dem er vertraut hatte, und Helmbrecht sagte Speck, und Therese Schmalz, und beider Stimmen vereinigten sich in Mettwurst, während Laura sich fragte, wie Isaak wohl weitergelebt hatte mit diesem Wissen, mit der Erinnerung daran, daß dieselbe Hand, die ihm Halt gegeben hatte, als er seine ersten Schritte tat, dieselbe Hand, die ihn geführt und aufgehoben hatte, wenn er gestürzt war, und heilend über die Beulen gestrichen hatte, bereit gewesen war, ihn zu töten.

Therese und Helmbrecht waren bei Kutteln und Kohl angelangt, und Laura fragte sich, wie Isaak es gehalten hatte mit seinen Söhnen, ob er ihnen den gleichen Gehorsam abverlangt hatte, dem er zum Opfer gefallen war, und begriff, daß dies der Sündenfall war, dieser bedingungslose Gehorsam und nicht der Ungehorsam von Mann und Frau im Garten Eden, und sehnte sich nach dem Schäfer Gosbrecht, nach Halt und Zuflucht in seinen Armen, nicht ganz allein mit dem Grauen vor diesem Vater, der seinem Sohn diese Unterwerfung abverlangte, und diesem Sohn, der bereit war, seinen Sohn zu opfern wie ein Schaf, ihm das Leben zu durchschneiden um eines Befehles willen, warum? damit der Vater sich nicht von ihm abwende und seine Hand weiter über ihn halte, meinen Segen nur, solange du gehorchst, und sie dachte an

Sarah, die Mutter, die nicht gefragt worden war, die nicht vorkam in dieser Geschichte, und brauchte sich nicht zu fragen, was Sarah empfand, als ihr Mann ihren Sohn bei der Hand nahm, um ihn für immer aus dem Haus zu führen, hörte ihr Flehen und seine Stummheit, nicht zu erweichen, hatte seinen Befehl, mußte gehorchen oder wollte gehorchen, dagegen war alles Schreien machtlos und vergeblich alles Bitten, und so wird sie zurückgeblieben sein, weinend oder tränenlos, und alles, worin sie aufgewachsen war, zerfiel, da war nichts mehr, nicht einmal mehr die Angst vor Strafe, nur wieder einmal die Frage, wie das sein würde, wenn sie Konrad finden und auf den Tannenberg zurückkehren würde, zurück in den Schoß der Kirche, beten, als ob nichts gewesen wäre, beichten und beten, als ob nichts gewesen wäre, und sie wußte, wie schon einmal auf dem Schiff wußte sie wieder, und wieder nur für Augenblicke, daß es kein Zurück gab. Therese und Helmbrecht waren bei den Spießvögeln angelangt, kroß gebraten und mit süßer Soße übergossen.

Aus der Ferne schimmerte ihnen ein Lichtschein entgegen, und Laura merkte, daß sie Hunger hatte, dachte noch einmal kurz an den Mann, der, seinen Untertanen zum Vorbild, das Schlachtermesser des Abraham unter einer Säule vergraben hatte, auf der er selber in Stein gehauen stand, sollten sie ihm gehorchen wie dem Vater im Himmel, und wandte sich den Spießvögeln zu, Lerchen sind mir die liebsten. Sie schmecken nach Sommer, Sonne und süßem Gesang.

Ein Hahn kräht, es klingt wie Zuhause, und auch der Herbst kommt wie Zuhause, mit Abendnebeln über dem Boden, feuchtschwerer Luft und Windstößen, die erste Blätterschwärme von den Bäumen treiben, und der Abend der Ankunft ist so weit weg wie das Zuhause, das es nicht mehr gibt und nie mehr geben wird, das weiß Laura jetzt und kann es nicht glauben, gefangen im Zwielicht zwischen Wissen und Nichtfassenkönnen, hofft immer noch, daß nicht ist, was ist, daß die Splitter des zerschlagenen Spiegels wieder zusammenfinden, sich auf wunderbare Weise zusammenfügen, ohne Bruchstellen, nicht das feinste Gespinst, so heil, so ganz wie am Anfang, als alles neu war und noch alles möglich, alle Türen noch zu öffnen, die Menschen und die Stadt noch zu entdecken, alle Wege zum ersten Mal, lange her, lange vorbei.

Der erste Abend, neben Therese an der Tafel im Gästehaus des Choraklosters, umgeben von fremden Lauten, fremden Gesichtern, alle noch namenlos. Müde und mit schmerzenden Füßen, ein warmes Essen im Bauch, und gegenüber ein Spielmann, ein Bruder, einer aus der nicht durch Blutsbande verbundenen Familie, lächelte Laura zu. Sie waren angekommen.

Er hieß Edward und stammte aus Britannien. Die ersten Fragen. Wo spielt man hier? Weißt du, wo es Saiten gibt? Sie sprachen Lateinisch. Therese konnte nicht mitreden. Sie war wieder die Stille, Zurückhaltende, vielleicht am heimischen Herd beim Selchfleischkochen oder gerade dabei, eine Schüssel mit heißem Wasser in die Stube der Wöchnerin zu tragen.

Die erste Nacht wieder an Land. Geborgen in der Ruhe des Klosters, das ja, aber auch kein Himmel mehr, die Weite fehlte, es fehlten die Sterne und Frau Luna auf ihren stillen Wegen.

Am Morgen war Edward da, lächelnd, erklärend, hilfsbereit.

Er zeigte ihnen, wo man Wäsche waschen konnte. Er brachte Nadel und Faden. Er erbot sich, sie zu Joannis zu führen.

Sie kamen an dem Styliten vorbei. Therese wollte wissen, wovon er da oben lebe. Edward deutete auf einen Korb, der an einem Seil hing.

Den läßt er leer herunter und zieht ihn voll hinauf.

Therese und Laura legten die Köpfe in den Nacken, um den Heiligen auf seiner Säule zu sehen, es war da aber nur ein regloser Haufen dreckiger Lumpen in der Sonne.

Joannis Werkstatt bestand aus einem kleinen fensterlosen Raum. Licht nur durch die Tür. Ein hagerer Mann, armselig gekleidet und mit brennenden Augen. Eine roh gezimmerte Werkbank. Stapel von Hölzern. Werkzeuge. Die Saiten hingen von der Decke. Laura hatte sie auf den ersten Blick gesehen. Therese fragte, ob sie hier auch aus Schafsdärmen gemacht würden. Joannis schaute freundlich abwartend. Laura wählte den kürzesten Weg, deutete auf die Saiten und machte mäh mäh?

Joannis verstand sofort und lachte und nickte. Er schenkte Wein in einen Becher, reichte Edward den Becher und fing an, die Saiten herauszusuchen.

Edward redete. Joannis schliff ein Stück Holz, dem nicht anzusehen war, daß es einmal Musik hervorbringen würde.

Laura und Therese zogen die neuen Saiten auf und nahmen hin und wieder einen Schluck aus dem von Hand zu Hand gehenden Becher.

Edward sprach von den vielen Flüchtlingen, die nach Konstantinopel kamen, alles verloren, nur das Leben gerettet, die Türken sitzen auf ihrem Land, leben in ihren Häusern, reiten auf ihren Pferden, und sie haben nichts mehr, alles verloren, und wollen arbeiten und essen, wieder ein Haus haben, ein Pferd, einen Sattel, und die Einheimischen wollen nicht teilen, nichts abgeben, haben erarbeitet, was sie besitzen, waren ja auch Flüchtlinge, sie oder ihre Väter, mußten auch alles zurücklassen auf der Flucht vor den Kreuzfahrern.

Das Gästehaus des Klosters füllte sich mit immer neuen Flüchtlingen. Manche sahen wohlgenährt und unversehrt aus, hatten rechtzeitig begriffen, daß es besser war, alles stehen- und liegenzulassen, aufzugeben und sich auf den Weg zu machen, andere hatten zu lange gezögert, gehofft, abgewartet, und nun sprachen ihre abgemagerten Körper und die Müdigkeit ihrer Bewegungen von dem, was die Türken ihnen angetan hatten. Alle waren sie still und vereinzelt, jeder hatte irgendwie überlebt und wollte weiterleben und wußte nicht, wie, und Laura zeigte ihnen, wo man die Wäsche waschen kann und wie man zum Forum gelangt.

Wie jemand, der auch im Sturz noch den Ast umklammert, an dem er sich festhalten wollte, bevor er fiel, klammert Laura sich an die Hoffnung, daß alles ein Irrtum ist, muß wieder und wieder den Augenblick durchleben, als sie, das Plätschern eines Springbrunnens im Ohr, mit Therese und Edward auf dem Weg zum Empfangssaal, von dem Eunuchen Blemmydes geleitet, einen der von Säulen und morgenländischen Wölbungen begrenzten Innenhöfe des Kaiserpalastes durchschritt und drei Falten über einer Nasenwurzel sah. Konrad war als Soldat gekleidet und trug einen Helm. Die fremdartige Gewandung rückte ihn fern, aber er war es, drei Falten, die sich vertieft hatten, drei Kerben über der Nasenwurzel, kein Silberblick. Sie machte eine Bewegung auf ihn zu, wollte in seine Arme stürzen. Ihre Blicke trafen sich. Kein Erkennen in seinen Augen. Sie blieben fremd, gleichgültig, streiften Laura wie ein beliebiges Ding, irgend so ein Spielmann aus dem Abendland. Es ging so schnell, daß sie nicht einmal stehenblieb und kaum verharrte, nur dieser eine verzögerte Schritt, als sie in Konrads Arme stürzen wollte und er sich abwandte, einem neben ihm stehenden Soldaten zu. Er sprach Griechisch, Laura verstand nicht, was er sagte, aber es war seine Stimme, und sie ging an ihrem Mann vorbei, mit schwachen Knien und jenem flauen Gefühl in der Magengrube, das sich einstellt, wenn ein Mensch abstürzt – der Magen kommt nicht mit, er scheint sich zu heben, für die Geschwindigkeit eines solchen Sturzes ist er nicht geschaffen. Der endlose Sturz ins Leere mit dieser unnatürlichen Leichtigkeit in der Leibesmitte und die Frage: Wer war das? Kennt Ihr diesen Soldaten? Und die gleichgültige Antwort: Das war der Megas Konostaulos, er befehligt die fränkischen Söldner. Ein Landsmann von Euch, verschleppt von den Türken, ein Wallfahrer, glaube ich, auf dem Weg nach Jerusalem, gefangengenommen, in Ketten gelegt, das Übliche.

Er war Sklave im Serail des Emir Osman. Dort hat ihn Rhumpachlas die Schöne gesehen. Es war Liebe auf den ersten Blick. Sie hat für seine Freilassung gesorgt, und jetzt sind sie hier, ein von Gott zusammengefügtes Paar. Wenigstens eine Geschichte, die gut ausgegangen ist in diesen schlimmen Zeiten.

Der Sturz ging nach innen und machte Laura blind und taub. Kein Auge mehr für die Wunder des Palastes. Wächter verneigten sich, Vorhänge wurden zurückgeschlagen, in feierlicher Stille klangen Farben zusammen, und Laura hörte und sah nichts, sah nicht das Licht, das durch die Fenster fiel, nicht die Mosaiken und Fresken, Hirtenbilder und Diwane, Jagdbilder und Truhen, alles war ihr gleich, der von Schlangen umwundene Elefant war ihr so gleich wie die Pferde und Ziegen, die Löwen und Leoparden, zusammengesetzt aus den bunten Steinchen, die sich, nach Farben geordnet, in der Chorakirche häuften, der Leopard im Sprung, das sich aufbäumende Pferd, Laura waren sie gleich wie der geflügelte Löwenkörper mit dem Kopf eines Adlers und Kaiser Andronikos II. Er trug einen gold- und edelsteinverzierten Purpurmantel und hielt ein Zepter in der Hand.

Wie im Traum machte Laura ihren Kniefall.

Der Kaiser hatte einen Bart und schulterlanges Haar.

Es duftete nach Weihrauch.

Einheimische Musikanten spielten Fremdartiges. Tänzerinnen tanzten Fremdartiges. Laura hörte und sah es nicht wirklich, empfand nur eine gewisse Befriedigung beim Anblick eines Mannes, der, wie Blemmydes ihr zuraunte, in einer Sänfte hereingetragen werden mußte, weil er von der Gicht gelähmt war. Recht geschieht es ihm, dachte Laura und war für einen Augenblick wieder lebendig. Im nächsten schon war sie von neuem in der Gleichgültigkeit versunken, und selbst der Patriarch Athanasios in seiner eifernden Schwärze weckte keine Abneigung in ihr.

Als sie endlich spielten, war ihr auch das gleich.

Die abendländischen Sänger waren zu Ehren von Roger de Flor geladen.

Roger de Flor befehligte die katalanische Kompanie. Der Kaiser war auf ausländische Söldner angewiesen. Roger de Flor war gekommen, seine Dienste anzubieten. Er wußte, daß Andronikos II. seine Dienste benötigte, dringend benötigte. Laura war es gleich. Es war ihr gleich, wie sie spielte. Alles war unwirklich. Der Katalane, der demütig Haupt und Knie beugte, und der Kaiser, der ihn huldvoll aufnahm.

Roger de Flor war gekommen, um den Preis für seine Dienste auszuhandeln. Für seine Leute vier Monatslöhne im voraus und für sich die Nichte des Kaisers zur Frau. Laura wußte, daß seine Forderungen erfüllt werden würden. Der Kaiser hatte keine andere Wahl. Ihr war es gleich. Sie hatte Kopfschmerzen. Essen konnte sie nicht. Das Festmahl fand ohne sie statt. Lamm. Ferkel. Hühner. Kaldaunen. Thunfischpasteten.

Edward und Therese fraßen sich voll. Ihr platzte der Kopf.

Iß! sagte Edward. Was ist dir?

Selig kauend fragte Therese: Ist dir nicht wohl?

Was ist dir? fragte Edward, Fleisch von den Knochen fetzend und sich das Maul vollstopfend. Oswald, mein Lieber.

Käse. Euter. Brot. Wein. Therese gingen die Augen über. Du mußt die Fischfilets versuchen.

Oswald, mein Guter.

Edward legte den Arm um sie.

Oswald, mein Bester. Nimm einen Schluck Wein, das wird dir guttun.

Laura hatte das Gefühl, ihr Kopf sei eine Kanonenkugel. Die Kanonenkugel mußte abgeschossen werden. Jetzt.

Bin kein Oswald, bin Laura, bin kein Mann, bin eine Frau.

Edward nahm den Arm von ihrer Schulter und sagte kein Wort mehr.

Auf dem Rückweg zum Chorakloster lief er stumm neben ihr her. Sie waren alleine. Therese hatte sich mit einem entschuldigenden Lächeln und einem Hühnerschenkel für Helmbrecht davongemacht. Es war dunkel und windig.

Vor der Tür des Gästehauses drehte Edward sich um und

ging. Mitsamt seiner Schalmei war er in der Dunkelheit des Parks verschwunden und Laura alleine zurückgeblieben. Kein Ohr zum Klagen, keine Schulter zum Ausweinen.

Therese hatte sich Helmbrecht offenbart. Wir sind uns einig. Laura sehnte sich nach ihrem Mann und wußte selber nicht, was sie davon abhielt, zu ihm hinzugehen und zu sagen: Ich bin Laura, die du nicht erkannt hast. Sie sehnte sich nach ihm, und sie war ihm böse. Warum hat er mich nicht erkannt? Ich habe ihn doch auch erkannt.

Therese zuckte die Achseln. Eudokia nahm sie in die Arme und versuchte zu trösten. Du trägst Männerkleider. Keine von beiden sprach aus, was sie dachten: Er hat eine andere.

Ein mächtiger Zauber, sagte Eudokia, und ihre Armreifen klirrten leise, und draußen war es windig, der Vorhang bewegte sich leise im Luftzug.

Eudokia lag auf dem Diwan, und Laura schaute sie an und konnte selbst sie nicht mehr sehen, obwohl sie einander so nahegekommen waren, wie es nur zwei Menschen möglich ist, die ein Ohr füreinander haben und einander auch über unüberbrückbare Abgründe hinweg hören und sich miteinander verständigen können, so nahe, daß Laura sich kaum mehr in Erinnerung rufen konnte, wie das war, als sie Eudokia zum ersten Mal durch die Chorakirche gehen sah, begleitet von dem Eunuchen Blemmydes, der, hochgewachsen und mager, mit heller Stimme sprach und so schielte, daß Laura sich fragte, was er nun betrachtete, den Bart des Großlogotheten oder die in einer Nische kichernden Zofen der Dame.

Edward flüsterte ihr zu, dies sei die Schwester des Kaisers, eine kluge und gebildete Frau, die die Künste liebe. Laura sah, daß sie ein gutes Gesicht hatte, einen leichten Gang und gerne lachte. Laura sah sie aus der Nähe, doch ferngerückt durch den Standesunterschied, und es wäre ihr nicht in den Sinn gekommen, daß sie einmal vergessen könnte, wie hochgestellt diese Frau war, und sie nur noch als Eudokia sehen würde, die klarblickende und abergläubische Freundin.

Ein mächtiger Zauber ist das Nichterkennen, mächtiger noch als böse Worte. Draußen rauschte der Wind in den Bäumen, und sein Rauschen mischte sich mit dem Rauschen des Springbrunnens, und hinter dem Vorhang lachten die Zofen. Er macht, daß du nicht mehr da bist, daß du glaubst, kein Recht zu haben, dazusein.

Daß doch der Blitz den Kerl treffe, sagte Therese. Da hilft nur eins: ein Gegenzauber. Du mußt ihn einen Lumpenhund nennen, einen Lumpenhund und Schweinetreiber.

Eudokia regte sich auf dem Diwan. Sie lachte, und ihre Armreifen klirrten. Therese nahm ihre Harfe und fing an zu singen, du Tropf, du Waschmaul, du jämmerlicher Rettichsteiß. Eudokia lachte, und Laura lachte mit und war vorübergehend gerettet, versuch es, du wirst sehen, es wirkt, und sie versuchte es, nannte ihn einen Lumpenhund und Schweinetreiber, du Tropf, du Waschmaul, du jämmerlicher Rettichsteiß, aber es wirkte nicht, es half nichts. Die Freundinnen rückten immer ferner, und Laura saß da wie eine Unsichtbare und glaubte ersticken zu müssen unter der Tarnkappe, die fremde Hände ihr übergestülpt hatten; sie saß fest, und wenn sie noch so lachte, lauter als die beiden anderen, dieses Lachen befreite nicht. Laura war und blieb ausgelöscht, wie jemand, der in den Spiegel schaut und nichts sieht, nichts als den leeren Spiegel, und hatte nur noch den einen Wunsch, sich zu verstecken, zu verkriechen, irgendwohin, wo niemand sie sehen würde und hörte auf zu lachen und tat vernünftig und redete von allem möglichen, nur nicht von dem, was sie so kränkte, daß sie auf der Stelle im Boden zu versinken wünschte: umsonst den weiten Weg gemacht, so lange auf der Landstraße für einen Mann, der sie nicht einmal erkannt hatte. Als seine Befreierin hatte sie in Erscheinung treten wollen, seine Erlöserin, und jetzt brauchte er sie gar nicht, eine andere war ihr zuvorgekommen, Rhumpachlas, die sie die Schöne nannten.

Siehst du, es wirkt, sagte Therese, und der Wind bewegte den Vorhang, und Laura wollte weg, sich irgendwo verkriechen, überlegte, wohin, nicht in die Chorakirche, irgendwohin, wo sie allein und sicher sein konnte, daß sie niemanden treffen, niemand sie sehen würde.

Im Unkraut versteckt, hockte Laura an einen Lindenstamm gelehnt, den Rücken in eine Einbuchtung geschmiegt, in die er genau hineinpaßte. Über ihr kreiste ein Falke. Lavendel duftete. Ein Hahn krähte. Schmetterlinge flatterten über dem müden Grün des Unkrauts, ließen sich nieder an überwucherten Sträuchern, verschwanden in den aufgesperrten Kelchen morgenländisch üppiger Blüten. Ein Hund bellte. Weiter weg schimmerten grau die Mauern eines alten Kaiserpalastes zwischen den vom Wind leicht bewegten Blättern. Von jenseits der Mauer mischten sich die Stimmen spielender Kinder in das abendliche Vogelzwitschern.

Laura saß so still, daß die Hasen hervorkamen, kreuz und quer durch das Unkraut hoppelten, verharrten, auf den Hinterläufen sitzenblieben, in schweigender Übereinkunft für die Zeit der Dämmerung. Ein Esel schrie. Aus den Johannisbrotbäumen löste sich die Gestalt eines Mönchs. Die Hasen duckten sich und legten die Löffel flach. Die Kutte schleifte durch das Gras. Das Weiß der auf dem schwarzen Rücken verschränkten Hände.

Ameisen krochen zwischen den über der Erde liegenden Wurzeln des Baums. Es gab da irgend etwas zu tun, sie bewegten sich in geordneter Reihe, und einmal stiegen die haarfeinen Beine einer Spinne über sie hinweg.

Der Himmel hatte sich verdunkelt. Es sah aus, als ob es regnen würde. Laura preßte den Rücken fester an die Borke des Baums. Sie brauchte einen Halt. Die wild in alle Richtungen schwappenden Wellen machten sie schwindelig. Der Wind peitschte das Wasser mit großer Kraft. Es wollte über die Ufer treten, aber da war eine hohe Böschung. Das Wasser war eingeschlossen. Es fand keinen andern Ausweg, als Tropfen für Tropfen in der Erde zu versickern. Aus dem See wurde ein

Morast. In dem Morast wohnten Frösche. Sie quakten in die Dunkelheit hinaus. Die Frösche waren Lauras Stimme. Die Nacht war ihr Mantel, ein warmer, tintenfarbener Mantel war der Himmel. Die Sterne waren Lauras Augen. Die Augen erloschen. Ein neuer Tag begann. Den Morast gab es nicht mehr. Laura schlief ein. Als sie aufwachte, stürzte ein Wildbach zu Tal. Er riß Gestein mit sich, Geröll und Felsbrocken, alles, was ihm in den Weg kam, riß er mit. Wohin? Egal, nur stürzen, eilen, rasch bergab. Die Berge hörten auf. Es begann das flache Land. Das Wasser verlor die Kraft. Es versickerte in der Einöde. Schade, all der Aufwand, um in der Wüste zu versikkern.

Den Rücken an die Borke des Baums gedrückt, beobachtete Laura, wie eine langbeinige Spinne über die Ameisen hinwegstieg, die sich in zwei geordneten Reihen zielstrebig von hier nach da und von da nach hier bewegten, um fraglos ihre Aufgabe zu erfüllen.

Ein vor der Zeit gewelktes Lindenblatt flatterte auf Lauras Schoß. Sie nahm es in die Hand, sah, daß es von winzigen Wesen besetzt war, und warf es fort. Die Scham war unerträglich. Laura steckte den Kopf zwischen die Knie und wollte nichts mehr sehen und nichts mehr hören, und trotzdem bereute sie nicht, daß sie sich auf den Weg gemacht hatte.

Die Stimmen der spielenden Kinder waren verstummt.

In dem dunkelnden Park regten sich die Geister. Es raschelte im Gebüsch, Tauben gurrten, und vor dem verfallenen Palast, den Laura von ihrem Baum aus gesehen hatte, dufteten die letzten Rosen des Jahres. Unbeschnitten und von keiner Hand gepflegt, hatten sie sich gegen Unkraut und Gesträuch behauptet, die Hände, die sie gepflanzt hatten, waren längst verdorrt, und sie blühten weiter an diesem verwunschenen, sogar von den Bettlern gemiedenen Ort.

Der Duft der Rosen brachte die schon fast vergessene Erinnerung an jenen Morgen auf dem Tannenberg, als sie im Rosengärtchen stand und Rosen schnitt und durch die Stimmen ihrer Mägde jenseits der Hecke erfuhr, daß ihr Mann sie verlassen würde – seitdem war ihr der Duft der Rosen verhaßt gewesen, und jetzt war es plötzlich so, als sei jemand da, eine leise, freundliche Gegenwart, die sie daran erinnerte, daß einmal alles seinen Platz gehabt hatte, auch sie selber, und sie beschloß, nicht aufzugeben. Endlich hörte sie, was am Nachmittag nicht bis zu ihr durchgedrungen war, obwohl Eudokia es mehrmals gesagt hatte: Vielleicht hat er dich nicht erkannt, weil du Männerkleider trägst.

Nachdem sie noch einmal für die Mönche und Gäste des Klosters gespielt hatten, verließen die beiden alemannischen Musikanten Haselpuselhart und Oswald von Tannenberg das Chorakloster. Begleitet werden wollten sie nicht. Abschiede, sagten sie, seien ihnen zuwider. Zum Hafen wollten sie alleine gehen, wie sie gekommen waren.

In die Frauenwohnung des Kaiserpalastes zogen zwei fremde Damen ein, fromme Pilgerinnen, zu Gast bei Eudokia, der Schwester des Kaisers.

Eudokia war bedrückt.

Der Kaiser hatte dem serbischen König Milutin ihre Hand angeboten. Der Großlogothet hatte die Verhandlungen geführt. König Milutin hatte angenommen. Eudokia war nicht gefragt worden.

Schon werden Vorkehrungen für die Hochzeit getroffen.

Andronikos II. hatte seine Schwester rufen lassen und ihr mitgeteilt, sie werde den serbischen König heiraten. Theodoros Metochites war dabei und kraulte seinen Bart. Eudokia sah ihrem Bruder an, daß ihm nicht wohl war. König Milutin hatte einen üblen Ruf.

Ein bösartiger, gemeiner und ungehobelter Klotz.

Der Kaiser meinte, sie werde sich schon daran gewöhnen. Theodoros Metochites kraulte sich den Bart und mied Eudokias Blick. Für beide war es eine Notwendigkeit, der Eudokia sich zu beugen hatte. Die Reste des Reiches standen auf dem Spiel. Thessalonike stand auf dem Spiel. Das serbische Königreich machte sich bedrohlich breit. Ein Krieg kam nicht in Frage. Stephan Milutin war nur noch durch eine eheliche Verbindung mit dem Kaiserhaus in Schach zu halten. Eine Notwendigkeit, die Eudokia einsehen mußte.

Blemmydes kam, um Laura abzuholen. In seiner Begleitung sollte sie Konrad in der Hagia Sophia begegnen, diesmal als Frau gekleidet, nach Stunden im Bad, von Eudokias Zofen mit kaltem und warmem Wasser übergossen und abgerieben, das Haar gewaschen und gebürstet, den Körper gesalbt, in seidene Gewänder gehüllt, geschminkt und geschmückt.

Schön, glücklich und hoffnungsvoll schritt sie an der Seite des großen, ihr lieb gewordenen Mannes durch Innenhöfe und Säle. Vorhänge wurden zurückgeschlagen, Rücken beugten sich. Erhobenen Hauptes schritt Laura über Mosaikfußböden, vorbei an Fresken, Mühlenbildern, Hirtenbildern, Jagdbildern, und überall wölbte es sich über Säulen und Kacheln mit Akanthusblättern, und Laura wurde praktisch wie Therese und fragte sich, ob man solche Kacheln wohl mitnehmen könne, etwas von dieser Schönheit wollte sie gerne mitnehmen nach Hause, auf Maultieren mußte es wohl gehen, Maultiere beladen mit Kacheln und Wandvorhängen in den klingenden Farben, den warmen Farbtönen der Wüste, sie würden den Herbst abwarten, den Winter und das Frühjahr und dann heimkehren, beladen mit den Kostbarkeiten des Morgenlands, einen Wandteppich für ihre Kemenate wollte sie mitbringen und Geschenke, sogar der Pater Konstantin, auch der sollte ein Geschenk erhalten, die Frage war nur, was. Sie würden auf der Burg einziehen, und alle würden herbeilaufen und staunen, und Margarethe würde die Hände über dem Kopf zusammenschlagen, es ist der Herr, der Herr ist wieder da, und Laura nahm es ihr nicht übel, daß sie Augen hatte nur für Konrad, es schien ihr natürlich, sie war ja seine Amme, und Laura war viel zu glücklich, um kleinlich zu sein, großzügig verzieh sie der sie keines Blickes würdigenden Margarethe, aber den Pater Konstantin begrüßte sie nicht ohne einen gewissen Hochmut, er sollte gleich wissen, daß die alten Zeiten vorbei waren, kein gesenkter Kopf mehr, kein gebeugter Nacken, damit würde er sich abfinden müssen.

Im Innenhof stiegen sie vom Pferd. Sie sah Konrad an. Konrad lächelte. Er hatte seinen Silberblick.

Aber nicht für Laura. Kein Auge für Laura. An eine Säule gelehnt, stand er in der Vorhalle der Hagia Sophia und sah eine Frau an. Laura wußte sofort, daß es Rhumpachlas war. Er hatte seinen schönsten Silberblick.

Blemmydes trat vor ihn hin. Konrad verneigte sich höflich, übersah Laura und wandte sich seiner Schönen zu wie jemand, der von einer langen Reise nach Hause kommt.

Eudokia und Therese sahen Laura entgegen.

Sie brauchte nichts zu sagen.

Nichts?

Nichts.

In dieser Nacht träumte Laura von Konrad. Sehen konnte sie ihn nicht, aber sie wußte, daß er hinter ihr stand.

Ich liebe dich, sagte sie.

Er sagte nichts.

Hinter ihr war Schweigen, eine Stummheit ohne Anfang und ohne Ende.

In das gleichmäßige Plätschern des Wassers die langsame, nach Worten suchende Stimme des Eunuchen. Etwas steif saß er bei den Frauen, die Arme um die angewinkelten Beine geschlungen, als müsse er sich festhalten. Aus dem mageren Rücken stachen die Schulterknochen hervor. Er erzählte eine Geschichte, die der Dichter Publius Ovidius Naso aufgeschrieben hatte, schon vor tausend Jahren, doch war es auch damals bereits eine sehr alte Geschichte. Sie handelte von Narcissus, der damit gestraft war, sein Spiegelbild lieben zu müssen.

Gestraft weswegen? fragte Therese.

Blemmydes fuhr sich mit der Hand durchs Haar und sagte, weswegen, das habe er vergessen, es sei auch nicht wichtig, in den alten Geschichten gäbe es viele Bestrafte. Tantalos, Sisyphos, Prometheus, alle hatten sie für etwas zu büßen, meistens war es Ungehorsam.

Immerhin, sagte Therese. Besser so, als wenn es einen zufällig trifft. Wer will schon eine von irgendeinem stinkigen Fuß *zufällig* zertretene Ameise sein. Irgendwie fühlt man sich doch besser, wenn man meint, man werde für irgendwas bestraft, das man *getan* hat.

Blemmydes ließ seine Beine los und lachte. Er lachte mit zurückgeworfenem Kopf und einem plötzlich ganz jungen Gesicht. Therese und Laura lachten mit, die eine verschämt, die andere verzweifelt, nur Eudokia, die sonst so Lachlustige, schaute finster vor sich hin, als wäre *sie* die Ameise, über der der Fuß schwebt. Blemmydes schien es nicht zu bemerken.

Zu der Zeit, als die Geschichte spielt, gab es noch keine Spiegel. So verbringt Narcissus Stunde für Stunde am Wasser. Dort sieht ihn die Nymphe Echo. Sie verliebt sich in ihn. Er will nichts von ihr wissen. Sie brennt. Er starrt auf sein Spiegelbild im Wasser. *Uns trennt kein gewaltiges Meer, uns trennt kein Gebirge, kein Weg mit verschlossenen Toren, nicht Mauern, nur ein geringes Wasser trennt uns.* Sie verzehrt sich nach ihm. Er taucht die Hand ins Wasser, um sich zu berühren. Sie scheucht er fort. *Nimm weg von mir deine Hände! Eher möchte ich sterben, als daß ich würde dein eigen!* Echo muß glauben, es liege an ihr. *Ach, wie oft nicht wollte mit schmeichelnden Worten sie nahen, sanftes Bitten zu Hilfe nehmen – ihr Wesen verwehrt es.* Sie grämt sich, weiß nichts davon, daß Narcissus seine eigenen Qualen leidet, an denen sie keinen Anteil hat. Sie grämt sich, verdorrt, schrumpft, *die Säfte des Körpers entweichen all in die Lüfte.* Am Ende ist sie zu Stein geworden. *Was in ihr noch lebt, ist der Klang nur.*

War er das wert? fragte Therese, zu Laura gewandt. Ich sag dir, er war es nicht wert. Und sie stand auf, um zu Helmbrecht zu gehen.

Blemmydes schwieg und betrachtete seine Füße. So wie er dasaß, die Hände wieder um die Beine geschlungen, sah er aus wie der traurigste aller Menschen. Er strich sich durchs Haar.

In das Plätschern des Springbrunnens hinein platzte Eudokia heraus.

Ich mache das nicht mit!

Was? fragte Laura, noch ganz bei der alten Geschichte.

Ich werde Stephan Milutin nicht heiraten.

Blemmydes zog die Beine ganz an den Leib und legte die Stirn auf die Knie.

Eudokia erhob sich, um es dem Kaiser, ihrem Bruder, zu sagen.

Laura und der Eunuch waren allein miteinander, er der traurigste Mann der Welt, sie die traurigste Frau der Welt, das paßte zusammen.

Eine Weile beschwiegen sie ihrer beider Unglück, und dieses Schweigen beim Plätschern des Springbrunnens war ein anderes als das Schweigen der Verneinung, von dem Laura geträumt hatte. Es war das Schweigen zweier Menschen, die sich verbunden fühlen und einander verstehen, ohne daß sie reden müssen. Sie brauchte ihm nichts zu sagen von der Scham der Verschmähten, er ihr nichts von der Not der Versehrten. Laura dachte daran, wie er, auf dem Weg zur Hagia Sophia, auf irgendeine von ihr nur aus Höflichkeit gestellte Frage hin, die sich auf seine hohe Stellung als Palastbeamter bezog, geantwortet hatte: Ich kann ja nicht gefährlich werden, so leise, daß sie ihn kaum verstand, und wahrscheinlich nur deshalb so offen, weil sie eine Fremde und eine Frau war, die ihm so wenig gefährlich werden konnte wie er dem Kaiserhaus. Alle Sinne auf die Begegnung mit Konrad gerichtet, hatte sie einen Augenblick lang geahnt, was es für ihn bedeutete, ein Eunuch zu sein, und es im nächsten vergessen. Jetzt fiel es ihr wieder ein, und sie dachte daran, daß es seine Versehrtheit war, die ihm die hohe Stellung eingebracht hatte, das Ansehen und die Macht, er jedoch vielleicht lieber Salbenhändler geworden wäre oder Tischler, irgend jemand Unscheinbares, aber ein ganzer Mensch. Gewiß war er nicht gefragt worden. Wohlmeinende Eltern hatten für ihn beschlossen. Er sollte etwas werden, und er war etwas geworden.

Hast du Kinder? fragte er, und zum ersten Mal, seitdem Laura den Tannenberg verlassen hatte, erzählte sie von ihren toten Kindern, von Konrad, dem Ältesten, der seinem Vater so ähnlich gesehen hatte und der Erbe gewesen wäre. Gestorben war er an einem Fieber im November, er konnte schon ganz allein gehen. Gottfried und Lucas hatten die ersten Wochen nicht überlebt, und Anna, die Jüngste, hatte so zarte Hände gehabt, mit nach oben gebogenen Fingerkuppen. Um Annas Leben hatte Laura demütig gebetet, aber auch sie war ihr genommen worden, bevor sie sprechen konnte. Keines ihrer Kinder hatte das Sprechen gelernt.

Laura schwieg und vermied es, Blemmydes anzusehen.

Wieder so leise, daß sie ihn kaum verstehen konnte, sagte er, ich hätte so gerne Kinder gehabt, und dann sprach er von dem Haß, den er in sich getragen hatte, mit seiner dunklen, warmen, volltönenden Stimme sprach er von dem Haß, der in ihm gewütet hatte, andere konnten sich besser abfinden, ich konnte es nicht, zu viel Kraft vielleicht. Er sprach davon, daß er gefürchtet wurde und auch gehaßt und daß er gnadenlos gewesen war, gnadenlos Ohren, Zungen, Nasen hatte abschneiden lassen und viele Lebensfäden, und Laura rechnete nach, wie alt der kleine Konrad jetzt wäre, und Gottfried und Lucas, und Anna hätte Zöpfe, zwei dicke, lange Zöpfe wie Rapunzel laß dein Haar herunter, und sie würde schon mithelfen beim Hühnerfüttern und zuschauen beim Melken, und Blemmydes fuhr sich mit der Hand durchs Haar und sprach von dem Neid, mit dem er durchs Leben gelaufen war, dem Neid auf die Unversehrten, und fragte, weißt du, was Neid ist? wie der Neid einen quälen kann? und wartete keine Antwort ab, randvoll mit Neid und selber beneidet, als Aufsteiger in der Palasthierarchie, da hast du viele Neider, gerade unter Eunuchen, du bist einer der Ihren und hast es weit gebracht, das gefällt ihnen nicht, sie stehen an den Türen herum, und du darfst die Räume dahinter betreten und bist doch auch bloß einer von ihnen.

Bei euch gibt es keine Eunuchen, nicht wahr? Blemmydes wandte sich Laura zu, und sie blickte in das eine Auge, von dem sie annahm, daß es auf sie gerichtet war, schüttelte den Kopf und weinte nach innen. Sie sah ihren kleinen Sohn in der Wiege, die schwach rudernden Ärmchen und seine dunklen Augen, die sie anschauten, als ob sie schon alles wüßten, er konnte den Kopf noch nicht alleine halten und hatte dieses herzzerreißende Wissen im Blick.

Blemmydes saß, die Beine von sich gestreckt, die Hände hinter sich auf den Boden gestützt. Neben ihm lag der Turban, der fast so prächtig war wie der des Großlogotheten.

Lange hatte Blemmydes auf ein Wunder gehofft, um ein Wunder gebetet, selbst jetzt noch hegte er zuweilen die Hoffnung, daß alles nicht wahr war, daß er aufwachen und wieder unversehrt sein würde wie *vorher*, obwohl das Vorher, die Zeit in Nikaia, wo er geboren und aufgewachsen war, nicht in ihm lebendig war, als hätten sie ihn von seinem Leben abgeschnitten. Blemmydes zog die Beine wieder an den Körper, umschlang sie mit den Armen und sagte, jetzt wisse er schon so lange, daß kein Wunder geschehen werde, aber glauben könne er es immer noch nicht ganz. Der Haß sei weniger geworden, auch der Neid sei weniger geworden. Geblieben sei das Verlangen, das Verlangen sei nicht weniger geworden, manchmal sei er noch immer bis in den letzten Winkel seines Körpers von Verlangen erfüllt, zu viel Kraft vielleicht, sagte er und vermied es, Laura anzusehen. Er verstummte und griff nach seinem Turban, um ihn zu ordnen, und Laura beschloß, es noch einmal zu versuchen. Ich bin Laura, deine Frau, die du nicht erkannt hast.

Eudokia kam zurück.

Und?

Nichts?

Wie … nichts?

Er hat es nicht ernst genommen.

Der Eunuch Blemmydes verneigte sich und ging. Es war ihm nicht anzumerken, was er von Eudokias Entschluß hielt.

Blemmydes wird mir helfen, ich weiß es … Der Patriarch war beim Kaiser.

Der Patriarch Athanasios hatte Eudokia keines Blickes gewürdigt. Eudokia ahmte seinen tadelnden Ton nach. Halte deine Frauen hinter Schloß und Riegel wie überführte Frevler – so beugst du unliebsamen Überraschungen vor.

Der Kaiser schickte den Großlogotheten, der sollte Eudokia zur Vernunft bringen.

Der Großlogothet kraulte sich den Bart und begann freundlich, er verstehe sie, er fühle mit ihr, doch gebe es keine andere Möglichkeit, leider. Die Vernunft gebietet es. Ich muß um Eure Einsicht bitten.

Eudokia schwieg.

Der Großlogothet sprach von den Gegebenheiten. Thessalonike steht auf dem Spiel. Das Reich steht auf dem Spiel. Und die Ehre des Kaiserhauses, bedenkt, daß die Ehre des Kaiserhauses auf dem Spiel steht. Wir alle müssen uns den Gegebenheiten beugen.

Eudokia schwieg.

Geduldig bat der Großlogothet Eudokia, Vernunft anzunehmen. Gewiß, König Milutin habe nicht den besten Ruf, das wolle er nicht leugnen, doch sie sei eine kluge Frau und werde ihn zu lenken verstehen. Es liegt in Eurer Hand, das Beste daraus zu machen. Der Kaiser hat sein Wort gegeben. Ein Zurück ist nicht möglich. In Euren Händen liegt das Schicksal des Landes.

Eudokia schwieg.

Die Finger des Großlogotheten verharrten in seinem Bart.

Eudokia sagte ihren Satz. Ich werde König Milutin nicht heiraten.

Und?

Nichts.

Wie … nichts?

Ich soll es überschlafen. Morgen kommt er wieder.

Der Großlogothet erschien bei der Schwester seines Kaisers und forderte Vernunft. Mit hartem Mund sprach er davon, daß persönliches Glück zurückzustehen habe. Soll Andronikos II. Euretwegen wortbrüchig werden? Wollt Ihr Schande bringen über Euer eigenes Haus? Wollt Ihr einen Krieg heraufbeschwören?

Und?

Nichts.

Wie … nichts?

Ich habe Nein gesagt, aber.

Eudokia war schwankend geworden. Sie zweifelte.

Theodoros Metochites hatte nicht gemerkt, daß Eudokia fast bereit war nachzugeben. In heiligem Zorn über so viel Torheit berichtete er dem Kaiser.

Der Kaiser sperrte seine Schwester in ihrem Schlafgemach ein und verhörte ihre Zofe.

Er drohte Eudokia damit, sie ins Kloster zu stecken.

Sie sagte, du kannst mich nicht zwingen.

Er sagte, du willst einem Löwen den Bart schaben.

Laura konnte nicht schlafen.

Und?

Nichts.

Wie ... nichts.

Zwischen Schlaf und Wachen hielt sie den Schlüssel in der Hand. Sie brauchte nur aufzuschließen. Sie hatte den Schlüssel in der Hand und Angst vor dem, was hinter der Tür war.

Nichts?

Nichts.

Ich bin Laura, die du nicht erkannt hast.

Beide hatten sie ihren Satz, den einen Satz im Kopf, der ihnen ein Halteseil war über dem Abgrund von Angst.

Ich werde König Milutin nicht heiraten.

Beide fürchteten sie, den Halt zu verlieren, und hielten sich fest an ihrem Satz. Laura hatte sich daran entlanggehangelt auf dem Weg zur Hagia Sophia, diesmal ohne Blemmydes und ohne schöne Träume, hatte ihn innerlich hergebetet, als sie die Kirche betrat und sich suchend umsah nach dem einen unter den vielen Menschen, hoffend, er würde da sein, fürchtend, er würde da sein.

Mit ihrem Satz im Kopf war sie auf ihn zugegangen.

Er war alleine gewesen, umgeben von Menschen, aber ohne seine Schöne.

Sie hatte ihren Satz nicht gebraucht.

Sie sah das Erschrecken in seinem Gesicht und glaubte einen Augenblick lang, er würde sich umdrehen und davonlaufen.

Er hat sich umgesehen wie ein Tier, das ein Schlupfloch sucht.

Und weiter?

Nichts.

Nichts?

Er hatte ihr Vorwürfe gemacht. Warum bist du nicht an deinem Platz?

Mein Platz ist an deiner Seite.

Er bekam den Silberblick. Sie stürzte in seine Arme. Er hielt sie matt und schaute sich um, ob jemand sie beobachtete. Sie trat zurück.

Er fragte sie, wie sie hierher komme … und in diesem Aufzug.

Sie fing an zu stottern. Ich wollte – ich hatte solche.

Die Kerben über seiner Nasenwurzel vertieften sich. Eine Frau ist nicht dazu geschaffen, in der Welt herumzuziehen. Es geziemt sich nicht für sie. Es steht ihr nicht an. Treiben sich die Blumen in der Welt herum? Sie blühen, sie duften, sie erfreuen das Herz des Heimkehrers. Du aber bringst Schande über mich.

Laura ließ den Kopf hängen.

Ich wollte, ich dachte.

Er blickte sich um, als wüßte jeder, daß die Gattin des Megas Konostaulos sich mit gewöhnlichen Landstreichern gemein gemacht hatte.

Laura hob den Kopf.

Na und?

Er erkundigte sich, wie es zu Hause ging. Sie sagte ihm nicht, daß er einen Sohn hatte. Er fragte nicht nach der Magd Lene. Sie berichtete von dem trockenen Sommer und wie sie die Schafe hatten schlachten müssen. Die Ernte war schlecht.

Und du?

Er kehrte die Handflächen nach außen, alte vertraute Geste, immer wenn er ratlos gewesen war, hatte er ihr die leeren Handflächen entgegengestreckt.

Sein Blick ging über sie hinweg. Er starrte auf etwas. Laura drehte sich um. Rhumpachlas kam auf sie zu.

Wir reden später, sagte er. Morgen. Vertrau mir.

Derselbe Mann, mit dem sie Tausende von Tagen geteilt hatte und Nächte auf dem Lager, Leib an Leib, Tausende von Nächten in seiner Armkuhle, derselbe Mann, um den sie gebangt hatte, wenn er zum Kämpfen geritten war, derselbe Mann, der sie an sich gedrückt hatte, wenn er nach Hause gekommen war, der Mann, mit dem sie über den Gockel gelacht hatte.

Und was jetzt? Wie weiter?

Vertrau mir.

Der Kaiser hatte gestattet, daß seine Schwester den Styliten aufsuchte, wenn auch nur in Begleitung des Eunuchen Blemmydes und ihrer Zofen und nicht, wie sie es gewünscht hatte, allein und zu Fuß.

An die Säule, auf der der Heilige lebte, wurde eine Leiter angelehnt.

Sklaven hielten die Leiter, während Eudokia Stufe um Stufe hinaufstieg. Ihre Gewänder waren im Weg, die Füße verhedderten sich darin.

Therese rümpfte die Nase. Riechst du was?

Den Blick weiter auf die sich die Leiter hochkämpfende Eudokia gerichtet, sagte Laura: Der Geruch der Heiligkeit.

Therese schnüffelte und stieß angewidert die Luft aus.

Um nicht von der Lachlust überwältigt zu werden, wandte Laura sich an den mit undurchdringlicher Miene neben ihr stehenden Eunuchen.

Wie lange haust er dort in der Höhe?

So lang, daß niemand weiß, wie lang. Er ist der letzte. Früher gab es viele von ihnen. Das Volk verehrt ihn, sie sagen, er ist ein Heiliger.

Eudokia war oben angekommen. Laura sah Therese an. Therese war kurz davor herauszuprusten. Laura sah schnell weg und blickte wieder zu Eudokia hoch, die jetzt Knie und Haupt vor dem Styliten beugte. Ihre Gewänder flatterten im Wind.

Der Wind kommt von Osten, sagte Blemmydes. Seht ihr? Sein Bart zeigt die Windrichtung an.

Sein Gesicht verriet nichts, doch seine Worte sagten Laura, daß auch er seine Zweifel hegte, ob einer, der seit Jahrzehnten nicht mehr am Leben teilnahm, der richtige Ratgeber sein würde.

Sie mußten warten. Es dauerte. Es wurde langweilig.

Den Blick nach oben geheftet, flüsterte Therese: Immer nur von oben herab, so ists recht. Erhaben über die gewöhnlichen Sünder, das haben wir gern. Da macht man sich die Finger nicht schmutzig, das lob ich mir. Ein reines Westchen in luftiger Höhe, das möcht ich auch mal haben.

Endlich kam Eudokia herunter. Unsicher tastete sie sich Sprosse für Sprosse hinab.

Und?

Nichts. Er ist ein guter Mensch.

Zwischen Schlaf und Wachen hielt Laura den Schlüssel in der Hand. Sie zögerte, die Tür zu öffnen, obwohl sie das Schlimmste schon hinter sich hatte. Längst glaubte sie nicht mehr, daß alles wie früher wäre, alles gut, wenn nur Rhumpachlas nicht da wäre. Vorbei die Eifersucht, das Gefühl, bei ihrem Anblick zerspringen zu müssen, Konrads Arm um Rhumpachlas' Hüfte, als sei er dort zu Hause. Dieser vertraute, locker auf der fremden Hüfte ruhende Arm hatte ihr für eine Weile das Leben vergiftet und vergällt. Sie hatte an nichts anderes mehr denken können als an diesen Arm, immer hatte sie diesen Arm auf dieser Hüfte vor Augen gehabt, von nichts anderem hatte sie reden können, Therese und Eudokia konnten es schon nicht mehr hören, beständig hatte sie ihnen in den Ohren gelegen mit dem Weib, das sich zwischen sie und ihren Mann gedrängt hatte. Sie meinte, ihn nicht mehr sehen zu können, weil die andere davorstand, nicht einmal mehr an ihn denken konnte sie, ohne daß das Weib dazwischenkam. Rhumpachlas verstellte ihr den Blick, verbaute ihr mit ihrem Leib die Sicht auf ihren Mann.

Es war anders als mit der Magd Lene, die sie zwar auch von Herzen gehaßt hatte, doch immer mit dem Wissen, daß sie ihr den Mann nicht nehmen könnte. Diese aber hatte ihr den Mann genommen, auch wenn er leugnete, nein, du nur du, vertrau mir. Sie spürte, daß es Lüge war, und wollte es viel zu gerne glauben, um es nicht zu glauben, du nur du. Er schien so ehrlich, er redete so ehrlich daher, vertrau mir doch. Scheinbar wollte er nicht undankbar sein. Sie hat mir das Leben gerettet. Ich habe ihr das Leben zu verdanken. Er konnte, durfte, wollte nicht undankbar sein, ein Schuft wäre er gewesen, ein elender Schuft, wenn er sie jetzt einfach fallengelassen hätte. Und dann war Rhumpachlas plötzlich neben ihr gewesen. Es war bei der Hochzeit des Katalanen mit der Nichte des Kaisers. Sie hatte abgewartet, bis Blemmydes sich entfernt hatte. Blemmydes hatte vom Blindsehen gesprochen. Es gibt solche Menschen, sie sehen weiter, auch ohne Augen. Johannes Laskaris soll so einer gewesen sein. Sie gehen umher, ohne irgendwo anzustoßen, sie nehmen auch völlig geräuschlose Bewegungen wahr, aber sie müssen erst lernen, daß sie auch als Geblendete noch sehen können. Plötzlich war Rhumpachlas dagewesen und hatte sich Laura zugewandt, mit haßerfüllten Augen und ruhiger Stimme, in makellosem Latein. Wir aus der Familie Laskaris haben diese Gabe, uns ist es gegeben, die geraubten Augen zu ersetzen. Wie wäre das für Euch? Ihr seid fremd hier, was wißt Ihr von unseren Sitten? Wißt Ihr, daß es bei uns Brauch ist, einem Rivalen oder einer Rivalin die Augen ausstechen zu lassen? Sind Euch die vielen Blinden nicht aufgefallen? Weißt du, wie es gemacht wird? Wir haben den Thron verloren, doch wir haben die Lehre daraus gezogen, mach deine Feinde nieder, bevor sie dich niedermachen. Wir haben viele Anhänger, viele haben nicht vergessen, was Michael Palaiologos unserem Hause angetan hat, viele sind uns treu ergeben, ich brauche nur so zu machen, und sie schnippte mit den Fingern, und Laura, bereit, den Kampf aufzunehmen, starrte zurück in die Augen, die von einem gnadenlosen Blau waren, nicht bereit zu weichen, starrte zurück, baute ein Mäuerchen, versuchte, sie nicht einzulassen, und wollte nicht wahrhaben, daß es keinen Schutz gibt vor dem Himmel über der Wüste, nicht wenn du aus den Wäldern kommst, sagte Eudokia. Und Laura saß da, mit der Feindin in ihrem Innern, irgendwie war sie doch hereingekommen, und Therese sagte herzlos, sieh zu, daß du sie wieder los wirst, schmeiß sie raus. Aber das Weib, die Zecke, hatte sich festgekrallt und wollte nicht loslassen, und Laura mußte immer daran denken, wie sie sie loswerden konnte, hörte sie von einer Giftmischerin, dachte sie an Rhumpachlas, sah sie einen Dolch, und sie sah viele Dolche, jeden Tag, dachte sie an Rhumpachlas, sah sie ihre Hände, dachte sie an Rhumpachlas. Weg sollte sie, einfach nur weg, wie nie gewesen. Immer mußte Laura an sie denken, aber hören wollte sie von ihr nichts und nichts wissen, nicht einmal oder erst recht nicht, wie sie Konrad gerettet hatte. Nie hatte sie danach gefragt, es hätte sie zu sehr geschmerzt. Sie wollte nicht wissen, was gewesen war, schlimm genug, daß es gewesen, daß sie ihr zuvorgekommen war, sie wollte nicht auch noch wissen, wie. An Konrad konnte sie nicht mehr denken, wollte sie an Konrad denken, dachte sie an *sie*. Sie war besessen. Das Weib war schwanger. Konrad hatte es ihr gesagt. Er hatte die Handflächen nach außen gekehrt.

Laura hatte gewütet, der werd ichs zeigen, die soll mich kennenlernen, bis Therese sagte, du hast zu lange den Mann gespielt.

Wieso?

Du machst es wie die Männer. Sie kämpfen um eine Frau. Sie kämpfen miteinander und wollen einander besiegen. Die Frau vergessen sie dabei. Sie wollen nur noch gewinnen.

Laura war sehr böse auf Therese gewesen.

Der Kaiser hatte einen Fehler gemacht. Er hatte den Patriarchen zu Eudokia geschickt. Der Patriarch hatte den falschen Ton angeschlagen.

Die Welt stürzt zusammen, das Weib dreht sich Locken.

Er hatte sich in heiligen Zorn hineingeredet und war so ausfallend geworden, daß die fast schon Aufgeweichte sich wieder verhärtet und ihren Satz gesagt hatte.

Ich werde König Milutin nicht heiraten.

Andronikos begab sich zu seiner Schwester. Er bat sie, er beschwor sie.

Das Ja lag ihr auf der Zunge, sie konnte es nur nicht aussprechen. Sie wußte, daß er ihr nie verzeihen würde, aber sie bekam das Ja nicht heraus.

Der Kaiser konnte es sich nicht leisten, wortbrüchig zu werden. Anstelle seiner Schwester bot er seine Tochter Simonis an. Er tat es, ohne die Mutter zu fragen. Diesmal unterließ er das Fragen nicht, weil er das Einverständnis voraussetzte, sondern weil er wußte, daß es kein Einverständnis geben würde. Simonis war fünf Jahre alt. König Milutin nahm an.

Eudokia war bedrückt. Der Patriarch war empört. Alle redeten darüber. Der Kaiser ließ sich nicht beirren.

Simonis wußte nicht, wie ihr geschah, nicht einmal, daß ihr etwas geschah. Man steckte sie in eine Sänfte und schaffte sie zu dem serbischen König, prachtvoll gewandet und mit großem Gefolge, und nach der Reise wurde die Hochzeit gefeiert.

Mensch, dein Haus brennt!

Macht nichts, ich habe den Schlüssel.

Laura schreckte hoch. Sie wußte nicht genau, ob sie geschlafen hatte. Sie glaubte, sich an ein Plumpsen zu erinnern, ein Plumpsen und eine flüchtige Bewegung auf dem Lager.

Der Mond zeichnete den Schatten des Fenstervierecks auf die Wand. Über die Streifen der Gitterstäbe kroch ein Gecko. Möglich, daß ein Gecko von der Decke gefallen war und sie geweckt hatte.

Der Gecko verharrte im Mondlicht.

Laura horchte auf die Stille.

Und?

Nichts.

Am Abend war sie mit Konrad im Hippodrom gewesen. Er hatte über den ägyptischen Obelisken gesprochen, vor tausend Jahren wurde er hier aufgestellt, bedenke, daß er damals schon ein und ein halbes Jahrtausend alt war, gefertigt unter Thutmosis III. Leichenblaß schaute der Mond vom Himmel herab. Laura glaubte das Meer zu hören und sah ihren Mann, der ihr alles erklärte, die Arme wiesen auf die Schlangensäule, die Wandelhallen, das Rund der Rennbahn, schon lange keine Rennen mehr, die Arme ruckten, als wäre der Mann aus Holz, hier die Wandelhallen, dort die Pferdeställe.

Und?

Hier die Porta triumphalis, das Siegestor, dort die Stelle, wo die Quadriga stand, vier bronzene Pferde, überlebensgroß, die Kreuzritter haben sie weggeschleppt.

Er sprach von den Kreuzrittern, als wären sie *seine* Feinde. Ohne es zu merken, hatte er die Fronten gewechselt. Meisterwerke der Bildhauerkunst, Enrico Dandolo hat sie nach Venedig schaffen lassen, der verfluchte Doge, Enrico Dandolo.

Laura hörte ihm zu und hörte heraus, was sie längst wußte: Es gab kein Zurück für ihn.

Und jetzt?

Der Gecko saß reglos. Laura bemerkte, daß sein Schwanz abgebrochen war, und fragte sich, ob Konrad immer schon so eckige Bewegungen gehabt hatte. Frau Luna schien ins Zimmer, nicht mehr so leichenfahl wie am Abend, als der Kommandant der fränkischen Söldner, der einmal ihr Mann gewesen war, sie über die Grünen und die Blauen in Kenntnis gesetzt hatte. Wir stehen auf einem Massengrab, dreißigtausend Aufständische sind hier niedergemacht worden, der Nika-Aufstand, du hast gewiß davon gehört, damals war es üblich, die Toten an Ort und Stelle zu begraben.

Und wir?

Wir? Wir wollen uns nicht übereilen.

Seine Stimme war nicht aus Holz. Sie schwankte wie ein kleiner Nachen auf hoher See.

Frau Luna leuchtete gelb und rund, der Gecko rührte sich

nicht, gestern war es windig gewesen, jetzt war es still, die Eifersucht hatte sich gelegt wie der Wind, es war Ruhe, die Besessenheit gewichen, Rhumpachlas verschwunden, niemand verstellte Laura mehr die Sicht auf Konrad.

Was ist mit uns?

Mit uns?

Jetzt war es gut. Laura war wieder eins, nicht mehr zerrissen zwischen zweien, einer, die glauben wollte, und einer, die spürte, daß er log. Er hatte sie angelogen, sie war empört gewesen, wie glatt ihm die Lügen über die Lippen kamen, er hatte ihr etwas vorgemacht, und sie hatte nicht gewußt, was sie glauben sollte, das eine gedacht und das andere gespürt, und jetzt war es gut, sie hatte sich betrogen gefühlt und war außer sich gewesen, empört, wie glatt ihm die Lügen über die Lippen kamen, genauso glatt wie ihr im Kloster der Büßenden Schwestern und davor und danach, ohne Stocken. Jetzt war es gut.

Eine Wolke hatte sich vor den Mond geschoben. Plötzlich war es dunkel. Eine Schlängelbewegung ging durch das Gras. Konrad fuhr zusammen. Sein Schritt wurde zögerlich. Gras und Unkraut standen nicht sehr hoch, abgeweidet von Ziegen, nur eine Natter, sagte Laura beruhigend, und Konrad, mit dem Schwanken in der Stimme, sprach von den Klapperschlangen, ihrem tödlichen Biß, wenn du das Gift in dir hast, ist kein Kraut dagegen gewachsen.

Laura hörte seinen furchtsamen Atem.

Für einen Augenblick kam der Mond hinter den Wolken hervor, es wurde hell, in der Ferne bellten Hunde, die Wolken zogen schnell, es wurde wieder dunkel. Konrad schnüffelte.

Du mußt ihm Zeit lassen, Zeit lassen, nicht bedrängen.

Der Flügelschlag eines Raubvogels. Konrad schnüffelte.

Laura fragte, wie es ihm ergangen sei, bei Emir Osman. Sie vermied das Wort Sklave, und nichts von Ketten und nichts von Schuften.

Er schnüffelte und schwieg sich aus.

Sie begriff, daß die Erinnerung zu demütigend für ihn war, und fragte nicht weiter.

Die Wolken gaben den Mond frei. Laura hörte, wie Konrad aufatmete. Unter einem Baum hockte ein Igel im welken Laub. Er flüchtete nicht, rollte sich nicht zusammen, stellte nicht seine Stacheln, saß da wie schlafend oder sinnend, mit offenen schwarzen Augen. Plötzlich fuhr er zusammen, als sei er gerade aufgewacht, strebte ein paar Schritte weg, blieb stehen und drehte den Kopf zurück. Konrad schnüffelte. Es wurde wieder dunkel. Ein Knacken ließ ihn zusammenzucken. Seine Hand fuhr zum Dolch.

Laura begriff, daß Ritter Konrad sich fürchtete, nicht vor Räubern Mördern Dieben, er fürchtete die Natur. Kämpfen, das hatte er gelernt, mit Dolch Lanze Schwert konnte er umgehen, aber der Natur war so nicht beizukommen, und das machte ihm angst. Ohne zu denken, griff sie nach seiner Hand und hielt sie wie eine Mutter, die den Sohn beschützt, und er entzog sie ihr nicht, ließ sich willig führen, schweigend strebten sie dem Ausgang zu. Er stolperte neben ihr her und beklagte sich, daß er nichts sehen könne. Sie hielt seine Hand fest und sprach beruhigende Worte, während die Erkenntnis heraufdämmerte, daß sie diesen Mann nicht kannte, nie gekannt hatte. Aus dem Kloster geholt, an ihn verheiratet, mit ihm gelebt, von ihm Kinder empfangen, ohne ihn an der Wiege gesessen. Als sie gestorben waren, hatte jeder für sich allein getrauert.

Sie hatte geglaubt, das müßte so sein.

Mit ihm gelebt, neben ihm her, nichts von ihm gewußt. Sie hatte sein Stöhnen gekannt, wenn sie das Lager teilten, aber sie hatte nicht gewußt, daß er sich noch mehr fürchtete als sie, der Herr der Burg Tannenberg, ihr ritterlicher Gatte – wie oft war er ausgezogen zum Kämpfen, wie viele Male war sie, die Angst verbergend, in den Hof gekommen, um Abschied zu nehmen: Waffenklirren, Stimmenklirren, und kein Konrad mehr. Welcher von den Männern der ihre war, konnte sie nur noch an seiner Rüstung erkennen. Sie hatte geglaubt, das müßte so sein. Sie war in die Kapelle gegangen und hatte um seine Heimkehr gebetet, seine siegreiche Heimkehr. Und dann hatte sie sich um das Vieh gekümmert, die Küche und den Garten und mit dem Warten begonnen. Das Warten war ein Teil ihres Lebens gewesen wie die tägliche Sorge für das Haus. Es gehörte zu ihrem Wesen wie die Ungeduld, es gehörte zu ihr wie Arme und Beine und die Überzeugung, daß Konrad ihr Beschützer war und das Sagen hatte, dem nur in aller Stille und nie ohne Vorsichtsmaßnahmen zuwiderzuhandeln war.

Macht nichts, jetzt habe ich den Schlüssel.

Laura öffnete die Tür und sah einen großen, kahlen Raum mit verhangenen Fenstern. Im Halbdunkel standen Wächter herum, alle gleich gekleidet und bewaffnet. Ihre Gesichter waren nicht zu erkennen. Sie nahmen keine drohende Haltung ein, sie waren einfach nur da. Frauen gab es keine, nur Männer, die an einer langen Tafel saßen, großartige Reden führten, mit den Fäusten auf den Tisch schlugen und einander auf die Schultern klopften. Sie soffen die Weinkrüge leer und taten, als wären die Wächter nicht da. Es war unklar, ob sie zu ihrem Schutz oder zu ihrer Bewachung umstellt waren. Am Kopfende der Tafel saß Konrad. Laura fragte sich, wie sie so lange Zeit mit ihm hatte zusammenleben können, ohne von diesem Raum zu wissen, in dem ein jeder darauf bedacht schien, sich keine Blöße zu geben, keine Schwäche zu zeigen und kein Mitgefühl, weder für sich noch für andere, als hätten sie alle gelernt, daß es hier keine Gnade gab.

Laura wollte schon wieder gehen, als ein Mann erschien, dessen Gesicht genausowenig zu erkennen war wie das der Wächter. Die Art, wie er sich hielt, ließ keinen Zweifel daran, daß er die Macht hatte.

Konrad stand auf und beugte das Haupt vor diesem Mann,

der die Verbeugung hinnahm, ohne sie zu beachten. Er schaute über Konrads Kopf hinweg ins Leere.

Laura hatte genug gesehen. Sie schloß die Tür.

Draußen war heller Tag, die Sonne schien, und Laura schnitt einen bunten Rosenstrauß, den wollte sie in die Chorakirche bringen.

# XXIV

## Ein Schiff, das nicht fährt, kommt nicht im Hafen an

Die Luft war schwer, der Himmel drückend. Es stank nach Abgasen. Zwischen Zigarettenkippen robbten Soldatchen in weißen Uniförmchen mit blauen Helmchen, Gewehrchen im Anschlag, über das Pflaster, und wenn ihr eifriges Schlängeln zu ermüden drohte, wurden sie ergriffen, aufgezogen und wieder an ihren Einsatzort verlegt, wo sie sich mit neuem Elan an die feindlichen Schuhe heranarbeiteten, die unablässig an ihnen vorbeizogen.

Auf der Straße fuhren Autos, Motorräder und Busse, deren Dröhnen das höllische Getöse der anderen Motoren noch übertönte und deren Hupen mit ihrem langgezogenen Brummen in kurzen Abständen kundtaten, daß sie die Elefanten der Automobilwelt waren, die natürlicherweise hin und wieder Luft ablassen mußten, tosende Fürze, die Aische bedauern ließen, als atmendes Wesen geboren zu sein.

Der Kerl, der die Soldatchen verkaufte, starrte auf Aisches Brust. Er glotzte auf Aisches Brüste, als gäbe es keine Aische, nur diese Brüste.

Aische ging weiter.

Jeder Fahrer hatte seine eigene Art zu hupen, kurz und höflich, die Hupe nur angetippt, kurz aber nachdrücklich, mehrmals kurz hintereinander, in noch gebändigter Ungeduld mit der Faust auf die Hupe, bis hin zu den langgezogenen wütenden Tönen, die auch die Dickfelligsten entnervt zur Fahrbahn blicken ließen.

Ein Mann, der Aisches Großvater hätte sein können und ein rosa Kleidchen mit weißen Rüschchen an den Ärmelchen hochhielt, damit mögliche Käufer es in seiner ganzen bonbonfarbenen Schönheit sehen konnten, flehte Aische mit den brennenden Augen eines Verdurstenden an.

Aische ging weiter.

Vor einem alten Pappkarton, auf dem sich putzige Pudelchen im Kreise drehten, hockte ein Mann mit einem gewaltigen schwarzen Schnurrbart. Neben den Pudelchen schnurrte ein Bootchen durch eine himmelblaue Plastikwanne. Der Mann erhob sich, zwirbelte seinen Schnurrbart und sah Aische an, als überlege er, ob er sie gebraten oder gegrillt zu sich nehmen sollte.

Aische ging weiter.

Frauen mit und ohne Kopftücher oder ganz in Schwarz gehüllt, so daß nur die Augen zu sehen waren. Sie trugen Taschen und Plastiktüten und eilten an Aische vorbei, ohne sie zu beachten.

Aische gab es auf, ihren Blick zu suchen und sie anzulächeln, von Frau zu Frau, in der Hoffnung, irgendwie Anschluß zu finden. Da war nichts zu machen. Diese Frauen wollten mit ihr nichts zu tun haben, weder die jungen noch die alten.

An einem Baum lehnte ein Mann. Ein schäbiges Schießgewehr und eine an den Baum geheftete Zielscheibe deuteten darauf hin, daß der Mann auf Männer wartete, die sich im Schießen üben wollten.

Ein paar Meter weiter hockte ein Opa auf den Fersen. Die Ware, die er anzubieten hatte, bestand aus ein paar auf braunem Packpapier ausgelegten Tempotaschentüchern. Neben ihm lag eine rostige Waage. Er zog an seiner Zigarette und starrte auf Aisches Beine, als hätte er noch nie Beine gesehen.

In Bella Italia hatten sie auch geschaut, aber nicht so. Da

war es schön gewesen, angeschaut zu werden. In Bella Italia schauten sie spielerisch, sie plänkelten, sie fragten, willst du? auch wenn sie keine Zeit hatten, fragten sie, wie wärs mit uns? und nicht wie hier, wo es keine Frage gab, nur dieses Hinlangen wie auf dem Markt, wo sie der Kuh ins Euter kneifen. Aische war kaum angekommen und hatte schon genug von Istanbul. Am liebsten hätte sie das nächste Schiff zurück nach Venedig genommen. Im Grunde hatte sie schon auf dem Weg nach Istanbul genug gehabt.

Der Hafen war noch in Sicht, das Schiff hatte gerade abgelegt, und Aische hatte sich einen Platz an der Reling gesucht und war aufgestanden, um nach Lotti und Moischele Ausschau zu halten.

Die beiden waren in der Menge verschwunden, und Aische wollte sich gerade wieder setzen, als drei oder vier Jungs auftauchten. Einer mit einer Warze im Auge steuerte auf ihren Platz zu und wedelte mit der Hand, so wie man eine Fliege verscheucht. Er machte sich nicht einmal die Mühe, etwas zu sagen, denn er war damit beschäftigt, seinen Kaugummi zu kauen, und meinte wohl, das Wedeln ersetze die Worte: hau ab, hier will ich sitzen.

Sie konnte sich gerade noch auf ihren Platz fallenlassen.

Er baute sich vor ihr auf und hob die Hand, als wolle er sie schlagen.

Sie sah ihm in die Augen und sagte: Wag es!

Er ließ die Hand sinken, pflanzte sich neben sie auf die Bank und sagte etwas auf türkisch zu seinen Freunden. Die Freunde lachten. Er lachte. Alle lachten sie laut und dreckig.

Sie streckten die Beine von sich und machten sich breit, kauten ihre Kaugummis und hielten sich schadlos an Aische, die nicht verstand, was sie sagten. Sie verstand kein Wort, aber sie verstand sehr wohl und gab ihnen auf deutsch zurück, und der mit der Warze legte den Finger vor den Mund und machte pschschsch und noch einmal pschschsch, so wie man ein vorlautes Kind zum Schweigen bringt. Die anderen lachten und machten Bemerkungen auf türkisch, und immer wenn Aische etwas sagte, legte der mit der Warze den Finger auf die Lippen und machte pschschsch, aber Aische dachte nicht daran, sich kleinkriegen zu lassen, und sagte Sachen, die ihn vernichtet hätten, wenn er sie verstanden hätte, und genoß es, all das sagen zu können, ohne erwürgt oder erstochen zu werden. Er merkte, daß sie Deutsch sprach, und bediente sich des einzigen deutschen Worts, das er kannte, fickificki, und Aische zuckte nicht mit der Wimper und betrachtete es als seine Rache dafür, daß sie ihren Platz behauptet hatte. Er hatte ihren Platz beansprucht, weil er ein Mann war, aber dafür war sie nicht so lange unterwegs gewesen, daß sie ihren Platz für irgendsoeinen Arsch räumte. Sie hatte sich beschissen gefühlt, aber sie war nicht gewichen.

Aische hatte Hunger.

Mit vielen Ermahnungen, gut darauf aufzupassen und nichts unnütz auszugeben, hatte Moischele ihr eine mit deutschen Geldscheinen vollgestopfte Brieftasche überreicht. Das war am Hafen gewesen. Aische waren die Tränen gekommen. Lotti hatte sie in die Arme genommen und geflüstert: Da siehst du, wie er dich liebt, Schätzchen. Wenn der mal was rausrückt, der Geizhals, das will was heißen.

Das viele Geld war noch mehr geworden, als Aische es im Yücelt Youth Hostel getauscht hatte. Mit leerem Kopf hatte sie auf die Scheine gestarrt, die der Mann an der Rezeption ihr vorzählte. Er sprach Englisch, und Aische hatte ihn dreimal gefragt, wie man das umrechnet. Er hatte es ihr dreimal erklärt, ohne die Geduld zu verlieren. Sie hatte es trotzdem nicht verstanden.

Sie hatte Hunger und wollte etwas zu essen kaufen.

Kein Döner weit und breit. Döner schien es nur in Deutschland zu geben. Sie hielt nach einem Lebensmittelgeschäft Ausschau und fand keines, weil sie die Schilder nicht lesen konnte. Außer Pepsi. Das konnte sie lesen, aber es half ihr nicht weiter. Sie hatte schon drei Pepsi getrunken und dem Mann im Kiosk aufs Geratewohl einen Geldschein hingehalten, den er in seiner Kasse hatte verschwinden lassen, ohne ihr etwas herauszugeben. Ein Börek wollte sie essen und konnte nicht fragen, und immer, wenn sie irgendwo stehenblieb, um durch irgendeine Scheibe zu starren, ob es da etwas zu essen gab, wurde sie von hungrigen Blicken vertrieben. Einmal hatte sie sich in ein leeres Restaurant gewagt, sich jedoch angesichts glühender Wolfsaugen zurückgezogen, bevor der erste Stuhl erreicht war.

Mit leerem Magen kehrte sie ins Yücelt zurück, schlich durch das leere Haus, riß sich in dem leeren Schlafsaal die Klamotten vom Leib, sprang ins Bett und zog die Decke über den Kopf.

Unter der Decke war es heiß. Schlafen konnte sie nicht. Der Hunger hielt sie wach.

Aische kam unter der Decke hervor und starrte trübsinnig auf die Minarette der Ayasofya Camii. Der Himmel war blau, das Wetter schön, Istanbul eine gräßliche Stadt.

Auf bloßen Füßen tappte Aische ans Fenster und schaute auf die Touristen hinunter, die sich vor der Ayasofya zusammenklumpten. Touristen und Tauben. Beides erinnerte sie an Venedig.

Sie zog sich wieder an.

Auf der einen Seite die Stadtmauer, auf der anderen Häuser, aus Holz oder Stein, ein- oder zweistöckig, mit vergitterten oder vernagelten Fenstern. Heruntergelassene Wellblechrollläden, eingeschlagene Scheiben, spitz ragende Scherben und auf der Straße kämpfende Katzen, Buckel, peitschende Schwänze und verrenkte Hälse.

In den Seitengassen auf den Fersen hockende Männer und spielende Jungs. Zwei schoben lachend einen alten Kinderwagen, in dem zwei andere lachend saßen. Mädchen waren keine zu sehen.

Auf den Mauern wuchs Gras, auf den Türmen Bäume und Bäumchen, die sich im Wind bogen.

Zwischen Haupt- und Vormauer lag Abfall herum. Plastik, leere Colaflaschen, schwarze Tüten, verrostetes Eisen: wenigstens etwas Vertrautes. In den Abfall fuhr der Wind, blähte Plastiktüten auf, machte Plastikfetzen zu verreckenden Schmetterlingen, die hilflos gegen die Mauer taumelten und in den weißen Ranken der Ackerwinden hängenblieben.

Die Mauern dämpften den Verkehrslärm. Eine Krähe hüpfte, äugte, schloß die Lider und versetzte Aische dahin, wo sie hergekommen war, in die Schutzhütte auf dem Tannenberg, es war windig, und sie hatte Trost gefunden in der Ruhe der Ruinen, ohne zu wissen, warum gerade dort. Jetzt wußte sie es. Mit schmerzenden Füßen in dieser feindseligen Stadt, in der irgendwo ihr Vater lebte, begriff sie, warum ihr dort oben wohler gewesen war als unten, wo die Zeit stand und nicht vor und zurück wollte und nichts vorbeiging und alles so blieb, wie es war. Damals war es gut gewesen, vor den verfallenden Mauern zu sitzen und zu sehen, daß alles vorbeigeht und nichts bleibt. Jetzt fand Aische das gar nicht mehr so gut. Warum all die Mühe, die Anstrengung, sich nicht kleinkriegen, nicht unterkriegen zu lassen von den Türkenärschen, den Kaugummikauenden mit dem breitbeinigen Gang. Warum so verzweifelt um ein bißchen Überleben kämpfen, wenn doch alles vorbeigeht? Essigbäume auf den geborstenen Wachtürmen, Kamille und Storchenschnabel aus den Mauerritzen. Die Ziegel fühlten sich genauso kühl an wie einst, als sie von Hand zu Hand gereicht worden waren, um sorgsam aufeinandergeschichtet und eingepaßt zu werden von Menschen, die nichts bekommen hatten für ihre Arbeit, nichts als einen Tag Weiterleben und gerade so viel zu essen, daß sie weiterarbeiten konnten, immer unter den Augen der Aufseher, die, ihrerseits beaufsichtigt, die Peitsche bereithielten und zuschlugen, weil es ihnen gefiel, und wenn sie nicht schlugen, weil es ihnen gefiel, dann schlugen sie, um nicht selber geschlagen zu werden, und wenn sie nicht schlugen, um nicht selber geschlagen zu werden, schlugen sie, um es weiterzubringen, und am Ende wuchs Kamille aus den unter Schmerzen aufgeschichteten Ziegeln. Am Ende waren sie alle gleich, die Sklaven und die Aufseher, alle und alles gleich, wie die Ziegel in der Hand gelegen hatten, am Morgen, wenn es noch kühl war, anders als am Abend, anders für den, der verliebt war, als für den, der nicht verliebt war, für den, der noch Hoffnung hatte, als für den, der keine Hoffnung mehr hatte, alles gleich geworden, gleich gültig. Feigen wuchsen aus der Mauer und sogar Gurken. Die Feigen waren noch nicht reif, aber die Gurken hätte man schon essen können. Aische machte sich trotzdem nicht die Mühe, sie zu pflücken. Sie hatte keinen Hunger, hatte es gelernt, den Glotzern zum Trotz einzukaufen, und umrechnen konnte sie auch, und bescheißen ließ sie sich nicht mehr. Vor einem restaurierten Wachturm streckte ein umgekippter Papiercontainer die verbogenen Rollen von sich. Aus dem aufgerissenen Maul quoll Papier. Die Sklaven hatten geschuftet und die Baumeister gerechnet und sich mit den Beamten herumgestritten, die unerfüllbare Forderungen stellten und auf ihren Forderungen beharrten, obwohl sie nichts vom Bauen verstanden, nur weil sie ihre Anweisungen hatten, immer einer vom andern, bis hinauf zum Kaiser, der alles in Auftrag gegeben hatte, die Vormauern, die Mauern und den Graben dazwischen, die Wachtürme und die Tore. Hin und wieder erschien er, überraschend oder nicht überraschend, um den Fortgang der Arbeit in Augenschein zu nehmen, mit großem Gefolge, umgeben von Berittenen, die alle prächtig gekleidet und ihm alle untertan waren, aber hüten mußte er sich vor ihnen doch. Jeder konnte ihm den Hals zudrücken, das Messer gegen ihn führen, das Gift in seinen Wein mischen. Kein Trost für die Sklaven. Wenn er starb, würde ein anderer kommen, mit großem Gefolge, umgeben von Berittenen, unangekündigt oder angekündigt, so daß alle Zeit hatten, sich Hoffnungen zu machen. Sklaven, Aufseher und Oberaufseher, Baumeister und Beamte, ein jeder hoffte, er werde *ihn* sehen. Die Sklaven, die noch die Kraft hatten zu hoffen, knüpften ihre Hoffnungen an ihn, ein Machtwort von ihm, und sie waren erlöst. Die Aufseher trieben an und schlugen zu, noch erbarmungsloser als sonst. Der Kaiser sollte auf sie aufmerksam werden, wie gut sie ihre Arbeit machten, sie wollten Oberaufseher werden, und die Oberaufseher träumten davon, Beamte zu werden.

Der Kaiser war gekommen und gegangen, und nichts war geblieben von all der Aufregung. Außer den Mauern. Sie hatten die Stadt ein Jahrtausend lang geschützt, und dann hatten sie sie nicht mehr schützen können. Dann waren die Türken gekommen und hatten die Stadt erobert und drei Tage lang geplündert, vergewaltigt und ermordet, so war es Sitte, das gehörte dazu. Und auch das war vorbei, die Schreie der Frauen und die Schreie der Kinder, die ohne Einwilligung gezeugt worden waren und ihre Mütter an jene schrecklichen Tage erinnerten. Nichts war geblieben außer dem Wissen, daß es geschehen ist. Einmal hatten sie alle Namen, die vielen Ichs, die geschwitzt und geschwiegen hatten und das Ende des Arbeitstages herbeisehnten, Hunger im Bauch, Durst und aufgerissene Hände, und jetzt waren ihre Namen vergessen. Sie gehörten zu den Menschen, von denen niemand wußte, daß es sie je gegeben hatte. Der Name des Sultans aber, der die drei Tage vor der Stadt abgewartet hatte, um einzuziehen, wenn alles vorbei war, wird noch heute gepriesen. Er soll geradewegs zur Hagia Sophia geritten sein und ihr einen neuen Namen gegeben haben. Außen wurden Minarette angebaut, innen alles mit Teppichen ausgelegt. Die Kirche wurde zur Moschee, wie alle anderen noch brauchbaren Kirchen der Stadt, und auch die Stadt bekam einen neuen Namen, und fortan schützten ihre Mauern die Türken, noch ein paar Jahrhunderte lang, bis auch das vorbei war und Mauern eine Stadt nicht mehr schützen konnten.

Aische näherte sich dem Busbahnhof. Die Füße schmerzten. Busse dröhnten, furzten, trompeteten. Lastwagen tobten an ihnen vorbei, mit schlingernden Anhängern. Wenn einer besonders üble Schwaden hinterließ, hielt Aische den Schal vor Mund und Nase. Eine Frau kam ihr entgegen. Auch sie hielt den Schal vor Mund und Nase. Aische lächelte sie an. Die Frau sah weg, als wolle sie bekunden, mit dir habe ich nichts gemein.

An einem Mauerrest hockte eine Landfrau, den weiten Rock sorgsam um sich gebreitet, so daß nichts zu sehen war von dem, was darunter vorging.

Rund um den Busbahnhof wurde alles mögliche verkauft. Kleine armselige Stände. Jeder handelte mit irgend etwas.

Aische stieg die Treppe der Überführung hinauf, um die Straße zu überqueren. Auf der anderen Seite Gedränge und Händlerrufe. Ankommende und abfahrende Busse. Busse in scheinbar endlosen Reihen. Verkaufstische. Kioske. Schuhputzer. Die Schuhputzer starrten Aische an, als wäre sie die erste Frau, die sie nach Jahren im Gefängnis oder auf einer einsamen Insel zu Gesicht bekamen, und Aische war schon so weit daran gewöhnt, daß sie darüber nachdenken konnte, wie sie das machten, jeden Tag viele Male eine Frau ansehen, als verzehrten sie sich gerade nach ihr, mit diesem Hunger von Jahren im Blick, diesem Brennen in den Augen, von dem sie wußte, daß nicht sie es entzündet hatte und daß es nicht ihr galt, diesem völlig unpersönlichen Begehren, und sie sehnte sich wieder einmal nach Bella Italia zurück – plötzlich am Arm gepackt von einer Alten, bestimmt schon über Fünfzig, eine dicke, schwere, starke Frau, grabscht nach ihr, hält sie fest mit der einen Hand und reibt mit der anderen Daumen und Zeigefinger aneinander. Sie sagt etwas, das Aische nicht versteht, aber die Geste reicht.

Nein, sagte Aische, riß sich los und ging weiter.

Die Alte ließ nicht locker, zischte ihr hinterher, so wie sie einem in Deutschland *Hallo!* nachrufen, wenn sie wollen, daß man stehenbleibt. Die Alte folgt ihr, holt sie ein, will Geld, hat sie sofort als Ausländerin erkannt, wie alle hier, wie immer, trotz der dunklen Haare und der dunklen Augen, bettelt ein Mädchen an, das ihre Enkelin sein könnte, nein, bettelt nicht, fordert, ist ja bloß eine Ausländerin, da braucht man nicht zu bitten, ein Mädchen allein, von dem kann man verlangen. Die Alte brachte Aische so auf, daß die an der Stadtmauer gewonnene Erkenntnis verpuffte, alles geht vorbei, nichts bleibt, gut und schön, aber jetzt war jetzt und Aische so wütend, daß das Wissen um die Vergänglichkeit auch dieses Augenblicks sie selbst dann nicht hätte beschwichtigen können, wenn es ihr noch gegenwärtig gewesen wäre und nicht schon gänzlich abhanden gekommen angesichts der sie noch immer verfolgenden alten Vettel, die ihre Großmutter hätte sein können und nichts von ihr wissen wollte, bloß Geld haben. Geld soll sie ihr geben, und Aische kann nichts sagen, bloß weitergehen und hoffen, daß sie endlich zurückbleibt, und daran denken, wie das war, in Deutschland, wo Aische immer wieder verdächtigt wurde, eine Ausländerin zu sein, das fällt ihr wieder ein, jetzt, unvergessen die deutsche Tussi, auch so eine Alte, nur ordentlich frisiert, mit grauen Löckchen und ordentlich gekleidet, mit diesen Schnürschuhen, wie ordentliche Frauen in diesem Alter sie dort tragen – es war in irgendeinem Lebensmittelgeschäft, und die Alte fragte die Verkäuferin hinter der Theke, is das ne Ausländerin? mit kaum gesenkter Stimme und unerträglich vertraulich, is das ne Ausländerin? obwohl Aische direkt danebenstand. Und Aische war voller Mitleid gewesen, mit den Ausländern, besonders den Türken, empört darüber, wie man mit den Türken umsprang, als wären sie das Letzte vom Letzten, und jetzt war sie hier, bei den Türken, das Letzte vom Letzten.

Die Alte war zurückgeblieben. Aische taten die Füße weh. Sie schleppte sich aus dem Gewühl und ging im Schutz eines Mäuerchens in die Hocke. Hinsetzen mochte sie sich nicht, es war zu dreckig. Sie mußte nachdenken. Die Frage war, wie sie ins Yücelt zurückkommen sollte. Zu Fuß war unmöglich. Sie konnte keinen Schritt mehr gehen. Angestrengtes Nachdenken mit Blick auf die Straße und die Stadtmauer dahinter, die Zinnen, die Türme, die Schießscharten. Den Alten sah sie erst, als er vor ihr stand. Er trug eine Baskenmütze und sagte etwas auf türkisch, beugte sich zu ihr, und sie hatte das Mäuerchen im Rücken und konnte nicht ausweichen. Er kam so nahe, daß sie den Dreck in den Falten seines Gesichts sehen konnte. Er legte die Fingerspitzen der rechten Hand zusammen und wedelte ihr damit vor der Nase herum.

Tamam?

Laß mich in Ruhe.

Gutt gutt.

Ich will in Ruhe gelassen werden.

Gutt gutt.

Drecksack. Hau ab. Mach die Flatter. Zieh Leine.

Er fuhr zurück. Sie stand auf. Es war genug. Sie würde ein Dolmuş nehmen.

Hinter dem Steuer des ersten Dolmuş saß Aisches Vater und las Zeitung. Sie geht auf ihn zu, bleibt neben dem Wagenfenster stehen. Noch hofft sie, daß er aufblickt und strahlt. Er macht eine Kopfbewegung zum Rücksitz hin und liest weiter seine Zeitung. Sie beugt sich zum Fenster hinunter.

Mißbilligung von Anfang an. Sein erster Blick galt ihrem unbedeckten Haar. Ohne Kopftuch, also halb nackt. Er sagte nichts, es war nur der eine Blick zu ihrem Haar hin und das fehlende Leuchten in seinen Augen.

Die plötzliche Schwere in den Gliedern, das Beschämtsein, und dann nichts mehr. Ein Gefühl wie unter Wasser. Sich nichts anmerken lassen. Reden, reden. Sie wußte nicht, was sagen. Ich habe dich gesucht. Wieder und wieder ausgemalt der Augenblick aller Augenblicke. Offene Arme. Wie er sie in die Arme schließt, die Arme ausbreitet, und sie läuft hinein und ist gerettet, geborgen, und er legt die Zeitung weg und macht eine Kopfbewegung, diesmal zum Beifahrersitz. Und sie hatte gedacht, sie würde das Bewußtsein verlieren vor Glück. Und er sagt, du einsteigen, und sie öffnet die Beifahrertür und setzt sich neben ihn und sitzt verklemmt und sieht geradeaus. Er langt an ihr vorbei ins Handschuhfach nach seinen Zigaretten, nimmt eine, greift in die Hosentasche, zündet die Zigarette an, und sie sagt, ich auch, mir auch eine, und er reicht ihr wortlos das Päckchen.

Es war das erste und das letzte Mal, daß sie in seiner Gegenwart rauchte. Sie wußte noch nicht, daß das eine Respektlosigkeit ist.

Er rauchte Samsun. Es war das erste, was sie über ihn erfuhr. Er fragt, wie sie hierhergekommen sei, und ihr ist es peinlich zu sagen, daß sie ihn gesucht hat, und er fragt, ob die Mutter weiß, daß sie hier ist, und sie nickt, sagt nichts von Saufen und Willi und so weiter, und er fährt los, mit der Faust auf der Hupe und ist nicht so schön, wie sie ihn in Erinnerung hatte, dicklich und ungepflegt, das Haar grau und schütter, und seine Mißbilligung drückt sie in den Sitz wie die Schwerkraft beim Karussellfahren.

Später glaubte sie, sie habe sich frech und lässig gegeben und sei nur innendrin beschämt und schüchtern gewesen. Sie glaubte das, weil er es Nuray gesagt hatte, und Nuray hatte es Latife gesagt, und Latife hatte es ihr gesagt. Er fuhr an den Dolmuş-Haltestellen vorbei, und sie hatte ein schlechtes Gewissen, weil er ihretwegen kein Geschäft machen konnte, und kam nicht ein einziges Mal auf den Gedanken, ihn zu fragen, warum er sich davongemacht hatte, ohne Abschied, einfach so, diese Frage stellte sich nicht, weder jetzt noch später, und auch nicht die Frage, warum er nichts von sich hatte hören lassen, all die Jahre.

Aische sah aus dem Fenster, ohne etwas zu sehen, und erklärte sich alles damit, daß er sie nicht erwartet hatte.

Er fragt, wie es zu Hause geht, und sie sagt, gut.

Als er aussteigt, sieht sie, daß er viel kleiner ist, als sie ihn in Erinnerung hat.

Sie folgt ihm die Treppe hoch. Kein Pflaster, keine Furunkel mehr im Nacken.

Er klingelte. Später würde sie ihn an diesem herrischen und ungeduldigen Klingeln erkennen. Sie würde es hören und wissen, daß er es ist. Er machte sich nie die Mühe aufzuschließen. Oft nahm er nicht einmal einen Schlüssel mit. Er verließ sich darauf, daß seine Frau da war, und immer öffnete sie ihm nicht schnell genug.

Sie trug ein Kopftuch, das weiße Baumwolltuch, mit dem sie in der Wohnung herumlief. Sie schaute von ihm zu ihr. Er sagte etwas auf türkisch. Aische glaubte ihren Namen herauszuhören, war aber nicht sicher, weil er Aischa sagte. Bald würde sie nur noch auf Aischa hören. Nuray starrte. Aische sah in ihren offenen Mund. Sie hatte schlechte Zähne. Alle hatten sie schlechte Zähne, nur Aram hatte Gold im Mund, er konnte es sich leisten. Nuray schlug die Hände über dem Kopf zusammen und sagte etwas mit ihrer heiseren, schrillen und immer ein wenig gequetschten Stimme. In die Arme gerissen, sah Aische ihren zerknitterten Rock in dem verschnörkelten Spiegel neben der Garderobe. Kuß rechts, Kuß links. Im Wohnzimmer lief der Fernseher. Der Vater zog die Schuhe aus. Aische zog die Schuhe aus. An den Schuhen in der Diele würde Aische in Zukunft sehen, wer da war, ob es Besuch gab und wie viele es waren. In der Diele wurde es eng. Funda war hinzugekommen. Deine Schwester. Kuß rechts, Kuß links. Sie trug ein weißes Kopftuch wie die Mutter.

Der Fernseher lief. Es war alles sehr ordentlich. Ein Sofa, zwei Sessel, Stühle, Hocker und viele Beistelltischchen, viele Deckchen, viele Fotos, Hochzeitsfotos, Verlobungsfotos, Verwandtenfotos und Vitrinen mit Rüschendeckchen und Plastikblumen und Gläsern und Gläschen und Tassen und Täßchen. Auch auf dem Fernseher lag ein Deckchen.

Der Vater fragt nach der Schule.

Fertig?
Aische nickt.
Nuray bringt Sonnenblumenkerne, Nüßchen und Tee.

Die Familie wurde zusammengetrommelt. Nachbarn kamen. Alle waren nett zu Aische. Die Frauen lächelten sie an. Sie knackten Sonnenblumenkerne, und Aische lernte, die Sonnenblumenkerne zu knacken wie sie, längs zwischen die Zähne, aufknacken, mit der Zunge hineinfahren, den Kern herausholen, die Schale ausspucken. Jeder hatte ein Häufchen mit leeren Schalen vor sich. Sie lächelten und sahen zum Fernseher hin, und alle trugen sie Kopftücher. Abgesehen davon, daß sie kein Kopftuch trug, machte Aische nur einmal etwas falsch. Als sie Aram mit Kuß rechts Kuß links begrüßte, merkte sie sofort, daß sie ins Fettnäpfchen getreten war. Nuray wedelte verneinend mit dem Finger. Und schon hatte Aische wieder etwas gelernt. Frauen küssen nur Frauen, Männer küssen nur Männer, und darum kam sie dem Vater nie so nahe, daß sie wußte, wie er roch.

Vater heißt Ata, aber Funda sagt Baba zu ihm, und zur Begrüßung sagt man Merhaba! und danke heißt teşekkür ederim, und hin und wieder lächelt Funda ihrer neuen Schwester zu, und Aische lächelt zurück, sagt teşekkür ederim bei jeder Gelegenheit, und der Vater redet mit dem Nachbarn, und Aische versteht kein Wort. Am schlimmsten ist es, wenn sie lachen und Aische nicht weiß, warum und nicht mitlachen kann, wo soll man sein Gesicht lassen, wenn die andern lachen, bloß kein trauriges Gesicht machen, heiter aussehen, lächeln lächeln. Am Abend tut ihr der Kiefer weh vom vielen Lächeln.

Der Fernseher läuft, und das deutsche Geld heißt Alman Marki, und Aische soll essen, und Aische soll trinken.

Die zusammengelegten Fingerspitzen der rechten Hand und das Wedeln aus dem Handgelenk heraus. Das heißt, daß es gut ist. Das Essen schmeckt. Aische ist begeistert von dem Essen. Sie strahlt Nuray an. Sie strahlt Funda an.

Gut?

Iyi.

Sehr gut?

Çok iyiyim.

Solange sie essen, geht es noch. Beim Essen muß man nicht so viel reden. Am besten geht es mit den Kindern. Mit Kindern kommt man auch ohne Sprache zurecht. Sie bringen ihr die Zahlen bei. Eins bir, zwei drei, iki üç.

Zu Reichtum gekommen in fremder Währung. Plötzlich Schwester und Tante, Brüder und Onkel, Neffen und Nichten. Und ein Großvater, der nicht säuft. Büyük Baba. Dede Yusuf, so alt wie das Jahrhundert, leicht schwankend gleich einem Baum, dessen Wurzeln sich gelockert haben, aber er hält sich, mit weißem Haar und weißen Brauen. Man küßt ihm die Hand, die leicht ist wie Papier, man küßt sie und führt sie dann langsam an die Stirn. Reden kann Aische mit ihm nicht, aber in seinen Augen findet sie das Leuchten, das sie beim Vater vermißt hat. Er lebt bei Aram, der sein Sohn und Aisches Onkel ist, und Arams Frau heißt Sonnur, und ihre Kinder heißen Nalan und Nuray. Aram ist Fremdenführer. Er hat in Frankfurt am Flughafen gearbeitet, und er spricht Deutsch.

Wie gefällt dir die Türkei?

Gut.

Aram fragte, wie es in Deutschland ginge, erkundigte sich nach irgendwelchen Fußballern und wollte nicht glauben, daß Aische noch nie von ihnen gehört hatte. Mit ihm und Sonnur und Nalan und Nuray fuhr Aische zum Yücelt, um ihren Rucksack zu holen. Onkel Aram hatte ein rundes Gesicht und runde Augen und war jederzeit bereit, sein Blut für sein Vaterland zu vergießen. Leider mußte Aische zugeben, daß sie Christin war, das war schlimm genug, aber dann sprach sie auch noch von Mohammedanern, und das war ganz falsch. Es heißt Muslime oder Moslems und nicht Mohammedaner. Aische wollte sich das merken, und der Onkel versprach, sie auf eine Stadtrundfahrt mitzunehmen. Seine Tour war Sultan

Ahmet Camii, Ayasofya Müzesi, Topkapi Sarayi, das Hippodrom und Yerebatan Sarayi, und manchmal machte er auch Kariye Camii, das Choraklоster. Die Touristen nervten ihn, wenn sie im Bus quatschten, während er redete. Einmal, in der Ayasofya hatte ihm einer auf die Schulter getippt und gefragt: Wann hörst du uff mit dem Schmarrn? Aber er machte gutes Geld, bekam Prozente im Restaurant und im Basar, wenn sie Teppiche kauften, gutes Geld machte Onkel Aram.

Schlafen auf der Couch im Wohnzimmer. Aufwachen mit einem Gefühl entsetzlichen Preisgegebenseins, als wäre Aische zwischen Wänden schlafen gegangen und fände sich nun mitten in einem dunklen Wald wieder. Keine Wände mehr. Körperlich spürte sie die bedrohliche Stille.

Sie holte sich den Walkman ins Bett und drehte die Musik auf volle Lautstärke.

Die Palastruine in der Morgensonne. Tekfur Sarayi, der ehemalige Kaiserpalast. Trippelnde Tauben in den Rundbogenfenstern. Feigen und Kamille aus den Mauerritzen. In der Ferne vom Dunst verklärte Mietshäuser. Vogelzwitschern in den Bäumchen auf dem Spielplatz vor der Stadtmauer. Tische und übereinandergestapelte Ziegel zum Draufsitzen. Eine Wippe, eine Rutschbahn und eine grün und gelb gestrichene Schaukel. Selten ein Auto und nur wenige Menschen auf der Straße. Ein Brezelverkäufer und zwei Frauen im Çarşaf. Von oben sehen sie aus wie wandelnde Gespenster in Schwarz. Die Häuser sind gelb, sandfarben oder rötlich. Keine Balkons, nur die Ruine hat einen kleinen bauchigen Balkon, auf dessen Brüstung zwei Tauben schnäbeln.

Im Rücken Nurays gequetschte Stimme. Ihr heftig wedelnder Finger. Was sie sagt, versteht Aische nicht, aber sie versteht, daß sie vom Fenster weg soll.

Nuray macht den Fernseher an, geht raus und kommt mit einem Kopftuch wieder. Sie zeigt Aische, wie man das Kopftuch bindet, so daß es die Stirn bedeckt, tritt zurück, nickt, zeigt befriedigt die braunen Zahnstümpfe.

Der Vater ist so damit beschäftigt, sein Auto zu polieren, daß er Aische erst bemerkt, als sie vor ihm steht.

Der glänzende Kotflügel spiegelt ein fremdes Mädchen mit Kopftuch. Die Hand mit dem Lappen hält inne. Ein Blick auf das Kopftuch, ein Zwicken in die Backe, und Vaters Hand reibt wieder liebevoll auf der Motorhaube herum.

Auf dem Spielplatz sitzen Frauen im Çarşaf und stricken. Zwei kleine Mädchen schaukeln brav, sonst sind nur Jungs zu sehen. Sie radeln auf Dreirädern, sie wippen auf der Wippe.

Alles gut?

Alles gut.

Aische lächelt. Vaters Dolmuş ist ein Chrysler aus den fünfziger Jahren.

Gefällt dir?

Aische nickt.

Der Vater öffnet die Tür, zeigt der Tochter das Armaturenbrett. Die Hand fährt über das Holz. Am Rückspiegel baumelt eine blaue Kugel.

Was ist das?

Magische Auge.

Über dem Handschuhfach klebt ein Schild. Lütfen … Was heißt das?

Bitte Tür vorsichtig zumachen. Sonst Tür in Hand.

Vater und Tochter lachen.

Die Jungen klettern die Leiter zur Rutschbahn hoch.

Der Vater läßt den Motor an.

An der Palastmauer schlendert ein Junge mit einer rabenschwarzen Tolle, die seine Stirn wie ein querliegender Hahnenkamm überragt. Er hat die Daumen im Gürtel und trägt die mit sehr viel Brillantine in Form gehaltene Gockelfrisur in morgendlich schlechter Laune vor sich her.

Aische winkt dem Vater nach. Der Wagen entfernt sich schnurrend – was da seufzt, ist die Federung, was alles klappert, kann man nicht wissen, aber Aische wird das Fahrgeräusch des väterlichen Amischlittens bald heraushören und so noch vor seinem ungeduldigen Klingeln wissen, daß er nach Hause gekommen ist.

Hinter dem Eingangstor schlief ein schwarzer Hund. Das Tor war offen, Aische brauchte nur hindurchzugehen. Der Hund lag zusammengerollt.

Ohne ihn aus den Augen zu lassen, eilte Aische leise an ihm vorbei auf den Hof des Kaiserpalastes. Mehrere Stockwerke, mehrere Fensterreihen. In den oberen wuchs Kamille.

Spielende Kinder vor einem Häuschen am Rande. Eine dicke, untersetzte Frau behauptete, sie sei die Direktorin, und verlangte Geld, Eintrittsgeld. Sie trug kein Kopftuch. Ihr Haar war grau und kurzgeschnitten. Aische zog sich zurück, vorbei an dem hinter dem Tor schlafenden Hund.

Der Spielplatz war leer, die strickenden Gespenster verschwunden. Auf dem Boden leere Plastiktüten, Coladosen, Papierfetzen und leere Schalen von Sonnenblumenkernen. Aische ließ sich an einem der Tische nieder. Gerne wäre sie nach oben gegangen, um Papier für einen Brief an Lotti zu holen, aber sie ahnte, daß Nuray heftig mit dem Finger wedeln und sie nicht mehr hinunterlassen würde, und wenn, dann nur mit Funda, doch mit Funda konnte sie nicht reden, und zum Lächeln hatte sie keine Lust.

Die Sonne schien, reglos saßen die Tauben in den Fenstern des Kaiserpalastes. Auf der anderen Straßenseite gingen zwei Frauen, eine junge im Kaftan neben einer verschleierten alten im Çarşaf. Die Alte hatte eine Plastiktüte in der unsichtbaren Hand, und Aische schaute mit leerem Herzen, wie sich das stumpfe Weiß der Tüte von dem stumpfen Schwarz der Gewandung abhob. Die Junge war in Aisches Alter. Sie trug einen hellblauen Kaftan und ein passendes Kopftuch. Die beiden trennten sich. Das Mädchen ging zum Lebensmittelladen, die Alte kam auf den Spielplatz und ließ sich im Schatten eines Bäumchens nieder. Von ihr war nichts zu sehen außer den Augen, kein Stückchen Haut, der schwarze Überwurf verdeckte alles.

Der Brezelverkäufer schob sein Fahrrad sehr langsam vorbei. Aische tat, als merke sie nicht, daß er herüberstarrte.

Mit einem Eis in der Hand kam das Mädchen aus dem Laden. Ihr Gesicht war leer wie das eines Menschen, den ein unfaßbares Unglück getroffen hat.

Kommst du aus Deutschland?

Ja, sagte Aische, und das Mädchen wandte sich der Alten zu und nickte.

Meine Tante hat gleich gesehn, daß du Deutsche bist. Wie gefällt dir die Türkei?

Gut.

Sie hieß Schükran und kam aus Oggersheim.

Und du? Wie fühlst du dich hier?

Gut, sagte Schükran lahm und leckte an dem Eis.

Sie ging hier ins Internat. Im Augenblick waren Ferien, da wohnte sie bei der Tante.

Willst du?

Schükran hielt Aische das Eis hin. Aische schüttelte den Kopf. Schükran hielt es ihr weiter hin. Ich gebe es dir gerne.

Aische nahm das Eis nicht, aber sie rückten zusammen und belebten sich alle drei. In die schwarzen Tücher der Alten kam Bewegung, und Aische sah, daß sie junge Augen hatte.

Sie hieß Safiye und war neunzehn Jahre alt. In Deutschland war sie noch nie, und verheiratet war sie seit sechs Jahren.

Sie hat gleich gesehn, daß du aus Deutschland kommst.

Der Vater hatte Schükran nach Istanbul geschickt, weil er ein Foto von einem Jungen bei ihr gefunden hatte. Er hat das Foto gefunden und gefragt, *redest* du mit dem? gehst du mit ihm aus? Schükran hatte alles abgestritten. Es hatte nichts genützt. Der Vater hatte sie nach Istanbul geschickt. Bloß weil er das Foto gefunden hat. Im Internat gab es noch ein Mädchen aus Deutschland. Sie hieß Yasemin. Yasemin sagt: Eigentlich haben sie schon recht. Sie wollen, daß wir keine Huren werden. Im Internat machten sie jede Woche Kontrolle. Alles wurde durchsucht. Die Frauen durchsuchten die Mädchen. Strumpfhose und alles. Taschen, Innentaschen, Jacken. Wenn man einen Brief hat, nehmen die ihn auch weg. Und wenn man in der Pause neben einem Jungen sitzt oder mit einem Jungen redet, tun sie, als hättest du sonstwas verbrochen. Dann heißt es, die ist aus Almanya gekommen, und die paßt sich nicht an. Die Menschen hier sind anders, mit denen kann man nicht über alles reden, zu denen kann man nicht einfach hingehn und hallo sagen. Als ich herkam, war ich den ganzen Tag nur am Heulen. Nichts darfst du mehr. Raus darfst du nicht allein. Hier geht das nicht, allein rausgehen. Wie die hier glotzen, da kommt man sich vor wie ein Außerirdischer. Ich hab nichts gegen die Türken, die sind nett, aber –

Bist du denn keine Türkin?

Doch, aber ich will zurück nach Deutschland. Ich bin ein Apfel, den man in zwei Hälften geschnitten hat. Ich möchte jemand aus Deutschland heiraten, egal, wie er aussieht, auch wenn ich ihn nicht liebe. Ich will nach Deutschland. Yasemin sagt, Freiheit, das braucht man nicht so. Man muß lernen. Und das stimmt. Wenn du nicht lernst, mußt du heiraten, und wenn du heiratest, ist sowieso alles aus. Entweder du läßt dich wieder scheiden, oder du machst, was er will. Das kann man nicht anders machen. Ich warte, bis ich einen Deutschen finde, und wenn ich fünfzig werde.

Ein Ruck ging durch die Tante. Sie sprang auf und eilte davon. Schükran sagte noch schnell, mein Onkel ist gekommen, dann war auch sie weg. An der Straße stand ein Mann. Als Aische hinsah, stand er schon mit dem Rücken zu ihr. Safiye hatte nicht einmal Aufwiedersehn gesagt. Sie war aufgesprungen wie ein Hund, der Herr war gekommen, er brauchte nicht einmal zu pfeifen. Schükran winkte noch einmal von der Straße aus, Safiye nicht. Ihr Mann stand regungslos wartend mit dem Rücken zu Aische. Für Aische hatte er kein Gesicht. Sie bekam nur seinen Hinterkopf zu sehen. Der Hinterkopf war viel älter als Safiye.

Eis schleckend schlappte Schükran hinter Onkel und Tante her.

In der Dunkelheit leuchtete das bläuliche Viereck des Fernsehers. Aische war aufgewacht, weil sie sich in einen Stein verwandelt hatte. Sie war eine Statue aus Stein und fühlte, wie das Herz gegen den Stein schlug.

Es kamen immer neue Verwandte. Alle wollten Aischa sehen, und Aischa wollte alles richtig machen, genauso, wie es sich gehört. An der Tür gibt man ihnen die Hand und sagt Willkommen, Hoş geldiniz. Kuß rechts Kuß links (aber nur, wenn es eine Frau ist). Dann bittet man sie hinein, und drinnen begrüßt man sie noch einmal. Dann geht man mit Kölnisch Wasser herum und gibt jedem ein wenig davon in die Hand (und dazu lächelt man). Dann macht man die Runde mit etwas Süßem, mit Schokolade und Bonbons, und dann fängt das Gespräch an. Wie geht es? Was machst du und so weiter (davon bekommt Aischa nichts mit). Der Fernseher läuft. Es werden Sonnenblumenkerne geknackt und Nüßchen gegessen. Dann wird der Tee serviert, Çay. Wenn Gäste zum Essen kommen, bringen sie alles mögliche mit, Fleisch, Obst, Gemüse. Die Frauen drängeln sich in der Küche und schnippeln und lachen und weinen, wenn sie Zwiebeln schneiden. Brot heißt ekmek. Aische formt Köfte zwischen den Handballen, ein Schaf, das zur Herde zurückgekehrt ist. Beim Essen begegnet Aische immer den gleichen Augen, Familienaugen. Sie schaut in die Gesichter und denkt, das sind meine Verwandten. Nach dem Essen gehen die Frauen in die Küche und spülen, die Männer spielen Karten.

In der Nacht wacht Aische davon auf, daß es kein Geräusch gab, obwohl sie am Rand eines Brunnens saß und Stein um Stein hinabwarf.

Nuray und Funda zeigten Aische, wie man Börek macht. Alles wollte sie lernen, alles richtig machen. Ihr Gesicht erblühte in Pickeln.

Einmal war sie mit dem Vater allein. Funda und Nuray waren einkaufen gegangen. Funda sollte ein neues Kleid bekommen. Ein Junge hatte Funda gesehen. Er wollte sie heiraten. Der Vater von dem Jungen war schon dagewesen. Aische hatte sofort bemerkt, daß etwas Besonderes los war. Nuray verzog sich in die Küche. Funda und Aische wurden in Fundas Zimmer geschickt. Dort saßen sie auf dem Bett. Raus konnten sie nicht. Es regnete. Als der Mann weg war, rief der Vater Funda zu sich. Aische ging zu Nuray in die Küche. Der Junge hieß Ataman. Er wohnte in der Nähe. Er hatte Funda gesehen und sich in sie verliebt. Geredet hatten sie noch nicht miteinander. Am Samstag würde er kommen, mit seinen Eltern und der ganzen Verwandtschaft. Alle würden Funda begucken. Darum sollte sie ein neues Kleid bekommen. In der Wohnung war es still. Kein Fernseher. Es war das erste Mal, daß Aische allein mit dem Vater war. Er sagte, daß es schwer war in Almanya. Schwere Zeit. Er strich sich durchs Haar. Er schenkte Aische eine Uhr, eine alte Uhr von sich. Sie nahm die Uhr und trug sie mit dem Zifferblatt über dem Puls.

Latife war gekommen. Endlich hatte Aische jemanden, mit dem sie reden konnte, richtig reden, nicht bloß so.

Latife trug kein Kopftuch, und sie begrüßte Aische nicht mit Kuß rechts Kuß links. Sie nahm sie in die Arme. Sie roch nach Jasmin und sah aus wie eine Türkin, war aber keine Türkin, keine ganze Türkin. Ihr Vater war Deutscher. Sie pflegte ihn. Er war nicht krank, nur sehr alt, und er mochte es nicht, wenn sie ihn allein ließ, obwohl sie ihn nie wirklich allein ließ. Immer kam jemand von der Familie, um ihn zu versorgen. Irgend jemand war immer da, aber er wollte, daß sie da war, und wenn sie nach Hause kam, beklagte er sich.

Latife nahm Aische mit ins Hamam. Dort erzählte sie ihr alles: wie der Vater in die Türkei gekommen war, weil Hitler ihn nicht mehr in Deutschland haben wollte. Die Türkei hat ihm das Leben gerettet. Ohne die Türkei gäbe es mich nicht, sagte Latife. Ihr Vater war Professor in Hamburg gewesen, er war noch ganz jung, aber schon Professor, weil er so begabt war. Hitler wollte ihn trotzdem nicht. Aber Atatürk wollte ihn. Atatürk war der Vater der Türken und wollte, daß die Türkei ein modernes Land wird. Darum holte er die deutschen Wissenschaftler, die Hitler nicht mehr wollte. Er holte sogar welche aus dem Gefängnis. Der Vater war Physiker. Als er ankam, konnte er kein Wort Türkisch. Er spricht mit einem grauenhaften Akzent, sagte Latife, aber er nennt die Türkei sein zweites Vaterland, und er will hier sterben und hier begraben werden und hat es hingenommen, daß ich zum Islam übergetreten bin, um Türkan heiraten zu können.

Türkan war Dede Yusufs jüngster Sohn. Sie hatten aus Liebe geheiratet. Er war an einer schlimmen Krankheit gestorben. Ihre Kinder lebten in Deutschland. Latife hatte sie seit Jahren nicht gesehen. Sie konnten nicht in die Türkei zurück.

Warum? fragte Aische.

Später, sagte Latife.

Sie lagen im Hararet und schwitzten, und Aische fand es wunderbar, alles, die Wärme und den Wandbrunnen, die Säulen und die Kuppel, das Licht und den Dunst, das Wasserplätschern, die leisen Stimmen der Frauen und Latife, die groß und schwer war und einen dicken Bauch hatte, ich futtere zu viel, sagte sie. Sie benutzte Wörter, die Aische nicht kannte, den Vater nannte sie tüddelig. Er mopst sich, weil er nicht mehr lesen kann.

Es waren Wörter aus alten Zeiten, der Vater hatte sie aus

Deutschland mitgebracht. In Deutschland war sie lange nicht gewesen, nach Deutschland wäre sie gerne gefahren, um ihre Kinder zu sehen, aber sie konnte nicht weg von ihrem Vater. Der Vater hatte schon zwei Söhne verloren, von einem wußten sie, daß er tot war, der andere saß im Gefängnis – wenn er noch lebte.

Warum?

Er hat etwas geschrieben.

Was?

Später, sagte Latife.

Sie hatte rotlackierte Fußnägel und viele Falten um den Mund, es sah aus, als hätte sie ein Leben lang die Zähne zusammengebissen. Früher hatte sie Bücher übersetzt, jetzt war das nicht mehr möglich.

Warum? fragte Aische.

Später, sagte Latife.

Später kam nie. Aische verstand, daß es mit Politik zu tun hatte. Über Politik wurde nicht geredet, so viel begann Aische zu verstehen, so viel bekam sie jetzt schon mit, daß sie wußte, wovon geredet und wovon geschwiegen wurde. Jeder Tag brachte neue Wörter – sie konnten nicht mehr einfach über Aisches Kopf hinwegreden. Nur wenn sie stritten, bekam sie nicht mehr mit, worum es ging, hörte bloß noch die Aufregung in den Stimmen, sah die wütenden Augen und zog den Kopf ein. Streit gab es mehr als genug, kleine Scharmützel und große Schlachten, bei denen keiner mehr zum Fernseher hinsah, in denen Reifenquietschen und Schüsse übertönt wurden, vor denen Aische sich auf der Toilette verkroch wie in alten Zeiten oder, wenn auch dieser Zufluchtsort versperrt war, weil schon jemand anders sich dort verschanzt hatte, in sich selbst abtauchte – auch das hatte sie gelernt: sich in ein U-Boot zu verwandeln, sobald Nurays gequetschte Stimme eine gewisse Höhe erreichte, weil irgendeiner der Söhne nicht so wollte wie sie und aufhörte, mit dem Geld in den Hosentaschen zu klimpern oder breitbeinig herumzusitzen und sich in aller Ruhe und Zufriedenheit bedienen zu lassen, sondern auffuhr, aufbrauste und aufsprang, wohl wissend, daß er am Ende tun würde, was sie von ihm verlangte. Der Vater saß derweil im Kahve und spielte Tavla. Die Familie war Nurays Sache. Es war ihre Aufgabe, die Familie zusammenzuhalten. Sie tat es, ohne sich zu schonen, war immer da, opferte sich auf, sagte nie nein, wenn Töchter und Schwiegertöchter ihre Kinder bei ihr abstellten, gönnte sich nichts oder tat so, als gönne sie sich nichts, und wenn sie sich doch einmal etwas gönnte, machte sie es heimlich: alles nur für die Familie und ohne Dank.

Dank wollte sie nicht, aber die Küche mußte gestrichen werden, und zwar sofort, und Mehmet bockte, und Tülay schwieg. Sie schwiegen immer, die Frauen ihrer Söhne, nie sah Aische sie mucken, die Schwiegertöchter nicht und die Schwägerinnen genausowenig, auch Latife nicht. Latife machte alles mit, arbeitete in der Küche, trug auf und räumte ab, rauchte nicht vor den Männern, küßte Dede Yusuf die Hand, führte sie ehrfurchtsvoll an die Stirn und richtete ihm die Schuhe so aus, daß er nur noch hineinzuschlüpfen und loszugehen brauchte, und war doch irgendwie abseits, als hänge sie nicht mit an dem Familien-Mobile, hielt sich raus und schwankte nicht, wenn das Gebilde in Bewegung kam, die Fäden sich verhedderten und selbst Gülseren nicht mehr lachte, die sonst immer lachte, genau wie ihre Mutter, Sevgi, die Frau von Yusuf, Aisches ältestem Bruder, die immerfort lachte, auch wenn es nichts zu lachen gab, und Aische lachte mit, weil es schwer ist, nicht zu lachen, wenn jemand lacht und einen dabei anschaut und will, daß man mitlacht. Lachte Gülseren einmal nicht, hatte sie ein kleines weißes Gesicht mit vielen Schatten und einen bitteren Mund.

Wenn alle gegangen waren und selbst der Fernseher erschöpft schwieg und Aische endlich ins Bett wollte, saßen Reste von ihnen auf der Couch herum und nahmen ihr den Platz weg, so daß sie sich dünn machen mußte auf der ohnehin schmalen Couch. Dann lag sie da, horchte ihren Stimmen nach und konnte todmüde nicht schlafen.

Das Zimmer war voller Geister. Überall saßen und standen sie herum, und jetzt, wo sie nicht mehr da war, spürte Aische Nazifes dunklen Blick auf sich gerichtet. Sonst schenkte sie ihr keine Beachtung, das schöne Kind, wich ihr aus und lachte nicht und lächelte nicht, höchstens zwei, drei Jahre älter als Aische, aber schon verheiratet, schon Mutter und schon wieder schwanger.

Ihr Mann arbeitete in Deutschland, und sie lebte bei Mehmet und Tülay, die einen Kiosk in Laleli hatten, und stellte den Kinderwagen am andern Ende des Zimmers ab, bevor sie zur Couch ging, sich schwer darauf niederließ und die Hände über dem Bauch faltete, Abweisung im Blick, etwas Hinterhältiges, immer sah sie so aus, als halte sie mit etwas hinter dem Berg, während Nuray sie bediente und Aische neidisch zusah, sie wäre auch gerne mal so bedient worden, von hinten und von vorne, aber daran war nicht zu denken, in letzter Zeit ließ Nuray sie spüren, daß sie kostete und nichts einbrachte. Den wedelnden Finger brauchte sie kaum noch, weil Aische höllisch darauf achtete, alles richtig zu machen, aber ihr Gesicht verfinsterte sich trotzdem, wenn sie Aische ansah. So trollte Aische sich zu Murats Kinderwagen und streckte dem Kleinen ihre Hand hin. Er ergriff einen Finger und hielt ihn fest und lag still da, dieselbe Dunkelheit im Blick wie seine Mutter, aber ohne das Abweisende und mit einem Wissen, als hätte er schon alles erlebt, als sei seine Seele viel älter als er. Er konnte noch nicht einmal den Kopf alleine tragen und schaute so still, als hätte er schon aufgegeben. Kein Geschrei und nur ganz schwache Bewegungen, das Ärmchenrudern nicht mehr als eine Andeutung. Niemand schleppte ihn herum wie die anderen Kleinen der Familie, die von einem Arm zum andern gereicht wurden und geküßt und gewiegt und gekitzelt. Aische nahm Murat aus dem Kinderwagen und hielt ihn im Arm. Es war das erste Baby, das sie im Arm hielt. Aische und Murat schauten einander an. Sein Mündchen war so schmal, daß man die Lippen nicht sah.

Murat, sagte Aische, und er fing an zu lächeln, die Augen leuchteten auf, das ganze Babygesicht mit dem spärlichen Haar und dem zahnlosen Mund leuchtete. Es war das schönste Geschenk, das Aische je bekommen hatte.

Geschenke wollten sie. Sie brauchten Geld, sie brauchten Sachen, die Hochzeit kostete.

Atamans Familie war dagewesen. Funda hatte den Tee serviert, im neuen Kleid, geschminkt und schön, wunderschön und bescheiden, sanft und gehorsam, wie es sich gehört.

Die Väter waren sich einig geworden. Mitgift sieben Armreifen, zwei Kleider und Schuhe. Brautgeld eintausendundachthundert Mark in deutschem Geld und bar. Aische sollte aus Deutschland schicken lassen, erstens einen Mixer, Marke Braun, zweitens einen Entsafter, mußte auch von Braun sein, drittens einen Rasierapparat für den Bräutigam, ebenfalls von Braun. Erst dachte Aische noch, sie könnte die Sachen kaufen, bestimmt gab es auch in Istanbul Mixer und Entsafter, und sie hatte noch etwas von Moischeles Geld, gut versteckt in ihrem Rucksack. Aber dann kam die Nachbarin und setzte sich zu ihr, nahm ihre Hand und lächelte, Aischa, ein Korsett, weißt du, schreib nach Deutschland, medizinische Korsett. Und Sonnur wollte eine Mulinex und Tülay einen Multigrill, Sevgi nur Vitamine, Aischa, Vitamin C und Vitamin B, am besten Multivitamin, schreib nach Deutschland, Aischa, Mutter soll schikken. Für Nalan bloß einen Gameboy und seine Schwester Nuray eine Barbie-Puppe.

Die Barbie-Puppe bestellte Nuray bei einem Ausflug ans Meer. Das Meer war runzlig. Hinter ihnen lag die Stadt im Dunst. Plötzlich zeigte Nuray nach Osten, da wohnen unsere Feinde, und wer, fragte Aische, sind die Feinde? und warum? Mit großem Ernst erklärte Arams fünfjähriges Töchterchen der deutschen Tante, daß *die* uns den Dreck ins Meer schütten.

Und warum?

Sie wollen, daß wir schmutzig werden.

Und dann wollte die Nachbarin von unten auch so ein medizinisches Korsett, wie Aische es der Nachbarin von gegenüber versprochen hatte. Und Aram brauchte so einen kleinen Kassettenrecorder von Sony, weißt du, so einen, mit dem man aufnehmen kann. Er versprach noch einmal, Aische auf eine Tour mitzunehmen, und bestellte eine Bohrmaschine.

Die einzigen, die nichts wollten, waren Dede Yusuf und Latife.

Die ganze Woche über hatte Aische sich auf diesen Augenblick gefreut. Mit Latife im Hamam. Dafür hatte sie gelebt, die Tage gezählt. Reden wollte sie, vom Kopftuch und davon, daß sie die Mädchen beneidete, die keines trugen, davon, daß ihr jetzt als Inbegriff der Freiheit erschien, was ihr noch vor kurzem selbstverständlich gewesen war, vielleicht sogar davon, daß sie zu zählen begonnen hatte, wann immer sie draußen war, soundsoviele mit, soundsoviele ohne, die Welt eingeteilt in mit und ohne, aber lieber nicht, bestimmt nicht davon, daß sie sich manchmal schon dabei ertappte, wie sie herabsah auf Mädchen ohne, irgendwie waren die nicht richtig angezogen, das konnte man nicht sagen, von diesem kleinen zufriedenen Gefühl, es besser zu machen, mußte man schweigen.

Du haderst zu viel, sagte Latife.

Aische schnappte ein. Von Latifes faltigem Bauch rann der Schweiß. Sie lag da mit geschlossenen Augen. Keine Verbündete mehr. Verbiestert betrachtete Aische die schwarzen Stoppeln auf ihren Beinen.

Ohne die Augen zu öffnen, sprach Latife davon, daß Anpassung auch eine Fähigkeit sei, daß es ohne sie keine Menschen, Tiere, Pflanzen gäbe und daß nur derjenige überlebe, der es verstehe, sich anzupassen, an veränderte Umgebungen, veränderte Bedingungen.

Mach die Klüsen auf, Deern.

Beschwerst du dich darüber, daß du Fahrgeld bezahlen mußt, wenn du den Bus nimmst?

Aische schwieg. Es war nicht der rechte Moment zu sagen, daß sie für ihr Leben gern schwarzfuhr.

Na also, betrachte den Plünnen als dein Eintrittsgeld in die Familie. Was macht es schon, ob du ein Kopftuch trägst oder nicht, ist doch gleich.

Du trägst ja auch keins.

Ich habe eins getragen. Wenn du dich so dagegen sperrst, tust du nur dir selber weh. Es bleibt dir nichts anderes übrig, also trag es, Kismet. Untendrunter bist du weiter du.

Du vielleicht, ich nicht.

Aische wußte nicht, wie sie zum Ausdruck bringen sollte, daß es mit dem Kopftuch keine Aische mehr gab, daß sie unter dem Kopftuch verschwand – wie aufgelöst. Warum das so war, konnte sie nicht sagen. Aber es war so.

Es macht etwas mit mir. Ich bin darunter nicht mehr ich.

Was ist denn anders? Du denkst und fühlst doch genauso wie vorher. Es ist nur eine Äußerlichkeit.

Es ist nicht nur eine Äußerlichkeit. Es bedeutet etwas.

Es bedeutet nur etwas, wenn du es willst.

Aber sie zwingen es uns doch auf, weil es ihnen etwas bedeutet. Wenn ich es trage, werde ich so, wie sie es wollen. Ich fühle mich dann so, wie sie es wollen.

Das kann dir auch ohne den Plünnen passieren.

Diesmal war Aische einer von vielen Steinen auf einem Hügel mit Dornenbüschen und weißen Schmetterlingen. Der Mond schien ins Zimmer. Sie lag da und wünschte sich, daß ein Wind käme und sie forttrüge. Es mußte ein starker Wind sein, denn sie war sehr schwer. Bläulich schimmerte der Fernseher. Rosa leuchteten die Plastikblumen. Eine Wolke schob sich vor den Mond, es wurde dunkel, und Aische wußte nicht mehr, ob sie wirklich dalag und jedesmal, wenn unten ein Auto vorbeifuhr, einen Lichtschein über die Decke huschen sah oder der Stein war, der den Abhang hinunterrollte, und wünschte, der Wind wäre nicht gekommen, weil sie entsetzliche Angst davor hatte, an einem dunklen Ort zu enden, wo sie die Sonne nie mehr sehen würde.

Die Sonne schien. Aram kam, um Aische auf eine Sondertour zur Kariye Camii mitzunehmen.

Draußen Busse, Reihen von Bussen und Kioske, in denen man Postkarten und Bücher kaufen konnte.

Drinnen Reisegruppen, jede um ihren Führer geschart. Die Gruppen bestanden meist nur aus Frauen mittleren Alters, die Führer waren Männer und gaben kleine, eitle Vorstellungen in englischer, französischer oder deutscher Sprache. Neben der Hagia Sophia gehört das frühere Chorakloster zu den bedeutendsten byzantinischen Relikten der Stadt.

Draußen hupten Busse. Drinnen störte Arams Stimme. Er redete, und die Touristen legten die Köpfe in die Nacken. Keine Fläche, die nicht ausgemalt ist. Licht und Farbe. Warme Töne. Nach und nach gelingt es Aische, die Stimmen um sich herum zu vergessen und sich der Musik der Farben hinzugeben, zuzuhören, wie sie zusammenklingen, die Farben und die Rundungen und Kuppeln, es wölbt sich, und man kann es hören, auch der Stein klingt, und seine Musik bringt Aische endlich zur Ruhe, nach Tagen, in denen die Sau innendrin gerast hat, verrückt gewordene Wildsau, immer mit dem Kopf gegen die Wand – gegen diese Wände muß man nicht anrennen, sie hüllen ein. Aische ist wieder bei sich selber, still und friedlich, mitten im freien Fall aufgefangen. Ausruhen in einer Lichtung, die offen ist nur gegen den flimmernden Himmel. Zurückschauen, wie sich der von den Schritten aufgewirbelte Staub langsam legt. Die lange Straße zurückblicken auf die Fußspuren, die sich zwischen Felsen verlieren und sich erinnern – an die Wiese auf dem Tannenberg, an deren Rand sie als Kind Himbeeren gepflückt hat, an den Schnee zwischen den Ruinen der alten Burg, an das flirrende Schweigen im Gebirge und das schläfrige Schweigen in südlichen Dörfern und eine in der Mittagshitze still daliegende Straße, nichts regt sich, die Fensterläden sind geschlossen.

Auf der Rückfahrt bestellte Aram einen Herzrhythmusmesser und einen Blutdruckmesser. Du weißt ja, Dede Yusuf wohnt bei uns. Er warf einen kurzen Blick über die Schulter auf die im Bus verteilten Touristinnen und kam auf die Familie zurück.

Aslan lebt nur noch mit seiner Frau zusammen, weil sie ein Kind haben. Liebend gern würde er sich von ihr trennen.

Warum?

Weil sie keine gute Frau ist.

Warum ist sie keine gute Frau?

Sie beschwert sich, wenn er abends alleine ausgeht.

Und was noch?

Sie ist schlimmer wie Latife. Sie tut nichts von dem, was er will. Sie kocht nicht.

Das glaube ich nicht. Bestimmt kocht sie.

Ja, aber sie kocht schlecht, und darum ißt er lieber gar nichts. Und wenn er sagt, sie soll saubermachen, macht sie nicht sauber. Er sagt, sie verstehen sich einfach nicht mehr.

Aische schwieg und dachte: So, jetzt möchte ich nach Hause gehen.

Man muß immer haben, wohin zu gehen. Kaum noch vernehmbar die Stimme der alten Russin. Draußen schien die Sonne, drinnen lief der Fernseher, und Aische war nur noch Sehnsucht nach Stille, der Stille der Berge, der nackten, rissigen, grauen Berge, der klaren Öde, in der es nichts gibt als Gestein und Himmel und Sonne und vielleicht noch den Schatten eines über dem Abhang dahingleitenden Vogels. So, dachte Aische, jetzt möchte ich nach Hause gehen. Dann fiel ihr ein, daß sie zu Hause war.

Neue Wörter, neue Bedrängnis, akü, radyatör, karbüratör, dauernd ging etwas kaputt, schreib nach Deutschland, Aischa, muß schnell, Batterie, Kühler, Vergaser, dauernd lag der Vater unter dem Auto.

Gibt es nicht in Deutschland, sagte Aische.

Var, sagte der Vater.

Yok, sagte Aische.

Şanjman, şarj dinamosu, stop lambalari, furchtbare Bedrängnis, gern alles richtig machen, gern alles besorgen, Getriebe, Lichtmaschine, Bremslichter, gibt es wirklich nicht in Deutschland, nicht für einen Chrysler aus den fünfziger Jahren.

Var, sagte der Vater.

Yok, sagte Aische.

Gibt alles in Deutschland, sagte der Vater unerschütterlich.

Yok, schluchzte Aische.

Bei Fundas Hochzeit wurde die Liste noch länger. Ständig zog irgend jemand Aische beiseite, um etwas zu bestellen, einen einfachen Rechner oder einen Computer, muß neueste Generation, Aischa, nix alt, einen Fernseher, Grundig oder Saba, und einen Videorecorder, Aischa, Almanya'ya yaz.

Aus Erzurum kam Tante Gülilah, blaß und zart wie eine Lilie, saß da in ihrer Blumenstille und sagte nichts, bis die Zigaretten entzündet wurden. Da orderte sie mit flacher Stimme einen Pelzmantel. Latifes begütigende Hand auf Aisches Arm.

Reize sie nicht, sie ist eine Seele von Mensch, aber manchmal bekommt sie einen Rappel, dann verwandelt sie sich in eine Furie, schreit meschuggenes Zeugs und schmeißt an die Wand, was ihr zwischen die Finger kommt.

Nach dem ersten Ja fing Murat an, wild und verzweifelt zu schreien.

Nazife nahm ihn in den Arm, aber er schrie weiter, wie ein Tier vor dem Tod, so daß nichts zu hören war von dem zweiten Ja, und auch das dritte ging in seinem Gebrüll unter. Dreimal Ja und dreimal Nein. Wenn der Mann seine Frau nicht mehr will, braucht er bloß boş, boş, boş zu sagen, leer, leer, leer, und er ist sie los. Er nimmt einen Stein und wirft ihn, so wie ich diesen Stein werfe, verstoße ich dich, er nimmt einen zweiten Stein und wirft ihn, so wie ich diesen Stein werfe, verstoße ich dich, er nimmt einen dritten Stein, so wie ich diesen Stein werfe, verstoße ich dich. Dreimal verbunden, dreimal gelöst. Die Frau kann den Mann nicht verstoßen. Sie kann aber zum Imam gehen und sagen, daß ihr Mann sich nicht an die Gesetze des Koran hält, dann scheidet er sie vielleicht. Der Besitz bleibt bei ihm, außer dem Brautgeld, das steht ihr zu. Aisches Empörung und Latifes Gleichmut. Kismet. Unfaßbar für Aische, wie man so gleichmütig sein kann.

Sie kennen es nicht anders. Sie sind daran gewöhnt.

Murats Gebrüll gellte in den Ohren, es klang, als spüre er schon jetzt allen Schmerz dieser Welt, und doch war es gut – es war gut, daß er endlich die Stimme hören ließ, gut, daß er nicht mehr stumm litt, mit schwach rudernden Ärmchen: Wer so brüllt, für den darf man hoffen.

Der Imam nahm Aische beiseite, legte ihr den Übertritt nahe und bestellte einen Mercedes.

Latife zuckte die Achseln. *Das Ohr hört, was es will, das Auge sieht nicht, was es nicht sehen will.*

Aische blieb allein mit ihrer Wut. Zeit, die Schotten dichtzumachen. Nichts mehr rein und nichts mehr raus. Nichts und niemand, auch nicht Latife und Dede Yusuf genausowenig, die beiden mußten draußen bleiben, mit den andern außen vor, Latife, weil sie einen aufhetzte, still und leise hintenrum, bloß um auf kulant zu machen, wenn man richtig wütend war, kulant bis zum Geht-nicht-mehr, Dede Yusuf, weil er eben doch ein Mann war, gütig aber ein Mann und nicht mehr das, was er mal war, seitdem Aische wußte, daß er zwei Frauen verstoßen hatte, dein Antlitz ist mir wie dein Rücken, hebe dich hinweg.

Das erste Mal war er nur kurz verheiratet, noch zu Zeiten des Sultans, die zweite Frau war Latifes Schwiegermutter. Aische wollte wissen, warum er sie verstoßen hatte, und plötzlich sprach Latife nur noch von Scheidung und entlassen, aber Aische war sicher, daß sie zuerst das Wort *verstoßen* benutzt hatte, und sie begriff, warum sie jetzt *entlassen* sagte, das klingt harmloser.

Die dritte war deine Großmutter, Aischa.

Warum hat er die zweite verstoßen?

Sie soll das Haus nicht saubergehalten haben.

Vergeblich versuchte Aische sich vorzustellen, wie der liebe Opa seine Frau verstoßen hatte, dein Antlitz ist mir wie dein Rücken – derselbe Mann, der Gülilah gerettet und aufgezogen hatte, als wäre sie sein eigenes Kind, und niemand in der Familie hätte je davon erfahren, wenn Ahmet die Snut gehalten und Gülilah nicht beim ersten Ehestreit an den Kopf geworfen hätte, sie sei ja nur ein Findelkind. Dede Yusuf hatte Gülilah aufgenommen und aufgezogen, so wie er selber aufgenommen und aufgezogen worden war von einem reichen Mann, der sich einen Platz im Himmel verdienen wollte mit dieser guten Tat. Er hatte dafür gesorgt, daß der Junge eine gute Schulbildung bekam, und ihn dann zum Militär geschickt, wo er erst unter dem Sultan und dann unter Mustafa Kemal Atatürk diente und die Rangleiter Sprosse für Sprosse hochkletterte. Er war schon ziemlich weit oben und seit über zwanzig Jahren Soldat, als er zum ersten Mal einen Befehl mißachtete. Der Befehl lautete: alles töten, was noch lebt, groß und klein, alt und jung, nichts und niemand leben lassen. Die Kurden waren aufgestanden und sollten büßen und nie wieder aufstehen, und darum lautete der Befehl: alles töten, was noch lebt. Es war bei der Niederschlagung dieses Aufstands, der später als Dersim-Aufstand bekannt und vergessen wurde und heute nur noch im Gedächtnis der Kurden existiert, daß Dede Yusuf, wahrscheinlich zum ersten und letzten Mal in seinem Leben, einem Befehl zuwiderhandelte. Er fand einen Säugling, ein Mädchen, das noch lebte, und tötete es nicht. Dieses Baby konnte er nicht töten. Er nahm es mit in sein Zelt und versteckte es bei sich. Er wußte, daß er das nicht durfte, und tat es trotzdem. Er wußte, daß es herauskommen würde, und es kam heraus. Das Kurdenbaby sollte getötet werden. Dede Yusuf sagte Nein und blieb bei seinem Nein und ließ sich nicht einschüchtern von Männern, die über ihm auf der Leiter standen. Er nahm Urlaub und brachte das Findelkind zu seiner Frau.

Sie zogen es auf, und niemand wußte, daß es nicht ihr Kind war, auch Gülilah selber nicht.

Das Gefühl, ein Fremdkörper zu sein, und kein Wohin, außer dem Weg nach innen. Aische zog sich immer tiefer in sich selbst zurück. Draußen schien die Sonne, drinnen wanderte Aische, vom Flimmern des Fernsehers begleitet, ziellos in sich herum. Allein mit Nuray. Keine Funda mehr. Nurays gequetschte Stimme mit dem schrillen Ton und das ständige Wissen, daß sie Aische weghaben will, daß Aische für sie nichts ist als ein überflüssiger Fresser, was könnte man nicht alles anfangen mit dem Geld, das man für sie ausgeben muß. Verschlossene Blicke begegnen sich. Augen streifen sich kalt. Das Jetzt dehnt sich ins Unendliche.

Der Beobachter hat gut reden: Das ist eine Fliege. Sie hat sich in einem Netz verfangen. Die Fliege selber weiß nicht, wie ihr geschieht, wohin sie sich verfangen hat, was da an ihr klebt und sie festhält. Sie weiß nicht, daß es ein Spinnennetz ist und die Spinne Hunger hat und schließlich auch fressen muß. Sie weiß nur, daß sie nicht mehr fliegen kann.

Gavur. Das Wort fiel immer häufiger. Gavur. Aische wußte, daß sie gemeint war. Nuray gebrauchte es. Die Nachbarn. Aram. Aischa Gavur. Die Ungläubige.

Es ist nur eine Äußerlichkeit.

In Deutschland hatte Aische den Vater nie beten sehen, sich nie Gedanken darüber gemacht, daß er Moslem war. Das Befremden beim Anblick des gebeugten Rückens, fünfmal am Tag die Stirn auf den Boden, den Hintern in die Luft. Der Tag geregelt vom Gebetsruf des Muezzin. Gewöhnung an die langgezogenen Töne vom Minarett. Gewöhnung, das ja, man gewöhnt sich an so vieles, aber es ist doch nichts Eigenes.

Es ist nur eine Äußerlichkeit, man legt die alte Religion vor dem Imam und der Gemeinde ab und sagt die fünf Säulen des Islam her.

Aische wurde sich so fremd, daß sie nicht hoffen konnte, sich jemals wieder nahezukommen. Sie verstand nicht mehr, was man zu ihr sagte, weder auf türkisch noch auf deutsch. Auch wenn jemand Deutsch sprach, verstand sie nicht mehr. Was gesagt wurde, drang einfach nicht bis zu ihr durch.

Es ist nur eine Äußerlichkeit.

Im Kahve saß der Vater, spielte Tavla und sah gelöst aus, fremd und unerreichbar für Aische, die einsehen mußte, daß ihn mit diesen Männern mehr verband als mit ihr, und glaubte, daß es anders wäre, wenn, wenn sie nur –

*Dem Hungerleidenden zu essen zu geben, das ist Islam.*

Zwischen Aische und Aischa wuchs eine Mauer. Aische schaute zu, wie sie wuchs, und wunderte sich. Sie fragte sich, wie es möglich war, daß die Mauer stetig wuchs, obwohl niemand da war, der daran baute.

Als sie ihr schon bis zur Brust reichte, stand sie davor und dachte, sie könne jederzeit hinüberspringen.

Weißt du, Aischa war die Lieblingsfrau des Propheten.

Seine erste Frau war Chadidscha, eine reiche Witwe. Nach ihrem Tod heiratete er Aischa, die Tochter Abu Bekrs, seines ersten Anhängers und späteren Nachfolgers. Er hatte noch mehr Frauen, aber Aischa war ihm die liebste.

Die Mauer verdeckte Aische die Sicht. Sie stand davor, zählte die Steine und überlegte, ob sie zurückgehen sollte.

Aber sie konnte nicht umkehren. Hinter ihr war ebenfalls eine Mauer gewachsen.

Was du sonst noch wissen mußt: vor dem Gebet muß man körperlich rein sein. Man wird unrein, wenn man einen nackten Menschen sieht, besonders die Geschlechtsteile.

Lesen und rechnen konnte Aische immer noch. Aischa war um 613 geboren, Mohammed um 570. Dann war er etwa dreiundvierzig Jahre älter als sie. Er hätte ihr Großvater sein können, vielleicht sogar ihr Urgroßvater. Als sie Witwe wurde, war sie neunzehn Jahre alt. Ihr Gatte hatte verfügt, daß sie sich nicht wieder verheiraten durfte. Dafür bekam sie den Titel *Mutter der Gläubigen.*

Aische wollte nicht ewig so stehenbleiben. Sie versuchte zu überlegen, was zu tun war. Hinsetzen und warten? Sie konnte nicht warten. Sie mußte warten. Hochklettern? Einreißen? Ohne Werkzeug?

Wir sind Sunniten. Wir sind keine Schiiten und keine Schafiten. Bei den Schafiten gibt es das nicht, daß die Männer den Frauen die Hand zum Kuß hinhalten. Schafitische Männer halten den Frauen den Arm hin, damit ihr Mund nicht Haut, sondern Stoff berührt. So bleiben sie unbeschmutzt.

Aische konnte nicht vor und nicht zurück. Sie konnte nicht warten, und sie konnte die Mauer nicht einreißen.

Latife sagte, wir müssen uns alle beugen. Aische sah das ein. Und wußte nicht, warum sie es nicht konnte.

Du willst nicht.

Ich kann nicht.

Alle waren böse auf sie.

Die Mauer fiel in sich zusammen. Aische sah den Weg vor sich, und sie sah, daß sie ihn ganz alleine gehen mußte.

Von den Bäumchen auf dem Spielplatz fielen die Blätter, als sie das Haus verließ.

Die Wände wurden dünner, je länger Aische durch die Ohren lebte. Nichts zu lesen. Den Rucksack hatten sie ihr genommen, und in Fundas ehemaligem Zimmer gab es nur leere Regale. Nichts zu tun als horchen, auf den Fernseher nebenan, auf Stimmen und Schritte, horchen und hoffen. Nicht aufgeben, nur jetzt nicht aufgeben.

Die Tage gingen ineinander über, Aische wußte schon nicht mehr, wie lange sie so eingesperrt lebte.

Wenn Nuray ihr das Essen brachte, mied sie ihren Blick. Ihr Schritt, der Schlüssel im Schloß, und Aische setzte sich zurecht und sah aus dem Fenster.

Ob es sich gelohnt hatte, wußte sie auch nicht, aber daß sie nicht bereute, das wußte sie.

Der erste Ausflug war ein Reinfall gewesen. Sie hatte ans Meer gewollt, aufs Wasser schauen und zur Ruhe kommen, nachdenken – am Ende der Träume, jetzt mußte das Leben anfangen.

Sie war am Meer gewesen, aber daran erinnerte sie sich schon nicht mehr. Von jenem ersten Ausflug war ihr nur der sterbende Mann im Gedächtnis geblieben. Erst hatte sie bloß seine Beine gesehen. Sie lagen auf dem Bürgersteig, der sehr dreckig war, mit Hosen bekleidete Beine, Männerbeine. Vor ihr stiegen zwei Mädchen darüber hinweg, Mädchen mit Kopftüchern, erst sie und dann ein Junge. Sie sahen nicht hin, stiegen einfach über die Beine hinweg, als wären es irgendwelche auf der Straße herumliegenden Rohre. Kopf und Rumpf lagen in einer Nische. Er schlief nicht, und er war nicht betrunken. Er schaute mit offenen Augen in den Himmel. Sein Gesicht war scharlachrot und aufgedunsen. Neben ihm lag ein Apfel. Der Apfel war verfault, braun und von der Schale weg geschrumpft. Außer dem Apfel lag noch ein Weißbrot da. Das Brot war angebissen. Aische war über die Beine gestiegen wie die Mädchen und der Junge, war weitergegangen und stehengeblieben, man kann ihn doch nicht so liegenlassen. Sie war nicht zu faul gewesen, um etwas zu tun, sie hatte nur ihre Lektion schon zu gut gelernt, aber nicht gut genug, um den Mann vergessen zu können.

Die Wände des Hauses schienen jetzt so dünn wie Papier zu sein. Aische hörte sogar das Trappeln im Treppenhaus. Eingesperrt in Fundas verlassener Hülle, lag sie auf dem Bett und sah zum Fenster hinaus. Der Blick ging auf eine Mauer. Eine Zeitlang war Aische besessen gewesen von dem Gedanken, aus dem Fenster zu klettern und hinunterzuspringen. Das war vorbei. Hoffen und Horchen. Sie hatte Lotti geschrieben. Lotti und Moischele konnten jeden Augenblick vor der Tür stehen.

An Lotti und Moischele wollte Aische nicht denken. Erst wenn sie da waren, wollte Aische an sie denken.

Sie war am Meer gewesen, aber sie konnte sich nicht daran erinnern, alles war weg, außer dem Mann. Sie wußte nicht einmal mehr, wann ihr das Portemonnaie geklaut worden war. Die Stände an der Straße. Die ausgelegte Wäsche. Die Spitzenhöschen. Es waren Männer, die sie verkauften. Sie hatte nach dem Preis gefragt und zu handeln begonnen, und dann war das Portemonnaie weggewesen. Das war alles. Keine Erinnerung ans Meer. Sie hatte nicht in Ruhe sitzen und schauen können. Immer irgendwelche Glotzer. Sie glotzten nicht alle gleich, manche nur neugierig, manche so flehend, daß sie fast Mitleid bekam, aber nur fast. Sie glotzten, und das störte beim Schauen aufs Meer, also war sie wieder nach Hause gegangen, wo keiner es wagte, so zu glotzen, und darum verstand Aische auch, irgendwie, warum der Vater so böse war. Du darfst nicht rausgehen allein. Er wußte das, darum wollte er nicht, daß sie alleine rausging. Er war sehr böse, nicht noch mal, sonst mache ich dir Beine kaputt. Beim ersten Mal hatte er nicht geschlagen, war nur sehr böse, hacke dir die Beine ab, nicht geschlagen, nur sehr böse, nicht noch mal.

Aber Aische hatte es wieder getan, und jetzt saß sie in dem Funda-Zimmer und wußte nicht, warum, nur, daß es hatte sein müssen, alle müssen sich fügen, du auch. Viel Zeit, nachzudenken, nichts zu lesen, niemand zum Reden, schlafen und nachdenken, horchen und hoffen, am Ende der Träume mußte das Leben anfangen.

Aber die Angst. Die Angst mußte in Schach gehalten werden. Kein Walkman, um sie zu übertönen, kein Papier, um sie zu bannen. Nichts als Wörter im Kopf. *Riegel und Schlösser halten nicht, was entfliehen will, nur jene Riegel, die das Herz selbst vorschiebt, machen zu Gefangenen.* Wenn sie das ungeduldige Klingeln hörte, spürte Aische, wie viel sie mit dem Vater verband, wie ähnlich sie sich waren, wie viel sie von ihm hatte, und ahnte, daß sie das alles mitnehmen würde, und hatte furchtbare Angst.

Etwas ging vor. Aische versuchte, mit den Ohren zu sehen, und fing an, Nurays Blick zu suchen, wenn sie das Essen brachte, und war immer sicherer, daß etwas vorging, was sie betraf, je deutlicher ihr wurde, daß Nuray ihrem Blick auswich. Alle Sinne auf jenseits der Tür gerichtet, was ging da vor? Notfalls doch aus dem Fenster, aber nicht ohne Rucksack. Die Frage war, wo sie den Rucksack aufbewahrten. Aische war sicher, daß sie ihn durchsucht hatten, nicht sicher, ob sie das Geld und den Paß gefunden hatten – vielleicht nicht, zwischen den Versteifungen nicht zu fühlen. Hoffen und horchen. Nicht aufgeben, nur jetzt nicht aufgeben.

Nurays gequetschte, wütende, klagende, empörte Stimme, nachdem Aische zum zweiten Mal abgehauen war. Wie sie auf den Vater losstürzte, als er nach Hause kam. Und seine Wut. Du unseren Namen machst Schmutz. Aische wußte nicht, ob sie nur innendrin gelacht hatte oder ob auch außen etwas davon zu sehen gewesen war, wie komisch sie das fand, aber sie wußte noch, wie ihr das Lachen vergangen war, als der erste Schlag kam, ich mache deine Beine kaputt.

Was hab ich denn getan?

Das weißt du ganz genau.

Ich hab doch nichts getan.

Als die Mutter schlug, war da immer noch etwas im Hintergrund gewesen, ein Etwas, ein Jemand, wenn der Vater da wäre, wenn nur der Vater da wäre, und jetzt war der Vater da und schlug. Er schlug anders als die Mutter, auf die Beine, ich mache deine Beine kaputt, derselbe Mann, für den Aische bis ans Ende der Welt gelaufen wäre, ich werde dich teilen in zwei, Hallo mein Schatz, ich mache deine Beine kaputt. Nicht aufgeben, nur jetzt nicht aufgeben.

Mit Wörtern war die Angst nicht mehr in Schach zu halten. Was Aische jetzt brauchte, war Wut, hatte keine Wut, brauchte aber Wut, Hoffnung und Wut, nicht aufgeben, ohne Wut war sie verloren, nachts im stillen Funda-Zimmer, das Gefühl, eine Bombe im Bauch zu haben, eine Zeitbombe, sie hörte das Ticken, angestrengtes Horchen auf dieses Ticken, nicht aufgeben, hoffen, dran denken, daß es nicht so bleibt, wie es ist, durchhalten.

Die Beine taten weh. Aische konnte kaum gehen. Wie dem Latscha sein Bückling auf Landgang. Fuzzi der Arsch. Und die Stimme der Sokratessa aus großer Ferne, aber doch noch hörbar, man muß immer haben, wohin zu gehen. Die Erinnerung daran, wie sie ihre Wunden versorgt hatte, half Aische über Aram hinweg.

Du bringst Schande über die Familie. Die Nachbarn reden schon.

Schande und Ehre, das war alles, was sie im Sinn hatten.

Die Beine taten weh, aber es hatte sich gelohnt. An diesen Ausflug dachte Aische gern zurück. Wegen dem Kellner, oder war es der Wirt, egal, er hatte ihr eine Zigarette geschenkt und sie in Ruhe gelassen und nicht geglotzt. Am Rande des Großen Basars, wo Aram seine Prozente machte, Leder, Gold, Teppiche, hatte Aische ein Tischchen mit Stühlen entdeckt, vor einem kleinen Restaurant. Sie hatte sich hingesetzt und eine Cola getrunken und den Brief an Lotti geschrieben, alles erzählt, wußte schon nicht mehr was, nur, daß es furchtbar war und sie etwas zum Festhalten brauchte, eine Zigarette. Zu verkaufen hatte er keine Zigaretten, aber er ging sein Päckchen holen und bot ihr eine Zigarette an und gab ihr Feuer und ließ sie in

Ruhe. Ein Bagger fuhr hin und her. Am Rande des Basars parkten Touristenbusse. Die Verbrannte Säule sah eher aus wie ein Schornstein als wie eine Säule. Auf dem Sockel saßen Tauben. Nicht weit davon stand ein öffentliches WC. Zwei Touristen, die offenbar den Weg verloren hatten, sahen sich suchend um. Es war nicht so laut wie auf der Hauptstraße. Der Bagger fuhr hin und her, und ein Bus stand mit laufendem Motor. Als Aische zu Ende geschrieben hatte, beobachtete sie die Touristen. Nicht ohne eine gewisse Herablassung sah sie ihnen zu, wie sie sich durch die Fremde bewegten, Mann und Frau dicht beieinander, die Frau hielt ihre Handtasche fest, drückte sie an sich, als wäre sie ein Baby, das sie beschützen mußte.

Etwas ging vor. Als Nuray mit einem Kleid kam und sie seit Ewigkeiten zum ersten Mal wieder ansah und sogar lächelte, wußte Aische Bescheid.

Sie nahm das Kleid und zog es an. Nuray nickte befriedigt und zeigte die braunen Zahnstümpfe.

Plötzlich waren alle wieder nett. Der Vater zwickte sie in die Wange, und Aram sagte, sie solle der Familie Ehre machen. Aische lebte trotzdem auf. Es war gut, sich wieder frei zu bewegen, vor dem Fernseher zu sitzen und Sonnenblumenkerne zu knacken, ganz so, als wäre sie hier zu Hause.

Nuray kam mit Schminke. Aische ließ sich widerspruchslos schminken, es tat gut, berührt zu werden, selbst wenn es Nuray war. Im Funda-Zimmer war Aische von niemandem berührt worden, ab und zu war eine Fliege auf ihr herumgekrabbelt, und das war besser als nichts.

Aische fragte, wie der Junge heißt.

Mevlut, sagte Nuray und trat zurück, um ihr Werk zu betrachten.

Der Vater sagte, Mevlut sei ein guter Mann. Kollega, hat auch Dolmuş.

Aische wußte, was von ihr erwartet wurde. An der Tür mußte sie Hoş geldinez sagen und der künftigen Schwiegermutter erst die Hand küssen und die Hand dann an die Stirn führen.

Sie war sehr dick, die künftige Schwiegermutter. Eine fette Wachtel mit einer fleischigen kleinen Hand, die Aische heftig quetschte, während sie sie an die Lippen führte. Die Alte gab einen Schmerzenslaut von sich und entriß ihr die Hand. Aische lächelte süß, sagte, ei du mei goldisches Diggäsche du, und verzog sich in die Küche, um ihren Auftritt abzuwarten.

Der Junge war kein Junge mehr. Er war mindestens so alt wie Aram und hatte genau so ein rundes Gesicht, nur weniger Haare. Mutter und Sohn saßen nebeneinander auf der Couch, auf der Aische so viele Nächte verbracht hatte. Der Sohn hatte die Hände zwischen den mageren Knien versteckt und schaute verloren zum Fernseher hin.

Funda und Ataman waren da, Aram und Sonnur, das Wohnzimmer war voll, und alle lächelten Aische ermutigend zu.

Die Wachtel aß Nüßchen und hatte ein Glitzern in den schwarzen Augen, ein böses. Aische sah ihr an, daß sie dachte: Warte nur, wenn du erst bei mir bist. Aber sie hatte ihren Rucksack entdeckt. Während die Frauen sich in der Küche drängelten, um den Çay zu bereiten, mit dem Aische auftreten sollte, hatte sie ihren Rucksack auf dem Schrank im Schlafzimmer entdeckt, und auch wenn sie nicht wußte, ob Paß und Geld noch da waren, ging sie mit gebleckten Zähnen auf die Wachtel los und hielt das Tablett so schräg, daß der Çay sich über ihren Schoß ergoß. Mevlut, der sie eben noch mit Wohlgefallen betrachtet hatte, runzelte die Stirn. Aische spitzte die Lippen zu einem bedauernden Ohhh und gab der Zuckerdose einen heimlichen Schubs. Nuray sprang auf, um einen Lappen zu holen, und Aische lachte schrill.

Die Grenze, auf die sie sich so lange zubewegt hatte, war erreicht. Sie brauchte sie nur noch zu überqueren. Ein paar Schritte bis ins Schlafzimmer ihres Vaters und seiner Frau, den Rucksack vom Schrank geholt und weg. Aber ihr Fuß stockte. Etwas hielt sie zurück. Ein Spalt tat sich auf, er verbreiterte sich schnell und drohte zur Kluft zu werden – bald würde sie den Fuß nicht mehr hinübersetzen können, und doch verharrte sie, als wäre sie zu Stein erstarrt wie in ihren Träumen.

Sie hätte den Vater gerne ein einziges Mal umarmt. Wenigstens zum Abschied hätte sie ihn gerne umarmt und geküßt, und das war unmöglich. Er würde sie nicht gehenlassen, und sie wußte nicht, wie sie gehen sollte, ohne Abschied von ihm zu nehmen, baba, gib mir deinen Segen.

Das war es, was sie zurückhielt, warum sie sich plötzlich eingeklemmt fühlte zwischen am Ende und am Anfang sein. Sie wollte seinen Segen und wußte, daß er ihn nicht geben würde. Er konnte es nicht, es war ihm unmöglich. Und sie lachte gellend und drohte zu versinken in dem Spalt zwischen Verrücktspielen und Verrücktsein. Wie konnte sie gehen ohne seinen Segen? Wie sollte sie weiterleben mit dem Wissen, daß sie seinen Segen nicht hatte und nie bekommen würde, daß er ihr Tun mißbilligte, und nicht nur ihr Tun, sondern auf irgendeine Weise, die Aische nicht verstand, auch ihr Sein. Es schien ihr unmöglich zu gehen mit dieser Mißbilligung im Rücken, diesem väterlichen Nein zu allem, was sie dachte, fühlte und war.

Sie brauchte nur aufzuhören mit dem irren Gelächter und die paar Schritte zum Ausgang zu machen und konnte nicht. Die Beine wollten nicht, alles in ihrem Körper widersetzte sich – bis in die letzte Faser hinein wehrte sich alles gegen diesen Abschied, als müßte doch noch kommen, was nie kommen würde.

Aische drehte sich um und stürzte hinaus, schnappte den Rucksack und lief die Treppe hinunter auf die Straße und rannte, als wären sie hinter ihr her, weinend, den Rucksack auf dem Rücken, ihre Alltagskleider im Arm, den ganzen langen Weg bis zur Anlegestelle, wo sie nach Luft ringend haltmachte und durch den Tränenschleier auf das Wasser starrte, das kein Wasser mehr war, sondern eine ölige, schwerfällig schwappende Brühe, in der Plastikflaschen träge schaukelten.

Geld und Paß waren noch da. Aische kaufte einen Fahrschein und ging mit beruhigtem Atem auf das Schiff, wo sie sich in der Toilette einschloß, um das festliche Kleid auszuziehen, in dem sie für den Markt hergerichtet worden war. Es war ein schönes Kleid, und sie zögerte, es wegzuwerfen: noch immer gab es einen kleinen Rest, etwas in ihr, das nicht aufgegeben hatte zu wünschen, der Vater möge seine Hand über sie halten. Sie rollte das Kleid zusammen und verließ die Toilette, um das Bündel in irgendeiner Nische abzulegen, sollte jemand es finden, für den es nichts war als ein schönes Kleid.

Befreit setzte sie sich an die Reling und schaute auf die Stadt im Smog: auf der abendländischen Seite die aus dem Körper der Stadt ragenden Minarette, auf der morgenländischen die Silhouette von Hochhäusern, es mußten Tausende sein, Tausende und Abertausende von Hochhäusern.

Das Schiff legte ab, die ölige Brühe blieb zurück, das Wasser wurde wieder zu Wasser.

# Glossar

| | |
|---|---|
| abmecken | umbringen |
| acheln | essen (jidd. achlen) |
| Achlan | Fresser |
| Acherponim | »hinteres Gesicht«/Arschgesicht (jidd. achor ponim) |
| Balbos | Wirt, Hausherr (jidd. baal – Herr, bajis – Haus) |
| Ballbure | Ärger, Streit, Händel |
| Bappeler | Lügner |
| Çarşaf | schwarzer Überwurf zum Gang über die Straße |
| Chassene | Einbruch, Überfall (jidd. Hochzeit) |
| Chaim | Jude |
| chaval | schade |
| Chenponemche | Schöngesichtchen |
| daj | genug |
| Dibbuk | Totengeist, der in einen Lebenden schlüpft |
| Dolmuş | Sammeltaxi |
| Emmes | Wahrheit |
| eschkochem | »feuerweise«/durch Erfahrung klug geworden (jidd. esch – Feuer, chochem – klug, gescheit) |
| Fannulone | Taugenichts |
| färben | lügen |
| Fladerfetzer | Bader |
| Futze kapore | Ausdruck des Abscheus, Fluch (jidd. kapores – entzwei, kapore machen – umbringen; Anspielung auf das Kaporehindl, das am Versöhnungstag geschlachtet wird) |
| Gatsch | nicht zum Zirkus Gehörige, »Außenweltler« |

| | |
|---|---|
| Gewer | Hahn, Herr |
| Gojim Naches | »Vergnügen der Gojim/Nichtjuden«, d.h. nichts für Juden |
| gojisch | nichtjüdisch |
| Gradin | Gesamtheit der Sitzbänke im Zirkus |
| Hamam | türkisches Bad |
| Hararet | Schwitzraum im Hamam |
| Heimt euch! | seid still! |
| Hulkenbold | Lügner |
| Joschua ha Nozri | Jesus der Nazarener |
| Kaffer | Bauer |
| Kafferkitte | Bauernhaus |
| Kischkes | Eingeweide |
| Klafte | abschätzige Bezeichnung für eine Frau (jidd. Hündin) |
| Klingfetzer | Musikant |
| Klöhöbel | Schimpfwort |
| Kochemer | Gauner (von jidd. chochem – klug, weise, also etwa ein Wissender, ein Eingeweihter) |
| koscher | (rituell) erlaubt |
| Kuttenhengst | Mönch |
| Lasosel | Geh zum Teufel (jidd. l'Asosel – Asasel hieß der Ort in der Wüste, wohin der Sündenbock am Versöhnungstag geführt wurde) |
| Lau-Loschen | ohne Sprache (von jidd. lau – ohne, nichts und loschen – Sprache, Zunge) |
| lötsch | böse, schlecht |
| Majße (wos is die –) | Worum geht's? (von jidd. Majße – Geschichte) |
| meschugge | verrückt |
| Miesnik | Widerling |
| Moschiach | Messias |
| Mumschen (in der – gehen) | betrügerischer Bettler, der als Mönch verkleidet Almosen sammelt |
| Neschumme | Seele |
| Oberchochem | Oberschlauer |
| Ojweawojli | Weh mir |

| | |
|---|---|
| osser | verboten |
| mit die Oign pischen | Weinen (mit den Augen pinkeln) |
| Pischpeschen | Flöhe |
| Ponim | Gesicht |
| Rachmones | Mitleid |
| runzen | betrügen |
| sarchen | stinken (jidd. sarchenen) |
| Scheikezle | Bürschchen |
| Schigojen | Verrücktheit, sonderbarer Einfall |
| Schikse | nichtjüdisches Mädchen (Nichtjuden wiederum bezeichnen jüdische Mädchen und Frauen als »Schiksen«) |
| Schlimasl | Unglück, Pech |
| Schmate | Fetzen, Lappen |
| Sondersieche | Aussätzige/r |
| Tarnegaul | Hahn (jidd. Tarnegol) |
| Tate | Vater |
| Toches | Hintern |
| treif | nicht koscher, rituell unrein |
| Var | es gibt |
| vermammen | verraten |
| Yok | es gibt nicht |
| Zwicker | Henker, Scharfrichter |

»Gegen Trauer offeriert man …«, »Groß war ihre Lust …«, »Gott gebe dem ein schlechtes Jahr …« und »Liebe liebt den treuen Mann …« zitiert nach Dieter Kühn, *Neidhart aus dem Reuental,* Frankfurt am Main 1988

»I've been scarred …« zitiert nach Langston Hughes, *Selected Poems,* New York 1973

Ovid-Zitate nach »Metamorphosen«, deutsch von Erich Rösch, München 1964

# Inhalt